U0886679

情洒太平洋

廖兆暄　著

江苏凤凰文艺出版社
JIANGSU PHOENIX LITERATURE AND
ART PUBLISHING, LTD

图书在版编目（CIP）数据

情洒太平洋 / 廖兆暄著. — 南京：江苏凤凰文艺出版社，2017.6

ISBN 978-7-5399-9896-1

Ⅰ. ①情… Ⅱ. ①廖… Ⅲ. ①纪实文学－中国－当代 Ⅳ. ① I25

中国版本图书馆 CIP 数据核字（2016）第 319135 号

书　　名	情洒太平洋
著　　者	廖兆暄
责任编辑	孙建兵
出版发行	江苏凤凰文艺出版社
出版社地址	南京市中央路 165 号，邮编：210009
出版社网址	http：//www.jswenyi.com
印　　刷	三河市华东印刷有限公司
开　　本	718 × 1000 毫米　1/16
印　　张	23
字　　数	520 千字
版　　次	2017 年 6 月第 1 版　　2020 年 1 月第 2 次印刷
标准书号	ISBN 978-7-5399-9896-1
定　　价	45.00 元

（江苏凤凰文艺版图书凡印刷、装订错误可随时向承印厂调换）

序

不能忘却的一串珍珠

这篇序文本来不该由我来写的，要给这样一部感人至深又极具史料价值的纪实文学巨著作序难免牵强。但是，静下来仔细回望这些年我和廖老一起走过的路、经历的事，特别是想想那些为推动我们合作的事业、现在却已经逝去的热心人，我没有任何理由不站出来说点什么。

如果这一切都不是理由，那么，面对那些为了世界人民的反法西斯战争而历经磨难，甚而献出宝贵生命的美国飞行员，我们又需要什么理由！

如果这一切都不是理由，面对那些为了保护美国飞行员而牺牲了生命的20多万中华同胞，为弘扬中华精神和用鲜血铸就的中美友谊，我们又需要什么理由！

面对逝者，我们除了崇敬，更多的是一份责任和担当！

再者，一个八十二岁的老人，为了完成这篇巨著而放弃在美国安逸的晚年生活，踏遍大洋两岸山山水水采访获取第一手资料，细大不捐，夙兴夜寐，皓首穷经，历经数年来撰写这部纪实文学，面对这样一位不辞艰辛、孜孜以求、浑然不知老之已至的耕耘者，我们，又需要什么理由！

“去的还在去着，来的还在来着，在这去来的中间又是多么的匆匆啊……”

七十多年过去了，抗日战争曾经给中华民族带来了空前的灾难和浩劫，然而在这期间又演绎过多少惊天地泣鬼神的感人篇章啊！说真的，在读到廖老的这部纪实文学之前，我，包括我的同辈人，恐怕也包括现在的年轻人，大多只知道陈纳德将军和他的飞虎队，而对杜立特和他的英雄飞行队十六架战鹰、八十位壮士的故事却知之甚少。虽然一鳞半爪地听说过些许片段，可对于他们究竟如何轰炸东京，如何在中国沿海迫降，如何被中国军民救助并护送到大后方，其中有许多人又是如何壮烈牺牲的感人故事，以及中国老百姓因保护这些飞行员后来又遭到了日军怎样的疯狂报复，做出了多大牺牲？确实不甚了然。

廖老在讲述这些故事时没有为历史纪实所囿，而是尽情挥洒他老作家的文学功力，让人物鲜活透亮，故事生动抓人，现场感极强。这些章节情境，只要稍事加工，假以场景交代、分镜头、平行蒙太奇处理，很快就可以编辑成电视和电影故事。老人家早年创作过大量以新疆生活为题材的作品所累积的功底，还是给我们读者在阅读这部纪实文学时带来了更多的审美愉悦。

杜立特、尼尔森、法克特、伦纳德、劳逊、非兹莫里斯……一串串曾经陌生的名字从此镌刻进了更多中国人的脑海里。

还有为了营救美国飞行员而不辞艰辛，冒生命危险的中国军民，像贺扬灵、赵福基、朱绣芳、刘同声、刘芳桥、毛继富等，还有那些后来遭到日军疯狂报复而惨遭杀戮的二十多万同胞！他们用鲜血和生命铸就的巍巍丰碑将永远被后人铭记！

据浙江、江西当时的地方政府记载：

“日军于(民国)三十一年八月七日来到浙江鄞县东南乡村，以‘隐藏美国飞行员’的罪名，将朱绣芳和七户农民的房屋三十余间放火烧毁，还无辜枪杀乡民十五人。”江山县湖前村、下陈村被杀害二十七人，全县被杀村民八百七十三人，令人发指。日寇将村民集中，当场屠杀，有开膛剖腹，有绑手砍头，有刀刺阴户，惨不忍睹。逃亡失踪者三千九百人，被强奸、轮奸妇女二百余人。江西上饶是国军第三战区司令部所在地，日军更加残暴：一株大树上，吊挂着一个农民的尸首。他因为给飞行员送了一块玉米饼，日军将他割舌、挖眼、切下耳朵，最后又取心，残忍至极。

日寇撤退以后，八千人的宜黄县只剩下五千人了。烧杀、奸淫之后，整个宜黄县城街头巷尾布满尸体，血流成河。树上挂着尸体，沟里扔着人头，被打死的市民身首各异。一个小孩被划破肚肠，血透黄土；一个妇女被日寇机枪扫射，躺在地上，婴儿还在哭叫着，吸吮着死去的母亲的奶头。就在此时，日本兵用刺刀挑起婴儿高高举起后摔死在地上，婴儿头部流血，死在母亲的身边……

诚然，铭记历史不是为了延续仇恨。然而，忘记历史又如何延续友谊和真爱！又如何让惨痛的历史永不轮回！

人类最大的悲哀在于：他们在灾难面前每每能同仇敌忾、抱团取暖、续写大爱，却又在安乐平和时期寻仇觅恨、滋生祸端，几千年循环往复，略无臻变！难道我们就不能给子孙后代留下一个永远没有战争、没有杀戮、没有人为灾难的太平世界吗！

习近平主席会见奥巴马时曾经说过：“宽广的太平洋足够大，容得下中美两国。”中美两国人民在血与火的洗礼中铸就的友谊不容践踏！

廖老的这本书，就是用血泪史实，唤起那些破坏中美关系的政客和民粹一族的良知！

我和廖老是为筹拍他的三十集电视剧《十八根辫子一枝花》认识的，现在我也特别希望能把营救杜立特飞行队这段历史拍成电视连续剧，尽快搬上荧屏。我可以毫不夸张的断言，只要将这些真实故事重新演绎，就会让现在那些满天飞的不着边际的抗日神剧黯然失色。现在只待一位优秀制片人和一个实力团队的一次命定中邂逅。

在这部宏篇纪实文学即将面世的时刻，好好读吧，为了那些不能也不该忘却的一串串历史珍珠……

邓明佳

2015 年 10 月 1 日

目录

上部　战火

历史篇

大洋历史有谁知? …… 2
祖先早渡太平洋 …… 3
郑和的古地图相片 …… 4
鉴真东渡送佛经 …… 5
魏源宝书传日本 …… 6
太平洋上故事多 …… 7
强盗火烧珍珠港 …… 9

复仇篇

白宫密谋复仇计 …… 13
雏鹰展翅不平凡 …… 14
千军万马惊天地 …… 16
培训精英敢死队 …… 19
东京魔窟藏杀机 …… 23
秘密出征越大洋 …… 24

壮丽篇

众雄鹰直捣狼窝 …… 33
杜立特气煞东洋人 …… 34
二号紧跟杜立特 …… 36
三号机好运来 …… 38
四号机技高一筹 …… 39
五号机随机应变 …… 41
六号机绝技表演 …… 43
七号机十分惊险 …… 44
八号机巧访北方熊 …… 46
九号漏油急煞人 …… 49
焦头烂额的十号机 …… 50
巧寻目标十一号 …… 53
十二号机神秘失踪 …… 54

十三号命运不佳 …… 56
重任在肩的十四号 …… 58
惊涛骇浪十五号机 …… 59
十六号机命运不佳 …… 61
疯狂日寇气球战 …… 63
东京湾乱作一团 …… 65
山本魂断太平洋 …… 66

落地篇

一号天目风雨情 …… 68
二号机化险为夷 …… 82
三号机惊险万象 …… 87
四号机飞得最远 …… 92
五号机平安落玉山 …… 94
惨遭不幸的六号机 …… 95
出生入死七号机 …… 99
八号消失整一年 …… 113
九号机的惊险旅程 …… 116
县长急寻十号机 …… 119
十一号难忘中国情 …… 121
十二号机无觅处 …… 124
十三号深夜寻同伴 …… 125
好运的十四号机 …… 129
十五号圣女保平安 …… 133
十六号机大难临头 …… 137
旋风惊扫太平洋 …… 139

屠杀篇

屠杀，屠杀，再屠杀 …… 141

蒙难篇

勇士魔窟受折磨 …… 145
提篮桥大狱熬年月 …… 149
三壮士英勇就义 …… 152
英雄彻夜盼天明 …… 155

日落篇

山姆血拼中途岛 …… 162

下部 珍珠

大洋太平前奏曲 …… 166

破冰篇

总统跨越太平洋 …… 169
历史老人笑颜开 …… 169
生命珍珠一串串 …… 172

五老篇

五老飞越太平洋 …… 176
恩人相逢不是梦 …… 177
没有恩人就没有我 …… 178
一瓶啤酒五十年 …… 180
劳逊写书寄深情 …… 181
世纪花絮一朵朵 …… 183
老人喜在华盛顿 …… 183
国防部长宴贵宾 …… 184

将军篇

将军儿孙不忘情(上篇) …… 187
将军儿孙不忘情(下篇) …… 190
女儿常忆先辈事 …… 193
珍珠故事说不完 …… 199
将军写书留青史 …… 202

恩人篇

父亲救过美国人 …… 214
历史友情不能忘 …… 217
子孙三代谢恩人 …… 220
岁月流逝,历史永存 …… 222
岁月已逝老屋在 …… 225

浙江篇

抗日志士救美军 …… 230

新媳妇巧救山姆叔 …… 235
老人回忆儿时事 …… 238
哥哥说了“How do you do?” …… 239
少将司令陈又超 …… 243
历史秘密透真相 …… 245
历史不忘浙江人 …… 248
王维影片再回忆 …… 250
故事刻在岩石上 …… 262

穆恩篇

不是英雄赛英雄 …… 265
大洋来信寻故人 …… 269
历史寻找布莱恩 …… 271

科尔篇

科尔是位老英雄 …… 279
百岁英雄只有他 …… 282

大山篇

保长区长写报告 …… 285
档案馆里珍珠多 …… 290
遂昌永留大山情 …… 293

伤痛篇

世纪老人伤痛在 …… 296
子孙万代不能忘 …… 298
历史血债要清算 …… 302

衢州篇

衢州明珠多灿烂 …… 305
踏遍青山老报人 …… 310
年少志大越大洋 …… 315
绝密任务有谁知? …… 318
悬壶老人绘丹青 …… 320

代顿篇

大洋彼岸再回忆 …… 323

美国之鹰的骄傲 …… 328

最后的祝酒篇

三位英雄敬先辈 …… 332

历史永留人世间 …… 337

千秋篇

太平洋再寻珍珠 …… 339

珍珠画卷飞大洋 …… 342

二位老人谈古今 …… 344

悠悠恩泽情难忘 …… 348

后记　北京真情永存 …… 353

参考书目 …… 357

上部　战火

历史篇

大洋历史有谁知?

浩浩宇宙,伟大的造物主造就了地球,人类的家园。四大洋、五大洲中,有两个大国——中国、美国,分隔于太平洋两边。中华民族,有五千年灿烂历史,美利坚合众国,几百年来是首屈一指的世界强国。面对浩渺的太平洋,让我们揭开历史看看……

中国人以前并不知道太平洋,只知道东海。老百姓都会说,福如东海。它有一个古老的传说……

不知道多少年前的老祖宗,靠土地生活。有一年,从春到秋没有下雨,大地闹旱灾,庄稼颗粒无收,饥饿的芸芸众生天天跪在地上,祈求天神赐降甘霖。有一位勤劳的小伙子,每天去到海边捕鱼给乡亲们吃。有一天,他在海里打到一条大鱼,拿回来切成小块分给乡亲们,而他自己只留下一块鱼尾巴。当他在锅里煮鱼尾巴时,来了一个要饭的老太婆。只见她满头白发,披着破衣衫。这个小伙子将鱼尾全部给了她。老太婆吃完了以后,马上有了精神,下跪叩头。小伙子急忙上前扶她起来,抬头一看,老太婆变成了一个天仙般的女子。女子点头说道:“不要奇怪,我的名字叫东仙女,来自很远很远的东海。我是东海龙王的第三个女儿,现在人间闹旱灾,我来告诉你们,善良的人只要到东海喝三口海水,回来在地里就可以挖井取水,种粮就会丰收,做买卖就会发财。总之,东海就能让你们心想事成。”

于是,小伙子带领众乡亲来到海边,跪下,每人用手捧了三口水喝下去,然后回到家里,他们看到干旱的地里冒出一汪汪的清水,清水又清又甜,最后,这些水变成了一条河。就这样,乡亲们得救了,这位东海龙王的第三个女儿再也不见了。从此以后,老百姓遇到天灾人祸,办不成的事情,就到东海边去喝三口海水。从此以后,年年丰收,家家幸福,从远处、外地来的人越来越多,他们也能美梦成真。千百年过去,大地就流传着这个故事。幸福的生活离不开东海,也就是今天我们所说的太平洋吧。

太平洋名字是怎么来的?

根据历史记载,公元 1513 年 9 月 26 日,也就是距今五百多年以前,欧洲的西班牙探险家巴斯科、巴尔沃亚乘船来到今天的巴拿马海岸,往南驶去,茫茫一片无际的大海,他们命名为南海。公元 1520 年,著名的葡萄牙航海家麦哲伦受国王的委托,率领舰队向东寻找通向东方的航线,越过狂风恶浪的大西洋,历经四个多月的艰难航程,穿过一段险恶的海峡,命名它为“麦哲伦海峡”。走出海峡,前面又是无边无际的大海。奇怪的是,往东又航行了一个多月,一派风平浪静,太阳高照,平静、温暖的海,船队人们万分喜悦。于是麦哲伦把这片大洋称之为“和平之洋”。后来史学家翻成中文,就成为“太平洋”了,既实际,又吉祥。从十六世纪沿用到今。

从那时起，五个世纪过去了，人们了解了地球的五大洲和四大洋。相比之下，和恶浪汹涌的大西洋、印度洋、人类无法生存的北冰洋相比较，太平洋确实是天之骄子。

请看，环绕太平洋，已有四十二个国家，数以十亿计的人们迈入了人类今天的文明社会。如果把环太平洋的国家比作一顶皇冠的话，中国和美利坚堪称皇冠上东西两颗耀眼的明珠。

人类发展到今天，科技日新月异，千万艘航船交驶，万千架飞机接送着往来的旅客。有亲身体会的人都会说：太平洋确实是太平的、平安的、名副其实的大洋了。只能说，这是造物者的恩赐。

祖先早渡太平洋

历史教科书记载，中世纪，意大利人哥伦布最早发现新大陆——美洲。可是我们中国的古书早有记载，今天这些记载已经被世界科学家做了研究。这些研究证明，中国人发现美洲新大陆，要比哥伦布早得多。

上个世纪，也就是二十世纪七十年代后期，美国科学家研究了中国的《山海经》，得出令人吃惊的结论：中国早在三千年前就到了美洲。因为，《山海经》书中描述的东海以外的山川布局和美洲的西部、中部地形十分契合，书中还对北美洲的动物、植物做了不少生动的描写。新世纪以来，又有许多学者纷纷论证：最早从东方到达美洲的，是中国人。

论据之一的，是古代的文典。除《山海经》之外，还有《梁书》《汉武洞冥记》《社阳杂编》等。《梁书》记载了高僧慧深漫游墨西哥的情况。在公元 458 年，我国的佛教徒曾沿着阿留申群岛和阿拉斯加，到达美洲的墨西哥、秘鲁等地；公元五世纪时，墨西哥也传说有“外来的伟大人物”传入新教。这传说，与《梁书》的记载相吻合。

论据之二，是墨西哥等地古代不少习俗、法典和历法，均与中国相似。经考证，这是受了当时到那里去的中国人的影响。

论据之三，是美洲出土的大量文物、石碑等物上有“武当山”“大齐田人之墓”等一百四十多个汉字。在墨西哥出土的许多碑刻中，有些人像与我国南京明陵的大石象相似。还有的石碑有一个大龟，雕着许多象形文字。据考古学家判断，这些显然是受了中国古代文化的影响。在墨西哥、秘鲁的一些古国遗址的发掘中，还发现了与中国一样的佛像和古代中国风格的建筑、雕刻等。

1979 年 4 月，美国圣地亚哥大学考古学家詹姆斯·莫里亚蒂博士在一封信上说：“由于一系列的新发现，为我们提供了在哥伦布之前，中国人横渡太平洋航海的论据。”他说的论据是指石锚。经考证，他认为“这是一个来自亚洲的船锚”。而这种石锚，也正是我国当时使用的船锚。这一切，都为中国与美洲友好交往的历史，提供了更为有力的证据。

人类发展的历史是漫长的，对历史的认识也是漫长的，不断修正的。

英国一位名不见经传的学者加文·孟席思在他的新著《1421：中国发现世界》中写道：中国明朝时，郑和的船队在1421年到达到美洲。作者指出，郑和的船队还到过澳大利亚，比詹姆斯·库克早三百年。

去年10月8日，这天是哥伦布日。孟席思的又一本书《谁发现了美洲?》在英国出版。英国的《每日邮报》上，孟席思刊登了一幅地图。这是一幅1814年的古地图，它证明中国人首先发现了美洲大陆，比西方公布的哥伦布发现美洲新大陆早了七十年。

这幅古地图是一份十八世纪的复制件，该原件的作者是郑和。这幅古地图的复印件清晰可辨。孟席思在《每日邮报》上说，“哥伦布发现新大陆”的传统说法绝对是狂想。

英国学者加文·孟席斯在他的新著《1421：中国发现世界》一书中指出，是郑和发现了美洲

孟席思在书中还声称：西半球的原始居民根本不是从亚洲大陆穿越北太平洋的白令海峡到达美洲的，而是万年以前跨越太平洋的中国水手。书中还指出，今天的DNA也证明了美洲的印第安人和其他的土著民族，是一波又一波亚洲移民的后代。孟席思还说，郑和的庞大船队环绕南美洲，比麦哲伦的航行南美洲早了一百年。

孟席思相信哥伦布是用了郑和在1421年航行到新大陆的地图。这幅郑和的航行古地图来源非常有趣。几年以前，一位名字叫刘刚的中国律师，他在北京的一个旧书店里买到了这幅地图。他将这幅地图悄悄地带到伦敦，委托伦敦一家名叫克利丝蒂的拍卖行鉴定这幅地图。结果非常令人吃惊，它是一份很古老的文件，不是近代的仿制品。刘刚把地图交给了孟席思，孟席思请了一组历史学家考证了地图上的每一个字，结论是：这是一幅中国明朝的地图。

郑和的古地图相片

孟席思不是科班出身的历史学者，他从英国皇家海军退役，以前任过潜艇的艇长，就研究历史，废寝忘食，其重点是东方的历史和故事。因此，他出版了四本书，他得了上百万美元的稿酬，他用这些钱继续做他的古历史理论研究。他目前把他在北伦敦的住所变成了一个不挂牌的研究所，他曾经聘请过六位研究人员。

他的关于“是中国人首先发现美洲大陆”引发了巨大的争议。伦敦大学有名的历史学教授认为，孟席思的书是和天方夜谭的故事一样。《维基百科》也把孟席思称作“伪历史学者”。但是这丝毫没有妨碍孟席思书的畅销，还挣了大钱，也没有挡住一波又一波的追随者去访问他的网站，也提出各人的研究成果。

目前，许多的科学家都相信人类在一万三千年到一万六千年，是从东半球越过太平洋迁移到西半球的。学术界一致公认的是：美洲的先民是从亚洲跨越白令海峡的陆桥到达北美洲的。可是，孟席思却说：非常荒谬。人类在四千年前横跨太平洋也不是什么妄想，如果当时你乘在一座木舟里或者是一个木盆子里，海流就会自动把你送到美洲大陆。

郑和的这一幅地图令人惊讶和钦佩。这幅航海图太珍贵了，它说明伟大的航海先驱郑和在历史上的功绩是抹不掉的。孟席思指着地图上的一个标记，就是今天南美洲的秘鲁，图上有文字，经过古文研究者的翻译，文字的意思是说：这里的人信仰宗教，英文字母 Maracas，这里的人献祭，这些习俗和秘鲁历史记载是一致的。今天，秘鲁的许多古地图上的地名也在郑和的地图上得到印证，比如 Chowan 翻成中文的意思是“准备播种”，Chulin 翻成中文的意思是“树林”，秘鲁的意思也差不多。

鉴真东渡送佛经

中国唐代时期，经济繁荣，国势强大。中国和日本的友好往来、文化交流空前繁荣。为了学习唐朝的制度和博大精深的文化，自唐太宗贞观年间至唐的末期，日本派到中国的使臣达到十三次之多，其中不乏学者和有识之士。

那时，中国人也不断东渡日本进行文化交流。其中贡献最大的是鉴真和尚。唐玄宗开元元年，公元 713 年，这时鉴真已经是学识渊博、威望很高的佛学大师了。他不断组织僧人抄写经书三万三千多卷，他还设计建造了八十多所寺院。日本来到大唐的僧人、学者非常敬仰他的佛学造诣。日本第九次派人来到大唐，根据天皇的旨意，请鉴真东渡日本讲学。使者说，佛法流传到日本多年，可是还没有传法受戒的高僧。有人说，日本国太远，生命难存，沧海淼淼，百无一至。鉴真却表示愿意东渡，经过精心准备，鉴真和二十一名弟子准备从扬州乘船出发，结果受到官廷的干涉而作罢；第二次鉴真买了军船，准备很充分，随行的弟子有八十多人。船队刚出长江口，就被台风吹翻；第三次万幸，出了海口到达舟山，不想船队触礁而作罢；第四次打算从福州出发，结果众人抵达浙江温州，又被官廷追回；第五次过了舟山，横渡东海时，又遇到台风被吹到海南岛，无法前进，只好回扬州。他的弟子和日本僧人因传染病去世，鉴真本人也染病而双目失明；直到天宝十二年，日本第十次派人来唐朝，他们带了四只船，回国前表示被鉴真多次东渡而未成功的行动感动，他们决定要护送鉴真再次东渡日本。鉴真闻讯非常感动，此时他已经六十六岁，双目失明，还是答应了日方的要求。10 月 29 日，鉴真和他的门徒二十四人从扬州乘船秘密来到苏州，在大运河上和日本船队会合，鉴真此次带去的礼品有如来、观世音佛像八尊，舍利子、菩提子七种，佛经八十四部，三百多卷，还有王羲之真迹行书三卷。东海风大浪急，其中一只船被吹跑，其他三只终于在 11 月 21 号到达冲绳，沿途多灾多难，经过七天的航程，终于到达日本屋久岛。船只抛锚修复，停泊十天，又继续航行。海上又遇到台风，被漂至越南，死难一百多人。就这样，于 12 月 20 号到达日本九州鹿儿岛。鉴真一行人在主人的引导下进入日本官府。第二年的 2 月 4 号，到达日本首都奈良，受到日本举国上下热烈欢迎。皇族、贵族、僧侣都来拜见，天皇的大臣吉备真备宣读天后的诏书：大唐和尚远涉沧波来到我国，朕不甚欣慰，自今以后受戒传律，都由大和尚担任。4 月初，在东大寺设戒坛，由鉴真主持，为皇族和四百余位僧人受戒；756 年，天皇任命鉴真为大僧都，管理全日本的僧佛事务；759 年，鉴真仿扬州大名寺格局，设计修建了唐招提寺，被视为日本国宝，至今仍在。鉴真晚年工作不停，还用自己的医学知识为人治病，写了一本《鉴上人秘事》医书，为日本古代医学的发展作出了贡献。公元 763 年，鉴真圆寂。至今寺内仍保留鉴真的坐像。鉴真圆寂后的十六年，日本奈良时代的文化家真人元开写了书《唐大和尚东征传》，书中详细描述了鉴真六次东渡航海的艰苦历程，使后人了解到唐朝历史，中国对日本的造船术和航海术的贡献。这是一段我们祖先与日本友好交往的宝贵历史。

魏源宝书传日本

十九世纪，满清末年，就在鸦片战争之前，时任钦差大臣的林则徐看到大清国力衰落，图谋复兴，他遣人翻译了英国人慕瑞的著作《世界地理大全》，共四卷，希望出版，让国人展看世界变革的大事。遗憾的是，鸦片战争之后，林则徐被贬戍边，发配伊犁之前，他将书稿交给魏源继续编撰。一年之后，连载在《四洲志》《澳门月报》上。魏源介绍了“西人如何治国”。1843 年刻印于扬州一百卷，八十八万字。1847 年到 1852 年，又刻印一百卷。结果，并没有引起朝野官员的重视，令人失望。未料到，以上书籍流到日本，竟然适应了了日本“明治维新”的改革潮流，天皇下令：大臣、政府官员必读此物。书中附有世界地图七十五幅，西洋造船炮舰图四十二页。

1851 年，魏源编撰的《海国图志》六十卷本从中国传入日本，增补的百卷本也于 1854 年传入日本。1854 年至 1861 年，日本出版了二十种不同版本的《海国图志》选本，占同一时期日本出版的世界历史、地理著作的一半，形成了日本的“海国图志时代”。日本之所以如此重视《海国图志》，主要的原因是这套书适合日本国情，对当时的日本改革起了重要的促进作用。

当时,中日两国国情相似,都是非常需要改革的。为什么中国没有实施呢?因为中国的朝廷官员思想陈旧,鄙视西方的科学和文明。相比之下,日本明治维新之后,政府官员和有识之士都有改革的要求,努力向西方的科学理论靠近。同是东方的封闭的古老国家,日本先一步接受了西方的科学知识,国力迅速地强大起来。不幸的是日本从此将扩张、侵略的矛头对向了朝鲜和中国。

日本从中国得到魏源的《海国图志》,武装了自己,到了上个世纪末,开始侵略中国以及亚洲的其他弱小国家。此时,欧美的强国离日本遥远,无暇顾及。第一次世界大战之后十年间,日本侵略势力,先朝鲜后中国,血染西太平洋,直到侵犯了欧美强国在亚洲的利益,又偷袭了珍珠港,最终导致太平洋战争的爆发。

回顾历史,重视教训,永远不忘过去的民族灾难,永远不忘中华民族的强大和复兴;永远警惕日本军国主义者亡我之心不死,才能立于不败之地。

太平洋上故事多

太平洋中部最美丽的小岛隐藏着美妙的故事,你知道吗?

那是在上个世纪多,1879 年,一个戴着瓜皮帽、拖着辫子的小男孩,从中国广东中山县跟着他的开橡胶园的哥哥来到名叫檀香山的小岛上学。学校的名字叫约纳尼。他的学业优良,三年之后,夏威夷的国王给他颁了奖状。他所在的班级只有三位来自中国的学生。小学毕业之后,他又进了胡瓦学院。这位少年先后九次来到美丽的檀香山,五十年以后,檀香山的唐人街上,有一座他的全身的铜像,他就是孙中山的铜像。当地档案记载,孙中山在他的青年时代,就已经入了美国国籍(当时是美国的领地夏威夷王国),以后他在夏威夷开始反清王朝的革命活动。直到今天,胡瓦学院的档案里还保留有孙中山的名字,还有孙中山交学费的收据。那一次,孙中山交了 55 美元的学费。

夏威夷的胡瓦学院今天还屹立着孙中山少年时代的铜像

胡瓦学院当地的一所贵族学校,孙中

山的哥哥孙眉是一位农场主。他希望弟弟将来继承他的事业，所以把他送到贵族学校。可是，孙中山对经商根本没有兴趣。他的哥哥非常不满意，对他说："如果你不愿意做商人，不做农场主，你就别上这所学校。"

孙中山私下向朋友借钱，要交还哥哥付的学费。孙中山从胡瓦学院毕业后，就去香港学了医，实际上他一直没有放弃"打倒满清，复兴中华的"的理想。几年之后，他又回到夏威夷，成立了"兴中会"，要打倒"满清"。

孙中山在夏威夷受到了西方民主政治影响，建立共和国是他终身的追求。到后来，他的哥哥孙眉也改变了对他的看法，在经济上给予孙中山巨大的支援。太平洋上夏威夷几年的学习对孙中山的成长有着深远的影响。

夏威夷中山公园的孙中山纪念铜像

当年，在檀香山圣安得鲁大教堂，孙中山每逢周日来到教堂做礼拜；1894 年，孙中山在檀香山创立了"兴中会"，11 月 24 日，第一次会员大会在此地举行；1903 年，孙中山在马拉凯商场门前广场演讲推翻"满清"。以后孙中山多次来到檀香山，动员华侨参加反满清革命活动，捐款捐物，支持推翻满清革命。直到今天，檀香山市还有一座孙中山的坐像。世界各地来此旅游的人们看到每天都有学生和游人向铜像献花环；夏威夷中山公园上的孙中山全身铜像，伟人手拿着一卷书看着远方；夏威夷国际机场的园林休憩广场，还有一座大的孙中山的坐像。坐像下方的大理石上刻着"天下为公"四个大字。在一座小小的城市里，有了三座孙中山的纪念铜像，大概世界上再没有第二座这样的城市了吧。可见，没有来到夏威夷的人也许不知道，辽阔、和平的太平洋竟然有这样动人的故事。

更加巧合的是，上个世纪的七十年代，一个美国非裔男孩也在檀香山市普拉荷学校的胡瓦学院上过学。

贝拉克·奥巴马 1961 年 8 月 4 日出生在火鲁鲁欧湖岛檀香山医院。父亲老贝拉克·奥巴马和母亲安·顿拉姆是在夏威夷大学认识谈恋爱的。奥巴马六岁之前住在夏威夷，后来随母亲去了印尼。四年之后，十岁时又回到夏威夷，上了普拉荷中学。从小，他喜欢打篮球，希望将来成为一名职业篮球队员。他和祖父一起生活，经常去海边游玩、冲浪。1991年中学毕业时，考上了哈佛法学院。他的母亲是夏威夷大学人类学博士，他的祖母于2008年（奥巴马连任美国第五十六、五十七两届总统）的前两天去世。

奥巴马成长受了多元化的文化影响。他告诉别人：我的内在特质和思想特点是和夏威夷的传承分不开的，它就是包容的文化和阿洛哈精神。这成了他当总统行为的素质一面。

中美两位总统出自于夏威夷同一所中学——普拉荷中学。这是美丽的、多情的、多色彩的太平洋哺育了他们。

后者，成为美国两届总统，他就是美利坚合众国当今的总统奥巴马。约一百年前，在胡瓦学院上学的中国小男孩成为1911年中华民国临时大总统。他们既是先后的校友，又是同行——国家总统。一个出生在太平洋东岸，一个出生在太平洋西岸，他们都是太平洋的好儿男。

强盗火烧珍珠港

臭名昭著的日本海军大将山本五十六，是个恶贯满盈的战犯。此人无比效忠天皇，以武士道起家。二战初期，日本军事大本营的战事都是他主谋，对外侵略无比残酷、霸道，死后被天皇追封为海军元帅。

日寇偷袭珍珠港爆炸现场照片

山本十六岁进水兵学校，成绩卓越。1914 年，他二十岁时成为军官，参加第一次世界大战，作战中受伤失去两个手指。从此戴上了白手套。他钻研用航母和鱼雷攻击敌人。1923 年他成为海军教官，很快进入海军上层出谋划策，屡立战功。

"偷袭珍珠港"前夕，东条英机派出大臣和美国谈判。美国国内一片保守、孤立主义，在外交谈判中对日本做了不少的让步。例如，私下答应不援助中国，可是被右翼控制了的日本内阁决定偷袭珍珠港。

onolulu Star-Bulletin 2nd EXTRA

EATHS OVER 400 ON OAHU, LATEST REPORT

OKYO ANNOUNCES "STATE OF WAR" WITH U. S.

panese Raids On Guam, Panama Are Reported

hu Blackout Tonight; Fleet Here Moves Out to Sea

ur Waves, Start 7:55, Oahu Hit Many Places

Governor Proclaims National Emergency

Known Oahu Casualties

BULLETINS

Blackout For Oahu Ordered

Military Censorship On All Messages

Editorial

1941 年 12 月，美国报纸刊登日寇偷袭珍珠港的重大消息

1941 年 12 月 7 日，珍珠港一大批日本轰炸机和战斗机从天而降，浓烟滚滚，爆炸声不断。港内港外，美国士兵血流成河，尸首遍地。美国国内孤立主义顷刻之间销声匿迹，美国人终于觉悟了。12 月 8 日，下肢瘫痪的罗斯福总统做出不寻常的举动：不坐轮椅，由他的儿子扶着他走进美国国会大厅，向参、众两院发表了六分钟的讲演。罗斯福咆哮地说："昨天，1941 年 12 月 7 日，美国的领空遭到了猛烈的轰炸，这个日子将永远是我们的国耻日——美利坚合众国受到日本帝国海空部队的侵略……"最后他说："我要求国会宣布对日宣战！"

不出一小时，参、众两院一致通过了罗斯福的宣战要求。当天下午，美国政府正式对日宣战。

美国政府对日宣战，震惊了全世界。英国首相丘吉尔高兴得淌了眼泪，他的第一句话是："好了，美国总算来了。"因为英国已经被希特勒拖进了战火，德意日结成联盟，十分危急。英国最需要美国参战，而美国在珍珠港遭到轰炸之前却无意参战。丘吉尔费了九牛二虎之力，罗斯福只和他签订了一个《租借法》。美国对日宣战，正是帮了丘吉尔的大忙。

此时，希特勒听到日本偷袭珍珠港大为恼怒。因为事先日本人并没有给希特勒打招呼，虽然他们是同伙。因为，希特勒始终没有忘记第一次世界大战，也是由于美国的参战，德国人被打败了。目前，德国要征服欧洲、打垮苏联，最后打败英国，希特勒是有把握的，但是必须有一个条件：美国不可介入，因此希特勒尽量不得罪美国，他在 1939

年9月向德国海军将领下达了秘密的命令："任何德国的潜艇在大西洋不准攻击美国的舰队。"但是，珍珠港事件终于使美国参加了世界大战，希特勒的野心战略可能引来变数。

1941年12月8日，罗斯福总统签署对日宣战书

中国自1931年"九·一八事变"遭到日本人的侵略，但是蒋介石一直没有正式对日本宣战。就在罗斯福对日宣战的第二天，中国国民政府于12月9日对日本宣战；10日又对德国宣战、对意大利宣战。接着，澳大利亚、新西兰、加拿大等二十个太平洋沿岸的国家也先后对日宣战，形成了中、英、美、法为首的同盟国。

美国对日宣战，蒋介石大喜若狂。因为中国的抗日战争处于非常困难的时期，战场节节败退，国土片片丧失，半壁中国已被日寇侵占。美国对日宣战，一直是蒋介石梦寐以求的。当前，机会终于来到，可以说珍珠港事件给美国带来了灾难，但是却给蒋介石所领导的抗日战争带来了新的希望，会有全世界的反法西斯的国家一同战斗，最终会取得二次世界大战的胜利。

珍珠港事变之时，日本已在西太平洋席卷了东南亚，在菲律宾，歼灭了美军四万人。山本这只老狐狸，一直无法摆脱内心的不安。因为美国海军并未遭到致命的打击，随时可能报复日本。当然，美国只能在海上制造麻烦。山本想的是，只要筑起海上的堡垒，便无可担忧的了。山本在美国哈佛留过学，在日本驻美国使馆任过武官，通晓美国情况，特别是军事方面。他知道，美国人敢于冒险，好斗，又有先进的科学，所以美国迟早会用特混舰队报复日本。这位战争时期失掉了两个手指的大将，日夜不脱地戴着一双白手套，以免有损他的形象。他对所统帅的海军十分自信、自傲，自认有骄傲的资本。

二十年前，日俄战争期间发生的一桩事，他念念不忘。那时，他还是一个青年海军军官。一支俄国舰队突然出现在东京湾外面，人心惶惶，纷纷跑到山里避难，愤怒的群众用石头击毁了当时日本的第二舰队司令长官海军中将上村的住宅。

如果今天，万一东京湾出现了美国舰队，可怎么办？这只老狐狸咬牙自语："绝不可能。"他已经设立了一条海上瞭望线，这条瞭望线离日本本土东岸有六百到七百海里，南北约一千海里，还有海军飞机远程巡逻。这是日本防卫美国海军的海上长城。

万里以外的太平洋东岸的美国飞机是来不了的。

万一美国人要来，正好自投山本老狐狸的“海上渔网”。

山本二战前，曾经在某空军基地任教官。他整肃军纪，加强飞行员的技能训练。他人对山本多有微词，认为一个连飞机都不会开的人，凭什么担任飞行基地的教官？可是山本以行动证明了自己。时间不长，他的驾机技术居然远远超过那些老资格的教官，他的威望由此大升。在他离任赴美国学习时，一个整编的飞行中队驾着飞机护送他一程的事情，足以说明一切。在对华作战的期间，凶狠无比的零式战斗机也是在山本主持下研发的。当时中国的空军在作战中吃了大亏。零式战斗机勇猛，速度快，变化机灵，火力大，是出了名的。即使这样，山本仍然逃脱不了战争恶魔、死有余辜的下场。“戴白手套的狐狸”，终究斗不过“山姆大叔”。

复仇篇

白宫密谋复仇计

1941年12月，华盛顿进入严冬季节，漫天白雪纷飞。日本偷袭珍珠港，给白宫的主人一个晴天大霹雳，这是美国建国以来的奇耻大辱。罗斯福怒火燃烧，坐在轮椅上连续召集幕僚开会。大家一致认为，必须立即打击日军的气焰，以鼓舞美国人的士气。但是，远隔万里的太平洋，打击谈何容易？

讨论的焦点集中在如何采取代价较小、成功把握较大的战术？只有一个选择，就是对日本本土施行轰炸，这只有空军才能完成此大任。可是，有去无回的牺牲能行吗？幕僚们无言以对。转眼1942年元月到来，严寒逼人，子夜的白宫仍灯火通明。坐在轮椅上的罗斯福总统挥着拳头怒吼道："日本人欺人太甚，我们一定要教训他！要直捣日本的心脏，轰炸东京湾，给他颜色看，我们是美国人！我们是美国人！"将军们群情激愤。

美国全民复仇（资料图片）

陆军参谋总长马歇尔说："日本本土防卫森严，防空火力非常强大，我们基地离东京最近也有万里之遥，我想的是究竟哪种飞机能够到达？"

金梅尔说："我考虑了几天，倒有一个主意。能不能用航空母舰，最大限度地接近日本本土，轰炸机再起飞去轰炸东京？"

陆军航空队队长威廉说："谈何容易！日本本土七百海里以内都有雷达、舰艇巡逻，航母上的飞机必须从相隔七百里以外的地方起飞，才不会被发现。轰炸以后再飞回来，来回航程一千五百海里以上，这对舰载机来说是不可能的。"

金梅尔将军答道："是的，还有一个重要问题，倘若飞机起飞后,日本飞机来轰炸航空母舰,航空母舰还要等待飞机飞回来,这可怎么行?再说,轰炸机回来是不可能降落航空母舰的,他们又怎么飞回来?”

将军们都被难住了,没有结果。

散会以后,金梅尔上将又召集了手下的参谋,讲给大家听。其中有一位参谋叫萨姆,外号叫“机灵鬼”,他把这个问题一直装在脑子里,不停地想。两天后,他突然来找金梅尔上将说:“我们海军飞机航程短,但是陆军的轰炸机有的可飞一千多英里,这种飞机如果能在航空母舰上起飞,就可以在日本雷达范围以外的海面起飞,去轰炸东京就不成问题了。轰炸完毕以后,可以飞到中国战区降落,这就好办了。”

“这是一个非常好的设想,我立马去向总统报告。”金梅尔冒着大雪驱车到了白宫。火炉前的罗斯福一听,拍手叫绝,立即打电话给陆军部长史丁生,还有参谋总长马歇尔等人论证,大家都认为是好主意。关键的问题是,陆军轰炸机载重量大,能否在五百英尺的航空母舰的甲板上起飞?如果能够飞起来,那就是一个妙计,准能成功。罗斯福总统当即下命令,陆军航空队长威廉带着萨姆参谋冒雪直抵佛罗里达州的埃格林机场。这时,有人提出,大任唯一可选的人,乃飞行速度世界纪录保持者詹姆斯·杜立特中校莫属也。

詹姆斯·杜立特,何许人也?

雏鹰展翅不平凡

1896年12月14日,詹姆斯·杜立特出生于美国加利福尼亚州,那时加州正直淘金热掀起。吉米是詹姆斯的小名,他从小喜欢打拳,一面上学,一面学打拳,成为当地年轻的拳击手,有人称他为“小个子选手”。因为他比同年人的个子都要小,成年以后也不到一米七的个子,“杜立特(little)”刚巧又是“小个子”的意思。

从小吉米最喜欢听美国飞行家莱特的故事,对飞机十分着迷。他看到别人装配飞行器,十分羡慕。他在十八岁的那一年,用拳击比赛赚来的钱买了一台摩托车发动机,把它装在他用木板制作的飞机上。开动了发动机,飞机刚刚起飞,就被一阵大风把飞机打散摔了下来,然而即使这样他仍然非常高兴,从此立志将来要开飞机上天。不久,他服了兵役,两年后退役,进了大学,全身心地学习气象学、机电学、空气动力学,然后又学了飞行。他用一种詹尼飞机作为教练机。令人惊奇的是,他被教员带飞六个小时,就能单独开着飞机上天了。

1918年,二十二岁的杜立特从加州大学矿井工程系毕业,父亲叫他下井当矿工。他干了几个月说:“我要上天,再不下地狱了。”不久,他报名投身美国陆军航空部队。他所在的航空部队,是从通信部队分离出来的,上级官员发现杜立特的飞行理论基础非常扎实,飞行技术也行,就任命他为飞行教官。杜立特非常满意,学员也喜欢他,他成为一名年轻的飞行教官。一个阶段以后，杜立特认识到飞机设计要与飞行教练工作结合起来，才能发挥它的智慧。他有了这个理想，又考进麻省理工学院，专攻空气动力学。大约一年多时间，他获得空气动力学学士学位。回到部队，他成为一名航空工程师，被派到弗吉尼亚南立机场工作，参加了威廉·米切尔将军关于飞机对军舰的轰炸试验，成为米切尔将军的助手，设计和制造一种新型的轰炸机。

1922年9月4日，杜立特驾驶DH-4飞机，用了二十一小时，飞行3481公里，创造性地完成跨越美国本土的纪录。这时，吉米·杜立特的名字第一次出现在报纸上。1925年，他驾驶R3C-2水上飞机，以平均374.28公里/小时的速度，在国际竞赛中为美国赢得史莱德奖。三天后，他又把纪录提高到397.78公里/小时的水上飞机新纪录。专家认为，杜立特能把人和飞机很好地结合起来，使飞机的性能得到充分地发挥，从而创造了奇迹。

不久，杜立特被认命为特莱特机场飞行处处长。随后，军方把他借给科第斯飞机公司，请他驾驶P-1战斗机去南美作飞机表演，推销该产品。在巡回表演中，有一次转飞巴西，杜立特差点迷航，大雾使飞机降落变得非常危险。此时，飞机必须降落。在胜利返航后，针对大雾天气以及飞机机场上空的环境，在起、降的问题上，杜立特开始研究“盲目大航线”。1929年9月，杜立特凭飞机上的罗盘和气压高度表、人工地平仪和无线电辅助设备，前舱载着飞行检查员，在大雾中成功地完成了起飞、大起落航线和着陆。应该说，杜立特是“盲目大航线”的创始人。后来，别人在此基础上又创造了直线穿云、双十八大航线两种新的飞行技巧。到后来，在飞行创新方面，没有人能够超过他。1932年，他还到过日本，做过飞行表演，对日本有所了解。还在中国上海飞行表演中受伤。

太平洋战争爆发，美国对日宣战以后，杜立特调到陆军航空司令部工作，他成为阿诺德上将身边的参谋。就在阿诺德参加罗斯福总统的会议一周之后，阿诺德和邓肯来到飞机场找到杜立特，问他：“哪种飞机可以在一百五十二米跑道上起飞并携带九百公斤炸弹、飞行三千二百公里?”

已经四十一岁的杜立特一听司令的问话，便知道有重大的任务，他严肃地回答：“报告将军，请给我两天时间，一定圆满地回答将军。”随后，他和邓肯作了仔细的研究。这是一项绝密的、重大的军事计划，他们两人很快制定出计划方案，呈报阿诺德将军，提供罗斯福总统的战略会议上研究。

这份绝密的计划是：

一、选择B-25、北美航空公司生产的轰炸机，进行十二项改装。

二、选择大黄蜂号航空母舰，也要进行相应的改装。

第一，轰炸机要减轻本身的重量，撤掉许多设备，如机舱通风钢板、无线电收发器等等。

第二，因为要远航，必须最大限度地加大油箱的储油量。其次，航空母舰上便于轰炸机的起飞，也要撤除一些设备，加长跑道。因为以前航空母舰装载小型战斗机，因为体积小，飞机重量轻，跑道短。

在飞机场机库里，技术人员两个月夜以继日地装配，海上的航空母舰也是日以继夜地拆、装、延长跑道。这一切都在绝密中进行。

与此同时，选择“敢死队”的飞行员的任务更加艰巨。对此，杜立特有三条要求：第一，绝对保密；第二，自愿报名；第三，有自我牺牲的精神。

选择再选择，考核再考核，3月初，确定了十六架B－25米切尔式轰炸机和八十名飞行员，在佛罗里达空军基地做了两个月的起飞训练。杜立特本人一次又一次地现场教授，带头操作，飞行员们由衷地佩服他冒险的精神、卓越的技艺，八十名飞行员在短短的十天之内完成一百五十七米的跑道上B－25中型轰炸机起飞训练。

实际上在训练中，也发生过技术事故，事故飞机被淘汰掉。这一秘密计划的制定、执行和完成，是美国空军史上新的一页。

1942年3月25日，这一群担负着秘密任务的十八架B－25飞机从美国东南的佛罗里达飞至加州的米莱恩机场，再飞往阿拉米达航空站。因为硕大的轰炸机无法降落在大黄蜂号航空母舰上，只能将这十六架飞机由大型起重机吊装上航空母舰甲板。

秘密计划的另一项，美国飞机轰炸东京之后，原计划飞往苏联的远东空军基地降落，殊不料遭到苏联的拒绝。因为当时的苏联和日本签订了“互不侵犯条约”。斯大林考虑的是，苏联正与希特勒激战的时刻，德军步步紧逼。斯大林担心日本从远东侵犯，所以和日本签订了“互不侵犯”的条约，美国要求在苏联降落美机当然不可行。

此时，罗斯福才转向要求蒋介石在中国战区沿海一带提供美国轰炸机降落的机场。为了高度保密，并没有说明美国飞机是来轰炸东京。此时，中国战场和日军占领区犬牙交错。浙江、江西、福建几个机场，也临近日军占领区。蒋介石最初考虑到提供美机降落，很可能引起日军的报复行动。但是罗斯福再三要求，而且中美已经是同盟国，美军在中国战场也有基地，美国轰炸机来中国协同中国军队打日本，也是一件好事。但是，美方的秘密要求非常紧迫，2月份提出来，4月份就要来飞机，这可不是闹着玩的。

千军万马惊天地

当时，国民政府航空委员会的负责人就是蒋夫人宋美龄，实际上还是蒋中正下达的命令：修建浙江衢州、丽水，江西的玉山和吉安，福建的建瓯机场。命令指出，重点是衢州机场。

接到命令的是军事委员会第三战区司令长官顾祝同和副司令长官黄绍竑，转达到专区、县、镇。可以说是军民齐动员，人人都上阵。衢州机场1933年修建，第二年扩建，“八·一三”以后，战略位置极为重要。目前，要加长跑道，机场挖地一米七深，底层垫巨石，中层加卵石，上层铺碎石，表层铺沙土，便于巨型飞机起落。1941年，航空委员会命令衢州机场为全国第十三航空总站。第三战区司令长官顾祝同、副司令长官兼浙江省主席黄绍竑来到衢州召集会议，宣布扩建的机场必须能降落五十架重型轰炸机。这就意味着盟军要将此机场作为轰炸日军的基地。他们特别指出：以机场为中心，四周修筑防御工事，派驻军队保卫机场，以防日军进攻。

以机场附近的衢江为界，江外五里、十五里、二十五里为四层防御圈，外围防御包括金华、兰溪、义乌等县。所以工程浩大，计划采运二十厘米直径的大原木、毛竹九十万根，限定在六个月之内完成，违反命令者要以军法论处。出席会议的专员、县长们一听，纷纷叫苦，所需木料和毛竹恐不能如期运到。

此时，省主席黄绍竑流着眼泪对大家说："我们虽有千万困难，但是抗日军队更困难，他们要付出生命，我们相比之下只是劳心劳力。诸位同仁要鼓励百姓努力以赴，以对日本人的同仇敌忾去完成。我已向国府表态。"

此时各专员、县长也立下军令状。命令下达，各县、乡镇百姓纷纷出动，以对付日本人的气概星夜出动，自带干粮，深山、野乡砍伐运输，场面动人，前所未有。南北东西，数十县、市万民动员，远的路程数百公里，水道用船载，山地用人扛。仅举一例，开化县人口仅十万，要砍伐运输木料十万根，平均每人一根，都要运到衢州。人们记得当时大雪封山，又逢旧历新年，各县壮丁也奉命进山，随伐随运。全省数十万人，男女老少，人流从各方涌来。有的县长、县党部书记，也头顶飞雪，脚踩冰道，背扛木头。寿昌县长林希岳扛着大木头跌倒受伤，后来竟成残废。百姓民工冻伤受伤、淹死的不在个别。江山县、淳安县都有事故发生。据历史记载，淳安县的民众阴历腊月爬上大雪覆盖的山头，砍下数以万计的大木材，推下山去，沿着新安江，又转入雾江，用水路运到衢州。没有江河的全靠肩扛、人抬，翻山越岭，送往衢州。农民自带红薯作干粮，队伍的前头插上五颜六色的彩旗，男女老少齐唱雄壮的抗日歌曲《大刀向鬼子们的头上砍去》。当地的传教士、外国牧师看到这样的场面感动不已："中国人真伟大，胜利一定属于你们。"

送到衢州的木材、毛竹，还要经过军队的验收，尺寸达不到标准的，就要两根算一根或者三根算一根。这样，农民也只能按最低的价格领取报酬。据后来的统计，四百五十万根毛竹、木材，那时衢州人口只有四万多点，超过人口的十倍以上。抗日军民的精神和创造真是惊天地，泣鬼神。机场工地上，农民、壮丁自带粮食和工具，抬石头、开挖场地，日夜作战的人经常在两万至四万之多。加上日机来轰炸，百姓躲到水沟、树下，飞机一去，立马又出来干活。白天日机轮番轰炸，民工们只好晚上点起火炬加班加点地干。就这样，日机仍然投弹。有一次躲在壕沟里的民工一次被炸死四十多人。当时，民工用树枝搭成住房，卫生条件极差，时有伤病死亡。

衢州城外有座教堂，高耸醒目，装有红绿信号灯，作为我军飞机降落的指示灯。所有防御的白墙一律刷成灰色或黑色，行人、民工不准穿红、白颜色的衣服，以免招来敌机轰炸。就这样，衢州机场和周围的防御工事在 4 月初全部完工，被称为"伟大的人力"。其他丽水机场、江西玉山机场、福建建瓯机场都进行了扩建，按时完工，体现了抗日前线中国人民的伟大创造力和勇于牺牲的精神。

在此之前，美国派遣比塞尔上校到重庆担当美军顾问团史迪威将军的助手，负责检查有关前线机场接收美军飞机降落的专门事务。1942年元月底，他乘了一架运输机去前线检查机场，不幸飞机坠毁而牺牲。2月份，两位美国飞行员驾驶中国的战斗机，为避免日军的袭击，他们驾驶的两架飞机在恶劣的天气中飞行，不幸坠机，飞行员死亡。这是美军在华牺牲的第一批人员。

3月中旬，美国陆军航空司令阿诺德将军要求史迪威将军汇报这五个机场燃油和炸弹准备的情况。两天之后，史迪威向阿诺德汇报发出电报：在印度加尔各答准备了轰炸机燃油五千加仑，还有其他的燃油两万加仑，正在从印度由美国飞机运往中国。29日，结果印度的燃油未能按时运到前线机场。

美国现代空军之父阿诺德

此时阿诺德将军回电通知：美国飞机将在4月20日到达中国机场，却不说明这些飞机从哪里飞来的。所以蒋介石、史迪威也不知道。蒋介石很不高兴，但作为亚洲战区的最高指挥员，也只得接受。阿诺德将军在2月初要求重庆方面在机场准备好无线电设施，频率定在二百至一千六百千荷。后来，除玉山机场外，其他四个机场已经准备好双方使用的无线电设备，以备降落时使用。

以上各种措施说明中美双方已做到尽可能完善的准备，它还包括机场其他方面可以夜间降落的指示灯和标记。由于杜立特行动计划的高度机密性，此计划只有罗斯福总统、海军的金将军、尼米兹将军、邓肯和罗德、陆军的马歇尔将军、空军的阿诺德将军和杜立特中校知道。这里要说明的是，罗斯福总统也只知道这个计划在执行中，其中的细节和措施他也是不知道的。比如阿诺德元月底给总统的报告中只提到苏联不愿提供帮助，中国可以提供亚洲基地，连杜立特中校也没有被告知。

在四个机场扩建以后，蒋介石担心日军的疯狂报复，也没有答应为美军提供降落的时间。他希望推迟到5月以后，为的是国军要做好防止日军进攻的准备。但美方回电是，计划时间，也就是4月20日不能改变。蒋只好冒险同意了，包括中国方面考虑到美国飞机降落以后语言不通，他还下令从重庆派出几位大学毕业的空军军官去衢州机场当翻译。

培训精英敢死队

敢死队员必须是驾驶B－25中型轰炸机的飞行员中的精英，全部由杜立特亲自挑选、突击培训的。

B－25米切尔中型轰炸机是从诸多同类的轰炸机中一选再选敲定的。这批飞行员平均年龄二十五岁左右，飞行员秘密式、封闭式反复操练驾驶、个人分工操作、测试飞机速度、火力、油耗、降落能力和轰炸能力。他们驾机在西海岸巡逻，模拟轰炸日本潜艇，也发生过机毁人亡的事故。飞行员必须具备全面的技术，才能预期在未来的作战中，即便是单机行动也毫无问题。

上级还秘密派遣潜水艇到日本近海测量海洋气候、海浪规律，确认4月中旬气候和海浪状况良好，航母到达预定海域，飞机起飞，贴近海面飞行，秘密到达东京湾轰炸。在集训中，所有的飞行员都不知道他们将要执行的具体任务究竟是什么，也不知道什么时候开始、什么时候结束。上级命令飞行员：你个人有什么想法也不能和别人交流，也不能向上级问询，更不能和家人接触。杜立特反复告诉大家：直到出发之前，你们都可以随时退出。结果没有一个人退出。年轻的飞行员们既觉兴奋而又感神秘，因为他们都知道这是一件绝密的任务，是一次空前伟大的冒险行动。

2月3日，全部飞行员来到哥伦比亚机场，杜立特和在大家在一起谈笑生风，彼此都知道是志愿者，是勇敢者。杜立特说："该说的都给大家说过了，我再补充一句话：如果有外界的人来向你们打听，请你们把他的名字告诉我，联邦调查局要调查他的。我们在一周之内，每一个人要掌握在一百五十二米内驾着你的飞机离开地面的本领。"

从2月27日到3月14日，所选拔的一百四十名飞行员又转移到佛罗里达州的埃林格机场，机场离墨西哥湾很近，周边人烟稀少，为的是高度保密。在整个训练期间，杜立特飞来飞去于华盛顿和机场之间，亲自传送信息，为的是杜绝在电话、电报中泄露军事秘密。他知道，日本特务也是无孔不入的。

从3月中旬开始，美国飞行员都带上假炸弹，装满了油以及附带的油箱，驾机按着标记冲向前方。不料乔伊斯驾驶的飞机由于慌忙拉伸出差错，飞机摇摆着起来，又掉下跑道，发出惊人的尖叫声，螺旋桨摔坏，幸好没有起火。这起事故再次提醒大家，要仔细，分秒不慌，步步到位。

此后，所有的飞行员都满载油料、炸弹，准确地以八十七公里至九十七公里的时速正常起飞。就这样，杜立特仍然请有关专家上飞机，亲自检查。他坐的这架飞机在呼啸中突然升空，这位专家大惊失色，因为他也是第一次有这样的特殊感受。

他们的特殊训练还包括无线电关闭，地面上不设置任何标志，晚间摸黑起飞等等。在墨西哥湾的低空飞行，培养了飞行员的识别能力。他们反复训练低空飞行。在训练飞行中，有时甚至于要拉起机头，才能避免碰到树梢和房顶，有时还在两边是河岸、在距河水二十米高的空间飞行，可以说是险境层出，小事故经常出现。低空投弹训练，包括虚弹和实弹投掷。有一位飞行员从一百五十二米的高空投掷一枚四十公斤的炸弹，由于高度太低，地面产生的冲击波将飞行员弹到机舱的顶部。虽然戴着飞机帽，飞行员头上也撞起了一个包。

阿诺德将军考虑后批准了塔马斯·怀特参战。怀特是一位89轰炸机队的医生。他听说有秘密任务，坚决要求参战。他说："我可以当一名射击手，还可以为大家看病。"这正是他们事先未料到的，结果批准了他的申请。他在希尔格机组当了射击手。他勤学苦练，成绩优秀，发挥他的专长，为大家注射各种防病的疫苗。他想，飞行员们可能会去异国他乡，为了大家的健康，必须防患于未然。怀特军医除武器以外，还带了一只大药箱。真是上天有眼，他后来降落在浙江，抢救同伴劳逊的生命时，起了主要的作用。

飞行训练的最后阶段，大家研究如何以最佳的速度，又能节省燃油。因为B-25飞机一千七百马力的发动机采用100号燃油发挥太快，这是一个至关重要的问题。在多次试飞中间，采用了另外一种燃油，节油效果良好，速度保持正常。几乎每个飞行员都发挥了自己的智慧，探索技术，有许多创造性的成果。

杜立特亲自实践，事无巨细，一丝不苟，令人佩服。有一次，他走向一架飞机，问驾驶员飞机状况如何。飞行员点头答道"OK"。杜立特说："我来试试。"他钻进机舱操作，飞了一圈。他下了飞机，他用铅笔在纸上写出了十二个毛病。他对大家说："OK is not very good(还好，不算很好)。"

3月中旬，杜立特飞向华盛顿汇报工作。直到此时，上级还没有确定谁来率领这次秘密行动。杜立特自己考虑，再没有其他人能像自己这样熟悉情况。他暗自下定决心，要率领这次秘密行动。当他见到阿诺德将军时，开门见山地说，他要率领这次秘密的行动。

阿诺德收敛了笑容说，他必须留下来，还有更重要的工作。

杜立特答道："我觉得再没有比这次的行动更重要的了，我必须去。"

阿诺德停顿了一下说道："好，你这样坚定，如果哈门同意，我也开绿灯。"

哈门是阿诺德的参谋，他的办公室就在阿诺德指挥部的山下。杜立特立马跑下山去找到哈门，向他汇报并重复了阿诺德的最后一句话。哈门看着杜立特志在必得的神情，就说："那就这样吧，放你去。"

杜立特"哈啰"了一声，隔着办公桌，紧紧抓着哈门的手说了两句话："谢谢将军阁下。"

杜立特转身离开，哈门就接到阿诺德的电话，他回答说："吉米说你已经许诺，我当然就同意他去率领，我不能改变主意了。"

杜立特回到机场，来到他经常开的那架飞机前，他已经在这架飞机上取得丰富的经验。但是他发现螺旋桨有点损伤，换个新的每小时还可以加快一点。他向阿诺德汇报，阿诺德答应他："飞机去加州以后可以更换螺旋桨。"阿诺德同时告诉他："秘密行动的全部工作，你要全部抓起来。一般问题不必再向我请示。"

此时，杜立特向全体飞行员和有关人员宣布："从现在开始，每个人不能与外界通任何电话，更不能见面。"

3 月 24 日凌晨三点，飞行员们被唤醒，要他们做好飞行前的一切准备工作，准备前往加州萨巴门托附近的麦克莱机场，只能与妻子、家人打个招呼，但不能说去何处、多长时间。许多飞行员的亲人问道："你们去哪里？何时能回来？"

大家严守纪律，只回答三个字："不知道。"这次向西部飞行，横跨美国本土，也采取了低空飞行，为的是实战练兵，测定低飞时的耗油量。大家非常高兴，他们看到田野的房屋、牧场的牛群，有的牛吓得翘尾巴向前奔跑，有的飞机在高架电线下飞过，穿过河上的吊桥，还吓坏了地上行走的人。他们说："我们饱览了祖国大地的风光。"在这里继续完成在东部墨西哥湾没有做完的事情，当然都是围着飞机转。

第一天，杜立特就改装了自己飞机上的螺旋桨，全部涂上光亮而漂亮的油漆。一位工程师帮他启动了引擎，速度很快，叶片卷起尘土，打在了机身上。杜立特叫他们再把机身的斑点重新油漆。飞行员在一旁观看说："我们的伙伴应该漂亮些。"

看看机场的修理工们慢慢腾腾地干活，杜立特的气不打一处来，立即打电话给阿诺德，阿诺德说："我已经把权力交给你了，你就直接下达命令，加快进程，紧张地工作。"于是，杜立特雷厉风行，飞行员们也是这样。当地的修理人员奇怪：他们为什么这样的紧张？

3 月底，华盛顿来电要杜立特去旧金山会见舰队司令哈希尔上将。杜立特告诉大家："上级命令我去旧金山会见妻子。"

当晚在旧金山一家饭店，杜立特见到邓肯和哈希尔上将。哈希尔说："你们在到达东京湾之前，如果遭到日本飞机和军舰的攻击，你们就会成为敌人的打击目标。如果出现这样的情况，轰炸机离开航空母舰飞向中途岛。如果离日本还很远，你们可以提前起飞，指向目标，要灵活机动。"

杜立特却说："我们不能扔掉飞机，要千方百计抓住机会去轰炸目标。万不得已在中国的领海之内降落，包括水上迫降。我们每架飞机都带有橡皮救生艇，如果水下有我们的潜水艇，也可以救助我们。"

特遣舰队舰长哈尔希

大黄蜂号舰长米切尔

哈希尔最后说:“如果不发生意外情况,航母到达日本六百四十公里处一切按原计划进行。一切可能发生的意外要充分估计,要有应急措施。”

杜立特是一位临战指挥的、极为重要的指挥官。

3 月 31 日是在机场的最后一天,飞行员们继续进行最后的全面检查,精益求精,一丝不苟,这是杜立特一生的习惯。

头一天与杜立特分手之后,邓肯和指挥大黄蜂号航空母舰的米切尔上校见面。邓肯正式告诉他,在阿拉米达港口接应秘密行动的飞机。请他把大黄蜂号上的战斗机放进甲板下面的机舱,甲板腾空后全部停放 B－25 轰炸机。米切尔终于明白邓肯几个月前代表阿诺德在大黄蜂号上检查过,当时谁也不知道他的意图。

航母大黄蜂号

航母上的 B－25 轰炸机

4 月 1 日,阿拉米达港口十六架 B25 轰炸机油箱全部抽空,巨型吊车将一架架飞机像老鹰抓小鸡一样,将轰炸机准确地吊停在甲板固定的位置。此时,全部飞行员和地勤人员上舰,以防秘密泄露。大黄蜂上来了这么多的客人,水手们兴致勃勃地想从他们口中打听什么,结果人人闭口不言,让水手们莫名其妙,又无可奈何。

将近黄昏,大黄蜂号航空母舰悄悄起航,庞然大物夜色里进入海湾。杜立特重申纪律,强调保密,他却让大家上岸休息,欣赏海湾的夜色。因为明天的黎明,他们就要离开祖国的海岸,去执行一项最伟大而又神秘的战斗使命了。

东京魔窟藏杀机

此时，日本帝国天皇所在地东京，大本营里昼夜灯火通明，十分紧张，以山本为首的作战首领们没有睡觉。他们并没有沉浸在喜悦中。偷袭珍珠港及日本占领了美国在西太平洋的基地之后，暂时消除了英、美对日本本土的威胁，可是美国的航空母舰和重型巡洋舰没有受到损失。山本估计，美国还有能力从海上对日本本土进行小规模的偷袭。日本天皇国土有史以来只在丰田秀吉时代在海上受到过当时中国明朝海军的打击，本土没有发生过任何战争。他们一直自信，大日本皇土不会受到来自海上的袭击。将领们的一切思维是要保证天皇国土永远不受入侵的神圣责任，这是日本军人对天皇宗教性的、封建式的忠诚，也是日本民族的心理特征，每一个日本军人永远这样。

东京大本营根据陆海军国土防卫的协议，也就是山本五十六的主张。本土防卫由陆军负责。此时，对日本本土的任何空袭必定来自海上，日本除美国以外，没有任何强大的敌人。所以日本海军肩负着很大的责任，只有在海上拦截和歼灭敌机，绝不让敌人有对本土发动空袭的可趁之机。

作为联合舰队司令长官的山本五十六海军大将，他牢记重任在肩，珍珠港事变就是在他指挥下用舰载机偷袭了珍珠港。那么可以预测，敌人也可以这样来偷袭我们。山本很了解美国人的勇敢、好斗的性格，所以他时时刻刻提防美国舰队对日本本土杀回马枪。此时，他在大本营搜集各方的情报，特别是东京的天气预报，如果预报东京附近天气不好，他便略为放心。

就在日本偷袭珍珠港之后的两个月，也就是 1942 年的 2 月份开始，美国舰载机对马绍尔群岛进行了一系列的空袭。之后，山本立即从西太平洋调回南云海军中将的两艘航母回国，加强对本土岛屿东面的空中防御巡逻。3 月中旬，又从东南亚调回第二十一航空队驻扎东京，负责每日巡逻，以防首都遭受敌人舰载机的袭击。

3 月 3 日，在中将哈尔希将军指挥下，由一艘航母、两艘巡洋舰和七艘驱逐舰的特混舰队攻击了距离东京一千海里、位于日本外围防御圈的南鸟岛，当然，这是一个危险的信号。

尽管如此，日本的情报特工，仍然没有刺探到偷袭珍珠港以后美国军方制定的关于杜立特行动的任何情报。4 月 1 日，大黄蜂号航母悄悄地离开美国西部海岸，指向西太平洋。

东京大本营从南线返回本土的第二舰队司令长官近腾海军中将前一天乘他的旗舰到达横须贺港口，他奉命率领横须贺港口的所有的海军部队待命攻敌；同时，另一位海军中将高须四郎也从广岛调来，加上南云舰队调回本土防守待命，山本五十六自认为从东京湾向外扩展海上防卫圈远达一千公里，可谓海上铜墙铁壁，何人能来？何人敢来？这只戴白手套的狐狸做到了“狡兔三窟”。天皇国土，岂能被摧？

秘密出征越大洋

1942 年 4 月 2 日清晨，大黄蜂号离开旧金山海湾，向西一万公里，要横跨整个太平洋。珍珠港，它是夏威夷群岛首府的港口。那时，夏威夷还是美国的一个领地。它位居太平洋正中，被美国戏剧大师马克·吐温称为“太平洋上最美丽的地方”。他是太平洋中部万年火山喷发形成的群岛。第四世纪初，被南太平洋的波力西亚人发现的。传说波力西亚人驾着木船来到这里，成为最早人类在夏威夷居住的地方。到公元九世纪，又被英国航海家发现，那时夏威夷群岛已经有了许多部落；十七世纪，一个大的部落、酋长征服了其他的部落而建立夏威夷王国；从中国明朝末年开始，中国人、朝鲜人、日本人，还有菲律宾人，后来还有越南人也纷纷来到这里。这里气候温和，风调雨顺，水产丰富，更利于农牧业的发展。首府火奴鲁鲁所生产的檀香木被中国朝廷和贵人所喜爱，从此商船舰只来往众多，中国人把它叫做檀香山。

1941 年 10 月，大黄蜂号刚刚服役

美国军舰所执行的秘密行动，从 1942 年 4 月 2 日开始。大黄蜂号疾驶在辽阔的东太平洋上，距离东京还很遥远。夏威夷以东三千多公里的航程，是风平浪静的。美国海军、空军的健儿们踏上万里征程，是祸是福谁也不知道。

杜立特和他的英雄们离开自己的祖国、家乡，踏上了最危险的征程。就在离开旧金山前夕，一只小的舰艇追上来，要杜立特立刻接听白宫的电话。杜立特十分紧张，以为发生了什么重大的事件。当他在快艇上拿起听筒，只听到一声非常熟悉的声音：“杜立特？”

杜立特忙说“是”，原来是参谋总长马歇尔的电话：“我还没有为你说一声‘祝你好运’，你怎么就走了？”

杜立特笑了，他非常感谢将军的爱护。大黄蜂号驶出港湾，随后跟来的是七艘包括巡洋舰、驱逐舰和加油舰等舰艇为它护航，组成号称“第 16－2 特遣舰队”。飞行员们并不平静，他们在安排各种战术、技术的准备，研究学习各种资料，包括急需用的地理知识、历史资料以及一些必备的中日社会资料和生活知识。

杜立特告诉大家：“苏联已拒绝我们降落，我们决定在中国战区沿海一带降落。”接着他展示了中国浙江、福建、江西的地图，认定几个飞机场。杜立特指出，我们不能轰炸东京的皇宫，当然还包括居民区、学校、医院之类，唯一的目标就是军事目标，包括兵工厂、军用设施、兵营等等，这些在图上都有标志。我们确定在夜间轰炸，以后飞向中国。到达中国机场，大约在 19 日凌晨。

杜立特中校的英姿

大黄蜂号的领航员弗兰克，还有贾尼克少校，给大家介绍了日本的一些资料、历史，具体地讲到如何识别中国人和日本人：语言听不懂，衣服没有大的区别，那么你可从他们脚上来区别。日本人的脚趾是分开的，因为他们穿的是木屐，中国人的脚是并拢的。这引起大家的哄堂大笑。贾尼克少校在美国驻日本大使馆担任过两年的武官，反复教大家一句中文：“我是美国人。”在这之前，大家接受过一位中国人的训练，讲一句中国话：我是美国人。此人是一位广东人。他教的是中国广东话，以后在中国引起天大的笑话。——他们强调，这句话一定要记住，让中国人知道他们是美国人。没想到，就这样一句话，几乎砸了锅。

机枪射手兼军医的怀特特别提醒大家：“到中国以后要特别注意卫生，特别注意不要把身上的任何部位碰伤。因为古老的中国人把半夜里撒的尿储存起来，也就是夜壶吧，然后把它撒在田里。”怀特说：“任何皮肤上的创伤，粘上地里的夜尿就会感染许多疾病。”

杜立特还让大家申报轰炸日本的城市，选择中国哪个机场降落。每位飞行员都打开地图，选择地点，做上记号。但是，绝不能划出自己飞行的航线，免得被日军发现，泄露军事机密。在甲板上，他们反复校正自己的停机点和起飞的路线。为了防止海浪摇晃着军舰而移动了飞机的停机点，一切措施和将要做的事情都要考虑周到，不容许出现任何误差，避免任何飞机之间的碰撞。因为十六架飞机之间的空隙非常小。连续十多天按照作战演习，每天早晚各一次。一旦广播传来命令：“紧急战备状态！随时准备战斗！”分秒之间，人人放下手头的工作，爬上梯子，冲出甲板，快速到达自己的岗位。

晚上飞行员轮流在甲板上值班，有的飞行员还戴了自己做的风筝，放到天上，打枪练习射击。

空袭日本的策划人美军洛上校

空袭日本的策划人美军邓肯

杜立特有一次严肃地说："也许这是一次自杀行动。我考虑，完全胜利的比例可能只有50%。"

此时，希尔格问杜立特："我们在行动中遇到危险时怎么办？"

杜立特答道："我可以告诉大家，你可以采取任何手段，保全自己的头。万一被俘，在中国迫降，可以寻找任何机会，因为你们还很年轻。"他指着自己说："我已经四十六岁，快要进入老年。如有万一，要我在日本监牢中度过余生，那才可悲。人终有一死，我会驾驶重伤的飞机冲向一个军事目标，死而后已。"这也是杜立特和大家一同进行心理备战，生死抉择。所有的飞行员都被他的言行和壮志所感动。

训练短道起飞的机场跑道

1942年4月9日，希马龙号油轮给大黄蜂号加油。当时又是海浪汹涌，希马龙号的船头突然两侧掀起巨浪。当它从巨浪中钻出来时，一位水手掉进浪中，所幸他穿了救生衣，甲板上的水手给他投了救生筏，他奋力抓住救生筏，爬上去，拉牢坐稳，还向上面的人招手。另一艘驱逐舰将他救上来，落水的人竟然没有受伤。直到12号，才完成加油任务。

4月14日，大黄蜂号航空母舰与担任支援、护航任务组成的第十六特混舰队，从中途岛北部海域向日本进发。指挥这次作战行动的是美国少将威廉·F·哈尔希，他在大黄蜂号航母上向全体舰员和飞行员宣布："大家听着，再也没有什么比我们接受这项任务更为光荣的了，这是祖国人民对我们的信任。大黄蜂航空母舰要运载杜立特中校以及飞行员横渡太平洋，一直到离日本海岸几百海里的地方，用从航空母舰上起飞的B-25轰炸机去轰炸东京。"全体人员立即欢呼起来，飞行员们这时才明白，为什么要进行短距离内起飞训练。

哈尔希少将和杜立特中校在大黄蜂号航母上和全体飞行员，杜立特手中拿的是日本勋章，准备挂在炸弹上

当天，大黄蜂号航空母舰舰长米切尔拆开了印有"绝密"字样、装有上级命令的密封信笺。他代表国防部向全体轰炸机队人员宣读了作战计划：第十六特混舰队的编队尽可能隐蔽地从东部接近日本列岛的主岛本州岛。4月19日至20日夜间，当编队驶抵距东京八百三十五千米的海域时，由杜立特中校第一个起飞，在飞往东京的途中，他以灯光和投放照明弹为其他飞机指示航向。其余十五架B-25轰炸机紧随杜立特飞行，对东京、横滨、川崎、横须贺、名古屋、四市和歌山以及神户等地进行轰炸。整个计划都是在夜间实施。当轰炸机飞离航空母舰后，为确保航空母舰的安全，特混舰队编队迅速返航，B-25轰炸机起飞后不再返回航空母舰。完成轰炸任务后飞向中国沿海机场降落。曾是美国驻日本大使馆的海军武官斯蒂芬·尤里克少校，向大家介绍了日本和中国的有关情况，这对执行此次任务是至关重要的。负责作战的戴维·琼斯向大家介绍了航线上的地形、地物和地名。他又拿出日本五个目标城市的照片给大家看，

要大家牢记五个目标城市的特征。此后，舰上一片繁忙，空、地勤人员按照作战计划，认真地进行战前准备。4 月 17 日晚，哈尔希少将才向其他舰船上的人员宣布：此行是要去轰炸日本东京。

大黄蜂号上的轰炸机群

13 日以后，哈尔希率领的特遣舰队前来会合，两支舰队混合统称“第十六特混舰队”，由哈尔希将军统一率领。他们比原计划迟到一天，因为他们离开旧金山不久，强劲的西风掀起的巨浪阻止飞机飞往珍珠港。4 月 6 日，他才从旧金山飞到珍珠港，与此同时，他还生了病。在和太平洋舰队司令确定以后，才让他率领企业号航空母舰，以及另外七艘巡洋舰、驱逐舰、加油舰在内的舰队，前去与大黄蜂号会合，执行这次秘密行动的护卫工作，直至 13 日会合。会合之后，各方人员继续准备一切未来行动的方方面面工作。

杜立特说：小处也不可以忽略，“飞机用过的空油罐，也不能扔到海里。否则一旦被日本军舰发现，他们都会来追踪航母。所以，所有的空油罐全部集中保存起来，绝不能大意，引来敌人追踪我们。必要的时候，将油罐上钻空进水，然后沉入海底。”就这样经历十六天的太平洋上的航行，上苍保佑，一路上没有发现敌情。16 号这一天派出六架战斗机、十三架侦察机、轰炸机在指定的范围内进行搜索，后来又派出多架鱼雷机在指定的半径范围内监视，细中再细。杜立特听到一架飞机引擎的声音不太正常，立即派人去检测、修理，再装上发动，声音才恢复了正常。各机组、机长反复考虑，调整自己机组的飞行员，达到完全满意，配合默契。这也是杜立特指挥的独到之处。

4 月 17 日的下午，舰队距日本海岸还有一千六百公里。哈尔希将军下令：两只油

轰炸机停在航母的起飞甲板上

轮将飞机用油和油轮用油输满，再给所有的巡洋舰和驱逐舰加满油，然后两艘油轮留下。同时按战略需要，驱逐舰也留下，等待航母和巡洋舰的胜利归来。此时距离行动战区越来越近，两艘航母和四艘巡洋舰加快了航速，全体官兵、飞行员都集中在一点上：努力在接近东京湾之前不被敌人发现。杜立特考虑的却是：在气候变坏的条件下，飞机如何在剧烈动荡的甲板上起飞？

此时，一位重要人物米切尔拿出海军部长弗兰克·诺克斯送交给企业号航母的邮包，里面放着几枚日本勋章，这是1908年三位美国海军人员访问日本，日本官方发给他们的勋章作为纪念，其中两位受勋的人目前还在海军工作。在日本偷袭珍珠港以后的第二个月，也就是1942年1月，他们写信给诺克斯海军部长，要求部长将勋章系在投向日本东京的炸弹上，让它们代表美国人去回答日本天皇。诺克斯海军部长告诉太平洋舰队司令尼米兹，到时候一定要满足这几位海军老兵的要求。

秘密行动之前，尼米兹指示，举行一定的仪式。于是，一枚重型炸弹庄重地摆在大黄蜂号甲板上。全体飞行员环绕四周，飞行员贾尼克出来，把他1940年在日本获得的一枚纪念章添上。所有的官兵们情绪非常激动，在炸弹上写出口号，两句话："不想置世界于战火中，唯有东京！""你们将从这里得到报应！"众官兵振臂呼口号。

离起飞时刻越来越近，杜立特检查了每架飞机的座舱。他又告诉大家：所有的自动仪器不能靠近罗盘仪，否则会失灵。罗盘要远离其他所有的磁性物。

每个飞行员、每架飞机都带上了急需物品。他们知道，未来降落的地方是美国人从来没有去过的国度。他们从来没有见过中国老百姓。听说他们很贫穷，他们在日本侵略下，挣扎在死亡线上。也许什么生活用品都没有，所以我们要尽量带去。尽管时间很短，也要考虑周到。不知道谁说东方人不讲卫生，所以连卫生纸也要带上。用餐的刀叉不可少，中国人从来不用刀叉。还听说他们用手抓饭吃。这些年轻的飞行员还买了好几瓶烈性的威士忌酒。

4 月 17 日的下午，杜立特向全体飞行员宣布他的第一步行动计划：如没有意外情况出现，我们决定 4 月 19 日下午十六时起飞。我第一个起飞，其他的人顺序两小时内起飞完毕。我提前到达东京，投弹以后引起的大火可以为你们指导目标，迅速投弹，迅速离开，飞向中国。缩短航程节约油料，才能让我们安全到达中国，找到降落地点。最晚在凌晨。目前天气一直不好，狂风巨浪冲击了甲板。甲板光滑，航母前后摇动，非常不利于起飞。杜立特此刻反复交代大家了三点：

航母上起飞的轰炸机

第一，面对光滑的甲板，我们怎么办？请留意我的起飞方法，这是我们在陆地上训练时从未遇到的，也无法预先考虑到的。

第二，我们在起飞时正遇舰首上翘高过甲板，意味起飞如同爬山，很难离舰起飞；如果起飞时舰头朝下，我们此时起飞就会喝海水。怎么办？

第三，我们要注意几秒之间，舰首下滑，然后上翘。你一定要抓住下滑时的两秒间，冲向舰首，就遇到舰首抬头，恰好摆平，你离开甲板就很容易。我们只能这样征服光滑的甲板给我们带来的困难。

全体飞行员打心底钦佩杜立特的机智。17 日的整个夜晚，大家在紧张的心情中度过一夜。所幸，年轻的飞行员还能够入睡，只有杜立特睁眼到天明。

4 月 18 日，迎来了黎明，风浪也平息下来。海天尽头，天明海清，可看见很远。特遣舰队已驶到一千二百九十公里处，大黄蜂号上监视室里的人员仍在观察远方。虽然疲劳，来一杯咖啡提神吧。突然，企业号航母传来消息：远方发现两艘敌舰。此时在"企业号"的监视室里，一位新兵盯着望远镜，竟然打起瞌睡。在他身旁的老兵打了他一拳，他们二人同时从观测镜里看着，他们向左远望，发现海上有军舰，立即向领航台报告。"企业号"立即命令所有舰艇，避开正面，立即转向以躲避敌舰的侦察。

一小时以后，敌舰才从雷达屏上消失。“企业号”上的飞行员返回宿舍休息不久，八架战斗机、三架侦察轰炸机升空，搜索三百公里半径内的敌情。另外的侦察机也在特遣队的上空巡逻。清晨六点过后，美方一架侦察轰炸机发现前方一只小船。飞行员估计，敌船也发现了它，就立即飞回到“企业号”上空，降低高度，将情报装在袋里，超低空投在“企业号”的甲板上。

得到情报，哈尔希命令舰队向左转，正面避开敌人的侦察船。此时此刻，不能用电报传递信息，以免被敌人发现。情况紧急，临战状态，一切活动不能有丝毫差错。又过了一小时，大黄蜂号发现西面出现一只小型巡逻船，相距大约二十公里。大黄蜂号的监视人员截获对方发出的日本电波，可以断定，这只侦察船已向日本本土报告了军情。不久，敌船距离特混舰队只有十三公里。八点整，哈尔希命令：敌人已发现，不能回头，飞机立即起飞。

此时，杜立特正在和米切尔交谈，他完全赞同哈尔希的命令。他要求米切尔：我们飞机起飞之后，航母前进的方位继续保持十五分钟，好让升空的飞机断定方向，没有误差，米切尔点头答应。

杜立特跑下剑桥，冲向宿舍，高声叫喊：“同伴们，行动，行动！”

军舰上的广播器大声传达命令：“陆军飞行员各就各位！”

所有飞行员听到广播，既惊又喜，行动马上开始；又因为来得太快，惊喜之中不知所措。所有的人首先将所有个人用品装入袋中，几乎是一二十秒之间，人人冲出卧室，爬上甲板，甲板上海军正在将因为风浪移位的飞机调入原来位置。

天气虽然晴朗，海浪仍然汹涌，上下颠踬，时有海浪飞上甲板。飞行员们个个担心，飞机会毁于一旦。

此时，大黄蜂所在的位置，离东京还有一千零四十公里多。飞行员们都计算过，从一千零五十公里处起飞，轰炸东京之后再飞向中国海岸，就非常困难了。每个飞行员都知道，从此处起飞，全程要三千五百公里，从中国海岸到衢州机场还有二百一十公里。现在起飞，飞机能够到达中国海岸，已经是奇迹了。航程中，一旦遇上逆风，大家只有落海被鲨鱼吃掉。平时大家谈过，谁会在海中划船，这样生还的机会只有千分之一。此时，已不能走回程路，只有冒险起飞，就看上帝如何安排了。大家不考虑生死安危，抓紧一切，及早起飞。这样做也许有一线希望，中午就可以到达东京进行轰炸，而不是原来计划的半夜进入东京。一旦遭遇堵塞气球，一切化为乌有。如今提前起飞，在白天好找目标，也安全得多。

起飞当时，大黄蜂号以25G时速破浪前进。甲板上留给杜立特的跑道只有一百四十二米。在机队的距离中，它是最短的一架。众人的目光紧盯着他的飞机。八点十五分，杜立特不愧是英雄老将，临危不惧。当他的飞机冲到离甲板尽头还有一米时，他成功地拉起了机头，飞机咆哮着冲向海面，顷刻跃上天空。

众弟兄们对得起三个月的集训，个个本领非凡。全队在近一个小时的起飞过程中，第二架、第三架、第四架——相继追随杜立特，成功地跃上蓝天。到了九点二十分，第十六架飞机平安升空。

日本侦察船“日东丸号”中弹爆炸起火

英雄的十六架飞机全部成功起飞。在航空母舰上起飞，B－25米切尔式中型轰炸机在世界的航空史上也是创纪录的。在这之前，企业号主力舰早就开炮，打掉了那艘日本侦察船“日东丸号”。侦察船舰长自杀身亡，五人落水后被美国军舰救起，其余五人和他的船长同葬鱼腹。

清晨，东京大本营。山本的参谋部。田原海军中佐冲进参谋部的作战室，把(日东丸)侦察艇的敌情报告交给山本。

田原说：“报告司令，南云中将已经采取对美舰作战的第三号战术方案。”

山本看完电报，说道：“不出我所料，他们从海上来了。”

山本认为，敌人离我们还很远，目标是哪里？看来他们要和我们正面作战的可能性不大。但是遵照联合舰队的战略，南云的舰艇还是以最快的速度驶向敌人方向，所有的飞机已经离开仓库，在航母甲板上排列待命。

与此同时，在日本本土，山宪海军少将指挥的二十六航空队的飞机已经起飞，他有三十二架中型轰炸机，在十三架零式战斗机的掩护下，从东京的附近基地起飞，向东还未与美军接触。看来美方舰队知道自己被发现，因此放弃攻击而撤走了。老狐狸山本五十六丝毫没有想到到美方飞机已经全部贴近海面，正飞向东京呢。

壮丽篇

众雄鹰直捣狼窝

哈尔希下达起飞令前，威尔号巡洋舰对准敌人巡逻船开了火，轰炸机从天上扔下炸弹，上下夹击，敌人巡逻船拼命还击，冲向拉士威尔号巡洋舰。小小百吨重的巡逻船，岂能敌过巡洋舰呢？果然中炮而起火，几分钟就沉没。又过了几分钟，特遣舰队全部改变航向，转弯九十度，迅速撤离原海区。大黄蜂号迅速将舰载的战斗机翻上甲板，起飞升空，执行侦察、巡逻任务，保卫特舰。因为一旦远处敌艇出现，随时要认真对待。果然，十一点过后，巡航的轰炸机发现一艘敌船，甲板上可见无线电天线。两架飞机轰炸扫射，都没有打沉它；又发现第二艘敌船，也没有击沉。另一架战斗轰炸机炸沉一艘敌船，这艘敌船还拖着一条小船，小船被击沉，大船受伤。

美军战斗机在太平洋上空护航

美军巡洋舰又向不远处的一艘敌船开火，被击中的敌船挂出白旗，巡洋舰停止攻击。敌船下沉，五个落水者被救。被救俘虏告知：他们发现可疑的飞机向船长报告，船长说是来自日本本土的巡逻侦察机，根本就没有走出船舱。后来，第二次报告说，有两艘美国航空母舰迎面而来。船长才吃惊，立即冲上甲板，举起望远镜。哇，堂堂的美国大航空母舰来到了日本海区，日本船长举枪自杀。其他的人仍然发报向日本大本营报告了。过了中午十二点，特遣舰队的所有军舰都从东京广播里听到：美国飞机轰炸了日本的学校和医院。

特遣舰队上的人们拍手大笑："我们的英雄轰炸了东京！他们会飞向中国！上帝

保佑!”

大黄蜂航母上的海军摄影师约翰·福特中校和他的摄影组对杜立特机群起飞的过程全部拍摄,成为后来最珍贵的历史记载。

贴近海面飞行,空前绝后,这次飞行也是飞行员们有生以来第一次长距离地贴着海面飞,不超过五十米高度,下面惊涛骇浪,上面无际蓝天,所幸整整三个多小时的飞行竟然没有遇到任何敌航母和敌机。此时,日本大本营山本五十六接到东丸的情报后,命舰队的战斗机升空、搜索,直到五百公里以外的天空。特别是从东丸沉没的海域,向东向西搜索,都没有发现任何美国军舰以及飞机。电报传回到大本营,山本竟然点头笑说:“不出我所料,美国人跑得很快呀!”

无巧不成书,就在这一天的清晨,东京在防空演习,气氛并不紧张。因为东京市民在演习中已经听惯了“狼来了”的故事。此时,几十架日本战斗机在天空呼啸而来,拉开架势,上下翻飞,左右追逐,以显本领。许多的大建筑物上系着五颜六色的警报气球。市民们也没有进防空洞,反而成群结队地在大街上看飞机表演。在日本人心目中,大日本皇军传回来的都是串串的捷报,连连的胜利。尤其是日本偷袭珍珠港,摸了美国佬的屁股。日本人打算霸占珍珠港,因为那里储藏着上万吨的汽油,日本可以大大地捞一把。

正午十二点刚刚过后,建筑物上的气球也收了下来,只有三架飞机还在天空游荡着。更巧的是,日本法西斯头目东条英机正乘着一架战斗机,要去视察水户航空学校,要在美国飞机将要到来的航线附近机场降落。说时迟那时快,迎面从港口飞来一架双引擎的飞机,东条英机的秘书西甫大佐一看便脱口说:“这架飞机有点怪……”

说话间,对方飞机迅速靠近,连飞行员的脸都被秘书西甫大佐看清楚了,他猛然大喊一声“美国飞机!美国飞机!”坐在旁边的东条英机吓得出了一身的冷汗。

杜立特气煞东洋人

这架飞机正是杜立特一号机,第一个飞进东京上空。东京大街上的人群以为是皇军最新式的飞机又在表演了。其他的飞机也连续出现在天空。市民还以为轰炸机要表演,这才是特别好看的。当然,杜立特根本不知道,擦身而过的日本飞机根本就没有发现他是谁。因为美国飞机的机身上的图案也有一个小的红色圆球,很像日本的太阳旗。所以地面的老百姓误认为它们是日本轰炸机。杜立特暗暗祷告上帝,立马将飞机拉上一千两百米的高度,寻找轰炸的目标。

在进入东京湾之前,杜立特的一号机和后面跟来的二号机,他们同时遇到水面的一艘日本巡洋舰一掠而过,不知道为什么没被对方发现。这艘巡洋舰是在海上寻找美国军舰的。两小时后,杜立特又发现高空有日本飞机飞过,日机也是去寻找美国军舰的。杜立特的机群因为是逆风而飞,差不多五个小时才到达东京湾。他们发现左边一架飞机摇着翅膀,它是二号机机长胡佛在向他打招呼。将要进入东京湾时,他们已经发现西面高射着火光,于是,杜立特带头从北面空当进入东京湾。杜立特发现许多机场停满了教练机,正当他低空向南飞去,突然五百米高空迎面飞来五架日本战斗机,他立刻向左转,五架敌机也跟着左转,杜立特被日机发现了。

杜立特带头从大黄蜂号上起飞

杜立特再次将机头对准东京方向,五架日本战斗机紧随其后。前面出现了两架山峰,凭借杜立特的本领,他很快就把五架敌机甩掉。杜立特把飞机升到四百八十米,他告诉投弹手布雷莫:“目标靠近!”

杜立特一号机组全体飞行员

布雷莫回答:“做好准备!”

杜立特立即俯冲下去,只见火光一闪,第一枚炸弹投向兵工厂。五秒之内指示灯亮了三次,意味着三枚炸弹已经投下。杜立特拉起飞机,因为高射炮十分猛烈,只有一发在他的机身左面爆炸。此时,二号机胡佛的炸弹也击中了目标。二号机在他的下方三十米,杜立特一号机穿过燃烧的浓烟,此时,高射炮一束火光在他的右侧闪现,他感到震动到他的飞机。此时,阳光很强,下面的一切景物看得非常清楚,那是一个飞机场,有十多架飞机停在机坪。投弹手在后面叫着:"为何不轰炸地面的飞机?"

杜立特考虑的是,让后面的战友去收拾他吧。投弹完毕,杜立特的一号机飞向海边,下面公路上开着坦克和装甲车,投弹手说:"我们扫射他们一下吧?"

杜立特回答说:"不值得我们扫射,放过他们吧,他们反正认为我们是日本飞机。"

越过海岸贴着海面向西飞行,二号机跟在后面。海面刮起了很大的西风,又发现日本军舰和一些小的巡逻船只。向西飞,将是他们要去的地方。杜立特带头起飞、轰炸,又带头离开东京湾。他是历史上第一个轰炸东京湾的大英雄。

太平洋西岸,神秘的中国,将会如何迎接他们?

杜立特的一号机第一个离开大黄蜂的甲板,瞬间头往下栽,一秒钟以后才上升,大家都为他捏了一把冷汗。随后,二号机长胡佛有些紧张。原先的计划是要二号机胡佛在一号机起飞后两小时再起飞。紧急状况下,马上要起飞。他担心其他人是否做好了准备。所幸,同伴们回答没问题。起飞令一下,二号机五分钟之内。冲出甲板,机头向上以后,突然又下栽,机轮几乎要碰到水面,胡佛又努力地拉起来。领航员以为要掉到海里了,没想到又起来了。二号机呼啸升空。大家惊呼:"感谢上帝!"

二号紧跟杜立特

二号机组全体飞行员

二号机贴着海面飞行，加速不久，就看到前面的杜立特一号机。他们就跟随前进。杜立特一号机向左转，他们也向左转。而后，长时间在海面上飞行顺利。当靠近日本海岸时，发现有小船。胡佛担心对方会开火，结果没有。领航员威尔德十分紧张，在无边的大海上，如果没有无线电和定位仪，就无法确定自己所在的位置。一旦飞机进入海岸，领航员就要及时指出航向和飞行的目标。进入日本海岸，下面有村庄和树林。他们跟在杜立特一号机的后面，胡佛也就不再询问领航员了。农村、河流和一些房屋，但在地图上无法找到。进入陆地以后，胡佛没有路线，只好跟着杜立特一号机飞，所幸一路没有遇到敌人的飞机。地面上的状态一切正常，说明日本人并没有发现他们。他们的高度只有不到一百米，还看到士兵们在操场上练兵，刺刀闪光。当他跟随杜立特做“之”字形飞行，发现陆地有很多建筑物，杜立特已带着他从北面进入东京市上空。

当他们看到一条运河，领航员告知：还有两分钟，就会出现目标物。前面的一群大的建筑物，胡佛认定后投下炸弹。据观测，至少也是一座兵工厂或者武器仓库，没有遇到地面炮火。他们在不到一百米的高度投下炸弹。四枚炸弹连续爆炸，浓烟升起，还有其他的爆炸火光，很可能是击中了弹药仓库。胡佛自认为干得不错。他猛推油门，急速离开现场，为的是迅速爬升，飞离东京湾。当他们顺利冲出东京湾时，已经过去了十五分钟。东京湾外，海浪滔天。胡佛二号机冲过去。海岸停有军舰。未料到日本军舰根本没有向他们开炮，但是从水面升起一架飞机，胡佛立即躲开，差点碰上海浪。机舱里有人大喊：“不要开枪！这样容易引来敌人！我们的目标是赶快飞走！”其实在飞出东京湾之前，他看到杜立特的一号机已安全飞走，副驾驶检查油箱，推算能否按计划飞到中国海岸。如果否定，那就糟糕了；结果副驾驶点头，表示还算可以吧。

海面平静，未遇任何阻击，大家才休息，在机舱里吃了中饭。此时，大家非常高兴。快接近浙江海岸时，海上出现一片乌云，又像浓烟，越来越厚。他们就飞得高一些，能够看清前方。好在顺风，可以节约一些油料，早点飞到中国海岸，寻找降落的机场。他们并不知道中国的机场接到命令是在 19 日上午，他们根本没有想到将面临什么样的灾难。当飞机爬上云层，右翼发动机速度转慢。他们担心着靠单引擎飞该怎么办？

三个半小时过去了，云层越来越厚，夹着暴雨。离海岸越来越近，油料不多了。为了避免敌人窃取情报，他们和所有的友机不可以电讯联系。好容易靠胡佛的高超技术，二号机钻出低低的云层，丢下两枚照明弹，才发现已经进入浙江海岸。下面朦胧的夜色中，大概是一块一块的稻田，不能降落，只能继续寻找平坦的地方。

三号机好运来

三号机组全体飞行员

大黄蜂号航母的甲板上，清早八点三十分不到，广播里传来大声的命令："陆军飞行员马上登机！"紧急命令时，三号机大个子曼奇正在餐厅吃早饭，他推开餐盘，爬楼梯冲过走廊，窜进宿舍拿起背包。包里面装满了他的日用品，还有香烟、糖果、相机和记录本。他爬上甲板，先遇到七号机的驾驶员劳逊。曼奇喊着："劳驾你，将我的唱片放在你的座椅下比较安全。我要带上电唱机，到重庆时我们一块欣赏好吗？"

劳逊的投弹手果然接过他的唱片本，放在他的座椅下。曼奇上了三号飞机，机长格雷已经坐在驾驶位上。他们准时、顺利地飞离甲板升空，好像没有什么惊险，也没有发现前面的友机，倒发现一艘敌人军舰并没有向他们开火。奇怪，飞机平稳地在海上飞行，格雷问他："你在干什么？"

曼奇笑着回答："我还没有吃完早餐，机舱里的气味太大。原来那些是从装着汽油的皮囊里挥发出的。一路上他们一直在收听东京电台的广播。因为前面的友机一旦轰炸，东京广播电台肯定会广播出来。奇怪的是，他们到东京海岸时，仍然没有听到东京的广播。"

三号机轰炸的目标是东京东面一条河边，那里有兵工厂和船坞。到达工业区，三号机从二百七十米的高度投弹三枚，落在船坞一枚。日本只有零星的高射炮弹，都没有打中美机。

在接近目标之前，格雷曾经问过大家："如果我们被敌人击中，飞机受伤怎么办？"

大家都说："只要有可能，我们可以跳伞。轰炸完毕，我们还要回家。"

格雷却说："不对。日本人不会那么仁慈。你们选择我没意见；我要寻找一所大建筑物，和他们同归于尽。”

同伴们回答：“那我们也不离开飞机。”

当三号机扔下第四枚炸弹之后，一架日军战斗机来拦截。不幸，此时三号机的机枪失灵。机长格雷开足马力，投弹手逊思用机首的机枪扫射敌机。射击手法克特努力旋转着机枪猛打，他们竟然甩掉了敌机，向海岸飞去。飞出东京湾，回首看到一片大火熊熊，还有堵塞气球。飞过阳光下的皇宫，他们有约在先，才没有下手。

海岸的两艘日本军舰向他们开炮，他们得到命令：一定要在美机返回的路线上把它们击毁。不知为何，三号机安全向正南飞去，飞行十五分钟之后，机长才发现前面是菲律宾方向，才又回头朝着中国海岸飞去。

三号机的确幸运，这时刮起强烈的东风，加速护送他们去中国。比前面的飞机风速还大。如果没有老天帮大忙，三号机就会在距中国海岸三百多公里的海面汽油燃尽坠海，又无舰艇救助，肯定葬身鱼腹。

飞到黄昏时节，才发现后来的一架友机。两机之间，航向有些偏离，曼奇认为，跟对方走可能更好一些。领航员奥祖克蛮有把握地说：“不，我们的方向是对的。”

曼奇只好尊重领航员的主张。后来的事实证明，领航员奥祖克是对的，因为另一架飞机就是六号机。他们方向偏了，坠落在日本占领区，当了俘虏。还死了一个人。

这时，三号机继续飞向中国海岸。黑云、狂风、大雨，航速也减慢了，大家动手把机舱里的能动的东西全部扔出去。最后看到陆地，是一片浅水的海滩。燃油已尽。在此之前，他们发过几次电波给当地的机场，毫无反应。此时是晚上十点钟，看到下面有星星的灯火，如再不跳伞，即将机毁人亡。机长格雷下达跳伞命令。他再次降低飞行速度，便于大家安全跳出。投弹手逊思第一个跳下，领航员奥祖克随后，第三个是机械师兼炮手法克特，他的位置在机身的后面，身边就有一个安全门。此时不料险情出现了，格雷说：“你就打开安全门跳吧。”

可是，法克特回话：“我听不清楚你说什么。”

不知为什么，电话中断。格雷派人看看，曼奇也打开灯，看看法克特是否已跳出，却不见人影。曼奇回来，向机长报告。法克特的伞包不见了，安全门已经打开了，说明他已经跳下了。

曼奇把所有的东西塞进背包和口袋里，还有一支步枪、两支手枪、一把斧头。曼奇人高马大，把身上的口袋全部装满了。跳伞前，对格雷机长说：“落地以后向西走不会错，别忘了带上罗盘，我们会在重庆见，上帝会保佑我们。”

四号机技高一筹

在杜立特机群起飞的头一天，四号机的旋转机枪出了毛病。射击手乔丹和机械师抢修，一直没有修好。18 日清晨，不料，起飞令提前下达，右引擎竟然无法启动。所幸机长霍尔斯特亲自操刀，引擎才恢复正常，但是起飞的时间拖延了十五分钟，八点三十分钟才飞离甲板。

机长霍尔斯特在这一批飞行员中年龄算是稍大一些，而且有过实战经验。就在珍珠港事变不久，他的机组在俄勒冈州驻防，情报传来，一艘日本潜艇进入哥伦比亚港口，上级命令他单机升空。他竟然单机将潜艇击沉，立了大功。在美国的领海内击沉日本潜水艇，历史上从未有过，全组人员获得空军勋章。所以他毫不畏惧，对这次的杜立特行动很有信心。

四号机组全体飞行员

前面三架飞机起飞之后，一个叫米勒的人在停机坪的黑板上写着“风门居中”的字样提醒大家。可是四号机的机长霍尔斯特的风门完全打开，飞机离开甲板时十分安全。起飞之后沿着海面飞行，情况正常。射击手乔丹来到前舱，告诉霍尔斯特：“后面的机枪没有修好，不能使用。”又说：“左翼上的油箱漏油，所以注意输油时不要灌满。”于是油箱顶部漏油就停止了。但是起飞以后一个多小时已经漏掉一些油，是不应该的。还有其他的一些小毛病，霍尔斯特一一严格地检查，给予一一的纠正。

大约十二点半过后接近东京湾。飞机离海面二十多米，云层在上有六百多米，海面出现一群小岛。顷刻间，迎面飞来四架零式战斗机。乔丹在后面说，他的机枪无法使用，只有前面的机枪可以打。我们不能走前面飞机进入东京的老路，因为敌人已经察觉，日本高射炮群严阵以待。

霍尔斯特机长请领航员选择从东京南面进攻，他指示机枪手：用前面的机枪对付敌人。还告诉投弹手：一旦遇到前面险情，可以改变计划，另外选择轰炸目标。霍尔斯特临危不惊，把时速加到四百四十公里，往南飞去。窜到敌机下方，可是敌机也尾随而来，盯着他不放。

乔丹说："敌机在上面，我们仍按原方向飞去。"

霍尔斯特听了乔丹的话，立即转向。因为敌机是四架，他们要受命于指挥机，可是速度跟不上美机。他们发现敌机飞行员技术较差，不善于灵活改变战术，所以被甩掉，它们只能从较远的地方开炮，却打不中美机。

情况紧急，他们又发现几架零式战斗机窜出东京湾，向外寻找着什么。就这样，一个小时之中，他们随时变幻飞行，躲开了敌机的跟踪。

他们找到的新目标，就是军事和重工业、工厂，扔下炸弹迅速离开，向中国方向飞去。不幸，右引擎又开始咳嗽，减慢了速度。霍尔斯特每隔二十分钟加速一次，后来加速也不起作用，航速明显减慢，离中国海岸按时计算，还有二百四十公里。天气恶化，乌云漫布。飞到一百六十公里时，乌云下降，飞机再降低高度，发现海边的一个小岛一闪而过。再无办法，只好依靠仪器导航，再升高。此时已经接近十点钟。云层太厚，飞机再度升到一千八百米。将近半小时，霍尔斯特推断，这样的高度看不清地面，仍然无法降落。但是别无他法，只能靠上帝的恩赐了。飞机坠毁前约十点半，霍尔斯命令："跳伞！"顺序：第一个，机枪射手；其次，投弹手、领航员、副驾驶员，最后才是机长霍尔斯特。这是美国飞行员的纪律，机长最后跳伞。

茫茫大地……中国。

五号机随机应变

4 月 17 日，五号机加油的时候，发现放在炸弹舱里的油箱也漏油。他们把皮囊式油箱翻过来，让空油箱晾干一夜，明天再修，未料第二天一早就要起飞。五号机的机舱、走道和两翼的油箱还没有加油。大家非常忙乱，射击手曼斯克在大黄蜂号人员的帮助下才加满了过道上的油箱。他们又分别到左翼和右翼两侧去加油，工作完毕，全机组人员上了飞机，机长琼斯检查油量，发现机舱后面的油箱少加了三十加仑，他呼叫"曼斯克！"曼斯克拿着一根油管给他，却放不出油来。此刻，飞机马上要起飞，外面的人在呼叫："下命令，下命令！"无奈，机长琼斯让曼斯克赶快回到飞机里，他开动了发动机，才顺利起飞。

五号机不知何故在航空母舰上盘旋一周，才向西飞去。琼斯把飞机拉到五百八十米高空，他在调试飞机的油门。四十分钟以后，从前方的云中，闪出一架双引擎飞机，从右边飞过。显然是日本飞机。出乎对方意料，敌机一闪而过。不知为何，五号机没有贴着海面飞行，直到接近日本海岸时，才降到离海面十五米的高度。琼斯机长把航速提高到三百二十海里，没有遇到阻碍。他确定不了方位，自认为过于偏北，改向南面移动。奇怪，十五分钟以后仍然没有找到东京湾。机长打算尽快寻找轰炸目标，前面却出现了一个海湾，领航员才告知，前面才是东京湾。他们改变方向，从南面靠近东京湾。考虑到飞机的油料不够，找寻目标又费了时间。机长十分着急，好在眼前出现了许多的目标，机长决定轰炸，不再轰炸东京市上空。

五号机组全体飞行员

将近下午两点，他们第一枚炸弹落在油库，接着又投下第二枚。发现一座建筑物喷着浓烟，肯定是发电厂，炸弹投下。敌人的高射炮十分猛烈，飞机航速加快。第四枚炸弹落在一所大建筑物上，可能只摧毁它的一部分。投弹完毕，飞机降低高度，向南飞去。

顺风向而飞，飞机减速，为了节省油料，高度在三百米。这时他们发现三艘日本军舰，面向东北。飞机躲开它，穿过日本的南方海面，向西南飞，离浙江海岸尚需一小时。很快接近中国海岸，天气变坏，用肉眼观测非常困难，离预定的衢州机场还有半小时。又发现小岛，又继续向南，要远离日本占领区，飞行很低，看见了海岸，又上升高度，漫天乌云、大雨不止。此地安全降落的可能性很小。机长琼斯告之："只要油料许可，继续飞行，尽可能地靠近衢州，在那里跳伞。一会儿已超过到达衢州的时间，机长寻找云开之处，没有找到。他们继续飞行，竟然发现一个空洞，投下照明弹，仍然看不清楚。迫降已不可能，只好放弃飞机跳伞。按照纪律，大家准备按秩序跳出机舱。大家祷告，按顺序一一跳出。琼斯机长走回机头，压低了油门，然后走到安全门，默祷后，他最后一个跳出机舱。

副驾驶威尔德，他是与日本人交过手的老英雄。1941年，他给霍尔斯特当副手，一起驾机击沉了日本潜水艇，获得过奖章。自己报名来参加杜立特行动，成为五号机长琼斯的副手。

六号机绝技表演

六号机组全体飞行员

浩浩太平洋上，有一天大黄蜂号全速破浪前进，舰身左右摇晃。忙碌在甲板上的全体飞行员几乎站不住脚。此时，六号机组的领航员里尔森突然滑倒，当他挣扎着爬起来时，几位水手跑过来扶他，帮他把设备装上飞机。机长霍尔马克担心有人吃不消。他对大家说："谁吃不消，现在还可以退出。因为等待补的人很多很多。"

大家笑着齐声喊道："NO！"

机长霍尔马克走进飞机，两个引擎同时启动，状态非常好。只等一声令下，就可起飞。十八号清晨。从广播命令一下，舰上所有人员从第一架飞机起，就盯着每一架飞机的起飞。到了第六号飞机时，大家更有信心。当霍尔马克看到指挥旗一扬，他松开刹车杆，起飞竟然比平时还要标准。

六号机一直保持三十米的高度海面上飞行，只见过一架日本飞机。当到达东京湾时，三千米高空有六架日本飞机。飞在海面的六号机组，高度不到五百米，没有被日机发现。但是地面上的炮火非常猛烈，此时东京已经全面预防了。起飞前，杜立特机群的十六架飞机编成四个组，三架飞机一个组，第六组是四架飞机，其余是三架一个组。所以，五号机加六号、七号机，是一个组，五号机领队，七号机居中，六号机排后，他们计划是互相靠近，轰炸目标是东京北面的钢铁厂。他们计划好，等待头机五号机的信号。三机交叉投弹，五号机先投下三枚炸弹，离开高射炮的火圈，炮火集中到投弹的五号机。六号机再第二次投弹，轰炸顺利，集中目标，熊熊大火冲向千米的空中，他们机智地摆脱了高射炮和敌机的攻击。

霍尔马克驾驶六号机首先离开，三个小时后接近中国海岸，下着暴雨，云层又厚又低，可见度几乎等于零。六号机努力在云层下方飞行，高处海面仅三十米左右，全部油箱已经见底。领航员尼尔森计算，到达海岸还需飞行十分钟。机长霍尔马克告诉大家："努力向前飞，直到引擎停息，我们再跳伞。如落在井中，必须带上救生衣。飞机坠落水中，靠近海滩，安全系数较高。我们再从机舱里爬出去。这样比较安全。"果然不出所料，左面引擎首先冲击水面，与机身折断分离。巨大的机身冲开水面，向下沉去，五位英雄不知死活。

后来事实证明，机长霍尔马克是英明的。如果命令大家跳伞，落在海里，将是非常危险的。因为在水中解开伞是很困难的。飞机迫降在海滩上，借海水缓冲，力量并不大，然后爬出机舱，这样就比较安全了。

七号机十分惊险

七号机组全体飞行员

大黄蜂号上，突然提前起飞。广播里传来命令，机长劳逊心情突然很沉重。他担心的是引擎会不会发生故障，右翼会不会碰到舰桥，左轮会不会出线。半分钟以后，听到引擎的声音，他才踏实下来。他右手放开刹车，左轮沿着白线滚动，甲板在海浪中摇晃，海水飞起的浪花冲到甲板上。还好，飞机平稳向前冲去，顺利腾空，发动机旋转正常。此时，劳逊想的不是轰炸而是能否安全到达中国机场，因为他所选择的机场都靠近日本占领区。在飞行中，由于航速较快，他竟然发现空中飞来一物，原来是前面飞机抛下的油箱。因为他们的飞行接近海面，远处发现一艘大的商船。领航员向他报告，劳逊没有回答。他想到，如果商船发现他，肯定会向东京报告：海上出现不明目标的飞机。他又一想，不能干掉它，只能祷告上帝来保护我们的安全。

所幸没有引起什么麻烦。大约两个小时之后，劳逊将自动驾驶仪器叫投弹手来掌握一下，他想休息一会儿。结果飞机摇摆，劳逊只好重新握住自动驾驶器。不久前面出现海岸线和海滩，发现许多小船，还有一艘大船。它们在船的上空飞过时，劳逊准备以防有炮火射来。结果他发现小船上有人向他们招手，连街上骑自行车的人也向他们招手。他惊呼："感谢上帝！"原来，他们飞机上的图案有一个大的蓝圈包着一颗白色的五角星，五角星中间又有一颗红球，非常像日本的国徽，所以有人向他们招手，把他们误以为日本飞机。地面大的建筑物徽插着日本国旗，一群孩子又向他们招手，劳逊没有发现任何危险信号，向东京飞去。

突然，六架日本零式战斗机出现，比他们的飞机要高一千多米。日机用炮火攻击他们。劳逊躲避着对方的炮火，继续向前飞去。他记得进入东京湾时间不短了，为什么还没有出现东京的轰炸目标？他继续降低高度，才发现前面有一艘大的航母，这才是东京湾。他记错了。奇怪，他考虑是否应该将炸弹扔到航空母舰上？后来一想，还是按照既定的目标去轰炸，就继续朝前飞去。发现前方空中有堵塞气球。十分清楚，不会影响他的飞行。他想，千万注意敌人的高射炮，因为前面已经有六架飞机被轰炸了。劳逊牢记着他的四枚炸弹都系有老兵的日本勋章，绝对要回报成功。果然，前面出现了一个大工厂。他迅速地把飞机升到五百米高度，这是扔炸弹的最佳高度。

敌人的高射炮在附近开花。劳逊第一次冲刺，第一枚炸弹扔下，"轰"的一闪，表示投弹结束。飞机快速指向第二个目标，红灯再次闪亮，下面的黑烟扩散到九十米宽，两股黑烟闪过飞机两侧。七号机又向第三个目标。劳逊第三次冲刺，随着第三枚燃烧弹扔下，由于黑烟的掩护，高射炮找不到目标了。飞机向左侧，他看清楚了身后的钢铁厂吞没在浓烟烈火中。当他打开第四枚炸弹时，竟然有一枚高射炮弹在不远处爆炸。上帝保佑，飞机已高速离开危险区。他想，如果迟缓两秒钟，炮弹就会集中。劳逊用电话询问投弹手：是否炸弹全部扔下？得到的答复是"OK"。

领航员将飞机的航向拨到正南，机枪手告诉劳逊：需要射击时请指点。轰炸三十秒钟，是劳逊这一生难以忘怀的。可以说是每一秒钟他都能说得非常清楚，惊险、紧张、机智，和命运交织在一起，其结果是难忘的胜利。人生的三十秒，也就是东京上空三十秒。三年后，八十名飞行员中，只有他回到美国写出了一本书，就是扬名全美的《东京上空三十秒》，后来还被拍成电影，流传了半个世纪。

回程路上劳逊发现油耗很大，他将速度放慢。已经飞出了东京湾，向南飞行。为了给敌机迷糊方向，他命令机枪手撒切尔拼命射击。此时，海面上一艘日本快艇，劳逊俯冲射击快艇，高度仅在水面十米左右。快艇也向他们射击，追逐他们的敌机已飞走。劳逊转向西南，越过一个大岛。他放心不少，按照航线已经回到正确位置。撒切尔回到机尾位置，守着他的机枪，以防止后面再出现敌人。大家休息，抽起烟来。有人吃起了巧克力。因为没有水喝，也没有吃午餐。进入中国领海，又发现汽艇，他们估计是日本的。如果他们向上级发报，就很危险。随后他们又发现两只军舰跟着一艘大船，可能是在加油。劳逊考虑，如果再有一枚炸弹把他们炸掉该有多好。但他想，战斗已经结束，不能暴露目标。这时天空开始下雨，玻璃有些模糊。此时正是中国南方下雨季节。他希望有无线电来指引他们降落的地方。此时，撒切尔问劳逊，如果在海上跳伞怎么办？

劳逊胸有成竹地告诉他：没有关系，我们都在一起，彼此都会照顾。他说，如果在海上降落，一定要在离海面还有三四米时拉开胸前的伞钩，这样伞就会离开，不会包住人而造成困难。劳逊紧盯下面，飞机大约在一百五十米上空，因为有云和雾，看不清水面。他又下降二十米，终于发现小山一样的岛。天气很坏，小岛很多，劳逊依然靠自动驾驶仪慢慢飞着。

天色很暗，突然发现一个山头，他急忙拉起，差点撞上山头。他就更加谨慎地观察着。劳逊非常清醒，两个办法让他选择：一是继续低空飞行，寻找可行的降落点；二是避免撞山的危险，拉起飞机向正南进入大陆，直到汽油消耗殆尽，全体跳伞。第二个办法意味着飞机坠毁。劳逊心中很难过，不知是谁高喊："我们下面就是大陆！"

劳逊问领航员，迈克鲁回答："我们应该向南，离开日本占领区，还有一百六十公里就比较安全。如果能够确定，我们不打开飞机上的灯，避免敌人发现。"

劳逊认为领航员判断正确，他把飞机盘旋着飞行，竟然在一百五十米高的云层里发现一个明亮的洞。波特大喊："下面是一片海滩！"

八号机巧访北方熊

第八号机原来的编号是"40－2242"。八号机的机长是约克，来此之前担任第十次轰炸机队的中队长，也算是一名老飞行员了。起飞前，他全神贯注地盯着前方，紧握着油门杆，手腕上的表指针指在八点五十五分。指挥的旗手扬着指挥旗朝下一挥，约克放开刹车，机轮准确地压在白线上，速度越来越快，舰桥刷到后面，窜上蓝天，收尽机轮，摆平机头，关小风门，拉回油门，这是一连串的动作，贵在节约油料，平稳飞行，这才松下一口气。看着副驾驶笑了一笑，因为副驾驶埃门上飞机时带了一大堆食品和杂物，这些食物和用品都是在大黄蜂号上海军商店里买的，价格实在太便宜了。大家都明白，这次轰炸是从未有过的长途旅行。他们相信用不了两天，就会凯旋回国。机舱里，各人都在认真检查自己的设备、武器，射击手波尔掌握后面的旋转机枪，试试操作能否正常，机械师拉本忙于检查发动机，把所有的东西安放整齐。不知为什么，大家不约而同地想到一个问题：如果飞机在充满盐味的海上飞行，引擎有可能受损熄灭，再加上日本凶猛的零式战斗机来交战，就有好戏看的。

八号机组全体飞行员

这时，波尔告诉大家：他在操作油箱时发现，比以前的输油时间提早许多，那么会有许多油箱要处理，绝不能扔到海上，这样会使敌人发现我们的行踪而跟踪而至。机长约克不断调整油门，引擎声音很大。他仔细倾听，如此大的声音会不会有问题？前方海面发现物体，可能是浮出水面的潜水艇。如果是的，他们就会向东京报告，我们会意外地受到高射炮火的包围，那我们就给他一个炸弹了事。后来，冷静在他的思维中占了上风，我们带的炸弹是要去轰炸更大的军事目标。

离正午还有一小时，虽然是晴朗天空，却有一股强风刮来，影响航速。这又要多耗油量。约克决定亲自检查耗油量，把位置交给副驾驶埃门。约克检查结果大叫一声："你看，是不是我的头脑发昏？怎么会烧掉这么多的油？机器运转正常，为何耗油增大？会不会漏油到机外？我们没有发现，真的油漏到太平洋，我们就要完蛋了。如果是这样，问题肯定出现在化油器上。"

八号机在加州撒拉门托机场更换过化油器，当时机长约克并不知道。可是杜立特凭他丰富的经验曾经说过："没有机长的同意，不能更换任何零件。"上了航空母舰以后，机械师拉本怀疑过八号机的油数据不对，但没有在记录本上找出。现在问题肯定是出现在两个化油器不配套，平时没有关系，可以随时多加油，长途飞行就不行了。

说到这里，大家紧张起来。化油器有毛病，绝不是小问题。这样飞下去肯定到不了中国，面临油尽机毁的后果。到日本还有一个小时，就算能完成轰炸，后面怎么办？领航员贺登直奔到驾驶舱，再次检查储油量，问题确实非常严重。按照目前的状态，轰炸后，油量也只能维持一个小时的燃烧时间。只有一条出路：在日本附近的苏联机场降落，加上汽油，再飞回中国，应该是可以的办法。苏联是美国的盟国。说到这里，机长约克直接点名:“你说,从日本到苏联的航线怎么走?”

领航员点头:“当然。机长你是想到那里降落?”

约克说:“杜立特没有命令不准在苏联降落,但是我记得有过这样的文件中提到过,盟国可以为我们提供支援。斯大林表示过,在远东战场,盟国飞机可以在远东的苏联机场加油。这是内部传达的,公开没有说过。因为苏联和日本有条约,他们不是交战国。表面上,苏联表明,他不能惹怒日本,所以在私下谈判中没有同意为我们提供降落的机场。情况就是这样。”

大家一致认为应该去苏联远东机场加油。领航员贺登说:“这也是我的想法。”

机长约克最后指出:“我们必须再仔细检查一下前面飞行时的耗油量,再做决定是否飞向苏联加油。”

果然一小时后检查出来,是老样子。根据目前存油,只能燃到离中国海岸有五百公里的地方。情况紧急,日本海岸已出现在前方。波尔电话中告诉机长:“机枪保持临战状态,目标已经接近。”机长告诉大家,前方一架大船迎面驶来。飞机避开,发现是一只货轮。他们还没有找到日本的“副 13”。

机长约克提醒:“提前准备好。”

从东京湾到佛拉迪奥斯克的航线接近日本的海滩,怎么出现了许多人群?他们在又蹦又跳,不像东方人,也许是被日本关押的英国和美国的战俘,因为他们很快从八号机的机翼上发现美国的国徽。突然,机舱后面的波尔发现上空有九架日本飞机在高空迎面飞来,显然他们没有发现海面飞行的八号机。

在陆地上出现高高的无线电发射架,贺登在电话中告诉说,那是广播电台。机长迅速将飞机拉到五百米高度,终于找到目标:一片三四层楼的厂房,烟筒正在冒烟,有铁路开通。机长命令:“打开舱门,准备!”炸弹落下,顷刻间烟火冲天。约克左右巡视,以防敌机偷袭。下面一个停机场,一群双翼的教练机一闪而过。贺登后来懊悔地说,可惜没有扫它一遍。

飞机临近一座小山,波尔紧盯着后面,前面出现了白雪覆盖的富士山,飞机飞过,几乎碰到山顶上的小树,前面是一片大的平原,日本岛屿间的海峡像一条闪光的带子。

炸弹已经投完,此时众人松下一口气,离开黄蜂号母舰起飞,已经整整过去了五个小时。埃门想起要抽烟,他对口袋里的糖果没兴趣,可惜找不到香烟。

领航员要机长向右飞行,大家知道下面是朝鲜半岛,朝鲜北面的边界距苏联领土只有几十公里,它已被日本占领,稍不注意,边界就一闪而过。埃门问机长:“会讲俄语吗?”

约克机长回答,他的长辈是从波兰来的移民,波兰话可以讲几句。约克上的是西点军校,在学校用的是老名字,别人以为他是俄罗斯人。约克突然想起,别的机组如果遇到困难,也可能飞向苏联。

大家不禁四处张望。此时,前面会不会有友机出现?结果没有。

领航员贺登捧着地图,盯着西面的海岸线寻找。已经查明,北面的海岸是苏联的,而不是朝鲜的,并且指给机长和副驾驶看。机长约克调整方向,终于看到海岸半岛的中端没有高射炮出现。正在此时，航向微微偏移，他发现一大群飞机，至少有三四十架，机翼是橘黄色，肯定是苏联海军飞机，飞机航向移动，机头朝下，加快速度，防止苏联飞机先行开炮，那就糟糕了。在苏联远东地区靠近海边的空军基地，如果发现一架双引擎的轰炸机是非常惊讶的，极可能出现意外，所以不可不防。

八号机跃过一个山头，前面出现更高的山梁，机长约克努力寻找降落地点。果然，机身下展现一片平川，中央竟然是一块方形的场地，周围还有一些建筑物。此时，八号机向二百多米的高度飞去。发现地面有房子，还有穿外套的人，他们翘首张望；不远处在伪装物的下面停着一架小飞机。机长扬起手臂说："这是机场。"八号机开始逼近机场，一架小战斗机在右侧并行，越靠越近，八号机故意避开。

埃门喊道："赶快放下机轮，他们就知道我们要着陆，保险不会开火。"

机长迅速放下机轮，飞机减速，那架小战斗机果然退在后面。八号机顺利滑行着，大家感到一阵震动，飞机终于着陆了，安全了。

命运如何，没有人知道。

九号漏油急煞人

九号机组全体飞行员

大黄蜂号的甲板上，前面的飞机相继起飞，九号机机长奥特森已经启动引擎等待。他心中有点不踏实，觉得起飞线太短，万一起不来怎么办？大家目睹前面八架飞机相继冲上蓝天，给大家鼓舞很大。此时，海浪减小，指挥旗一扬，转身之间飞机冲出去离开了航母，冲上天空。当机轮收回不久，却出现了意外。在旋转机舱部位增加的油箱往外漏油，当投弹手斯克特从电话中告诉机长，他也没有主意，只好等待主油箱里的油烧完，才能使用漏油箱里的油。这是在起飞以后出现的问题，谁也无法预料。航程顺利，贴着海面，发现一艘货轮，大家只专心将一个又一个用完汽油的小油箱扔在一边。

转眼之间，海面上又出现小的渔船，这是预告离东京海岸不远了。果然，发现一个飞机场，排列着许多飞机，机翼上有明显的太阳旗的标志，旁边还有一些小型的战斗机。前面就是东京了，发现高射炮的炮弹正在等待他们。烟火阵阵，不知为什么，离飞机还很远。又飞过一个机场，这时飞机已经拉到一千米高空。前面很像一座飞机制造厂，高射炮在上空和下空爆炸，都没有影响奥特森的飞行。因为目标很大，奥特森下降俯冲，竟然传来了炸弹离机闪亮的红灯。有人回头看到，炸弹炸中工厂，随后后面有敌人战斗机向他开火。烟雾迷茫，机枪射手紧握扳机不放，不停地向敌机开火，竟然有一架敌机下栽。斯克特大喊："击中了！击中了！"

机长奥特森再次降低了飞机高度，几乎贴近建筑物，沿着海岸飞行。有两艘军舰发现后开火，可惜奥特森已经超过敌舰。由于炸弹爆炸，激起的海水几乎飞到机身上。有着丰富经验的投弹手斯克特在整个几秒钟的过程，旋转着机枪，准确射击，屡中目标。

由于比预期的轰炸时间要长一些，大家冲出东京湾，贴着海面向西南飞去，才想到剩下的汽油能否让他们飞到中国。有人甚至说道："如果油料不够，我们可以在海上降落。先扫射一只渔船，然后占领渔船，开着渔船再驶向大陆。"

也有人说："太危险，也没有把握，如果是日本渔船可怎么办？"

当他们接近中国海岸时，云雾浓重，飞机不得不爬高，已经在千米以上。气流很大，飞机上下震动，也影响飞行速度。大家主张向南飞，远离日本占领区。直到汽油耗尽跳伞，落在中国地区，安全比较有把握。

奥特森认为，这个主意很好，尽量节油，尽量向南深入中国内地，一定可以保证安全降落。就这样，他们一直前行，比其他的飞机飞行的时间都要长。在汽油即将耗尽的前几分钟，他们向地面发出紧急呼救信号，可惜地面无任何反应。他们不知道飞机已经飞到中国江西的境内宜黄县的一个乡村，远离城镇，没有任何机场和电讯、通讯设施。

机组五个人全部跳伞，先后落在不同的村落。飞机最后坠落在更偏远的乡村山头。

焦头烂额的十号机

十号机的飞机编号为"40－2250"号，它是最后一架被调上航母甲板的，在最后起飞排列时，排在第十号起飞。后来，十六架飞机的编号就改用起飞时的顺序排号。

十号机组全体飞行员

这群年轻的人，个个意气风发，都为自己能有一次冒险的机会而庆贺。虽然自己也不知道去哪里冒险，对家人什么也不能说，猜了又猜，也不能给家人吐露一个字。登上黄蜂号以后，每组飞行员都抢着在自己的飞机前面合影留念。不知为什么，有好几架飞机到了航空母舰上以后，发动机总是很难启动，有的甚至要折腾好几分钟才能发动进入待飞状态。

十号机的机长乔伊思急得满头大汗。将临起飞时，所幸原来毛病不少的右侧发动机竟然一次就到位，启动正常。他真是喜悦万分，认为是吉兆。

十号机正常离开甲板以后，乔伊思高兴地在航空母舰上空盘旋一圈，才沿着规定的方向飞去，离海面一百五十米。飞行两个小时以后，在飞机后部负责观察的浩登在电话中喊叫："前方出现双引擎的敌机，时间十二点。"

机长乔伊思遥看，果然是一架日本飞机。对方位置较高，穿过云层直冲过来，显然是发现了自己。说时迟那时快，乔伊思机长压低机头冲过去，躲开了敌机，敌机竟然没有向他开火，十分惊险。因为接近东京海岸，避免敌人发现，乔伊思把飞机拉升很高，在二千米以上。又有云雾，果然前面没有受到敌人的干扰。接近东京湾，它才钻出云层，下降到一千米以下，时速也放慢。此时，突然发现一艘在海上行驶的航空母舰向他们射击，可惜距离太远，威力也小，没有影响他。

乔伊思明白，他们起飞靠后，前面的同伴已经在东京大闹天宫，日本军方必然组织强烈的炮火来迎接他们，前面的危险性非常大。乔伊思选择的第一个目标是一座钢铁厂。他扔下了第一枚重型炸弹击中目标，第二枚也击中，第三枚和最后一枚的燃烧弹送给了一片重工业区。

美国轰炸机接踵而至，震撼了东京。东京把地面的全部炮火用于反击。十号机扔完炸弹之后返回时，已被大面积的浓烟所包围。炮弹不停地在飞机上下左右爆炸，还有上空日本的零式战斗机包围式的火力，乔伊思把飞机下降再下降，给地面的高射炮转动造成一些困难。日本战斗机也紧跟着下降追逐，可以说是一场混战，甚至地面上的高射炮在浓烟中分不清谁是日机谁是美机。机枪手霍顿不时地用后旋转机枪开火，毕竟 B25 轰炸机火力猛烈，驾驶员的高超技巧，再加上美机前后强烈的炮火，压制了对方，保护了自己。这是美国飞机设计、驾驶员和机枪手技术水平高超的结果。

整个过程中，十号机击落、击伤好几架日本飞机。正当他们远离追击的炮火冲出东京湾时，不料迎面三架日本战斗机同时射出炮火。乔伊思急速升高到云层，果然甩掉了敌机。在云层中飞了一段，估计已经烟消云散，再飞出云层，向西飞去。大家回过头来检查自己的飞机，才发现飞机后部非要害部分被小炮弹击中，留下弹孔，约有拳头大小，左翼也有几处弹孔。大家暗自庆幸没有受到重伤。然而由于机身上的几处弹孔，他们在飞行中感觉到有些轻飘，油箱出现了一点漏油现象。接近中国海岸时风雨交加，不知为什么，自动驾驶仪不能启动，只好靠驾驶员亲自操作。副驾驶司道克过来帮忙，因为乔伊思已经筋疲力竭。

领航员克劳奇从地图上得知，中国的福建沿海一带有许多山峰，根据飞行的时间，他们已经飞过了浙江的海滩地带。于是他提升飞行高度，看到岛屿，又看到海岸，不是海滩，而是山地。天空越来越暗，看不清地面。乌云夹着大雨，飞机继续在五百米高空以上飞行。乔伊思认为目前状态很糟，很难找到衢州的机场。大家准备最后跳伞，剩下的汽油只能飞得很短，没有机会寻找降落的地点。乔伊思又把飞机拉到近三千米的高空，根据地图上的位置，航程没有几分钟了。估计下面是安全的地带，他发出了指令：机枪手霍顿第一个跳伞，从后门跳出；第二个拉金，投弹手；领航员克劳奇，排在第三，他们二人都从前舱跳出。拉金是等到霍顿跳出以后才启动前门的，以避免碰撞霍顿。机长乔伊思内心万分感慨："战友们！在衢州见吧！祝你们好运！"

大家都牢牢记得，无论在哪里降落，都要告诉中国人："我是美国人。"大家祈祷在衢州机场见面。

第一个跳出的霍顿在后门口还喊了一句："你好！机长！我先走一步，谢谢你高超的飞行技术！"他挥手含笑，他充满了激动之情。在回忆刚过去的十几个小时，在激烈的生死交关的战斗中，霍顿表现十分勇敢、机智，他由衷地感激这位射击手。

驾驶盘上的仪表显示一百九十公里的时速，四个战友已经跳下去了，"嗡"的一声中，他从驾驶舱离开。他是最后一个离开自己的心爱的飞机。无言中，他想还张望一下，但是不能再延迟了。这架飞机与他相伴了三年，他咬了咬牙，推开前门，勇敢地跳下，拉动伞带，伞包自由地张开。黑暗中下落。就在此时，感觉到腿带上的金属扣断裂。他急忙抓牢，差一点离开吊带。有什么东西打在他的下巴上，感到头昏。怎么搞的？手枪也从枪套里蹦出。因为风很大，身体摇摆着。两三分钟以后，才恢复正常。直到他听到一声巨响，这是飞机坠落山谷，就在附近发出的响声。黑暗中，他的双脚碰到了什么，他才明白，他落在了一个山坡上。上帝保佑，没有受伤，感觉良好。茫茫的群山中，四周黑暗，什么也看不见，只感觉到这是中国土地。乔伊思心想：我还活着！

巧寻目标十一号

十一号机组全体飞行员

编号为“40－2249”是排在第十一个起飞的。机长格里林是从另外一个航空队选派来的,他来到埃格林顿机场担任机长。训练已经进行一半,他算是半路参加。但他胆大,意志坚强,别人已经学过的,他很快就学到手。后来的训练时间很短,但他和大家相处非常默契。可见他的飞行技术很扎实。

当轮到第十一个起飞时,风向平和,硕大的航空母舰在比较平稳的浪中前进。格里林启动发动机,一切正常。在海军士兵们的欢呼声中,他们顺利起飞,贴着海面,朝着既定目标飞去。

十一号机的轰炸目标不是东京,而是横滨的一个大型炼油厂。同时,还预定了一个另外的目标。当十一号机飞临日本海岸时,机长格里林感到下面的地形竟然和加州西部的海岸十分相似。当飞机发现下面是一个空军训练基地,有几架双翼的教练机在空中飞翔。它们的高度是一百五十米,下面居然有人招手致意。当然还是机身上的太阳机徽造成的误会。不过有人惊叫着躲进树林。

他们遭到四架日本战斗机的攻击。当时美机的时速是二百六十公里,机长格里林猛力推闸,时速达到四百多公里。日机紧跟不放,投出子弹。射击手加德拉猛烈扫射,把对方甩得老远。那架日机不见了。前面就是横滨炼油厂,又有多架日机从四面迎来。格里林决定不可莽撞,锁定第二个轰炸目标油库。顷刻之间,四枚燃烧弹从一百八十米的高空投下,顿时爆炸的气浪强烈震动着机身,身后的大火、浓烟遮住了半个天空，实在惊人。十一号机转向东京湾，飞行几十公里之后，仍然可以看到后方的火焰、浓烟。炸弹集中，时间准确，前后就在半分钟之内。

任务完成，爬上云层，和日本海岸远离八十公里，以避免敌机的跟踪。直达日本岛屿的南方，然后再转向西面飞向中国沿海。

命运仍然不佳。飞向中国的途中，天气转阴，浓雾盖着海面。尽管上升高度，仍是浓雾弥漫。天色变暗，上不见星光，下不见想象中的小渔村的灯火，只能凭借飞行员的主观判断。

此时已接近午夜，漆黑的夜空，茫茫的大地。这些来自遥远的太平洋东岸的英雄们也不免感到孤独和茫然。虽然看不清下面，按航程推算，肯定已经进入中国的海岸。在最危急的时刻，他们只能默念“上帝保佑”，大家不约而同地看着机长。机长格里林看了看手表，已经是午夜十一时，飞机高度在接近三千米的高空，他将飞机努力降到云层以下，终于见到下面的灯光。云层下，竟然看到小山的轮廓。大家心中暗喜，但是，他们知道飞机无法在山区降落。机长下达了跳伞命令。按纪律，投弹手加德拉从后舱走向前舱，先打开门，第一个跳出，随后是波琪，凯佩乐排在第三，一出飞机，便打开了降落伞。后来他说，奇怪的是，降落伞一打开，怎么口袋里装的东西都丢失了？惊慌之际，他还能打开手电筒看表，知道已经降落了四分钟了。命运对他不错，他碰到一棵大树，把他轻轻一弹，最后落在地上，毫发无损。

机长格里林以为夜间落地以后肯定找不到人家，所以把背包里装满了食品，还替别人装了不少东西，除了背包，胸前还抱了一个包。不料在下降的过程中，风很大，他稍微一松手，背包就飞掉了。所幸，他很快就落到地面。第二天前来救援的老百姓发现满山撒满了美国的食品，想吃又不敢吃。

十一号机的五位飞行员在黑茫茫的中国小山村，一一安全落地，实在是奇迹。真是感谢上帝。

有趣的是，很多年后，有一位八十五岁的当地农民回忆当时的情景说：“美国飞行员降落的地方，就像大街上的杂货摊倒了，撒了一地吃的东西。”

十二号机神秘失踪

1942 年 4 月 18 日清晨八点，大黄蜂号航空母舰的甲板上，突然响起紧急的呼叫声：“陆军航空员们，紧急集合，准备立即起飞！”反复的广播，惊动了所有飞行员们。十二号机组的领航员彭德还在深深的睡梦中。第三遍的广播，加上同伴的敲打，才把他惊醒。他仍然没有当作一回事。因为平时的演习也是这样呼叫的。当他看到同伴们的紧张神情，才知道大事不好，匆忙中连领航文件包都没有带，跑到甲板上一看，情形不对，回头就往船舱里跑，去拿领航员的公文包，还东一把西一把地把香烟糖果都装进了包。平时大家都说，这些东西在中国都买不到，特别是香烟。

十二号机组全体飞行员

当彭德再次跑上甲板时，机长鲍尔已经上了飞机。机长很有经验，他镇定地处理各种情况。他认为这不过是一次远离祖国的飞行任务。作为飞行员，这是平常的事。当十一、十二号机离开甲板以后，飞机离开海面两百米，机舱内增加了好几个油罐，包括折叠式的油箱。机长严格命令：任何人不许吸烟。

飞行途中，彭德努力计算着什么时候可以看到东京海岸、什么时候可以到达中国沿海的机场。他认真地校正着飞行的航向和里程。这张每个领航员必须具备的地图上只有一些领航员能够看懂的符号，没有什么地名、标志，为的是防止领航图落入敌人手中而泄密。他准备得十分充分，一路顺风三四个小时。

当飞机进入横滨港区时，地面的炮火和飞机的炮弹正迎接着他们，敌人已有备而来。穿过一座飞机场，停有飞机，不知为什么没炮弹向他们射来。越过海湾，天空出现堵塞气球。机长把飞机拉高，正对横滨海湾的船坞，停有许多军舰和物资。飞机临空三百六十度高，舱门打开，机智的投弹手一次性地四枚炸弹同时落下，结果全部击中。敌人的高射炮和上空战斗机的炮火齐发，却没有一发击中美机。机长鲍尔再三压低高度，几乎擦过屋顶，转向海湾溜之大吉。技艺高超的机枪手不停地将枪弹射向码头上的所有日本士兵。冲出港口，彭德烟瘾上来了，因为太紧张了，但是纪律不容许，只好拿出橡皮糖塞进嘴里。

离开横滨，一路发现许多敌机，但是没有一架来追击。大概日本人被这架从来没有见过的飞机吓坏了。一路上，也有一些军舰向他们开炮。飞行员们不屑一顾，看着敌人浪费他们的炮弹。机长鲍尔告诉领航员彭德测定风力对飞机的影响。有东面吹来的风是顺风，能够帮助飞机加速飞向中国海岸。大家关心到达中国海岸以后如何寻找降落的机场。据推算，到达中国海岸距离衢州机场还有三个小时的航程。

十二号机顺利、安全抵达中国海岸。但是云层很低，能见度很差，天色已暗，要远离日本占领区很困难。如果航向偏南，安全系数就高。一小时过后，估计已到目的地上空，应该是远离日本占领区，但是他们联络不上衢州机场。十一号机在三百米高空寻找机场，毫无办法，连灯光也看不到。

离飞机坠落时间还有二十分钟，机长鲍尔对面前的四位飞行员宣布："立刻跳伞！"背好伞包，绑好背包，扛好枪支，装满口袋，机长鲍尔一一检查，最后宣布跳伞顺序：第一位飞行员比索，机枪手杜奎特第二。领航员彭德排第三，他不知为什么挥动了一下左臂，跳出舱门，气流冲击他，使他喘不过气来。过了一会儿，他感到伞已经张开，往下坠地，呼吸才恢复过来。因为跳伞高度比较低，很快就听到海浪的声音。他想，前面的两位同伴也许掉到海中了。他迅速拿出口袋中的手电，想打开看个究竟，却意外地感到两腿碰到了什么，呼吸突然加快，原来他重重地摔在了山坡上。他知道自己并没有葬身鱼腹，已平安降落。

四周望去，不知同伴在哪里，他感到孤独、害怕，因为这里是他从来没有见过的遥远又遥远的东方。

十二号机下落一直不明。六十年后，机长鲍尔已经老态龙钟。他一直有一个心事，找到十二号机的下落。2004 年，喜讯从天而降：中国人帮他找到了坠落的地点，并给他寄来一块十二号机机身上的残片。鲍尔欣喜之下，又多活了三年，在九十四岁高龄时，带着他和十一号机的梦想去了天堂。

十三号命运不佳

十三号机的飞行编号为"40－2247"。机长麦克尔・洛义，年龄稍大，也不过三十岁，逢人便笑，人缘不错。副驾驶洛布洛克刚从飞行学校毕业，二十五岁。

洛布洛克临飞前，给机组每人准备了两份饭。他多长了一个心眼，起飞以后，可能十多个小时没有饭吃。他这样做，受到机组人的称赞。前面十二号机顺利起飞之后，十三号机移动到起飞线上。很快，前面扬起了起飞信号。十三号机立即升空，机长麦克尔拉满了油门，向前冲去。离海面很低，他和十二号机、十一号机编成一个飞行组，平稳地飞行。机长抽空吃起三明治和饮料，因为起飞前他没有顾上吃早餐。

中午接近日本海岸，领航员一直在地图上寻找位置和目标。不知为什么，几分钟内都没有找到，又不能用无线电与友机联络，机长只好继续沿着日本海岸飞行寻找。显然，他们还没有到达东京湾。十三号机从一大片渔船上空飞过，渔民们竟然招手，洛布洛克还用袖珍相机拍下这个镜头。后来，这张照片竟成为一幅珍品。他们右转，前面就是东京湾。突然，地面高射炮喷出火舌。他将飞机绕到一座小山背面。领航员坎贝尔大喊："高射炮的方向就是我们要寻找的目标！"

十三号机组全体飞行员

那是一个海军基地，飞机升到四百多米的高空往前冲去，一枚重型炸弹落下，清楚地看到，一艘大的船中弹、起火，飞起无数弹片。接着第二枚炸弹落下，回头一看，另一艘大船渐渐翻身坠到海里。洛布洛克机长眼疾手快，对着火光又拍了一张照片。其他人的背包里竟然忘记装自己的照相机。

顺利完成轰炸任务后，飞机冲出危险区，在海岸绕了一个圈，以迷惑日军的高射炮，然后机头转向南方，逆风飞去。机长担心油料是否能够维持到达中国海岸。到了下午四点，暴风雨加上乌云，天空如同黄昏，只能靠自动仪操纵飞行。他们想到，如果到达不了中国海岸，掉在海里可怎么办？虽然机上带了救生艇，后果也是不堪设想的。麦克尔·洛义说："是死是活，我们都要在一起。跳伞以后，一定要寻找同伴，互相救助。"

洛布洛克机长想："就是死也要在一起，因为这样有利于后来人的寻找。"他们最后一个希望，就是不要落在海中，才有求生的希望。

机长的跳伞命令下达，投弹手威廉姆斯排在第一，他离开舱门以后，还伸出手来喊着"再见！"布洛娃第二，坎贝尔第三，麦克洛尔机长忙着打开背包，又装进几包食品和衣物用具，将包牢牢地系在身上，才最后一个跳出。

上帝保佑，下面竟然是一片陆地。天空下着大雨，布洛克拉了一拉伞钩，一切正常。云雾、雨点打在身上，布洛克努力向四周看去，黑蒙蒙的，什么也看不见。他大声呼叫，也只能听到伞在风雨中发出的声响。伞继续向下降落，他好像发现一条灰白长条。他喊："这是河流，我们到了陆地上。感谢上帝！"他在等待，睁大眼睛往下看，雾气夹着雨点冲在他的身上，突然，"哗啦"一声，他的脚碰到地上，伞还拖拉着他在地上跑了一段路，然后就没有知觉了。

重任在肩的十四号

十四号机组全体飞行员

十四号机的机长希格尔军衔是少校，仅次于杜立特。他们的任务是轰炸名古屋的重工业区。十五、十六号机炸神户和大阪。起飞前，机长希格尔很清楚，甲板、跑道仅有一百五十米，风速八十公里，他的三架机组首飞的是他。起飞时，比杜立特晚将近一个小时。他明白，越往后起飞，风险就越大，日机的炮火肯定是最厉害。

所幸，沿着海面飞行三个小时之后，竟然没有敌机干扰。一直到达日本海岸，才发现一架巡逻机，而对方却没有发现自己。希格尔继续向西。到达名古屋南端，下面许多渔船，渔民还向他们招手。在他的后面，史密司驾驶的十五号机紧跟着他。奇怪的是，一直不见十六号机的踪影。十四号到达名古屋正南，才与十五号机分开。希格尔向东飞去，下面可能是所学校，因为球场上有人在打球，还没有找到目标，却出现了高射炮喷出的火舌。机舱射手在电话中传来吼叫："日本人在向我们射击！他们在向我们射击！很远，没有碰到我们！"

希格尔始终没有找到第一目标，左转，又向南，才发现第二目标，是一所军事基地，是一所军营，有高大的建筑，很像指挥部。说时迟那时快，第一枚炸弹击中兵营，引起大火；然后转到第三个目标，建筑物高大，是一个军火库，虽然高射炮火很猛烈，飞机四围浓烟滚滚，火光闪亮，希格尔巧妙地穿过，接着找到第四个目标三菱飞机制造厂。建筑物特大，醒目，是生产日本双引擎轰炸机的大型飞机制造厂。希格尔仿佛看到一顿美餐，非把它吞下不可。炸弹落在正中。奇怪的是，那么猛烈的高射炮火，竟然没有伤及十四号机一根毫毛。

飞机靠近水面向南，远离名古屋几十公里。他们不断回头看去，浓烟大火形成的烟柱还在上升。海上，他们发现日本的巡洋舰。由于飞行高度很低，巡洋舰竟然没有察觉他们。但是他们发现左侧的引擎不正常，这样下去，会影响飞往中国的航程。如果加速，又会多耗燃油。

按计算，离中国海岸还有一个多小时。与前面的飞机一样，气候非常糟糕，风雨交加，黑云密布，只有依靠仪器飞行。按时间计算航程，已经进入中国海岸。现在只有最后一条路：弃机跳伞。

飞机在较有把握的高度，希格尔命令跳伞。他们一一跳下去了，最后是希格尔。他做好了一切准备：伞包、背包等。迎着门外飞进来的风和雨，他一个侧身冲出去，伞很快张开，飞机在头顶远离而去。他在跳伞时，飞机高度在二千五百米。大约两分钟以后，下面的浓雾散开，好像看见地面的山峰。落地时，似乎撞到什么东西上，他昏过去了。

惊涛骇浪十五号机

十五号机组全体飞行员

大黄蜂号的甲板上，当十四号机起飞后，十五号机应该向前移动。非常奇怪，十五号机就是不动。机长史密司握着已经推开的刹车杆，奇怪，这是怎么回事？外面的人也只听见发动机在转，飞机却不移动。不知是谁“哇”的一声，手指着机轮，原来是机轮下挡木没有拿掉。甲板上的水手迅速把它搬开，飞机才开始向前移动。这件小事就耽误了三四分钟。正好，海浪推着航空母舰上下颠簸，十五号机顺势冲出甲板，然后抬头远去。副驾驶迅速将机轮收起，把好油门，调整好发动机。为了迅速赶上前面的十四号机，他们加快了航速。时间不短，仍然没有发现前面的十四号机。机舱里隔一段时间就帮助加油，然后根据航程和加油的数量计算出油耗的状况。还要将腾出的油罐放好。这些事情既有分工，也配合得很好。在离日本海岸还有相当的距离时，他们收听到了日本的广播。大约在下午一点半钟左右，日本广播里传出警报声和呼叫声，又突然中断，再也听不到其他消息。他们知道，是前面的战友正在轰炸东京。

又过了二十分钟，十五号机到达日本海岸向南飞去，直向东京湾。一架日机冲出，飞在十五号机的前面。机长史密司将飞机继续飞向南方，贴着海面。下面出现岛屿和船只，却没有高射炮火和舰艇上的炮火；前面又是一个飞机场，却没有飞机。名古屋的海湾停满了许多小船，大概是渔船。飞机从一千四百米升到一千八百米，沿着群山，来到大阪市的北面，因为一大片云雾，飞机降落下来，便于寻找目标和投弹，他们终于找到既定的目标。下面就是一个很大的飞机制造厂，却没有看到飞机，可能是一个以前用过的飞机制造厂。转移角度，终于找到神户市东北的钢铁厂，立即投弹。炸弹下去，信号灯却没有亮。连续投下四枚炸弹，也是如此。当十四号机的炸弹舱门关闭以后，南面的敌人炮火猛烈射来，轰炸任务已经完毕，十五号机该说再见了。

这时，机械师兼投弹手赛勒大声喊道：“尊敬的天皇阁下，我们光临了！炸弹留下了！马上再见了！”日本高射炮的速度显然赶不上美国飞机的速度。此时，十五号机飞得非常低，又猛然拉起，飞行员们看到窗外溅起的浪花，好像打到了他们的脸上。

十五号机沿着日本海岸，贴着海面向南飞去。十分奇怪，海上一艘航空母舰，两架飞机正在降落，十五号机从它侧面飞过，竟然被日机发现。两架日机竟然猛追过来，十五号机加大航速越飞越远。无奈，日机放弃追击，回到航空母舰上。

刚刚摆脱日机的追逐，前面又是三艘日本巡洋舰。其中一艘转过身来要干什么，十五号机一闪而过，巡洋舰也无可奈何。飞过日本的最后一个海峡，直下西南方向，按照地图，他们要在浙江东南部寻找飞机场。同样是大风大雨、乌云密布，幸好风速帮助了飞机的航速，节省了油料。糟糕的是天色提前暗下来，寻找陆地和机场十分困难。十五号机比预计时候提前二十五分钟看到海岸，但是可见度太差，高度降低，仍然看不见陆地。乌云在离海面的一百米处覆盖着大地，简直令飞行员万分着急。怎么办？只能听任命运的摆布了。

反复考虑，不能跳伞。因为半夜落入海中，必死无疑。如果能够在浅海的沙滩上降落，就是万幸了。因为海水可以减轻降落的冲力，从而加强飞行员的安全性。这也是驾驶员史密司周密的判断结果。

当飞机接近海面大概九十米的高空时，浓雾散开，下着小雨，机长看见一座小山，机身轻轻跃过，下面又是海滩，真是上帝有眼。机身冲在水面上，他们竟然在几米深的海水浅滩上降落。这里是浙江省三门县檀头山岛的南面海滩，离海岸上的村落不过一里路，真是大幸。而后，引出了一个十分感人而又惊险的故事。

十六号机命运不佳

十六号机组全体飞行员

1942年4月17日，大黄蜂号的船舱里，编号为“40－2268”的机组，杜立特决定为机长法罗调换副驾驶，派海特为法罗的副手。一切准备停当，机组继续做好战前的各项检修和物资准备工作。18日清晨八点，领航员巴尔在餐厅吃炒饭，突然广播中传来紧急命令，他和其他人一样，还不相信是真的要起飞。当他看到其他人非常紧张，行动起来了，他才跟着扔下餐具，回房打点背包。口袋里塞满用品和食品，冲向甲板。十六号机停位在航空母舰的最后，飞机尾巴已经伸在甲板以外。机械师无法从后舱门装东西。此时，一阵大风袭来，航空母舰翘起，谁知机头上翘，眼看飞机要滑落到海里。一旁的水手们迅速抛出缆绳套住机头，缆绳竟然绷断。一群水手一拥而上，加上海浪朝下，才把飞机摆平。

指挥令一下，机长法罗开车往前冲，一群水手仍然立在旁边，防止飞机再度向后滑行。飞机往前冲，螺旋桨刮起旋风，把一名水手吹倒。这名水手左臂受伤，所幸倒向的地方离螺旋桨有点距离，被同伴们拉过来，急忙送去急救室。

就在起飞之前，投弹手德谢泽上飞机时，发现后舱机枪架旁的挡风玻璃被打穿一个洞。此时，引擎已经旋转，急忙要关舱起飞，无法通知机长。命令如山，丝毫不能耽误。大家迅速进舱关门、坐稳，扣上保险带。飞机迅速起飞升空，德谢泽才打电话告诉机长法罗。机舱的挡风玻璃有洞，机长法罗派副驾驶海特过来查看。他们用衣服堵住，未料顷刻被风刮走。这样漏风，必然影响飞行速度，又多耗汽油。

十六号机和十四号机、十五号机编为一个战斗小组，应排成队形飞往日本。结果一路上十四号机、十五号机一直看不见十六号机，就是因为这个洞减低了十六号机的航速，而跟不上队列。十六号机落在整个机群的最后，在离海面四五十米的高度飞行。机长法罗也非常狼狈，不知该怎么办。飞行途中发现一艘日本航空母舰，他真想炸掉它，创造一个惊人的消息。但是他的目标是东京湾的军事基地，不能意气用事。飞临日本海岸时，飞机高度在二百多米。穿过一层白云，机身下是一片树林，还有人向他们招手。因为飞机太低，有的人抬头一看吓坏了，立刻趴在地上。

十六号机飞临名古屋，发现三架日本飞机在上空盘旋。法罗又将飞机升到云层，再巧妙地下降飞向名古屋。日机正在搜索目标，可是并没有发现自己。忽然，法罗发现了地上的一排油库，立即下令：准备投弹，一百五十米高度。投弹手德谢泽计算后，准备分开投掷，结果不知为何，三枚炸弹相继落下，油库火焰冲天，令人目瞪口呆。机长发现远方燃烧着浓浓的黑烟，明白前面的两架飞机、他的同伴们已经完成轰炸任务。此时，地面燃烧的火焰烟味浓浓地上升，从玻璃的破洞里钻进机舱。他们穿过下面一排大厂房，向下俯冲。法罗以高超的技巧超低空飞行，扔完全部炸弹，继续以超低空越过海湾，向大阪方向飞去。地面上的儿童和妇女都在向飞机招手，渔船上的人也向他们招手。德谢泽真想开他两枪告诉他们，我们是美国人。但最后他还是没有开枪，他的目标不是普通老百姓。穿过海峡，发现两架轰炸机。飞行员们认定是队友十四号机和十五号机。

在飞向中国海岸的途中，又是风雨交加，海浪翻腾，乌云滚滚。十六号机仍然孤零零地落在同伴们的后面。他们希望节省油耗，能够到达中国海岸之后，寻找衢州机场。到达中国海岸时，天已经黑尽。法罗想提升飞行高度，以避免碰到山头。他用无线电不断与地面联系，可是没有任何回音；寻找地面的广播电台，也毫无所获。下面看不见地面，更没有灯光，是一片荒无人烟的地带吗？最后法罗说："目前确定方位非常困难，我们不可能找到衢州机场了，也不能再下降高度。下面据我所知，都是山峦和丘陵地带，根本没有平原。我们预计降落的地区是在中国南面，那里是山区。唯一的希望是能够冲破云雾，看清地面，弃机跳伞。"

但是有人反对，坚持以前既定的方案寻找机场，一定要保证不在日本占领区，才能跳伞。法罗还想着怎样既能保全飞行员的生命，又能保存飞机。直到当地时间的夜晚十一点，警示灯闪亮，告诉油耗马上就要结束。法罗突然发现右侧的云层出现一个缺口，他跟过去，下面一片灯火。法罗判断，这是江西省的南昌地区，周围全是日军占领区。油灯将灭，法罗将飞机定在九百米高度，下令跳伞。第一位飞行员从后门跳出，德谢泽、巴尔、海特、法罗依次从前门跳出。投弹手德谢泽一离开飞机，头顶的帽子就被风刮走，只觉得飞机已从头顶远去。他一直看到飞机上的灯光渐渐消失在空中，再也听不到他熟悉的引擎声，四周黑暗，浓雾拥过来。突然，一阵孤独感涌上心头：伙伴们是否与我一样？他越想越觉得悲观。突然，他被撞了一下，脚落在地面，降落伞轻轻地拉着他移动了几步。他绝没有想到，四位同伴和他一样安全落地。更没有想到的是，他们的飞机是十六架飞机中命运最坏的一架。

疯狂日寇气球战

二战由于日本偷袭珍珠港而爆发，日本战争狂人提出把点火引向美国本土，但是由于美国一系列的反攻，把战争一直限制在太平洋西岸。狼子野心的日本大本营一直妄想再度把战火引向美国本土，妄图搞乱美国的领空、领海和地面。日本御用的科学家们千思百虑，竟然试制成一种气球炸弹来进攻美国本土，它就是日本称为“FUGO”气球武器。

他们从古代火灯笼得到启发，研制出了可以携带燃烧弹和炸弹的气球，又叫“火灯笼”。外壳用纸制成，下面放上灯燃烧、加热，使巨大的气球升入高空，然后借助高空的气流，风向，由西向东，飘向美国本土。在 1942 年，美国杜立特机群轰炸东京之前，就有日本的高空气球弹飞向美国。日本和美国之间超过八千公里的距离，这种气球炸弹怎么可能飞这么远的距离呢？

气球借助“喷流”飞行。

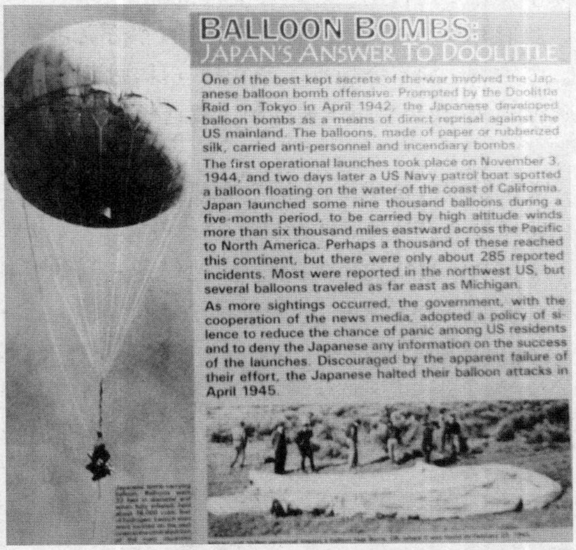

BALLOON BOMBS:
JAPAN'S ANSWER TO DOOLITTLE

One of the best-kept secrets of the war involved the Japanese balloon bomb offensive. Prompted by the Doolittle Raid on Tokyo in April 1942, the Japanese developed balloon bombs as a means of direct reprisal against the US mainland. The balloons, made of paper or rubberized silk, carried anti-personnel and incendiary bombs.

The first operational launches took place on November 3, 1944, and two days later a US Navy patrol boat spotted a balloon floating on the water of the coast of California. Japan launched some nine thousand balloons during a five-month period, to be carried by high altitude winds more than six thousand miles eastward across the Pacific to North America. Perhaps a thousand of these reached this continent, but there were only about 285 reported incidents. Most were reported in the northwest US, but several balloons traveled as far east as Michigan.

As more sightings occurred, the government, with the cooperation of the news media, adopted a policy of silence to reduce the chance of panic among US residents and to deny the Japanese any information on the success of the launches. Discouraged by the apparent failure of their effort, the Japanese halted their balloon attacks in April 1945.

日本研制了气球炸弹，轰炸美国本土，
后来以失败而告终（资料图片）

美国的情报人员从击毁的日本气球中发现，这种神秘的气球实际上就是地地道道的氢气球，直径有十米，是用三层牛皮纸黏合制成，涂上了一种合成剂，使气球成为密不透风的隔离层。气球的底部一个金属圆圈，圆圈上挂着燃烧弹、爆炸物以及控制装置，它的秘诀不在于气球本身，而是日本人发现，在万米高空的大气存在着一种奇怪的现象，那就是后来被称为“喷流”的现象：它是万米高空的一条喷流走廊，恰好在日本和美国之间。这条走廊里面的空气以每小时两百公里以上的速度自西向东，快速流动。这条喷流走廊有八十八米厚，日本人将他们制造的巨型气球升到喷流的高度，气球就随着喷流自西向东飘去。由于在万米高空，气球里的氢气会慢慢泄漏，还会变冷，这样气球就有可能下降，气球内的气压计会监测气压的变化，它会开动电子引信，扔掉一个沙袋，气球会再度上升，保持在喷流的高度，继续向东飘去。

就这样，气球在计划的高度上下浮动，保持着向东飘去的状态。一直飘到气球压舱内的沙袋用完，气球也差不多飘到了美国本土，这个过程要三到四天。到达美国本土之后，气球下降到一定的高度，炸弹也就扔下爆炸。一旦炸弹扔掷完毕，气球也会自我爆炸，这种炸弹气球来无影去无踪，美国人称它为“神秘气球”。

一只这样的气球炸弹可以携带五枚燃烧弹和一枚炸弹，燃烧弹的目的是进入美国之后，美国本土有大面积的森林，也就是日本人要烧毁美国西部的大片森林，在居民中制造恐慌，打击美国的大后方。

这种气球炸弹成本非常低廉，效果不错。1942 年 2 月下旬，几个气球武器飘到洛杉矶上空。洛杉矶拉起了防空警报，一度造成人心惶惶，不知所措。许多地方传出惊人的消息：日本出动了几百架自我爆炸飞机来袭击美国本土。洛杉矶地面的防空部队发射了一千多枚炮弹，也没有找到敌人的飞机。

一个气球落在了俄勒冈郊外，几个在地上玩耍的孩子跑上前去推拉这个奇怪的气球，结果气球炸弹爆炸，五个孩子被炸死。又过了一个月，美国政府被军方告知：一个气球炸弹落在华盛顿的一个工厂，将空中的一根电线炸断，当时这个工厂正在生产一个制造原子弹必须用的零件。如果不是该工厂安全措施及时、抢救到位，那么这个生产原子弹重要配件的工厂就会陷入瘫痪。

政府对日本的气球炸弹严密封锁，军方派出战斗机在空中拦截，效果也不十分明显。因为雷达根本发现不了高空的气球，因为气球漂流的喷流走廊是很高的，它的漂流速度很快，战斗机很难捕捉到。就这样，几个月的时间，美军战斗机也只打掉了二十个气球。

美国情报人员建议：美国空军要彻底炸毁生产气球炸弹的工厂，要把制造氢气的工厂给予摧毁。这样日本生产了气球没有氢气，也是废品。

美国从情报机构得到的消息：他们搜索到的资料，日本也不过制造了四百个气球炸弹。这四百个气球由于无法全面控制，到处乱飘，有的飘到了墨西哥，有的飘到了阿拉斯加，最远的还飘到了加拿大。

图片显示气球炸弹的内部结构(资料图片)

以后，美国从日本得到的情报，整个二战期间，日本总计生产了九千多个气球炸弹。日本军方对它的作用寄予很大的希望，实际上这些气球在美国并没有起到日本预想的效果。因为这些气球都是在 1942 年 11 月到 1943 年 4 月这一阶段时间升空的。此时正是美国西北部森林地带多雨雪季节，几个炸弹是引不起森林失火的。再以后，日本东京大本营已经很难再生产大批的气球炸弹了，因为美军飞机彻底摧毁了他们生产氢气的工厂。1943 年夏季，美军在太平洋战场上全面反攻，日本大本营开始步步打败仗，哪里还有能力去用什么气球炸弹去袭击美国本土呢？

东京湾乱作一团

杜立特行动简直就是二战史上的一个奇迹。1942 年 4 月 18 日清晨,日本伪装的渔船“日东丸 23 号”发现了在距东京湾一千公里的防御线上的美国大黄蜂号航空母舰,立即向日本大本营发出了警告的电波,随即被美国企业号巡洋舰打沉。

东京大本营的山本五十六接到电报明白,美国人到底是来了。奇怪的是,东丸 23 号再没有电报传来,他十分奇怪。反正大本营已经布置好了海上防御网,就等着美国人来吧。当然,他也派出了空军战斗机和侦察机往西搜索。

智者千虑,必有一失。狐狸再狡猾也会有疏忽。东京时间午后十二点半,杜立特的一号机突然出现在东京的上空扔掷炸弹时,山本一群幕僚才惊慌失措。美机从哪里来的?不可能!自己的侦察机、战斗机怎么都没有发现他们呢?虽然地面的高射炮已开始还击,却是无可奈何。临时起飞的战斗机也非常被动,不知道该从哪里寻找美国飞机。更意想不到的是,随后一架又一架美国轰炸机相继飞来狂轰滥炸。美国飞机这样有备而来,不断出现在日本领空,从东京到横滨、名古屋、横须贺等港口,海军基地、兵工厂、码头、仓库都一个接一个连续被炸。美国飞机究竟从何处来?有多少轰炸机?他们实在搞不清楚。前后一个多小时,美国轰炸机竟然逃得无影无踪。美国飞机又逃向哪里?他们的航空母舰早就不见踪影。直到一个半小时以后,日本战斗机才传来确切消息:美国轰炸机都往西面飞去了。

日本大本营对外严格保守秘密,因为这是天皇国土有史以来第一次遭受外来的侵略。一旦泄露出去,岂不是日本帝国的奇耻大辱吗?

日本首相东条英机以及海军司令日本向天皇谢罪。两天之后,日本广播才播出了东京被美军轰炸的新闻,还说轰炸的损失非常小,有九架美机被我击落等等。不久,西方通讯社传出来杜立特成功轰炸东京的消息,美国和盟国一片欢腾,上街游行、摇旗呐喊。这是太平洋战争爆发以来,美国首次爆发的欢庆游行场面。

杜立特的行动轰炸了八个主要目标,五个次要目标,在东京炸毁了一座钢铁厂、三座发电厂、一座石油仓库,在十三号机投下的炸弹中,有一枚燃烧弹击中了日本的一座新储藏的航空母舰,这艘航空母舰被炸半年以后才修复出航。

杜立特轰炸东京一个星期之后,日本大本营才从十六号机组被抓获的美军飞行员的口中得知,他们是离开航空母舰以后,以超低空贴着海面飞行到达日本海岸的,而十六架飞机执行任务后全部飞向中国。

杜立特行动促使日本军事大本营不得不改变战略布局:

第一,为了防备美军再次袭击日本本土,先从太平洋各战场抽回部分精锐部队,其中主要从中国战场抽回一个机械化师团驻防本土。这样大大减轻了中国战场日本军队进攻的力量。在印度洋上,由南云大将指挥的海军主力航空母舰作战群,拥有五艘速度极快的大型航空母舰。它所携带的舰载机群也是帝国海军最强的一支,这支舰队在太平洋战争一开始，就在印度洋沉重地打击了美国和英国。在印度洋上极为重要的运输航线，这支舰队一直开到斯里兰卡，轰炸了那里的英国港口和皇家空军机场。此时，大本营调回了南云大将的舰队来防守本土的空中和海面。这样同盟国通过印度洋运送大批的战略物资，给中国的航线得以恢复。

杜立特行动之后，山本才认识到美国空军的力量不可忽视。从战略考虑，山本提出：必须拿下太平洋上美国的军事基地（一系列岛屿），在这一方面，日本大本营曾经有过争论，始终没有统一的部署。下一步，山本就一定要占领中途岛。他认为中途岛是美国将来发动轰炸或者是日本进攻美国本土的十分重要的基地。后来的中途岛战役，让山本更要命的一次失利，继之连续与美国在西太平洋上海空较量，最后不到一年，山本在太平洋上命归黄泉。此后，太平洋战场的进程，盟军由劣势彻底转为优势，为二战的最终胜利打下了极为重要的基础。

山本魂断太平洋

珍珠港事变时，美国的航空母舰根本不在珍珠港。美国对日本全面开战，杜立特袭击东京之后，美国的航空母舰开始在西太平洋教训日本。这就是后来人们所说的：偷袭珍珠港日本人赢得了一只鸡，后来在西太平洋日本海空军却像一头牛被美国人宰了。

在太平洋战争爆发之前，美国情报局经过长时间的侦察、研究，破译了日本海军的密码。杜立特轰炸东京之后的 1942 年 6 月，日本大本营下了一个大赌注，采纳了山本五十六的计划，要拿下美军占领的中途岛，以报东京被炸的一箭之仇。但是，山姆大叔技高一筹，破译了日本的密码，美军掌握了日本海空军隐藏的方位。双方在激战中，美军人员伤亡也很多。决战最后，美国从受伤的航空母舰上起飞数十架战斗轰炸机，一举击沉了山本的四艘航空母舰。

山本是一个绝不认输的战争狂，到了 1943 年 2 月，所罗门群岛日本的守岛部队又遭到美国空军的毁灭性轰炸。此时，山本几乎发狂了。他考虑如何对驻守瓜岛的美军进行一次大规模的轮番轰炸。为此，山本将自己的指挥部搬到所罗门群岛的海军基地拉鲍尔，并秘密乘飞机去瓜岛以北的一千公里的布干维尔岛亲自指挥。4 月 13 日下午，在夏威夷的美国太平洋总部破译了日本海军的电报：联合舰队司令长官将于 4 月 18 日视察巴拿尔、肖特兰、布英等群岛，以下是司令长官视察的地点、时间。这封情报迅速交到华盛顿海军部长凡兰克、若斯克手中。若斯克意识到这是处死山本五十六的绝好机会，他向罗斯福总统表达了自己的看法。罗斯福点了头。

就在 1943 年 4 月 14 日，西太平洋所罗门群岛的美国海军基地司令接受了一个秘密任务，他们被授权去处置山本五十六。作战室里铺开地图，布干维尔岛离瓜岛美军享德森机场有一千零五十公里，它超出了美军任何战斗机的航程。一位参谋提到，我们有一种飞机也许能够飞到。P－38 闪电式战斗机配有五十口径的机枪，还有一门二十毫米的机关炮，它可以带两枚四百五十公斤的航空炸弹，而且速度快，在七百六十米的高空飞行，时速可达六百三十六公里，它可以携带两个副油箱，中途加油以后可以飞到布干维尔岛。

方案既定，周密安排，机不可失。十八架 P－38 闪电轰炸机四架一组，由著名飞行家米切尔王牌飞行员率领。根据专家精密推算，山本的飞机将于 18 号早晨九点四十五分到达达布音，美军飞机一定要在九点三十五分袭击他。距离 P－38 基地八百多公里之外，山本大将的座机是一架被称为“贝帝”的轰炸机，于早晨八点整从拉鲍尔起飞，由日军的 309 航空队六架零式战斗机护航。

左者为山本五十六阵亡前的最后一张照片(1943 年 4 月 18 日)

米切尔英雄率领的十五架 P－38 组成密集的编队，上顶蓝天，下勘海水，一切正常。早上九点三十四分，机群到达指定地区的上空，米切尔发出了信号，解除无线电静默。此刻在布干维尔岛的上空，山本五十六的飞行编队果然出现在美国 P－38 机群的上方。决战的时刻开始了，十六架 P－38 战斗机迅速上升，从四面冲去，向山本五十六的飞机编队猛烈开火。不到三分钟的围攻，山本的“贝帝”轰炸机，还有护航的六架零式战斗机全部在火山烟海中被击落。美国飞行员在欢腾声中互相对视问好，顺利返航。

岛上的土人莫名其妙地观看到天空这场战斗，看到冒着烟的日本飞机全部掉在了岛上的丛林里，久久还在燃烧，直到火灭，残烟还在飘零。几位大胆的土人跑进森林寻找什么，看到葬身火海的一群日本飞行员的尸体，他们终于发现一名身着军官服的尸体。此人戴着白手套，手中竟然还紧握着军刀的刀把，他就是臭名昭著的山本五十六。在日本人心目中，他永远是一名英雄，天皇赐封他为“统帅”。后来日本人为他送葬时，有百万人参加。

落地篇

一号天目风雨情

1942年4月18日，浙江西部天目山一带，乌云密布，风雨交加，已经是晚间八点钟。这时，浙江行署主任贺扬灵在潘庄办公室里愁眉不展。因为天空传来隆隆的飞机响声，凭他的经验，这是轰炸机发出的声音。这里距离日军占领区不远，经常有日本飞机来轰炸。然而奇怪的是，在这风雨交加的夜晚，怎么会有日军飞机来呢？十几分钟后，响声消失了。

不错，这正是一架美国B-25轰炸机在天目山西部上空盘旋。它就是轰炸东京的美国空军敢死队的一号机，驾驶员就是四十六岁的杜立特中校。他是第一个完成轰炸东京任务、飞至中国海岸的飞机。他不知道能否找到衢州机场。根据航程计算，飞机已经飞到浙江西部。由于狂风大雨，乌云密布，云层以下的地面完全看不到，通讯设备已经损坏，根本无法与地面联络。他是有二十五年飞行经验的英雄飞行员，眼前也无能为力了。好在他们已经远离日本占领区。看着油箱表，只能再飞行几分钟了，他决定：弃机跳伞。其他飞行员早已做好准备。按照纪律，杜立特最后一个离开飞机，他还没有忘记告诉同伴们记住两句中文："我是一个美国人。"

杜立特对同伴们很有信心，他们经过几个月的训练，个个都是技艺高超的飞行员。最后说了："衢州！再见！"同伴们一个个下去了，杜立特还没有忘记关上油门，让飞机自行坠落。再见吧！亲爱的伙伴！

离开飞机他打开了伞环，风不太大，在天空中慢慢飘落。他感到有雨点打进来。杜立特在以前练习飞行时，脚脖子受过伤，他在空中弯曲着膝盖，准备落地。所幸，有一点风，伞降落得很慢。突然，一股泥水喷到脸上，原来他落在一片稻田里。他驾轻就熟地解开伞带，一股臭气冲鼻而来。他不知道是农民在稻田里施过肥，所以靴子里灌满了粪水，他把靴子脱掉，拉着降落伞走出稻田。光着脚在泥泞里艰难行走，他不得不回头找到了皮靴，倒出粪水，重新穿上。黑暗中，他慢慢地顺着一条小路往前走。

他很庆幸能平安降落，没有受伤。走了大约十几分钟，发现前面有灯光。走近一看，是两排村舍。朝灯光走去，那是农舍窗户里的灯。他靠近猛烈地敲着窗户，窗户上有很粗的木条，里面没有反应。他又摸到旁边的一扇门，又敲着大门，用半生不熟的中国话喊着："我是美国人！我是美国人！"屋里仍然没有回音。他又回到窗户前，又敲窗户，里面的灯突然灭了。哇！这下完了。里面有人，就是不开门。杜立特只好拖着伞往前走去。伞实在太重，干脆扔了。

前面又是一间小屋，他走到跟前，又去猛烈地敲门，喊着："我是美国人！"好像里面有什么声音，他等了一会儿，还是没有反应。他只好再往前走。来到一间单独的农舍，推门进去，此时雨已经停了，但是满身泥水的杜立特又冷又饿，身上的背包还不能丢掉。这间小屋门没有插上，他推门进去，空空的可以躲避风雨，那么就在这里躲一躲，到天明再说。黑暗中，他脚下碰到了什么，他蹲下一摸，地下躺着一个人。这是怎么一回事呀？他推了一推，喊了一喊："哈啰！哈啰！"地上的人纹丝不动。杜立特再仔细地摸一摸，原来是一个死人。杜立特哪里知道，这是农村的停尸房。

杜立特急忙出来，只好再往前走。不远的前面，听到流水声。这是一条小河，河上有一个碾米用的水碓。他进去，里面比较干燥，就地趟下。他实在是又累又饿，竟然睡着了。直到天明，雨停了，云散了，太阳出来了，杜立特背着包走出来，四面望去，他也搞不清昨晚从哪里走来的，只好顺着路向前走，看看能找到什么人。

前面来了一位扛着锄头的农夫，大概有四五十岁。杜立特举手打招呼，说了几句话。老农莫名其妙，从来没有见过长相这样奇怪的人，不像中国人，也不像日本人。杜立特知道说什么他也听不懂。他用手比画着，打开背包拿出一张纸铺在地上，用笔画了一个火车头，又打了一个问号。老农似乎明白，这个人是要找火车，就点点头站起来，打手势，带他走。

老农虽然听不懂他的话，他心想，离这儿不远就有政府的军队，可以先带他去。杜立特很高兴地跟着他走，大概一里多路，来到一个大院，有一群士兵正在操练。农民带着杜立特进了大院，立即有一位军官走过来。这儿是浙江行署的一个青年营，是专门培训青年士兵的训练基地。

身着武装带、指挥操练的营长惊讶地问杜立特："你是什么人？从哪里来？"

老农告诉长官："我在路上见到他，他画了一个地图让我带他找火车。"

此时，杜立特用英语告诉军官："我是美国人，昨天晚上我们降落在这里。"

军官看他如此狼狈，说的是英语，肯定不是日本人。军官要他把枪交出来，以免发生意外。

杜立特连连说："不！不！我们是飞行员，是盟军。我们轰炸东京，要降落在中国飞机场。"

军官一听更糊涂了："盟军？你用什么证明你是美国飞行员？"

杜立特一听，年轻的中国军人英语讲得很流利，他就放心了："你跟我走，我给你找降落伞。"

年轻的军官一打手势，立即三个持枪的士兵走过来。杜立特以为他们要动武，立即摆手说："我带你们去找降落伞。"

他们一伙人来到稻田边的农舍，军官问："哪里有什么降落伞？"

杜立特回答："我们去找。"

当他们走到杜立特昨天晚上敲门的农家时，出来一对年轻夫妇。他们一看，一名军官带着一名外国人，吓坏了，以为出了什么事。军官问他们："你们见过这个外国人吗？他说昨天他有什么东西丢在你们这里了。"

这家农民吓坏了："没有见过，没有见过。更没有见过他的什么东西。"

此时，杜立特一看情况不妙，急得一头大汗，再三向军官解释。军官冷着脸瞪着他，似乎要采取什么行动。未料，跟随的三个持枪的士兵从农家的院子里跑出来，他们抱着降落伞说：“我们找到了这个东西！我们找到了这个东西！”

杜立特用英语说道：“我的上帝！”

年轻的军官一看，全部明白，脸上立刻堆满了笑容，紧紧地握着杜立特的手说：“我们误会了，我们误会了，你们是美国飞行员，是中国的好朋友。”

杜立特详细地介绍了昨天晚上飞机在天空盘旋了二十分钟，找不到降落地点，才被迫跳伞的。青年军官点着头说：“怪不得昨晚飞机响了那么长时间，我们也很奇怪，究竟是什么飞机？你们辛苦了，我先带你去见我们的长官浙江行署专员贺扬灵将军。然后再派人帮你寻找其他的四位飞行员。”

此时，三个卫兵还帮着杜立特背上行李背包，去见贺将军。

一号机其他四位飞行员，命运又是如何呢？

副驾驶科尔当晚落在一个小山坡上，属于射干村，离杜立特降落的地方有六公里。因为是山坡地带，而且风雨也停了，但是什么都看不见。科尔就裹着降落伞睡了一夜。天明太阳出来，科尔发现四周的风景很美丽，青山，绿树，山下是一片稻田。他整理好行李，向山下走去。碰到的第一个人是一个放牛娃，约摸十多岁。放牛娃看见这位从来没见过的怪人，高个子，身上还有枪，他扔下了牛绳高声喊着：“日本人来了！日本人来了！”就往回跑。

此时，惊动了一个叫张荣根的长工，他听到有人喊日本人来了，就一步冲出去。这时人高马大的科尔已经走到眼前，放牛娃吓得躲到一边。张荣根以前在外乡干过活，见过日本兵。他肯定眼前的这个大个子不是日本人。他很客气地招招手，意思叫这个外国人跟他走。

科尔看到这位农民，也点了点头。张荣根把他带到隔壁的保长家里，张荣根说：“这个外国人不知道从哪里来的，请保长看看。”

保长是要管这些事的，所以他请科尔坐下，还倒了茶请他喝。因为语言不通，彼此无法交流。保长倒也蛮聪明，指着堂屋墙上贴的孙中山的像，科尔笑了笑，看了看孙中山的像摇了摇头。美国飞行员根本不知道茶是干什么的，所以也没有敢喝，倒是从口袋里掏出了过滤嘴的香烟，用打火机点燃吸了起来，又从包里掏出饼干等食品。

科尔还把香烟递给保长，保长可吓坏了。他以为打火机发出的火是鬼火。前些时候村里有人在山上见过鬼火，来的这个外国人会不会是妖魔鬼怪？我们倒的茶他不喝，我们盛的饭他也不吃，点的鬼火吸香烟，他们拿出的东西吃起来一股腥味(原来是奶油饼干)。怎么办？

保长想起县里有一个政府的监察委员叫张健，就在射干村，于是把科尔带到张健的家。张健一听保长来报，来了一个外国人，很奇怪，就赶忙跑回来，在路上就碰见科尔和村里的一班人。张健一看人高马大的科尔，确实是个外国人，就用自己仅仅会说的两个英文字：“中国还是美国？”

科尔用手做动作，意思是问张健有没有电话？并且表示要张健带他去找政府或者是飞机场。张健用手势告诉他：日本人离这里很远，在五十公里以外，请他放心。

科尔明白了，拍拍自己的胸膛，表示放心。科尔掏出一张美金送给张健作纪念，以示友好，还表示要张健画出路线图，他自己去找，不要张健送他，防止碰见日本人而连累他。

张健拍拍胸脯，又拍科尔的肩膀说：美国和中国是好朋友，他一定要送他去中国军队那里。他们走了两个多小时，来到青年营的基地，青年营的军官接待了科尔。

飞行员波特当晚第三个降落在碧玉村，也是裹着降落伞在树林里睡了一夜。他安全降落，没有受伤，吃了一点随身带的食品。第二天太阳升起来后，他看清了周围的环境，就下山寻找老百姓。他也是来到一条小河旁边，正在河里的水碓房碾米的村民，一抬眼看到进来一位外国人。当地的老百姓从没有见过外国人，把所有的人都当作日本人。他二话没说就跑出来，喊他的兄长于根声。于根声是当地保队副（相当于民兵排长），又会杀猪宰牛，力气过人。听着他弟弟老远地喊着："日本人来了！日本人来了！"兄弟俩直朝波特扑去。哥哥从背后把波特抱住，弟弟从侧面缴下了波特的手枪、匕首。随着他们的喊声，村民们拿着棍棒和绳索，要活捉日本鬼子。波特老老实实地束手就擒，被他们押到吴家祠堂。这下吴中村闹翻了天了，围观的老百姓越来越多，由于语言不通，大家瞪着两眼不知说什么好。有人说："这不像是日本人。"也有人说："不像日本人，可他有枪有刀，是个当兵的。"也有人说："管他是什么人，先绑起来再说。"

大家乱嚷嚷时，从山坡上又下来了一个人，也是个外国人，走路一拐一拐的，身上没有枪，穿的还是军人的衣服。他倒不害怕，直往人群这边走来。走近大家一看，因为没有带枪，于根声兄弟俩也就没有绑他。

第四位飞行员名叫布雷莫。他昨晚落地时腿受了伤，于是就裹着降落伞睡了一夜，第二天天明，就顺着山坡往下走，无意之中方向是走对了。因为腿受伤，就把武器扔掉了，以防不测。先碰到一个村民，说话彼此听不懂，这个村民也没有搭理他。

真巧，远远看到山下围着科尔的一帮老百姓。布雷莫见到科尔惊喜万分，他们互相拥抱，喜极而泣。布雷莫看到科尔被绑，才庆幸自己没有带武器。村民更加奇怪：这些人是一伙的，他们究竟要干啥？

此时，村民议论纷纷，七嘴八舌，最后有人说："咱们搞不清楚，不能随便处理，赶快把他们交给浙江行署。"

于家两兄弟于是带了几名扛着土枪、挥着杀猪刀的队员，把他们押送到浙江行署去。

小学教员朱学三是乡里小学的一位年轻老师，这天上午是星期天，他正在家里等一个木匠来帮忙。因为他家要盖一个猪圈，木匠说好十九号一早就来。等到快十点了木匠才来，朱学三问他怎么这么晚才来？木匠说："壁中村出了大事了。"就把刚才见到的两个外国人的事说了，还说一个外国人带着枪，被杀猪匠绑起来了。朱学三一听，这太奇怪了，他要亲自去看一看。他还会一点英文，也许能搞清楚是怎么一回事儿。

朱学三急忙放下手中的锯子，还叫上弟弟朱学伟，急忙向壁中村跑去。

半路上果然看见一帮人，还有举枪、扛刀的人，人群中的大个子就是木匠所讲的洋人。朱学三试探地问他们:"How do you do?"

这些外国人一听,高兴得不得了,马上露出了笑容回答:"How do you do?"跟着的人群瞪着两只大眼,听朱老师与洋人讲了几句话,明白了一切。朱学三大声地向大家说:"他们是美国飞行员,轰炸了东京,飞到中国来降落。因为天黑,气候不好,找不到飞机场,才降落到我们村里,是我们的最好的朋友。"群众这才欢呼着给科尔松了绑,朱老师代表大家向美国客人道歉。一伙老百姓高兴万分,把美国飞行员送到朱学三家里休息,急忙又让于根声向区里汇报。朱学三的太太吴爱华给飞行员们烧水、做饭。大家也不愿意离去,就在旁边看热闹。

美国客人不会用筷子,又没有勺子,就连抓带扒地吃饭,他们实在饿坏了。朱老师的母亲还煮了十几个鸡蛋,美国客人们吃得十分有味。这就热闹到中午,来的农民一波又一波,这是他们有生以来第一次看到美国飞行员。好心的老百姓给美国客人送烟,送茶叶,两位飞行员谢谢,举着大拇指一遍又一遍地说:"中国人好,中国人好。"

下午,区长赶到朱老师家见到两位美国客人,他不懂英文,再三问朱学三:"他们真的是美国飞行员吗?真的是轰炸东京回来的吗?"

朱老师说:"不会错,不会错。我们从收音机里听到美国飞机轰炸了东京,这不得了哇!最大的喜事,最好的消息。美国人替我们报了仇。"最后决定把两位飞行员送到浙江行署去,交给政府。

科尔和波特知道朱学三是本地的人,路上经过朱学三的父母坟地,按照中国人的习惯,也是美国人的礼貌,两位飞行员到朱学三的祖坟行礼、默哀,还弯腰鞠了躬。

当他们热热闹闹地走到射干村口,又听到远处传来鸣枪的声音,显然是土枪。有人说:"他们正在山上搜山,也是听说山上发现了日本鬼子。"当朱学三把这个消息告诉波特和科尔时,他们高兴得"哇"了一声:"那是我们的同伴。"波特和科尔,还有布雷莫径直往前跑去,大声喊着,扬手打招呼,护送的人群奇怪:这是怎么回事?

由于美国飞行员人高马大,不远山坡上的所谓"日本佬"回头一看,知道他们是自己的伙伴,可是为什么有这么多的人围着他们?会不会是被中国人当俘虏了?

山上的那个人转身冲下来,要救护他的同伴,跑到跟前才发现不是他想象的这回事儿。两个人也向他们冲来,紧紧地抱在一起喊着:"我们相会了!我们胜利了!"中国老百姓狂呼着,原来山上的人也是美国飞行员。

射击手的命运更惊险一些。伦纳德降落的地方是在射干村和壁中村之间,因为是平地,没有受伤,也是在降落伞里过了一夜。他在十九号的早晨辨清了方向,向南走,去寻找自己的伙伴。一路上有村民看见他,因为语言不通,伦纳德也没有询问。但是老百姓们对他投以奇怪的眼光,而且这里距敌占区很近,村民有警惕性。还有人说过:"注意,日本人的伞兵降落。"

伦纳德走了个把小时,没有看到什么,以为方向错了,他又回头走。他碰到一个村民在地里干活,掏出身上的一块纪念章送给农民,问了几句话。农民听不懂,也不知道这个人为什么要送他东西。然后他又继续往回走,碰到四个背土枪的乡丁。其中的一个先向他走来,看到伦纳德身上带有武器,就让他举起手。另外两个举起土枪,第一个马上要抓他的手，伦纳德机灵地瞬间抽出手枪。见背土枪的两个人似乎要向他开枪，伦纳德朝天开了两枪，吓得两个乡丁转身跑掉。枪声引来了许多农民，看来农民想把伦纳德活捉，伦纳德只好转身向山上跑去。就这样，扛土枪的乡丁带着老百姓跑来，伦纳德朝山上跑去，见太危险时就向天上开一枪。因为老百姓以为他是日本人，所以紧追不舍。气氛非常紧张，幸好没有扩大危机，直到波特和科尔他们赶到，这才解了围。

这四个人终于欢天喜地团聚在一起，一路上村民都从家里拿出东西来给他们。美国飞行员也从自己的背包里拿出牛肉干、面包、糖果答谢村民们。一辈子没有见过西方点心的村民们不敢吃，只装在口袋里做纪念。一个村妇将一个漂亮的糖果打开，用舌头尝了尝说："这是美国的糖果，很甜。"她给每个小孩一人一口尝了尝。

贺扬灵将军来到行署工作已经两年多，这是前沿地带，与敌占区犬牙交错。他所管辖的七个专区，行署所在地西天目山，风景如画，有古老的寺院、庙宇，人烟不多，交通闭塞，只有简易公路通到风景区。他的行署办公处，是西天目山风景最好的半山上。据说是民国初年，上海巨商潘某营造的庄园。外面是西式设计，里面是中式房间。高大的树是从福建、广东移植来的名木，著名电影演员胡蝶常来此地小住。抗战爆发以后，国民政府将浙江行署设立在这里。日本飞机多次来轰炸，古刹名胜也没能幸免。由于山高林密，人烟稀少，行署把许多单位都设在山中，也为的是躲避日本飞机的轰炸和破坏。

贺扬灵就在头一天晚上听到轰炸机的声音之后，下面有人来告，要防止敌人的空降特务。杜立特机组人员降落之后，被乡丁和民兵发现、追捕，贺扬灵收到过电话，但他不明白究竟是什么人。

直到九点多钟，青年营的李营长来电话报告：抓获两名外国人，据说是美国飞行员，尚等查证。很快就要送来行署。贺扬灵心想，如果是两名外国人，首先肯定不是日本人。他给夫人罗继芳吩咐：做好午餐，他又立马打电话叫秘书赵福基，要其转告银行办事处的主任前来，因为需要翻译，他们英文很好好。

大约九点半钟，李营长带着美国客人来到。为首的是一位短小精悍的美国军人，他紧握着贺扬灵的手，非常高兴说："我们的运气非常好，有上帝的保佑，我们没有降落在日本占领区。"

赵秘书很快地翻译给贺扬灵："他叫杜立特，是他率领轰炸机中队轰炸了东京。"他随后介绍了另外一位高个子飞行员，名字叫科尔，是他非常得力的助手。贺扬灵招呼大家坐下，请客人喝咖啡。杜立特高兴地说："谢谢你的盛情招待，来中国能够喝到这样好的咖啡。"

杜立特讲到他昨天夜晚的遭遇。他说，昨夜他降落在一片稻田里，大概田里不久前施过肥，中国人用粪水施肥，他也是第一次见识。倒霉的是粪水灌到他的靴子里，他还穿靴子走路。说得大家都笑了。他谈得非常风趣，根本看不出他们经过危险的轰炸，以及后来的风雨饥饿的二十几个小时飞行经过。

杜立特还没有说完，贺扬灵的夫人来请客人们用早餐。杜立特笑眯眯地耸了耸肩膀，做了个手势，说了声谢谢。他还说，他不大懂得中国人对待妇女应该怎么样说话。早餐后，请二位客人洗了澡，又给客人们换上中国服装。当他们穿上中国人的布鞋，不习惯走路的姿势，嘴里还说着："顶好，顶好。"大家都哄堂大笑。

正当大家在客厅里听杜立特讲述他们这次轰炸东京的前前后后时，十点钟来了电话，又有三位美国飞行员被老百姓救护，正往行署里护送。赵秘书立即把听到的好消息翻译给杜立特中校，这个小个子的军官竟然抱着科尔大声地喊着："我们都活着！都活着！"杜立特说："我希望上帝保佑我们的飞行员，他们都能像我这样得到中国人的救护。"

这时李区长和朱学三护送着波特、布雷莫、伦纳德来到。他们三个都是强壮的小伙子，手背上毛茸茸的，身上挂着枪，紧张地看着大家。直到看清楚了站在中间的杜立特时，才疯狂地冲过去。杜立特张开双臂抱住他们，吻他们，抚摸他们的脸，反复说："伙伴们，我们都活着，感谢上帝！"他们讲着个人的奇遇，赵秘书在一旁听着，不断翻译着他们的话。贺扬灵听着不停地点头，为他们祝贺。

约摸下午两点，贺扬灵夫人请客人到客厅用午餐。这时，朱学三要走了。飞行员们说："你可不能走，你是我们落地以后第一个认识的中国朋友。"

贺扬灵也请朱学三多陪陪客人们。这时，餐桌上摆上了绍兴酒和酒杯，客人们就像在自己家里一样。贺扬灵将军举杯，要祝贺他们时，五位客人同时低下了头，做餐前祷告："感谢主！上帝保佑了我们。"

贺将军顿时明白过来，他与秘书、贺夫人也同时低头静默。随后，贺扬灵举杯向他们祝贺："这是我们中国有名的绍兴酒，产地就在我们浙江。为轰炸东京的英雄干杯。"

午餐居然是西餐，有牛排和猪排，这是贺太太做的。飞行员们兴致极高。有人说，他们要纪念这一次的奇遇，赶快照相，留作纪念。有人说，不行呀，衣服不整齐，胡子也没有刮。

杜立特机组五位飞行员和贺扬灵专员、秘书赵福基等人在行署大门前的合影

杜立特说:“没关系,赶快照相!”大家都走出行署,下山来到大门拍下一张珍贵的合影,有五位飞行员、贺扬灵将军、行署秘书赵福基。随后,飞行员们在客厅里休息,大家谈论中国的衢州机场,也就是第十三航空总站。杜立特提出如何与美国军方联络,报告平安。这时,其他的机组还没有消息,不知道应该如何向上级报告。

在等待的时刻,杜立特谈到了这次的行动,他说:“尽管我们做了周密的准备,却仍有许多遗憾。”他说,根据一张远东地图,还是日本陆军1922年绘制的,有许多错误。他们没有一张中国军方制作的远东详细地图。杜立特指着地图上面的红圈说,他们轰炸的东京、大阪、名古屋等地,还有准备降落的中国空军衢州、玉山、丽水机场,还在中国战时陪都重庆做了一个大的记号。

在贺扬灵的客厅,杜立特详细地介绍这一次的轰炸行动。他解释B-25米切尔式双引擎中型轰炸机是当时全世界最先进的轰炸机。每一个引擎有一千七百马力,是双引擎,每架飞机可以带五百磅重的燃烧弹四枚,每枚燃烧弹里面包着一百二十八个小的燃烧弹。当母体爆炸时,所有的小的燃烧弹像流星一样散开,这样被燃烧的范围就非常大。

他又说,十六架飞机中,七架轰炸东京,其余的九架负责轰炸大阪、神户、横须贺、名古屋。杜立特挥动着手说:“我们尊重日本人的信仰,不伤老百姓。我们规定只能摧毁日本的军事工业,不能轰炸皇宫以及普通居民住宅区。当我的飞机飞过日本皇宫上空时,我想到:日本天皇现在在哪里呢?他听到我们轰炸东京的消息时,一定会非常惊讶。”

说到这里,贺扬灵的小女儿宝宝(当时才七岁)放学回来了,看到客厅里坐了一群陌生人,她走到父亲身边,张大着眼睛看了看五位奇怪的客人,好奇地问父亲:“这些人是从哪儿来的?”

贺扬灵搂着小女儿回答:“他们是从天上掉下来的。”

杜立特停下来,望着小女孩天真可爱的样子,便过来双手抱起宝宝,把她举得高高的。落下来,贺扬灵对大家说:“顶好,顶好。”

女儿宝宝一点儿也不认生,跟大家玩了一阵,便一溜烟地跑出去了。

杜立特继续讲他的故事:东京湾是朝东的,日本设有两道国防防线,他们的空军大部分集中在此地,也就是东京湾。我们为了避开日本的防空防线,不得不先向北方飞去,再朝南从侧面进入东京湾。他们的飞机飞得很低,有时低得几乎要碰到地面的房屋和大树,这样有利于寻找轰炸目标而不会找错。当他进入东京湾时,才发现二号机胡佛跟在后面;其余的十四架飞机,他起飞以后再没有看到。他从黄蜂号航空母舰上起飞开始,一路上没有遇到敌机。天空很晴朗,太阳在海面上闪着光。

一号机将要到达东京时,杜立特已经飞行了五个小时。杜立特机组在两千五百英尺的上空发现日本方面有日本防卫的堵塞气球,还有正在起飞的日本飞机。杜立特明白,敌人要拦截他们。他采取冲刺、低空,躲开了日机的拦截。日机发现杜立特玩了一个花招,准备再来咬住杜立特时,已经跟不上了。这是美国轰炸机的先进技能和飞行员的高超技术才能做到的。

杜立特投下了第一枚燃烧弹，身后的二号机胡佛也开始投弹。二号机配合得非常好，机动灵活，投弹命中率极高。杜立特看到二号机投弹后，顷刻之间火光、烟雾包围了目标。当杜立特离开日本领空时，二号机也在很远的侧面跟随而来。显然，它会在预期的时间内与杜立特一同飞往杭州湾。

故事听到这里，大家为他鼓掌。可杜立特黯然说："我们已经安全降落，但二号机的伙伴们在哪里？"杜立特不愧为指挥家，他叙说故事清晰流畅，讲解准确、细致、生动，像一位杰出的演说家。最后他说："二号机会不会就在我们附近降落？是迫降还是坠毁，谁也不知道。我们五个人平安地降落在这里，可是我们的队友在哪里呢？我是最后一个离开飞机的，在夜空，我听到巨大的声音。还能不能看到我们的同伴？"说完，杜立特静默几秒钟。

此时，贺将军的夫人又为客人端来了咖啡。杜立特抽起一支烟，说了"谢谢"，还说："在中国的一个偏僻的山谷里，我们饮到这样美味的咖啡和午餐，太值得我们纪念了。"杜立特有餐后饮咖啡的习惯。他呷了一口咖啡，站起来又说："我们十六架飞机从大黄蜂号航空母舰上起飞，每架飞机差不多都要花五个小时才能飞到东京。而我们又飞了八个小时，才安全降落在中国。这是我一生中飞得最远的距离，由于发生了意外情况，我们最后的计划也就是最重要的部分没有实现：为什么与中国机场联络不上？难道其他的十五架飞机也是这样吗？我们没有找到衢州机场。我们的计划，最后的目标是要在衢州机场降落，装载炸弹再去轰炸日本，那样就能够给日本以沉重的、反复的、有力的打击。可惜，最后没有实现。现在我最关心的是：其他十五架飞机究竟怎么样了？我们必须向美国国防部报告。"

贺扬灵将军听得非常仔细，他明白：自太平洋战争爆发以来，美国成为中国方面最强大的盟友，有像杜立特中校这样优秀的飞行员帮助中国，中国一定会取得对日作战的最后胜利。

第三天的清晨，也就是 4 月 20 号，天目山区的上空晴朗万里，阳光和煦。杜立特一行五人、赵秘书，从山下他们居住的旅社来到贺扬灵的行署。昨天晚上，贺扬灵为杜立特中校向中国军方转拍了一份电报：告诉美军当局，杜立特机组安全降落在浙江。

贺扬灵向杜立特转告：有正式消息传来，杜立特的一号机残骸在距离此地六十里路的名为昊天关山上坠落，问杜是否要去看一看飞机损坏的情形？杜立特答道："太好了，太好了。我立刻去那边看一看，我要去找一找飞机里面的一架照相机。"他又摸了摸自己的下巴说："还有我的刮胡子刀，这两天来胡子长得乱七八糟，幸好我的女朋友不在身边。"他们吃过午饭立即出发。

贺扬灵为杜立特派了一辆黄包车。杜立特因为脚脖子受过伤，走路不是非常利索，而且又是山路，上坡下坡的，就乘上黄包车。赵秘书带了几个部下，骑了一匹从日本人手里缴获的战马跟随在杜立特的后面。前几天，消息已经传开，特别是没有见过外国人的农民，都要来看一看他们。赵秘书做翻译，沿途向他们打招呼，表示谢意。

这天下午，他们看完山顶上的残骸，天色已晚，就在农民的家里住了一晚，第二天继续搜寻残骸的下落。因为此时是距飞机坠落山头的三十多个小时以后了，当地农民

杜立特在天目山昊天关山顶上的一号机残骸前，留下了一张最珍贵的相片

听到飞机坠毁的巨大声响。第二天一早，远近的农民争先恐后地跑来，有一个人动手，其他人也都上去，捡落散在山上的东西。半天以后，才有当地的保长、乡长前来制止。等到杜立特一行人到达时，现场已经空空如也，只留下机身的巨大残骸。机头、裂开的机翼、发动机都是些搬不动的大部件。杜立特一行只能用随身携带的照相机给照了几张相，其中一张就是杜立特看着飞机翅膀摔落在山顶十分伤心的样子。机头和螺旋桨落在山脚，机身摔成两半，落在山顶，还有机翼和轮子滚在半山腰，其他的小件通通被人捡走。此处是一片荒山，很少有人来。

一年之后，浙江行署才将机翼、机身和机头，组织了几百个农民搬到浙西行署所在地附近的一个训练场，露天停放，作为纪念。

第四天，也就是 1942 年 4 月 22 日，浙西行署主办了天目山地区各界人士欢迎美国飞行员的群众大会。有各单位的公务员，有中小学生，还有从远处来的游击队员，有附近县市来的剧团演员，有驻地的驻军官兵，还有庙宇的尼姑、僧人，真是一次空前的盛会，把天目山区百分之六十的人都招来了。

杜立特等人在贺扬灵的陪同下来到会场，这也是杜立特生平第一次见到这样热情、真诚、可爱、可敬的中国老百姓。当他们站在主席台上，几位小学生将鲜花分别献给几位飞行员，飞行员们感激得不知如何是好，他们不知道中国的礼节应该是怎样的。这样的镜头更激起全场的欢声雷动。当地的一位训练团的教育长致词，也很激动人心，因为他说："第一次见到美国飞行员，飞行员们又是这样伟大、勇敢，去轰炸东京……"下面掌声雷动，淹没了他的话。

该杜立特中校讲话了，他先是一次次弯腰致谢，回答他的是群众经久不息的掌声。当他张口说第一句话，几千人的会场立刻肃静得没有一点声音。后来杜立特回忆说，这是他一生最难忘的场景。他说：轰炸东京刚刚开始，以后还会有无数次去轰炸东京，直到日本法西斯无条件投降才会停止。听众群情激昂，掌声响彻山谷。杜立特下来时，竟然被一群青年人抛向天空，他高声喊道："中国人民太可爱了，太可爱了。"

一号机全体飞行员受到当地群众的热烈欢迎，图片上是英文写的大幅标语

散会后，贺扬灵陪着五位飞行员游览古老的寺院、佛教圣地游龙潭、华严洞、太子庵，最后来到被日本狂轰滥炸的惮源寺，一片片瓦砾，一道道破墙，杜立特愤恨地说："日本人也有宗教信仰，但是为什么对中国人这样不仁道？"

一路上，乡民知道他是轰炸日本的英雄，家家户户都捧出母鸡、鸡蛋、花生，还有妇女做了鞋子送给他们。路上有一个小和尚，一定要送给他们一篓茶叶和笋干。杜立特拿着问秘书："这是不是你们中国的香肠？"大家捧腹大笑。

直到4月23号，在度过了终生难忘的四天后，他们才与衢州机场取得联系，等待回到大后方重庆。好消息是，已经有其他四架飞机的飞行员安全转移到了衢州机场。贺扬灵为杜立特五位飞行员准备好了运输工具车和马，还有他们喜欢吃的食品。

临别，杜立特给贺扬灵赠送了一件飞行员穿的皮衣，一双皮手套，还有一些小的纪念品。他紧紧地握住贺扬灵的手说："你是我终生难忘的最好的中国朋友。"

贺扬灵把他们送到回龙桥，分手之前，杜立特将一封亲笔写的英文信交给贺扬灵，内容如下：

浙江行署主任贺扬灵将军阁下：

此次我和我的同伴在天目山承蒙阁下热情招待和协助，谨代表本人和同伴对于阁下及赵秘书以及其他同事表示感谢。此次来到贵国，让我们对共同的敌人给予打击，深感欣慰。我们盼望并且坚信会继续对日本发起攻击。期盼尽快看到贵国将日本侵略者驱逐出境，建立持久和平。

此颂大安

美国空军中校　杜立特

1942年4月22日

贺扬灵派秘书赵福基一路陪护客人，每日向贺扬灵报告情况。4月26日下午他们安全抵达衢州机场——第十三航空总站。在4月29日，赵秘书给贺扬灵将军交了一份护送杜立特一行的书面报告，大概内容如下：

> 贺主任钧启：
>
> 本月23日，职奉命护送美国航空队杜立特中校等五人赴衢州，当日下午抵达于潜下棡观山简易师范学校，周专员、沈县长设宴招待。晚间由简易师范学校举行欢迎会，驻军司令陶总在座欢迎。四日上午九时离开于潜，中午抵达麻车小学共进午餐，小学生集体献花，并请杜中校演讲。杜中校略感困难，他说，生平只对军人演讲，而对儿童演讲这是第一回。此后行程加速，昼夜兼程，每县除县长列队欢迎外，百姓群众多不胜举。
>
> 24日下午五时抵达汾水县，钟县长鸣爆竹相迎。饭罢，连夜乘船赴桐泸；25日下午四时到岸，黄县长和王局长舟中亲迎。25日五点换了船夫起锚，下午四时到严冬关。县长杨委员来迎接，杜中校致谢，未登岸。休息两小时，衢州机场来专车迎接。26日清晨九时抵达兰溪。徐县长在县政府迎接，早茶，驻军26师赵师长在座。徐县长电话给衢州机场，机场派出中型吉普车来迎接。中午赵秘书及杜中校一行六人乘车去衢州，下午三时到达衢州机场，陈站长亲自接待。
>
> 另外补充如下；衢州机场派来的吉普车只能坐人，不能装行李，故将行李留在兰溪。所以第二日清晨职又回兰溪取出行李运到金华，又命令卫兵马宗尧把杜中校的衣服运到衢州。因为以上原因，职留守金华三天，乘此时间，职将此行经过写成报告一份，又因金华每日日机来轰炸，每次耽误两三小时。为了躲警报，白天无法书写，职只好在夜间书写报告，草率疏漏在所难免。职到达空军总站时，已有美空军飞行员二十一名，包括杜中校等五人。25日送走一批二十五人，另外五名美国飞行员自南成直接赴鹰潭，再转飞重庆。在此听说，有一架飞机降落在苏联远东地区。到此时计算，安全获救者不止十二架。据日本广播电台声称：日本已经击落轰炸东京的美国飞机九架，可以证明完全是胡说。杜中校到达衢州机场后，参观机场设备，职也同时去参观。据杜中校说，衢州机场设备比较完善，完全可以起降美国的各种飞机。

赵秘书全程护送杜立特等五位飞行员，深深感觉到杜中校之为人仁慈、严肃、亲密、幽默。一位美国传教牧师在船上探望杜中校。此牧师名叫丹尼，他在与中校谈吐中，对中国人颇有微词，赵秘书予以驳斥。例如丹尼说，中国人只知道有家而不知有国。赵秘书说，过去中国人忠君过于爱家，君就是国家之象征也。可是中国近代“五四”运动以后，青年爱国重于爱家。牧师又问：中国人除生命之外，最宝贵是何物？牧师说：中国人以为物质是最宝贵的。赵秘书以孟子舍生取义之词批驳他：中国人除生命之外，在正义面前敢于牺牲生命，也维护正义。杜中校听到此语认为美国和中国的道德标准是吻合的。护送杜中校完毕，赵秘书在衢州与杜中校握手惜别，赶到江西上饶代表杜立特拜见顾祝同司令长官。

赵秘书在兰溪押送杜立特行李，回到衢州机场时，杜立特已经走了。但是，杜立特心里一直惦念着赵福基。他们一直有书信来往，直到抗日胜利后，杜立特通过美国政府邀请赵福基去美国留学，得到美国政府的资助。

杜立特到达衢州机场后，见到十四号机组的驾驶员，希尔格问他："你们学的那句话(我是一个美国人)这句话起了作用吗?"

杜立特说："我们讲的中文人家根本听不懂。"

希尔格说："是啊！我们见到的中国人根本听不懂我们讲的这句话。"

杜立特问："究竟怎么回事？是我们说错了吗?"

希尔格说："不是，教我们讲中国话的人是广东人，浙江人根本听不懂广东话。"

4 月 27 日，杜立特与第二批飞行员向衡阳进发。在到达上饶，拜访了第三战区司令长官顾祝同，协商如何营救六号机组被日军扣留的人员。顾司令长官同意尽最大力量从日军手中赎回，不可用武力解决。因为敌人的力量很大，防止发生杀害俘虏事件。顾司令长官下令所属部队搜索、寻找下落不明的美国飞行员，重点在杭州湾到温州湾的城乡，特别告诉沿海的船主、渔民，注意寻找降落海中的美国飞机和飞行员。

5 月 3 日，杜立特一行到达重庆。宋美龄代表蒋介石接待了他们。杜立特当场提出救护被日军抓去的飞行员，宋美龄表示要全力以赴救他们回来。杜立特等人被宋美龄授予青天白日勋章，在场的史迪威的空军将领克莱顿也会见了杜立特。他从口袋中掏出一颗星，亮给杜立特说："这个礼品送给你很有意义。"原来是他收到华盛顿阿诺德的来电，阿诺德已经签署了一道命令：杜立特中校提升为空军准将。此令已经在 4 月 26 号公布。

杜立特此刻却仍然焦虑不安，还有一架八号机组飞向苏联的海参崴不知下落如何。十六号机在南昌被日军俘虏，六号机组两位飞行员死在海中，三位飞行员被伪军俘虏。四号机的飞行员在降落时被摔死，善后处理都是他一一操办的。他希望在重庆等待这些同伴们的归来，但是华盛顿命令他立即回国。5 月 5 日，杜立特离开重庆飞往印度，途经开罗、苏丹、格土木和南非。5 月 15 日降落在华盛顿机场。

万万没有想到的是，此时，在遥远的太平洋西岸，在美国飞行员们降落的浙江、江西等地，日本军队发起了猛烈的复仇大扫荡。美国飞行员绝大多数脱离了危险，安全归回。可是中国人却面临着一场前所未有的残暴的大屠杀。日本从 5 月初发动屠杀二十万人的暴行——浙赣战役。

在华盛顿，杜立特立即给贺扬灵将军发出了一封信。可惜，由于中国战区浙赣战役爆发，交通受阻，邮电中断，贺扬灵半年之后才收到这封信。此信原文如下：

浙江行署贺扬灵阁下：

前在贵处，敝人及各同伴承蒙盛情招待，兹特驰函尽表谢意。此次若非阁下协助，敝人及同伴、其他空军人员，尽将遭遇无穷之困难。承蒙赵福基先生陪伴，更为感激。赵君见识优良，沿途受益不浅。敝人望来日有缘报答阁下。此颂大安。

美国空军准将杜立特谨启

1942 年 5 月 23 日

美国军方知道浙江行署在救护美国飞行员所发挥的作用，特别是杜立特一号机组所在天目山的礼遇。杜立特发回的第一封电报就是在天目山贺扬灵的行署转发的，并且浙江行署立刻与各地联系，动员全民援救美国飞行员。下面是驻中国的美军顾问团和中国战场美军司令魏德迈的一封致谢信：

贺扬灵将军勋鉴：

兹谨附奉敝国空军总司令阿诺德上将谢函一件，敬希查照。

深信阁下必将继续与吾合作以期早日完成合力击溃共同敌人之大任，实所盼祷。

特此，敬颂勋绥！

中国战场美军司令魏德迈

美国空军总司令阿诺德谢状

杨灵将军勋鉴：

前承阁下暨贵部惠予敝国空军人员珍贵协助，无限感激，谨代表美国空军表达最高谢意，即希察照。

由于阁下暨贵部果敢人士之协助，益增敝国空军人员打击敌人之勇气与决心。以此精诚合作，诚为贵吾两国争取最后胜利共同志愿之铁证！专此奉达，敬颂勋祺！

美国空军总司令阿诺德

当时，浙江省国民党党部发文给下级各党部的文件，报告浙江行署所属的灵安地方官员救护美国飞行员有功：“苕云区党务督导员兼区长李关安于民国三十一年四月间护送降落该县的盟国飞行员处置妥善，请予以奖励等请，省政府批准后传令嘉奖，一面等各地报来材料，再行汇报中央政府核准。”

杜立特一号机坠毁在昊天关，在当时来讲是一件大事情。飞机残骸不应放在荒郊野外，因为这是纪念杜立特轰炸东京的最好物证。1943 年，浙江行署贺扬灵下令，组织了数以百计的农民，千方百计将如此大的飞机残骸拆运到天目山的浙西部“忠烈祠”前展览。同时展出的还有当地老百姓从飞机上捡回家的物品和许多部件，以及飞行员留下的用品、衣服、降落伞等等。当时，浙江省主席黄绍竑也来到现场观瞻了杜立特飞机残骸。

二号机化险为夷

二号机飞临宁波上空时，油箱里的油只够再飞五分钟了。机长胡佛十分焦急。忽然，下面的云层露出一片亮点。机长朦胧中看见下面的地面不像是山冈，他想立即迫降，又担心万一不成功机毁人亡。于是他当机立断，命令三位飞行员先跳伞，留下自己和领航员，冒险迫降。三位飞行员跳伞后，胡佛将飞机再下降，终于发现一片平坦的大地，大概是一片农田。凭借高超的驾驶技术，飞机终于撞落在一片棉花地里，潮湿的泥土缓冲作用，飞机没有大的撞伤。

胡佛和领航员打开了舱门，搬出一些用品。这时，接近九点钟。胡佛搞不清是中国政府地区还是日本占领区，飞机绝对不能落入敌人之手。两人在周围走了一圈，没有发现任何情况。这里是农村，不久总会有人来。胡佛决定把重要的东西随身携带，还有食品、轻型武器如手枪等。他们准备烧毁飞机，将燃烧瓶放在了油箱上点火。奇怪，火又熄灭了。胡佛又将机舱里的输油管拉出来放油，将近一百公升的油流到地里，再将燃烧瓶扔进机舱，他们立即跑开大约五十米远，飞机烧起来了。

原来胡佛原本打算降落在中国农村，能够保护飞机，但是目前情况不明，如果是日占区，飞机落在日军手里就后果严重。但是飞机烧到一半就又熄灭了。原来，倾盆大雨浇灭了火焰。他们二人在黑暗的风雨中离开飞机，走上一片山坡。雨稍小的时候，他们来到一条山沟，还有几棵树。他们吃了一点干粮，过了半夜走到天明，也没有发现房子，他们十分小心地继续往西，没敢走大路。领航员举着望远镜往前看，胡佛跟在后面朝后看。前面一道小山梁，仍然没有发现人影。

一直走到下午，两人很疲劳，背了很重的东西，才走了十来里路，天又黑了。忽然发现前面一个小山包，还有壕沟，走进一看，才知道是一道战壕和两座碉堡，还有两个枪眼。胡佛猜想，不久前这里肯定打过仗。他们走进碉堡里，很干燥，就放下东西，彻底地休息一下。他们在四周观看了一圈，显然，这里很安全，他们在这里度过第二个夜晚。

第三天清晨，他们又继续往西走，还是没有发现村落。从路面上来看，还是有车马和行人走过的，一直走到中午终于发现一座农舍。他们到了门口，屋内有两个妇女带着一个小孩在忙着什么。他们很礼貌地向客人行礼，妇女也没有特别在意，只把他们当作过路的行人，请他们喝点水，问他们要不要吃饭。他们摇摇头，飞行员拿出饼干给她们的小孩。胡佛做手势问他们有没有日本人？妇女很聪明，明白了他们的意思，就用手势比作枪，又摇摇头。

胡佛终于明白，这里没有日本人。因为是早晨，路上的人慢慢多起来。这些乡下人准备去赶集，有挑柴火的，有背米的，有挑山里的土产品的，胡佛和领航员也就放心了。随着人群，他们也就跟着向前走去。

这里是浙江省鄞县东钱区咸详镇海南乡。赶集的人来到镇上，熙熙攘攘。胡佛走来走去，始终找不到一个能讲英语的人。此时，一个叫徐阿贵的农夫发现两个外国人，他一想，前两天晚上有飞机被火烧了，会不会和这两个外国人有关系？于是，他一路小跑来到镇长朱绣芳的家里报告。

此时，朱绣芳还没有吃早饭，听罢徐阿贵的讲述，立即想到，可能就是那架飞机的飞行员吧。他再一想，情况很严重，本地离日军很近，国军已经撤退，伪军经常来，绝对不能走漏消息，不能声张，他立即带了一名乡丁跟着徐阿贵去街上寻找外国人。

他们来到镇上热闹的街头，却不见飞行员。于是悄悄打听，终于有人说，见过这两个外国人朝西去了。他们又急忙追去，终于在镇西的一个大庙里发现了这两个外国人。他们背着行李，很疲劳地在院子里休息。朱绣芳也从广播里听到东京被轰炸，美国飞机被击落，可为什么美国飞机会飞到浙江呢？他搞不清楚。他和美国飞行员握手，连比画带说一两句英文。飞行员终于听明白，这里非常危险，要想办法躲避起来。朱绣芳立即带他们走出大庙往黄牛岭方向去，那个方向可以找到地方游击队。

他们走了十来里路，碰到一位放牛娃。放牛娃告诉他们，前面还有几个外国人。他们终于在一个山沟里碰到前天跳伞降落的三个飞行员，大家非常高兴。感谢上帝，感谢中国老百姓。朱绣芳连说带比画，再往前走就可以找到地方游击队。胡佛拿出随身带的地图，朱绣芳向他们指明了要去的方向。这是一条十分安全的路，请他们放心。飞行员感激不尽，胡佛掏出自己心爱的钢笔送给朱绣芳，还脱下身上一件飞行服，是浅绿色的卡矶布，披在朱绣芳的身上，领航员还把自己的手枪送给跟随朱绣芳来的乡丁。朱绣芳和乡丁临别前告诉他们一路要小心，一路平安，还举着大拇指说他们是英雄。

飞行员们沿着靠海边的象山港走，他们走过了黄牛岭乐家村，大概十来里路。太阳快落山了，突然从两旁窜出来十几个拿枪的人。对方人马一拥而上，先是抢下他们的物品，包括武器。五位飞行员目瞪口呆，十分惊惶。原来这群武装人员是鄞县第一自卫大队的游击队，是地方武装。此刻，他们的队长站出来说话，身边一位队员操着不熟练的英语，才知道他们是美国飞行员。队长解释以为他们是日军，并再次说明他们是抗日的游击队，是一家人。于是带他们走了十多里路，天黑才来到他们驻扎的村庄，安排飞行员住下，归还他们的武器和用品，让他们吃好饭，在农民家里睡了一夜。

第四天是 22 号。又走了一段路，游击队员们保护着他们，坐上一条船，直往宁海县开去。途中，飞行员要讨回其他的东西，还有机关枪。游击队队长说："这个玩意我们没有见过，让上级首长看看。"

这天晚上，他们住在一个游击队的兵营里。

23 日一清早，游击队长很细心，他考虑到美国客人很疲倦，还要走很多路，就雇了五辆人力车(黄包车)让飞行员们坐上。飞行员们从来没有见过这样的车，不想坐。游击队长告诉他们，前面路还很远。飞行员们这才坐上人力车，带上东西，盖上被单，也免得引起行人注意，因为这里时常有伪军和日本人的奸细。这天晚上，他们到达宁海县的一个镇，飞行员住到街上一个小旅馆里。非常巧的是，在另外一个小的旅馆里，住了一位青年人，看模样，像一个大学生，还穿着西装。旅馆老板问他会不会说英语，这位年轻人笑眯眯地回答："我上过大学，现在是老师，会英语。"

老板说:“太好了太好了,我们镇公所正在找会英语的人,请你帮忙跟我走一趟吧。”

年轻人笑问道:“什么重要的事要我帮忙?”

“当然重要了,眼我一块走吧,这里不便多说。”

这位年轻人就跟着老板来到镇公所的大厅里。大厅里有很多人,还有三个大圆桌坐满了人。年轻人还没有来得及说什么,大厅里进来了五个衣服不太整齐的外国军人。年轻人一看就明白了。他率先上前和飞行员们握手问好。飞行员见他英语流利,高兴得不得了。此时,一位当官模样的人笑眯眯地说:“请为我当翻译。”他穿了一身整齐的中山服,抬手请飞行员们入席。

这位年轻人在席间却成了主人,因为穿中山服的人和美国飞行员交谈,统统由他来当翻译。所有的中国人也都看着他,这位青年人真了不起,外国人说的话他全都能听懂。这位年轻人名叫刘同声。他是刚刚从上海那边过来,要通过日本占领区到抗日大后方去的。席间,主人问美国客人:“你们轰炸东京难道是从澳大利亚起飞的吗?”

胡佛为难地点点头,没有回答,只是说:“我们还有其他的伙伴,都不知道降落在哪里。我们的目的地是要去浙江衢州机场等待命令,受到贵国居民的救助和优待真是幸运,万分感谢。特别是这位中国的年轻人刘先生,为我们的沟通帮了大忙。”

刘同声向飞行员们介绍了镇长。镇长说道:“这里是敌我双方犬牙交错的地带,前面还有一段危险地带,所以保护你们是我们的责任。只能走山路,不能走平原。白天要隐蔽,以避开日军的巡逻队。”

飞行员上路了。一路上非常顺利,老百姓送给许多吃的,有肉有菜有鱼,还有米饭,令美国飞行员不理解的是,他们的东西都归还了,可就是手枪和刀没有归还。原来游击队员们用的是刀和土枪,美国飞行员们用的枪他们从没有见过,就留下了。一路上,他们睡的是木板床,飞行员们人高马大,被子盖不住脚,还有虱子和臭虫爬来爬去。

24 日晚间到了龙宫,见到鄞县县长俞济民。俞济民身兼游击区指挥官。他满腔热情地招待美国飞行员,还把身上佩带的玉雕送给胡佛机长,特别请来摄影师与飞行员们一同照相。县长在宴请席上说:“你们是我见到的第一批美国人,你们是英雄,打击了日本鬼子。”

机长胡佛拥抱着俞县长,眼含热泪说:“中国人太伟大了,我们一定要打败日本帝国主义。”

俞县长派人又雇了五顶轿子护送飞行员到达新昌县的大市,到了安全地带。老百姓夹道欢迎,他们知道这些美国飞行员是轰炸日本回来的。飞行员们不知道说什么是好,他们不理解中国这样落后的条件下,老百姓怎么都知道他们是轰炸东京回来的呢?

25 日上午一路坐着轿子,然后交接给另外一个县,轿子回去了,改成人力车。轿子是两个人抬,还可以换人,而人力车是一个人拉,就比较累。领航员威尔德拉是小个子,所以车夫都要抢着拉他,投弹手米勒又高又壮,车夫们都不主动找他。

道路很坏,这里靠近前线,有的路段整个切断,填上土后人力车才能过去,为的是阻挡日本的机械化。前面又跨越过了三个县的交界处。一路上飞行员们和刘同声谈

二号机组全体飞行员和翻译刘同声(右三)、县长俞济民(左二)的合影

得非常投机,他们成了非常好的朋友。飞行员从刘同声口中第一次了解到中国抗日战场的详细情况。他们非常钦佩中国人的牺牲精神,中国人面对的是现代化装备且又穷凶极恶的日军。飞行员们暗暗地下决心,要全力以赴消灭日军,帮助中国的老百姓。有的地方遇到西方来的传教士,他们也热情地招待美国飞行员,有的还拿出酒。刘同声告诉飞行员们:抗战时期为了节约粮食,政府下令,不准用粮食酿酒,也不准饮酒,除非招待外宾。所以飞行员们所到之处,还能饮到老百姓藏在窖中的陈年老酒。有一次,他们竟然吃到老百姓送来的鸽子蛋。还有一次,当地驻军的将军拿出古巴的雪茄招待他们,令飞行员们非常感动。

28 日到达义乌县城,县长出来迎接。此地靠近日军占领区,他们刚到,忽然响起了警报声,原来是日机来轰炸。游击队员们带他们躲到庄稼地里、树林下面,直到晚上才登上火车。

29 日离开金华,乘的是美国福特汽车。飞行员们又一次惊讶,美国的汽车也到了中国战场了。他们到达驻军的空军司令部,附近有火车站。一路经过七八个县市,29 日夜晚终于到达衢州机场。他们发现,九号机与五号机的飞行员已经安全到达衢州机场,他们互相祝贺,又互相交流那些还没有到达的同伴们的消息,可以说是喜忧参半。各种消息传来,有的机组坠落、受伤,有的误入敌占区,生死未卜。只有祷告上帝,等待同伴们安全回来。他们看到衢州机场设备很不错,听说几十万中国百姓用最原始的劳动工具,下至学生儿童,上至七八十岁的老人也都为修筑机场出力。机场还用花圃支撑"欢迎美国飞行员"几个大字。

他们看到机场的军用汽车中有不少是美国的,还吃到了西餐,听说因为没有冰箱,这些西餐是放在山洞里的。原本预计日期是 4 月 19 日迎接他们,但是机群临时改变计划,提前起飞了十四个小时。事关机密,蒋介石司令部得到通知时,已经是 19 日了。

一路走来，因为语言无障碍，刘同声成了美国飞行员最知心的朋友。在衢州机场，刘同声认识了许多美国朋友。年轻的飞行员们第一次认识这样一位精通英文的年轻中国人，大学教师，他们都邀请刘同声与他们一同去美国。刘同声告诉他们："我刚刚在上海结婚，太太在中国，我怎么能够去美国呀！但是我们一定会成为永久的朋友。"

年轻的飞行员们都说："通过你，我们认识了中国，赞美中国。我们两国虽然在太平洋的东西两岸，却是最好最好的朋友，永远都是。我们当前的共同任务就是要打败日本人。"

快乐的时光转瞬即逝。5月3号，飞行员们乘火车前往鹰潭。一路烽火，到了鹰潭，只能改乘烧木炭的客车，车厢后面安装着烧木炭的蒸汽机，利用蒸汽来转动车轮，一路走一路加炭，还要用手摇鼓风机，发出"吧吧吧"的声音。三天后，终于到达衡阳空军基地，那里是中国抗日大后方靠近前线的大型机场。陈纳德率领的飞虎队也有飞机在衡阳基地，经常飞往敌占区轰炸日军。所以，日本飞机经常白天来轰炸。

但是，到了晚上非常热闹。他们在衡阳受到驻军、商人和银行家的设宴招待。有不同的宴请，还有当地学生的文艺演出，市长还专门给他们送了一幅画，是著名的山水画家画的老鹰，他们把美国飞行员比作雄鹰。白天时有日本飞机来轰炸，飞行员们必须躲进防空洞。机场跑道也被日军炸坏，但是只要解除警报，民工、军工齐上阵，很快就把跑道修好，不影响飞机的起落。飞行员们在衡阳住了八天，度过了难忘的日夜。

5月14日，重庆飞来一架DC-3运输机来接他们。年轻的飞行员们前呼后拥，一定要刘同声一同飞往重庆，让他从重庆转往昆明回学校。可是上级不容许，因为非军事人员一律不准乘军用飞机。飞行员们只好一一与刘同声告别，刘同声也感动得流下眼泪，目送飞行员们远远地去了。

后来，飞行员向陈纳德将军推荐刘同声，赞扬他是优秀的中国人、极有才华的年轻人。

四年之后，即抗战胜利后第二年的1946年，刘同声带着夫人，一同去美国留学，毕业后攻读航空硕士学位，而后被美国航空部门录用，一生都在美国工作，后来与当年的美国飞行员再相逢，那是更美丽、动人的故事了。

二号机组的全体飞行员就在抵达重庆的当晚，宋美龄举行宴会，欢迎美国飞行员胜利归来。这是十六架轰炸东京的美国飞行员在中国降落，被中国老百姓救助以后的第三批人员从前线到达重庆的，也就是宋美龄第三次宴请美国的飞行员们。宋美龄代表世界反法西斯战争中国战区最高指挥官蒋介石向他们颁发勋章，以表彰他们的献身精神。这是美国飞行员们终生难忘的时刻，也是历史给他们的荣誉，是最最难忘的。

三号机惊险万象

三号机飞临浙江上空，寻找降落地点。他们测算，已经是安全地带。可是云层实在太低，再没有其他机会了。只有跳伞，保证飞行员的安全。飞机也不能再下降了，担心撞到云雾缭绕的山峰。

副驾驶曼奇的降落伞半夜挂在峭壁的一棵树上（油画作者：张玉恢）

最后时刻，驾驶员罗伯特·格雷终于下达跳伞命令。却不知，下面就是浙江省江山县七都乡东吉山区，全是大小不等的山峦。飞行员们立即拉开伞环，脚下仍然是乌云密布，还下着雨，真是一个倒霉的天气。副驾驶曼奇坠落在半山腰，伞挂在一棵小树上，两腿碰到树杈，他没有移动，这样裹在伞里睡了一夜。天一直在下雨，直到天亮，他割开伞带，出来一看才知道山坡很陡很高，幸好自己没有移动，否则早就一命呜呼了。

他拿出皮袋，慢慢地落在地上走下山去。旁边有一股山泉，他用皮袋灌满了水。看见一条小路，他想起地图上标明过，这里有一条铁路，这是他首先考虑的目标。前面有一所农舍，农舍边有一男一女两个农民，似乎在路边捡柴火，抬头一看曼奇，吓得连忙逃跑。农妇可能是小脚，摔倒在地，爬起来又跑。曼奇心想，只要不碰到日本人就好，就这样慢慢地走着，竟然没有碰到一个人。鞋子破了，也许是山上的石头划破的吧。这时又下起了雨，他懊悔没有割下一片降落伞当做雨衣。风雨交加中，走了一天，他又露宿在一个小山坡下。这里是荒无人烟的山区，又冷又饿。

第二天醒来时，天晴了，他恢复了点精神，继续往前走，才发现自己的鞋子也再无法穿了，地上全是石头。脸上和手上都划破了，手上的伤口一直在淌血。又走了一段路，他在一条小溪旁洗了洗手，又洗了洗脸，坐在石头上左思右想，同伴们哪里去了？这时出现了奇迹：小溪对面的草丛里突然冒出两个人，一个笑着脸跟他打招呼，过来拉着他的手，另一个人也是露出非常友好的微笑。

原来这两个老百姓都是本地人，他们头一天到靠山坡的地方去插水稻秧苗，发现路旁一行深深的脚印，这就是曼奇头一天的脚印，他们以为是什么野兽留下的。插秧的农夫沿着脚印寻找，发现了人高马大的曼奇。这个黄头发、蓝眼睛、个子特别高大的人，长着一个从未见过的大鼻子，穿的衣服也是农夫从来没有见过的。农夫急忙跑回村里叫了一批人，拿上砍刀，土枪和抓野兽的工具，准备来追捕这个“怪物”。消息传到保长家里，保长立刻叫来一个叫毛继富的村民，他是大个子，保长让他小心点先搞清楚他们是什么人，还嘱咐他不要随便开枪，要用刀。他们就在水溪旁的树丛里等着，要看清这个怪物的真面目。

大个子农民年轻力壮，胆子也大，在草树里终于看到“怪物”出现了，实在是可怜、疲惫的样子，脸上还有血，他们于是小心地站出来向曼奇打招呼。因为语言不通无法交流，曼奇明白他们是老百姓，表示愿意跟他们走。可是眼前的这个年轻农民，个子比他还矮很多。曼奇是近一米九的个子，这个年轻的农民，打着手势，意思是要背着他走。曼奇开始不愿意，继续向前走。大概走了两百米，终于走不动了。农民再次要背他，他只好试试看，没有想到这农民竟然能够背得起他。可是曼奇的双脚还拖在地上，就这样走吧。另一个农民在后面抬起曼奇的双脚，帮着向前行走。

崎岖的山路又长又陡，走了四五里路，才走近一个村庄。这时天已经近黄昏了，曼奇看到前面有房子突然不好意思起来，自己这么大的个子让中国人背着进村，那可不行。于是他轻轻敲着农民的背，农民停了下来。他下来后拉了拉衣服，跟着农民继续往前走。

这个农民叫毛继富，他心里明白了，这个大个子外国人就是和昨天在另外一个山头发现的外国人一样，不管他们怎么来，太可怜了，要救他们。

曼奇终于放心了，这些中国人是如此善良，他们尽全力来救他，他很感动。

到了毛继富的家，他把曼奇安排在里屋让他休息。不一会儿，房子的女主人，一个年轻的媳妇端上了白米饭，可曼奇说什么也不敢吃。一会儿又端上了鸡蛋汤，曼奇还是不敢吃，只掏出背包里的饼干，并递给旁边的人吃。农民尝尝吐了出来，说很咸很苦，大概是苏打饼干吧。苦于无法交流，曼奇掏出指南针，指着他要去的西南方向，用手背摇晃着，表示飞机和机场，农民们也看不懂。保长看明白了，决定要把他送去北洋村，这样可以再去寻找他的同伴。

21 日早晨，几位农民到了他房子里比画着，曼奇看着他们的动作，好像是说有飞机落在附近，就当即表示是他的飞机。曼奇跟着农民出去寻找他的同伴。一直走到中午，碰到一群扛枪的人，是当地民兵。这些民兵身上扛着飞机里的东西，还有行囊。曼奇终于明白，他们已经先找到了飞机坠落的地方。走了整整大半天，他们来到了大坞山，才看到飞机已经摔成大大小小的碎片，落在石头山上。

在另外一个村口，农民看到摔在地上的一具尸体。旁边就是一个陡峭的山坡。山上找到了一顶降落伞，还没有完全张开，是飞行员法克特的，显然是还没有来得及打开伞就触山了。第二天农民发现后立即报告村长，村长派人守护着尸体，避免被野兽吞噬。两天后，由遂昌县岱口乡乡长李祖富买了上等棺材入殓，派人运到乌溪江周公口装上木船，再运到衢州江山县第十三航空总站。4 月 27 号，杜立特到达衢州时，向法克特致哀，并交付当地传教士博奇两千元法币，请为法克特买一块墓地下葬。

后来，1946 年美军在华阵亡士兵协会得到中国当地军事部门的报告，法克特的墓地在江山县汪村。法克特是降落在中国的十六架飞机中牺牲的三个飞行员中的第一位，时年二十一岁。后来，美国军方追认他为英雄，授予十字勋章和紫心勋章，中国政府授予他云麾勋章。

曼奇被农民送到北洋村，晚上住在游击队的平房里。尽管语言不通，用了各种手势和表情交流，曼奇知道已经有其他两位美军飞行员在这里住过两天并被安全送走了。他终于放心，但还是急于要找到其他同伴，于是赶紧坐上村长为他准备的轿子。这时是下午四点，轿夫们继续赶路，为的是让这位美国飞行员早点找到他的同伴。

农民毛继富六十年后又拿出他珍藏的三号机上的座垫和美国客人合影。

曼奇在毛继富家住时留下了一件物品，毛家珍藏了六十年。当时还有一个小插曲。有一个农民搞不清楚这位黄头发、蓝眼睛、鹰钩鼻子的外国人究竟是哪国人，想了想，就拿起一根小木棍，在泥巴地上画起来，先画了一个太阳，看着曼奇。曼奇想，这大概是在问自己是不是日本人吧，他就把把太阳抹去。这位农民明白，他不是日本人，就笑了。然后，他又铺开一张报纸，曼奇想，农民怎么会有这样的报纸呢？上面印有一架英国飞机，上有英国国旗，他就对着农民那木棍指着的国旗也摇了摇头。农民又拿出一份英文的画报，上面有罗斯福的照片，曼奇看了就咧嘴笑。农民指指罗斯福的像，又指指曼奇，曼奇点了点头，屋子里的人都笑了起来，跟曼奇握了手。

格雷和琼斯相隔几百米，在第二天清晨发现了对方的降落伞。幸好二人都在降落的地方用降落伞遮风避雨，没有受伤，就一同往山下走去。来到一条小河边，河里有一张木筏，但没有人，这是当地农民运送柴草的水上工具。他们沿着小河往下走，远处一所大的房屋，近看原来是一座寺庙，他们进去，看到正厅里挂着蒋介石的画像。格雷和琼斯当然认识，心里踏实了，这里是安全地带。又走出寺庙向前走去，碰到几位农民，他们发现美国飞行员就大声呼叫："怪和尚来了！怪和尚来了！"有人喊着："是日本人，把他绑起来！把他绑起来！"有人去叫村民。

惊奇的村民中有一个年轻人，是一位中学生，他奇怪地向前走来，用简单的两三句英文问话，才知道他们是开飞机的，大家才放心，原来是飞行员。

青年学生顺便把两位飞行员带到一位姓朱的家中，来看热闹的人叽里哇啦，小孩子在一旁指手画脚不停。飞行员倒也安心，并用手摸摸小孩子的头，并拿东西给他们吃。一个稍大一些的孩子，可能是一个学生，他拿来一个纸盒，上面全是英文。琼斯看到纸盒上有三个大大的“USA”，便点点头，指指英文，又指指自己。人们好像明白他们是从美国来的。朱家的婶婶端出一碗稀饭请客人们吃，美国人看不懂，不知道是什么，也不敢吃。主人又端来一碟花生和米糕糖，格雷拿起一片送到嘴里，咬了两口，表示谢意。琼斯拿出口袋里的照片给大家看，其中一张彩色照片大概是琼斯的全家照片吧。大家看了点头，笑嘻嘻的。

这时有人从外面喊着，招呼大家出去。琼斯和格雷也跟着出去，来到屋后山坡，看到人们好像在寻找什么。这时有人指着远方说：“看，不远的山上挂着一块白色的东西。”年轻人拼命往前跑，就看见有人在山上爬上树去拉降落伞。围着他们的人又指着他，意思是在问：“那白色的东西是你们的吗？”

琼斯点点头说：“Yes。”人们才明白他们是前两天降落的飞行员。此时已经两天过去。虽然在乡村，消息也传得非常快。乡政府从来没有这么热闹。

19 日，保长黄贵德报告：昨天有飞机落在山上，第二天就有一个身穿皮衣、携带枪支的外国人被农民发现，农民派人将他们送到乡政府。乡亲们非常热情地招待他们，送许多食品给他们吃。不久，石岱乡二堡保长黄贵华又来乡政府报告：本堡农民清晨下田，捡到飞机的降落伞一顶，因为被雨水打湿拿不动，暂时保存在保长家里。

到了十点钟又有人来报告：北洋山上掉了一架飞机，撒下来许多东西和枪，好像还有一名飞行员摔死在山上。乡长张某人很快将各种情报写成专文，送到县政府。

三号机奥祖克赠送给廖诗元的美金一分钱币。保存了七十多年。

在洋溪乡救护美国飞行员的场面更是热闹。原来机长格雷最后跳伞时，因高度太低，在空中随风才转了两圈就摔在地上。醒来时全身疼痛，几乎不能动弹，也是在伞里昏睡了一夜。同样在 19 日清晨，一位叫刘芳桥的农民上山割草时，也是发现一串大脚印。他好奇，就跟着脚印寻找，终于找到一拐一拐向前走着的格雷。刘芳桥跑到他前面，转身给他打招呼，格雷吃了一惊。刘芳桥笑眯眯地约他一块走，格雷相信这位中国农夫，也就跟着他一块来到刘家。

刘芳桥的父亲六十多岁，看到这个洋人一副狼狈的样子，为他做了米饭。格雷不知是啥不敢吃。老人家拿出一支笔和纸，在纸上画了一只鸡，并指着问他。格雷明白，这是在问他吃不吃鸡，就点了点头。老人家急忙煮了鸡蛋，烧好了鸡来请他吃。老人家看到格雷的衣服又湿又脏，上面还有血印，一定是受伤了，就做样子请他脱下衣服为他洗，并拿出自己的衣服让他换。格雷确是受伤了,在背部,可能是落地时摔在石头上了。

就这样,老人家守护在格雷身边。第二天就带他去找乡政府,刘芳桥又为他背上行李和枪,到了县政府的办事处,碰到琼斯。刘芳桥陪着两个飞行员和区长,搞明白他们是要去衢州十三航空总站。中途虽不远,也要乘船。坐上木船,半夜里才上岸,住了一个小店,还要防止汉奸、伪军发现。23 日清晨,又上了船赶路,刘芳桥和船老大商量,把他们二人藏在木板下面。一路上上船和下船的人很多,也没有发现他们。

晚上八点钟,刘芳桥终于安全地把琼斯和格雷送到衢州的第十三航空总站。

三号机还有一位领航员没有下落,在遂昌县只找到四名飞行员。领航员奥祖克哪里去了?生死未卜?大家十分焦心。

到了 25 号,消息才传来。领航员奥祖克因为飞机高度太高,跳伞以后遇到大风,飘到西面的江山县长台镇大见坑,降落伞挂在了树上。第二天早晨,村民朱家两兄弟上山干活,才发现山坡上的松树上挂了一个白东西。地上站着一位高个、蓝眼睛、高鼻梁的人,身上衣服全被挂破,腿又受了伤,走路一拐一拐的。兄弟俩抢上前去,二话没有说,一个前面背他,一个后面抬着他的腿,把他背下山到了村里,报告保长廖诗元。保长家里房子大,才把飞行员安顿好。保长家人端饭端茶给他们吃喝,飞行员不吃。主人吃给他看,他才敢吃,但又不会用筷子。主人就找来一个汤匙,他才吃了一点点。

看到飞行员食欲不佳,廖家人打了鸡蛋,又煮了汤给他吃。奥祖克腿和脚都受了伤。山里没有医生,怎么办?廖诗元上山采来草药,敷在他伤口上,好几天才见好转。又做红米稀饭喂他。奥祖克不能走路,廖诗元与另一位保长商量,雇请两个轿夫把飞行员送到镇上,大概有五十里路。翻山越岭很费力,保长廖诗元不放心,跟着轿子也走了五十里路,于 23 日到了镇公所。

轿夫要回去,就改用人力车,将飞行员拉到江山县城,最后 25 日才把飞行员送到衢州第十三航空总站。

三号机组飞行员到达衢州机场,和其他机组的飞行员一同在防空洞前合影

衢州机场第十三航空总站站长陈又超少将听取了杜立特中校的安排，并收到两千法币的安葬费。他转交给主办葬礼的美国牧师博奇。陈少将说，当地政府愿意免费提供墓地来安葬美国飞行员。经办葬礼的博奇牧师是美国人，前两年来到上海，以后在浙江一带传教。日本偷袭珍珠港以后，美国对日宣战，日军在上海抓美国人，博奇又逃到江西。就在杜立特轰炸东京四天以后，他在浙江途中得知杜立特机组人员降落在浙江，就找到杜立特，要参加救护美军飞行员的工作。在衢州航空总站，杜立特交代他安葬飞行员法克特的事情。此时，他向美国驻华军方拍电报请示此事，军方未有答复。5月3日，杜立特已经离开衢州，留在衢州机场的十三位美国飞行员参加了法克特的葬礼。陈站长派工修葺墓地，博奇按基督教的习惯墓地选在离航空总站东南八百米的汪村山坡上。5月19日下葬，陈站长致悼词。

三号机的降落在遂昌和江山的两县交界处，村民蜂拥到飞机坠毁的地方。因为坠毁在石头山上，飞机破损严重。飞机残骸散落的面积很大，几百名农民上山捡东西。政府得知后紧急下达命令：区长、保长都要下乡，挨家挨户动员农民交回飞机上的东西，这是有关各乡、镇、村以及浙江省的名誉乃至国家的名誉问题。

可贵的是，众老乡亲非常听政府的话，不做丢中国脸的事，都纷纷交回物品，总计有八百多件。在5月下旬，由十三航空总站机械师姚先生和美国牧师博奇一一验收后造册上报，呈报上级，转送重庆最高当局。上述物品以及有关文件，还有飞机的照片通通存入地方政府和十三航空总站档案部门。凡是美国飞机的残件和武器都由专人专车运送到航空总站封存。各级政府还下达指示，其他没有实用价值的文件和生活用品悉数焚烧，以免给敌人留下后患。这是当时第三战区长官司令部下发的重要文件。

后来三号机组的所有飞行员在衢州机场第十三航空总站休息养伤。日本飞机多次来空袭，飞行员都搬入附近的防空洞，安全躲避。其中有两位飞行员在防空洞口的右侧石壁上刻下了自己的名字，他们是：二号机的副驾驶 Fitzhugh，机枪手 Radney。

第三批飞行员于5月上旬乘火车夜行晓宿，经历三天到达桂林，改乘军用飞机飞往重庆。所有飞行员在此次历险中，体验到中国老百姓的真情。使他们终生难忘的是毛继福背曼奇的故事，刘芳桥救助格雷的故事，传遍了美国，又让飞行员们传到他们的第二代，而中国人后来很少知道这个故事。

四号机飞得最远

四号机从大黄蜂号上起飞成功，轰炸东京也很顺利。在飞向中国海岸时又一路顺风，竟然超过了前面三架一直飞到江西上饶上空。越过衢州机场，也没有找到福建机场。江西根本没机场，他们决定弃机降落。天气不好，云层低。直到不能再飞了，机长才命令跳伞。

好在下面是丘陵地带，最后跳伞的机长霍尔斯特幸运没有受伤。他落在一个小山坡的平地上，也没有发现敌人，安稳地过了一夜。太阳升起来了，他向四周搜索，没有发现任何人和村落。他记得跳伞时身上带有武器，有一把手枪，现在没有了。在这旷野山区，开枪是最好的联络方式，所以他在周围努力寻找枪支。一直找到中午，仍然没有找到。他只好沿山坡往下走。两小时后，他发现了既不像帐篷，又不像房子的建筑。他走过去时，里面出来七八个人把他包围了，他努力用手势打招呼介绍自己。对方非常惊奇。他再往前走，是一户农舍。主人请他脱下湿漉漉的衣服烘干一下。当衣服拿去烘干时，口袋里的东西不翼而飞，连一条皮带也没了，只剩下军用水壶，没有什么用处。晚上吃了一点主人端来的饭菜，这是中国农民的上好饭菜，霍尔斯特却吃不出任何味道。

第二天清晨，霍尔斯特要寻找他的伙伴，想请中国人帮他找机场或者是地方政府。他想打听昨天拿走他的东西的人，但是主人听不懂。一位农民用手势告诉他，要带他去找政府。一路上霍尔斯特还说他的手枪，希望有村民捡到。送他的村民总是催他快走。一直走到天黑，来到一处房子比较多的村庄，这是上饶县甘溪村，有军队驻守。一位军官接待了他。因为没有英文翻译，交谈很困难。但是军官知道他是美国飞行员，招待十分热情，请他住在一间比较好的房子里，床上有干净的被褥，桌上有食品，也没有农民来打扰。军官正在与上级联系。霍尔斯特放心多了，因为有军队保护他。他急切地希望能找到同伴，他知道军官正在为他向上级联系，这天晚上他休息得比较好。

21 日清晨，他被护送到另外一个兵营，大概是在下午两三点钟。遗憾的是，仍然没有人用英文与他交谈。吃了一点东西，喝了水。因为前天农民帮他把衣服洗干净，所以现在衣服比较整齐，像一个美国军人的样子。美国军队不管军官还是士兵，都十分重视仪表，中国军人看见他都很惊讶。兵营派了一名向导，带他走一条铁路线。霍尔斯特拿出身上的小本子和笔，在本子上画出火车，意思是说他要乘火车，不要再走路了。向导也在本子上画出线路，表示离此地不远，就会有火车了。还写了一个阿拉伯字“16”，大概是告诉他，再走十六里路就可以乘火车了。霍尔斯特点了点头，互相了解了。前面到了一所中学，上帝保佑，终于找到一位老师会说英语，果然教师告诉他十六里路就有火车站。令他高兴的是，向导还雇了一辆人力车送他，晚上就到达上饶火车站，也是第三战区司令部驻地。霍尔斯特说，他还有四位伙伴降落在附近，要努力寻找。在天黑以后，霍尔斯特被人带上火车，第二天顺利到达衢州，来到十三航空总站，见到许多其他机组的同伴们。

霍尔斯特的其他三位同伴降落在不同的地点，全部被老百姓送到上饶，是在 28 日。在他之后，他们并没有转向衢州，而是直接由上饶乘火车往西转道去重庆，这样也许更快一些。因为从衢州再转衡阳，路途远，情况复杂。到了衡阳，也可能因为有日本飞机的轰炸，还要等重庆来飞机。霍尔斯特到达衢州的第三天，也就是 26 日，杜立特来到。他吩咐霍尔斯特留下等待其他飞机的消息和所有的飞行员。

四号机组只剩霍尔斯特和琼斯，在这儿等待和休息。他们了解当地情况，研究分析同伴们的情况。虽然有日本飞机轰炸的干扰，他们在汪村天然的石头防空洞里却万分安全。让他们非常高兴的是，十三航空站的站长陈友超热情地亲自招待他们，准备了他们喜欢吃的西餐。他还拿出一块大大的绸布，让所有的飞行员在上面签名。当然，站长自己也用英文在上面签了名。后来一位叫钱南欣的军官把这张签名布带到了台湾。五十年后，这张签名的绸布成了最珍贵的中美友谊见证。

五月初，全体飞行员出发，沿途辗转。六号晚间到达衡阳机场，见到在大黄蜂号上分手的九号机组伙伴们。虽然他们在衢州没有见到面，能在衡阳机场陈纳德飞虎队的基地相见，也是一件大喜事。令人高兴的是，他们一路上被老百姓拿去的东西，大部分都收了回来，还给飞行员们。当然，许多飞行员送给救护他们的中国老百姓的纪念品不在此列，这些小纪念品在中国老百姓心中留下了永恒的纪念。

五号机平安落玉山

五号机组不知为什么跟着四号机也飞得很远。驾驶员琼斯最后下令跳伞。虽然看不清大地，但是他相信绝不是高山峻岭。果然，他落在一个比较平缓的山坡上。为了防止敌人发现，或许是防野兽伤害，他割断了降落伞，向山顶爬去。找到一棵树，将降落伞挂在树上，像一顶帐篷。他在里面一直睡到天明，扔下伞往下走去，碰到一位农民，他在地上画出一个火车头，加一个箭头，意思是说他要找火车。农民很聪明地抬手指出火车站的方向。

将近黄昏，琼斯来到叫下镇的火车站。巧的是，他竟然见到副驾驶威尔德，他们拥抱，一同来到站长办公室。站长见他们是外国人，连忙用笔在纸上写英文与他们交谈。站长明白他们的身份，立刻打电话给玉山县说：轰炸东京的美国飞行员中，第五号飞机的飞行员降落在下镇山里，有两位飞行员已经安全来到火车站，请立刻派专车接他们去玉山县城。站长热情地请他们吃点心，喝咖啡，这是他们绝没有想到的。因为小站离玉山县不过三十公里，很快开来了一辆机车，把飞行员接走了。

到了玉山县县城，消息早已传开，来了一位中学英语老师当翻译，这位英语老师十分为难，他慢慢地说："你们讲的英语我听不大懂。"于是，立刻打电话另外再找一位商业学校的英语教师。这位教师来了以后，完全可以听懂飞行员们的讲话。小事一件，却传遍了全县，说商校的某某英语教师非常棒，受到县长的表彰。五号机组的飞行员们在玉山受到隆重的欢迎和接待，街上的人群拿着小彩旗，打着鼓，敲着锣来看他们，说他们是"伟大的行动，勇敢的美国英雄"。

玉山航空分站安排飞行员的住食，有可口的饭菜。老百姓主动来为他们洗衣服、打扫卫生，有的男生抢着给他们洗脚。第三天，他们乘火车去衢州，不到一小时就到达了。在衢州和另外三名同机组的飞行员见面。原来他们三人被风吹到浙江江山境内，江山县警察局局长当时就打电话向县长报告说，18 日夜晚有飞机飞过本县，声音巨大，没有投弹，也没有扫射，非常奇怪，那肯定不是日本飞机。第二天，就有人向警察局报告说，发现有降落伞的飞行员落在八都乡。本局长率领众多部下去各地搜查，并责令保、甲长出动搜索，以防止日本空降部队，最后才知道是美国飞行员。原来五号机的其他三位飞行员当晚顺利地降落在江山县的华丰乡，第二天一早，老百姓把他们带到县立中学。该校校长周仁贵英文很好，和三位飞行员热情交谈。闻讯而来的老百姓送来许多食品，有红薯片、炒熟了的玉米棒子，还有鸡蛋。乡民们第一次看到大高个子、黄头发、蓝眼睛、高鼻子的美国飞行员，听说他们是轰炸日本人来的，高兴得不得了。

一群又一群的老百姓赶来看热闹，长台镇镇长雇了三辆人力车，热热闹闹，三位飞行员像坐轿子一样，被送到江山县城，又送到衢州机场。他们和共患难的同伴们在此相聚，真是万幸。千言万语一句话，感谢中国老百姓，感谢中国政府，感谢中国军队。

27 日，他们在十三航空总站高大的石山下，防空洞门前，留下了人生最值得纪念的一张照片，名字叫做“归来的英雄在中国”。

他们于 4 月 27 日乘车前往衡阳，又转了三四昼夜，5 月 6 日到达衡阳，5 月 14 号乘飞机飞往重庆。

惨遭不幸的六号机

六号机的驾驶员霍尔马克还没有来得及下令跳伞，飞机就坠落在海水中。巨大的海浪淹没飞机，将驾驶员穿破挡风玻璃，摔出机舱。其他的人醒过来时发现飞机已经被海水淹没。他们拼命打开了舱门，努力推出救生筏。

领航员尼尔森撞在副驾驶员的座位上，两分钟以后醒来，发现海水已经灌进了机舱。他手臂上流血不止，鼻子也打坏了。他们爬出舱门，然后再爬上飞机舱顶。尼尔森帮助非兹莫里斯爬上右边的机翼，他们站起来，终于露出了水面。大家给救生筏充气，但是没有气筒。有一人伤势较重，被大浪冲下右翼，救生筏也无法使用。大家互相叫喊着：“游泳上岸！游泳上岸！”

这是一个与死亡搏斗的黑夜，每个人都凭着最后的生命力在海水里搏斗着。至少在水中待了四五个小时，才看到天亮了。驾驶员霍尔马克第一个游到海滩，是救生衣救了他们。当他们筋疲力尽时，靠救生衣漂在水上喘气。他爬起来朝远处的房屋走去。很快，一群武装人员发现，把他扶起往前走，看来他们是中国人。进到一所院墙内，中国人看他全身是水，筋疲力尽，让他坐下休息，端来热水给他喝。

忽然外面进来一个人，霍尔马克以为是敌人，立即拿起身边的一块门板举在头上，躲在门背后。未料门一打开，是领航员尼尔森。他们流着眼泪互相拥抱，尼尔森讲述了自己的惊险经历。

半夜里尼尔森一边游泳一边浮在水上休息，判断着自己游的方向是否正确。他忽然碰到一个渔网，渔网上插着竹竿，他努力翻越，没有成功，担心竹竿穿破救生衣就完蛋了。他只好沿着渔网向前游去，渔网终于消失，他相信离海岸不远了。他受伤了的鼻子因海水侵蚀而非常疼痛，几乎没有了力气。他大大地放慢了速度，终于听到海浪撞击在岩石上的声音。他祷告着：快了，快了，不能停下来。就这样离开渔网。三个小时，只游了几百米。最后他的脚碰到了海滩。天明时，他爬上了海滩，陆地，用急救包的药热敷伤口。他担心被敌人发现，就回转步子向后去，一不小心掉在一个大坑里后昏迷过去。等他醒来时，已是阳光刺眼的早晨。他向海边望去，发现日本巡逻艇，真是惊险万分。好在前面是一片小树林，有一条小路通向村庄，他钻进树林，一边走一边回头张望，看有无敌情。由于海水的侵蚀，口干舌燥，他只好吸了一点树叶上掉下来的雨水。他饥渴难忍，搜尽口袋，却没有一包食品。树林离码头不远，尼尔森看到一群拿枪的人在码头搜索着什么。没一会儿，他们登上巡逻艇开走了，尼尔森平静下来。接着传来马蹄声，他躲在树后面察看，是几位骑兵，没有穿马靴，只是有绑腿，帽子上的帽徽是蓝底白星，尼尔森心想，他们可能是中国军队吧。骑兵们走过农民的房子，走出人和骑兵打招呼，他们一同又向海边走去，好像是发现了什么。尼尔森心想，他们是不是会发现了我们的飞行员？

尼尔森越想越不放心。发现骑兵们回来时，马背上还放有像一件飞行员的救生衣，尼尔森在地上爬行，再爬行. 他想搞清楚他的同伴们究竟在哪里？正好前面一座沙丘，他想爬上去看个究竟。当他艰难地爬上沙丘，对面一个持枪的人发现了他。对方操英语命令他站起来，尼尔森爬起来发现对方人的帽徽和骑兵是一样的，举着一杆老枪对着他。

尼尔森问他是不是日本人，对方回答是中国人，并问他是美国人还是日本人，尼尔森高兴地回答是美国人。尼尔森吃惊地看清楚了躺在沙堆上的是非兹莫里斯和迪特尔。拿枪的人说："他们是淹死的，漂到海滩，我们发现了，我们准备埋葬他们。"尼尔森目瞪口呆，流着眼泪。拿枪的人要尼尔森跟他快走，他不停地注视着码头那边，因为那里传来机帆船的响声。

拿枪的人喊着："快跑，快跑，让日本人发现我们都没命了。"他们进了树林，那人说："我们是打日本人的，我带你去见我们的长官。"在中途中又见到了霍尔马克，他们要一同去见驻军的长官。此地距日军占领的港口很近，尼尔森和霍尔马克有些担心，还不知道另外两位同伴在哪里。他们走了大概一个多小时，才进入游击队的驻地。

一排农村少见的瓦房，屋顶上飘扬着中国国旗。他们看到穿着破烂的中国军人，显然是游击队，房子外面还有一股臭鱼烂虾的味道。

他们见到了游击队长。队长很年轻，服装整洁，由刚才带领尼尔森的人担任翻译。游击队长问他们的情况，尼尔森回答："我们这架飞机有五个人，其他的人还没有找到。我们要去附近的机场。"

队长说："没问题，我们可以带你们去。"他又提醒说："要万分小心，一旦被日军发现，我们全部完蛋。"还告诉他们："那两位死亡的飞行员，我们已经安排好了，迅速下葬，以避免被日军发现。"

桌上端来了热腾腾的饭菜，有鸡蛋，有米饭。尼尔森发现海边的渔村非常落后、肮脏，门外就是尿桶。

下午，游击队长带领他们出来，向另外一个村庄走去。到了村口遇见一位长老，穿的是长袍，手上拿着佛珠。他带他们走进一个房间，突然看到梅德尔。他们终于团聚了。梅德尔上尉流着眼泪述说，他在深夜的海水里是怎样度过来的：当他离开飞机，在海水中带着受伤的非兹莫里斯向前游去，一直到天亮，非兹莫里斯已经完全不省人事，漂在水上。他还是拉着非兹英里斯向海岸游去。因为风是朝海岸吹去的，他推着非兹莫里斯到达海滩时，突然发现迪特尔也被冲到了沙滩上。可怜的是，他因伤重已经死亡了。

梅德尔到达沙滩，一点力气都没有了。他喘着气，望着蓝天问自己："我是怎么活过来的？他们为什么会离我而去？"当他用尽全身的力气站起来，中国的游击队员来到，才把他带走。梅德尔问："我的同伴怎么办？"

对方回答："请你放心，我们是中国游击队，我们会安葬他们。"

此时，他们休息到下午，游击队员来把他们带到两副棺材前，并告诉他们："两副棺材是村里的老百姓赶出来的，我们准备在海岸比较高的地方下葬他们。"他们三人画着十字祷告：伙伴们，在这里安息吧！感谢中国人的帮助！

1942 年 4 月 20 日早晨，六号机的三位飞行员由年轻的游击队长和一个翻译带着乘上一条舢板。船上挤满了老百姓和士兵，途中遇见日本巡逻艇。年轻的长官让他们三人藏在甲板下，躲在船尾的暗处，身上盖着草席和一些碎木板，里面的脏水和粪便让人受不了。忽然，外面有日军喊话，让舢板停下。日军上来，后面的甲板也被搜查，日军用棍子又敲又戳，甚至捣到飞行员的身上。日军终于离去，尼尔森忍不住突然呕吐起来，把早晨吃的东西全部吐了出来。天黑时，舢板停靠在岸边，飞行员们在舢板下过了一夜。

21 日清晨继续开船。到了远处有城墙的码头，年轻的游击队长单独上岸。一个小时后回来告诉大家：日本军队全面铺开，在搜寻美国飞行员，这只船无法再往前走，只能请其他的人带他们去找下一站的地方。年轻的游击队长和翻译带领他们悄悄地下船上岸，穿过城墙口来到市中心。进入一座外观不错的房子里，见到一位陌生的老人，白发苍苍，会讲一口流利的英语。简单介绍以后，老人说自己是上海圣约翰大学毕业的，那是一所美国教会办的著名大学。又说他曾当过和尚，现在是一个贫穷的老百姓。年轻的游击队长走出去，老人以丰富的饭菜招待美国飞行员。他义愤地向客人介绍日本军队的残暴，把许多中国姑娘摧残至死，专门用刺刀对待中国年轻人和儿童，日本军官也是一样。

这时，一个小男孩跑进来向老人说了什么，老人神色十分紧张。这时在一旁的游击队员抓起枪往屋外跑。老人把男孩拉到一边，告诉飞行员："日本军队已经进城来了，看来是要大搜捕。你们要马上转移躲藏。"老人要其他的士兵留下，以免被敌人撞见。老人拉着飞行员往外跑去，他机灵地穿过小巷子告诉飞行员：到了码头，那里有很多船，日本人很难找到他们。

大街上已经没有人了，他们很难冲出去，就又回到原来的屋中。老人立即做出应急的措施：让霍尔马克躲在门背后，让尼尔森和梅德尔躲在一间小屋里盖上麻袋和毯子，看来像一堆破烂，前面是一条长凳子。老人坐在地上，往炉子里添柴火，装扮成烧饭点火的样子。

外面传来马靴敲地的"咚咚"声，果然，一个日本兵冲进来搜索整个房间，老人面部一片灰色，盯着日军。日军将目光盯住霍尔马克藏身的破烂堆，好像没有怀疑什么，最终离开，去到另外的房间搜索。此时，游击队长走进来，向白发老人打招呼，竟然有日本军官随后进来，还跟着两个持枪的士兵。一个敌兵退到门口架起机枪对准室内，另一个敌兵冲向破烂堆，踢开长凳，掀起麻袋和草垫，真相大白了。

日本军官用非常流利的英语说："你站起来走两步，你如果不听命令，立刻把你枪毙！"霍尔马克只好服从。

日本军官用日语下达命令，几只枪口从窗外伸进来，显然日军已经包围了这间房子。日本军官问："你们还有两个人呢？"

霍尔斯特死盯住日本军官的眼睛，叹一口气，摇摇头，摆摆手。

日军军官怒吼："另外两个人在哪里？"

军官转向老人，拔出手枪，用脚踢，用枪打，老人倒在地上，靠着墙，身上发抖。日军军官一把将老人拉起，老人站起来看了一下飞行员躲藏的门后。一个敌兵推开门，用枪顶着梅德尔的胸口，他们两人走下来。日兵哇哇喊着，他们两人举起双手。军官叽里哇啦喊话："你们现在是大日本皇军的俘虏，只要服从命令，就无须害怕。你们随我去皇军司令部。"

日本军官不放心，担心他们逃跑，命令士兵将飞行员的手反剪，戴上手铐，在身上套上绳子，绳子的另一头拴在日军士兵的身上。此时，日军军官才转过头来，和游击队队长说话。通过翻译，游击队长与日本军官争执着什么，持续了好一阵子。日军军官用手扣住扳机，对准游击队长的胸前，对方长长地舒了一口气，向日军军官举手敬礼，弯腰鞠躬，走出房门。

此时，躺在墙角的白发老人还在抖擞着，日军军官再三告诫美军飞行员：不准逃跑，否则枪毙。

日军士兵押送着三位美国飞行员走出房间，他们听到有人在用中文呼喊："美国万岁！中国万岁！消灭一切日本侵略者！"

此时被押送出来的美国飞行员心里非常奇怪，究竟日本兵是如何发现我们的？似乎日军是有备而来，不是盲目搜索的。这位游击队长开始对我们很友好，为什么要护送我们出来？他又为什么让我们留在船上，他去到城里回来告诉我们敌情紧张，只能上岸秘密离开。可是为什么又把我们带到城里来？这是一个谜团。难道我们真的被他出卖了吗？

三位美国飞行员竟然由三十二个日本兵押送，尼尔森打算与日本士兵交谈，想得到一些情况。可是他刚吐出第一个字，押送他的那个日本士兵就用脚猛踢他，尼尔森还摔倒在地。这位残暴的日本士兵竟然用大头皮鞋踩他的胸口，尼尔森只能就地打滚躲开，他喘不过气来。日本士兵竟然开口大笑，喊着“巴格牙噜”，一个日本士兵用英语警告他们：“不许你们说话，等到军法审判你们时才能开口。”

走了十多里路来到一个码头，码头营房上空飘着一面日本太阳旗，紧关着的大门推开一扇，飞行员连推带拉地走进大门，大门紧关上。连夜就把他们送上一艘小炮艇，关在船舱里。不仅双手戴上手铐，还用绳子把他们绑了好几圈，加上脚镣，将他们所谓的“战利品”送往上海日本侵华指挥部。

六号机组的飞行员三人不幸被俘。根据后来象山县政府给专员公署的报告文件里提供的实际情况是：当地游击队青年长官带领美国三位飞行员秘密运送路上，被汉奸发现，密报伪军。当时是敌我交错地区，敌中有我，我中有敌，不幸伪军报告日军。日军得讯，倾巢而出，抓住游击队青年军官，要他交出飞行员，否则立即处死他。最后这位年轻的游击队军官才低下了头，在白发老人家中三位美国飞行员终于被日军俘虏。

关于在海上淹死的两位美国飞行员，是在4月18日傍晚时节，在他们上岸的天明时分，被渔民发现，而且两位飞行员已经死亡。渔民急忙报告，乡长杨世森闻讯，亲自到海滩上寻找，把飞行员接到家中，热情招待，并派人急速制作棺木，尽早下葬，以免被日军发现。其他三人转送游击队首领，由他们护送到安全地带。未料，转送途中被奸细发现，密报伪军，转报日军，造成后来的悲剧。

那个临危投降、出卖美军飞行员的游击队长，后来下落如何，也就再没有消息。

出生入死七号机

4月18日下午六点多钟接近黄昏时，七号机飞临浙江三门县上空，虽然风雨交加，但还有一定的能见度。劳逊扔下了一颗照明弹，看清楚了下面是一片浅海滩，才决定迫降，尽可能地保留飞机。

因为看不清海岸，又担心落到海中，降落伞很难解开。如果海浪汹涌，飞行员们生还的可能性就很小，所以机长劳逊希望在浅海滩上降落。当他们最后还没有来得及靠近海滩，飞机突然油尽，坠落在海水中。虽然有海水的缓冲作用，仍然以时速一百多里的速度前冲，仿佛撞到大墙上。

劳逊和副驾驶波特撞破驾驶舱的挡风玻璃，弹出机舱之外。落到三四米深的海水中。他们半昏半醒，上下浮沉。好在身上穿了救生衣，又将他们浮出水面。海上大雨，海浪很大，无法游泳，四肢失去了知觉，任凭海浪冲击。

劳逊好像碰到什么硬东西，可能是飞机的螺旋桨吧。就这样，他漂流二十分钟以后醒来。雨停了，他似乎看见海面上有机尾。他暗自祷告，一定要努力，不要下沉。要看清方向，不能向海中漂去，一定要靠岸，一定要活着，去寻找同伴。一次又一次地，海浪将他卷到深处，救生衣又将他浮出海面，终于天明，海浪将他冲上海滩。他伸出手，竟然摸不到自己的下巴，因为受伤的嘴已经裂开，一直裂到下巴，好像已经没有牙齿了。但是头脑似乎还清醒，人还活着。他的下肢受伤严重，无法看到是骨头断了，还是皮肉撕开了。为了生存，他拼命向岸上爬去。

忽然间，后面传来喊声，原来是副驾驶员达文·波特。达文·波特一拐一拐地，前来捧住他的头，大声惊叫："老天爷！你的脸怎么歪了？"最重要的是，劳逊的左膝盖上部一条大大的伤口还在流血，痛得他不停地冒汗。显然驾驶室的金属片划进了他的大腿。达文·波特和他互相扶着，波特头部受伤，血淌在脸上。

领航员迈克鲁和投弹手克莱弗伤势稍轻，也是靠着救生衣游向海岸。克莱弗第一个从飞机机舱顶上的玻璃盖上冲出来，上腭受伤较重，竟然拉开一块头皮，带下了头发。所幸，头颅没有裂开，腰背受了一些轻伤。上岸以后不能站立，只能用手背爬行。他想站起来走两步，结果又摔倒。要上岸，就只有爬行。事后回忆时，他笑自己变成了爬行动物。

再说射击手撒切尔。飞机落水撞击时，他被撞昏，幸亏他的飞行服很厚，保护了他。五分钟以后他醒来，发现海水已经淹没了机舱的大部分。虽然仍然昏沉，他仍记得救生衣，终于拉住了绳子，救生衣鼓起来，漂上了水面。找到机舱后部的安全门，手脚还能动。他终于爬出来，顺着机肚爬向机头。海水不知怎么退下去，海滩上有同伴大声呼喊，是迈克鲁发现飞机上还有人。撒切尔挣扎着往前游去，踩到陆地往前走，显然他的腿没有受伤，他的头和脸还在淌血。他们互相扶着往岸上走去。天色已亮，大家摇晃着手脚，天气很冷。风很大，撒切尔拔出手枪，转头朝上看。发现三十米外的海岸岩石上有两个人，往他们这边看着什么。山头上的人穿着雨衣一样的东西，还戴着帽子。劳逊举手制止撒切尔的行动。岸上，山上的人小心地走下来，靠近时刻，劳逊打量着对方，首先要搞清楚他们究竟是什么人。

当他们仔细看着东倒西歪、受伤严重的飞行员，仍然看不明白。接着，又过来几个人，仔细地察看他们，口里还讲着什么，飞行员们还是听不懂。其中一个对着劳逊，手靠着胸脯，大声地说："中国！中国！"受伤的飞行员们终于明白。

这一帮中国人是浙江省三门县的游击队，他们在南田岛沿海地区巡逻。此刻，游击队终于明白，这是降落海滩的美国飞行员。飞行员们伤势不轻，一个一个地被游击队员们扶着、架着朝前走。迈克鲁边说边喊叫，他希望自己能够走动，还说他的肩膀受了重伤。另外有两个人架着劳逊一路走，由于语言不通，劳逊十分恐惧。因为劳逊知道这里是日本占领区，有伪政府，他们也是中国人，但是是给日本人办事的。如果是这些人，飞行员们就糟糕了。

这群人终于把他们带到一排茅草盖顶的农舍，农舍的墙是用砖块砌的，有两个房间，有木板支架，飞行员们才坐下休息。一旦休息下来，反而感到全身到处疼痛。他们有的是头，有的是脚，有的是胳膊，都在淌血。他们不敢动弹，因为地上有粪便，难道这里原来是喂牛羊的吗？他们感到恐惧。

茅草房舍没有窗户，只有一盏小油灯。进来两位妇女，穿的土布衣服，还围着围裙，给他们送来两条被褥，很新，好像还没有完全缝好。

大家围坐在一起，盖上妇女送来的被褥，还是非常寒冷，伤口疼痛使得他们十分担心。劳逊伤在腿部，他想看看自己的伤口。他拉下厚厚的军服，发现大腿拉开了一个很大的伤口，简直就像被斧头砍过一样，疼痛到麻木了。他顺手摸出裤袋里的东西，有一个鼓鼓的皮夹子。他甩掉里面的水珠，一一地取出来。有美金，有邮票，有驾驶执照，社保卡，还有飞行执照。此刻，正好一位妇女，可能是一名看护吧。因为她围着一件白围裙。她进来看着劳逊数点里面的东西，正好是一张漂亮的美国姑娘的相片。劳逊十分激动，她是劳逊的妻子艾伦。系白围裙的妇女也很年轻，看到这张美国女孩的相片十分惊讶。劳逊喜悦地指着照片，然后指指自己说："我的妻子，我的妻子。"

妇女似乎明白了，点头笑着说："漂亮，漂亮。"

劳逊把自己的手枪交给撒切尔，一定要他保管好。此时走来一位男子，劳逊着急地指着自己腿上的伤口，用手比画着给中国人看。他反复的动作，中国人似乎明白一点，这位美国人似乎要用缝衣服的针和线把伤口缝起来。中国人摇摇头，摆摆手，意思是说，我们这里没有缝伤口的医生。撒切尔非常高兴，他从自己的衣服口袋里找出一个急救包，用它将劳逊腿上的大伤口包扎起来。这最好不过了，要想尽一切办法不让每个人的伤口再流血。

中国人一看就明白了，于是让两位妇女拿来一些旧布，来包扎其他飞行员的伤口。这样不管怎么说，可以让这些美国飞行员的伤口少流些血。伤口包住后，痛苦也会减少一些吧。

过了好一段时间，游击队员终于找来了一个陌生的中国人。他人高马大，十分壮实，竟然穿了一条旧的美国裤子，一双大头皮鞋。上身是打猎的便服，脖子又粗又黑。此人进来没有说话，走向每一位飞行员，特别仔细观看每个人的伤口，又仔细地查看他们衣服、佩戴的标记和符号。这一切做完了，他似乎也明白了，然后与随同进来的人交谈着什么。

焦虑不安的飞行员们用怀疑的眼光看着这个人，他是干什么的？此人特别注视着劳逊，因为劳逊脸上受伤不轻。此人面部没有表情，却告诉劳逊："我叫查理，我叫查理，我在美国船上做过事。"他开口英语，令飞行员们吃惊。

飞行员们七嘴八舌地说："我们是美国人，我们是美国人。"

查理点头："是美国人。"

接着，飞行员们反复地说："衢州，衢州，我们要去衢州，那里有丽水，我们要去飞机场。"查理明白飞行员们是要他带他们去衢州机场，他也只能摇头，再摇头，什么也没有说。最后，飞行员们又说"重庆"，查理明白，他们是要去重庆。

查理点头，表示明白他们的要求。他用手势告诉他们，这里去重庆不通，而且要花很多时间，也不一定能到达。

最后飞行员们表示，他们目前最需要的是医生，并指着每个人的受伤部位。

虽然查理在美国船上当过杂工，却并不精通英文，所以交谈也很困难。目前，好容易他才明白，飞行员们是要他找医生。他点头，又用手伸出十指，表示有一两里路远。

查理又摇头，表示不行，因为那里有日本人。飞行员们一听说，问有日本人怎么办？

查理告诉大家放心，天黑了，日本人不会出来。这时，撒切尔从外面进来，手上还提着灯笼，因为他要去飞机上寻找药品和用品，主人给了他一只灯笼去寻找东西，他回来失望地说："涨潮了，飞机被淹了，也没有看见有什么东西漂来。"

前面送棉被的农村妇女，用瓷壶和大碗端来了开水，飞行员们喝了热的开水，又用剩下的水洗伤口，最后洗了手。此时，已经是19日的凌晨，也就是下半夜，不知为什么大家不感到饿，上顿饭还是在大黄蜂号上吃的呢。天快亮时，查理出去了，好像是要为飞行员们找船。飞行员们担心的是，离日本军队很近，不能出麻烦，要尽快地离开这里为好。

劳逊在被窝里冻得发抖。他拉开被子，被里子却被粘在腿上，因为腿上还在流血，流出的血又被粘住了。撒切尔用布条把劳逊的腿扎紧，还用劳逊的裤带绑在绷带上，为的是压迫血管，不要再出血。

大家在昏沉中等待着，东方发白，终于来了一位老人，他对着劳逊仔细地打量了一番，他对劳逊的嘴部伤情看得很仔细，牙齿掉了，嘴巴歪了。老人从口袋里拿出什么东西，仔细地操作，让劳逊扬起脖子，头往后，将一张张像纸一样的东西贴在劳逊嘴部的伤口上，又撒了一些粉末。这一切，飞行员们都看不明白，但他们相信这是查理请来的医生。劳逊嘴上的纸和粉末还渗着血液，成了一张天然的药膏，终于止住了血。劳逊点着头，表示感谢。

劳逊心里操心着飞机里的东西，有许多东西现在就要用，于是他要撒切尔在退潮时再去一趟，当然要在上午。撒切尔听在耳里，想在心上，大白天很可能会被敌人发现，但他还是决定要去。直到中午时刻，撒切尔回来了，全身湿透，手里拿着一盒香烟，说明飞机还在水里的。这次他看了个明白，向大家说："我们降落时，正是黄昏涨潮时，把飞机冲上了海滩。等再退潮时，飞机露出来，撞毁了的引擎还在水中。飞机的机鼻直到炸弹舱已经撞碎压扁，如果你们四人不是被弹出机窗，根本无法爬出来。"撒切尔也是在里面被弹出的机窗爬出来的："真是有神的保佑，我们都活着出来了。今天我只能在尾部寻找东西，最需要的急救包和吗啡药品始终没有找到。"

刚说完，查理回来，随同的有轿夫。他们光着脚，衣衫破烂，提着竹竿和绳子。大家明白，轿夫们是要用竹竿和绳子绑成轿子，打算抬他们走。劳逊看着心里着急，这些中国人很可怜，太穷了，天气如此冷，还穿着单衣。劳逊说："这些活我会，我受过训练，扎起来比他们快。"查理摆摆手，意思说，你的伤很重，要好好休息。

下午，轿夫们扎好了轿子。飞行员们很奇怪，在查理的指挥下，他们一个个都坐上了简易的轿子。劳逊是第四个，大家抬着他，把他安置在轿子上。前面的三位已经走了一个小时了，查理命令轿夫要赶快上路。突然，前面传来了一片喊声，轿夫们放下劳逊跑了。

过了好一阵子，撒切尔过来告诉他，不知前面发生什么情况。外面风很大，撒切尔又把劳逊扶进屋内，帮他上床后盖上了被子。这时当初送棉被的村妇不知发现被子有什么问题，有点不高兴。劳逊担心是把被子弄脏了，引起主人的不高兴。他掏出两块美金给她，又把一双从飞机上带来的鞋子送给她，这女子好奇地收下鞋子，高兴地给劳逊盖上了那床被子。

日头转到下午，查理帮着两个轿夫匆忙地把劳逊安置上轿，催促轿夫快走。撒切尔跟在后面跑，他们登上一片高地，撒切尔喊着："再看看我们的飞机。"可是什么也没有看到。

劳逊说，算了算了，看不到也好，免得看了又伤心。轿夫们穿着手工织的土布裤子，虽然天冷，他们却张开衣领，出着汗，光着脚迈着快步。劳逊看着他们的大脚板，上坡时脚趾头紧紧地扣住地，觉得中国人真是了不起。傍晚时分，越走离敌人越远，大家放心不少。终于来到一片树林，有一片像样的房子，前面放着三副担架。这是游击队的大本营，周围有几乎两百名游击队员在练操。显然这支游击队是查理指挥的。查理走过来，用连说带比画地问劳逊想吃什么？游击队员给大家端来几碗杂粮做的稀饭，但是，劳逊不想吃饭，只希望多喝点水。

正当飞行员喝水时，查理笑眯眯地伸手要拿撒切尔的手枪和劳逊交给他的另一支手枪。撒切尔立马制止。游击队员非常不高兴，查理也表示：为什么这样？

劳逊告诉查理：飞行员们的枪是要对付日本人的，你们要枪，可以到飞机上把机关枪拿下来。劳逊嘴里还喊着"哒哒哒，哒哒哒"。查理说，他们的队员已经在飞机上找了一通，果然一位游击队员还穿着一件美国飞行员的夹克，一位游击队员提着篮子，大概是在飞机上捡到了什么东西。迈克鲁对着他们问，又打着手势：你们发现我的照相机没有？因为他的照相机照下了轰炸东京的现场。如果遗失，太令他伤心了。查理让大家好好休息，半夜里还要赶路。

果然，半夜一部分游击队员随着担架护送飞行员们转移到后方。奇怪的是，从此以后，再没有见到查理，这个给他们留下深刻印象的中国游击队长。

太阳升起来了，有七八名带枪的游击队员护送着飞行员们，因为远离了日本占领区，大家特别高兴。经过一个小村庄，许多村民在路两旁迎接也是欢送他们。他们的到来，村民们很感动。飞行员们也很感动，他们看到竟有一些妇女跪下来朝他们磕头，并号啕大哭。劳逊感动地拉起衣服上的飞行徽章，可惜手上没有东西送给他们。

这天下午来到一条小河边，船夫把船撑到岸边，流着汗水的轿夫把他们抬上船。只见他们草帽下的脸淌着汗，船夫们也高兴，用力撑着船。轿夫们片刻不离开飞行员，一位游击队员又伸手拿撒切尔的手枪，撒切尔喊着让他停手，其实那位游击队员已经有了一支德国造的，还扛了一支步枪，他想看看撒切尔这支小巧玲珑的漂亮手枪。

船到一个河口的口岸，新上来的八名轿夫来换班，把他们抬起来，走上河堤。原来他们还在靠岸很近的岛上，离大陆还隔着一条水道。对面一条船迎面过来，这边的游击队员喊着口号联络，他们的四副担架沿着海滩走。

突然远处传来响声怪音，轿夫二话没说，猛地放下担架，震得飞行员们十分惊惶。他们对已经伏在地上的飞行员们示意不要出声，劳逊抬头向左看去，原来一艘日军的炮艇已经靠近他们刚刚下船的舢板。担架藏在沟里，飞行员们很紧张，日军炮艇是不是发现了他们？如果发现水中的飞机，也会引起麻烦。

日军炮艇走远了，轿夫们又抬起他们飞奔着冲过海滩，蹚过海水，终于把他们安置在舢板上，震得劳逊伤口疼痛。此时此刻，游击队员们十指都扣在扳机上，随时准备对付敌人，来保护美国飞行员。舢板上的一位船员拿出几张渔网盖在担架的上面，他们正在偷越日军的海上封锁线。此时，炎热的天空，大家口干舌燥。真是老天有眼，飘来一片乌云，接着下起暴雨。游击队员拿着随身带的瓷碗，接着雨水给飞行员们喝。一路直到晚上，舢板靠近一个码头，两位游击队员指着嘴巴，他们要去上岸吃饭。老半天没见回来，劳逊掏出一块美金交给游击队员，这位队员高兴得连跑带跳，他自己吃饱了饭，又带回一包豆芽菜和米饭，上面还煎了一个荷包蛋。等全部人回到舢板上，至 20 日凌晨，大家扶着劳逊小便，记得这是他手术以后第一次站起来。

舢板转入一条大河，这是真正上了岸，舢板停靠在码头。劳逊做着手势告诉游击队员，他要找一个地方打电话，他还喊着“丁零零”的声音。撒切尔下船，到处找电话，也没有找到。码头上摆着四副标准的帆布担架，新来的轿夫把他们转到帆布担架上。走了十多里路，到达海游镇。这里是一个热闹的乡镇，本县的县长正在宁海参加会议，听说美国飞行员到达，急忙亲自赶来，把受伤的美国飞行员送到一幢整洁的房屋前，墙上写着英文字“中国救济”的字样。

屋内出来一位戴眼镜的医生，与每位美国飞行员握手，问道：“飞行员们需要我帮什么忙？”此人是三门县卫生院的院长任超民，他和夫人洪漪在此工作，是一个小小的诊所。因为战争时期，医疗器材和药品奇缺，眼下也只有红药水、碘酒、纱布之类的。当他看到飞行员尤其是劳逊的伤情时，非常惊讶，无可奈何地说：“我们的药品、器材奇缺，非常对不起诸位。”他的夫人也是护士，热情地用热水为飞行员们的伤口做洗涤、消毒，帮劳逊脱下肮脏的裤子，换上棉布的衣服。另外，烧来热茶、蛋糕、红糖给客人们，整个晚上，院长、夫人，还有一位小护士，在病房不离开飞行员，悉心照料他们。飞行员们十分感动，拿出自己随身的一些小物件，送给任超民夫妇。

七号机组受伤的飞行员被送到当地美国教会办的恩泽医局救治

任超民毕业于上海医师专科学校，英语说得很流利，在病房里与飞行员们敞开心怀交谈，飞行员们第一次在中国吃到可口的点心。劳逊拿出未婚妻的照片给他们看，任超民和夫人祝愿他们早日养好伤回国与亲人团聚。当然，任超民看到劳逊的伤情，心里十分沉重，一定要他尽快地手术。

21日清晨传来匆忙的脚步声，来了一位年轻人，是当地著名的恩泽医局的医生。县长专门派人请他从一百里以外赶来的，名字叫陈慎言。他很快地检查完劳逊的伤情，必须尽快地离开这里，去恩泽。日本军队沿海警戒，到处搜寻美国飞行员。他和专程来迎接的十二名轿夫赶了一夜才来到的。任院长的夫人洪漪用毛毯裹住劳逊，以减少对伤口的摩擦，还给了劳逊许多食品。劳逊掏出他仅有的十三元美金，护士坚持不收。当他们四人离开三门卫生院时，中国士兵举枪向他们行礼欢送。美国飞行员无言地流泪。街上竟然排列两队童子军，穿着漂亮的服装欢送他们。美国飞行员想起了家乡的儿童也是这样活泼可爱。

一路顺利，天色黄昏，没有灯光。飞行员们躺在担架上，不知往哪儿走？担心路上是否安全。劳逊不停地喊出："陈医生！陈医生！"护送的士兵们让他安心，陈医生在后面，路上很安全。他们于晚上十点钟到达恩泽医局。

在此地传教的英国人乔治·伯克夫妇亲自迎接美国朋友，伯克说："恩泽医局是当地最好的医院，你们在此治疗直到恢复健康，本地、外地再没有比这更好的医院了。"

在舒适的病房里，美国飞行员度过了轰炸东京以来最好的一个夜晚。不仅睡得好，而且吃到最好的一次西餐。22日，阳光普照，美国飞行员们醒来，还以为是在美国家乡的病房里呢。可是，劳逊的伤情很糟，伤口肿大得像一只球。陈慎言的父亲是一位德高望重的西医，也是这所医院的院长。他留着灰色的长须，穿着丝绸的长袍亲自来看望美国飞行员，十分仔细地询问、检查他们的伤情。针对劳逊的伤口，首先用杀菌剂清洗伤口以制止恶化，再研究有关治疗的方案。

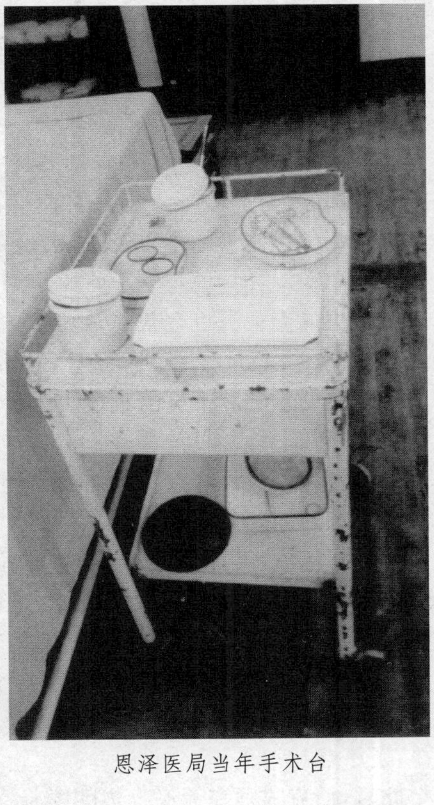
恩泽医局当年手术台

闻讯而来的是一位英国人玛丽，她不仅是一位牧师，而且还受过护士的训练。她们在此地传教，又给中国百姓看病。按照西方人的习惯，他们在劳逊的病房里摆了许多鲜花。

24日，劳逊的伤情日趋严重，伤口肿到膝盖，继续在恶化。幸好第十五号机组的机枪射手兼军医的怀特赶到，他是整个十六架飞机中唯一的军医，是有名的外科医生。在航空基地任职，听说有新的任务，对日作战，他申请再申请，认为远程轰炸完全应该有一名军医。最高当局批准了他的要求，于是他被编在十六号机组，任机枪射手兼军医，为此他带了一只大药箱和手术器材。当他的机组迫降在另一个村落时获救，听当地官员说，第七号机组的机长劳逊受伤严重，等待急救，就以最快的速度被专人护送而来，终于见到劳逊，知道了他的情况，并研究出可行的办法来抢救他的生命。他仔细地检查了劳逊的伤情，并与陈慎言和陈老院长研究，决定第一步手术，剪除溃烂伤口，排出毒液。最终三人配合手术并挤出脓水，劳逊的生命才能得到挽救。

但下面该怎么办，仍然是个大问题。由于伤情重，拖了好几天。输血没有血，急需用的药没有，劳逊身体十分虚弱。25 日，幸好十五号机组的副驾驶威廉姆斯赶到，决定抽血两百毫升输给劳逊（只有他的血型才相配）。在输血的过程中，只能用较落后的球胆和橡皮管组成的输液器。不久前日本军队霸占了恩泽医局，将最好的仪器最好的输液器全部抢走，才使得他们的工作有这样的困难。尽管这样，劳逊用了土法输液以后明显好转。第二天，日本飞机在附近扔下炸弹。在敌机空袭的时间里，又为劳逊第二次输血。这时，接到上级和中国军方的命令，所有飞行员尽快到衢州集合。十五号机组的四位飞行员和七号机组的没有受伤的撒切尔在病房里与劳逊告别，他们要先走一步。劳逊要待病情稳定后才能离开医院。

重庆，美国顾问团得知劳逊在此住院，汇来一笔美金，以保证眼前的治疗。美国轰炸东京，飞行员迫降在浙江，消息传遍前线、城市，各地纷纷组织慰问，送鸡送羊，种种食品在战争时期非常难得，劳逊和飞行员们十分感动。当地的一位驻军将军，亲自来恩泽医局病房，向飞行员们致慰问。

劳逊的伤情非常严重，怀特每天两次来剪去坏死的肉。因为没有高度的麻醉药，当手术剪肉时，劳逊大叫：“太痛苦了，太痛苦了！”此时为他注射吗啡，不停地压出坏死的脓水。医生也痛苦地望着劳逊，劳逊痛苦地喊叫：“不要剪了，太痛苦了。”甚至他哀求一天剪一次。怀特说：“你不剪掉，明天就要把腿锯掉。”

传教士伯克夫人也在跟前，她倒一杯白兰地，加上啤酒给他饮，是为了镇静劳逊的神经。劳逊还是受不了。5 月 3 日，病情仍然严重。怀特在考虑对策，他告诉劳逊，病情已经发展到非截肢不可的程度。劳逊万万不能接受：“我才二十六岁，如果截肢，我以后怎么办？”

怀特告诉他：“只有截肢，才能保全生命。坏组织扩散很快，而且要抓紧时间，我会尽最大的努力。”

陈慎言赞成怀特的主张，终于在三位医生的努力下，劳逊实施了膝盖以下的截肢。劳逊第五次输血，他的情绪非常低落。伯克牧师送给他的短波收音机放在劳逊的床前，这一天，收音机里传来好消息：十六架飞机轰炸东京成功，全部安全撤离。十六架飞机迫降在浙江沿海地区，六十四名飞行员获中国军民救护，这是航空史上的奇迹，是二战爆发以来，同盟国给日本帝国的最大打击，全世界人民欢欣鼓舞，都说美国空军是英雄，了不起！

此时，伯克牧师在劳逊身边朗读着诗句，劳逊在喜悦中入睡。还要说到的是，手术

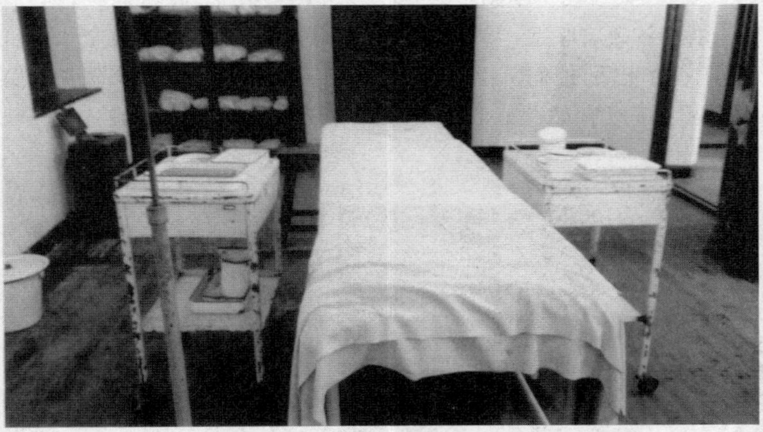

劳逊截肢的病床

一周之后，劳逊开始可以吃一些食品，陈慎言家中有一头奶牛，每天挤出新鲜牛奶装入瓶中，在井水里降温，给劳逊喝。从此，劳逊喝到了有家乡口味的新鲜牛奶，食欲开始好起来。劳逊说出自己想吃的菜肴，朋友们都能给他做出来，让他品尝。劳逊体重渐渐恢复，不再瘦骨嶙峋。厨师王师傅是上海的名厨，也来为劳逊制作西餐、点心，因为他听说美国飞行员的英雄因伤住院，吃不下饭，想吃家乡西餐。不少美国朋友从外地赶来看望劳逊。非吉兹拉特夫妇专门请当地的木匠师傅制作了一副精致的拐杖，赠送给劳逊。

怀特军医不但为劳逊献血，还帮助他用拐杖走路，鼓励他早日下床，以免引起并发症。

5 月 17 日，日军发动了浙赣战役。天皇亲自下令，调动在华的精锐部队十万人马，要在救护过美国飞行员的浙江、江西一带杀光、烧光、抢光。消息传来，劳逊必须立刻转移，提前出院，保证安全飞向重庆，再飞回美国，进行进一步手术治疗。

这时日军已经开到六十公里以内的前线。当地军民并不惊慌，还举行了中国童子军奥林匹克运动会，附近的一所童子军从五十里外的学校赶到。举行运动会完毕，专程来恩泽医局病房向劳逊致敬，还留下礼物。18 日，下着小雨，劳逊一行乘轿转赴衡阳。他们走出病房，劳逊看到一副崭新、漂亮的棺材，陈慎言笑着说，这是那位做拐杖的师傅，他非常敬佩美国英雄，为防止万一，他花了十天时间做了这件礼物，是为了应付英雄出现意外。劳逊哈哈大笑："中国人真是伟大，了不起！"

在转移衡阳的途中，还有美国友人希拉特一家人和陈慎言医生。陈医生很愿意为美国飞行员服务。

到达仙居县城，他们受到县府官员、海关人员的欢迎。在吉拉特家中休息时，半夜街上传来嘈杂声，又听见有人呼喊，他们莫名其妙，又不敢声张。直到第二天，吉拉特夫人来看望他们，说起昨夜发生的事，她告知：是城里的巡夜人员报告居民，日本距此四十里，请大家疏散，以利安全。

19号，日军占领天台山。消息传来，船夫不敢开船回宁海，担心遇到日本兵烧杀。怀特打电话与浙江省政府联系，当即被告知：你们去衡阳，不可取道金华，只能走丽水。出城路上，碰见三个士兵，他们听说美国飞行员经过此地，所以要来保护。劳逊十分感动，此时兵荒马乱，竟然有如此好心肠的中国士兵。轿夫们感到十分安全，于是快速前进。

七号机三位飞行员化装成渔民准备转移。

一路上劳逊发现，一位老轿夫停下来坐在地上，做呕吐状。护送的士兵敲打老轿夫，老轿夫仍然呕吐不止，十分难受的样子。此时，士兵拿枪对着老轿夫，老轿夫也睁眼看着劳逊。劳逊不明白出了什么事情，不知说什么是好。劳逊突然想起在宁海时，有一位官员送给他一只怀表，他掏出来在老轿夫眼前晃动，老轿夫看着表，慢慢站起来。劳逊想到，如果把表给他，他会不会拿到表就跑了？卫兵如果又向他开枪，那不是更糟了吗？此时，劳逊摇头，表示不能送给老轿夫，并指着前面的路，意思是说到了目的地再给他。这样，老轿夫看明白了，又抬起轿子继续向前。一小时后，卫兵带来一名年富力强的轿夫，一巴掌打在轿夫的脸上，骂了“滚蛋”，轿夫这才走了，他什么也没有捞到。劳逊看不懂这是什么戏。

晚上住在衡西。20日清早，大家竟然能够吃到丰富的早餐，煮鸽子蛋，蘸有花生酱和红糖的炸鸡块，外加荷包蛋。劳逊从自己的行李中掏出一把银色的刀，这是一位银匠师傅专门为美国飞行员打造的。

下一站是壶镇。丘陵地带，上坡下坡，山路盘绕，石子路被人踏得光滑。轿夫十分小心，下山摔跤可不是小事。劳逊在下午两点到了山顶，其他的飞行员晚到半小时。上山时，轿夫嫌累，以为飞行员会下轿登山。可身负重伤的飞行员岂能走这样的石头山坡呢？不知是谁出的主意，不抬上山就不准你们抽烟。于是，轿夫们只能再努一把力，抬到山顶，轿夫果然尽情地抽烟了。

下午到达壶镇，欢迎人群举着“迎接美国空中英雄”的旗子，还有许多的男女童子军。一位戴眼镜的政府官员操着流利的英语与飞行员们握手：“诸位飞行员军官们，我知道你们，因为你们的同伙撒切尔一月以前经过这里，他谈了许多我们喜欢的事情。本地教会的球队与你们飞行员还打了一场球，我们输了。”

飞行员们被安置在一所旅馆的楼上。晚上，当地的许多土特产和食品、低度酒送给他们。

七号机组受伤的飞行员被当地的民众抬上轿子，由士兵护送，向后方撤退

21 日清晨出发，当地政府出动人力车护送飞行员。怀特认为路面不平，人力车太颠，会导致伤口出血。他希望还是乘轿子，陈医生也认为应该乘轿子。结果其他的三位飞行员坐了人力车，途中车胎爆裂，他们只好步行，路上又雇了一辆人力车。一架日本飞机飞过头顶，竟然没有发现美国飞行员。下午到达进云郊外，官员已经在迎接，一路上三位飞行员遭到臭虫和跳蚤的欺负，真受不了，涂了碘酒，才平安下来。

该县城只有三辆卡车，一辆客车。卡车中只有一辆烧木炭的，可它又是 1941 年美国福特公司的产品，飞行员们十分奇怪，福特车怎么会有这样的锅炉呢？他们不知道中国战区许多地方没有汽油，只好改装成蒸汽锅炉，烧木炭发动，汽车才能走动。美国飞行员是少见多怪，中国人已经是见怪不怪了。

卡车上空间很大，车板上铺三层棉被，飞行员坐在上面十分舒服，自由伸张手脚。其他随从人员反倒坐上客车，虽然有座位，但空间太小，不如卡车方便。坐上卡车，一路颠簸，飞行员们这才知道落后的交通工具轿子、担架，反而比现代交通工具舒服。劳逊用双手支撑着，以减轻震动，腿上伤口仍在出血。陈医生不停地问着他的伤情，他只好点头不语。路上不时传来爆炸声，陈慎言解释说："日本兵快来了，中国人正在炸路，日本人的坦克、汽车过不来。"

当晚到达丽水，飞行员请陈慎言急忙打听飞机场的情况。回来的消息很坏，丽水机场已经炸毁，为的是防止日本飞机降落，中国飞机已经飞走。赶到第二天凌晨三点传来消息，日军已经占领附近的东阳县城，同时用机械修复道路。

情况十分危急，飞行员们重新登上卡车赶快启程。刚刚天明时刻，响起警报。换乘的汽车没有汽油，烧的是樟树油，气味很难闻。飞行员们说，中国战场困难重重，人民太受苦了。

汽车在山间行驶，司机要陈慎言用英文转告飞行员："可能有日本飞机空袭。"卡车停驶一会儿，未见动静，飞行员要求继续上路。陈慎言说，我们要听司机的。结果停了近二十分钟，没有日军空袭的迹象，这样不是浪费时间吗？飞行员请陈慎言问司机：他从哪里知道有空袭警报？陈慎言说，汽车经过村庄时，司机看到警报信号。根据这条路上的经验，日机会扫射路上移动的目标，特别是汽车。要多多注意，保证飞行员的安全。

直到下午，到达一个城镇，兵荒马乱，街上没有旅店，卡车慢行在拥挤的街道上。陈慎言自问是否找错了地方。

近天黑时，发现街上一位白人妇女。停车后波特前去交谈，正巧，此人正是他们要找的人，也是一位传教士。卡车跟着她到了教会，当地官员闻讯来到，要举行欢迎宴会。他们甚至知道今天是克莱弗的生日，按照美国人的习惯，一定要热闹一下。当地有成熟的桃子，作为飞行员的礼品很好。当晚，就宿在商业银行。劳逊总是能嗅到一股怪味道，也许是中国人喜欢用的杀虫剂吧。怀特军医端来咖啡，劳逊向他提出怪味的问题，怀特一直大笑不止，根本不是什么杀虫剂，而是劳逊的伤口发出的气味，众人哄堂大笑。

23 日下着雨，天还没有亮就启程，为了赶路。可是途中一座桥梁非常狭窄，桥上错车都有困难。大家全部下车步行，以保安全。司机专心打着方向盘，对面迎来一辆军车，似乎难以错车。劳逊无法下车，只好闭上眼睛等着撞车吧。对面军车紧贴卡车，一错而过。司机没有减速，竟然安全通过。

24 日凌晨，到达江西省的兰城县，住在城外驻军司令部。机场指挥官告知，兰城机场已被破坏，你们要转道去吉安才可乘飞机。驻军司令部竟然有消毒药碘酒。飞行员们来到中国一个多月，饱受臭虫、跳蚤的攻击，难道昆虫也会欺负外来的客人？驻军司令部挽留美国客人多住几天好好休息，因为一路上太辛苦。

波特一人出去溜达，来到一所天主教会。在教会里的一台短波里播出旧金山的新闻，新闻宣布：军方授予刚刚回到美国的杜立特中校为准将军衔，还有美国国会的英雄勋章。参战的每位美国飞行员都会获得十字勋章和特等飞行勋章，波特十分开心。牧师也和波特一道向飞行员们祝贺。

飞行员们不断发现中国农村的一些奇特现象：他们下榻的机场竟然遭到比战斗机、轰炸机还厉害的攻击；晚上千万只蚊虫臭虫，它们饿得发慌，攻击美国的客人，虽然有帐子，还是有冒险者钻进来，不停地吸着飞行员们的血。陈慎言发现后，他点起蜡烛，在帐内寻找蚊虫，结果不慎点燃了帐子。他发疯地扑打着，劳逊见状笑个不停。

5 月 25 日四点半，飞行员们起床，竟然有一辆 1942 年出产的福特汽车在门外等待他们。飞行员们高兴地坐上新的福特车，驶上平坦的公路。九点半钟停车吃饭，陈慎言买了一只漂亮精致的花瓶，作为劳逊给未婚妻的礼物。前面一条河流，汽车必须乘轮渡过河，轮渡又是以木炭为燃料，渡到河中心。机械发生故障，引擎不转动，顺着河水流下去，这时另一轮渡过来，用钢索钩住轮渡，可因为马力小，停在河中间，后来引擎修复重新发动，两只轮船才开到对岸。汽车上岸，又发生车胎爆破，汽车差点滑到河中，真是好事多磨。换轮胎时，克莱弗竟然跳入河中洗澡，这是飞行员们的习惯，见到河水就要洗澡，何况他们已经一个多月没有洗澡，真是难受极了。

晚间到达吉安，住在飞虎队的旅馆，算是吃到正式的西餐。痛快地洗澡，实在惬意。飞虎队员们有任务飞往外地，只留下一位报务员，加上两个中国青年人，招待劳逊一行人。一位是飞虎队的翻译，精通中英文，飞行员们和他谈得很痛快。他给大家介绍，日本飞机轰炸上海，经常对准中小学校，丝毫没有一点人性，也是现代战争史上少见的暴行。

这位翻译说，日本人最坏，他们知道学校是培养国家精英的，炸了精英，也就是炸毁了国家的未来，这是非常险恶的。劳逊点头称赞他，他把自己的小手枪送给他，虽然枪膛生锈，他却非常喜爱。第二天，果然响起了警报声，一架日本飞机飞临，不久就飞走了。陈慎言又为劳逊的未婚妻买了一套精美的中国茶具，此地是有名的瓷器产地。那位翻译也买了一套，并把衣服上的纽扣转送给劳逊的未婚妻和他们未来的孩子。飞行员们在理发店碰到一位中国军官的夫人和女孩，她们也是慕名来探望美国飞行员，她们都说知道飞行员来到此地。不久前杜立特路过吉安，她们热情招待过。

吉安机场已被炸毁，飞行员无法乘飞机。27 号下午，吉安市长送来一包刺绣的丝绸衬衫和裤子，又有一些官员来看望飞行员，并留下他们的名片。中午到达湖南茶陵县城，停车修理卡车的两只轮胎。这里街上比较混乱，卡车路过大街，竟然有拿武器的人强行搭车。这位陌生的人背了两支毛瑟枪。陈慎言与他交谈一番，这位拿枪的人说了一大堆，陈慎言点头应付，他才走了。转过身来，陈慎言告诉飞行员，这个人是个土匪，却没有发现他们的匪帮。

七号机组全体飞行员于 4 月底先后到达衡阳机场，在衡阳时期有当地商人赠送湘绣鹰和手杖给伤员。在此期间，因为有日本飞机来轰炸，有一天，飞行员骑上东洋大马到达火车站。

衡阳是大后方的前沿城市，气氛很紧张，但是也十分热闹。为了防止日军空降，当地驻军用一百多颗炸弹破坏了机场的跑道。如果需要起飞，首先要一个星期修理恢复跑道。在机场，他们居住的建筑物里有许多杜立特飞行组人员的照片、肖像，他们都是胡子一大把，衣服肮脏，形象奇特，据说撒切尔和史密司到达衡阳时，日机连续轰炸三天。他们受了影响，差点脱不了身。据说问题出在机场附近的一座塔，日机用炸弹和机枪轰炸扫射这个塔。他们拼命要毁掉这座古老的建筑，日本人居心叵测，要摧毁古老的文化。

5 月 28 日，飞行员们乘车在街上看热闹，买东西。劳逊没有下车，观察街上的人群，看见许多商人和乞丐，在那里卖东西的和买东西的，十分热闹。也有人扒住车窗，窥视里面的美国飞行员，看见美国人的伤腿、受伤的嘴，还有他们的白皮肤，觉得非常奇怪。有一位商人送给劳逊一幅刺绣的画，图的中央是一只美国的鹰，据说这位商人是通宵赶绣出来的，劳逊非常珍视这幅作品。后来劳逊回到美国之后在美国出版的刊物中，也有这幅鹰的礼品。上面却有一句题词，写的是“轰炸东京的英雄，美国之鹰”，左面的落款是衡阳市长某某人敬赠。衡阳的商人还给飞行员每人赠送一根剑杖。波特不知为何皮肤过敏，全身的皮肤不太舒服。这天傍晚，提前吃过晚饭，飞行员们意料之外地被安排骑上从日军缴获来的东洋大马，前往火车站，登上驶向桂林的火车。不知从哪里找来一节英国式的火车车厢，虽然很拥挤，颠簸，却包含着中国人的心意。

29 号上午到达桂林，一辆救护车等待劳逊。燃料用的樟树油，车子好像马车，一路十分颠簸。劳逊不愿再乘，虽然是为他准备的，主人知道他的伤势很重，最终还是堆放了行李，大家都坐客车，全体到达飞虎队的旅馆。

飞虎队的旅馆在一片树林中间，离机场并不远。机场设备完好，飞虎队员们外出飞行，也只有一名报务员留守。劳逊一行人尝到了家乡的咖啡，此时大家归乡心切，希望早来飞机。报务员告知，明天会有飞机从重庆飞来。一位在此的中国军官也说他接到通知，有飞机飞来。30 号这天，飞来的竟是日本轰炸机，一共十二架，对整个桂林市区和机场轮番轰炸。

美国飞行员们看到令人吃惊的现象，当地的警报系统竟然是一根汽车的刹车杆，敲打能发出很大的声音。第一次警报，飞行员们正在吃早餐，立即站起来，那位报务员告诉他们坐在原位不要动，此时飞机才刚刚起飞，不要心慌，他本人仍然吃着早餐。飞行员们不懂是怎么回事。报务员解释说，你们听，飞机如果临近，敲击声就越来越快，此时报务员仍然慢慢地喝着他的咖啡。直到警报器越敲越快，他才离开座位。飞行员们跟着他钻进附近的山洞里。不到半小时，飞机走了，好像远处有过爆炸声。解除警报不久，又有飞机响声。大家抬头一看，是中国航空公司的 BC－3 飞机，正朝飞虎队的机场飞来。当飞行员上了吉普车，冲向机场时，这架飞机怎么已经升空飞走，原来它不是来接飞行员的。

31 日晚上，飞行员们去到附近的一个村里看露天电影，片名为《盟军在太平洋》。对白和文字都是中文，陈慎言为了让大家高兴，去买了几串鞭炮对飞行员们说，这是中国人过节玩的游戏，和你们的圣诞节一样，都要热闹热闹。大家在走廊上休息，一群中国人也来这里玩。劳逊因为路途颠簸，不愿再听鞭炮的声音，他回到房间里看了许多过时的杂志，虽然是英文的，但也没有多大兴趣。

6 月 1 日，风雨交加，飞机没来。飞虎队旅馆的报务员和麦克努驾驶吉普车开向机场，在那里用无线电与重庆联系。等他俩回来报告，接他们的飞机两次起飞都返回了，第一次是因为机场出了问题，第二次是因为暴风雨而返回。

3 日下午，迎接他们的飞机终于降落，大家在旅馆里欢呼，招手，那辆吉普车在机场未回，他们只好干等。一直等了一个半小时，吉普车才来到。DC－3 十三号机驾驶员麦克尔和五号机组的驾驶员大卫·琼斯带来一袋药品，劳逊一听到琼斯的声音就失声大哭，因为琼斯时刻关心着劳逊，他在衢州机场时，听中国人说怀特要为劳逊截肢，就立刻写了一封信，通过战时的特别传播，将此信送给劳逊。劳逊无法阅读，由菲兹格拉特夫人念给他听，信中有一些暗语，念信的夫人不好意思问，在旁听信的劳逊却非常高兴，信中根本没有谈到截肢问题。劳逊知道，他肯定也知道。

四个机组的飞行员分别两个半月，在桂林机场相会，十分难得，互相介绍、交流，谈话一直到很晚很晚。

4 日清晨，天色刚明，载满四个飞行员的飞机升空，大家万分高兴。至此，他们彻底摆脱日军的追捕。在空中飞行一个多小时，桂林机场的报务员来电，日本飞机又轰炸了桂林机场。九点半钟飞抵昆明机场，受到众多人的欢迎，还有停在机场上的飞虎队的飞机，机身绘有鲨鱼的图案。飞虎队员中有许多官兵都是劳逊的同学，劳逊与他们热情地交谈。此刻，怀特又为他重新包扎好伤口，等待救护车的到来。飞虎队员们介绍他们如何对付日军飞机，并且特别提到飞虎队员在日本敌占区绝不使用降落伞。又看到过被我们打伤的日本飞机。中国人很佩服陈纳德的飞虎队，称他们为老虎。过了一会儿，琼斯进来，劳逊问他："陈慎言在哪里？我们要分手了，我要为他祝贺。"琼斯告知，陈慎言得到重庆的命令，让他去重庆报到。

劳逊难过得不知说什么是好："陈医生是我遇到的最忠诚的中国人。在宁海，在路上一个多月，他做了许多我们做不到的事。他日日夜夜伺候我们，任劳任怨，他从来没有想过要得到我们一分钱。"劳逊说，他回国之后，国防部要求参加杜立特行动的所有人员提出给他们帮助过的中国人的名单，此时劳逊对陈慎言极力表达感激之情，激动得找不出适合的语言。

在昆明机场，劳逊接到指示，不必前往重庆。根据劳逊的伤情，军医怀特的建议，劳逊迅速前往印度新德里检查伤情，再飞回华盛顿，就在华盛顿奥尔特里医院接受治疗。

5 日，一架军用专机从昆明起飞，飞过喜马拉雅山，降落在印度的空军基地，劳逊见到格雷和乔伊斯，他们在轰炸东京以后，于浙江安全获救，回到印度分配了新的工作，来到新德里。7 日，劳逊一行从印度空军基地飞往巴基斯坦的卡拉奇。这里，劳逊又会见了其他的飞行员，在这里一同回国。当晚，他们乘飞机经过巴勒斯坦，穿过苏伊士运河到达开罗。10 日劳逊和其他的几位飞行员乘机前往黄金海岸，13 日在亚洲机场吃过中饭，下午休息，晚上飞越大西洋时，旁人都睡觉了，劳逊拄着拐杖，没有忘记中国木匠送给他的，走向空缺的副驾驶的座位。他坐下去，驾驶员看出他所想的，打开自动驾驶杆，让劳逊驾机飞行了一个多小时。15 日下午到达波多黎各，劳逊穿上了中国百姓送给他的拖鞋。16 日下午，终于在华盛顿机场降落，专车将劳逊送进华盛顿奥尔特里医院。历时将近两个月，他从太平洋的东岸绕道一大圈飞向太平洋的西岸。没想到的是，他虽然身负重伤，失去了一只腿，却奇迹般地回到了心爱的故乡祖国，这是他永远不会忘记的人生旅途上的一段灿烂篇章。

八号消失整一年

八号机降落后，慢慢地滑行到一架苏联飞机的旁边，机长小心察看苏联人的态度究竟如何，如果有问题，他将立即起飞。看到穿着黑皮衣飞行服、面带笑容的俄国人走来，美国飞行员这才松下一口气。停机打开舱门，机场人员大约有十几人来到机舱门口，惊奇地观察着这一架美式轰炸机。他们的目光大概是在疑惑："你们怎么会到这里来？"因为语言不通，一位苏联军官招着手带他们来到一幢办公楼前，请他们休息。一位办公人员模样的人用简单的英语告诉客人：正在为他们准备午餐。

进进出出的人很多，都对他们投以惊奇的眼光。有人在墙上的地图上指指画画，还是因为没有正式的翻译而无法沟通。美国飞行员在不了解真相的情况下什么也不愿意说，他们打算在这里加油，然后飞往中国。

晚上，他们就住在机场的旅舍，只希望明天加油后飞往中国。第二天一早，来了一位将军，还带了一位翻译，告诉他们：要带领他们飞到北面的哈伯罗斯克城，去会见苏联远东司令官。既然如此，机长约克只好点头。他们五人乘上 DC-运输机，到达哈伯罗斯克城，见到红军司令。他们已经知道美国轰炸东京的事情，只告诉他："你们不能再从这里飞走，要封锁消息。暂时在此休息。"

就这样，美国飞行员无声无息地在迪拉斯托住了下来。个人物品全部发还给他们，其他的器材包括个人的武器全部被封存。五位飞行员被安置在城外的住所，周围有严密的警卫。就这样过了十天，他们被带上了火车。漫长的西伯利亚大铁路在四月下旬竟然下着雪，沿途的乡村、雪原，火车走得又很慢。大约行程有二十天，才到了欧洲。住的地方保密，周围有树林，竹篱笆环绕，很少见到人烟，也不准他们单独外出，由苏联军官作陪，安置他们的起居生活。

苏联当局为什么如此对待同盟国的人呢？他们很不理解，直到几个月后真相才大白。就在他们轰炸东京的五天以后，消息已经传遍全世界。在莫斯科，苏维埃部长会议举行的一次新闻发布会上，杜立特机群轰炸东京成了记者提问的主题。有一位记者问道："如果美国轰炸机降落在苏联，苏联政府将会怎么办？"

虽然新闻官只说了四个字"无可奉告"，提问的新闻记者仍然紧追不放。事后，克里姆林宫怀疑八号机机长约克降落在苏联远东境内是否已经暴露，所以当局采取了严密的措施，以免真相暴露而引起日本的报复行动，因为此时苏联和日本还有着"互不侵犯"的条约。

实际上，4 月 22 日，美国驻苏联大使已经得到苏联当局的通报，大使立即发电给华盛顿：一架美国轰炸机在苏联的远东地区迫降，并且告知苏联当局，要求保密。尤其不要让新闻界知道。24 日，斯大林接见美国大使，又打了招呼，然后苏联塔斯社正式发布新闻，宣布美国一架轰炸机降落苏联境内，飞行员被苏联军方俘虏。请注意，没有说迫降，而是说"被俘"，美国空军部门也发布消息：美军一架轰炸机在苏联远东地区被扣。

一个月以后，5 月 24 日，华盛顿驻苏联大使馆的武官米切拉来到，飞行员们这才松了一口气。他们住在一个叫"奔撒"的城市，环境优美，住房清洁、宽敞，周围是花园，住所有餐厅、游艺室、体育用具。飞行员们身体健康，精神状态也不错。陪伴他们的有三位苏联军官，当然还有翻译，完全是封闭式的疗养。

到了 9 月中旬，美国驻莫斯科大使斯丹德雷向美国报告，大使本人率领其他官员专门探访了八号机的飞行员，飞行员们生活很好，就是不许他们外出，没有自由。他们很希望有点工作做一做。11月，美国空军少将呈报一份申请书，要求美国国防部通知驻莫斯科大使，和苏联当局商量，希望给美国飞行员做一些工作，他们太寂寞了。苏方的回答是：可以让飞行员在附近活动。当地农民很贫困，食物短缺，食品非常简单，就连香烟、肥皂也没有供应，学校也没有开学，报纸要从很远的城里寄来，只有一台收音机是唯一的文化生活点缀。还有一个老旧的电影院，放一些老旧的片子，飞行员们全然没有兴趣。他们的生活和囚犯没有多少区别。唯一安慰的是，可以收到来自美国的信件。这是他们最高兴的事。飞行员们费劲地学俄语，俄语是卷舌音，他们很不习惯。

这样封闭的生活，一直持续到1943年。美国飞行员竟然给斯大林写信，要求给他们自由，想回到美国。如果实在不行，就把他们转移到暖和一些的地方，苏联的冬天实在太冷了。结果仍然没有下文，飞行员们非常失望。发给国内的信函时间很长，贫穷的乡下根本没有电话。就这样拖到1943年3月下旬，红军司令部给他们回了信，答应他们一部分要求。于是把他们送到莫洛托夫城，又乘飞机，又乘火车，到了一个叫阿是哈马德的边境城市，这儿离伊朗较近，气候暖和多了。发给他们崭新的工作服，还有工作证。他们来到一个地方，这里是一家飞机修理厂，全是双翅膀的训练飞机。八号机机长约克、副驾驶埃门专门拆解飞机外壳，其他的人有的清洗机器，有的修理引擎，这些小飞机在美国飞行员们看来，就像玩具一样，很简单，对他们来说不过是消磨时间。他们就这样等待着释放，但战争究竟何时结束，他们一无所知。

就这样几周之后，有人想起逃跑，反正苏联是盟国，也不算犯罪，即使抓住也没有关系。他们事先请苏联朋友打听边境情况，这位苏联朋友名字叫考尔牙，是当地政府的一位官员，他说："边境偷渡不算什么，只要付美金就行，边防关卡也是睁只眼闭

八号机落在苏联的海参崴，飞行员埃门后来写了《克里姆林宫的客人》一书，该图是书的封面

只眼。”

这五位“修理工”每月还拿到二百五十美金的工资。他们这才知道，苏联作为盟友，暗中帮助他们，对外则称他们是“被俘”“在押”。

五月底，他们花了三百美金，穿上伊朗人的服装，还雇了一个伊朗人做向导，带着他们越过边境。联系伊朗向导的，是飞行员们在火车上认识的一个苏联当地人。他们躲在伊朗人的汽车里，汽车经过边防哨卡时，苏联边防军看到车厢里的人也没有吭声，让他们过去了。伊朗的边境小镇麻什哈德有英国领事馆，他们就在英国使馆的帮助下，八号机组的五个飞行员从伊朗到达阿富汗，又从阿富汗到了印度的卡拉奇，再从卡拉奇到非洲，几乎环绕半个地球，才回到美国。幸运的是，进入伊朗之后，就一路顺风了。脱下伊朗人的服装，穿上美国的飞行服，高高兴兴地回到了美国。

6 月份，约克和埃门回到家中，更开心的是，两位飞行员的妻子已经为他们生了孩子，真是双喜临门，父子见面。

九号机的惊险旅程

在阴云密布的夜空，九号机油箱将尽，机长终于下令跳伞。跳伞时，飞机已经很低很低了。机械师司格特奉命第一个跳下，他没有忘记将一包香烟和一瓶威士忌塞进口袋中，拉开机门，伸出头跳下，拉开伞绳，迅速落下。没有到预定的时间，降落伞已经挂住了什么东西。所幸降落伞挂的是一棵树，他居然被摇到另一棵树上。他抓住了树干，停在了树杈上，顺利地解开了伞包，稳稳坐在树杈上。要判断离地有多远，下面是山坡还是平地、悬崖，于是他掏出香烟和火柴，擦亮一根火柴往下扔去，火柴很快熄灭，看不清楚下面的情况。接着他又点燃一支香烟扔出去，发现香烟往下坠落，有两三秒时间才消失。他判断这棵树在山崖上，离地大约有一百米。他终于放心了，用伞绳将自己绑在树杈上。他太疲劳了，打开威士忌吸了几口，将瓶子放入袋中，入了梦乡。

醒来时，一轮红日已冉冉升起。往下一看，他所在的这棵树是在山崖的坡上，下面是一百多米的深谷，感谢上帝的保佑。他下了树，背着行李和背包朝山顶走去，向四处望去，没有发现村落。他认定方向，下山后朝西走去，吃了一点行李中的食品继续走着。他没有受伤，精神不错。太阳过了头顶，他才找到几处农舍。衣服破烂的农夫见到他并不惊讶，还端出米饭和辣椒之类的饭菜招待他。从农夫安详的神情，司格特感觉这里很安全，没有日本人。通过农夫的手势，司格特猜想前面已经有两位同伴来过这里。他向农夫送了纪念品离开，按农夫指的方向走去。

半小时后，喜出望外，真的见到副驾驶伯克和领航员格里芬。

副驾驶伯克和领航员格里芬晚间降落的地方相隔不远，他们都是落在平原坡上，也是包着降落伞过了一夜。这里是江西省宜黄县梅杏乡观山村一带。第二天清晨，格里芬起身向远处的村庄走去。他来到河口村的几间房子面前，门开着，没见人。原来是一所小学，学生还没有来到，门却开着。格里芬走进去，看到教室里挂着孙中山和蒋介石的画像，他才放心。于是走出来，因为肚子太饿，跳伞前忘记了拿食品。衣服也丢了，非常狼狈。他碰到一位老农夫，问他有没有吃的东西。老人听不懂，格里芬便指着院子里跑的鸡，又用手指做了一个圆圈，又指着自己的嘴。这时过来几个年轻人，明白了他的意思，就告诉了老人："他问你有没有鸡蛋？"这时其他的村民也走来，终于明白了他的意思。因为他还指着自己的肚子摇摇头，村民们纷纷回家煮了鸡蛋送来，巧的是伯克也狼狈地从远处走来。他们二人吃了农夫煮的鸡蛋，还装了几个放在口袋里。二人掏出几张美金，分送给送鸡蛋的农夫们。开始他们不要，飞行员硬把钞票塞进他们的口袋，他们才按中国人的习惯鞠躬告别。三个人走出村口，沿着一条小河边的路向前走去。

天又下起了雨，他们还要去寻找另外两个同伴。投弹手比塞尔和他们的机长奥特森还没有下落，沿着小河走，他们相信会找到另外两个同伴。直走到下午，全身湿透，人又疲乏，他们不得不走进一个人家。主人看到他们狼狈的样子，就请他们脱下衣服，拿来一个火盆和柴火，让他们烤衣服、取暖。时近傍晚，突然一名中国军人冲进来，手握短枪对着他们。三名美国飞行员转身一看，他们放在主人桌子上的枪不见了。此时门口和两扇窗户都有枪支对着他们。原来这些军人是有备而来的，专门捉拿他们的。顷刻之间，他们成了俘虏。尽管美国飞行员用中国广东话说"我是美国人，我是美国人"，这些军人根本听不懂，押送着他们，朝县政府的方向走去。一路上领航员格里芬看到，中国军人手中拿了飞行员们其他的丢落的用品。原来中国军人先根据老百姓的报告，又捡到飞机散落的东西，上级部门出动部队，四处捉拿他们。中国军人把他们三人关在城区的天主教堂里，第二天一早，县政府的官员来到天主教堂，两位神父做翻译，才明白他们是轰炸东京归来的美国飞行员。三个俘虏成了空中英雄，立即调来三乘轿子，把他们浩浩荡荡地抬送到宜黄县城，住在一位大官员的房子里。

另外两个人的遭遇更加奇怪。机长奥特森是最后一个跳伞的。他离开飞机以后，在空中打开手电筒，想探视一下离地面有多远。他感到坠落的速度很快，是否降落伞没有完全打开？他用手电又向上照了照，白色的伞顶很大，很正常，可为什么降落的速度这么快呢？原来他是九十多公斤的体重，所以才这么快。他的右臂被缠在伞带上，伞带勒得他很疼。他落在平地上的一条小河边，因为被缠住解不开，他又是落地时背部撞到地上，其中有石头，好像伤到了背部，非常疼痛。无奈，他只好用左手从衣袋中取出吗啡给自己注射了一针，才好了一些。

他就在伞中昏睡过去，醒来时已经是第二天上午。他慢慢解开伞包带，爬起来向前面不远的地方走去。一所农舍的主人看到一个浑身打着寒战的人，军人不像军人，乞丐不像乞丐，实在很可怜，以为他生了病。于是帮他解下背包，脱去打湿了的外衣，扶他进屋上了床躺下。又给他盖上棉被，还在床下放了一个炭火盆。由于语言不通，奥特森实在没法让主人知道他的身份。

到了第二天，奥特森疼痛大大减轻。进来一位不像农民的人，挑着一担装着纸的担子,奥特森猜想,他可能是一位中国的小商人,是卖纸的。于是他就将降落伞交给了主人,表示谢意。小商人很聪明,把他带到了县城,这才见到了其他四位同伴。

在此之前,投弹手比塞尔也安全地来到了县城。比塞尔安全落地的第二天,也是在路上被中国军人抓住,押送途中,他听说除了日本人之外,还有伪军,他们的着装也是中国人的。他看到押送他的中国军人十分凶狠,如果是伪军,那就糟了。他途中逃跑,结果再次被军人抓住,绑了他的手,才把他押送到县城。原来这些人都是当地的游击队,穿着服装很乱,有的是军人服装,有的是老百姓服装,拿着很落后的枪支。

五人安全团聚,住在大官员的公馆里。当地的县长率领一群官员热热烈烈地欢迎轰炸东京的美国英雄们。方县长真是考虑周到,他邀请天主教堂的两位神父安排西餐,因为当地人从来没有见过西餐,请神父亲手打点。五位飞行员笑逐颜开,感谢中国军民和政府,还有两位神父对他们的招待。街上的老百姓和军人、游击队员拿着彩旗敲锣打鼓慰问美国飞行员们。

还有许许多多令人难忘的热闹场面,五位飞行员在当地官员、军人、老百姓的簇拥下来到飞机坠落的地点,离县城四公里的马鞍山,找到了他们心爱的八号飞机。虽然飞机的机身断裂,机头损坏,机尾震断,巨大的翅膀裂成几大块,但是主要的机身还保持完整,许多设备完好。领航员格里芬的公文箱没有变形,他打开箱盖,拿出里面的全部材料和军装。

坠落那天的夜晚,九号机喷火燃烧了一会儿,不知为什么又熄灭了,第二天还冒着一些烟雾。因为距县城不远,闻讯而来的城里人、乡下人蜂拥而至,因为要抢救飞机里的东西,有县政府的官员,有附近几个乡的保长、自卫队长二十多人从机舱里拆下了一架重机枪,连拖带拉往山下去。老百姓说,一大堆机枪子弹,机枪子弹有半尺多长,当兵的也没有见过。飞行员们过得非常愉快,老百姓、学生都来给飞行员送东西,有吃的、用的,还有土特产。飞行员来到学校,中学生们拿出英语课本和飞行员们交流,还与他们一同打篮球。

一周之后,飞行员们要告别宜黄去衢州了。县政府又雇用了五抬大轿子,这是当地人送别贵客的最珍贵的交通工具,欢送美国飞行员比过年、娶新娘还要热闹。两位神父也忙个不停,因为所有的事情和活动中他们是桥梁,翻译好了才能交流。

5 月 30 日,五位飞行员到达南城县的中国空军第十二航空站。驾驶员奥特森落地时被撞受伤错位,一直非常痛苦。苦于当地医院没有麻药,神父劝他多喝一点威士忌以减轻疼痛。

当地的天主教会一位好心的弟兄看到奥特森痛苦的样子,便请他来到一个房间里,坐在一把椅子上,拉起他的手背,猛烈地往上拉扯,大概他会一点中医的推拿,瞬间奥特森痛昏了过去。待他回过神来,似乎减轻了疼痛。但过后还是痛得一身冷汗,这位弟兄说:“你伤得不轻,要赶快去医院。”

他们坐上汽车往湖南,两天后才到达衡阳的军用机场,这里也是陈纳德飞虎队的基地。在等待期间,他们见到机组的其他飞行员。衡阳的等机期间也非常不安全,日本陆军企图包围衡阳空军基地,白天先是侦察机,后来又是轰炸机,轮番轰炸。美国飞行员们躲在防空战壕里，直到 5 月 14 日，有了安全保证，重庆飞来的军用机才能在此降落。九号机组的五名飞行员与其他机组的飞行员终于于 5 月 14 日乘军用专机去了重庆。此后，日本飞机不断袭击，陈纳德的飞虎队与他们交战，空战激烈。

日本人扔下了许多细菌弹。到了 7 月份，衡阳爆发霍乱传染病，一直蔓延到 9 月份。据统计，因霍乱而死亡的居民就有两千多人。美国飞行员们知道，这是日本占领军对中国军民救护美国飞行员的报复。中国军民蒙受的损失巨大，无法统计。

县长急寻十号机

1942 年 4 月 18 日清晨，日军发现大黄蜂号航空母舰，杜立特机群决定提前 12 小时起飞，然后大黄蜂号立刻返回驶向夏威夷方向。当这一情报禀告夏威夷美军太平洋舰队司令时，再转报美国国防部，再由国防部转发盟军中国战区最高司令官蒋介石的时候，已经是 19 号深夜时刻，轰炸东京的美国轰炸机十六架飞行员此刻已经全部迫降在中国浙江、江西、安徽一带。蒋介石非常焦急，立刻下令沿海国军前线指挥官，也就是第三战区顾祝同将军，动员全体军民抢救迫降的美国飞行员。顾祝同司令长官接到委座急电更是火急火燎，立刻电令所管辖的战区军队、政府，立即全力以赴寻找美国飞行员。尽管如此，由于各种情况，当地政府接到顾长官的命令时也是不在同一个时间，行动也有先后、快慢之分。

最先接到命令的政府是浙江省淳安县县长沈松龄。沈县长立刻亲自电话通知全县、乡镇、保甲以及游击队、自卫队等一切武装力量进山寻找迫降的美国飞机和飞行员。得到命令的各乡镇长、保甲长以及武装游击队全体出动，逐山、逐村、逐田地行动。虽然是深夜时刻，人人举起铁皮做的大喇叭，通过翻译不停地叫喊："美国飞行员们，这里是安全地带，我们是中国的政府、老百姓、军队，你们安全出来，保证你们平安无事！"

这样争分夺秒的行动，果然战果辉煌。19 日天刚刚蒙蒙亮，淳安县搜山的自卫队员在巧塘村的山沟里发现了十号机组两位飞行员。因为他们在野外听到英语广播非常高兴，爬起来朝村里走。自卫队员拉着他的手把他带到鲁村保长家里。对这些从天而降的人，村民们非常好奇，纷纷来观看，七嘴八舌地说着，谁也听不懂。保长让村民们不要吵嚷，把客人带到客厅里。飞行员在客厅里看到蒋介石的像才放心下来。主人煮好了鸡蛋刚刚端上桌，另外一个保长也带来了一位飞行员，他们拥抱着，叽里咕噜说了一大堆话。不知是谁把英文教员叫了来，却不知他是教小学生 ABCD 的，水平有限，美国飞行员讲的话他一点也听不懂。主人做了一桌子的热菜，两位飞行员却不敢吃，主人知道是这两个外国人不放心，又端来一锅煮鸡蛋给他们看，他们才放心地吃了鸡蛋。

两位保长和一大群人围着，把他们送到乡公所。乡长姓汪，好歹能说三五句英文，

刘芳桥清晨上山割草，发现受了伤的飞行员，背了几十里山路，把他送到保长家(油画作者：张玉恢)

交谈之后，飞行员知道要把他们送到县城非常高兴。第二天到达遂安县县城，县长通晓英文，他们交谈得很好。高县长给飞行员每人发了一套新的军服，知道机长受伤，马上请来医生，给他们检查治疗伤痛。县长立刻给第三战区长官司令部打电话，报告找到的飞行员很平安。十号机的飞行员们离别时特别高兴，请人用美金买了一块匾，上面刻着中文和英文，中文写的是"盟国良友"，匾额的下角贴了一块美国鹰徽。

十号机的驾驶员乔伊思最后跳伞，落在浙江省的遂安县和淳安县交界处一个叫连岭的山上。不幸的是，雨雾茫茫，什么也看不清，落在地上，倒也平安。他只能把自己包在降落伞里，靠在树干上休息。万分疲劳，却不敢躺下，因为地上全是水和泥。

一直熬到第二天清晨，雨虽然停了，仍然是雾茫茫一片。直到将近中午，云雾散去，能看到远处，他打算寻找飞机坠落在哪里。在他前面仍然是悬崖峭壁，山连着山，不由得他万分吃惊，幸好没有坠落在山下的岩石里。他看到一公里外的地方有淡淡的烟雾，想，那一定是飞机燃烧到现在的烟雾。不知哪来的劲，他爬过悬崖峭壁，三四个小时后，他来到坠毁的飞机旁，发现一大群人在捡东西、搬东西。他上前去向村民们介绍自己，有的村民猜想他也是飞行员吧，因为政府有人来报告，要寻找美国飞行员。乔伊斯很伤心自己心爱的飞机已经摔成这个样子。所幸，一位军人发现了他，带他来到镇上。有人懂英文，知道他是美国飞行员，要去衢州，就派人一路护送他。25日，他终于到达衢州机场的十三航空总站，见到了其他的飞行员们，这是他最幸福的时刻。

捡到降落伞的农民把伞交给了保长，保长又送到了镇上，镇上最终把这些降落伞集中后转交给县政府处理。十号机的飞机残骸，县政府派人拆运，全部送交到第三战区司令部。其中的一部分飞机残骸被一名商人买去，县政府知道后，向当时的国民政府航空委员会报告如何处理，航空委员会批复：所有美军飞机的残骸就地拍卖。

十一号难忘中国情

十一号机组的领航员凯佩乐在空中坠落时，牢牢系着身上的手枪和水壶这两件最重要的东西。他坠落到一个斜斜的山坡上，降落伞还没有完全下来，他不能行动。周围看不清楚，他不敢轻举妄动。他的头脑十分清醒，就这样靠在斜斜的山坡上。雨还在下，一直挨到天亮，降落伞全部贴在山上，雨点打着他的脸。熬过了这一生中最难熬的一夜，他腾出手来解下降落伞，爬上山梁，再朝西面的山下走去，可以看到远处的村落。

这里是安徽省歙县绵溪乡。下山后，他终于碰到一位农民。农民同情地望着他，拿出东西给他吃，他不知说什么，只能点头、弯腰表示感谢，但不敢吃。农民没有明白他的意思，以为他要寻找飞机降落的地方。飞行员发现方向不对摇了摇头，指着西面，农民才知道他不是找飞机，而是要找政府。一路走，看热闹的人一直跟着，人越来越多，后来竟成了一大群，这是他一生没见过的场面。更奇怪的是，走了一个多小时，还没有到镇上，又是一大帮子人走过来，领来的竟然是他的同伴投弹手波尔兹和机械师加纳德。他们和自己一样，领着一帮农民往前跑。三个人见面后拉着手交谈，周围的农民里三层外三层，虽然听不懂，却好奇地看着他们。

他们两人的降落伞隔得不远，虽然落在在平地上，又是深夜，等天明才发觉对方。当地的农民接到政府的通知，要他们寻找美国的飞行员。一个农民首先在山坡的一棵树下发现他们，对后面的人大叫："快来呀，快来呀，找到两个外国人。"人群在下面喊着，两个飞行员不知所措。

这是一位二十岁的小伙子方得昭。他大清早从姐夫家抄近路回自己的家。路上走着，抬头看见山坡树上挂着一个白白的东西，不远处蹲着两个外国人，伸手与他们打招呼，两位飞行员也摆手示意。很快，四面八方来的农民把他们包围，送他们去县政府。当大群的农民过来时，方得昭与另外的农民小伙子像猴子一样抓住树枝往上爬去，终于把降落伞取下树来，然后扔下绳子，帮助飞行员下到地上。农民不知降落伞是什么东西，都要摸一摸。年轻人就把降落伞抻开铺在地上，让大家看个够。虽然语言不通，飞行员知道中国人是来救他们的。

他们被带到附近的一间农舍休息，农民们端出茶招待他们，飞行员们也拿出面包和糖果。下午，方得昭和五位青年农民一面找着降落伞包，一面拉着飞行员的手，带他们去县政府。他们向北方走去，路上不知道哪个农民拿出一瓶酒来，请美国飞行员喝。凯培拉胆子大，竟然喝下了中国的酒，直点头称赞，农民们高兴得鼓掌。一路上热热闹闹，虽然农民们不懂他们的话，却知道他们是美国的飞行员，是打日本人的。

近天黑时，来到一个大的村庄，当地驻有中国军队，当然有了翻译，他们才知道十一号机的另外两位飞行员格里林和雷迪先到这里，已经被送走了。说起驾驶员格里林，也是平安落地以后，第二天才往山下走去。在不远的一片田地里发现了副驾驶雷迪。他们二人共同去找当地政府，路上人不多，终于在一所农户门前看到一位农民。他们自我介绍，对方听不懂。远处传来嘈杂的声音，他们就往前走去。

大约又是一个小时，有五六里地，已经是太阳升高了，一个名叫张荣华的小男孩带领着一群小男孩，背着书包往学校走去。他们走上一座木桥，发现两个黄头发，蓝眼睛的怪人坐在桥墩上休息，他很聪明，跑在前面进了学校，找到校长张家华报告说："木桥上有两个怪人。"校长以前在上海经过商，见过世面，听小学生这样一报告，他昨天就听说有飞机落在山区，并且动员军队和老百姓寻找美国飞行员，他急忙跟着小男孩来到桥上。看见两名外国人，身上还背着降落伞包，就上前与飞行员交谈起来。很快，他将飞行员接到学校，给他们泡上茶，请他们休息，又将他们的两顶降落伞铺在学校的操场上。天真活泼的学生们非常高兴，跑来跑去看这些降落伞，他们从来没有像今天这样快乐。

张家华放下一切事务，一定要请客人们到家中休息。美国客人来时，张的孩子听说来了美国客人，马上泡了两杯上等茶请美国客人喝。张家华的太太端出刚出笼的玉米果子，两位飞行员不知该不该吃，也不知道怎么吃。张家华拿出一把小刀在盘子里切出一块玉米果子吃给美国人看，飞行员这才明白。张家华切完所有的玉米果子，美国客人狼吞虎咽地吃起来，看来味道不错。

张家华家的门外挤满了看热闹的人，一位农民大声说道："美国飞行员轰炸东京，帮助我们打日本，他们是英雄。"飞行员听了很激动，格里林将自己胸前的一枚胸章取下来，挂在张家华的胸前，举手敬了一个军礼。他们吃好后继续赶路。有一位一只眼睛瞎了的老人一定要送他们去县政府，去县上的路要翻几座山，飞行员莱德跳伞时膝盖碰撞到石头而受伤、肿胀，头上也有伤口，因为这里是山区，没有车辆，出门就是爬山。在路上，飞行员们很累，要休息，瞎眼老人说："不能停下来，我陪你们走，走出这座山就方便了。"

果然在天黑前，飞行员们在农民的护送下，走出山来到沿河的一条公路上，很巧，碰到一辆邮政车，车上坐着一个邮政官员，是浙江省第一军邮总站视察魏汉民，见到一群农民护送着两个大个子的外国人，就停下车来，和飞行员们用英语交谈。知道他们原来是轰炸东京的美国英雄，连忙用热情的英语请他们上车，把他们带到徽州，把飞行员安顿在最好的旅馆。

当晚，魏汉民去找首长曾健培报告。曾健培毕业于上海圣约翰大学，抗日战争爆发后在浙江办军邮，1940 年军邮站迁至安徽歙县，他一听魏汉民报告这样的消息，立即赶到旅馆拜访美国客人，他与美国飞行员们交谈得非常热烈、友好。

第二天清晨，曾健培看望飞行员。与此同时，第三战区一位副军长也来看望美国飞行员。连夜，曾健培在一家餐馆里找到一位厨师，亲手教厨师如何做西餐，又在附近的航空站找来仅有的西餐用具刀叉，为的是给美国客人准备西餐。驾驶员格里林拿出一张大的地图，上面有许多中国人的签名，格里林说："我要请每一位救助我们的中国人在上面签名，带回美国去。"曾健培为受伤的飞行员找来医生检查、包扎伤口。与此同时，给各方人士打招呼，派人派车去找其他的三位飞行员。

十一号机全体飞行员在老百姓院子里的合影

20日一早，格里林刚刚睡醒，加纳德等三位飞行员已经站在门口，他跳起来拥抱他们。然后大家一同去拜见当地的驻军长官，还和这么多护送他们的中国百姓在县城的太平桥上照相留念。吃过午饭，驻军首长派了一辆卡车和一群年轻的游击队员保护他们上车。出发以后，路上凡遇到对面来人来车，游击队员们先下车打听清楚，平安无事才继续前进。他们穿过三百多公里的前线地段，总算来到驻军地。平安无事。

21日一大早，曾健培问飞行员们："你们还想吃点什么？"

投弹手威廉·比尔随便说了一句："我们离开美国时间也不短了，真想喝一杯啤酒呀！"

当时的中国只有上海、北京这样的大城市才有啊！在这穷乡僻壤，大概从来没有人饮过啤酒吧？可曾健培听在耳里，记在心上。他竟然能够搞来一瓶上海牌的啤酒，让比尔一饮而尽。比尔还说："我是开开玩笑，曾先生莫非是一个魔术家？此时此地，竟然能够变出啤酒来？"此事后来传到了美国，成为佳话。

21日晚上十点，到达衢州机场，受到驻军航空站热情接待，还能吃到热牛奶、奶酪饼干、西点，这是为了迎接美国飞行员，他们专门从杭州请来厨师，还从对面山上挖了一个洞储藏西餐食品。十五架轰炸机的六十四名飞行员先后不同时间来到十三航空站，受到中国人细致、热情、周到的接待，虽然日本飞机不时来轰炸，他们仍然安全地度过了不同的时间，从这里一批又一批离开，到达衡阳、桂林等地，飞往大后方重庆，都见到了蒋介石和驻华的美军指挥官。

十一号机组的雷迪因为跳伞时头碰到了岩石，一块石子卡在他的头部。中国人包扎好他的伤口，确保一路不出事故。最终他到达重庆才去医院取出石块，终于安全地回到美国，这也是他一生中一段难忘的生命旅程。

十二号机无觅处

十二号机飞临江西、安徽交界处上空时，虽然燃料还够飞二十分钟，但落地目标还没有找到，机长鲍尔决定跳伞。跳伞的地方距十一号机不算远。此时是 1942 年 4 月 18 日夜晚十一时三十分。

夜空里降落之后，没有几分钟，降落伞好像挂住了什么，然后他就轻轻地落在了石头上。他一步不敢动，因为四周情况不明，只感觉到背后是一块石壁，没有风，他就包着降落伞等待了一夜，也就睡着了。天明以后，他睁眼一看，使他万分惊讶：他的立足点就在悬崖的边上，左右不足两米，正前方不足一米，好险呀！只能说，上帝保佑了他。如果昨天夜晚只要有万分之一的不当心，他就会摔死在悬崖之下。他一直等到前来搜山的农民发现了他，因为白色的降落伞容易被人发现。降落伞就在距他不远的上面，挂在悬崖上。可以说是千钧一发，农民上山来帮他解开降落伞，把他搀扶着走下山来。

其他的飞行员命运比他好。

领航员彭德降落在平地上，他在风雨中有些昏沉，几分钟之后，才恢复清醒。于是迅速收起降落伞，以免被伞拉走。伞卷起来套在身上，既可阻拦雨水渗透，又可暖和身体，他就歪身在一块土坡石头上睡着了。醒来之后，天色已明，他卷起降落伞，决定沿河向前走去，因为他知道有河的地方总归是有人家的。他的判断没有错，行走一个小时后，遇上副驾驶波兰顿，看准方向决定过河。走了一段，却没有见人，一个村庄里没有发现一个人。

正走着，后面传来喊声，回头一看，原来是投弹手比索追了上来。比索告诉他，他已经在不远的地方找到一家人，很友好，他才决定出来找同伴。他还说，他掏了一块糖给这家的小孩吃了，小孩特别高兴，好像从来没有吃过糖。家长也很热情。这么一说，他们三人就往回走。往回走时，一些村民躲起来，不知为什么他们害怕。原来彭德身上佩有手枪，他们害怕拿枪的人。当他们走进刚才布兰顿来过的农家，彭德拿出地图给大家看，一位村民终于在地图上找到他们跳伞的地方。地图上有中文，这位村民指出，此地是浙江省遂安县武全乡，在衢州的西北方向。他们终于到达县政府，政府官员安排他们在旅馆里过夜，房间里有木头做的桌子。时间不长，驾驶员鲍尔也高兴地被人送到这里。说话之间，机械师杜奎特也进来，只看他脚一崴一崴的。县政府办事很快，派来几名轿夫，要抬着杜奎特去衢州。

十二号机就坠落在武全乡附江村的河滩里。因为是布满卵石的河滩，冲力很大，飞机的一侧歪倒，同侧的轮子钻进河床，卡在石头堆里。第二天清早，乡政府把寻找到的飞行员安置在附江村郑姓农民家里，同时派自卫队员守护飞机，不让村民靠近，以免被破坏或者丢失飞机里的物品。当时，飞行员有所顾虑，不知此处离敌占区有多远，不知飞行员们的处境是否安全。最后，乡政府雇来轿子，将全体飞行员抬送去衢州。他们到达衢州机场之后，住在第十三航空总站的办公楼里。但是白天总有日本飞机来轰炸，所有的飞行员都躲进了附近的红石山洞，一面休息一面等待其他的机组人员。

大概有了十几个人，就由航空总站安排车辆出发，穿过江西、安徽、湖南，目标地是衡阳空军基地。途中要转车，有时还乘船、乘汽车，最终乘火车到达衡阳。一路上的城镇，包括一些乡村农民夹道欢迎时，都会张贴标语“英雄的美国飞行员”“伟大的美国飞行员”等等。当时谁也没有想到中国人民的伟大救援行动，带来了极为惨烈的暴行，也就是后来日本军国主义发动的浙赣战役，对中国施行的扫荡，屠杀中国军民数以十万计。

此后的一个月之内，山清水秀的农村、渔村变成日军烧光、杀光、抢光的暴行战场。

十三号深夜寻同伴

十三号机驾驶员麦克尔·洛义最后一个跳出飞机。夜空晴朗，降落伞轻轻地落在地上，好像是一片平原农田。不远处的地面有光亮，好像是月光照在水田里。他要在夜色中寻找同伴。因为没有风，跳伞时伙伴们一个接一个，落地之后相距不会太远。他拿出手电筒打开，在夜空晃来晃去。茫茫的夜空和地面的远方，没有发现反应。他关上手电筒，顺着一条河岸朝西走去。过了几分钟，他又开始前后左右地打开手电。就这样走一走，停一停，打开手电筒搜索夜空和远方的大地，仍然没有反应。他有耐心等待，这是寻找同伙的最好机会。如果等到天明，伙伴们方向不明的，会越走越远。就在平原上两三里路以外也看不见人影。在夜空打手电，可以打到十里八里之远。

他走了约摸半个小时，突然，远方的地平线上打出一道光亮，他立刻停下脚来，也打开手电对着对方的天空。稍停一会儿，他关了手电。过了一会，当天空再次出现电光时，他的手电打不开了。他非常着急，电池是新的，在飞机上没有用过，怎么会没有电了呢？无奈，他只好一面往前走，一面拆开电筒取出电池，又往里装，可是还是打不开。他非常生气，这样就失去了与同伴联系的最好时机。

又走了约摸十多分钟，他终于发现，他怎么会把电筒的一个按钮没有打开，因为那是保护电池的按钮，关住以后再也打不开。这样他才推开按钮，再重新打开手电，果然来电了。当他在天空晃动时，对方却再没有反应。

原来早先对方天空闪出的电光，正是他的副驾驶洛布洛克打出的，距离麦克尔不到五里路。洛布洛克落地以后，他发现一条小溪正是他在跳伞之前发现的。他落地之后掉在水稻田里，非常庆幸，水田的泥巴减轻了他的撞击。他几步跨到了稻田边，解开伞环，把降落伞折好，放在田坎上。借着月光，他检查了随身带的物品和背包，不知为什么，枪支和腰带在开伞时滑落，肩的背包平安无事，它是最重要的，因为里面有手电筒、弹药、急救包，再看看自己身上的飞行服和夹克衫都很好。他知道这里不是敌占区，因为夜里丝毫没有前线的气氛。

他很本能地拿出手电筒打开，照向夜空。他希望有同伴们的反应。但是，两三分钟仍然看不到同伴们的夜光手电，他只好关了手电筒，高一步低一步地跨越稻田，稍不注意就会滑倒在泥水里。半个小时后他才走出稻田，来到不远的一条河边。夜里很寒冷，他有些打战，又不敢在地上睡下。他懊丧，不应该把降落伞丢在田边。突然，不远的天空上发出一道光亮，不断地摇动着，他急忙打开手电筒回应，对方的光亮再次射出，来自这条河的下游。他急忙奔跑着，不知为何，浑身有劲，追赶着前方。大约五分钟后，他发出了喊声拼命喊："咳！咳！"远处似乎有人在晃动，但没有声音。洛布洛克突然大声喊叫"麦克尔？麦克尔？"

对方马上有回音，"你是洛布洛克，洛布洛克？"他听出对方是驾驶员麦克尔。他急于涉水过去，可是水深，又冷，好像越过半人深。他试了两步，又退了回来。此时，两人隔着一条小河，他们对话协商，等到天明再说怎样过河。此时，洛布洛克发现一处草堆，如果爬进去倒是一个休息的好地方。对岸的麦克尔冻得浑身打战，似乎在喊着："太冷了，太冷了。"不久，洛布洛克已经鼾声如雷，麦克尔哭笑不得。

天亮时刻，河中一条船装满了干草迎面驶来。一个船夫举着竹竿撑船，一个男孩在岸上背着纤绳，一步一步地往前拉。洛布洛克向船上的人打招呼，船上的人看着他们，既不是当地农民，也不是日本人，汉子有点害怕，将船撑到河中间，船继续往上走着。洛布洛克实在没有办法，他竟然在河边的芦苇丛中发现一条小木船，他跳上去，揭开一块床板当作桨划向对岸，两个人终于到了一起。

沿着河，二人走了一段路，前面就是村庄，首先要搞清楚有没有日本人。洛布洛克胆大心细，他让麦克尔在路边等着，他一人去打听情况。村口一群男女，有儿童围着他说什么，似乎对这个陌生的外国人很有兴趣。他知道再说什么"美国人"，老百姓还是听不懂。他说了一句"蒋介石"，大家十分惊奇。他又喊了一遍"蒋介石"，挥着手，表示尊敬，农民们笑着向他鞠躬，他才招手让麦克尔过来。走近农民的房子，洛布洛克掏出打火机打着，老百姓吓得跑掉。不一会儿，他们又钻过来，其中还有一位老人笑眯眯地对着他。洛布洛克把打火机打开，又关掉，把打火机送给这位年长者。老人非常高兴，带着他去老人的家。进到屋里，老人从一个木头的柜子里取出一张地图打开，男女老少围绕来观看地图。老人突然用英语冒出一句话："你说英语吗？"

洛布洛克望着地图非常奇怪，以为自己听错了。老人再次用英语问他："你说英语吗？"

原来老人盯着他看，等待他的回答。他终于告诉对方："我说英语。"对方再没有说什么。

洛布洛克认真地看着地图，始终没有人告诉他地图上标志的哪些地方是日本占领区,哪些地方是中国军队占领区。老人再没有说什么,好像是说:“你自己在地图上找吧。”

洛布洛克急忙拉着麦克尔洛赶快离去,不可多留。这么多人,防止敌人知道。此时一位年轻人冲过来抓住他们的手直摇晃,并且指着前方,又举起手,比起枪的样子,嘴里还喊着“砰砰,哒哒哒”表情很着急,甚至向后倒去,莫非他告诉他们前面有日军?多亏小伙子及时相救呀。他们二人跟着小伙子,翻过一片稻田,再走一段路,来到一座草棚前,一个穿着破烂,挎着步枪的人出来挡在路上。从他的着装看出,他是一位中国兵。他用枪对着两位飞行员,那位小青年立即呼喊,用手制止。

说时迟那时快,洛布洛克一把夺过步枪,枪支立刻散掉摔在地上。原来是一把废步枪。此时来了一位军官,能说英文,像一位指挥官。他告诉美国飞行员,这里距衢州一百多公里,你们飞行员降落的地方离日本人的防线只有五公里。这位指挥官很热情地把他们带到一个村庄,找了最好的房间让他们住下。解开两扇门板给他们作床,又去外面抱了许多棉毯,捡了两床干净的让他们休息,又从农民家里端来饭菜给他们。可美国飞行员难以咽下。飞行员表示他们希望吃一点煮鸡蛋。又来了一个小个子的男人,为美国客人先洗刷鞋子,再帮他们洗脚。再把鞋子放在火上烤干。就这样,洛布洛克和这位军官交谈了两三个小时,麦克尔·洛义却睡着了。洛布洛克感到很开心,就在这所小屋的火堆旁,他们放心地睡了一夜。

第二天一早,飞行员们急于赶路,中国军官让他们再等一下。过了一会儿,投弹手布洛娃、射击手威廉姆斯走进来,他们才恍然大悟:中国人真厉害!不要我们去找,他们就把人找来了。他们高兴地等到晚间,这位中国军人又带来了领航员坎贝尔。机组五人终于团聚,他们不停地赞叹:中国人真伟大,了不起!

第二天,中国军人让他们穿上中国老百姓的衣服,将飞行员的衣服包起来,老百姓打成包袱跟着他们赶路,让五位飞行员每人骑上一匹小马。当时当地农村根本没有马匹,不知他们是从哪里找来的小马,毛长长的。大个子飞行员骑上去,脚还会碰到地上。可能是毛驴吧!洛布洛克干脆下来走路,这反而舒服,引起农民笑声不断。

这一段路不到二十里地,竟然有一百多个农民跟着护送,捧着飞行员们的背包,像捧着宝贝一样,农民们都抢着要背包袱。飞行员们感慨万分,心里在说:世界上竟然有这样好的老百姓!

第三天不骑马了,当地政府又准备了轿子来送他们。上尉军官派了一百多名士兵在道路的两旁严密护送,美国飞行员人高马大,差不多比中国人要重一倍,所以抬轿的轿夫非常吃力,一路上政府不断找来年富力强的轿夫换着抬他们。士兵巡逻队不断从沿途的村庄里找来年轻体壮的农民来抬轿,然后排列成队,让上尉军官来挑选。上尉要求他们一定要到达下面一个村庄才能换人。洛布洛克个子最高,大约一米八,体重最重,他不愿中国百姓吃苦,就跟着轿子行走。

到了下午很晚的时候,到达鄱阳城外。停下来,不知为什么等了一个多小时,终于从城里出来了一支队伍,领头的是一位骑马的军官,好像是一位将军,后面是一支八个人组成的军乐队,热闹的声音就是他们发出的。后面有两个人穿的是美国人的服装,为首的将军向五位飞行员表示热烈欢迎。队伍向后转，引导他们进城。街道两旁的店铺插着小旗，上面写着“热烈欢迎美国飞行员轰炸东京”“美国和中国统率太平洋”，英文下面是中文，两位美国人呼喊着英文、中文口号，街道上满站着欢迎的市民，还放着鞭炮，几公里长的街道都是这样。天快黑了还没有走完，直到他们住进旅馆，飞行员们才搞清楚，乐队演奏的不是美国国歌，而是加拿大的国歌。骑着小马的美国飞行员跨过一座桥，来到美国人的住宅。这里附近是鄱阳天主教堂，据说里面有两百多名中国孤儿。飞行员们竟然在这里吃到来中国后最丰盛的西餐，有鸡，有猪排，有马铃薯，还有馅饼，飞行员们度过了最美好的一夜。这是在中国靠近敌占区的一个县城。

21 日清晨，飞行员们再次去天主教堂，表示告别和致谢。教会主人请他们沐浴，给他们烧好了热水，注满了浴盆，格外使飞行员们惊喜。有趣的是，飞行员们刚刚爬进浴盆，就响起了空袭警报，可能是日本人知道美国飞行员降落在这一带，要以轰炸来报复中国居民。飞行员们并不害怕，他们第一次泡在中国的浴盆里面度过了空袭。这天晚间，两个当地中国人热情地邀请飞行员来到鄱阳湖，离鄱阳湖不远的地带就是日军控制线。中国人陪伴着飞行员，乘上一只游船在湖面游荡。湖上空出现两架日本飞机侦察飞行，中国人叫道：“注意你们的安全！”飞行员们兴致极高，根本不在乎日本的侦察机。再说他们都是游泳高手，随时可以钻入湖中躲开扫射。他们当天就坐上这只游船到达另一所城市，同样受到当地天主教会的热情招待。

25 日，十三号机组的全体飞行员乘火车开向衡阳。沿途不断有日本飞机扫射，火车停驶时，乘客躲入两旁的稻田，结果有乘客被打死打伤。一天一夜的路程，终于到达衢州，已经有其他的机组多人等待。一周之后，全体飞行员乘坐烧木炭的客车前往衡阳。

回首再看，十三号机组的五位飞行员在鄱阳县城降落，最后安全护送到衡阳，再回到大后方重庆。他们的那架飞机继续飞行，最后坠落在江西都昌县两个乡的交界名为平池湖之中。一半机身陷入湖底的泥中，没有烧毁，飞机没有大的损坏。都昌县县长吕昆电告第三战区司令长官顾祝同和江苏省长曹浩森，不久接到顾司令长官的命令：命令浙赣各部队、地方全力以赴救护美国飞行员。此时接到乡镇报告，有老百姓去飞机坠毁的地方打捞、寻找飞机中的各种物品、机件。县长立即派出自卫队和当地的两支国军开到平池湖保护现场。5 月 20 日，县政府派驻一百多名民工到湖边打捞飞机，铁丝、钢绳全部绷断，对庞大的轰炸机未动毫毛。后来又调来大的机器、天车，继续起吊。到了 25 日省长来电：打捞不能停止。第三战区司令部和国民政府的航空委员会都有命令，第十三号美国飞机坠落平池湖一有消息，对外要绝对保密，一切物品封存，不可遗失。特别是飞机上的文件和机件更要保护周到，不可丢失。在打捞期间，各方有力支援。还要注意湖岸的保护工作，防止日军来此轰炸破坏。

5 月 1 日，潜水员打开机舱门，有两位潜水员进入机舱，没有发现尸体，却找到飞机的航空图和密码本。岸上，县政府通过乡镇、保甲收缴 4 月 19 日也就是飞机坠落的第二天老百姓在湖里打捞的许多物品，包括飞机的用品，飞行员的用品，包括所有能够搬动的东西，全部收缴集中，由当地乡公所保管，请示上级处理，以后全部送往衢州航空总站。属于飞机物件由军方处理,属于飞行员个人用品,全部发还给第十三机组的飞行员。

经过各方努力,也只能将机身拖出水面一半。此时上级安排,由航空第二十八站调出大型机械设备前来协助飞机的搬运。此项工作正在进行之际,日军发动的浙赣战役终于在6月2日攻占都昌县城。两三天以后,日军兵舰、汽船从水面将平湖池地区包围,情况十分紧急,拆运飞机工作不得不停下来。都昌县政府已经撤离县城,急忙下令将十三号机拆解的物品掩埋起来,机身再次被推入水中,近三十名工作人员也全部撤离。到了8月份,日军撤离都昌,硕大的轰炸机身在平池湖中时沉时现,反正内部的物品部件均已拆下运走,只剩下机身的外壳,也就留存湖水中,听其自然了。

美国飞行员离开以后,5月份日军发动浙赣战役,一场空前的灾难来到。这里几万人的城市被日寇"三光"暴行夷为平地。

好运的十四号机

1942年4月18日的黄昏,江西偏僻的广丰县乌云笼罩。农民的习惯是天黑就要睡觉的,天上嗡嗡的响声突然惊醒了睡梦中的人。这是第十四号机在寻找降落的地点。忽然听到剧烈的爆炸声,在山顶上还有火光。一些人跑出来大喊:"不好了,准是日本飞机爆炸了。"到了第二天清晨,消息迅速传开,人们都在议论纷纷。

在县城里更是热闹。一位县政府的人在街上大喊:"日本降落伞部队来了,赶快跑呀!"县政府也派出人搜集各方面传来的消息。直到中午,在不远的吴村乡一座水坝上,一个小学老师名叫林国园的说,昨天晚上一个陌生的外国人在他们学校睡了一夜,林老师清早去学校发现他后把他带到乡政府,才知道他是一个飞行员。就是昨天晚上掉在山顶上的飞机,还雇了一辆人力车把他送到县政府。

过了一会儿,又有一个青年农民带来一个大个子的美国飞行员。青年农民说,早上我们村里的老鼠婆婆起床上茅房,看到山坡下,树上挂着一个白色的东西和一个戴着帽子的外国人。飞行员走下来,跟着老鼠婆婆到了村里。这里是广丰县下溪镇周村密良坳,飞行员指手画脚地表示,昨晚他在降落伞里睡了一夜。飞行员笑眯眯地,从口袋里拿出糖果给农民吃,大家没敢吃。这时一位中年农民叫官文清的,用手指在地上写了"中国"二字,飞行员摇头,他看不懂。他也用手指在地上画了几个英文字,官文清也看不懂。有一个妇女胆子很大,拿了一粒糖果剥开纸尝了一口,很甜,就笑眯眯地点头。大家这才放心,每人拿了一块糖果。

官文清很快告诉了当地的一支部队,大家指手画脚,谁也听不懂。很巧,附近有一辆汽车在修理,修汽车的是一个大学生,把他请来后才与飞行员交流。于是就把大个子飞行员送到县政府。那里已有先到达县政府的两名飞行员,消息传开,街上跑着人要来看热闹，飞行员住在县城西街烟草公司的楼上。张县长急忙来问候，还请来县中学的英语老师叫于白岵，于老师很流利地问飞行员，问了一大堆。飞行员们摇头，不能说。此时县长才知道，这是军事秘密，就让他们好好休息，洗个澡。烟草公司的房间很漂亮，他们睡的是棕绷床，有厚厚的垫子。飞行员笑着说："在美国也没有睡过这样的床。"

他们一直睡到下午，县长让他们放心，已经去寻找其他的飞行员，这里离日本人很远，很安全。

驾驶员希格尔是在昨天晚上降落在山坡一株小松树上，降落伞被撕坏，却仍然挂在树上。又下着雨，刮着风，也没有找到手电筒，就只好取出小刀割开一大片降落伞，把他撑在树枝上以躲避风雨。就这样熬了一夜，第二天天明才看清楚山下有小村庄，他发现自己手肘、肩膀都被擦伤。他走下山来，远处有个农民，也是因为发现山上有白色的降落伞而前来寻找的。走近了，为首的是一个穿黑色长袍的、有胡子、戴帽子的老人，希格尔当然听不懂他的话，但从表情上看他们很善良，肯定是中国农民。希格尔记得很清楚，就在旁边的水田里，农民赶着牛，牛拉着木犁，农民戴的都是斗笠，穿的是蓑衣。农民把希格尔带到家中，取出食品，还有茶，希格尔只喝了几口茶，然后打手势，他要寻找电话机打电话。农民不明白，他又用笔在纸上画出电话机的样子，终于一个小男孩大概是学生看明白了，拉着希格尔手去找。就这样走了几公里，经过两个村落，小男孩主动向大家介绍：他是美国飞行员，要找地方打电话。

后来走到一条公路上，迎面开来一辆大卡车，车上坐满了中国兵。他们是来搜索日本伞兵的，看到希格尔就立刻跳下车来举着枪。小男孩着急地冲到前面，向拿枪的人解释，士兵们举着枪对着小男孩，男孩勇敢地又喊又叫又摆手。此时，一位军官发现希格尔身上的一枚大胸章，有美国国旗，这场麻烦才算结束。

希格尔用手指着山坡方向，请士兵们去寻找他的伙伴，于是军官指派两三个人护送希格尔到军营，大概有二十里路。护送的士兵们看他狼狈的样子，一定要他坐人力车。人力车在石头子的路上颠簸着，穿过高大的城墙城关，远处还有一处宝塔，后来才知道这里是一千多年的古城。他高兴地明白，这里就是古老的中国模样。

进城以后，也来到烟草公司的楼上，全组飞行员互相祝贺，他们担心的是其他的飞机飞到了哪里？安不安全？有没有日本人？可是谁知道啊！又住了一晚，20 日早晨，他们还是吃了鸡蛋，其他饭菜，他们也吃得很开心。县政府来人给他们送来了棉大衣，因为天气寒冷。县政府准备送他们去上饶，那里是第三战区长官司令部的驻地。

他们在街道上受到老百姓的热烈欢迎，希格尔还把他们受到中国百姓欢迎的场面照了相，真是终生难忘。他们坐着人力车，近中午时到达上饶，见到许多中国军官。他们都很热情，又年轻，有的用英语与他们交流。中午又是一顿美餐。直到晚上，他们上了火车。火车虽然慢慢地鸣叫着，却十分安全，他们都睡了一个好觉。21 日清早到达衢州车站，又乘汽车到达衢州机场中国第十三航空总站。看到其他几个机组的飞行员，别说有多高兴了。

突然，外面的警报器鸣叫了起来。飞行员全部上了卡车，开向不远的防空洞。防

十四号机飞行员穿着国民党军队赠送的棉衣走在广丰县大街上，受到当地群众的热烈欢迎

空洞在一座红色的山石下，里面可以容纳几百人。这是希格尔第一次见到空袭，他无所谓，走到洞口想看看天上的日本飞机，却被翻译一把拖了进来。因为附近是日本飞机轰炸的目标。后来才知道，日机投了四十多枚炸弹，不知为什么只炸开了二十枚。在洞里他们待了四五个小时，才解除警报，回到旅馆。有人看到中国报纸：杜立特机群轰炸，东京损失很大，中国报纸宣传得非常热闹。美国飞行员是中国人心目中的英雄。

下午，日本飞机又来，他们在防空洞中吃饭。美国飞行员们还与站长陈又超交谈，了解到不少新鲜事，还说："当地的学生们非常懂礼貌，见到飞行员们立正行注目礼，飞行员们招手后才离开。"就这样待了几天，陆续又来到一些飞行员。

24日，陈站长又设宴招待美国客人。宴会上，来自上饶的国军司令官汤中将发表讲话，高度赞扬美国空军的轰炸行为。此时，大家就等待车辆去桂林，再由桂林飞往重庆。

27日，杜立特中校与希格尔专程去上饶拜见第三战区司令长官顾祝同，顾将军用白兰地招待他们。席间，还有两位苏联军事顾问。顾司令给杜立特两万法币的奖金，以慰问全体飞行员。杜立特再次感谢中国军方和老百姓对他们的救助，还说，美国军人决心为中国人把日本法西斯彻底消灭。

28日，杜立特和希格尔返回衢州。他们二位被邀请到汤将军家作客，将军还带他们观看了反坦克部队的演习。演习士兵们很准确地打中远处的目标。

半夜，登火车去鹰潭，清早到达。当地的天主教会主人设宴招待，有上好的咖啡，味道非常好。当他们乘汽车离开鹰潭时，一路观看了战斗时期的中国农村，小河，小桥，月亮与家乡的没有什么两样。希格尔有写日记的习惯，在这里一盏像碗一样的灯灌满了油，当然是植物油，一根细细的灯草，点亮了也可以写完他一天的日记。途中换车，由于汽油短缺，卡车烧的是木炭。过河渡船也是烧的木炭。

5 月 1 日，又换了客车。座位上有厚厚的垫子，比较舒适。他们进入衡阳城，在旅馆里见到了先到的其他机组飞行员。这里蚊子很多，罩了一个大帐篷，实际上是中国人的蚊帐，美国人叫它是大帐篷。

5 月 2 日，政府官员举行宴会。所有的军政官员都来到，当地最高的礼品湘绣送给美国客人，其中一幅绣的是一只老鹰，还题有字，大概是“神鹰轰炸东京，彪炳千秋”。宴会之后，请客人看戏。客人听不懂，中国人却满场喝彩。

5 月 3 日，电报传来，迎接他们的飞机已经从重庆起飞。大约中午，飞机降落，带走了全部飞行员。飞机准时降落重庆机场，前来迎接的有美国空军长官。飞行员被接到美军指挥部，美餐一顿之后，毕塞将军宣读罗斯福总统、马歇尔总参谋长、阿诺德将军的三份贺电。最后宣读罗斯福总统的颁奖电文。每位飞行员颁发特等飞行十字勋章。飞行员们喜极而泣。

4 日中午，杜立特与希格尔奉命来到蒋介石的官邸，蒋夫人宋美龄代表中国国民政府宣读颁奖命令，并邀请他们共进午餐。下午蒋夫人举行报告会，会上气氛热烈，飞行员们抢着发言，表达无限感激之情。

十四号机飞行员跳伞受伤，受到国民党军队的救护

5 日，杜立特奉命登机回国，将工作交托给希格尔。希格尔要求各飞行机组写出报告，详细介绍轰炸东京和降落中国的情况，以便回国向上级详细报告。

6 日，全体飞行员表示要早日回到飞行岗位，消灭日本法西斯是他们的最大愿望。

因为日本鬼子仍然非常疯狂，艰巨的战斗任务等待他们去完成。可是人急天不急，重庆山城云雾缭绕，降落非常麻烦。接他们的飞机迟迟没有来到。

7 日，仍在下雨。听说日军已经占领缅甸美军空军基地。如果飞机来不了，那就非常糟糕了。

9 日，飞行员们终于乘上了飞往印度加尔各答的飞机，中途在昆明降落，与飞虎队的同伴们共进午餐，然后告别。前面的航程经过日军占领区，他们是一架没有武装的运输机，非常危险。好在上帝保佑，由于地面阴云密布，没有被日军发现，飞机从云层里飞过。

10 日下午到达加尔各答，中途转机两次，15 日到达新德里。其他的飞行员全部留下，等待新的任务。希格尔又回返重庆，还有许多其他飞行员在等待他的指挥。

十五号圣女保平安

十五号机驾驶员唐纳德·史密司穿过云雾，终于看到海岸线朦胧的丘陵、山峦，他一直想要降落在海岸的浅水地带。穿过这一片小山峦，燃料已经耗尽。这里是浙江省象山县石浦镇的海岸，距岸边不远的海岛浅海地区。刚刚越过山群，飞机自然地坠落在海水中。这里距深海处的檀头山小岛不远，飞机栽进海中往前冲了几十米才停住。海浪退下，刚刚淹没飞机顶部，算是高超的技术和降落浅海中，才解救了他们。飞行员迅速地打开舱门，放下救生筏，把必需品搬上救生筏。虽然在黑夜中，飞行员们操作得非常准确。他们最后都爬上救生筏，划向海岸。未料到，一个大浪冲来，打翻了救生筏，每人只抓住一两件物品，靠着救生衣，他们都游到了岸边。

飞行员们喘过气来互相寻找，才发现射击手兼军医怀特中尉不见了。茫茫的夜色中，何处寻觅？他们拖着满身的泥沙，艰难地向岸上走去。此时，岸上不远，有几间渔民的房子，那是檀头山岛的大王宫村。有一家渔民的房屋里还亮着灯光。这一家人是渔民麻良水，刚刚娶了媳妇，新媳妇是十九岁的赵小宝。新婚没两天的一个下午，他们听到天上有飞机响声，这里是敌占区，海里经常有日本人的炮艇。紧隔不远的小岛上，还有伪军。渔民们经常提心吊胆，担心日本人来抢鸡、抢羊、抢猪。黄昏后，又听到远处有爆炸声，以为日本人又要来了。麻良水夫妇连屋子里的灯都没来得及吹灭，就跑出家门，躲在小山坡的树林里。约摸一个小时，什么动静也没有。赵小宝的父亲第一个下山回家，没有发现什么，才出来招呼村里的人回家。麻良水夫妇走着走着，发现自己家的灯没有灭，年轻的媳妇自言自语地说："真糟糕，我们出来时灯也没有灭，要是日本人进去，会把东西抢光。"

他们回到家门口，忽然发现门半开着，赵小宝奇怪地说："门怎么会开着呢？真是太危险了。"他们回到屋内收拾桌上的碗筷，他们跑的时候饭桌都没有收拾。赵小宝是个勤劳麻利的媳妇，收拾好东西后就往厨房里去。这厨房也是柴房。渔民家家有柴房，家家养猪。她正刷洗着碗筷，发现灶旁的柴堆里怎么会一动一动的呢？莫非是自己的眼走神了？越看越不对劲。她忙把丈夫叫来，丈夫一看就明白："有人，有人，里面怎么会藏有人呢？"

赵小宝说："偷东西的，快出来！"突然，柴堆里伸出一只手，拿着什么东西，他们一看是钱。小两口就更奇怪了，"出来，出来！"

人高马大的麻良水一把上去抓着这个人的手，猛地一拉，高高的柴垛垮了，一个、两个、三个，哇，拉出四个人来。人高马大，蓝眼睛，黄头发，一个个一副可怜的模样。每个人的身上都是湿淋淋的，还有泥巴。赵小宝吃了一惊，仔细一看，他们浑身颤抖着，太可怜了。他们叽里咕噜地说着什么，一个字也听不懂。一个怪人还拿着那张钞票，好像求他们。赵小宝一想，肯定不是坏人。一定是遭了什么难，躲到我家来了。赵小宝给说着，丈夫点头，是啊，是啊，肯定他们遭了什么难。

夫妻俩把不速之客请到隔壁的大房间里，让他们坐下，用手比画着，要他们脱下拖泥带水的衣服。赵小宝拿来男人的衣服又给他们换上，还点火烧水，亲手用木盆端来热水让他们洗。四个陌生人知道，主人是中国人，就放心了。前前后后约半个小时，四个人换下脏衣服，穿上渔民的衣服。赵小宝又拿来四双男人的布鞋，让他们换上。

这时，赵小宝的父亲进来帮忙照应。尽管老百姓不知道他们是美国人，但是他们起码不是日本人。年轻的媳妇很快就烧好了饭，煮了一盘子平时舍不得吃的鸡蛋请他们吃。麻良水悄悄给岳父说："快去找学校的私塾先生，要搞清楚他们究竟是什么人。"

来了一位私塾老先生，穿着长袍，看了一番，点了点头，又摇了摇头，他也不会讲外国话。毕竟是私塾先生嘛，老先生灵机一动，拿着筷子在地上先画了一幅日本国旗，又画了一幅中国国旗，看看陌生人又指指地上的日本国旗。说话间，一位飞行员举起拳头一锤子打在日本国旗上。私塾先生又指了指旁边的中国国旗，飞行员们点着头笑起来。

麻良水夫妇明白了，他们不是日本人。私塾先生的动作也提醒了美国人，其中的一位从他自己的飞行服的口袋里拿出一个皮夹打开，掏出一卷纸，铺在地上。原来是领航员随身带的地图。私塾老先生是可以看懂地图的，美国人指着地图上的太平洋，西面是中国，东面是美国，然后他指着东面又张开双臂上下摆动着，然后又指着西面中国。这一下私塾先生恍然大悟："他们是美国飞行员，开着飞机到中国来了。"

私塾先生又连看带比画地表示：飞机掉下来了？还叫了一声"轰"，飞行员们点着头："OK，OK。"

这下私塾先生说："美国飞机掉在海里，日本人要来抓他们的。"

附近的乡亲们也都知道他们家来的人是美国飞行员。他们在另一户人家里，找到了射击手兼军医怀特。

原来，救生筏被大浪冲翻时，军医怀特拼命抢物品，他用来外科手术的器械箱和药品箱，被大浪冲跑。他只抓住了外科手术箱，而药品箱再也找不到了。当他抱着外科手术箱游向海岸时，伙伴们一个也看不见了。他失望地一步一步上岸，在一个石洞旁边挨冻受饿。等到天明，碰到一位渔民，才把他带到麻良水家中。就在头天半夜，日本兵已经在全村进行搜查，赵小宝把四位飞行员藏在柴房的一道隔墙里。天明以后，四个美国兵要去找怀特。渔民们不准他们出来，由渔民们去找，这才把怀特带到麻良水家中。五个人团聚了，他们流着眼泪紧紧抱着不放。

赵小宝没有见过外国人，凭着她一颗善良的心，聪明的头脑，看护受了伤的怀特。她用清水把怀特伤口的泥洗掉。幸好怀特的手术箱里还有一点棉花和酒精，在赵小宝的细心照料下，怀特的伤口好了许多。

麻良水夫妇把他们五人送到甲长家里。此时，村里人来报告：日本人昨天在另外一个地方发现了一架飞机，那是劳逊的七号机。日本人撒开了一张大网，四处搜寻美国飞行员。甲长立刻要美国飞行员脱下自己的衣服而换上当地百姓的服装，把他们藏在大王宫的一个山洞里，洞名叫“天打洞”，又派乡丁在附近把守，以防止日本人来搜查。甲长和麻良水、赵小宝商量如何把美国飞行员运送到三门县政府去，那里距此地有二十多里路，要乘船穿过日军的封锁线，十分危险。水上整天有日本炮艇巡逻，大家一同商量，赵小宝更是着急万分，因为前不久她的舅舅就在渔船上遭到日军的抓捕。日本兵用铁丝捆住舅舅的双手，担心他跳到水里跑掉。更令人恐怖的是，日本兵用铁丝穿过舅舅的肩胛骨，防止他逃跑。就在船上，舅舅往水里跳，日本兵用机枪将舅舅打死。此时，赵小宝拼上一命，也要把美国飞行员送走。

没有别的办法，只有乘夜色用渔船把美国人送走。为了避免船在摇橹时发出声

十五号机组的五位飞行员受到三门县各界人士的热烈欢迎。他们召开大会庆祝，主席台上四位飞行员穿的是老百姓送的白衬衣，只有怀特穿着飞行夹克

音，他们带上肥皂涂在橹把上，这样摇起橹来就没有声音了。另外她要麻良水带一把斧头，万一和敌人拼命时就能用得上。这一切行为，美国飞行员看在眼里，感动不已。他们拿出了两只指南针、一只手表和一支钢笔送给赵小宝夫妇，这对年轻的夫妇第一次看到手表和钢笔。

晚间，涨潮时刻，麻良水夫妇带上五位飞行员，他们化了装，戴着毡帽，用灰涂满了脸，藏在渔船的船板下，轻轻地划桨离岸。半夜来到南田韭菜湾。县自卫大队派五个人来接应。他们继续护送，不料，海上亮出灯光，那是日本炮艇。麻良水当机立断，回头躲避。敌人炮艇继续追来，麻良水灵机一动，迅速靠岸，由赵小宝带着五位飞行员躲到山洞里。敌军炮艇前来搜索，没有发现什么，只在岸上寻找了一会儿，便开船离开。

这样到了第三天，也就是 20 号晚上，才穿过南田岛。此时，南田岛上还有日军。这一天，五六十名日本兵在全岛搜索。赵小宝带领飞行员在一所寺庙里整整躲了一天，直到晚上才上船，顺风开到三门县东面的游击队地带。此时，日军两艘炮艇在海游湾等待他们。船老大麻良水想了一个主意，请旁边的一支舢板往前冲去，敌军炮艇发现后急忙追赶。乘敌人炮艇追赶那支舢板时，他们乘机穿过出口海面，逃脱了敌人监视，终于在 22 日清晨到达海游，全部安全地到达三门县政府所在地。

县长率领全体官员迎接美国飞行员，县政府安置他们住最好的地方，拿来棉大衣、制服，这些行动感动了所有的飞行员。县政府和各界人士向美国英雄们献旗、致敬，飞行员也上台答谢。中国人、美国人一同照相留念，群众列队欢送，又是敲锣又是打鼓，儿童争先恐后献花，向天空撒彩纸。

三门县政府给十五号机组赠送锦旗，第一排左面第一人是三门县县长陈诚，第二人是怀特，其他四位是威廉、史密司、西斯勒、塞勒

此时军医怀特听说七号机组的劳逊摔断了腿，需要急救，他马上去临海急救劳逊。

县政府派了一名翻译和一队士兵持枪沿途护送，于24日上午到达临海恩泽医局，见到劳逊。劳逊感动万分。怀特和当地的医生陈慎言迅速研究手术方案，正好用上了怀特带去的急救药品。手术成功，减轻了劳逊的痛苦，防止了伤情进一步恶化。怀特的行为，也令中国医生十分钦佩。

此时，希格尔少校来电，杜立特已经回美国，所有飞行员由希格尔指挥。要求怀特到三门县看六号机牺牲的两位飞行员。怀特认为，据他所知道的并不是这样的。他立马与三门县的县长通话打听，三门县告知：六号机两位牺牲的飞行员的尸体与三位逃出来的飞行员都在象山县爵溪镇，那里是敌占区，并非三门县所管。

十五机组的飞行员沿途受到中国政府官员、普通市民、农民、渔民特别是青年学生的欢迎。30日，他们被邀请到当地中学，驾驶员史密司给全体学生报告轰炸东京的经过。会场上，学生们不断鼓掌叫好，最后呼喊口号："中美联合打败日寇！"这天的晚上，他们乘汽车到达衢州机场，住在第十三航空总站。

5月3日晚间，又乘火车，第二天早晨到达鹰潭，又改乘客车，晚间到达衡阳。一路顺风，没有耽误。14日上午乘重庆方面来迎接他们的军用飞机，安全回到重庆。三门县政府率领全县居民热情周到地救护美国飞行员，事迹呈报到航空委员会，并呈报蒋介石。不久，美国驻华战区高级将领史迪威将军代表美国对中国政府表示感谢，并专门列出致谢军民的名单。最为著名的是赵小宝一家救助第十五号机组的故事，传到了美国，流传了数十年。

直到中国改革开放的年代，美国杜立特轰炸机协会特别致函中国浙江政府，寻找当年救助美国飞行员的中国老百姓。虽然没有记住赵小宝、麻良水的名字，但是有地点，有时间，有事件，浙江政府找到了赵小宝以及其他救助美国飞行员的主要人员。1992年杜立特机群轰炸东京五十年纪念日，赵小宝作为中国老百姓重大救助活动中的唯一的女性代表，飞越太平洋，在美利坚的国土上再次见到她当年救助过的美国朋友。正如美国人所说的，"中国百姓真了不起，我们世世代代都要记住他们的伟大和善良。"

十六号机大难临头

十六号机于4月18日晚间十一点飞到江西上空。它是最后一个从大黄蜂号上起飞和最后完成轰炸东京任务的，也是最后一个飞向中国沿海。因为天气不好，他们无法判断，一直飞到江西南昌上空，还没有找到降落地点。燃油将尽，不得不跳伞。机长是最后一个跳伞，完全不知道地下的情况。落地以后，四周黑茫茫一片，什么也看不见，最后摸到一座砖窑里度过一夜。哪里知道，这里是日本占领区，有敌机坠落，日军和伪军连夜出动，搜寻飞行员。

第二天清晨，机长从砖窑里出来，小心翼翼地往村里走去，被一个叫王水根的泥瓦匠发现。此人很聪明，一眼就看出这是美国飞机的飞行员。这里是敌占区，太危险了，他急中生智，拉着飞行员脱下飞行服，换上老百姓的衣服，还戴了一顶毡帽，带着他走小路，去寻找一个安全的地方。不料，来到一所寺庙跟前，远远看去，有许多伪军，就急忙回头，悄悄来到官州徐村一家河边渔民、王水根的舅舅家躲了一下午，又藏了一夜。

天明后，上了一只小木船。这只小木船是王水根舅舅每天给伪军送菜的船。他让飞行员藏在木板下，往前走来到一座叫中正桥的桥下。不幸，一队日寇正在岸上检查，勒令小船停下，一群日本兵一哄而上，撬开船板，把飞行员抓个正着。

十六号机的投弹手德谢泽半夜里落在一片山坡的坟地，他就在坟地露天包着降落伞待了一夜。他的腿和肋骨都受了伤，到了第二天天明，站起来走路也很困难，无可奈何中，他掏出手枪对着空中打了几发子弹，希望得到同伴们的反应。这时又下了小雨，他只好拿出小刀划破降落伞，取了几片顶在头上。走完坟地是一片稻田，路上又滑、又冷，还是没有看见人家。终于走到一座一间房子大的小庙，大概是土地爷。雨稍小一点，终于碰到当地的农民。他狼狈的样子也没有引起农民的注意。他想问问这里是不是敌占区，但说什么，比画什么，农民一概不懂。

他来到村庄外一间门面的商店，德谢泽在柜台上写了几个英文字，老板摇了摇头，再没有理他。他又走出来，发现路上有电线杆，他就沿着电线杆往前走，希望能找到电话。路上有小孩、老人，他还是搞不清这些人是不是中国人，他觉得日本人和中国人长得都差不多。终于发现一个像样子的房间，他走进去，里面有两个拿枪的人在和一个小孩玩。他用英文和他们说："我是美国人，你们是中国人还是日本人?"

对方回答："我们是中国人。"

这时德谢泽手插在口袋里紧握着手枪，又大声地问："你们是中国人还是日本人?"

对方大声回答："我们是中国人。"

德谢泽说："我不会伤害你们。"

此时又有人进来，和士兵们低声交谈着什么，因为对方英文不是很好，和德谢泽交谈很困难。对方拍拍他的肩膀，意思是说：我们是朋友，你跟我走。

于是走出房间，对方带他去兵营。走了大概十来米，德谢泽发现不对，转身一把刺刀对着他的胸口，旁边几支枪对着他，一个头头猛地抢走了他口袋里的手枪。就这样，被他们强制性地带到兵营。头头将士兵们赶出去，当然，他们在外面严密地监视着他。头头请他坐下，找来一个英文翻译与他交谈。于是他才明白，头头是一位日本人，其他的有伪军也有日本兵。德谢泽才知道上当了，被这个狡诈的日本人骗了。他装着什么都不明白，一句话都不说。

日本人指着墙上的日本军官的大照片问他，德谢泽拒绝回答一切问题。就这样，他被日军带到一个很像指挥部的房屋里。不久他就看到飞行员、驾驶员和领航员巴尔。

巴尔却遭到另一场灾难，前天晚上，他是跳伞落在水田里。水深越过膝盖，背部和脚跟扭伤，好不容易才爬出稻田。黑夜里摸索着往前走，发现一处灯光，他悄悄地走去，发现背枪的士兵，大概是敌人的哨所。他又回头，来到稻田边上。他估计这里是敌占区，非常危险。他又朝相反的方向走去，赶快离开危险地带。来到一条河边，桥已经被炸毁，只剩下桥墩。桥墩之间距离不远，他努力一跳，竟然跳到前面的桥墩上。他就这样跳过几个桥墩，到达对岸，不料一个士兵举枪出现在他面前。举枪的士兵逼着他向岸边的一个掩体走去，还叫来另一个士兵。语言不通，无法交流，直到天明，三个士兵押着他向镇上走去。

巴尔努力地观察，猜测他们究竟是不是中国人。终于来到镇上一所大院，进到屋里才使他吃惊，全是一群威武的日本军官，正围着一个桌子喝酒。日本军官朝他狂笑了一番，然后通过翻译审问他，还叫他吃饭。巴尔虽然饥肠辘辘但拒绝吃饭，只告诉他们，自己叫巴尔，是飞机的领航员。晚间，把他关押在一间有士兵的房间，在这里遇到副驾驶员。

到了第三天，十六号机五位飞行员全部被俘集中在一起。机枪手被抓时刻，掏出手枪开枪拒捕，当场打死三个日本兵，最后还是被捆绑，押送到日军指挥部。

21日，五位十六号机的飞行员被押上一辆福特牌卡车，送往南昌机场，把他们押上一架DC-3飞机。副驾驶担心他们会被送往日本，决心在飞机上暴动，劫持飞机，再飞向重庆，但是实在没有可能。他们每位飞行员都被铐上手铐，蒙上眼睛，每位飞行员由四个日本兵持枪监守。一个多小时后降落南京机场，送往监狱。

根据以后美军得到的情报，十六号机组五位飞行员被俘以后，当地的游击队迅速地报告给重庆方面。重庆方面通过地下有关重要人物，愿意以重金买通汪精卫政府，设法营救出美国飞行员。结果当地伪政府还是将美军飞行员交给了日本人。后来出卖飞行员的伪政府官员被国民党的游击队暗杀。

旋风惊扫太平洋

1942年4月18日，在太平洋西岸中国浙江、江西地带，雷雨交加，乌云密布。此时此刻，却是一个重要的历史时刻，十六架美国B25型轰炸机意外地光临这一片陌生的土地上空。十六架飞机迫降、坠毁在黑暗中。六十四名飞行员可能是死里逃生，盲目跳伞，或者坠落在海岸、海水中、山崖上，全部消失了。也算是二十世纪太平洋战争爆发以后千万个东方夜谭的故事中的最奇妙、神秘的故事吧。这些飞行员消失了，消失了……

遥远的太平洋的东岸、白宫、夏威夷、珍珠港、大黄蜂号航空母舰，一大群人从总统到将军，到下面的陆海空将士们都陷入迷茫，都在沉思着：杜立特哪里去了？我们的十六架飞机，八十名飞行员哪里去了？上帝啊……

几天之内，所有的美国媒体只字未提。可是在西太平洋，日本帝国的心脏东京却播出一则震撼太平洋的消息，时间在西太平洋的4月19日清晨，接着所有日本驻外使馆也发布了同样的消息：从18日正午十二点半开始到下午三点二十分，拥有七百万人口的世界第三大城市、日本帝国首都东京被轰炸！与此同时，一百四十万人口的日本飞机制造中心名古屋被轰炸！一百二十万人口的日本帝国主要的海军基地神户被轰炸！九十五万人口的东京门户城市横滨被轰炸！

从北端的北海道到南方的四国，整个日本本土空袭警报不停地作响。

根据日本军方宣布，上述入侵者是美国飞机。日本大本营乱作一团，因为自太平洋战争爆发以来，日本帝国的海陆空军所到之处，节节胜利，无往而不胜。就拿太平洋上来说，英国的所属殖民地全部被日本帝国占领。日本帝国的海军、空军直指印度洋。日本从东向西；德国从非洲向东，他们要在阿拉伯大会师，实现其"共同统治全球"的美梦。西太平洋，日本正在和美国交手，要扩大战果，向北指向阿留申群岛以及美军的一系列岛屿。

轰炸东京成为震撼太平洋的爆炸性消息。英国首相丘吉尔举着手中的雪茄烟，激动地说："这是美国对同盟国最大的鼓舞，对日本人沉重的打击。"全世界的记者聚集在华盛顿问罗斯福总统："这些飞机是从哪里起飞的？"

罗斯福总统坐在轮椅中，诙谐地回答："他们是从香格里拉起飞的。"

记者们一头雾水，心里明白，这是军事秘密。

直到两天以后，日本大本营才从中国战区发来的电文，他们从俘虏了美国轰炸机第十六号机组的飞行员那里才得知这群不速之客是从太平洋上美国航空母舰上起飞的。日本大本营更加奇怪，因为美国飞机轰炸东京的时刻，日本飞机曾经在东京以东一千海里的防卫圈内寻找，根本就没有发现美国的航空母舰。当然，这是美军指挥官和大黄蜂号的指挥官机智、高明之处。

轰炸东京证明美军的攻击力量竟可以越过五千多公里的太平洋，打击到日本的心脏。日本大本营不得不面对现实，调整战略，日本本土的防卫绝不可以掉以轻心：

第一，一千四百架飞机死守本土，这样就大大减少了从西太平洋直到印度洋的侵略力量。一些前沿战区的部队急需要大本营的支援，指望的海空力量全部被拒绝。

第二，在中国战场，由于轰炸东京，大本营决定把在中国战区的部分机械化师团和部分战斗机群调回保卫日本本土，从而减轻了中国抗日军力的压力。

日本民心已开始担忧，老百姓再不是以前那样用鲜花庆祝胜利、做着统治世界的美梦了，而是提防美国飞机、美国军舰还会不会再来？在日本四岛的周围严密部署海空力量，严密搜索、侦察。在日本军方发布的战报中吹嘘"皇军空军在空袭中击落九架美国轰炸机"，把在中国战区坠落的美国轰炸机说成是被他们击落的美机，这些飞机的残骸很快就要运到东京展览等等。只有日本军方人员心知肚明：日本吃了大亏。有一位东京的负责防空的高级军官因此切腹自杀。

军方密令：在中国战区搜索、捕捉全部美国飞行员，并且明文规定，捕捉到轰炸东京的美国飞行员不可善待，而要视为战犯特别处理，严重判刑，以此振奋日方士气。

日本天皇密令大本营：对中国战区、中国军民，对轰炸东京的美国飞行员，终未捕获的地区，要严以扫荡。于是，在中国凡是美国飞机降落的地带，日军进行了地毯式的"三光"政策，从 5 月初迅速展开。浙江、江西、安徽、福建、湖南等地惨遭到中日战争爆发以来未有过的疯狂大屠杀。

屠杀篇

屠杀，屠杀，再屠杀

在浙、赣、闽，日军调动了十万部队开始大扫荡。此时，国军第三战区司令长官早知日军即将来犯，在蒋介石亲自部署下，制定方案，准备给予日军严厉的打击。但是，由于装备落后，弹药匮乏，三个月之中，日本占领了浙江、江西、福建的机场和主要城镇，其结果是机场全部被破坏。日本的战略方针是要除掉以后美国空军以此为基地，轰炸日军的可能性。

日军占领主要城镇，破坏交通公路和铁路，以阻碍中国军队的反击。日军屠杀了大量普通城镇居民和农民，其残暴的行径令人发指。浙江的大部分县、市被日寇占领。国军由于装备太差，将士牺牲殆尽。日军进犯中，空军绝对优势，低空扫射，炸毁一切地面的房屋。有的机场甚至反复十多次被日军轰炸、扫射，地面上没有任何一棵树、一个人。三个月之后，日军完全达到了破坏机场、破坏交通干线的目的，并屠杀了二十五万之众的中国军民后撤退。

劫后地区一片废墟，遍地死尸。

更令人发指的是，日军实施了《国际法》禁止的细菌战和毒气战，使得中国军民未中一枪一弹而死亡。据以后的所俘虏的日本军官透露，由于在施放毒气时风向转变，日军士兵来不及撤退，也被自己施放的毒气毒死的有四五百人。而日本细菌部队在美国飞机坠落的十几个县、乡地区投放了大量的老鼠和跳蚤，散布了鼠疫菌、伤寒菌、霍乱菌和炭疽菌。浙江衢州地区被上述细菌感染的竟然达到三十万人，当年死亡的达到五万人之多。

日军的疯狂残暴骇人听闻，所到之处，只要听说这里降落过美国飞机，这些刽子手见人就杀，见房就烧，以至逃亡在外的人都不敢再回来。这些历史的惨剧，在后来的中国各地地方志中都有详细记载。有不少冒着生命危险同中国老百姓在一起的外国传教士也都是这些日军罪恶的证人。

一位名叫查理斯的比利时天主教传教士说了一句话："日本在浙江的大屠杀，绝不亚于他们在南京的大屠杀。"这位传教士加入了中国国籍。他亲眼目睹惨况，对后来的美国人士说："你们不知道，浙江的当地老百姓救助美国飞行员，飞行员出于感激送给恩人一些小纪念品，比如钱币、降落伞等。你想得到，日本人来了，这些物品都成了罪证，被一个个杀害了，有的被砍头。还有这些救助飞行员的家庭也逃脱不了悲惨的命运。至于当地的村长、保长、甲长，只要让日本人抓住，就无一幸免。"

三个月大屠杀，每个县、乡、镇都有详细的登记，逐级上报到国民政府。1943 年 6 月，蒋介石在一份给美国政府的电文中愤怒地指出："日军受到美国轰炸东京的打击，报复性地进攻中国沿海地带，哪里有美国飞行员降落，他们就屠杀哪里的男女老少。在这里，我重申：日军屠杀这地区的男人、女人、老人、儿童，规模之大，恐怖程度之深，前所未见，是全世界大屠杀的迪利泽惨案的翻版。”

1942年5月到8月，浙赣战役大屠杀整整一百二十天。日军撤退以后，各省根据国民政府的通知下令地方政府：准确地将大屠杀期间军民的财产损失、烧毁的房屋、屠杀的人数统计上报，再加上国军的伤亡人数，结算出日军大屠杀的罪行，蒋介石将此资料向罗斯福报告。在此期间，罗斯福曾经通过报纸向日本方面明确指出：日方侵略军在中国战区浙江、江西一带施放毒气、投放细菌弹，这是违反国际公法的，美军将给予最严厉的惩罚。

直到今天，这些材料仍然可以在各地方政府档案馆里查证、落实。只是因为历史的某些原因，包括今天的研究抗日战争的历史学家和当今的媒体，很少介绍二战中日寇在中国浙赣战役中的累累罪行。

下面只能选择一部分的地方政府所保存的日军当时的罪行记录。

浙江省几个曾经降落美军轰炸机的地方，选择以下几个档案选录的资料如下：

> 在浙江鄞县的暴行：“日军于三十一年八月七日来到该县东南乡村，以‘隐藏美国飞行员’的罪名，将朱绣芳和七户农民的房屋三十余间放火烧毁，还无辜枪杀乡民十五人。”

> 象山县政府档案资料显示：“由于杜立特机组第十五号机和第七号机、六号机降落附近，日军搜索未果，将爵溪村烧、杀、抢，使该乡变成一片火海。该乡乡长率领乡民逃亡途中，死于日军的炮火。所有逃亡的乡民数十幢房屋变为平地，无数妇女被奸淫。”这份材料经国民政府转发到美国以及被救护的飞行员手中。
>
> 三门县的政府报告：“当地日军将可能保护过美国飞行员的老百姓，被毒打致死的有七人，被毒打成残废的有四人。抢夺的财产数十家，共计当时的法币五十万元以上。”
>
> 浙江遂昌县报告指出：“因为杜立特机群的三号机降落本县，日军报复，被日军炸死、烧死、杀死共一百一十八人；外逃失踪的有二百三十人，被日军奸污的妇女九十八人，其中一人当场死亡。奔走他乡流浪未归的近九千人，被烧毁、捣毁的公共财物和民间住房、学校机关房屋，还有寺庙共计五千五百多间。按当时价格计算，全县仅房屋一项就损坏了一千四百多万元。”

江山县湖前村、下陈村被杀害二十七人，村民徐某二十四间房屋捐给学校使用，也全部被日寇烧毁，家族寺院数十间全部烧毁。湖前村的民房被烧毁的四百四十间。这两个村的房屋、财产损失近五十万元法币。全县被杀村民八百七十三人，令人发指。日寇将村民集中，当场屠杀，有开膛剖腹，有绑手砍头，有刀刺阴户，惨不忍睹。逃亡失踪者三千九百人，被强奸、轮奸妇女二百余人，抢走耕牛三千六百七十二头，烧毁庙宇、学校六十八所。古迹、孔庙全部被夷为平地。总计在该县烧毁房屋近万间。

日军占领江西玉山县县城周围二十公里的村庄，房屋全被烧光，遍地尸首、残肢断臂。城里房屋全被炸毁，城内一片废墟，城外整条街的房屋全被炸毁、烧毁。在城外，日军将八位老人关在屋内，四周堆上柴火，然后点火，将老人全部烧死。

江西上饶是国军第三战区司令部所在地，日军更加残暴：一株大树上，吊挂着一个农民的尸首。他因为给飞行员送了一块玉米饼，日军将他割舌、挖眼、切下耳朵，最后又取心，残忍至极。

江西广丰县在日军占领期间，被日军杀害和打伤的人有七千七百四十人，烧毁房屋三万五千间，抢走耕牛两千五百头，抢走粮食四十五万担。

占领波阳县的日军在路上看见一个残疾人，日本士兵将他打倒，又把他扔进一个池塘，活活淹死。

高门村一位妇女被三个日本鬼子轮奸致死。包括老妈妈在内，两个村庄被强奸的妇女二十多人。

南昌县政府在材料中证实，在美国飞机降落的地方有十一个村庄被日军烧毁房屋约一百四十座，抢走大牲畜三百余头，损失财产总值五百余万元。全县被日军杀害的近达七百余人，全县六个区、乡被屠杀的民众五千多人。

宜黄县六、七月，日寇两次来到县城寻找帮助过美国飞行员的传教士。就在日寇来到之前，逃出县城，躲在村民家中，日寇将二十九个教会活动点毁灭；有奸细出卖，日寇将一位救过九号机组的村民裹着，浇上汽油，强迫他妻子活活烧死了他；一位八十岁的英语教师因为给飞行员翻译了几句话，日寇烧毁了他的学校，杀害了他的妻子和三个孩子，还把他的孙子扔入井中淹死。晚夜间，这位老人从井里爬出来，找到日本鬼子，用石头将喝得烂醉的日本兵砸死。经过日寇的烧、杀，日寇撤退以后，八千人的宜黄县只剩下五千人了。

烧杀、奸淫之后，整个宜黄县城街头巷尾布满尸体，血流成河。树上挂着尸体，沟里扔着人头，被打死的市民身首异处。一个小孩被划破肚肠，血透黄土；一个妇女被日寇机枪扫射，躺在地上，婴儿还在哭叫着，吸吮着死去的母亲的奶头。就在此时，日本兵用刺刀挑起婴儿高高举起后摔死在地上，婴儿头部流血，死在母亲的身边。

对待妇女，日本兵像一群魔鬼。他们进城以后在学校抓了一百多名学生囚禁，一个地方在龙泉寺，一群女学生被强奸后哭喊着爬起来逃跑，又被日军用机枪全部打死，再浇上汽油全部焚烧；另一批学生被关在一所造纸厂里惨遭一群日本兵强奸，然后一个一个用刺刀刺死后扔进河里随水漂流；另一所中学的女生在逃亡的路上被日寇抓去三十余人，三个年龄最小的女生只有十一二岁，被轮奸致死后，肚子上还插了几把刺刀；还有一位五十岁的老师，被八名日本兵轮奸后全部再用刺刀刺死；另一群逃进寺庙的妇女被日寇发现后冲进来，一百多位妇女吓得抱在一起，一个日寇抢了一个妇女拖到厨房强奸，妇女拼命抵抗，咬了日本兵一口，立马被刺刀刺死。继续涌进来许多日本兵扑向妇女们强奸；一位七十岁的方丈吓得发抖地念着佛经，毫无用处，一位日本兵用刺刀捅去;就在这个寺庙里挤满了日本兵,集体强奸了这一百多位妇女。这些魔鬼竟然比赛看谁的本领大、强奸的妇女多,最后日本兵还抓走了二十多位学生。

日本兵走后,妇女们悲愤哭泣,地动山摇。方丈来收尸并安慰妇女,要妇女活下去,等待来日。傍晚,一位老尼姑来劝慰大家,她告诉被害的妇女说:"你们到大殿神龛上抓一把香灰,再去河里用香灰擦洗,让菩萨观音还原你的洁身玉体。"此话帮助了被害的妇女,她们互相搀扶着去神龛上抓香灰,然后去河里清洗。

此后,宜黄县城几座寺庙没有人迹。经过日军蹂躏的寺院名声大落,僧众无法居住下去。年纪最大的方丈病倒不起,临终之前告诫弟子:"我没有对佛祖尽忠尽责,死后不必火化超度西天。但愿死后随寺庙外的河水而去,魂游四方,告诫天下的善男信女、千秋万代不要忘记玉贤大庙的残害和毁灭。"老方丈西归,所有僧尼散走还俗,从此以后玉贤寺就成了一个空庙。

蒙难篇

勇士魔窟受折磨

十六号机组的五位飞行员被押送到上海日本占领军驻上海的监狱，五个人被关进单独的牢房。牢房没有窗户，只有一个木马桶，哨兵强迫他们按日本人的方式盘腿坐在冰冷的地上。虽然已是5月，然而牢房寒冷得像冬天，不知道时间，因为没有阳光。德谢泽的手表被没收，几天之后，被提审。他的眼睛被蒙住，什么也看不见，只听到日本军官用英语问他，要他都如实交代，以免皮肉之苦。提了许多问题，德谢泽都拒绝回答。军官对着他大喊着警告他，有时冷笑。第一次提审没有任何结果，第二次解开他的眼罩，日本军官向他说："大黄蜂号航空母舰和杜立特的名字?"他拒绝回答。对方生气，猛拍桌子，用日语大喊大叫。翻译让他看着军官，德谢泽两目怒视军官，避开他的视线。

翻译告诉德谢泽："如果法官砍下你的头，是无上光荣的。"

军官用英语说："明天早晨太阳升起的时候，我砍下你的头是我的光荣。"

德谢泽坦然回答："你如果是一位仁慈的法官，要割下我的头，对我是十分荣幸的。"

军官无可奈何，不吭声了，一挥手将他送回了牢房。

德谢泽吃不下饭，躺在地上，手铐也没有去掉，还收走了他的毯子。德谢泽明白，折磨开始了。

第二位是海特。在半夜里，哨兵把他拖起来，把他带到一个大厅，揭去了蒙眼睛的布，又把他拉到楼上。一位少校，一位翻译，还有四个卫兵，看来是要审问他了。让他坐在椅子上，翻译问他："想抽烟吗?"

海特伸出戴镣铐的手，翻译收回了香烟说："以后再招待你。"

海特故意问他："以后是什么时候啊?"

翻译回答："等你完全坦白的时候。"

审问开始，海特拒绝回答。翻译突然凶狠地叫起来："你不老实交代，就把你枪毙在座位上。"

海特很明白《国际法》里是如何对待俘虏的。对方在吓唬人，他们对美国飞行员毫不了解。此时，海特看着翻译，翻译又看着军官。这军官将几张纸递给海特看，操着英语说："你看看这些吧。"

海特一看，原来是一份飞行员的名单，海特不明白这是怎么一回事。这位军官继续说："杜立特，还有其他的飞行员和你一样，全部被我们俘虏。"他接着问："你们是从哪里起飞的?"

海特信口说来："北面，北面，阿留申群岛。"

军官听罢点头，结束第一次审问。

回过头来，到了5月30号。德谢泽被带出牢房，揭去头上的布，取下手铐。德谢泽环顾四周，军官拿着武器，还有人提着照相机，大家面带微笑。拍过照片，让他上车，来到飞机场。他被带上飞机，又被戴上手铐，蒙上眼睛，他好像听到其他飞行员在讲什么。因为不知在机舱的什么位置，无法与他们交谈。德谢泽明白，刚才照相完全是在做戏，为的是向外界或者上级交代。他猜想，他们和自己一样，很可能给带到东京去。

六号机机长尼尔森在单独的一间牢房。日本人很狡诈，担心美国飞行员互相交谈。途中，尼尔森有过反抗行为，所以把他的手指也用绳索捆住，中间插上木棍。审问时，他拒绝回答，于是他们将尼尔森踢倒在地上，四位哨兵分别压住他的双臂和双腿。第五位哨兵将一块毛巾盖住他的脸，从上用水管子冲他的脸，尼尔森就像在水中不能呼吸。要呼吸，就呛满了水，痛苦万分。持续了二十分钟，尼尔森已被折磨得奄奄一息。然后，士兵拿来一根胳膊粗的竹竿，压在他的腿弯处。两个士兵架着他的胳膊，然后另外两个士兵左右踩在竹竿上跳，他的膝盖像要断裂一样疼痛。就这样不到五分钟他昏死过去。

大约二十分钟后，他从麻木中醒来。后来又把他带到另一所刑房，对他使用从未见过、也未听说过的绞索刑具，他又一次昏死过去。他想到，应该死去，不要醒来最好。他睁着眼睛看到自己的脖子发黑，知道是受刑时血液不能循环开所致。他微微喘气，感觉到颈部的血液循环了，眼睛能看到了，耳朵也能听见了。翻译说："你是一个大笨蛋，别人都已经招供了，他们都已经把全部情况说明白了。"

尼尔森喘着气问他："他们说了什么?"

对方没有吭声。此时，翻译又拿出飞行员名单，在他眼前晃了一晃，四个凶手又开始动作，比上次更厉害，压着他的腰又踩又踢，几分钟之后，把尼尔森在地上拖来拖去，日本军官在一旁哈哈大笑。凶手动刑的过程中，翻译在一旁不停地说着："招不招？招不招?"

不知道用刑多长时间了，地上是水，尼尔森身上是血和汗，日本军官也疲倦了。翻译又来说："你这样下去面对枪口，太可惜了！而且父母、亲人永远看不到你。"

尼尔森眼睛不张，根本不理他。把他从牢房里拖出来，尼尔森痛得无法走路。两个日本兵架着他，尼尔森似乎感觉后面有人，他只觉得要去见上帝了。可是走了很长一段路，不见其他动静。他感到脸上流着血水，但无法擦去，他双手被反绑着。突然拉着他停下来，他想，这是我最后的时刻。停了一会儿没有任何动静，又听到后面的脚步声，翻译在旁边笑着说："我们是大和武士道壮士，奉行太阳的命令。太阳的命令是在太阳升起的时候，不会在太阳落的时候。执行枪决，是在太阳升起的时候。如果你顽抗到底，我们就要在太阳升起的时候执行太阳的命令。"果然，两个卫兵把他带回牢房。

就这样，日本人继续折磨他。回到牢房，把他双手捆着，绳子在手腕部分，墙上有一个木桩，比他的个子略高一点，两个卫兵抬起他，将他的双手手腕上的绳子套在木桩上，让他悬空挂在墙上，下面的双脚离开了地面。就这样把他挂在那里，痛得他昏死过去。整个一夜，他只有微弱的呼吸。25 日清晨，卫兵打开牢门进来，把他放下躺在地上，一个小时后他才模模糊糊地醒来。哨兵又蒙住他的双眼，把他带到另一间房屋，打开蒙眼的布，他看到了同伴霍尔马克和梅德尔。可怜他俩满脸伤痕和血水，全身破衣烂衫。他们被蒙上双眼带出门去，坐上汽车，开到飞机场，拉着上了飞机，坐在位子上，什么也看不见。

十六号机组的飞行员被日军蒙上眼睛，押上飞机，送往上海监狱（资料图片）

十六号机组的五位飞行员被押送到东京审判（资料图片）

审判美国飞行员时，在大门前，日军戒备森严，照片中的后排为五位飞行员(资料图片)

两个机组被俘的人员都被最后送到了东京。审问的目标非常清楚，要从他们嘴里得到大黄蜂号上起飞的美国轰炸机的详细资料。被审问的美国飞行员明白，日本人多少知道一些情况，但是他们不可能全部知道。因为十六架飞机中的任何一架的飞行员没有保存好资料，或者没有及时销毁资料，只要有留在飞机上的东西，就有可能被日本人发现。但是，从两架飞机的八个俘虏口中得不到一句话、一个字的资料。究竟十六架飞机离开大黄蜂号以后，航空母舰去向哪里，他们是不知道的。但他们相信，日本人肯定没有找到大黄蜂号。在被审问的过程中，每位飞行员凭着机智来对付审问他们的日本军官。

六号机的巴尔说，他降落到地面时，不知为什么头先碰到地上，受伤严重，失去记忆，所以以前的事什么都不知道。

海特另有一招，当日本人问他时，他反过来问日本人一大堆问题。日本人又气又笑，海特对日本人说，我们在航空母舰上待的时间不长，只能凭印象画出图来给你们看。日本人竟然很有兴趣，可见得他们对大黄蜂号一无所知，才被海特捉弄得啼笑皆非。

在东京审问了一个月，没有任何结果。日本人想感化他们，允许飞行员晚上睡觉，好好思考，白天回答问题。另外，让他们两个人关在一间牢房里，八个人关在四间房子里。但是门口有卫兵，不许他们两人之间交谈。一旦说话，卫兵就喊："停止！"

尽管这样，牢房的条件极差。他们心里十分明白，在日本人的眼中，他们是大罪犯，不然为何要押到东京来审问？每个人一天只有几片面包，几杯水，除此而外什么也没有。没有厕所，只在地上挖一个洞，就地解决。所以，每个飞行员的健康状况越来越不好，空气污浊。每天的审问时间，倒是可以呼吸一点新鲜空气。从 5 月 22 日开始不再审问，只要他们把交代的问题写在纸上。

这一天，要每位飞行员在一张纸上签字，告诉他们，这是最后的坦白书。如不签字，明天太阳升起的时候就要枪决他们。大家认为，签一个字算什么？日本人回答："承认你们有罪。"

他们互相对视一会儿，没有一个带头去签字。周围的卫兵对他们又是拳打又是脚踢，又是耳光。既然这样，纸上印的全是日文，不知道究竟是什么。因为是日文，他们不懂，可以解释为不承担任何责任。于是大家也就签了字。

飞行员们很聪明，因为我们根本不懂日文，签字是被迫的，当然不承担任何责任。此后，安静了几天。到了6月15日，把他们来上海时穿的飞行员的衣服和鞋子发还给他们，脚上再戴上脚镣，两个人拴在一起。来到监狱的院子里，有人为他们照相，又带他们上了汽车，开向火车站。火车上挤满了人，他们仍然由两个日本兵持枪守着两个人。火车车厢用纸糊着，大概两天，他们到达长崎。这里的监狱是水泥高墙，墙下铺有稻草，牢房的一角是茅房，臭气冲天。有的人已经得了痢疾。

尽管这样，大家心里欣慰，这是轰炸东京之后，他们第一次相逢在一起。在人声嘈杂的火车厢里，他们还可以说话。谈到各自降落时惊险的故事，特别是六号机梅德尔在海水里救护同伴的事情，深受感动。还谈到战争进行得怎么样，大家坚信，我们一定会胜利，我们会有回到故乡的那一天。在长崎两天之后，他们又被带上飞机，送回中国上海，关进提篮桥监狱。

提篮桥大狱熬年月

提篮桥监狱牢房比较大，美国飞行员住的牢房大约十三平方米。关了二十多个犯人，十分拥挤。房内只有一个马桶，天气又很热，犯人只能坐在地上。只有一个中国的老人，病得快要死了，才能躺下。就这样过了一周，其他犯人都转移出去，留下的就是八个美国飞行员。这样，他们才能伸开胳膊和腿躺下休息。

早晨每人一碗稀饭，中午和晚上都是每人四片面包。糟糕的是，稀饭里面竟然有沙子和虫子，开始实在吃不下去，后来饿得无法忍受，只好吞下去。他们笑着说，虫子也有蛋白质。人饿到什么程度就什么也不会想了，吞下去总比饿着强。

日本鬼子就这样来折磨美国飞行员，一个个原来都是健壮的身体，如今被折磨得不成人样。霍尔马克机长一米九的个子，体重一直减到一百三十斤，又得了痢疾，一天拉十几次。

还有臭虫、虱子和跳蚤。飞行员们从没有见过这样的虫子，咬起人来浑身发痒，又红又肿，可怜的飞行员们竟然抓不住这些凶狠的虫子。更糟糕的是，晚上简直无法睡觉。他们只好轮流抓老鼠，才能让其他的人睡一下。

可恶的哨兵一定要他们盘腿坐在地上，稍有不从，便用枪托打他们。飞行员们实在忍受不了，不得不反抗。彼此之间要说一些话，哨兵听不懂，以为他们要造反，便大喊大叫制止。就这样，守卫的哨兵又增加了好几个。

哨兵们仍然不准他们说话。海特用拳头猛烈地敲打着脑门，突然门被打开，一个日本军官举着刺刀要打海特，海特一把抓住刀鞘把哨兵推倒在地。进来一个军官，提着刺刀威胁海特，顶着他的肚子要刺。这时，飞行员法罗冲上来要和日本军官拼命。日本军官看到海特头上流着血，才溜出牢房，将门关上。奇怪的是，从此以后，哨兵不再禁止他们讲话，还有从牢房的送食品的洞口第一次出现较为新鲜的蔬菜和面包，还有鸡蛋、水果和咖啡。就这样连续几天，飞行员们改善了伙食。可好景不长，过了十几天就恢复了原样。据说这些食品是上海宗教团体国际友人提供给美国飞行员的。

飞行员们一直要求改善食物。他们进来时手表、戒指全部被没收，倒是带的纸币没有被没收。有一天，他们和一位能说几句英语的日本兵打招呼，给了他几张美元纸币。这位哨兵暗暗吃惊，把纸币装进口袋里。就这样，飞行员们每人能够过几天吃一次新鲜面包和蔬菜，还能吃到猪肉、排骨、草莓酱，总之，都是西餐。看来这位哨兵蛮有办法的，当然，他肯定捞了不少油水。

就这样过了三个月，生活得到一些改善，让他们洗了一次澡，理了一次发。对他们来讲，真是一次莫大的享受。

8 月下旬，飞行员们又被装上卡车。霍尔马克患有严重的痢疾，无法站立。同伴们把他抬上卡车，与同伴们一起到了江湾监狱。这里是日本占领军上海的总部直接管辖的军事监狱。

美国飞行员们根本没有考虑到，他们来到这里意味着要上断头台。第二天，把他们全体押送到一个大房间的类似法庭的大厅里。面对一个高台，台上一张长桌子。日本军官五位分别站在高台上，五位飞行员面临军事审判。在飞行员的后面一群日本军官，一位看来很像犯人的囚徒充当翻译。此时，霍尔马克只能躺在担架上。看到眼前的景象，巴尔受不了刺激昏倒。日本人按着他，强制他坐在椅子上。其他的六位飞行员勉强地站立着，听候审判。

高台上，桌子前的日本军事法官讲了一大堆，才面朝美国飞行员，用英文要他们逐个介绍自己。除了霍尔马克之外，其他的人也都每人说了几句，但大家都不谈轰炸东京的事。完毕以后，法官拿出一叠文件翻动着，宣读着什么。飞行员发问：你们说什么？我们听不懂。

一旁的翻译解释道："这是对你们的宣判，用日语宣读的，不能让你们知道。"

据后来的了解，那时日本还没有现成的法律来给空袭的外国人定罪。在美国飞行员被俘以后，日本大本营曾经为此事做过研究，并且通知驻中国的占领军参谋部对美国飞行员的审判延迟到 8 月，为了是等待最高当局的军事法律。所以拖到 8 月中旬，才根据军事法律审判这一批美国飞行员。这一部军事法律其中规定："敌国飞行员袭击日本本土、满洲国和日本所占领的区域，可判无期徒刑或者十年以上的有期徒刑。"

驻上海的日本军事当局已经强制性地获得美国飞行员的认罪书，也就是承认他们的飞机轰炸了日本本土。

判决以后，只有霍尔马克被送回提篮桥监狱，关在六号牢房。这里面有许多不同国籍的犯人。此时，霍尔马克严重的痢疾没有减轻，体重降到五十四公斤。没有同伴搀扶，十分可怜。其他七个人分别关进单人牢房，单人牢房只有六平方米，没有窗户，只有屋顶上一个小洞能通空气。高大的美国飞行员可以双腿跨在墙上，站起来头顶就可以接近屋顶上的洞，这样多少可以看到洞外的风景，呼吸一点新鲜空气。他们用这种方法来健身。

好在生活比以前有规律，早晨六点钟，卫兵敲着门叫起床，八点钟吃早饭，比以前稍好一点，还能吃个半饱，然后集体出操跑步，休息，再跑步，再休息，一个小时回到牢房中。十二点钟吃午饭，下午没有事情。九点钟关灯睡觉。糟糕的是，每顿只有一碗粗米饭，一小时后肚子就饿了。

飞行员们要求到牢房外面活动一下，二十天后才被批准，可以在院子里走一走。当然，哨兵们持枪分秒在监视着他们。这样彼此可以见面。大约三周以后，法罗和司派兹不见了。他们问，来了那位审判室的翻译，当然，他也是个犯人。他悄悄地说："法罗和司派兹已经送到另一所监狱，有可能……"他举手一挥，意思是说杀头。

一直到了 10 月 5 日，这五位飞行员被带到 8 月中旬审判他们的那个院子里，将他们排列成行，日本军事法官操英语告诉他们：根据他们的罪行，本来全部被判死刑，但有了大日本帝国天皇的慈悲，以天皇伟大的怜悯，改判他们无期徒刑。

宣判完毕，五个人愣在那里，不知道霍尔马克、法罗和司派兹哪里去了。他们回到牢房，又一次发还每个人的日用品和衣服。另外三个人的东西都在，可是人没有了，难道他们被杀害了吗？

八位美国飞行员的命令是在 10 月份最后执行的，8 月中旬的判决又送到东京最高当局。10 月 10 日，日本参谋总长杉山大将电告中国派遣军总司令："经过复核，两位飞机驾驶员和射击手司派兹按死刑判处，其他人判无期徒刑的人，剥夺交换战俘的权利，不享受其他战俘的待遇。"

10 月 14 日，霍尔马克被带到江湾监狱单独关押，晚上霍尔马克、法罗、司派兹三人关到一间库房里，秘密宣判：判处死刑。并决定第二天执行。还是那一位翻译，要他们在纸上签字。共两张纸，一张签在中间，一张签在下面。

飞行员问："这是什么内容要我们签字？"

翻译解释说："这是你们的遗物收据，另一张是要将这些遗物交给你们的亲人。这些事情凭你们的签字交给红十字会来办理，这是国际惯例。"

法罗当晚在牢房写下了给未婚妻的信，"你是我唯一的恋人，是我生命的不可分离的部分。请安慰我的母亲，因为她需要你。另外，最后希望你找到自己应该要的男人。"

司派兹写信给父亲，因为他已没有母亲，他只能留下自己的几件衣服和一支钢笔。而没有其他任何东西，感到歉意。在信中他写道："亲爱的父亲，我想让你知道，我像一个勇士，为我们的国家奋战而死。"

疾病折磨着霍尔马克，他仍然强打精神，为父母亲和姐妹写信："我是一个普通的战俘，按《国际法》应该活到战争结束，可是日本人不放过我。"他还说，他从小是想做一个商人，如果不是太平洋战争的爆发，我不会如此。他希望亲爱的妈妈坚强起来，为他祈祷。

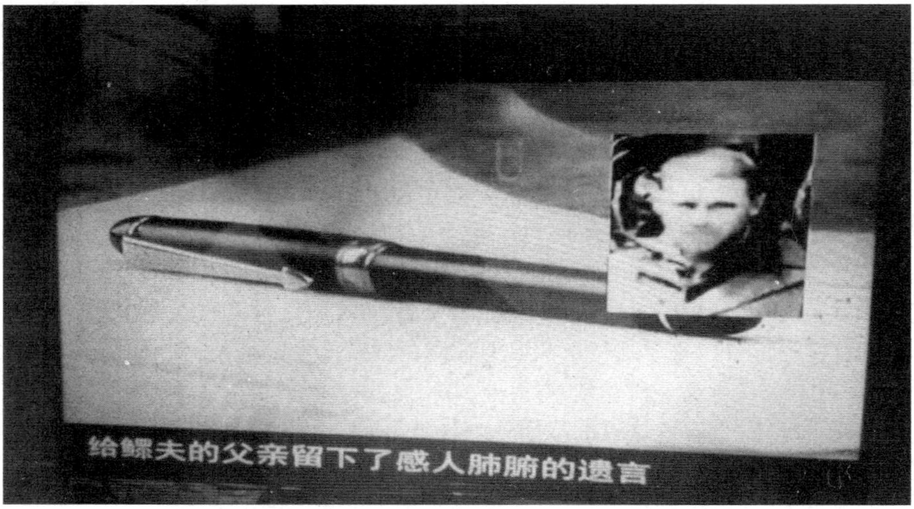

司派兹给父亲留下的一支钢笔(资料图片)

三壮士英勇就义

上海郊区一座无名的公墓，长满了荒草，临时割开了一片，竖起了三根木头十字架，不远处一张小桌子作为祭坛。

1943 年 10 月 15 日下午四点半，三位美国飞行员戴着手铐，上了一群日本兵押送的大卡车，开往无名公墓。到达公墓现场，日本兵把他们三人分别背靠十字架，两臂拴在十字架上，眼睛用白布蒙住，跪在地上。

九人组成的行刑队散开，三人担任保卫，另外六人分开，两人一组，正面面对飞行员，六米的距离。

一切准备停当，检察官正式宣布：执行死刑！

此时，看守长说了几句安慰的话，三位飞行员说："要你们转告我们家乡父老，我们美国飞行员死得非常勇敢！"

看守长告诉他们：骨灰将通过国际红十字会送回家乡。

行刑队长抽出日本武士道惯用的指挥刀，举过头顶，发出命令：准备！

三位士兵举枪打开保险。

“开枪!”队长手臂向下一挥。

三颗子弹射在三位飞行员头上白布上的三个黑点,鲜血喷出,英雄倒在地上。法医上前验尸,完毕。三位飞行员的尸体装入备好的棺材中,抬到祭桌前,按照日本的礼仪,全体人员在祭桌旁脱帽、鞠躬、默哀,然后戴上帽子,向棺材敬礼,离开墓地。三位英雄的尸体当晚火化,骨灰装入小盒子,贴上标签,送回监狱。

三位英雄就义现场相片(资料图片)

一个月以后,三个骨灰盒送到上海国际殡仪馆保存,直到日本投降。

三位美国飞行员在英勇就义后,仍然关在江湾监狱的五位飞行员并不知道三位同伴已经就义。他们五人免于死刑,但是心情一直很沉重。尽管牢房的待遇有些改善,他们可以洗自己的衣服,每一个星期洗一次澡,可以理发。此时,监狱的一位哨兵比较同情他们,悄悄给飞行员送来铅笔和纸张,五位飞行员写了信,以及他们在美国的家庭住址、父母姓名,委托这位哨兵把消息传送给自己的家人。他们还希望这位名叫汤姆的哨兵带点书来给他们看。这样有书可以看,对飞行员的心情有所调整。这位名叫汤姆的士兵还告诉他们,一位在太平洋某次战役中被俘的美国军官也关在这所监狱里,据说这位美国军官在吴淞监狱逃跑过,被抓回,又送进了江湾监狱。飞行员们听了十分高兴,还请汤姆将他们的消息转告给那位美国军官。

冬天来到,牢房不见阳光,十分寒冷。每人两条毛毯,一个垫在下面,一个盖在上面,仍然冷得发抖。汤姆再三向看守长要求:如果再不改善,这些飞行员会冻死的。

果然,看守长听了汤姆的话,把他们集中在一个房间里,每人又增加了一条毛毯。尽管这样,飞行员们的健康仍然越来越差,营养不良、肠炎、痢疾、水肿。长期的监狱生活,饮食跟不上营养需要,飞行员们十分气愤,又无可奈何。尤其是海特,性格古怪,脾气暴躁,其他同伴尽量不惹他。就这样,1943 年 1 月下旬的一天,海特发怒以后昏倒在地。经过临时抢救醒来,却眼睛看不见了。临时请来牢房的医生给他打针,两天两夜以后才醒来,不知为何,剩下的四人有三位又转到其他房间,只留下梅德尔照顾海特。梅德尔掏出最后的几元美金,请哨兵买几片新鲜的面包和草莓酱,留给海特吃。就这样过了几天,海特病情有明显的减轻。

十六号机组的机枪手哈洛德·司派兹在南昌降落时，开枪打死了三个日本兵，就义时年仅二十一岁。哈罗德·司派兹就义之前给父亲写了遗书

魔窟的生活暗无天日，看不到尽头，几乎让人忘记了时间，等待着一次又一次的折磨。

到了1943年4月18日，飞行员们没有记住这个日子，突然的事件才让他们醒悟。他们又一次被蒙上眼睛，戴上手铐，两手之间拴上绳子，绳子的另一头拴在卫兵的身上，就这样把他们押送上车，送到飞机场，又押上飞机。机舱里，将他们的手铐牢牢铐在座位上，两旁都有卫兵，机舱门口还有持枪的日本兵。这一天，正是他们轰炸东京的一周年，将他们送往南京。

仍然将他们关在一座军事监狱里，又是单间，一二三四五，按号排列，每人一间。就这样，什么都没有告诉飞行员。过了一个阶段，空空的牢房里才送来一张桌子，一把椅子，全部用铁钉钉死在地上。飞行员们猜想，这大概是漫长的无期徒刑的开始吧。他们想：不会的，不会的，战争会结束的，我们会胜利的。

仍然睡地铺，有草席，坐垫，再铺上毯子，比在上海要好一些。吃饭比以前增加一些，每顿可以吃到大半饱。他们感觉得最好的是没有虱子、跳蚤、臭虫、老鼠，大概是一座不太老的监狱吧。他们居然每天可以放风半小时，晒到太阳。

一个日本看守愿意和美国飞行员简单地交谈，他自称，来中国之前在日本是一名运动员，他要和美国飞行员比比臂力，掰手腕、摔跤。当然，饱经苦难，身受摧残的飞行员们不是他的对手，每次游戏他都赢了，便摇着手帕说："日本胜了！日本胜了！"就这样，日本看守会在下一顿送饭时多送一些饭，当然，美国飞行员蛮愿意和他交朋友。这个看守趾高气扬，总是说："日本人的生活水平比中国人高得多。"他还说："太平洋战争，日本就要胜利了，美国根本打不过日本。"

美国飞行员们总是笑眯眯地摇摇头用英文说："NO，NO。"

他看到所有的美国飞行员都在摇头说NO，他竟然大声叫喊："万一美国胜了，你知道有什么结果吗？你们永远回不了美国，而是人头落地，把你们杀光。"他还说："我们大和民族人人都是武士，会战斗到最后一个人，为天皇死去。"

从这些交谈中，美国飞行员得出一个结论：太平洋上日本舰队吃了大亏。因为从日本看守的话中，再听不到日本海军的好消息了。

监牢里的严寒冬季折磨着美国飞行员，健康情况越来越不好。出操时，梅德尔也只能摇摇身子，甩甩手，再也不能跑步。就在一个寒冷的傍晚，巴尔得到特许，叫他帮忙送饭。当他到梅德尔牢房送饭时，顺便问了几句话，里面没有反应。他急忙呼叫，卫兵打开牢门，可怜的梅德尔直挺挺地躺在地上不动了。

在三个月以前，梅德尔痢疾加重，一天多则拉到七八次，体重减轻到五十公斤。上操时，他只能出来和大家说几句话，一动也不动，他不愿意把自己的病痛告诉别人。到了 11 月，他的脚上湿气肿胀厉害，牢房主管不闻不管。梅德尔明白自己来日不多，他没有忘记提醒尼尔森。他们两家住得比较近，所以私下有个协议：如果谁一旦不幸去世，另外一人一定要回美国探望同伴的家人。有一次，一位日本兵出操时看见尼尔森和梅德尔说话，就冲过来大叫："不准说话！"

尼尔森看到梅德尔实在心酸，他毫不理会卫兵的喊叫，继续和梅德尔交谈。此时，卫兵把其他的飞行员带回牢房，尼尔森扶着几乎要倒下的梅德尔回到牢房。此时，这个卫兵竟然朝尼尔森脸上打了一拳，尼尔森放下梅德尔，拼命一拳打在卫兵的下巴上，卫兵退倒在墙上，其他的卫兵拥上来，张嘴咬着牙齿。其中一个卫兵挥动着刺刀，尼尔森紧握两只拳，准备拼上一命。最后卫兵不敢把事弄大而退走。后来，尼尔森还是受到一顿毒打。但从此以后，尼尔森遇到不平，就举起两只拳头，摆出拳击手的模样，卫兵也只好退让三分。

几天以后，海特听到梅德尔和一个比较友好的哨兵谈，要求他死后将所有的用品和衣物带回老家。海特认为情况不妙，急忙要卫兵去找医生，医生来了给他打了维他命。后来又出现过临危症状，但是由于没有得到及时治疗，终于在巴尔送饭时，他已死在了牢房里。巴尔没有敢把梅德尔去世的消息告诉同伴。

第二天，大家出操时，不准经过梅德尔的牢房，大家很奇怪。再也瞒不住，经过监狱长的批准，卫兵带着他们四人去看了梅德尔最后一眼。

第三天，梅德尔的骨灰盒安放在十二号牢房里，旁边有几件他的遗物。

英雄彻夜盼天明

梅德尔的死亡，是由于长期缺乏营养而被折磨死的，引起监狱长的注意。果然，他来与美国飞行员交谈，问他们需要吃些什么食品。飞行员们争先恐后地说了一大堆，什么鸡蛋、牛奶、面包、奶油等等。他们知道，日本人不会给他们这么好的食品。伙食有所改善，两顿变三顿，米饭增加了一碗，还加了一份汤。菜有所增加，有时还能吃到一条鱼，还有饭里偶尔加一些肉。监狱长对飞行员态度有所改善，飞行员们提出要求，希望看到一些报纸或书籍。监狱长答应,他想通过报纸还可以把美国人的头脑清洗一下。开始给大家读了一些宗教方面的英文书,大家最有兴趣的是《圣经》。德谢泽读得入迷,因为监狱长规定三个月要收回。德谢泽日以继夜,晚上就着微弱的灯光读《圣经》,不久就可以把《圣经》中的章节背下来。他暗自下了决心,要做一位基督徒去传福音。如果能够回美国,他要去读神学院。他还打算结婚,要带着妻子去日本传福音,把这些军国主义分子改造成良民。

德谢泽本来脾气很刚强,爱打抱不平,平常经常与看守兵交火,动不动就挥动起拳头连说带骂,看守兵也无可奈何。有一次,飞行员们的动作慢了一点,看守兵用日文骂他们,德谢泽用英文对骂,让他滚开。看守兵竟然一拳打了他的头上,德谢泽也不示弱,一脚踢在卫兵的肚子上,卫兵抽出军刀,谢也不示弱,举起水桶向卫兵倒去,卫兵无奈跑出去了。德谢泽读完《圣经》后脾气变好了,再不与卫兵打架,他用《圣经》里的语言与卫兵交谈。卫兵也很奇怪,报告监狱长,这个飞行员完全变了一个样子。

有一天,尼尔森端起一杯茶,这是监狱每天给他们送两次茶。喝后,尼尔森举起茶杯,奇怪,在杯子上发现手刻的英文字"巴特尔 美国海军"。大家意外欣喜,监狱里还有自己的伙伴。因为茶杯是铝做的,用指甲在上面刻字都能留下痕迹。他们就这样在茶杯上刻上名字或植物,这样茶杯就可以流传到其他的牢房,与其他的难友们交换信息。

漫长的监狱生活,大家只有一个心思,时间赶快过去,他们要在这里等待最后胜利的来临,一定要活着回到祖国与亲人团聚。他们彼此照顾,不要再生病,要等到胜利的那一天。

十六号机组飞行员在南京监牢的地板上刻下的遗书(资料图片)

转眼到了1944年的夏天,南京的酷热是他们从未经历过的。牢房没有窗户,只有通风的洞。牢房的门又大又厚,海特发起高烧,一个星期不退。他们向监狱长提出要求:把门换成木头的栅栏门,要通空气,再不换门要死人的。这个要求竟然被监狱长所接受,换了门,空气有所改善。又请来医生给海特服药。上帝保佑,海特的病竟然慢慢好了。南京的严冬更是难过,牢房的温度接近冰点。飞行员们穿的是牢房的棉衣,在

十六号机组飞行员在南京监牢的地板上刻下了自己的名字(资料图片)

白天也要围上棉被才能御寒。漫长的冬季,寒风透骨。在飞行员的要求下,发还给他们飞行服,套在囚服的外面,以御寒冬。

牢房外面下着大雪,监狱长让大家把牢房打扫干净。按照平日的规定,飞行员们要到牢房外的院子里跑步。不知为什么,不准他们穿拖鞋。可是穿着拖鞋跑步经常鞋子会跑掉,光脚在地上怎么行呢?看守兵找他们的麻烦,要让他们穿拖鞋跑。就这样,飞行员们非常恼火,个个把拖鞋穿上,也不跑步,就这样原地踏步。看守兵把他们赶回牢房,飞行员在门口要把拖鞋上的雪和泥巴弄干净,又遭到看守兵的斥责。巴尔不理,就往房里跑去。看守兵赶上来举着刀鞘打在他的身上,此时巴尔一拳头落在卫兵的脸上,另外一个卫兵前来助威,巴尔大叫一声,全体飞行员举起拳头,摆开架势,要与他们决斗。这样一来,看守兵反而泄了气,收回刀鞘,放飞行员们进了牢房。监狱长听到卫兵的汇报之后,便要收拾巴尔,就把巴尔一人叫出牢房,剥掉他的棉衣,用绳子绑住他的双臂,两个卫兵在两旁紧拉绳索,把巴尔痛得钻心,几乎昏过去。他惨叫着,牢房里的飞行员们敲打着门抗议。这样,门外的卫兵才放松了巴尔,巴尔才喘过气来。一个好心的看守兵过来,用毛巾擦去他头上的汗珠。从此以后,飞行员们决不接受看守兵的个人命令。

冬去春来,天气暖和。污浊空气中的细菌也开始繁殖。飞行员们莫名其妙地得了皮疹,人人钻心地瘙痒。就这样挨过了一天又一天,一夜又一夜,好在没有人生大病。

漫漫长夜,也能够度过一些欢乐的时刻,那就是他们听到天上有飞机隆隆的响声。然后又听到高射炮和机关枪的响声。他们是经过战火的飞行员,能够识别飞机发动机的声音和枪炮的声音。这是美国飞机在向日本占领区投掷炸弹,日本高射炮正在还击。后来又听到炸弹爆炸的声音,看守兵们也惊慌失措地说道,附近哪里起火了,哪里投了炸弹了,还说是什么炼油厂被炸起火等等。飞行员们齐声欢呼,喊着:“炸得好!日本人要败了,要垮台了!”

此时,日本看守兵还向飞行员们造谣,大吹什么“日本皇军占领了旧金山,还占领了纽约”。他们还自欺欺人地说,日本皇军的高射炮一打,美国飞机吓得把炸弹扔到河里跑了。聪明的美国飞行员当然不会相信他们的胡说八道。

此时，太平洋战争已经改变了战局。美国空军、海军在太平洋屡屡得胜，已经占领了菲律宾、琉球群岛，日本本土和中国占领区已经在美国飞机轰炸的航程之内了。在中国战区的日本占领军已部署了作战计划，迎接美国军队在中国沿海登陆的大会战，下令在杭州、上海、南京等地修筑工事，准备决一死战。此时，南京已成为火药桶，随时可能爆炸。因此，日本当局决定将这批美国飞行员立刻转移走。

1945 年 6 月中旬，飞行员们又被戴上了手铐，还用绳子捆绑，连串在卫兵的手中，让他们穿上老百姓的服装，戴上大帽子、大口罩，以免在途中暴露身份而逃跑。把他们押上火车。火车开动，飞行员们不知道要去哪里。车厢是铁罐车厢，又闷又热，他们被装在闷罐的车厢里，三天不让喝水。卫兵说，免得小便而麻烦。算是保命，三天之后到了北平。

北平火车站十分荒凉，到处是逃难的人从他们身边经过。逃难的人群奇怪地望着这一群戴着手铐、用绳子串着、不见脸面的犯人，十分奇怪。日本卫兵们用枪托、枪刺对着这些人，以防不测。来了一辆军用卡车，把他们装上，一路颠簸受罪，尘土飞扬，终于把飞行员们送到城里的军事监狱。

这里是一所很大的牢房，已经有了上百个囚犯，奇怪的是竟然有日本犯人。他们被命令跪在地上，后来又要他们坐在地上，不准移动。当卫兵们对日本囚犯动不动就拷打时，德谢泽气不打一处来，他对日本卫兵说："在我们美国，绝对不许对犯人进行拷打。"

日本卫兵竟然回答："拷打囚犯是很正常的，这是监狱里规定的纪律。否则犯人怎么会听话呢？"

这所军事监狱与南京不同的是单独关押，不再外出做操，每周洗一次操。一个房间四个人，两人之间必须相隔一米，面朝里席地而坐，这是日本人的习惯。美国飞行员实在受不了，要求取消这种折磨。这次要求竟然得到允许，每人发给一只木板板凳，飞行员可以坐在凳子上，但不准起立，更不准走动。因为这样他们就看不到监狱外面对日本囚犯的行刑场面。飞行员们猜测，这里可能是关高级囚犯的监狱吧。

生活条件极差，饭菜粗糙，数量又很少，提出抗议没有任何回答，一个个飞行员又得了皮肤病，全身瘙痒。德谢泽实在忍受不了身上的痛苦，因为抓破了的地方出血、化脓，他只能躺在地上自言自语地说："我会在天堂见到梅德尔中尉，我痛苦得要命。我听说梅德尔是死于心脏病，那么我也可能死于心脏病，因为梅德尔，我的好朋友，他在天堂等我。"德谢泽因为熟读了《圣经》，所以他开口说话都是引用《圣经》的语言，他跪在地上面向门口，抬起双手以示祷告。此时，一个卫兵过来，命令他回到凳子上。但是德谢泽无动于衷。接着又有几名卫兵过来，命令他回到凳子上，他仍然是置之不理。卫兵们认为他神经有问题，于是又叫来医生。打开门，医生让他躺在地上，给他打了一针，可能是维生素。大概医生以为他得了神经错乱症，开中饭时给他送来牛奶和鸡蛋，还有白面包。德谢泽得到特殊的照顾，一直到出狱为止。

到了 8 月初，牢房里的飞行员们从窗户里看到外面有烟灰飘扬。日本人为什么要烧纸？还发现他们把不用的衣服和其他东西都往外扔，包括家具、柜子，还有一些乱七八糟的设备。看守兵们也换上了新的军服，监狱里所有的日本人很少再说什么。冷酷的脸使得飞行员们更加怀疑，肯定是什么大事情要发生了。后来才知道，8月15日，世界人民难忘的这一天，日本天皇下令：向同盟国最高司令部宣布无条件投降，面部表情像铁板一块的日本人竟然向他们严密地封锁了五天。8月20日一清早，太阳阳光直接照进牢房，一名卫兵打开房门，脸上强打笑容告诉大家："战争已经结束，你们可以回家了！"

所有的飞行员听罢，几秒钟之内睁大眼睛说不出话来。还是德谢泽第一个呼叫起来："我们胜利了！"

大家举手相互拥抱、流泪，天大的喜讯终于来到，我们胜利了！我们要回家！大家才醒悟到几天来牢房里的变化，就说明日本人就要滚蛋了！让他们滚回日本老窝去吧！

就在盟军在太平洋上步步胜利，特别是盟军做好在中国沿海一带登陆的准备，美国太平洋最高军事当局已经派出一架秘密的飞机，装载着特遣人员神秘地在北平空降。他们根据中国方面的地下情报组织提供的资料，找到位于北京西北方向的丰台关押数百人的大监狱，还有北京城里的一所军事监狱，就是美国飞行员被关押的这所监狱，这是1945年8月6日，美国派出的三名营救飞行员的小组，他们打算秘密地突击关押美国飞行员的战俘营，决定要在日本人可能处决美国战俘之前，把他们救出来。

8月17日，也就是日本天皇发布投降命令的第三天，一架美国B－24飞机飞临北平上空，撒下漫天的传单，传单告示日本人、中国伪政府人员：日本已经无条件投降，命令当局和有关人员，不准伤害包括被俘在内的美国人。然后从这架飞机上，有六名美国军事人员在机场跳伞降落，机场有数百名日本军事人员，都是全副武装。从空中降落的美军人员每人都拿出中国战区美国军事指挥官魏德迈将军的命令书，命令日本军队不得伤害美方特派人员。因为这种行动十分危险，随时都有可能遭到日军的枪击。果然，在千钧一发之际，日本人开枪了，子弹在他们头上飞过。美方军事人员抬手往前走去，表示要与他们谈判。日本方面开出一辆卡车，美国军事人员登上卡车，卡车开向城里去。

机场日本指挥官请示最高当局，得到回答：北平日本最高指挥官高桥立刻和瑞士国（中立国）驻北平的领事联络一同来会见美国军事人员，美方军事人员的代表尼科尔拿出魏德迈将军的手令，一面告诉日本指挥官高桥：我们六人受魏德迈将军的委派，专门空降北平和你们办理保护、释放盟国战俘有关事宜。特别指明要求高桥立即释放关押在太平洋威克岛的战俘，立即释放。

高桥回答："我所管辖的地区战争还没有完全结束，因为有关和平的谈判尚在高层进行，还没有全部下达停止军事行动的命令。你们这样全副武装在街上行动，十分危险，因为我们的日本军人中，有一些还会以为击毙美国人会得到天皇赞赏的。"

尼科尔带来魏德迈的信件，"你们任何侵害我们营救战俘的人员，都将遭到严厉的惩罚。"

高桥思索片刻，心中明白，大势已去，再啰嗦已没有任何意义，他只好同意马上释放关押在丰台的战俘。

8月20日上午，尼科尔和高桥继续会谈关于释放美国战俘的问题。尼科尔提出：一部分从南京转送到北平的战俘怎么没有了下落？

此时有人回答："这些战俘已经死去，我们保存了骨灰。"

尼科尔大怒："你是什么人？你没有资格回答！"

冷场了好一会儿，尼科尔提到轰炸东京的美军飞行员战俘的下落。此时，丰台监狱的监狱长才知道，美方非常清楚美国飞行员的详细情况。这位监狱长才报告：美国飞行员确是有一名已经死亡，这是15日发生的事情。

尼科尔响亮地命令道："你们立刻释放所有杜立特轰炸机行动的飞行员！"

此时，日方所有在座人员十分惊讶，怎么回事？他们什么都明白！

大约两三分钟，尼科尔十分有把握地明白，对方无可奈何，又不愿直言。他冷笑了一下，将自己手中的扇子伸手递给高桥。高桥接过扇子，叹了一口气，命令左右手："立即安排，全部释放美国飞行员。"

命令神速传达到牢房，四位被日军残酷关押三年零四个月的杜立特行动的英雄，在尼科尔命令的四个小时之后，迎着阳光，走出北京的日军监狱。尼科尔立即向美国情报部门发电，电波到达美国，当时美国随军记者第一个向全世界发布消息：失踪三年多的杜立特轰炸机的成员，有四名还活到今天释放。世界各大报以头条新闻传布这则消息。

就在最短的时间之内，尼尔森、海特和德谢泽来到狱室理发室整理一番。监狱方面把飞行员个人物品全部归还他们。受摧残最严重的巴尔没有与他们三人在一起，因为他精神恍惚，身体极度衰弱，是差一点点就和梅德尔见面的人。最后，巴尔在卫兵的搀扶下，步履艰难地见到三位伙伴。

就在当天下午，四位美国飞行员被专车送到英国人在北京开的酒店，这里集中了许多从北京各个监狱里释放出来的同盟国军人，他们非常热闹地讲述自己在牢中的经历。美国飞行员们听罢后才明白，他们的牢狱生活比美国飞行员好多了，可以在很大的院子里走动，可以自由地看书看报，还能直接收到红十字会寄来的包裹，得到祖国和国际友人的温暖。一些英国人还收到从美国红十字会寄去的慰问品。在这所英国人的酒店里，四位飞行员吃到了美国的精美餐点。医生给他们注射营养针剂，他们还吃到了美国的营养药丸。就这样，飞行员们不知为何，把这些精美的食品装到自己的衣服口袋里，其他的人笑话他们说："你们还要带着这些食品去坐监牢吗？"

8月24日，德谢泽、尼尔森、海特及其他的一些被释放的人乘飞机到达重庆，受到重庆政府、军事部门以及美军顾问团的热烈欢迎。热情的记者争先恐后地采访他们。26日从重庆乘军用飞机飞往印度，一路开心，享受到三年多来从未有过的阳光、温暖，一个美好的世界，等待他们的是祖国、家乡、亲人和欢乐的庆祝归来。9月5日抵达华盛顿，最后的胜利像梦一样，迎接他们的却是意想不到的。

可怜的巴尔就在这胜利将要来到时，已处于半昏迷状态，没有任何语言和动作表现,连别人喂他食物,都无法睁开眼,只有微弱的呼吸和缓慢的脉搏,牢房人员也无法管理他。20日清晨,阳光射进来了,三个卫兵把他接到其他三人所在的狱室时,他半睁着眼,摇摆着头,说不出一句话来。

就这样,把他送到俘虏集中的饭店时,所有的人都非常惊讶,我们的英雄被日本人折磨到这样的状态。刚刚一位从丰台出来的英国医生要为他治病,要救助他。另外一个荷兰人也是医生,前来当助手,想尽一切办法要挽救可怜的巴尔。第二天,美国飞机送来急救药品,医生立即给他输血。输血不久,巴尔清醒过来,却又害怕得大声呼叫,他以为是日本人要害死他。一旁的医生再三安慰他,天亮了,我们胜利了,你被释放了,我们正在抢救你,你要与我们一同回国去。这时巴尔才清醒一些,他要找他的同伴,医生答应了他。医生走出门后,他又呼叫起来,他说,他看见日本人,街上全是日本人:“你们说战争结束了,我怎么还看见满街都是日本人?日本还在监视我们。”

三年多的监牢阴影,驱之不散地一直在巴尔的眼前。这样,他暂时不能回国,要继续治疗。

9月12日,巴尔乘飞机到达昆明。在条件极好的医院单人病房,二十四小时受到医护人员的监护。可是,可怜的巴尔还是觉得自己在监狱里,忧虑不安,焦急,恐惧,他还呼叫:“我要跑出去,我要逃走,为什么日本人还不枪毙我?”

就这样到了10月,他被送到印度的加尔各答。不为什么,上级把他送回昆明,又从昆明乘飞机到夏威夷。到了夏威夷,见到许多东方人的面孔,他又呼叫日本人来了!

十月中旬,巴尔被送到旧金山,仍然是条件最好的医院。他在病房里看到一把刀,大声呼叫:“日本人要我死!日本人要我自杀!”结果小刀刺伤了他的胸部。他又说日本人逼着他要跳楼。看到病房里的吊灯,他觉得绳子套住自己的脖子,他跳起来,又摔在地上。就这样,各方人员想尽办法,他严重的精神疾病也不见明显的好转。

一直到了11月份,杜立特将军专门来看望他,和他轻声地交谈,帮助他回忆,特别是谈到他们在轰炸东京之前,在大黄蜂号航空母舰上许下的心愿,说好胜利之后我们要聚会。此刻,巴尔似乎回到真实的现实和回忆中。奇妙的是,他一天天好转起来,健康也逐渐恢复。但是由于以前的自残,手上和脚上的疤痕经常困扰着他。12月14日是杜立特的生日,借此机会,他召集所有轰炸东京的伙伴到他家里聚会,为了巴尔的到来,杜立特雇了一架飞机,把巴尔从旧金山接到佛罗里达州的迈阿密市一家豪华宾馆。回到美国的全体杜立特东京行动的飞行员来到,巴尔见到共同经历战火的同伴们,一个一个在眼前和他拥抱,亲吻着他。巴尔深深被打动了,他仿佛又回到1942年在大黄蜂号上的岁月,他终于回想起许多往事。即使这样,日本鬼子的魔影仍然不时地干扰着他,同伴们暗暗为他祷告。

就这样,胜利的时刻回到祖国,本应享受天伦之乐,但是战争的创伤、历史的伤害已经无法消除,他的精神病还是时有发作。1967年7月,巴尔死于心脏病。虽然他比死在日本监狱中的梅德尔多活了四分之一世纪,但仍然是一个悲剧的结束。这位飞机英雄大家永远不会忘记他。

日落篇

山姆血拼中途岛

中途岛战役，是二战时期太平洋上一场生死大决战，永留史册。

中途岛是太平洋中间的一个岛，在夏威夷群岛的首府，是珍珠港西面一个小岛，位置刚好在太平洋的正当中。只有四点八平方公里，其战略地位实在重要不过，它是珍珠港的门户。

做着侵略大梦的日本偷袭珍珠港之后，决心在太平洋上把美国海军一口一口地吃掉。偷袭珍珠港只是开始，美国必然要报复。日本大本营决定在中途岛布下口袋阵，设下陷阱，等待着美国海军来自投罗网。白手套的狐狸山本五十六原先的计谋是：一年之内绝不出击，以待美军来犯。不过日本大本营的军人却要连续作战，要快速摧毁美国海军力量。山本毕竟对美国看得清楚，心急吃不了热稀饭，因为珍珠港突袭并没有打掉美国海军的主力，要再等时机。

山本评估了美国军事力量之后认为，日本不可妄为；而军界其他高级将领当时在日本内阁中占据多数，主张迅速拿下中途岛。为此，争论激烈，右派军人视山本为“亲美派”，甚至个别大人物指责山本是“化了装的美国走狗”。就在此时，杜立特轰炸东京成功，全世界为之惊讶。日本大本营认为要全力以赴，改变等待战略，一定要马上回击美国人，以挽回大日本的声誉。于是，刚刚搁下来的中途岛之战又被右派军人拿起来质问山本五十六，这就是中途岛之战必然要打响的历史背景。

中途岛之战在盟国方面来讲，也是美国太平洋海空进攻日本的重要战役。面对强大力量的海空日本，美方怎么办？不外乎六个字“斗智、斗力、斗勇”。

这里要首先提到一个人，一个智者，约瑟夫·罗谢夫特少校。他是太平洋舰队第十四海军战区的作战参谋，专门研究敌人密码的专家。外人很难理解，也不可能知道，他每天工作二十个小时，每天大概只在他办公室的帆布床上睡三四个小时。他的办公室是一间没有窗户的地下室，安装着铁门，办公桌、椅子，地板上堆满了文件、资料。约瑟夫少校很孤僻，只有少数人知道他是一位天才般的科学家。1940 年，他已经破解了日本海军的行动代码 JN-25，他从这个符号里得到日本军队要攻占莫尔兹比港口的情报。美国海军为此派出了第十七特遣舰队，参加珊瑚海的战斗，日本阴谋失败。罗谢夫从此被当局视为神秘的专家。

1942 年 5 月，太平洋上惊涛骇浪，双方都在揣摩对方的行动。此时，罗谢夫从电波显示中发现，日本另外一支主力战舰又展开行动。因为这支战舰和外部来往的密码非常密集，约瑟夫还没有搞清日军行动的目标是什么？他研究剖析众多的密码之后，终于发现日本人在电波上反复使用“AF”这两个字母。这两个字母代表什么意思？也许是日军所要攻击的目标吧?

经过反复的思考,约瑟夫认为“AF”有可能是代表中途岛。因为自从威克岛被日本占领后,整个西太平洋具有战略意义的还属于美国所有的,就只有中途岛了。当然,日本人还有更大的目标在太平洋上,比如阿留申群岛,它是一个进攻美国的跳板,占据阿留申就可以攻击阿拉斯加,再往东可攻击加州。

罗谢夫向上级提出自己的建议,得到太平洋舰队总司令尼米兹的肯定,批准他用密码从中途岛的美国驻军向上级发一个伪造的情报告知:岛上一座自来水厂关闭。不久罗谢夫截获一个日军的情报,内容是:AF 缺少淡水。这样证明,约瑟夫认定 AF 就是日军中途岛的代号。战争中截获破译对方密码,等于抓住了战争的主动权。

日本东京大本营一致决定,要消灭美军在西太平洋的基地中途岛。山本认为,以日方强大的海空力量,他们一旦发起中途岛进攻,美军必然会海空全力以赴保卫,这就是山本撒下大网,以消灭美国太平洋上海空主力的战斗决策。山本组织了八艘航空母舰,十一艘战列舰,六十艘驱逐舰,二十艘巡洋舰,十五艘潜水艇,还有其他的六十艘运输船。空中有七百架战斗机,包括航空母舰上的战斗机和海岛上的战斗机。有了这样强大的攻击力量,山本制定了周密、准精确的战术计划。

5 月底,山本按计划把他的舰队调出海军基地。美国方面只有三艘航母对抗日本的八艘航母;巡洋舰与日本方面是八比二十;驱逐舰十四比六十;潜水艇是十九比十五,美方的战列舰没有能够出战的。空中力量,中途岛上的美国飞机只有一百架,对手日本方面准备了六百五十架。再说,美国飞行员大多数没有海空作战的经验。

山本没有估计到,美军海军基地的维修力量是非常强的。就拿轰炸珍珠港来说,被损坏的海军军舰不少,修复却是意外的迅速,航母被轰炸后很快就得到修复。此时在中途岛,美军筑起了全面的防御工事,碉堡林立;陆地上的铁丝防御网,还有爆炸性极为强烈的地雷和防空火炮,完全准备就绪。美军所有的轰炸机停留在跑道上,等待尼米兹下令。如果日军来犯,全靠岛上力量防守,切莫等待航空母舰上的飞机前来支援。尼米兹拟定一个秘密计划:不到关键时刻,他所指挥的三艘航空母舰不会来支援中途岛的,他是守株待兔的猎人,就等日本航空母舰来犯。美军方面胸有成竹,他们从 AF 密码中破译了日本方面的全面计划。

果然,在预定的日期和时间,头一轮日本轰炸机对中途岛实施了疯狂的轰炸,美军全凭岛上的机群起飞,和日机拼命。地上的猛烈炮火也在对抗着空中来犯者,却未见美国舰队来支援。激战到下午,中途岛地面的抵抗力量仍然十分顽强。此时,日方南云大将率领的四艘航空母舰也按时到达,从舰上起飞的轰炸机装载着炸弹,加强对中途岛的空袭。日本方面一直没有等到美国航空母舰出现,十分焦急。于是,飞机返回航空母舰,将原来准备炸毁美国航空母舰的鱼雷卸下来,换上炸弹。未料最后时刻传来消息:在远处发现美国航空母舰三艘,数百架美国飞机从航空母舰上起飞,冲过来轰炸南云的航空母舰。这个意外造成日本指挥上的失误,日本轰炸机再也不能回到航空母舰上,将炸弹更换成鱼雷,再去攻击美国航空母舰。虽然在这一场空对空、空对地你死我活的血战中,美国方面损失也不小,但是日本四艘航母全被击沉,空军飞机损失更是巨大。

中途岛顽强抵抗，美军守住了阵地，美国航空母舰安全返航。激战结果，日美伤亡比例是十比一：日本伤亡海空力量三千五百人，美国伤亡三百五十人；日本飞机丧失六百架，美国飞机损失一百五十架；日本四艘航空母舰被全部击毁。这就是美军在西太平洋上血战中途岛大捷，是二战以来太平洋上空前海空大战的结果，也是二战的转折点。从此以后，战局就像多米诺骨牌一样一泻千里，日本方面屡战屡败，美国方面屡战屡胜。这个扭转乾坤的绝妙之计就是约瑟夫·罗谢夫破解了大日本帝国海军的密码。

另一个日本大溃败的导火索，是杜立特的英雄团队轰炸东京的辉煌战果。

下部　珍珠

大洋太平前奏曲

大洋东西寻珍珠

1943 年 11 月 25 日，中华民国军事委员会委员长蒋中正、美国总统罗斯福与英国首相丘吉尔在埃及首都开罗举行了一次决定的秘密会议——开罗会议。

到了 1945 年 4 月，从太平洋到非洲、欧洲，同盟国的军队全面反攻，希特勒在欧洲大败，德国法西斯在英、美和苏联军队联合打击下全面溃灭。4 月 30 日，法西斯的头目希特勒绝望自杀，苏联红军攻占柏林；5 月 8 日，德国无条件投降。7 月 26 日，中、美、英三国联合发表了《波茨坦公告》。公告严正命令日本政府：必须立即宣布所有武装部队无条件投降，并对此行动予以充分保证。日本即将迅速、完全地失败……

从 7 月 26 日至 8 月 1 日，美国飞机在日本各大城市上空散发了一百五十万张传单，在日本本土散发了三百万张《波茨坦公告》，但是，日本大本营仍然拒不投降。

根据《波茨坦公告》，日本不投降就把它彻底消灭。但是，如果按照原计划作战的方式，由美军登陆日本本土攻占东京，预计盟军要付出五十万人的伤亡代价；在中国战场，仅东北战区，日本还有七十万关东军。为了避免盟军伤亡并尽早促使日本无条件投降，美国决定使用最新研发出的原子弹。1945 年 8 月 6 日，美国向日本投下了第一颗原子弹，将广岛炸成一片废墟；8 月 7 日，美国总统杜鲁门发表声明告诉日本政府：如果还不接受《波茨坦公告》，毁灭将自空中而降。可是，日本政府竭力掩盖广岛被炸的真相，还给莫斯科发电报，指望还没有向日本宣战的苏联出面调停。但是，苏联遵守联合国的义务，承担了德黑兰会议和英、美达成的一条协议。协议是：德国投降之后，立即对日宣战。苏联 8 月 9 日对日宣战，苏联红军向中国东北的日本关东军全面开战，所向披靡。就在同一天，美军又在日本长崎投下了第二颗原子弹；8 月 9 日下午，日本首

浙江

QUZHOUWANBAO 衢州新闻·市井

衢州晚报

他想用笔重现那段历史

洛杉矶

侨报 www.uschinapress.com 2013年8月8日 · 星期四 天下华人

寻找71年前美国大兵的恩人

八旬美籍华人两次走访浙江 欲还原衢州百姓救美飞行员历史

家里多了个怪人 棕红头发、蓝眼睛

大洋东西寻珍珠

相铃木召开内阁会议，征询各大臣是否接受《波茨坦公告》，结果是六人赞成，三人反对，五人不表态。晚上十一时，又在皇宫防空洞里召开御前会议，由裕仁天皇亲自主持，铃木首相让书记官再次宣读《波茨坦公告》。讨论中，阿兰等将领仍表示：与其无条件投降不如实行本土决战；海军司令总长丰田提出接受《波茨坦公告》的条件，但由日本自己处理战犯；由日本自己实行裁军；盟军不得占领日本本土……外相东乡的意见：接受《波茨坦公告》，只提出保留天皇的条件。东乡的提议被天皇采纳，但是几名军事将领仍然反对此项决定。天皇裕仁说："要对付盟国的军队，看来没有胜利的希望。此时只有作这样的决定了……"

8月10日，美国政府收听到日本接受《波茨坦公告》的广播之后。征询了英、苏、中的意见，复照日本："自投降之日起，日本天皇必须听命

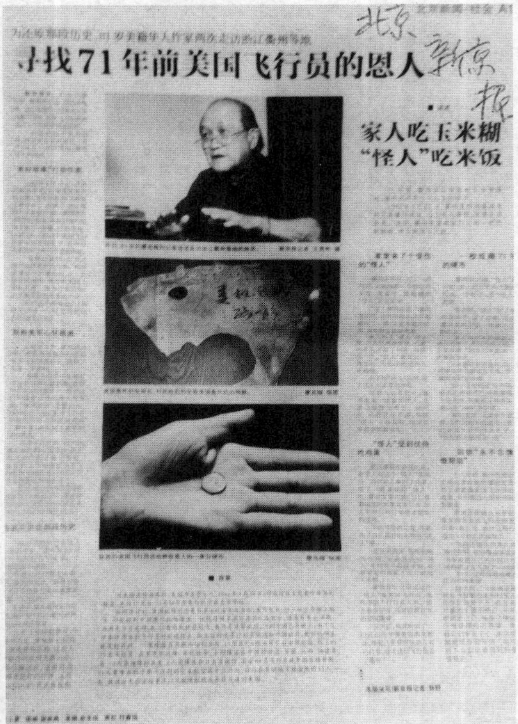

北京 新京报

寻找71年前美国飞行员的恩人

家人吃玉米糊 "怪人"吃米饭

大洋东西寻珍珠

于美国最高司令官……日本政府未来之最后形式，将依照日本人民自身的表示来决定。”

8月14日，天皇裕仁又一次召开御前会议，尽管主战派仍然要坚持继续战争，但是天皇迫于国际的压力，不得不同意无条件投降。天皇下令起草无条件投降的诏书，并将诏书录了音。但是主战派的死硬分子不甘心失败，一些亡命之徒深夜闯入皇宫，企图抢走天皇广播的录音带，阻止向全国播放。这一企图没有得逞。死硬派头目阿兰在自己的官邸切腹自杀，日本天皇的《投降诏书》于15日向全世界广播，日本政府向国内外日军发布“和平投降”命令，散布在远东、南亚、西亚各国和太平洋岛屿的三百三十万日军开始向盟军投降。天皇播音的《停战诏书》说：朕深鉴于世界大势及帝国之现状，欲采以非常之措施，以收拾时局，兹告尔等臣民，朕已饬令帝国政府通告美英中苏四国，愿意接受其联合公告。

1945年9月2日上午九时，日本无条件投降签字仪式在停泊于东京湾的美国“密苏里号”战列舰上举行，日本外相重光葵和日本参谋部长梅智郎代表日本天皇、政府和总参谋部在《日本投降书》上签字；9月6日，侵华日军中国派遣军总司令冈村宁次在中国南京向国民政府投降。第二次世界大战正式结束。

在中国战场，中国政府领导的军队浴血奋战十五年，牺牲了三百多万军队、两千多万人民的生命，正面抵抗日军，才取得了抗击日本法西斯的胜利。

破冰篇

总统跨越太平洋

1971年基辛格秘密访问中国。

1972年2月尼克松总统跨越太平洋访问北京，会见毛泽东和周恩来。此行，为示友好，尼克松总统夫人特别穿红色呢大衣来访红色中国。

尼克松总统说，这是一次跨越太平洋的握手。

1979年元旦，中美发表《联合公报》，建立大使级外交关系。

1979年2月，邓小平访美。卡特总统在白宫欢迎邓小平时说："在新年之际，你们像慈善的神灵，打开了所有的窗户。今天是团聚和开始新的历史时刻，是久已关闭的窗户重新打开的时刻。"

在肯尼迪中心，卡特总统为邓小平安排了一场盛大的演出。最后一个节目是两百名儿童用中文演唱《我爱北京天安门》。邓小平深深为之感动，与夫人走上舞台，热情拥抱和亲吻这些美国孩子。此举让许多美国人流下激动的眼泪。

1984年，里根总统访问中国，在上海复旦大学的演讲字字句句感动了学生。他说："美国人民热爱自由，也愿意维护别人的自由而战斗而献身。四十年前，法西斯军队席卷欧洲大陆，美国人民挺身而出，投入战斗，为保卫被侵略的国家作出了重大的贡献。法西斯军队席卷亚洲的时候，我们和你们并肩战斗，在座的人会记得美国的杜立特将军率领的轰炸机飞越半个地球前来助战的事迹。许多飞行员在中国的上空机毁人伤，你们还记得那些勇敢的小伙子吧？你们把他们藏起来，照料他们，给他们包扎伤口，你们救了他们许多人的生命。"

里根又说："我们欢迎你们多多了解我们，人民之间的友谊就是这样开始的。而人民之间的友谊就是政府之间的友谊的基础。"

"美中两国之间的沉默状态已告结束。过去的十二年里，两国人民重新相识。现在我们正是为持久的友谊奠定基础的时候了。"

历史老人笑颜开

1990年初。

来自中国上海曾建培老人的两封信，深深感动了杜立特将军。九十四岁的杜立特委托他的好友、“美国寻找二战失踪军人协会”的会长布莱恩·穆恩先生，请他去中国寻找当年中国救助美国飞行员的中国恩人。穆恩先生不负杜立特的重托，奔走策划、联络筹款，又向美国国务院和中国驻美大使馆申请，得到中国方面的满意答复。中国政府认真考虑、积极安排，并以“浙江省人民对外友好协会”的名义邀请布莱恩·穆恩一行六人前来中国浙江访问。

客人来到前的三个月，浙江省政府制定了周密的接待访问计划。

一、根据美方提供的线索，寻找四十八年前杜立特轰炸机坠落的地点，先要找到救助过美国飞行员的百姓和官员。这是一个非常细致、复杂的工作。各级政府全力以赴，效果非常明显。由于历史久远，救助过美国飞行员的百姓多已作古，或老态龙钟。当地政府都事先联系，掌握可靠的历史资料，找到许多救助过美国飞行员的老人。后来，美国客人非常满意，顺利地达到寻访目的。

二、浙江省对外人民友好协会对来访美国客人的每天活动、地点、内容、参加的人员一一落实。政府方面的准备工作，周密到位，实在可钦可佩。二十年之后，作者在遂昌县看到省政府下达的文件中记载得非常完善。作者还看到一份完整的接待资料。将美方采访人员资料都下达到接待部门，其中还有考察团成员的介绍，名单如下：

团长布莱恩·穆恩先生：

1928 年出生于英国，年轻时移民到美国，在美国工作了二十五年。以前他在英国皇家空军服务多年，又在英国航空公司工作多年，在美国最后任西北航空公司副总裁，1987 年退休。擅长绘画艺术、探险活动，曾经前往世界的许多地方探险、考察。此次来中国浙江，受杜立特将军的委托。来中国之前，他画过一套美国飞机轰炸东京的绘画作品。此次打算以杜立特的故事绘制一套图画，以迎接 1992 年的“杜立特轰炸东京五十周年”。

团员亨利·波特先生：

时年七十二岁，美国退役上校，出生于美国南达科他州，就读于俄勒冈州大学，后来成为美国第十七飞行轰炸机队的队员。1942 年 4 月 18 日，他任杜立特驾驶的一号机上领航员，轰炸东京之后，在浙江临安西天目山跳伞，被当地百姓救护。安全返回美国之后，又在欧洲盟军美国空军服役，得到荣誉和勋章数枚。二战结束之后，仍在美国国内空军基地服役，1970 年退休；

团员奥斯女士：

四十四岁，热心于社会慈善事业，主动报名参加赴中国访问团，寻找当年救助美军飞行员的中国百姓；

团员乔治·威尔逊先生：

军衔为准将，五十八岁，专业是医学麻醉学，一名军医，在美国空军服役三十年，特别有兴趣于对中国的访问；

团员阿瑟·杰伯先生：

六十四岁，是一名英国皇家空军的老飞行员，是布莱恩·穆恩的好友，主动请求来中国访问；

团员海蒂·奥姗小姐：

她随同考察团的成员乔丝·奥姗母亲同来的，代表了美国年轻一代人对中国的友好。

所有当时降落美国飞机的县、市都做了精心的安排。

历史再回顾，四十五年岁月飞逝……

1990年浙江省遂昌县外事办公室为接待美国杜立特机群飞行员访华做准备，查找当年救助过美国飞行员的村民。经过两个多月，在飞机降落的地区找到当年的救助人十八位。知道此事人的有十七位，其中有遂昌县的黄富根，七十岁；黄富海，六十八岁；刘芳桥，八十三岁。

浙江省对外人民友好协会陈文林处长亲自来到遂昌县，和遂昌县的工作人员到飞机降落地点进行调查，最后认定北洋村的黄富根、黄富海；坑西村的黄雄忠、刘家村的刘芳桥、刘佐堂的儿子等六人将和美国客人见面。同时也落实了几家农民珍藏一些飞机的残片。在黄处长的亲自布置下，落实了接待美国客人的准备工作，省对外人民友好协会拨款五千五百元为接待费用。

当年9月14日，来自大洋彼岸的美国“杜立特机群中国访问团”一行六人来到遂昌县。在访问中，客人仔细地参观了当年飞机降落以及飞行员降落的地点，先由外办人员做了简单的介绍。考察团团长布莱恩·穆恩感谢遂昌县政府所做的周密、热情的工作。当天下午，客人来到黄沙腰九龙山自然保护区管理处，仔细地查看了飞机降落的地点，并摄像，询问有关历史情况。陪伴的人员做了仔细的、令客人感激的满意回答。考察团的团员、当年的一号机组成员波特激动地说：“四十八年前，中国人民在我们九死一生的危急时刻，救了我们六十四位飞行员，才会有今天我们的胜利的会见。”

当场，波特拿出一块有四十四位美国飞行员签名的匾牌送给遂昌人民，作为永远的纪念品。9月15日上午，客人到达北洋村徒步登山，来到飞机当年降落的山头，听村民细讲当年救助飞行员的故事。村民以本地的土特产招待客人，两位老人黄富根和黄富海叙述了发现三号机飞行员的前后经过。

团长布莱恩·穆恩又摄像又录音，忙得不亦乐乎。他说，这些宝贵的镜头和你们的讲话我要带回美国去，放给更多的美国人看。

十一点钟，客人又来到大坞山下，因为山势陡峭，他们只走了一半，便停下来。陪伴人员劝阻，飞机降落的山顶山势险峻，客人们只好望着山顶叹息：多危险哪！在那里，我们飞行员得救了！村民带来凳子和躺椅请客人们休息，又为他们撑起太阳伞挡避强烈的阳光；还有的村民支起了床单，为客人遮凉；年轻的访问团员也说，真令我们吃惊，中国人是这样的热心。以前我们完全不知，今天我们才亲身体会到了。

一位村民拿出他保存了四十八年的三号机的残片，请客人带回美国去。就这样，客人们拿到许多村民用飞机残片做成的锅、盆以及其他用具。客人们付给了村民人民币表示感谢。他们还给北洋村的小学送了一百元的外汇券。

波特感动地说:“这些飞机残片,你们保存了四十八年,我们带回去放在美国国家空军博物馆,让全美国人都知道中国人伟大珍贵的历史纪念品。我相信会有更多的美国人来中国感谢你们。”

下午,美国客人拜访了当年营救飞行员的黄雄忠老人家,一起合影留念。年轻团员为八十多岁刘芳桥老人和老伴拍了照片。

乡民得知美国客人要来,事先修了一条公路,为了别让客人们的汽车太颠簸了。在刘家村桥上,主人和客人一起照相。当年美国飞行员获救之前,就在桥下躲了一夜。

客人在遂昌三天,心情激动,就像在美国的自己家中一样,吃得好,玩得好。他们来到中国,没想到得到这么多纪念品。遂昌县人民政府赠送给考察团每位团员一只鸟笼。客人感到格外惊奇。团长布莱恩·穆恩也将自己的油画作品,一张是画的七只猫,一张是画的杜立特轰炸机,送给主人。还给村民们送了美国圆珠笔,客人和主人捧着礼品留影,这是客人中国之行的永远不会忘记的时刻。

生命珍珠一串串

2012年8月,记者在浙江江山县东吉尾村采访。

毛继昆,八十六岁,回忆七十年前。

记者:老人家,你还记得当年亲眼看见美国飞行员的事儿吗?

毛:记得,记得,就在我家门口的大路上,我看见大仁坑的人把美国飞行员背到我大哥家去的,大哥就住在我隔壁。当时我才十五岁。可怜啊!不知道他们在哪里摔伤的。我大哥叫做毛继富。在大哥家,大哥煮饭给他吃,开始他不吃,后来吃了鸡蛋,说话听不懂。睡了一天,大概是两晚上,村里才派人来。我还记得,他就坐在大哥家的床上,他还带了一个降落伞。当时我们也不知道那是干什么的,后来才知道是飞机上用的。还有人从飞机上背回了一块四方方的、泡沫的坐垫,这个人个子很高,大概有七尺多高,问他什么也听不懂。他叽里哇啦说什么我们也不知道,我们也不知道他是哪里来的。我记得第二天早晨我们在门外看热闹,大哥端着铜盆给他洗脸。后来他愿意吃稀饭了。就这样第三天保长派人来,抬着轿子送他到北洋村,北洋村在遂昌。飞机摔下来的一个人摔死了,就放在山坡下。村里人给他盖上了被子,大概守了有两三天吧。第三天,才装了棺材抬走了。几天之后村里的人才说,飞机撞在了山头上的。

记者:你还记得飞行员是轿子抬走的还是背走的?

毛:来的时候是别人背来的,走的时候是轿子抬走的。我的大哥个子不高,别人抬的轿子。大哥亲自把他背到遂昌县北洋村的。

村民叶万清(八十七岁):让我来说一下,美国飞行员掉下来的地方不是我们村里的，是遂昌县的北洋村，土名叫大坞，当场就摔死了一个人；另外一个大个子美国师傅，后来江山人说他是飞行员。这个人背着降落伞下来的，半夜里摔在大仁坑，落在大仁坑的柴火堆里，没有直接掉在地上。但也是受了伤吧。第二天早晨，大仁坑的人发现了他，才把这个美国师傅背下来。把他背到了毛家大哥的家里。在毛家大哥家里待了两天，保长派人来把他抬走了。我记得他的个子很高的，毛家大哥家的门他进不去，我看得很清楚，他低着头、弯下了腰才进去的。我们家离他们不远，许多人都跑去看热闹。

现在背他的人都已经过世了。

遂昌县北洋村西畈乡北洋村。

黄富根老人回忆：飞机掉下来的第二天早晨，我和袁清弟两人带着大镰刀上山割草，路上发现很大很深的脚印。我们俩吓了一跳，哪里来的这么大的野兽？我们没有上山，沿着脚印往前找，过了一片树木就发现一个身材特别高大的人拖着大皮靴往前走，我们也不知道哪里来的胆量，赶到他前面问话。这个怪人黄头发、蓝眼睛，摇着头，我就指着他，然后再指着我们的村子，意思是说，让他跟我们走。这个洋人好像很害怕，加快了步伐直往江山方向跑了。我们一看不对劲，急忙找到保长，保长马上带着两个年轻人去追。果然追上了那个洋人，他坐在石头上，原来他的腿上有伤。我们这才发现是一个受伤的洋人。我们和保长不停地打手势，他才知道我们没有恶意，就跟着我们到了北洋村我们家里。那时我们很穷，除了鸡下的蛋以外没有什么好吃的。他吃了两三个带壳煮熟的鸡蛋，保长发现他腿上有伤。下午把他送到乡政府，后来乡长第二天才派人，还有另外一个飞行员，把他们统统送到县上。

黄富海老人（八十七岁）：当时飞机掉下来了，一个飞行员当场摔死了。保长很担心，因为山上有野兽，千万不能让野兽叼走。保长把我叫去时，人已经抬下山来，在一块空地上搭了一个草棚，找来一块木板，把牺牲飞行员放在木板上，保长又拿来一床被子，把人盖好。保长叫我和另外两个村民看守死者，可怜呐！被子没有盖住脸。黄富海等三个人看守，直到第三天傍晚，乡政府派人送来了一副用上等木材做的棺材，七八个人抬着送到县里。后来听说，用人抬上了船，把这个美国飞行员的棺材运到了衢州飞机场附近的山上埋葬了。那里，日本飞机来轰炸，日本人已占领了衢州机场，听说棺材没有被发现。几年之后，才来了美国人，把这个飞行员的棺材运走了。

黄雄忠介绍他的亲眼所见：另外一个飞行员是在飞机摔在山头的第二天，黄雄忠和他的弟弟下地去干活，忽然闻到香烟的味道，这是在乡里从来没有过的味道。再往前走靠近河边，发现了一个外国人在抽烟。黄雄忠很奇怪，他并不害怕。看清楚了是一个外国人，他从哪里来？准备去哪里？黄雄忠问了他几句，对方根本不张嘴。黄雄忠再三用手势表示带他走，那个外国人看见河里有一个大木排，他跳上木排，想逃走，可是木排没有动。他又跳下来，急急忙忙向前跑去。黄雄忠跟在后面追，外国人来到一座祠堂门口，跑进去。祠堂屋里有一座孙中山的石像，美国人认识孙中山，他伸手在石像上摸了两把。黄雄忠马上猜出来，这个人不是日本人。外国人看见我们跟着进去笑了，于是既点头又做手势要带他走。就这样，黄雄忠和弟弟带着外国人来到乡政府，正好在乡政府又碰到另外一个飞行员，他们高兴地拥抱起来。

乡政府做饭给他们吃，他们很高兴。第二天，乡长派专人用人力车把他们送到三十里以外的遂昌县政府。当时的乡长名叫刘佐堂。

刘佐堂乡长的儿子和儿媳也证实了此事。刘佐堂对他的儿子和儿媳都说过这件事：1942 年，他当乡长时，有一天晚上听见飞机响，又听到爆炸声。第二天早晨有乡民来报：大木桥下躲着一个外国人。刘乡长派人把这个外国人带到乡政府。因为语言不通，刘乡长叫人做饭给他吃。外国人不吃。刘乡长拿出纸和笔，在办公室的桌上画了一个鸡蛋和一只鸡。外国人才点头。于是乡长叫人杀了鸡，煮了一锅鸡汤，又煮了带壳的鸡蛋，外国人才放心地吃了个饱。乡长看见飞行员破烂的衣服，忙叫家里人拿出干净的衬衫和长袍，请他们换上。刘乡长后来告诉他们：外国人个子很高，穿上长袍也只能盖住膝盖。乡长的老婆还为飞行员把脏衣服洗了晒干。就这样过了三天，他们身体好一些，才叫来刘芳桥。当时刘芳桥三十四五岁，身体特别棒，他把其中一位腿部受伤重的飞行员背上，乡长还派了两位乡丁护送。就这样把两位飞行员送到上定镇。

刘芳桥老人的叙述：他家在刘家村。听说山上摔落了飞机，刘乡长叫他去乡政府，要他送飞行员到上定。因为都是山路，没有车马，刘乡长问他：能不能把这个飞行员背到上定？

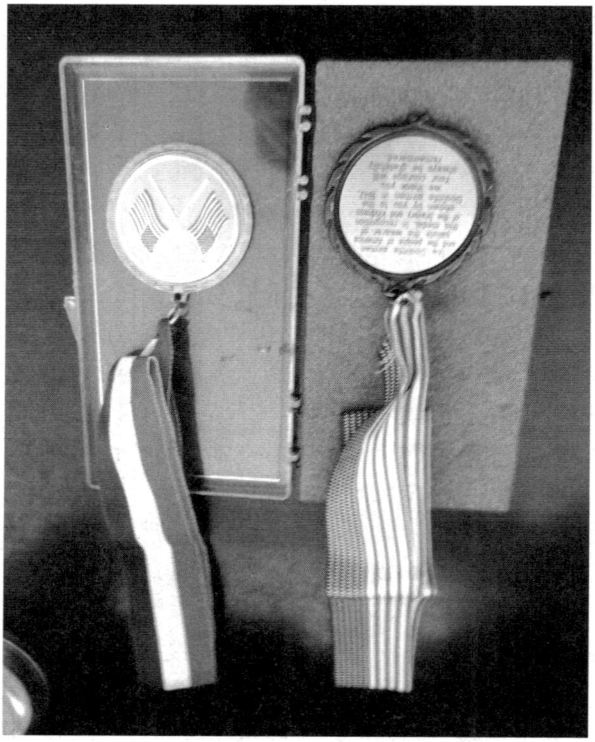

一号机组飞行员波特 1990 年来到上海，见到四十六年前的救命恩人朱学三，这是送给朱的纪念品勋章

当时西畈到上定有一天的路程，而且大多是山路，上坡的。刘芳桥满口答应。受伤的飞行员比他的个子高许多，飞行员虽然年轻，但伤势很重，走路很困难。开始飞行员看见刘的个子比他小，不太愿意让他背，可是他又走不动。就这样背了，他们就上了路。另外一个飞行员虽然可以走路，但是他们很不习惯爬山，一路走着也很吃力。飞行员都带有枪，当然背在身上走山路也十分累。大概二十多里的山路，一路走走，累了停下休息一下。看着美国飞行员爬山很吃力，另外两个村民还轮流替飞行员背枪。刘芳

桥路上休息的时候，还帮助飞行员舒展四肢，让他休息好。

飞行员十分感激，翻遍了自己的口袋，香烟，农民不会抽；巧克力糖，农民也从没有吃过。这个高大个子的飞行员从口袋里掏出了一枚有华盛顿像的大概是一分钱的钱币，给了刘芳桥。刘芳桥这才收下了。

当天的半夜里，才到达上定。就这样，这位飞行员记了他一辈子。

这位飞行员叫奥祖克。他把这段事情记得非常清楚，五十年来，告诉许多的美国人。

1990 年，布莱恩率领访问团来到了遂昌北洋村，和当地的老人对证以后确定，当地救助飞行员的人，就是现在已经八十五岁的刘家村的老人刘芳桥。他还拿出飞行员送给他的钱币作证。

十五天的考察、访问，客人们会见到救助过他们的老百姓将近二十位，难能可贵。特别值得纪念的是：许多老人拿出他们保存了将近五十年的、大小不一的飞机残片，以及飞行员的用品，赠送给客人。还有的老人拿出当时飞行员送给他们的纪念品，比如钢笔、手表、指南针等等。

其次，各地政府还将当时县、乡、保、甲长等记录救助飞行员的材料、向上级政府呈报的资料的复印件送给美国友人。这些珍贵的历史物品，到后来都珍藏在美国国家博物馆里。

天目山的潘庄，一棵百年老树，一号机组飞行员在这里获救。五十年之后，领航员波特回到这里，抱着大树痛哭，感激救过他们的中国恩人

美国友人的破冰之旅，十分感动人。一号机组成员波特在上海见到分别四十八年的朱学三时，二人紧抱几分钟，说不出话，只是流着眼泪：我想念你！我想念你！后来，波特又来到天目山潘庄老屋前，那棵大树又高又壮，他紧抱着大树呼叫着：“我回来了！我回来了！”痛哭不止。

五老篇

五老飞越太平洋

恩人的故事,它消失了整整五十年。故事中被救的人在太平洋东岸美国,他们思念心中的恩人在太平洋西岸中国。恩人都是普通的中国老百姓,年龄最大的已经八十五岁,美国人没有忘记这些普通的中国人,用自己的生命代价去救助来自太平洋东岸的美国好儿男,四十多年他们没有忘记,这一天终于来到。就在 1990 年,美国飞行员们跨越太平洋,来到中国古老的浙江山区农村,寻找恩人。这是一个个感动人的故事。飞行员找到了他们的救命恩人,相聚、相思,终于实现,这不是梦。

一年之后。全体美国飞行员又约请五位救命恩人,他们是五位中国的再普通再平凡不过的五位老人。他们是:刘芳桥,一位普通的山里人,大概一生都没有出过远门的人。赵小宝,一位海边的渔家女。朱学三,一位普通的小学教师,五十年前,因为能说几句英语,救护了一号飞机的五位飞行员。五十年后,他还是一名退休的教师。陈慎言,一位普通的外科医生,五十年前,他和父亲所开的小医院救助了伤势极为严重的飞行员。文化最高的也是一位邮政工作人员——曾健培。五十年前毕业于上海圣约翰教会大学,是一个县的军邮站的站长,也是上帝有眼,他救助了另外一架飞机的全体飞行员。就在五十年后的今天,他们代表普通的中国人接受来自太平洋东岸的热情邀请,又派专人、专机,请他们到太平洋东岸的美国作客。从历史上看,从遥远的太平洋西岸,来自最普通的民间客人,也许是第一次吧。他们从到达美国的第一天开始,就成了美国电视台、报纸以及所在地方的所有新闻、文化、社会人士、普通美国人所关心的民间大使、明星式的人物了。美国总统乔治·布什准备在白宫亲自接待他们。由于接待官员时间上的误差,总统等了一些时间,客人仍未到达,他又要去开一个重要的会议,只好留下一封亲笔的信,请国防部长切尼代为传达。老人们到达白宫时,切尼部长上前拥抱每位老人,亲自宣读了乔治·布什总统的信函。总统在信中说:他向参加过五十年前那次历史性轰炸行动的幸存者和保护过我们降落的飞行员的中国公民致以特别的问候。布什总统又说:我们也向中国善良的人们致敬,在那次轰炸之后,他们不顾自己的安危,为受伤的美国飞行员提供保护、救助,由于他们的人道主义的努力,这些轰炸机队的成员才得到安全的救助。布什说:我们永远不会忘记他们,更不会忘记救过他们的中国人,你们为自由和正义的事业做出的杰出的伟大贡献。

此时,五位中国老人飞越太平洋来到美国。已经九十六岁高龄的杜立特将军重病在床,他写信向五位中国老人表示祝贺。杜立特在信中说:我代表杜立特轰炸机队协会的全体成员,尤其是今晚在场的杜立特轰炸机队的成员以及他们的家属,向我们的中国朋友，那些不惜自己和他们全家亲友承担巨大风险来搭救和照顾我们的人，表示由衷的感激。杜立特在信中又说：你们，你们的家庭，你们的村庄和你们的国家可以为五十年前所表现的勇敢精神和英勇行为而感到骄傲，我要向你们所有的人说一声：“好样的！”

乔治·布什总统和杜立特将军的信分别写于1992年3月17日和1月29日，这两封信是在今天，1992年3月21日，美国各界人士和五位老人见面的机会上宣读的。五位老人是3月13日到达明尼苏达州的雷德温市，几天之中，老人所到之处都受到英雄般的欢迎。

五位老人在白宫被授予“荣誉美国公民证书”

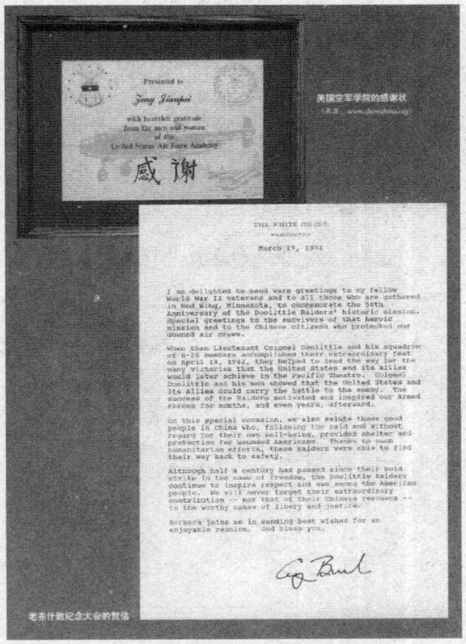

美国总统乔治·布什亲自签名写给五位老人的感谢信

恩人相逢不是梦

五位中国老人在到达雷德温市八天时间里，一天二十四小时分分秒秒充满了热情、亲人般的接待。许多男女老少都赶来他们居住的旅馆，要为中国客人做点什么，要为他们做他们想吃的饭菜，有的送来他们精心制作的糕点。五位老人应接不暇，一天三顿定不下来，也吃不完，出门没有固定的地点。许多美国人开车从高速公路上来到雷温德市，打听到中国老人住的旅馆，送来纪念品，送来礼品。更多的是，他们都要约请老人到家中做客，哪怕三分钟也行，说一句话也行，照一张相也行。老人们没有办法，只好由接待的人士来安排。除了出席大的活动外，几乎都是挨家挨户地做客。有趣的是，有一天到一位美国医生家做客，结果医生的亲友、邻居全部都来了，挤得水泄不通，人人都要和中国老人握个手、拥抱一下，或者一起照张相。一位医生的女儿是一个工艺美术家，她特地烧制了几件造型独特的工艺品，请中国老人带回中国。

每天老人们乘坐的汽车都是一个又一个陌生的人来开车，另外还有一大帮人自愿为老人护理，他们其中有退休的人员、退役的军人，以及庄园的农户。虽然他们也是老人，却非常热情，一清早就开车来旅馆等候，开门、关门、上车、下车，搀扶着中国老人，十分周到。中国老人说：在我们老家的亲人也没有像你们这样热情的呀！

有一次，从远道而来的农民一定要为中国老人开车。刘芳桥老人问他：今天怎么坐上你的车了？你的年纪也不小了吧？

老人问答：也快八十了，我等候了好几天，才轮到了我。我的农庄离市区很远，他们不让你们到我家做客，我说，让我为中国客人开一次车吧！这是我的一片心意，我的老伴身体不好，她非要想来看看你们。果然第二天，他把他的老伴带来和中国老人见了面，照了相。

3 月 24 日，明尼苏达州州长在首府圣保罗会见五位老人，感谢中国人民当年救助了美国飞行员。他当场把州国务卿签名的感谢信交给了老人，副州长代表州政府向五位老人颁发了“荣誉市民”证书。

在罗切斯特市有五百人参加的聚会上，市长亲自授予五位老人“荣誉市民”证章和“人类杰出服务奖”。市长表示：希望罗切斯特市和中国浙江省的一个城市结成“姐妹城市”的友好关系。明尼苏达州众议院召开了全体会议，一百多名众议员用热烈的掌声通过五位中国老人营救美国飞行员义举的决议。

没有恩人就没有我

3 月 20 日，这又是一个激动人心的场面。中国老人朱学三和刘芳桥准备和当地的美国人见面。聪明的穆恩先生，是他在 1990 年代表杜立特将军和美国飞行员去中国寻找五十年前的中国恩人的，是他组织并且出钱邀请了五位老人来美国访问，是他策划了中国老人在美国的一系列的活动。今天，几十家报纸、电视台的记者来到雷德温市詹姆斯旅馆，抢占最佳的位置，把摄影机、摄像机的镜头对准悬挂着中美两国国旗的主席台。只见州长和市长两对夫妻出现在主席台上，人们眼睛期待着一场盛典的开始。十一点钟，见面会开始，主持人穆恩先生讲故事，他把全体与会者带到五十年前中国抗日战争的前线。当他先讲到一号机组的杜立特的副手科尔和领航员波特落地之后的黑夜中，披着降落伞过了一夜，才迎来了天明。他们先后走下山来……此时七十多岁的科尔和波特出现在主席台，他们二人像演话剧一样，述说自己当年的经历。他们下山之后，终于被农民发现，以为他们是日本人，会把他们抓起来、捆起来，缴了他们的枪，押进庙里，要处置他们。他们不会讲中文，农民又不懂英语，十分紧张。忽然一个年轻人出现了，问他们："你好吗？"全场紧张起来，不知事情如何发展。此时，主席台上出现了一位中国老人，也是七十多岁，他便是五十年前的当地的一位年轻的小学教员朱学三。穆恩大声地说："就是他，讲了一句英语，How do you do？中国人才知道他们是两位美国飞行员。"顿时，台上的科尔和波特拥抱了朱学三老人，全场掌声雷动，欢呼声经久不息。所有的电视机记下了这一段五十年后的美好镜头。

波特拿出自己1946年的一封信，念给大家听，四十六年前写给朱学三的。可是当时发不出去，他保存了四十六年。朱学三紧紧地抱住波特说："你想我四十六年，我也想你四十六年，我们永远想念在一起。"

动人的历史珍珠一串又一串，它被掩埋了半个世纪，今天重放它感人的光彩。

和八十三岁的刘芳桥老人见面更是令人泪下。三号机组是在浙江遂昌县北洋村高山顶上坠落的。飞行员奥祖克身负重伤，挂在树上。第二天清晨被两位上山砍柴的农夫发现，送到保长廖诗元家里。保长给他敷上中草药，煮鸡蛋，做红米饭给他吃。当地农民非常苦，自己只吃玉米。又过了几天，伤情好转，由当时三十多岁的刘芳桥背上，笔直陡峭的大山一步一步地爬了将近一天，二十里山路，才送到区上。雇了轿子又把他送到县上。由于及时抢救，到医院养伤了一个月，才能下地行走。今天，奥祖克的女儿奥娜·奥祖克流着眼泪说："我代表不能行动的父亲前来感激你。"她宣读了父亲亲笔写给刘芳桥的信，最后她用沙哑的声音说："要不是中国老人救了我的父亲，今天就不会有我在这里讲话。我们全家感谢中国人，感谢救过我父亲性命的恩人。"

三号机的飞行员法克特是在跳伞时摔死在山崖上的。今天，法克特的弟弟布德·法克特和他的夫人同时走上主席台，面对众多的记者和同胞，他嘴唇动了好一阵，说不出话来，他说："五十年前哥哥跳伞时牺牲了，中国当地农民为了防止野兽啃食，他们连续几夜在山上守护着，最后买了最好的棺木，几百里路把棺材运到衢州机场附近汪村，选了一块好地下葬。"

直到二战结束，美国专门派人来到汪村把法克特棺材和墓碑运回到美国下葬。他又感谢穆恩先生。他专程去中国寻找恩人时，汪村当地的农民还将他哥哥的一把剃胡子的刀保存了四十八年交给穆恩带回美国，交给了他的弟弟。布德·法克特和夫人拥抱着刘芳桥，久久不能停下来，不停地说，谢谢你们谢谢你们。刘芳桥说，五十年过去了，我都记不得了，今天你们还记得，我也要感谢你们。全场的观众热烈地鼓掌，站起来，这是美国人最高的礼节，全体起立，表示最深的敬佩。大家都为刘芳桥老人朴素、简单的话语感动。

一瓶啤酒五十年

曾健培老人早年毕业于上海著名的教会大学——圣约翰大学英语系。抗日战争的爆发,国民政府迁往大后方,他在前线军邮站工作。尽管很辛苦,战争危险,他还是努力工作保证前线军邮畅通。没想到,1942 年 4 月 18 日一架飞机就在离嘉兴不远的地方坠落,飞行员被老百姓救助送到政府。官员得知军邮站有一位曾健培英语好,于是把他请来照料美国飞行员。飞行员很顺利地得到及时救助。十一号机组驾驶员威廉·比尔在医院治疗时非常寂寞,曾健培熟悉美国人的生活习惯,他关心地问威廉·比尔:"你还需要什么? 我尽力帮助你。"

威廉·比尔轻轻地说:"这里的食品有些不习惯。我真想喝一口啤酒哇!"

威廉·比尔随便的一句话,曾健培却牢牢记在心里。三天之后,曾健培来到医院,像变魔术一样,拿出一瓶上海牌的啤酒递给威廉·比尔,太奇怪了! 这里是战火纷飞的前沿,各种物资奇缺,别说啤酒了,就连普通的食品也很难买到。曾健培却利用军邮车辆跑上海的机会,真的给威廉·比尔带来了名牌啤酒——上海牌的。

威廉·比尔回到美国之后,经常向朋友们讲起他在中国前线医院竟然能够喝到一瓶上海牌啤酒的事,都认为这是奇迹。

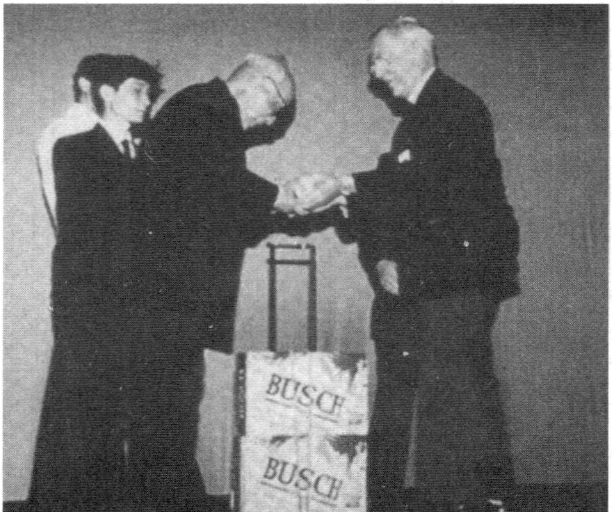

一瓶啤酒五十年。今天十一号机组被救助的飞行员
给曾健培老人五十瓶啤酒,动人的故事传为佳话

五十二年过去了。1984 年,里根总统访问中国,他在上海复旦大学演讲时,谈到二战期间中国人民救助美国飞行员的事情,高度评价中国人民的伟大。曾健培在《解放

日报》上看到里根总统的讲话，唤起了他的回忆，当初他也救过美国飞行员。他用英文，勇敢地写了一封信寄到美国华盛顿邮政总局，请转交杜立特将军。因为他在英文报纸上看到杜立特将军在美国被总统授予了上将的军衔。写信给他，杜立特会收到的。

果然，不久他就收到杜立特将军和十一号机驾驶员威廉·比尔的热情回信。1990年，穆恩先生率领代表团来到中国，在上海见到曾健培，谈到了当年他为威廉·比尔买上海啤酒的故事。从那时起，曾健培和威廉·比尔一直有书信往来。就在今天的台上，他们又向观众谈起这件事来。更令人惊讶的是，主持人穆恩先生在台上一挥手，有人抬来了两箱啤酒。哇！这是穆恩的主意，他说："五十年前的一瓶啤酒，五十年的恩情，一年用一瓶啤酒来报恩也不过分呀。今天，五十瓶啤酒，大家来痛饮吧！"

又是一阵暴风雨般的掌声，多么美好的纪念，真是五十年前风和雨，五十瓶啤酒恩情深。他们的故事在美洲大地广为传扬，中美人民之间半个世纪伟大而又平凡的故事永远传扬。

时间是无情的，历史是珍贵的，当然又是一串串珍珠上的一粒明珠。

劳逊写书寄深情

五十年前，十六架飞机，六十四名飞行员迫降中国，受伤最严重的是七号机的机长劳逊。他的左腿上的创面危及到生命。中国军民辗转护救途中，后面有敌人的跟踪，前面有日本飞机的轰炸，非常危险。在一名无名的游击队长（实际上是有名的，名叫郑财富）带着他的游击队出生入死，终于把劳逊送到临海县，当地的救护站任超民医生紧急救助。当地县政府和驻军司令官紧急派人，台州一所恩泽医局陈院长和他的儿子陈慎言医生昼夜带着轿夫赶到临海县救护站，把受了重伤的劳逊急送到恩泽医局抢救，陈院长与十五号机组的军医怀特医生共同为他手术，截去了左腿，保证了劳逊的生命安全。后来又派军队长途跋涉，一个多月沿途，有陈慎言医生护理，终于穿过敌人的封锁线，于 6 月份，安全到达桂林乘飞机到昆明，最后回到华盛顿，和年轻的妻子艾伦团聚。一年之后，劳逊完全康复，他以亲身的经历，写出了第一部著作《东京上空三十秒》。书中隐去了许多地名和人名，为的是不暴露这些地区和恩人的名字，以防日本人寻机报复。所以，作者在转述这个故事时，称它为"献给无名氏——伟大的中国人民"。

1990 年三月，五老访问美国，他们终于又会面了。七号机的最年轻的飞行员撒切尔看到当年的外科医生陈慎言，热泪盈眶地对陈慎言说："你的心真好，你的技术更好。"他挽起裤腿，指着小腿的伤疤说："这处伤口使得我走路很困难，痛苦万分。你不出一周就治好它，我非常惊讶，非常佩服。记得我们千感谢万感谢，你回答一句话'我是一位医生，这是我的责任'。"

泰德与陈慎言(1942 年 5 月)

陈慎言掉下眼泪,轻声地说:“今天我最大的遗憾,是没有能够见到我的好朋友劳逊。”陈慎言医生永远不会忘记的是劳逊回国以后,给美国国防部报告中写道:“中国人陈慎言医生最伟大,他全程陪着我,护送我,将近两个月,他的心肠极好,技术高超,永远不能忘记的中国医生。”后来由美国政府的资助他来到美国深造,在美国著名的医院里实习,然后回到中国,继续行医,造福中国病人,直到今天。

陈慎言说,1945 年,世界反法西斯战争还没有结束,他被邀请到美国留学。劳逊虽然失去了一只腿,装了假肢,还亲自开车到机场迎接陈慎言。以后几十年间,两人互有书信往来,直到两个月前,陈还接到劳逊妻子的信,说他身体还好,但是他只能坐在轮椅里了。令人万分遗憾的是,半个世纪的老朋友,劳逊就在不久前去世了。陈慎言想得到一部劳逊生前的著作《东京上空三十秒》的英文版。此书上世纪四十年代出版以后,没有再版过,书店里也很难找到。这件事被一位飞行员的亲属知道后,他将家中的唯一一本上世纪四十年代的《东京上空三十秒》慷慨地送给陈慎言医生。

跨越半个世纪老人的故事还在继续。八位被护救的美国飞行员的亲属们一直陪同五位中国老人在美国的活动。他们朝夕相处,畅叙友情。相逢不是梦,梦是不能继续的。五位中国老人离开美国时,还邀请美国飞行员的亲人去中国浙江旧地重游,后人的友情代代常青。后来,一些飞行员的后人去了中国浙江,探望先辈的故地,畅叙永不间断的友情。

世纪花絮一朵朵

中国军民救助美国飞行员的故事虽然消失半个多世纪。东西太平洋两岸人民终于打破太平洋上的冰冻，友谊的巨轮重新起航，传达两岸人民的友谊。从美国到中国，从中国到美国。无论是电视台、报纸、网络，传送关于中美友谊的故事，电视剧、长篇报道，缤缤纷纷。作者所知道的，中国大陆，以及中国台湾，写书的、写文章的、发表感想的屡见不鲜。美国从总统到平民，从议员到学生，都在谈论中美友谊的故事。许多报纸，网络，都在传播这些消息。请看这些报纸和照片：1990 年，已是少将的波特参加由穆恩率领的美国飞行员寻找中国恩人代表团来到浙江省的遂昌县北洋村，找到年已八十四岁的当年的救命恩人、农民刘芳桥。刘芳桥老人和妻子捧着鲜花送给美国客人。为此，1990 年浙江《丽水日报》刊登了一篇短文和照片——

浙江省委副书记看望访美归来的浙江五位老人，《浙江日报》于 1992 年 3 月 29 号报道：昨天，浙江省委副书记刘枫、宣传部长孙家贤、省长助理龙安定在杭州宾馆探望刚刚从美国访问归来的浙江五位老人，刘枫称赞五位民间大使为增进中美友谊作出了贡献。他说：我省五位老人在美国受到各界人士热烈欢迎，表达了美国人民对中国人民的友好感情和发展中美关系的良好愿望。浙江人民对此表示感谢。五十年前，老人们不顾个人安然，冒着很大的危险营救美国飞行员，这种英雄行为体现了中国人民见义勇为、扶危济困的传统美德。这次你们到美国访问，进一步推动了中美两国人民的友谊，为扩大浙江的对外交流作了一件大好事。这是一次成功的民间交流活动，希望我们共同为中美两国人民友好交流作出新的贡献。

老人喜在华盛顿

1992 年，五十年前救助过美国飞行员的五位中国老人 3 月 23 日中午抵达美国首都华盛顿，美国国防部长切尼在白宫接见访问团一行时，对营救美国多位飞行员生还的中国老人表示深深的敬意。因为 1942 年 4 月 18 日，美国陆军八十名飞行员分别驾驶十六架美国轰炸机执行对日本东京的轰炸任务。返航时有六十四名机组人员被迫降落在中国大陆浙江沿海一带，全部得到中国民众的营救。

在白宫，二战时期就是飞行员的乔治·布什总统通过他的一位助理深表遗憾。这位助理对访问团的五位老人说："你们来到的五分钟之前，布什总统还在这里等候。由于你们来白宫的时间延误了，总统有事不得不离开。布什总统让我对远道而来的中国朋友致以亲切的问候。"

赵小宝五十年后回忆往事(资料图片)

五位老人中唯一的女性赵小宝是一位渔民的妻子，营救美国飞行员时年仅十九岁；六十八岁的朱学三是五人中的年少者，当年是一名小学教员；八十一岁的曾健培是一位邮局的职员，在当年山区的物资供应十分贫乏的条件下，他设法为营救的美国飞行员找来渴望的啤酒；五位中国老人中最年长的是八十五岁的刘芳桥，他是一位农民；而八十三岁的陈慎言，当年是一位医生。

朱学三老人在美国国会山庄代表五位老人对众多的众议员说："此行虽然只有我们五位，但当年参加救助者，据我所知，直接参与者多达五百多人，加上间接救助者要达到千人以上。我想此次和美国朋友五十年后再相逢，其目的是让我们记住历史，保卫和平，不再有战争。"

国防部长宴贵宾

美国国防部长切尼今天会见了五位中国老人和五十年前被他们营救的八名美国飞行员。

切尼代表美国政府对中国人民在二次大战中不顾个人安危，营救美国杜立特轰炸机成员的行动表示感谢，特别祝贺目前的八位飞行员和中国人救助恩人重逢。

布什总统的特别助理帕尔今天下午也在白宫会见了中国老人和美国飞行员，并转达了布什总统对他们的问候和祝贺。

帕尔说，诸位这次重逢活动，对促进两国关系的发展起了很好的作用，他希望中美两国今后增加民间往来和商业交流活动。五位中国老人和八位美国飞行员随后出席了明尼苏达州众议员拉姆斯德特在美国国会为他们举行记者招待会，美国参议院少数党领袖多尔特迪前来参加记者招待会,并对中国老人与美国飞行员的重逢表示祝贺。

朱学三老人在记者招待会上说:“在二次大战中,中美两国是同一战壕里的战友,在美国飞行员遇到困难的时候,我们浙江人民还有安徽和江西的人民营救了他们,那是战斗友谊的体现。”他说:“这次纪念轰炸日本东京的活动很有意义,目的是要我们记住历史的教训,不要再有战争。”这五位来自浙江省的老人陈慎言、朱学三、曾健培、赵小宝、刘芳桥是应美国民间团体的邀请,前来参加美国空军首次突袭日本本土五十周年纪念活动的,他们于 1992 年 3 月 13 日抵达明尼苏达州。

在过去的十天里,他们受到了美国人民热情友好的接待。

乔治·布什总统发给杜立特行动五十周年大会的贺电

1992 年 3 月 17 日

白宫

各位二战老兵和诸位来宾,还有和我们欢聚一堂的朋友:今天我们在这里纪念历史上著名的“杜立特行动”五十周年,我特别向这次英勇行动中幸存的飞行员们表示问候。并且我还要特别感谢当时保护过这些飞行员的中国老百姓。当时杜立特中校和他们的成员 1942 年 4 月 18 日驾驶 B—25 轰炸机以高超的技术完成英雄之举。他们的行动帮助了美国和我们的盟友在日后的太平洋战区取得了胜利。杜立特中校和他的成员表明了美国以及盟国是可以战胜敌人的。这次行动的成功,激励和鼓舞了我们在今后的漫长岁月之中。

在当时特殊的情况之下,我们也要向那些帮助过我们的中国居民致敬!当时突袭过后,他们不顾个人安危,救助、保护受伤的美国大兵。幸亏这些高度人道主义的救援,这些美国飞行员才能安然无恙地返回家园。尽管距离我们国家以“自由”的名义打击日本法西斯已有半个世纪之遥了,杜立特机组成员的英勇事迹依然激励着美国人民,令人敬佩!我们绝对不会忘记他们为国家所做出的贡献!也绝对不会忘记救助过他们的中国人民。他们都为自由和正义的事业做出了不可磨灭的贡献。

我的夫人芭芭拉女士和我祝贺大家有一个再相逢的重聚!祝贺大家快乐!

上帝保佑你们!

乔治·布什(签名)

美国空军学院赠送的感谢牌

历史不会忘记那些为了自由和平而相互帮助、共同战斗的国际主义战士。今天我们由衷地希望全世界永远和平!中美两国人民的友谊世代相传!

美国空军学院赠送给中国五位老人的感谢牌(资料图片)

THE SHOPPER, WEDNESDAY, MARCH 25, 1992

People

History Made In Red Wing

By Roseanne Grosso

Last Friday, March 20, 1992, the St. James Hotel was a beehive of activity as T.V. crews (including the CBS crew of Charles Kuralt) strung cable, set up cameras and lights in preparation for 8 Doolittle raid survivors and their Chinese rescuers to meet.

It was April 18, 1942 when 16 modified B-25 bombers flew from a carrier deck on the first bombing of Tokyo. They then flew across the China Sea with 15 of the planes crashing off the China coast or on the mainland.

Organized by Bryan Moon, retired airline executive and Frontenac artist, survivors from five of the bombers would meet their Chinese rescuers for the first time in 50 years.

Anticipation ran high among the press, wives of the raiders, the daughter of Captain Charles Ozuk, Jr. who could not make the trip, and the brother of Cpl. Leland Faktor, the first raider to die while bailing out of his plane.

Excitement radiated from Moon as he introduced Lt. Col. Richard Cole, Doolittle's co-pilot, and Col. Henry Potter, navigator of the lead bomber. Potter had accompanied Moon on his 1990 China expedition to search for wreckage of the planes.

Both men told their stories of that fateful day. Then Mr. Zhu Zuesan, a school teacher instrumental to their survival, was brought into the room. He was warmly embraced by Col. Cole who had not seen him in 50 years. Potter had found Zhu again during the 1990 expedition, but that did not inhibit their emotion filled greeting.

Through a Chinese interpreter, the unassuming Mr. Zhu explained his part in leading the men to safety and ended by saying, "The next day I went back home to do my teaching."

Mrs. Zhao Xiaobao, a fisherman's wife, was the only woman in the group and lived on an island off the China coast. She said she saw a plane flying low, then heard a tremendous noise. Frightened, she and her husband hid in the mountains. When they returned home, they found 4 men hiding in their pig pen.

These were the crew of bomber 15 who crash landed in the sea. Co-pilot Griffith Williams and engineer/gunner Lt. Col. Edward Saylor were present "to say thank you to the kind lady who saved our lives."

Three crew members of bomber 7, co-pilot Col. Dean Davenport, navigator Charles McClure and engineer/gunner St. David Thatcher were reunited with Dr. Chen Shenyan who tended their injuries.

Faktor and Ozuk, raider relatives, were introduced to Liu Fangchiao, a farmer and the eldest of the rescuers at 85. Liu was bundled into two coats, a fur hat and carried a cane. His warm personality charmed the audience with his face wreathed in smiles as he apologized through an interpreter for his poor eyesight and lack of knowledge of the English language.

It was a poignant moment when the daughter of Ozuk read a letter from her father thanking Liu for his life. The letter was mounted in a frame with a picture and presented to Mr. Liu.

Lt. Gov. Joanell Dyrstad was on hand to present to the Chinese a certificate making them honorary Minnesota citizens. A luncheon followed with a greeting to the Chinese by Mayor Romeo Cyr. He mentioned an interest in exploring the possibility of becoming a sister city to the homes of the rescuers. He also presented them with a Red Wing pin as a memento of their time here.

Hueng Enbo, council member of Jheijiang Province's People's Association for Friendship with Foreign Countries, liked Cyr's suggestion and endorsed the idea of being "sisterly related" to Red Wing. Seeds of friendship were sown on this historic occasion.

During individual press interviews, the Chinese could be seen proudly holding their gifts and mementos. All kept the framed proclamation presented to them by Lt. Gov. Dyrstad clutched in their hands or very near.

On Sunday there were two sold out public reunions on stage at the Sheldon Auditorium. Monday found three raiders and all of the Chinese flying to Washington to be greeted by Vice President Dan Quayle and Secretary of Defense Dick Cheney.

On April 12, the story of Doolittle's raid and the reunions will be televised on Charles Kuralt's "Sunday Morning" show. The appreciation of the American airmen will be witnessed by the whole nation as they extend their grateful thanks to the Chinese people who helped save their lives 50 years ago.

Chinese farmer Liu Fangchiao speaks through an interpreter at last Friday's Doolittle Raider reunion at Red Wing's St. James Hotel. Standing behind Fangchiao is (L to R) Mr. & Mrs. Faktor, brother of first raider to die in raid; and Georgione Ozuk, the daughter of a raider.

Raider and Rescuer Together After 50 Years

... fate might have been much different. He appreciates the chance to thank Zeng in person for the help he rendered to the entire crew of bomber 11.

美国英文报纸报道五老访美,题目是:人民的故事红酒般醇(资料图片)

将军篇

将军儿孙不忘情（上篇）

作者将杜立特轰炸东京之后，飞行员们在中国获救这一历史故事比作一串灿烂的珍珠，它埋藏在跨越七十年的漫长历史中。我们这一代人，在寻找它，许多中美文人、学者都在为它墨泼笔耕。这一串串的历史明珠中，最灿烂的一颗应该是杜立特将军。

杜立特一生热爱飞行，创造奇迹，到最后成为美国四星上将。他的人生最光辉的一段，当然是他率领八十名飞行员轰炸东京，后来在中国获救。他一生牢记这段灿烂的历史，但是，他没有归功于自己，使他最激动的是他和他率领的飞行员在中国被老百姓救护。他一生牢记中国军民的伟大。直到他九十七岁的高龄，上个世纪的九十年代，终于打开了中美友谊的大门，他从美国邮政总局转给他的一封来自中国老人的信，唤起他漫长的回忆。写信的人是曾健培老人。他是救助了第十一号机飞行员的中国英雄。此时，杜立特将军已经九十七岁高龄，他急忙委托他的朋友、时任美国寻找二战失踪军人协会会长布莱恩·穆恩，去寻找遥遥万里之外的中国老百姓。因为，这也是他一生最伤心的一段往事，为什么？因为中国老百姓救助了美国飞行员，日本发动了浙赣战役，以“三光”报复善良的中国老百姓。中国付出了二十五万人的生命和巨大财产的代价。这是杜立特一生的伤痛，也是他后来很少接受媒体采访的原因。2014 年 12 月，作者采访了杜立特将军的孙女珍娜·杜立特之后才知道。杜立特生前写过书，他的孙女也写过书，但是就这一重大的历史事件的回忆，杜立特将军本人、杜立特的儿子以及杜立特的孙女都不太愿意在公开的场合里与传媒界的人见面。他们三代人一直保持低调。杜立特的孙女珍娜·杜立特对作者说：“我的祖父、我的父亲以及我本人，都不太愿意那样做。因为祖父再三说，中国人的巨大牺牲是我一生的伤痛。”

作者在采访过程当中，以及多年来网上的资料和新闻的报道，发现很少提到珍娜的父亲，也就是杜立特的儿子约翰·杜立特的名字。直到杜立特·珍娜和我交谈后我才明白，他们才是历史最灿烂的珍珠。他们三代人做了许多许多的有益于中美友谊的事。

作者和珍娜·杜立特第一次见面，是在 2012 年的秋天在洛杉矶美国空军的一次筹款餐会上。会上珍娜·杜立特发表了演讲。她没有一句话谈到她祖父。

我们见面时，珍娜谦虚地说：“你如果有兴趣，可以看一看我祖父和我写的那两本书。”

第二次见面，是在 2014 年，我从大陆采访回到洛杉矶，向她寄去了中国大陆许多报纸，关于中国百姓救助美国飞行员的报道，还有北京电视台拍摄的纪录片《七十一年前的生死大救援》，此片由中国香港凤凰电视台所购买，向全球播放。仅中文台的点击

珍娜·杜立特在老飞行员聚会上演讲

就有二十六万多人次。几年前，珍娜·杜立特受台湾友人的邀请，她在台湾电视台，说了许多感谢中国人民的话。作者明白，要会见珍娜是很困难的。没有想到，她收到作者的信之后，非常热情地答应，我可以去采访她。

12月18日，我们来到北加州海边的蒙特利湾市一个小旅馆住下。电话中，珍娜告诉我的助理张丽莎小姐，她很高兴要在第二天上午与我们见面，还说，她九十二岁高龄的父亲约翰·杜立特也要和我们见面。殊不知，她的父亲在病中。当时作者万分感动，她住的地方离海边的旅馆不算远，开车大概十五分钟。到了第二天上午九点钟，珍娜来了电话：父亲突然发病，她正在把他送到医院，非常抱歉，今天不能见面了。

这时作者才知道她的父亲患病了，我们只有祷告，祈求上帝保佑她的父亲平安。什么时候才能会见到珍娜？我们从海边参观回到旅馆时，已经是下午一点钟。助理张小姐又接到电话：珍娜在电话中说，父亲在医院里经过医生诊断，没有大的问题，目前已经回到家中，有人护理。她准备两点钟来与我见面。我们回答：千万考虑你父亲的健康。她说，我还是要来一下与廖先生见面。

果然，两点多一点，珍娜小姐在旅馆旁边的一个餐厅里，和我们见了面。作者首先表示深切地感谢和歉意，请她千万不要耽误父亲的病。她说，廖先生远道而来，我们还是谈一谈吧。

小酒店，这时客人比较少，我们架好了摄像机。作者从大陆带来友人钟家海夫妇送的一面锦旗，上面绣着中英文的“中美友谊，万古长青”，送给珍娜。

其次，作者将一件中国微雕大师的工艺品送给珍娜。它在一根头发上刻有英文“I love you”，用放大镜才看得清楚，表达中美人民之间的爱心。珍娜非常感动，她说，这样的工艺品不但没有见过，而且从来没有听说过。

我告诉她，这是上海工艺大师获得迪斯尼奖的作品。第三件礼品是一只和田玉的手镯，戴上这个手镯平安、长寿。珍娜告诉作者，她父亲今天不能来了，但他希望以后能够见面。作者奇怪地问珍娜："许多人包括我在内，从来都没有听到过于关您父亲的事情，他是杜立特将军的儿子呀！"

她轻轻地告诉我：我的祖父、我的父亲，还有我我自己，都保持低调。特别是日本人屠杀了那么多中国老百姓的事件，太令人痛心。我们除了感谢、感激、感恩中国之外，别的还能说什么呢？

2014 年 1 月 18 日作者采访珍娜·杜立特

我将一本美国朋友签名录递给珍娜，请她题字留念。她提笔写下了以下留言：

在杜立特袭击之后，我的祖父非常感激中国人民的帮助。希望我们两国人民努力互相支持。全心祝愿你的新书出版。

珍娜·杜立特

作者一直牵挂着她家中的父亲，所以缩短了谈话的时间。我们谈了一个小时左右。没有料到的是，珍娜也带来了礼品送给作者：两袋本地的特产，还有一瓶名贵的香水，这是我旅居美国十五年来，第一次收到美国朋友的礼品。

我们告别的时候，珍娜代表她的父亲再次说：上帝保佑，希望以后再见到您。

这一次我与珍娜·杜立特的短暂见面，是有永恒意义的。作者回到洛杉矶一个星期之后，收到珍娜的来信，她在信中又一次地感谢我送给她的珍贵礼品。她说，父亲看到您的这些礼品非常喜欢，父亲说，如果廖先生同意，这些珍贵的礼品将放在杜立特空军博物馆里。信中她还提到，旧金山有一位一百零三岁的美籍华人空军飞行员陈文宽先生。陈文宽先生在七十年前，我祖父在浙江获救以后回到重庆，接受了宋美龄的颁发勋章，美国总统罗斯福授予我祖父准将称号之后飞到昆明，就是乘坐陈文宽驾驶的飞机，飞向印度的加尔各答。七十年之后的今天，我和陈文宽老先生还有来往。如果廖先生愿意采访他，我可以转告他。至此，我万分感激。老将军的儿子，老将军的孙女就是这样高贵的品质，令人称赞。我回忆起在我们的交谈中，我说，现在中国千万个中国老百姓知道了杜立特将军，他们也知道了将军的孙女还在美国，他们非常希望将军的孙女去中国，与那么多的救助美国飞行员的后代见上一面，叙述老一代人留下的友谊，您可以去一趟中国吗？在2015年世界反法西斯战争胜利七十周年的时刻？

珍娜说，如果我父亲的身体许可，我会去的。我和我父亲再次感谢廖先生，请您转达我们对中国老百姓的感谢、感恩。

将军儿孙不忘情（下篇）

珍娜·杜立特2012年在洛杉矶空军纪念馆与作者合影留念，友情长在。

廖：亲爱的珍娜·杜立特女士，今天能见到你我非常高兴。谢谢你的爱心，你工作很忙，你的父亲身体也不好，能接见我们，再次感谢你！

珍：因为你从很远的地方来，如果不履行这个约定，我将会非常难过，所以我一定要履行这个约会。

廖：两年多前，我们在洛杉矶筹款会上第一次见面。从那时开始，在一些朋友的关心下，我决定要写这本书。明年是第二次世界大战胜利七十周年这个重大的节日，全世界人民都要纪念它。中国人民和美国人民在二战中付出了千万人生命的代价，打败了日本法西斯，保卫了世界和平。杜立特将军和他的飞行员在二战中，对人类的历史做出了巨大的贡献。中国人民和美国人民是最爱好和平的，杜立特将军轰炸东京，这一行动本身是一个伟大的事情。他们轰炸后，飞往中国降落，受到老百姓的救助，这也是一个伟大的历史性事件。因为过去历史的原因，十几亿中国人民对这个事情了解不多。现在七十多年过去，我们有责任把这个历史的事件从头到尾，完整、完美在展现在世界人民面前，让他们记住美国人民的伟大，也记住中国人民的伟大。这两年来，我从网上、报刊上，从电视、电影搜集到许多材料，也访问了一些飞行员和他们的后人。我在中国大陆去过四个省、十五个县，见到了上百位当年救助过美军飞行员的后代和一些仍在世的老人，也是非常感动人的。所以，在整个的材料当中，就是关于杜立特将军本人回到美国以后半个多世纪来的直接讲的，以及像你珍娜女士和你父亲讲的却很少，我希望能把这些弥补进去。

1984 年，里根总统访问中国，他在上海复旦大学的演讲中，专门讲了中国老百姓救助美军飞行员的事。有两位救助过美军飞行员的中国老人在报纸上看到里根的讲话，他们写了两封信。信是寄到了美国邮政总局转交杜立特将军的。美国邮政总局把信交到了杜立特将军的手中。杜立特将军委托穆恩・布莱恩代表他去中国寻找中国恩人，这是 1990 年的事。1992 年，美国飞行员邀请中国老人到美国来访问，我就想了解关于这封信详细的情况，你是他的孙女，你的父亲是他的儿子，应该知道这个事情。当时杜立特将军怎么收到这封信，怎么表示的，这一段都是空白。所以希望得到你的帮助。

珍：我不完全知道这些事。我要问我父亲。我以前多年一直在世界旅行，采访。现在刚刚搬来我父亲这里住。

廖：这张碟送给你，这是北京电视台拍的《七十一年前的生死大救援》，有我采访杜立特的很多事情，还有你的照片，有杜立特当年被救援、美国一些影片的剪辑，一定请你看一看。

珍：谢谢！

廖：这是给中国老百姓看的，所以用的全是中文。你在看的时候最好请一个翻译。在这里面，我讲了四个小故事。其中你的祖父被老百姓救助的事是最受欢迎的。香港凤凰台向全世界播的，他们统计有五十万次击点。我们从现在开始建立一条热线，等你父亲身体恢复健康后，我们再来慢慢地、一点一点地说。因为你说过，你的父亲知道很多故事。

珍：可是我的父亲是个很低调的人，他不喜欢所说的事情在书里公开。

廖：我希望这个热线建立起来，你能告诉我，其他的飞行员的后代、住在什么地方，留个电话、留个名字。妨不妨碍你？希望你父亲，把杜立特获救以后回到美国忆一下。他那时很小，杜立特轰炸东京时他才十二三岁，活到现在了不起呀，我希望他多讲一些故事。今年 4 月份，我们去东部见到了杜立特机组的副驾驶，叫科尔，九十九岁，我们在一起照的相。你见过吗？

珍：我的父亲很老了，原来说可以去，后来也没有去。

廖：请你题个字，谢谢！

珍：谢谢！

廖：这是中国的玉石手链，戴着它健康、幸福！这是送给你父亲的，是得世界奖牌的微雕，一根头发上刻三个字：I love you. 祝福他活一百岁、一百二十岁。

珍：谢谢你！

廖：中美人民永远友好。这本《大营救》书，是中国一位七十二岁的老医生画的写的，画的是杜立特在中国被老百姓救助的故事，有英文有中文。这位老医生让我把这本书亲自送给你。希望这些纪念品放在你们家里，或者放在杜立特博物馆里，永远纪念他。我们希望我们的友谊能够永远保持下去。最后一个希望，中国很多年轻人知道了杜立特将军的故事，他们知道珍娜·杜立特也是个作家，他们很希望珍娜去中国看一看杜立特将军被救的地方，风景非常漂亮。当年杜立特将军的十六架飞机当中有十二架降落在浙江，浙江对外人民友好协会的陈会长是位女士，她要我转达对你的敬意，她要约请你去浙江看一看。如果你接受的话，我就陪你去。

珍：要等我父亲的病好后才能定，现在还不能定。

廖：明年二战胜利七十周年，这个最好的节日，我可以陪你去一趟。

珍：通过崔牧师与我联系。

廖：我请你讲一讲。

珍：当年，我的祖父要我们家人都不讲往事。因为日本人为了报复这些救助的人，杀了二十五万中国人，我的祖父非常非常难过。后来他一直帮助训练中国飞行员，他们开飞机回到中国。他对这件事情非常难过，所以做了一些事。我父亲会把所有的礼物都放在博物馆里，让更多人知道。后来我才知道有关这些事情。中国人民对杜立特机组人员救助都成功了，我家人都非常非常感谢中国人民的帮助。我现在也一直希望让更多的人都知道这件事，记得这件事。如果你同意，我父亲就把这些纪念品都放在博物馆中。

廖：好的。今天见面非常好，希望我们友谊长青。我明年回中国时，我可以说，我

2014 年 11 月作者在北加州蒙特利湾向珍娜·杜利特赠送了锦旗

在美国见到珍娜·杜立特女士，杜立特将军的孙女，她非常热情地和我见面，而且委托我代表她们全家向中国老百姓表示深深的感谢。可以吗？

珍：好。

廖：有些历史的情况，希望你的父亲能帮忙回忆一下：中国老百姓1992年五个救助的老人来访问，他们没有见到杜立特将军。那时杜立特将军已经九十六岁，他和孩子们讲了、和朋友们讲了、表达对中国人民的感谢，我希望你的父亲能帮助我们再回忆一下。

珍：我问我父亲。因为我父亲现在病很严重，我不知道他能不能做到。

廖：我希望你家三代人在一起的家庭照片，给我们一套。

女儿常忆先辈事

2013年8月下旬，作者在北京建国门外外交公寓对美林达女士进行了热情友好的采访

采访在场人士：美林达，作者，陈伟（作者助理，负责录像）

在北京外交公寓，本书作者对美林达进行了采访

美林达女士非常深情地回忆起她父亲刘同声先生的故事。她说，她参加过多次父亲和袭击者的聚会。以下是她和作者之间的对话。

美林达：每年聚会的气氛也随着时间的流逝而变化。我还记得，当我很小的时候，大概在二十世纪六七十年代，这些飞行员也相对年轻，所以他们很活跃。他们喜欢和其他人聊天、熬夜、开派对、喝酒、和我们（指美林达和父兄）谈天。我们玩得很开心，经常开怀大笑。他们就像博物馆里的那部电影（指《东京上空三十秒》）所描述的那样。随着时间逝去，大家越来越老。我虽然没有参加每一次聚会，但是参加了很多次。我父亲也只错过了汉福德聚会。每一次他几乎都去了。但是大家越来越老，有些成员相继离开人世。这让后来参加聚会的成员都很难过。

参加聚会活动的人数和活动的次数越来越少。今年（2013 年）是最近一次杜立特袭击者的正式聚会。这是第七十一次聚会，只有三个还在人世的袭击者参加了。所以这是一次很庄严肃穆的聚会。参加的人回忆往昔，回忆去世的伙伴。这次聚会非常有象征意义，我也感觉非常荣幸，能够成为聚会的一员。聚会是已逝时代的象征，参加聚会对我来说很重要。2013 年的聚会是在美国佛罗里达举行的。

即便我现在住在北京，为了和父亲的朋友聚会，我还是要回美国。很多年以前，他们展示了无畏与勇敢。现在每一年，他们都在老去。对我和我的兄弟来说，聚会非常令人感动。那时候，我父亲是这些袭击者的荣誉会员。因为父亲不是美国人，而是救助过他们的中国人。所以他是荣誉会员，他受到了热烈欢迎。在这些飞行员中间，父亲结识了非常好的朋友。他最亲密的朋友很可能就是他帮助过的第二机组的飞行员了。

Tung-Sheng Liu

Liu was an English-speaking aeronautical engineer who, just before the raid, had escaped from Shanghai into unoccupied territory to take an aircraft factory job. He happened to be in the area when Travis Hoover's crew was picked up by guerrillas, acted as an interpreter for the Americans, and helped guide them on their journey to Chungking. He also assisted Ted Lawson's crew members after they reached Chuksien.

Born in 1917, Liu graduated from National Tsing Hua University.

The raiders regretted leaving Liu behind, but he survived the war and then managed to get to the United States to do graduate study. He received an M.S. in aeronautical engineering in 1947 from the University of Minnesota, and spent the next nine years working at the university. From 1956 to 1978 he was employed by the U.S. Air Force at Wright-Patterson AFB in Ohio. He became a United States citizen in 1954, and is now retired in California. Liu is an honorary member of the Toyko Raiders Association.

Tung-Sheng Liu, Huntington Beach, California.

美国英文报刊对刘同声先生的介绍文章（资料图片）

第二机组的机长是特雷维斯·胡佛上校。我敢说，他和我父亲是非常好的朋友，最好的朋友。甚至除了参加杜立特袭击者聚会，他们自己也聚会。胡佛上校邀请我父亲去密苏里参加一些纪念日活动，很多时间，他们都在一起，他们真的对彼此怀有深挚的友情。他们是最好的朋友。我的关于胡佛上校最深的记忆是，他为人很好，很幽默，喜欢讲笑话，喜欢旅行，甚至很老的时候还出门旅行。他还是喜欢开飞机，喜欢坐着飞机旅行。他还是一个飞行员，飞遍了美国领土。他热爱天空。他曾把他和伙伴们怎样为这次使命训练的故事告诉我。

这是一场很精彩的游戏。关于这次使命，最令人惊奇的是，美国飞行员第一次驾着重型轰炸机，即军用轰炸机，从航空母舰上起飞。那天夜里，就是这种型号的飞机从航空母舰上起飞，小型飞机不能持久飞行。他说，他们只在标准的飞机跑道上练习。

他们从来没起飞——这些军队的飞行员从来没从航空母舰上起飞过，于是他们给飞机起飞的距离做了标记。当他们起飞时，飞机的轮子必须离地，这就是他们怎么训练的。是在佛罗里达练习的。即使在数十年后，胡佛上校谈起训练时，会笑着说："这训练跟疯了似的。"但他们就是这样训练的。即使他们能在如此短的飞机跑道上起飞，他们也不知道，为什么要这样训练。在这之前，他们从没有在一艘移动的航空母舰上起飞，周围还都是波涛汹涌的海水。现在当我们想起，这在当时似乎不可能。但这就是他们训练的方式，这就是他们第一次为这次使命进行训练的方式。

他们都起飞了，升入天空，而且没有任何失误，这真令人叹为观止。没有一个人出错。尽管航空母舰的甲板非常狭窄，他们仍然成功起飞了。现在，像这样既冒险又大胆的任务的确是可以完成的。但是在那个年代，飞行员们没做过，但是大家都渴望去冒险。这就是这群人为祖国效劳的方式。他们热爱祖国，飞行技术又好，又愿意冒那么大的险。这真是一次极为冒险的使命。所以他们都是英雄，他们是人人热爱的英雄，尤其是我小时候心目中的大英雄。所以我想起他们，想起胡佛上校和杜立特将军，还有冒着极大风险和经历每个几乎不可能的危险的人们。他们真的成功了，他们成功了，赢得了荣誉。

我没法回忆起所有和他们有关的事情来。我们在一起时，他们个个和我说他们当年的事迹。但是我敢说，他们总是那么英气勃勃，那么热爱祖国，那么谦虚，富于奉献精神，即使在老年时仍不改初心。甚至现在，当还健在的袭击者谈起他们的使命、特别的回忆和经历、他们的专业技术，也许他们还记得很多这次经历的故事。他们很令人难忘。他们是令人印象深刻的人。也许这是我了解这些故事的方式。对于像我这么大的没有身临其境的人来说，这真是一次难得的机遇。不是每个人都能和真正的英雄交流。

大概就这样了（这句话是美林达用中文说的）。我对他们的精神心怀感佩。我也和哥哥弟弟说了。在父亲和胡佛上校身体都很好的时候，有时候我们轮流跟着父亲参加聚会。父亲自己不想去，所以他想让我们兄弟姐妹陪他去，有一些年是我跟着去，另外一些年是我的哥哥或者弟弟。我母亲也参加过，但是她健康状况不太好，需要轮椅和其他照料。轮流参加这样的聚会，本身就是一件意义深远的礼物。对我来说，能参加最后一次聚会，真的很让我感动。

作者：我听懂了一小部分。我问两个问题。在你懂事以后，知道你父亲的经历以后，你父亲在他生前跟你们兄弟家人讲过没有，在美国这么长时间，他还见过这些他曾经救过的美国飞行员没有？他们见过面没有？这是一个问题。见过没有？

美林达：有，有，有。

作者：他给你们讲过没有？

美林达：对。因为他……我父亲在1947年去了美国。那时他早就和救助过的飞行员道别了。他认为再也不会见到他们，也不知道在哪里可以见到他们，因为他们在中国就分开了。飞行员回了美国，我父亲还在中国。战争在继续，日本对中国的侵略也在继续。我父母都有个愿望，就是去美国读书。所以他们就去了。

我母亲在1946年来到美国，1947年父亲也来了。那时候，他还没想过要寻找他救助过的飞行员。有一天，他和很多同学一起去上学。他打开一份报纸，看到了这些袭击者在离他学校不远的城市聚会的消息。那时候想必是二十世纪五十年代。我忘了确切的年份。他说："噢，我知道这些人。"所以他去参加聚会了。他事先没打招呼，也没和他们联系，直接在聚会上出现，飞行员们也不知他在美国。所以每个人都喜出望外，非常激动。他们互相拥抱。他们没想到那就是我父亲。他们以为他死于战争或者其他原因。所以那天聚会大家非常高兴。结果，他们了解到，我父亲正在美国读书生活。所以他们就让他当了荣誉会员。这就是他们第一次在美国见面的始末。对这次聚会来说，（我父亲的到来）是一个惊喜。

1975年4月18日，刘同声参加了代顿市国家空军博物馆举办的轰炸东京纪念日的剪彩仪式（资料图片）

作者：第二个问题，就是你父亲去世以后，这些人，飞行员，他们知道了吗？你们再见面，他们有些什么表示？

美林达：OK，是的。听到父亲离世的消息，他们都很伤心。那时我正在父亲去世后，人们发给我的邮件。在一次杜立特袭击者聚会中，有一个特别的服务，是为我父亲安排的。我父亲是中国人。聚会为我父亲安排了特别的悼念活动。那次聚会我和两个兄弟都在。他们给了我一些图画，是他们以前在飞机上画的。这次活动很令人感动。另一些很有意义的事是我父亲于2009年去世。去年(2012年)的聚会还是中华人民共和国公民和长大了的救助过袭击者的中国人参加。抱歉,不是第一次。但是后来有一次聚会,他们来美国了,也参加了聚会的活动。当然,这时参加聚会的不是原来的飞行员和救助他们的中国人了,主要是他们的家庭成员。但是没有一个中国人收集研究关于杜立特袭击的材料和故事。当然了,这么多年来,聚会一直在举行。没有中国人持续出席聚会,除了我父亲,直到他离世。这很有意义。好。要不要先吃饭?我们先吃饭。

作者:等两个问题问完了。就是说,你父亲在1942年4月18日,美国飞行员降落下来,你父亲路过这个地方是4月23日,在路上,住在一个客店里面,然后把他请到镇上去,从4月23日到5月3日,把这些飞行员一直送到飞机场,飞到重庆去,在一块待了十天时间。十天时间,是我们现在所看到的材料里面,中国人和美国飞行员在一起最长的时间。这段在你父亲的文章里面简单地叙述一下,还有没有其他的材料回忆这十天的经历?没有了是不是?

美林达:据我所了解,没有(用中文说的)。

作者:这个阶段,这十天中间,他接触了几十个飞行员,搞得非常热闹。最后到了衡阳飞机场,起飞的时候,因为美国飞机规定了,中国人不能坐这个飞机。本来他们要一块坐飞机到重庆去。他们很伤心很留恋地告别了。是这样子?(美林达:yes)这段时间,以后你接触的每一个飞行员,他们在这段时间内,有没有对你父亲的回忆?

美林达:有,有的。我父亲的好朋友胡佛上校是第二机组的飞行员,他确实和我还有我的兄弟说起他们一起度过的时光。胡佛上校总是在说笑话。他很幽默,但也很严肃。他说,他视我父亲为终生的朋友。我父亲救了他的命。这是他的原话,的确经常提起。那个年代,情况明显非常危险,遍地是日本人。我父亲救了他们的命。他的确经常提起。他是个很外向、很乐于助人的飞行员。他确实说起过诸如此类的回忆。我很遗憾,我父亲自己说得没那么多,我记住的也不多,但是我和我的兄弟还记住了父亲说过的一些事。我给父亲谈起的事情做过一些笔记,还录了几盒磁带的音,但是再也没机会重温它们。那是十年前、十五年前和二十年前的事情。所以,当我重温这些材料时,我还能记起父亲说过的一些事来,但是我很后悔,没有过多注意记录那十天发生的事情。

作者:你父亲在你所知道的,他在美国除掉了每一年的4月18日,他还参加过几次活动?另外他平常和这些美国飞行员有没有一些来往?或者他去飞行员家拜访,或者飞行员到你们家去拜访,这样的事情有没有?

美林达:有,有。有时候他们除了正式聚会,也在一起小聚,尤其是和他救助过的飞行员在一起小聚,比如他的朋友胡佛上校。胡佛上校是个飞行员,有时候他们还带着我父亲驾驶私人飞机。

作者:那个你参加过没有?

美林达:可能有一次我去过,那个在密苏里。那段时间我平常都是在外面。我从大学毕业以后就不在美国了。

2007年九十岁的刘同声和美国历史学家谈七十年前的故事

作者：那时，你父亲和飞行员的来往的照片，你们家还有没有了？

美林达：哥哥可能有。

作者：你哥哥的这些材料，最宝贵不过了。最后一个问题，你今年和去年参加活动的时候，你父亲救助过的飞行员还有活着的吗？

美林达：去年有一位，他的太太。他本人去世了。现在他太太也去世了。（作者：那你见到没有？美林达：去年我见到了。）

（最后作者希望美林达写一写有关的文章，请她的兄弟找找相关材料。美林达答应了。）

2013年刘同声的两位儿子在洛杉矶向作者介绍父亲带他们参加美国飞行员聚会活动

珍珠故事说不完

作者从2012年开始，跋山涉水，到浙江当年坠落过飞机的地方，寻觅美国飞行员的救命恩人。2012年7月，在杭州，我和北京的美国《新闻周刊》首席记者刘美远女士通了电话，并且告诉她：我在洛杉矶已经和她的一位哥哥汤姆、一位弟弟希瑞顿见了面。不久之前，在洛杉矶的一次美国空军筹款会上又见到杜立特将军的孙女珍娜·杜立特，进行了友好、热情的交流。目前，我正在浙江进行采访，我请她来浙江，走一趟她父亲七十年前救助美国飞行员所走过的路。

天目山的张潜花老人讲述，她记得当年哥哥张荣根把美军飞行员带到家中，她还去飞机坠落的山顶看过热闹，那时她还是一个小女孩。

未料到，刘美远女士在7月15日来到杭州，浙江省人民对外友好协会负责人陈爱珍女士会见了我们。第二天，陈爱珍女士请来了浙江电视台的编导，也就是2012年去美国代顿市，在美国国家空军博物馆举办的“轰炸东京飞行员纪念活动”的王维先生，跟随我们一同去采访。浙江省对外人民友好协会还派出了专车，接送我们。17日，我们到达当年杜立特的一号飞机降落的地方——天目山。整整一天的行程，我们在天目山旅游公司盛中成经理带领下，到达当年一号机组副驾驶员科尔跳伞、获救的村庄。

会见到当年救助科尔的农民张荣根的妻子，老奶奶已经九十四岁。盛中成是一位研究杜立特行动的青年人，他是本地临安市的人，本乡本土，历史知识、地理资料都很熟悉。在他的陪伴下，我们和张老奶奶交谈，她还能记得当时的一些情景。她还拿出了十年前有记者来采访张荣根的照片。老人家眼睛不太好了，她在院子里指着远方的山头说，飞机就掉在那里。我们老爷子以前去过上海，知道洋人。那天美国人来到，村里的人以前没有见过美国人，还以为是日本人，放牛娃大喊大叫：来了日本人。我们老头说：不是不是，这是美国人。

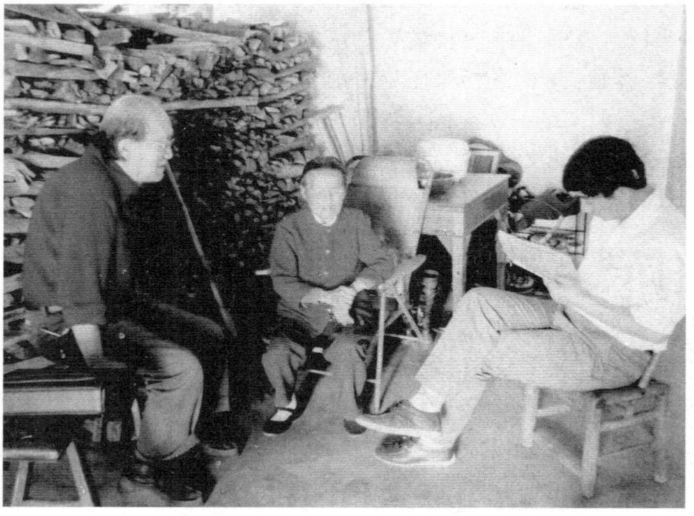

九十四岁的张家奶奶讲述救助美军飞行员的事情，天目山旅游公司经理盛中成在一旁做记录

刘美远女士很有兴趣，在她们家的门口柴火垛旁边照了一张相。后来我们又在一座新盖的楼房门口见到八十一岁的张潜花，她是张荣根的妹妹。张潜花老人记忆力很强，津津有味地说起，当时她是个小姑娘，听说来了洋人，大家都跑出来看热闹。哥哥张荣根当年是个长工，在屋里睡觉。天亮没有多久，外面传过来放牛娃的喊声：日本兵来了！我哥哥闻声跳起来出去一看，大高个子是个洋人，根本不是日本人。大家才舒了一口气。哥哥把他带到张健家里，孩子们都跑过去看热闹。张健家里人端出鸡蛋、稀饭，洋人也不敢吃。他掏出香烟、打火机，火光一闪，洋人抽起烟来。村里人从来没有见过打火机，吓了一跳。这洋人怎么点起鬼火了？小孩吓得赶快跑了。张潜花说，后来有人说：有一架飞机落在对面壕天关山顶上了。我也跟着村里的人跑上去看热闹、捡东西。第二天，保长来了，挨家挨户地说：美国飞机掉下来的东西不要捡，谁捡了的要赶快交上来。我那时还很小，跟着大家跑上山，也不敢到飞机跟前，也没敢捡东西就回来了。改革开放以后，我们生活好了，年轻人有的到外面打工，赚了钱回来盖房子。你看，这一排排的楼房都是这几年盖的。我嫂子的孙媳妇是从湖南来的姑娘。

这时，张潜花的儿子也在一旁讲了许多事情，几年来采访的人很多，有报社记者、电视台的人，也有不少来旅游的人，打听他们救助美国飞行员的故事。

第三位接受采访的是张潜花的表弟胡中荣，也是八十多岁了，他住在射干村的坡上。他记得当时两名飞行员坐在轿子上来的，也不记得是从哪里来的，只是到我们家停下来。保长一块来的，在我们家喝了茶，有一个飞行员腿上受了伤。后来才知道他们在潘庄，也就是杜立特机组五个人住的地方，专员贺扬灵办公的公署。那一天是路过我们家，要把他们送到衢州飞机场去的。我还是一个小孩，后来父亲说，政府的人安排的，他们下午又坐上轿子抬走了，政府的人还给我父亲留下了钱。他们说，美国人轰炸东京回来，飞机掉在我们这里，有人受了伤。

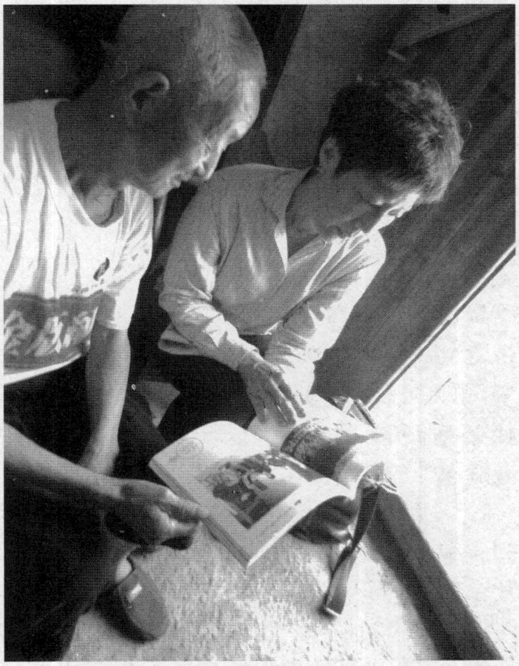

胡中荣老人向《美国新闻社》驻北京记者刘美远讲述当年他的父母为美军飞行员做饭的事情

这一天的下午，我们一行人穿越三十里山路，到达昊天关的山顶，当地的村长和书记已经先来到山顶，他们详细地讲述飞机坠落的经过。当然，他们已经是第三代人，这些事情当地的老人都知道。村长和书记指点的几个地方已经是满山的树，当年的痕迹无法找到，但是地点不会错。刘美远女士也在，浙江电视台的王编导正在拍摄一部救助美国飞行员的纪录片，这是他第三次来到壕天关。我们的采访团还有一位人物，他是美国著名的华裔摄影家杨一信先生，他受作者的邀请，专门从深圳赶来的。我们在山顶待了很久，下山的时候来到一条河的河床上，村长和书记告诉我们：昊天关地处浙江和安徽交界的山区，是黄浦江的上游。这里属安徽云梯畲族自治乡。杜立特一号机组坠落以后，飞机残骸落得漫山遍野，被人捡走，只有一个千斤重的发动机谁也搬不动，丢在了山顶。1958 年，全国大炼钢铁时，上上下下齐动员，浙江那面来了一群人，要把发动机大铁疙瘩运走。这边安徽也来了一群人说，这是我们的地方，你们凭什么要搬？浙江方面的人空手而归。因为发动机实在太重，谁也搬不动。到了 1995 年，一场暴雨，山顶的泥石流下来，把发动机冲到了一条河里。后来乡政府知道发动机是美国飞机丢下的，才组织了二十个人把它抬到乡政府。五年前，乡里建立了文化馆，才把这个有纪念意义的铁疙瘩搬到文化馆里，作为文物展览。

随后我们开车来到乡文化馆，看到这个铁锈斑驳的大铁疙瘩。我们停留了很长时间，又是拍照，又是研究。作者认为，它是记载中美友谊的宝贝呀。当年十六架美国

B—25轰炸机完成了重大的历史使命，迄今，还没有一件比它还大的文物证明历史上发生的故事。在美国的博物馆也没有，难道不珍贵吗？作者后来把它的照片带到了美国，空军部门的人、研究二战空军的美国学者看了十分惊讶。

将军写书留青史

贺扬灵将军1942年任浙江西部专员公署专员。4月18日，杜立特机群迫降在这一带，贺将军亲自接待了被老百姓和军队救助的美国飞行员。1947年，他撰写了一篇文章，题目是《杜立特降落天目记》，由大学者胡适先生亲笔题名出版、发行。书中回忆了杜立特降落天目山的经过，还有他和杜立特中校的一段深情故事，十分有纪念意义。作者摘叙他的部分故事如下：

1942年4月18日，初春雨夜，天目山位于浙江西北角，海拔五百多米，有常绿的树林和庙宇，附近有不到一百户农民。因为山高、坡地，有史以来多次战乱，都没有影响这片土地的安宁。

抗日战争初期，这里是抗日前沿地带，浙江省浙西行署设立在这里，因此，有了一些战争的气氛。传统的生活有了不少变化，一切都是新的开始。政府人员来了，抗日青年来了，抗日军队来了，给这座世外桃源的名山留下了不少的故事。

贺扬灵于1939年调来天目山主持行署工作。两年多来，遭受到几次日本飞机的残酷轰炸。山里的居民受了不少罪。日本人的炮火摧毁了这座山的自然生态，还有寺院、医院、学校、报馆，老百姓的农舍、猪圈也成了日本人的轰炸目标。

贺将军最难忘的是美国飞行员的一场遭遇：

4月18日傍晚，天气昏暗。五点一过，天空已是一片黑暗，雾气钻进屋内。贺将军正在办公桌的电灯下审阅一堆文件，门外暴风夹着大雨传过来一阵飞机发动机的"轰隆轰隆"声。开始，他还以为是风在树林里呼啸的声音。这声音一会儿消失了，一会儿又传来了，就这样来回地响着。作为一个军人，贺将军断定，这是轰炸机的引擎声。他奇怪地想到：在暴风雨中怎么会有轰炸机的声音呢？这里是战争前沿地带，贺将军立即通知防空哨所和附件的驻军，还有寺院和居民：提高警惕，派人观察，有日本飞机来轰炸了。

就这样，引擎声前后响了有二十多分钟，突然一声"轰隆"的巨响，好像就在附近，然后，除了一些风雨声之外，再没有其他的声音了。直到深夜，他才休息。

贺将军的浙西行署地址叫潘庄，是在坡上的一所别墅，建筑非常考究。是抗战之前三十年代初期，上海的一位姓潘的大老板赠送给当时的电影明星胡蝶女士的。抗战爆发，政府借用了这所别墅。

第二天天明，还下着小雨，远处一片蓝天，天空开始晴朗，山腰树林还有晨雾漂流，这是天目山最美丽的清晨。

行署办公室的人来报告说：临安县政府来电话，离天目山三十里路的青云桥附近，有人发现日本伞兵，乡民正在追捕。

贺将军惊奇地想：这是可能发生的事情吗？又过了一个小时，离天目山十里左右的青年营打来电话：他们抓了两个外国人，很快就要送来浙西行署。

贺将军更加奇怪：天目山怎么可能有外国人钻进来了呢？百思不得其解，这两件事从哪方面说，都是天外飞来的奇事。

贺将军在办公室等待消息，果然，青年营的李营长又来电话说：两位农民带来了一位穿军装的外国人，他们都是从美国飞机上跳伞下来的。李营长还说，他刚刚从广播里听到，美国轰炸机轰炸了东京。贺扬灵万分惊喜地道：这些飞行员是从轰炸东京之后飞来的吗？他立刻要李营长把飞行员护送到潘庄来。他认为，这件事会惊动整个天目山区。他相信李营长的消息，李营长懂得英文的，一定会从飞行员口中得到大的消息。贺将军立即要夫人季芳准备西餐，欢迎天外飞来的贵客。

八点钟过后，李营长带来了美国客人，其中个子较矮的、十分精干的一位飞行员，上来就紧握着贺将军的手，用英文激动地说着感谢的话，说他的运气好，有上帝的保佑才没有降在日本人的占领区。他介绍自己名叫杜立特，指挥这次轰炸东京的就是他，另一位高个子叫科尔中尉，是他的副驾驶。杜立特很滑稽地讲他，昨夜降落在一块施过肥的水田里，靴子灌满了臭水。他脱了靴子，但是光脚走路他很不习惯，又回去找到了靴子穿上。杜立特说得非常有趣，脸上充满了滑稽表情。贺将军高兴地叫来太太，也听听杜立特讲的故事。当然，李营长翻译得也很有趣味。这样，贺将军怎么也不相信，杜立特和科尔是经过了二十多小时的风雨险境和没有吃饭、没有喝水的好汉呀！

杜立特不停地讲述他们的故事，直到贺太太来叫他们去用餐。杜立特还伸出两手，表示无可奈何的样子，非常歉意，和贺太太握手。他又埋怨自己不懂得如何向将军的太太表示感谢。

两位飞行员还在别墅里洗了一个澡，穿上了贺将军给他们准备的中国军人的服装和中国布鞋。杜立特一面走着，一面用中文说：“顶好，顶好。”这也是李营长临时教会他们的中国话，引得客人和主人哄堂大笑。

中午过后，青云桥区政府来电话说，又有三位美国飞行员被当地农民救护，马上派人送来。打电话的人还说了经过：今天天亮不久，老百姓听一个放牛娃喊着：来了日本人！这样一喊，听到喊声的乡民拿土枪的、棍子的、敲锣的就来追捕。这三个飞行员在不同的地方降落，跑散了，在树林里、在山坡上裹着降落伞睡了一夜才下山的。他们见到中国人从四面八方跑来，语言不通，乡民最终把他们捉住，带枪的飞行员被乡民们绑起来，没有带枪的飞行员就没有绑。所幸途中被当地的一个小学教员朱学三发现。朱学三能讲一点英语，这才解了围。乡民们家家户户送吃送喝，热情招待美国飞行员，由区长和乡丁马上送来。贺将军立即把消息告诉杜立特，由赵福基秘书当翻译。

杜立特跳起来，抱着大个子科尔大声地喊：“感谢上帝！我们都活着了！”他不停地张望着窗外。一点钟左右，李区长又护送波特中尉、布雷莫军曹和伦纳德军曹来到。这三位飞行员身体十分强壮，手上长着长长的毛，大手还扶住手枪，紧张地看着贺将军。直到当他们发现了杜立特，才双手张开冲过去。杜立特紧紧地与他们拥抱，接吻，摸着对方的头和脸，反复地喊着："伙伴们！我们胜利了！我们都活着！"

下午三点过后，贺太太来请客人去午餐。飞行员们非常意外，客厅非常讲究，布置装饰古色古香，他们面前摆满了中餐和西餐，每人面前还有一杯盛满的绍兴酒。贺将军举杯要和五位飞行员祝贺时，五位飞行员竟然低下了头，默默地用英文祷告，说着：上帝保佑了我们！贺将军才明白美国人的习惯，逢凶化吉时一定要祷告上帝保佑了我们。贺将军和夫人也静默了一会儿，然后举杯庆祝大家胜利归来，飞行员们喝了不少的绍兴酒。午餐完毕，在别墅的门前照了相，这张相成了永远的历史纪念。五位飞行员和贺将军，还有赵秘书，围坐在客厅的圆桌四周，听杜立特谈轰炸东京的经过。他从口袋里掏出一张军用地图，这是浙江沿海的地形图。杜立特说："这是一张日本参谋本部测量局 1926 年绘制的，比例是四百万分之一。"

贺将军看过后说："这张地图太简单，而且不少地方有错误。但是可以看出日本人早就有了侵略中国的野心。十几年前，他们就绘制了这张地图。"

杜立特说："遗憾的是，美国政府、军方还没有一张较好的中国沿海地图，只能借用日本的这张地图。"他希望贺将军为他们提供一张准确的中国沿海地图。

杜立特激情地继续介绍他们轰炸东京的经过，他时而用手挥舞着。他没有忘记首先介绍自己是一位空军中校。又指着四位伙伴说：这是一次极大危险的远征，他们都是自愿参加的。日本人不顾人类的道义偷袭了珍珠港，每一个美国人绝不保持沉默，我们要报仇，教训日本人。今年一月开始严格的训练准备，全体飞行员秘密训练了三个月，出发地点在旧金山海湾。当时有两艘航母，最后决定"大黄蜂号"担任这次远征的任务，装载着十六架 B—25 中型轰炸机，另一艘载着战斗机保护我们。另外还有四艘巡洋舰，还有驱逐舰、护卫舰等等，一支庞大的舰队护送我们。

杜立特继续介绍：我们的轰炸机是陆军 B—25 双引擎中型轰炸机，每一个引擎有一千七百匹马力，每架飞机可以携带五百磅的燃烧弹四枚，这种小的燃烧弹包含着一百二十八个小的燃烧弹，当母弹爆炸时，这些小的燃烧弹就像流星一样射向四方，轰炸范围很大。一架飞机有飞行员五名，轻重机关枪三挺。

这支中队十六架飞机，其中七架轰炸东京，其余的九架轰炸大阪、神户、横须贺和名古屋。杜立特指着日本地图上的红线和红圈说："我们尊重一个国家的尊严，减少两国之间的仇恨。我们是去摧毁日本的军事工业，不准轰炸皇宫和居民。"

说到此处，杜立特停下来笑了一笑继续说："我的飞机飞过皇宫的上空，真不知道那位天皇躲在什么地方。我猜想，当我们飞过皇宫头顶，天皇一定吃惊不小吧。"

此时，客厅的门被推开了，贺将军的女儿宝宝背着书包放学回来，看到这些黄头发、蓝眼睛的外国人，她轻手轻脚地走到将军跟前，睁大眼睛仔细端详这些从没有见过面的洋人，又拉着父亲的手轻轻地问："这些人是从哪来的？"

贺将军笑着回答女儿:“他们是从天上掉下来的。”

美国飞行员这才停下来,端详着小女孩可爱的样子。小宝宝似乎明白了一点什么,笑嘻嘻地靠近飞行员,看着他们。杜立特高兴地抱起了贺将军的女儿,高高地举起,然后放下,伸出大拇指,用生硬的中国话喊着:“顶好! 顶好!”

小女孩高兴地背着书包走出去了。

转过来,杜立特继续讲他们的故事。他十分熟练地讲述轰炸东京的军事知识:东京的东面是辽阔的太平洋,我们的航母从东面过来。我们知道日本在东面有两条防线,这两条线上,他们布置了大部分的飞机。我们的飞机起飞之后必须先向北,避开他们的防线,再向西、向南,同时躲开日本的雷达,我们超低空地飞向东京。我们的飞机成功地避开了日本的空中侦察。我的飞机飞在最前面,到达东京上空已接近中午,天气很晴朗,东京在下面很清楚,还可以看到人的脸部。我立刻上升到二千五百英尺的高空,发现日本的防空气球,也有几架日本驱逐机升空企图拦截我。杜立特将自己的轰炸机突然地拐了两个弯,就摆开了日机的追逐。当地的时间在十一点三十分钟,杜立特找到了军事目标,投下第一颗燃烧弹,随后紧跟杜立特飞机的胡佛的二号机也到达东京上空。整个投弹过程不超过一分钟,而且飞机尾部的摄像机记录了整个的轰炸过程。可惜,飞机坠落在你们的山上,不知道这些摄像记录还在不在。

杜立特叹了一声气,停了一下继续说:扔下最后一枚炸弹,我的飞机直向南飞,仍然是低空,越过日本本土之后再向西飞往中国。令我高兴的是,二号机胡佛跟在我的后面,他也安全地轰炸完毕,我心中说不出的高兴。此时,客厅里的其他飞行员也鼓掌,庆贺自己的安全回来。年轻的美国飞行员高兴地张开双臂,又一次地拥抱杜立特。可是杜立特中校推开了他们,十分庄严地说:“孩子们,不要过早地欢乐。我们和胡佛中尉看来是安全了,还有十四架飞机不知他们的下落,我们还要为他们担忧。”

杜立特讲话非常流利,有规律,简直像一位大学教授,更像一位经验丰富的参谋长。他一边讲话,一边手拿一支红蓝铅笔在地图上指画着。最后他指到中国沿海地带,他把笔停下来说:“我们奉命降落的地点是衢州玉山和丽水机场,当我的飞机到达中国沿海的时候,傍晚天色很暗,又刮风又下雨,海面弥漫着云雾。当到达天目山上空时,地面的雾气很大,什么都看不见。我们在山顶上空盘旋了十几分钟,仍然看不清地面,也无法和地面联络。汽油已经烧完了,无法再飞向衢州,他们也不可能给我们发出信号,因为我们提前了十二个小时到达,也没有通知他们。我们决定跳伞,也无法猜测下面究竟是中国军队占领区还是日本军队占领区。为了保护我们心爱的飞机,不能让它烧掉。上帝保佑它安全坠落。我把油箱关掉了,我们五个飞行员,我是最后一个跳伞的。落地以后,听到了飞机坠落山顶巨大的响声。到现在,我们安全来到这里,我的飞机怎么样? 不知道它落在什么地方。不管它摔成什么样子,我希望能再见它一面。”

说到这里,杜立特沉默了一会儿,大家都在为他们的飞机致哀似的。

杜立特拿出香烟点着,吐着烟圈,心里却在想着什么问题。贺将军的太太热情地端来了咖啡,这才打断了杜立特的沉思。他站起来再三地道谢,然后对他的同伴们说:

“想不到在中国的山里还能尝到咖啡的味道。今天中午的午餐太丰富了，太有味道了。”

杜立特并没有喝咖啡，似乎又在想什么。他在考虑为这次的冒险行动做一个结论呢？果然如此，他站起来说：“我算了一下，我们由航母起飞，飞了五个小时，轰炸东京之后，又飞了八个小时，降落在中国的山区。也就是说，总共飞行了十三个小时，两千两百四十英里。根据我的推算，我们和中国机场的联络工作由于提前起飞，所以没有到位，可能十六架飞机通通坠毁了。我相信我们的同伴都能有一个好的命运，安全地降落在中国占领区。”突然他转脸对贺将军说：“按照原定计划，全部十六架飞机将集中在衢州机场，以这里为基地起飞，随时去轰炸日本军队。按计划全部的汽油和弹药已安全运到衢州机场。最遗憾的是，这个计划不能实现了，十六架飞机全部坠毁了。”

杜立特这时才把咖啡一口气喝完，他又想继续说什么：“我们从航母起飞之后，除了轰炸东京之外，其他的一切都无法按计划实现，也是我们这次失败的所在，事先无法预料。今后我们怎么办？”

大家沉默不语，贺将军才说：“杜立特中校，你们完成轰炸任务，安全来到这里，我们意外地惊奇。你们飞行十几个小时实在太疲劳了。我们为你们准备了休息的地方，一座旅社，已经准备好了房间，你们可以去看看。”

此时，杜立特和他的伙伴们才起身道谢。走出潘庄，院子里一棵高大的树，还有两棵盛开的樱花树。杜立特走过，又回过头来，像预言家一样，指着樱花树说：“日本就像他们所崇拜的樱花树的命运一样，容易开，也容易谢。”这句话，贺将军记了一辈子。

20 日的上午，天气晴朗起来，行署的赵秘书陪同飞行员上山来到潘庄的客厅，大家随便谈论着战争的问题。首先谈的是美国如何在日本占了优势的南太平洋反攻，杜立特说：“我们会反攻，不会超过一年时间。但是首先反攻是在欧洲，消灭德国法西斯。”

贺将军敏锐地问道：“美国孤立派的人作何感想？”

杜立特立即迸出一句话：“他们气得要拼命了。”

就在头天晚上，贺将军请杜立特把这次轰炸东京的经历记下来。杜立特没有忘记。一早，他从口袋掏出他昨天晚上写的杂记，还有一份准备发给华盛顿的电报，交给贺将军说：“你说的太重要了。”

贺将军告诉他：“我们已经接到电话，你的飞机已经坠落在离这里六十里路的昊天关。”问他要不要去看一下？当时杜立特像小孩一样跳起来：“是的，是的，太好了，太好了，我能马上看吗？我希望我们的那架照相机没有摔坏，能够找到。”接着他又摸了摸下巴，幽默地说：“还有我的刮胡子刀。才两天，我的胡子就长得不像样子了。幸好我的太太不在，否则她要批评我的。”

第二天，行署的赵秘书陪着飞行员们去天目山，杜立特和其他的飞行员都是坐的人力车，车夫拉着他们在蜿蜒的山道上前行。赵秘书带了几个随从，骑着从日本人那里缴获的战马走在前面。一路上乡民们都争着看这些从天上掉下来的客人，人人惊喜和欢迎。赵秘书回过头来告诉杜立特乡民们的笑意，杜立特向着中国老百姓点头、摆手。

21 日晚上，贺将军接到赵秘书从云梯送来的两个报告：

第一个是寻找飞机的经过；

奉命陪杜立特中校赴昊天关查找美国降落之飞机到达降落地点时，距该飞机被乡民发现已有三十小时之久，飞机上面的全部用品、食物和轻、重武器已被搬运一空。当地乡民和远处赶来看热闹的人也用石头敲落机体上的零件。我已命令当地的保长负责守护机体，不许乡民再拆毁，同时派卫兵查找被抢劫的物品。在当地乡公所和吴乡长的家中搜出美飞行员的衣服二十多件，另外两只空袋子以及轻机关枪一挺，子弹三百四十发；又在乡民朱某家中搜出文件、地图一部分。据杜立特中校说：飞机上遗失的重要物品有黑皮箱一只，帆布袋六只，照相机一架，其中一只帆布口袋装有重要文件和地图，希望能够找到。后来在乡长家中搜出的布袋却是空袋一个；而在居民朱某家中搜出地图文件，文件和衣服究竟是乡长拿走还是乡民拿走不能确定。昨天下午返回时，已令该乡长随同来行署查询。

第二，飞机损坏情况：坠毁之飞机因杜立特中校跳伞之前将油门关闭，故机体没有燃烧，仅飞机落地时冲击，机体分裂，散布山坡。机头和引擎滚落山角，机体分两段落在山顶，机翼和轮子掉在山腰，飞机之轻重机枪以及尾部的摄影机已被人拿走。

这架具有历史意义的飞机残骸，是轰炸东京最好的纪念物，它由杜立特驾驶，带头在东京上空教训了日本军阀，他们血染珍珠港，必须用血来偿还。贺将军要把这架飞机的残骸安置在天目山忠烈寺前，征求杜立特中校同意后，想尽一切办法，把飞机的残骸运送到山下保存起来。

4 月 22 日下午，天目山各方人士在朱陀岭开了一个空前热闹的欢迎大会。由公务人员、中、小学生、游击队员，还有一些军人和和尚，总数达两千人之多，天目山百分之六十的民众都来了。

4 月 23 日飞行员们从浙西行署出发，向后方转移。

4 月 24 日下午，杜立特一行到达于潜，街上军民鸣放爆竹，又是晚餐接待，连夜乘船赴桐庐。25 日黎明靠岸，县长率领部下上船慰问，随后再开船赶路。下午四时到达严东关，县长派代表迎接，杜立特一行在船中致谢，停泊一小时后继续航行。

26 日上午九时，到达兰溪，县长邀请飞行员到县政府早餐，驻军 63 师赵师长陪坐。许县长电话通知衢州空军基地十三总站站长陈司令，对方派美国吉普车前来迎接美国飞行员。等到中午，赵秘书和杜立特一行五人同乘一辆吉普车出发，下午三时抵达十三航空总站。陈又超司令亲自接待，机场花圃用花朵组成“欢迎美国飞行员”字样。他们从兰溪上车时，飞行员所带之行李放不下，只好先走人，行李暂时留下。第二天，赵福基又返回兰溪取飞行员的行李，并命令机场卫士押送行李，送往十三航空总站。就这样，赵福基途中耽误了三天。赵福基连夜在金华写了一份报告。在此时，两次日本飞机来突袭，每次不少于两个小时，所以这份报告难免有在匆忙之间疏忽的地方。

衢州第十三航空总站。25日这一天,先后到达美国飞行员共有二十一名。因衢州机场屡遭日机轰炸,机场破坏严重,大后方来的飞机无法在此地降落。所以美国飞行员只好乘车赶往湖南衡阳空军机场,再转飞重庆。据飞行员回忆,已经迫降中国的美军飞机已经超过十二架。日本广播电台宣布:日方击落九架美国飞机,完全是造谣。

七十年前,衡阳空军机场,轰炸东京的美军飞行员从这里乘飞机到大后方

赵福基秘书在衢州陪同杜立特中校参观机场,杜立特说:"衢州机场设备完善,如不是日机轰炸,完全可以降落大型飞机。"

赵福基沿途和杜立特交谈,感觉到杜立特中校为人仁慈、严肃、亲密、幽默,对中国非常友好热情。路上碰到一位美国牧师,谈吐中对中国人的毛病有所批评。赵福基反对他的批评。这位美国牧师举了一个例子认为,中国人爱自身、爱自家,却少有爱国者。赵福基反斥之:以前中国人忠君过于爱家,君者就是国家之代表。现代的中国青年更知道爱国重于爱家。此时,飞行员布雷莫问道:"中国人除自己生命以外,最宝贵的是什么?"

这位牧师回答:"除自身以外,中国人讲究物质生活。"

赵福基立即引用中国儒家孟子的话:"舍生取义为首也,也就是说:中国人自古以来,生命固然宝贵,如果正义当前,虽牺牲生命于不顾也。"他用英语解释得很详细。杜立特听罢点头称赞说:"这和美国的道德标准是相同的。"

一路上,杜立特中校讲了许多美国空军的故事,他的讲解非常生动。赵福基和杜立特分别时,深感相见恨晚。

赵福基报告的结尾说道:明天他们就要去上饶拜见顾祝同长官,及时向贺将军报告。

杜立特一行六十四人被浙江军民救护,先后安全返回自己战斗岗位。此事激怒了日本东京大本营。日军认为：美国将以衢州、丽水等机场为轰炸日本本土的空军基地，这还了得？于是日本发动了浙赣战役，这是一场大屠杀。从5月中旬开始，驻华日军集中了十万兵力，于6月6日、6月12日、24日，先后占领了衢州、玉山、丽水机场，日本骑兵还到达了上饶，切断了浙江西部和东部的交通线。他们屠杀了二十五万中国军民，杀光、抢光、烧光的暴行，以此来报复中国人民。

此刻，杜立特已回到华盛顿，他给贺扬灵将军发了一封信。贺扬灵在前线收到杜立特将军的信，信中写道："中国浙西行署主任贺扬灵将军阁下：前在贵地，敝人及各位同伴，承蒙盛意招待多日，特致函前来，敬表谢意。此次若非阁下协助和合作，不仅敝人和同伴以及后来之其他空军队员，必将遭遇无穷的困难。承派赵福基先生作伴为我们送行，更加感激。赵先生知识优良，待人和善，沿途受益匪浅。敝人希望来日能有机会报答阁下之盛意。

此送大谢！

美国空军少将杜立特　谨启

1942年5月23日

贺扬灵将军接到这封英文信，翻成中文，水平真高。贺扬灵叹为观止，此乃赵福基杰作也。贺扬灵也请赵福基也用英文回了一封信，贺将军两年以后还记得这封信的结尾，其中有这样一段：

> 我希望将军，你能领导你的同伴再度轰炸东京，我更希望你能领导你的同伴一马当先，去轰炸柏林和罗马，使全世界的法西斯、暴徒都慑伏在你们的面前。

老天不负贺将军的心愿，三年以后，美国空军特别是杜立特将军的同伴们在太平洋上给日本扔了两颗原子弹，日本法西斯无条件地向同盟国投降，从而第二次世界大战取得了伟大胜利。

杜立特在潘庄贺扬灵将军处留下了几份文稿，贺将军一直将文稿带在身边，直到1947年他在南京写《杜立特降落天目记》一书的时候，将这几份珍贵的文稿抄录在他的文章中。可惜当时没有复印机，也没有照相留存，只将杜立特文稿上的原文翻译成了中文，抄在他的文章中。现将这几份珍贵文稿抄录如下：

> 一、杜立特致贺扬灵的备忘录：
>
> 副标题：抵达天目山后
>
> 昨天上午八点二十分，美方B—25轰炸机16架，从距离东京八百英里海面航空母舰上起飞。
>
> 轰炸东京之后，至少有两架飞机飞抵杭州湾南部中国之海岸，因为天晚和浓雾的关系，无法寻找衢州机场。我方飞行员于当地时间六时二十分，身带降落伞跳下。
>
> 我等之飞机落在距天目山大约五英里的地方，所有飞行员在附近先后跳伞

落地。

我们准备从此地前往衢州，再转达重庆。

司令　杜立特空军中校

上尉　科尔随我在此

上尉波特仍无下落

中士伦纳德仍无下落

中士布雷莫仍无下落

1942 年 4 月 19 日上午记

二、杜立特报告华府电文：

美国华盛顿空军司令安纳德中将：

我方已轰炸东京成功，因中国方面气候恶劣，故致现在为止，飞行员五人安全。飞机恐已完全损坏。

中校　杜立特 1942 年 4 月 19 日下午

三、伦纳德（中士）轰炸东京杂记：

离开航母起飞，我巡洋舰正和日舰激战，俯冲轰炸机也参加战斗（从另外一支航母上起飞来保护我们飞行队的）。我们循环飞了一周，对准指南针后，看见二号机胡佛起飞时正是上午八点二十分。向日本方向飞行大约五十英里，看见日本船只；又飞二百英里，发现日本侦察机，我机升高到两千至三千尺高度，躲开日本侦察机向日本方向飞行，发现海面许多日本小的船只。

抵达日本海岸，大概在起飞五十分钟以后。此时是白天接近中午，一路顺利。布雷莫和科尔通知我：前面有许多船只，我机飞临海面上空二十英尺，发现日本防空气球在东京上空，我机向左转。日机发现，我们已经到达东京。

我机继续向前，正在高空日本飞机的下面，副驾驶科尔猛向右转，在一群小山的上空飞过。二号机胡佛随后五百米。

第一个炸弹落下时间是一点三十分，然后三个燃烧弹每个有五百磅，投弹手布雷莫看准更好的目标，所以保留最后的一只炸弹。此时，地面防空炮火很猛烈，黑烟和爆炸的弹药齐飞。

伦纳德大喊一声，使飞机高升，地面防空炮火十分猛烈。因为我们的机智，幸好没有被击中，只见二号机投下的炸弹打中地面目标。杜立特下令：暂停投弹！因为二号机在我们下面穿过，只相距二十多英尺。杜立特骂着，因为我机正面临最佳的目标上空。可是，我们的炸弹已经扔完了，只好打了一阵机关枪，起不了什么作用。也让敌人知道，我机走了。

穿过日本的南面，飞向西面的中国。二号机胡佛也完成任务，跟随我们而来，朝着中国方向。

我机飞行高度不算高，可以看见海面有几百只小的舰艇和打鱼船。这时，杜立特告诉大家：很可能到达不了中国海岸，因为汽油已经快要用完，提前做好准备，到必要时在海上降落。我们希望有顺风为我们送行，让我们离日本更远一些，离中国海岸更近一些。此时，从航母起飞到此，已飞了两千两百英里，大约飞了十三个小时。接近中国海岸了，好消息！可是海岸大雾弥漫，飞机再度升高。到了最后关头，应该是接近衢州了。杜立特终于下达命令：我们按照规定的秩序跳伞：布雷莫、波特、伦纳德、科尔、杜立特。

四号原件：

赴衢州途中，赵福基和杜立特问答记录：

赵问：在离开美国之前，足下和衢州机场（丽水、玉山）有无通讯方法和密码？

杜答：在美国时，已约定有通讯方法。显然，现在此方法已无法应用，再说我们比计划提前了一天半。

赵问：足下飞越中国海岸时，衢州机场为什么没有接受足下发的电报？

杜答：可能他们没有准备好。因为我们到达的时间比他们知道得早了整整一天，他们没有准备。

赵问：如果事先你们没有和衢州机场约定方法，足下能否寻找到衢州机场呢？

杜答：当时沿海一带如果没有重雾，山峰上没有云，我们就能够找到衢州机场。但在夜间，如确定机场之地点，地面的机场有灯光标志，那么也应该是事先有所约定。

赵问：足下没有比你现在手中更准确的地图吗？我想中国军方有五万分之一的中国地图就行了。

杜答：我们当时没有准备较详细之地图，这是我们的一大障碍。美国来中国的飞行员应该有更详细的地图。现在如有可能，有这种详细的地图，就应该给美国拿来使用。因为我们有可能在路上还要行走好几天。

赵问：足下是否确认，你们起飞的时候，中国军事当局已经获得通知？

杜答：已通知史迪威将军，吾等如果在4月20号到达衡阳，史迪威将军一定会通知到蒋介石。衢州机场准备了汽油和炸弹，肯定知道我们20号之前一定到达。而且我们还要求衢州机场做到：

1. 无线电之帮助。2. 巨大的照明，指示场所所在地。3. 小的灯光标明机场四周的界线。

在我们起飞之前，最大的困难是：我们组织起飞，必须绝对秘密和快速，根本没有时间交换通讯和传达情报。

……

五、美国空军总司令阿诺德上将的感谢信：

扬灵将军大鉴：前承阁下暨贵部惠于本国空军人员珍贵的协助，无限感激。予谨代表美国空军表达最敬的谢意。由于阁下暨贵部人士之果敢协助，宜增本国空军人员打击敌人勇气和决心。故此精诚合作，此为贵我两大国争取最后胜利的共同志愿之铁证也。专此奉达，敬颂。

美国空军总司令阿诺德上将

1942 年 4 月 23 日

华盛顿

六、中国战场美军司令魏德迈感谢信：

扬灵将军大鉴：

敬启者：在此附奉敝国空军总司令阿诺德上将谢函一件，敬启查照。在此深信，阁下必将继续与吾人合作，以期早日完成合力击溃共同敌人之伟大工作，实所盼祷。

专此　敬颂　勋安！

中国战场美军司令　魏德迈

（美国华盛顿航天博物馆二战展厅"袭击东京版面"）

1947 年 7 月 23 日晨，贺扬灵将军在南京暴病去世，葬于永安公墓。

墓志铭曰："器度之宏，心胆之赤。报国之忠，未竟三策。生为民劳，死为弦直。叔世清风，在汤山侧。"

1996 年 6 月，杜立特机组领航员亨利·波特上尉在美国得州给贺扬灵将军的女儿贺绍英的回信：

中文稿：

亲爱的贺绍英：

我很高兴地从我的朋友朱学三那里得到你请他转给我的信。很有趣的是，数星期之前在佛罗里达，有人告诉我：当年贺扬灵将军的一个亲戚在美国华盛顿航天博物馆看到了我的照片，因为当时我没有关于此事提供人的姓名和事件的时间、地点，也就没有注意这件事情。原来就是你，当年的贺扬灵将军的女儿，竟然在五十年后，在华盛顿航天博物馆的图片中认出了杜立特将军的机组人员。我多年来清楚地记得你的父亲贺扬灵将军。我们跳伞后的第一个晚上，是在靠近天目山的山坡。我们落地的地方就在浙西行署的附近。我们依靠当地的农民，才到达了浙江行署。尤其是我们遇到朱学三，得到他巨大的帮助，因为在遇到他之前，那些村民根本不知道我是谁，而我也不知道他们是否能够友好地对待我。说起当时的遭遇却是非常痛苦。在此我不想用往事来打扰你，我不想多说。在你父亲的总部，我们其他的飞行员都是在你父亲的总部相聚的，大家十分高兴。那天晚上，贺将军一家为我们设宴，这是我们在中国吃的第一顿饭，饭菜又是那么的可口。虽然早晨我在朱学三家里吃了一点点早餐和煮得非常老的带壳的鸡蛋。我们都是年轻人，到了傍晚时我又饿得厉害。我们在一起待了好几天，你父亲帮助杜立特联系了解其他机组的情况，还想方设法能够找回被日本人俘虏的三位飞行员。几天之后，我们离开了潘庄，最后到达重庆。

在天目山时，我记得在当地的民族文化馆的门前，我们机组人和许多当地人一起拍了一张照片，由于你当时只有七岁，我想那张照片上不会有你。

我常常在美国到处演讲，介绍我们在中国的经历，当然每次都要提到你的父亲以及他给我们的帮助。令我遗憾的是，以前不知道你。否则，我们在1964年我去中国或者是后来你来美国，我们就可以见面的。

我非常有兴趣再听听关于我们在中国降落的许多事情。我在想，是否有可能从国家博物馆将其他的材料转给我，这样我有可能和得州的博物馆联系，再次展出一些以前没有展出过的资料和有关纪念品。

我有兴趣听你说，如果你有任何问题，我都愿意尽我的所知给你回答。

附言：你看出我打字不太熟练。

你的新朋友亨利·波特(手写签名)

附：亨利·波特的信件原文复印件

2013年7月，贺绍英教授在南京向作者介绍她父亲贺扬灵当年救助杜立特的故事

恩人篇

父亲救过美国人

2010年,盛夏的6月,一位家住在上海杨浦区、名叫任盈盈的老人,来到衢州市找到了《衢州日报》的记者,她要记者转告该报的退休老总编庄月江。因为她在《新民晚报》上看到庄老写的关于中国军民救助杜立特飞行员的故事。老人的父亲正是故事中救助美国飞行员劳逊的医生。她也从报纸上知道,劳逊后来回到美国写了一本书,叫《东京上空三十秒》,后来被改编成电影。她知道,劳逊书中也写到他在获救中,有一位救护站的医生和护士。老人说,劳逊讲的救护站的医生就是她的父亲任超民,那位救护站的女护士就是她的母亲洪漪。她的父亲任超民已经去世,她的母亲洪漪今年已经九十岁,就在上海。她希望庄老和《衢州日报》写文章的记者们把她父亲和她母亲的名字写到文章中去。老人自己也写过文章,发表在上海的报纸和杂志上。记者细听了老人讲她父母的故事。在劳逊的书中,回忆起这一段使人掉泪的故事:

1942年4月19日,在浙江沿海的三门县,她父亲任超民刚刚从医学院毕业,被派到三门县任卫生院的院长。那里是抗日前线,战火纷飞,国军在前线勇敢地抵抗日军的进攻。母亲洪漪刚刚和父亲结婚,也在救护站担任护士工作。由于濒临前线,时常有日军和伪军来骚扰。当时国军已经撤退了,三门县卫生院所在地成了一片空白区。他们没有撤退,因为当地仍有许多伤兵和受难同胞需要救济。日本军队来过一次,他们将卫生院能用的一些医疗器械和药品抢劫一空后跑了。任超民的太太洪漪在自己的皮箱里藏了两瓶红药水、碘酒和几支针管,还有一盒葡萄糖。就在4月19日的晚上,当地的渔民用门板抬来了一位受重伤的外国人。在灯下,任超民发现受伤的是一个美国飞行员,他用英语询问后得知,飞行员是轰炸东京之后准备在中国降落,因没有找到机场,飞机迫降在三门县的海滩中。有四名飞行员受了伤。受伤最重的是一名叫劳逊的驾驶员,脸部下巴歪了,牙齿打掉了许多,左腿受伤严重,伤口裂开,血流不止,背上也是伤痕累累。任超民非常着急,美国友人受伤这么重,我们怎么办?驾驶员劳逊不过二十三四岁,期待的眼光看着他,嘴里不停地喊着:我需要救治,我需要救治。

任超民说:我们是一个小小的救护站,国军已经撤离,日本人来过,把我们的一点点药品和器械全部抢去了,我们正准备撤退。这时,年轻的妻子洪漪在一旁也流了眼泪,她说:我藏了一盒葡萄糖,还有一点点红药水和碘酒。任超民说:快拿来,快拿来,给他的伤口消毒。

消毒、打完了葡萄糖后,年轻的太太马上又去烧茶、做饭,随同来到的其他飞行员一直站在担架旁边。还有护送的人说:我们游击队已经报告了上面、县长还有军队的长官,可能他们马上要派人来,要把美国飞行员送到医院去。

任超民说：那太好了，太好了，离这里一百里路有一所好的医院。我知道，我知道，希望他们赶快来，赶快来，美国朋友，你们真了不起。

这时，年轻的太太洪漪用纱布盖住了劳逊腿上的伤口，血止住了一些。劳逊驾驶飞机十几个小时降落时受了重伤，肚子很饿，想吃面包。这里兵荒马乱，哪儿来的面包？洪漪很快亲手做了肉包子和汤，还在街上买了点心。劳逊边吃边流眼泪。看到劳逊受了重伤可怜的样子，又没有被褥，她急忙回家，把新婚的被子拿来盖在劳逊的身上。

当年的三门县卫生院院长任超民医生

劳逊吃了主人做的饭，还喝了咖啡，稍微安静下来。他望着热情的医生和他的太太，想起了什么，从口袋里掏出一个皮夹，取出一张照片，上面是一个非常漂亮的姑娘。年轻的护士一看便问道：这是你的太太吗？

劳逊笑了，点头。

任超民医生也说，真漂亮。你放心，中国人一定要努力救你，一定会把你治好。你们是英雄，中国人的好朋友。

劳逊看着自己身上盖着新被子，他轻轻地说：谢谢你们，谢谢你们。

劳逊从衣服的口袋里取出飞行员的胸章送给任超民医生。一直等到半夜里，三门县的陈县长亲自带了恩泽医局的外科医生陈慎言和六台担架，一天赶了一百多里路来救护美国飞行员。就这样，任医生和他的太太把美国飞行员送了一程又一程，这才告别。这是美国飞行员第一次接触到的中国医生——任超民和他的太太洪漪。在这之后，劳逊和他的同伴经历了更多的危险和痛苦，终于在中国医生的全力救护下保全了生命，回到美国。

一年之后，劳逊写回忆录《东京上空三十秒》，书中提到任超民夫妇是第一个救护他的中国医生。只是因为疏忽，当时没有留下姓名，但他说得非常清楚：一位戴眼镜的年轻的中国医生和他的太太，把他们结婚用的被褥盖在他受了重伤的腿上。

据任盈盈老人的回忆，她母亲记得非常清楚，说：劳逊最后离别时还说过：战争结束后，他一定要请任超民夫妇到美国去做客，请他们吃美国巧克力。

后来，劳逊回国了，任超民留在浙江四明山游击区继续做战地救护工作。抗战结束，后来到上海做医生，到 1983 年因病去世。任超民夫妇经常给孩子们讲起中美友谊，讲起他们救助美国飞行员的事情。

伟大的友谊，战争残酷的岁月，更不能使人忘记。作者 2013 年和 2014 年两次在上海看望了任超民的夫人洪漪女士。洪漪老人虽然已经九十四五岁，许多事情虽然已经淡忘，但是她还能给作者讲起美国飞行员劳逊——“劳逊给我看过他太太的照片。”她是千百个救助过美国飞行员的一员。他们乐于助人，这闪光的珍珠，永远表明了中华民族优秀儿女的朴实、真诚的品德。

2014 年 7 月，九十四岁的老人洪漪在上海家中向作者讲述七十三年前她和丈夫任超民救助七号机组飞行员劳逊的故事

2014 年 7 月，任盈盈老人向作者介绍她的父母当年救助七号机组飞行员的故事

历史友情不能忘

七十三年前，杜立特机群轰炸东京之后，消息传到了中国，正在和日本法西斯血战的中国人民听到这个捷报，万分高兴。美国最优秀的青年一代，八十位轰炸机飞行员为中国人民出了第一口气。多少中国人，现在只能称他们为无名氏，给美国飞行员写信，感激他们的英雄行为，激发了中国人民抗击日本法西斯的意志和激情。漫长的历史跨过了世纪，在无数封中美两国人民写给美国飞行员的信，保留下来的，实在是太少太少。

七号机组的泰德·劳逊保留了三四封中国老百姓和国际友人当年写给美国飞行员的信，在他的后来的著作中，向美国人民公布了以下的信函，实为珍贵。这一串历史珍珠，并没有被中国人所知。历史总是非常的遗憾。今天，我们有幸向今天的美国人和中国人，以及为保卫世界和平的人们展示出这一串串历史珍珠的其中几粒，让我们分享它的历史价值以及中国人民的期望和自豪吧。

1942 年 4 月 30 日，信封上署名的是中国某地一所师范学校老师的一封信。可惜，原件的信封已经查找不到，只有原信的打印稿披露如下：

先生们：我万分高兴地得知，你们轰炸了日本的东京、神户和名古屋，这是多么困难的工作！你们多么勇敢！这是多么重大的胜利！我对你们表示最高的敬意！世界的眼睛都看着你们，为了你们轰炸东京这一重大任务的战果。

我们知道，你们对日本大城市的轰炸，使得所有热爱和平的人民对完全胜利产生了一线希望。这更让日本人民认识到，他们一直都被军阀虚伪的胜利所蒙骗。这也标志着盟军在世界所有战线上开始了反击。

我们中国人民并不喜爱战争，我们无意侵略他国，我们对他国的任何一寸土地都无意觊觎。但是，我们必须对日本实行轰炸，才能在这场最残酷、最可怕的战争中取得民主的胜利。

轰炸日本，我们摧毁它的交通工业和军事装备，我们摧毁日本战争制造者的大东亚迷梦，然后我们的盟军就将在不久的未来征服轴心国，全世界人类的福祉才能持续下去。

英雄们：你们将取得更多的胜利。我希望你们恢复健康，再次轰炸日本！

你们真诚的志野

中华民国浙江省法院 1942 年 4 月 22 日

亲爱的劳逊上尉和美国飞行员们：

你们不顾当前的情势，远渡重洋来到我国，能够向你们写信，我深感荣幸。

我代表我国人民向你们表示热烈欢迎，并对你们不顾危险，同法西斯主义以及损害世界自由、正义者抗争，表示尊敬。

你们上周从我们城市经过，不能为你们提供饮食和医疗，我表示非常抱歉。

现在我代表全省十六万民众祝愿你们早日康复，并协助我们夺取最后的胜利。

请不要忘记你们来过的这个中国城市。

致敬礼！

大法官 Kai-san

中华民国浙江省差会

1942 年 5 月 31 日

亲爱的劳逊夫人：

我受您儿子劳逊中尉之托，向您写信。他与我们共同度过的这几个星期，很快就过去了。但其中不乏令人忧心之事，因为他出来时伤病很重。一天夜里，我们为他的生命而担心，因此有六位传教士共同为他祷告，祈求上帝保佑他的生命。自那时起，他的病情开始改善。就在您儿子离开这里之前，我提醒他，他的幸存是上帝应了祷告。我们都为他的健康恢复而高兴。他受伤很重，请我陪伴。由于不能多说话，我就为他朗读《圣经》中他记得的著名经文，然后我下跪祷告，将他交托给主。他喜欢这些时光，也时常说起您，以及为您一起所做的祷告。记得他来时，他所说的第一句话，就是说他母亲时常祷告。神已经应了您的祷告，您亲爱的儿子现在已逐渐恢复健康。而且更好的是，我认为他在这次痛苦的经历中进一步认识了上帝。

他的机组人员都很喜欢他，亲热地叫他“泰德”。他们都是好人，我们都感谢上帝，能够认识他。现在他们都已经离开，将越过漫长的路，前往中国的陪都。我希望您能享受到儿子归家的喜悦。也许您见到他的模样时会感到伤心，但请您记住上帝留住他的生命的恩典。我相信上帝让他活下来，必然有更重大的目的。我们无法总是相信上帝的旨意，但我们相信他，因为他让自己亲爱的儿子为我们而死。且到这里，愿上帝保佑您，和您亲爱的儿子劳逊中尉！

您忠诚的乔治·帕克

1942 年 5 月 30 日

亲爱的劳逊夫人：

您收到一个陌生人的来信，一定感到惊讶。但是我们是因您儿子之托给您写信的，您一定能原谅我们的唐突。我们很荣幸接待劳逊中尉和他的机组人员在本市度过了四个星期。当他离开、前往重庆时，他请我们给您写信。他驾驶的飞机在浙江沿海迫降，而机上人员都受了伤。不幸的是，他们无法立刻得到治疗，而等他们四天后到达这里的医院时，伤口已经感染。这里的两位中国医生都接受过医生的训练，为他们提供了尽可能的护理。我们差会的四位传教士也尽可能地做了翻译工作。三天后，当美国空军的怀特大夫跟随机组到达时，我们都如释重负。他们的飞机也坠毁了，但无人受伤。因此其他机组人员先行离开，而大夫留下照料伤员，并和他们一起穿越中国。我们觉得，在唯一这架降落于我们附近的飞机上恰好有一位医生，正是上帝对您祈祷的回答。

也许您希望了解更多的细节，您勇敢的儿子在这里度过四个星期。他深受我们的喜爱，他常常承受巨大的痛苦。医生们花了四个星期，期望拯救劳逊中尉的左腿，但最后发现若不及时截肢，可能会很危险。于是怀特医生极其遗憾地从膝盖以上的位置截去了他的左腿。亲爱的劳逊夫人：我知道，这对您来说是重大的打击，但是作为这样一个孩子的母亲，您一定也是一个勇敢的女人。我们都向上帝祷告，希望他能赐予您安宁，经受住这场新的考验。诚然，您的儿子能够活下来，就是一个奇迹，失去一条腿不算什么。他的脸上和胳膊也受了伤。但在他离开时，这些伤口已经愈合得很好，怀特大夫与他们同行，给了我们很大的安慰。这样一来，他们必然会得到专业的护理。其他的一些人也有受了重伤，但他们都很勇敢。即便我们能做得很少，但是能为他们服务实在是荣幸。我们差会的一位美国护士，还有她的丈夫和两个孩子，专门从临近的城市赶来帮忙，大多数时间都在照顾劳逊中尉。令人惊讶的是，他们居然来到我们这里，而在全省的其他地方，都没有这样的医疗条件。显然，上帝为他们做好了安排。他们离开这里已经两周了，我们不知道他们现在在哪里，但确信他们沿途得到很好的照料，因为中国政府和百姓对他们一直十分关照。我希望您的儿子能尽快回家，恢复健康。

不知您是否能给我们回一封信？只要一封，要我们知道他已经回家，还有他的最新情况，可以吗？如果您能回信，我们一定感激不尽，因为我们都喜欢上了泰德。他经常提起您，您永远是他最亲的人。我们相信，这对您的儿媳来说不会是太大的打击。我的丈夫已经另外给您写了一封信，我在这里就不多说了。

祝好！

您忠诚的爱丽丝·帕克

另注：日本有可能要占领此地，可能造成邮政延误，但我相信这封信能够顺利寄出。

美国大西洋舰队第八舰队

1946年3月29日

泰德W·

劳逊上尉：

加利福尼亚州洛杉矶市

布拉达路5402号

亲爱的劳逊上尉：

1942年4月18日，日本本土第一次受到从秘密地点起飞的美国飞机的攻击。对于在各条战线上的遭受挫折的美国人来说，如同闪电一般，带来了一线新的希望。对于高傲的敌人来说，这预示着必然到来的失败。

美国海军为“香格里拉团队”幸存的成员及其牺牲的同志的家人准备了一份照相册，其中记录了这次激动人心的行动。随信附上一份，供你珍藏。

作为“大黄蜂号”航母当时的指挥官，我同样为吉米·杜立特在这次行动中的战友所表现的果敢行动感到骄傲。

我谨代表海军向您表达最热烈的敬意。

您忠诚的 U A 米切

M A 米切上将　美国海军第八舰队　司令

纽约市舰队邮政局发

子孙三代谢恩人

2002 年,中国国务院新闻办公室在美国华盛顿举办《历史的记忆》摄影图片巡回展。随来的代表团成员中有几位中国同胞,他们不是官员,也不是要人,更不是名人,只是几位朴素了又朴素、平凡了又平凡的中国老百姓。10 月 18 日,在美国首都华盛顿,一个名为“美国老兵重聚晚会”上,五十多年前的美国飞虎队员卡罗尔今年八十四岁,带领一家三代人,他们分别来自三个州,为的是要会见来自中国的一名平民百姓。

卡罗尔老人听说他的救命恩人罗光甫从中国来到华盛顿,他非常吃惊,感动得说不出话。他带儿子、孙子十多口人来见罗光甫。因为五十多年前的事让他自己说,也说不清楚了。他决定带上儿子、孙子三代十多口人来见罗光甫。五十多年了,分别在太平洋的东、西两岸,谁也没有想到会有重逢的那一天。在晚会上,卡罗尔说不出话来,直淌眼泪,抱住罗光甫哭,一家人围在周围。

七十八岁的罗光甫不善言语,他还是可以慢慢地讲述五十七年前的动人故事。

1945 年 8 月 4 日,世界反法西斯战争进入决胜阶段。驻守在中国云南宝山机场的美国陆军运输队“驼峰航线”飞行员约翰森、副驾驶鲁尔、报务员卡罗尔在 C—46 运输机执行飞越驼峰的运输任务。当晚十一点钟,飞机返程,离宝山机场还有五十多公里上空,飞机突然起火了,三人在飞机坠毁之前跳伞。当地农民跑到失事山中,将受伤的三位飞行员抬到家中,其中就有二十岁的青年农民罗光甫,他背的是个子最大的卡罗尔,走了三个小时的夜路,第二天迅速转送到当地医院进行抢救、治疗。一个月之后,卡罗尔才出院,回到美国。以后他们再没有见到,只有其中的约翰森亲手做了一架 C—46 模型,于 1999 年送到中国,找到了罗光甫,将模型送给了他,表示纪念。在会场,卡罗尔的家人围着罗光甫问长问短,卡罗尔呆呆地看着他保存了很长时间的一本照相册子,这本相册是当年卡罗尔住院时期,罗光甫送给他的家人照片,他们再没有见过面。今天晚上,会议主持人将罗光甫介绍给观众时候,卡罗尔才困难地站起来,扑向罗光甫,只是流泪,说不出话来,因为他长期有病。

卡罗尔的女儿贝克说,刚才罗光甫老爷爷讲了整个事情的经过,我们全家人才彻底明白,我父亲年纪很大,有病,记忆力严重减退,他始终没有说清楚他在中国的遭遇。我们全家永远感激你的恩情,还要告诉我们所有的孩子。

这一次随着中国代表团来到美国的,还有救助过杜立特机群十五号飞机的中国老人赵小宝,她已经七十九岁,能再一次见到十五号机的飞行英雄,她非常感动。

赵小宝老人的丈夫麻良水当年亲自在半夜里摇着小船,冒着生命危险闯过日本炮艇在海上的封锁,将五位飞行员送到游击队管辖区。那时,赵小宝老人只是一个刚刚结婚的、十九岁的新媳妇。美国飞行员们把她的忘我牺牲的故事带回到美国,也传遍了美国。

其他的飞机一共有六十四名飞行员得到了中国老百姓的救助,最后安全返回美国。但是,后来的历史非常惨烈:就在赵小宝救护美国飞行员的村庄,有二十七名百姓被日军杀害。在以后日军报复的战争中,两个村庄被夷为平地。五十年过去了,无论是美国飞行员们的聚会,还是中国代表团来到美国,所有的美国人都把中国百姓救助美国飞行员的故事传播、再传播,感恩、再感恩。美国朋友们说,中美人民世世代代友好,美国人民世世代代不忘中国老百姓的恩情。现在大部分获救的美国飞行员已经去世,赵小宝老人最后说:我希望中美人民世世代代友好下去,希望你们到中国来我家做客。

晚会上,杜立特将军的老朋友、原美国西北航空公司副总裁、也是中美友谊传播的伟大使者穆恩先生和他的夫人赠送给赵小宝老人一件毛线衣的上装和一瓶香槟酒。穆恩说,请你将这瓶酒带回中国,你和你的家人喝着这瓶香槟酒的时候,一定又会想起1942年,在你们海岛渔村的家中发生的事情。

穆恩先生从上个世纪的1990年开始,受杜立特将军的委托,三次奔走于太平洋的东西两岸,寻找中国救命恩人,打捞当年美国降落海中的飞机,他是独一无二的、伟大的和平使者。

在晚会上,主持人介绍了飞虎队飞行员莫尼中尉的故事:

莫尼中尉二战初期自愿报名参加飞虎队,不远万里来到中国,为了帮助中国老百姓抗击日本法西斯。他所在的航空部队驻守在“驼峰航线”的重镇云南驿机场,1942年12月26日,日军一批轰炸机突然袭击云南驿机场,莫尼中尉驾机升空,阻击日机,空战异常激烈,炮火映红了天空,莫尼中尉驾驶的飞机不幸中弹起火,迅速向县城坠落。莫尼坚守岗位,决不跳伞。着火的飞机终于飞过了县城,在野外坠落,莫尼身负重伤,送到医院,当地著名医生董济元尽了最大的努力,使用最好的药品,但未能挽救莫尼的生命,不幸牺牲在手术台上。消息传开,详云县全县人民为他送葬,捐钱捐物。五个月以后,详云县城立下一块“美国空军莫尼中尉殉职纪念碑”。每年清明节,全县男女老少总要来到纪念碑前,为这位美国英雄献花圈。直到1994年,莫尼中尉的妹妹黛薇丝来到详云,她被中国人民的感情所感动,写了一首赞美诗,其中两句是:“两个强大的民族在地球的这方和那方,走到一起,面对面,永远是最忠实的朋友。”

2002年10月18日,在华盛顿的阿灵顿国家公墓无名战士墓前,走来两位中国老人和两位美国老人,两名美国步兵喊着响亮的口令,以严格的礼仪完成换岗仪式,四位老人并肩来到无名战士的墓前,献上了花圈,并致深深的敬礼。

四位中美老人是:中国退役的将军李来柱、宋承志,前美国“驼峰航线”的飞行员弗莱泽·汉克斯、前飞虎队飞行员查尔斯·莫特。四位老人以独特的方式代表两国反法西斯老兵共同悼念在二战中的中国战场上牺牲的美国士兵和中国军民。

美国无名战士墓立在美国弗吉尼亚州的阿灵顿国家公墓的最高处,日夜有卫兵巡守。在整个公墓中,是规格最高的。

四位中美老人在无名战士墓前,他们活动时,四周有来自世界各地的众多游客。目睹了老人的行为,众人非常感动。同时参加悼念活动的,还有一批中国和美国的英雄飞行员。

中国老兵代表团团长在悼念活动开始前的致词说道:你们是为人类崇高的理想而献身的,你们是人类的英雄,中国人民将永远记住你们的名字。

原"驼峰航线"老飞行员汉克斯激动地说,他很高兴地在美国见到来自中国的老战士,中美英雄们在二战的中国战场上付出了生命的代价,换来的是世界和平。历史表明了:千万个牺牲的英雄并没有被忘记。

来自中国云南的罗光甫老人五十年后来到美国,见到了当年他背负过的美国受伤的飞行员卡罗尔。他当年才二十岁,在家乡务农一辈子。五十八年后,他说:我们见面,就像久别了的一家兄弟。

在无名战士墓前悼念的活动结束之后,中美两国的老兵们又来到了飞虎队陈纳德将军的墓前敬礼、悼念、合影纪念。穿过历史的烟云,穿过万里的辽阔太平洋,中美两国人民的手,又紧紧地握在一起。

2012 年,贺绍英参加美国轰炸东京七十周年活动之后赴华盛顿惠灵顿国家公墓向杜立特献花(资料图片)

岁月流逝,历史永存

二战结束半个多世纪以后,2005 年,中国国务院新闻办公室出版了一本画册《历史的记忆》,扉页上用中、英文写着:献给在世界反法西斯战争中中国战场上英勇战斗的美国人！画册的第三部分是中国军民营救杜立特轰炸机队。其中有三张关于十一号机组的照片。

第一张是五名十一号机组飞行员的合影，第二张是曾健培和另外一位营救者魏汉民当时的合影和五十年后的一张合影。第三张是1992年在美国庆祝杜立特行动50周年的纪念活动会上，波尔兹拿出五十瓶啤酒回赠给曾健培的照片。

这一本《历史的回忆》画册，珍藏在曾健培的家中。它记载了老人生命中重要的一页

在曾健培老人生命的最后几年里，他和十一号机组的五位飞行员不断有通信往来。除了前面谈到的两位飞行员以外，其他三位已经过世的飞行员的遗孀也和曾健培有书信来往。太可贵了，太伟大了。如今，曾健培老人去世二十年了，记者在曾健培的儿子手中看到他父亲和美国友人的那么多的信，一封封的历史的珍珠，友谊的珍珠闪闪发光。这些信有中文、英文，分别用大头针别在一起，不禁令人感慨万分。这位中国的老人，用生命的晚霞照映着中美友谊的一章章一页页，了不起！谁人看了不感动？

其中，曾健培和凯培拉来往的书信最多。凯培拉对1942年，中国的这段情缘回忆最多，回忆最深。他还亲自绘制了他们飞机降落在当地的地图和他们获救以后跋山涉水经过的路线地图。他还给曾健培寄来许多他的家人，特别是外孙女的相片。

原来1984年，曾健培在上海从参考消息上看到美国总统给杜立特将军受勋的消息，立马大胆给杜立特写了一封信。

杜立特将军将曾健培的信转达给凯培拉中校和波尔兹。1942年轰炸东京时，凯培拉是十一号机机长。1984年的11月6日，凯培拉在他的故乡给曾健培回了一封长长的信。信的内容如下：

> 亲爱的曾健培：在我接到你的信时候，我感到意外和格外的高兴。在几天中间，我日夜回忆在中国岁月的事情。
>
> 从一开始，我们原定降落的目的地是衢州机场。1942年4月18日，天色已暗，找不到机场。大概在衢州市东面30英里，我们跳伞时刻，一个隔一个地跳。我们落地的时候就不会挤在一起。我是落在一座陡峭的上坡上。上帝保佑，没有受伤，包着降落伞待到天明。我顺着山上的小路走下来，不远来到一户农家，周围有篱笆。这家农户很友好，让我进到院子里。我很惊奇，主人拿出一本很旧的英中字典。我从字典里找到英文的“城门”指给他们看。他明白了，煮鸡蛋给我吃，然后带着我沿着小路走了大概一个小时。巧妙的是，我们看到另外一群农夫护送着我们的同伴格里宁和波尔兹。我们一起走上另外一条山路，很安全地走了将近一整天，来到一个小镇，住在一个小旅馆。一位中国军队的长官戴的青天白日的军帽，他带的英文翻译就是你。你的流利的英语令我们非常吃惊和高兴，这样我们交流得非常方便，无论是长官，他给我们讲了许多友好的话，还有地方政府的官员以及老百姓对我们的招待非常周到热情，我们就像生活在美国自己的家庭里一样。

次日的清晨，我们会见了格里宁机长和副机长雷迪。整个机组的人都十分高兴，从那里去到衡阳空军基地不知要多长时间，我只知道我们步行了一段路，又坐了木炭汽车，还坐了一段火车，在晚上，为的是躲开日本飞机的轰炸。到达衡阳，我们一共住了十天，住在一家小的旅社。我们五个人只有雷迪跳伞时腿受了伤，膝盖浮肿，头上也有伤口。这样他没有走路，而是坐上人力车或者是有农夫抬轿子。

我记得一路上为了躲避日本飞机的轰炸，不敢走大路，走了许多没有人烟的地方。有时还要爬山，山坡很陡。一路村庄很少，有时也只能躲避在破旧的房屋里，床上的臭虫无情地欺负着我们远来的客人。确确实实翻过了好几座山，才来到一条河边，又坐了一段木船。不知为什么又上岸走路，据说河里可能有日本的炮艇。一路上你一直陪着我们，照顾我们。因为不远就有日本人，于是我们尽量地走小路。一路走，一路上不断有人来告诉我们前面的情况。护送我们的多是化了装的游击队员。我们也尽量装成农民，以免被伪军认出。我记得路很长，我们几次想停下来多休息一会儿，不要再走了。你告诉我们：前面就是敌人，不能休息，不能休息。你们中国人真是能吃苦，不吃不喝照样走路。在一个晚上，记得是在一条河边的公路上，我们终于乘上了一辆邮政汽车。后来才知道，你是这个地方军邮站的站长。坐上汽车，半夜里来到歙县。我们终于住进了旅馆，据说是当地最好的旅馆。由于我们的来到，军队长官把旅社的客人全部赶走，其他的人一律不准进入旅社，为的是保护我们。这段路程大概有四十英里，它是我这一生当中最困难的一段路程。在歙县的第二天早晨，我们见到其他三位飞行员。大家经历了一段出生入死的生命，是多么的高兴。几十年过去了，这是我终生难忘的一段人生。我回到美国以后，对许多许多人讲我们的经历。我们的经历告诉了全体美国人：中国老百姓，当然也包括军队是多么的善良、热情、友好。从这些回忆里，我们认识到中国和它的老百姓。

我们的同伴有许多已经牺牲在上一次的世界大战中，我以及其他的飞行员有幸活下来，继续在空军服务。

1966年，我服务了将近二十五年，退役的时候是空军中校。我出生在旧金山，退役以后住在加州的Santa Rosa(圣他柔沙)，旧金山背面六十五英里的地方。我有一个女儿和一个六岁的外孙女，他们住在离我二十英里的地方。退役以后，我做房地产买卖，有一个小小的公司，去年就停业了，因为那样太辛苦。

我搬到了郊区，自己有一座小庄园和十二亩农田。乡村风景很好，到城里也只是十分钟的汽车路程。我平日在家里还是很忙碌，经营我的花园和菜园子，很快乐。

希望你能够收到我的信，再次谢谢你的来信。我永远不会忘记在中国的日子，希望再接到你的回信。

你的忠诚的朋友　凯培拉

下面是波尔次的信(1990年3月25日)：

曾健培老朋友：你好！

相隔几乎半个世纪之后，意外地接到你的来信，使我又快乐又惊奇，请你原谅我回信的时间太迟了。你在去年(1989年)10月的来信提到，我们在中国的乡村的路上，一座大石桥上照的照片，是用我的照相机照的。你的记忆力真强，还记得。我找了很长时间，所以耽误了及时给你回信。这是一张照片的复印件给你，如果你看了以后认为没有错，请你把上面的中文字翻成英文寄给我，我要永远保存它。

你的信唤起我长时间的回忆，当然我的记忆力不如你，我还是要努力地回忆。记得我们的机枪手格里宁和我被你们的农夫救助，先是在路上走了很长时间，到达衢州才见到你和机组的其他飞行员。当时，一位中国将军谈到他听到广播，知道我们轰炸了东京。当时你翻译得非常精彩，我们听得非常清楚。最有趣的是，你问我们还需要些什么？我随便地说了一句：我真想喝一杯啤酒。惊奇的是，我随便说了一句话，你竟然像变魔术一样，没有两天，你真给我们端上一瓶上海啤酒。哇！老朋友！老朋友！四十八年过去了，我还念念不忘，那瓶上海啤酒是多么可口。后来才知道，你是军邮站的主任，所以才能变出一瓶啤酒。这件事情是我们的朋友、同事终身感动的事情。

祝你和家人幸福、健康！

友好的人　比尔　签名

曾健培1994年，也就是他们访问美国回来以后的第二年，不幸病逝了。曾的儿子还给凯培拉去过一封信，凯培拉回了两封信，表示了深深的怀念和感激。

人民的友情，总统也十分关注。美国前总统乔治·布什，他在杜立特行动50周年纪念活动上，发出了贺信，高度评价这段历史："在美国飞行员轰炸东京后，善良的中国人不顾自己生命安危，为我们的飞行员提供掩护，为他们治疗伤病。我向他们致以崇高的敬意和谢意。再次感谢他们人道主义的努力，是他们的崇高行为，使我们的飞行员安全返回。"

杜立特行动已经过去半个多世纪，但这些英雄们一直受到美国人民的敬仰和尊重。我们永远不会忘记他们做出的伟大功勋，也永远不会忘记为自由和正义事业做出伟大贡献的中国人。

岁月已逝老屋在

廖明发老人今年七十七岁，他是浙江省江山县北洋村的一个普通农民。七十年前，他是乡村一年级的学生。他这一生中，最让他难忘的就是七岁时，他父亲廖诗元救助美军飞行员的故事。也是他童年时期亲身经历的、终生难忘的事。一直到今天，他

七十四年前它救过三号机的奥祖克

仍然是一个普通的农民。2012 年，他突然接到县上转来浙江省政府对外人民友好协会的通知，省政府决定：要他去美国参加一项中美友好的活动。他们全家感到非常意外，后来终于明白，政府的决定和他自己七十年前父亲廖诗元的故事大有关系。

就这样，作为一个普通农民，一辈子都在这个山沟里，也没有出过远门，什么外国、美国，那对他来讲都是天方夜谭的故事。很快，县里来人带他去省里，住在高级宾馆，专门请来裁缝，给他做了一套西装，不管好意思不好意思，都要穿上。还有一位大学教授贺绍英大姐，她是当年救助一号机组杜立特将军的浙西行政专员公署的专员贺扬灵的女儿。当年也是一个七八岁的小女孩，还有《浙江日报》记者、电视台的编导，以及代表团的团长、浙江对外人民友好协会的副会长陈爱珍。这些人，廖明发从来都没有见过面。这次他要和这些人一起乘飞机去美国。

到了美国之后，他看到一个从来没有见过的社会和许多洋人，总之，他很快乐，许多美国人跟他握手，向他致敬。走到哪里，他都像英雄一样受到美国人民的欢迎。在白宫，他还见到美国国防部部长，听到别人宣读美国总统布什给中国老人的信，他还见到九十多岁的四位美国飞行员。更意外的是，整个代表团的人也没有想到，中国老百姓一位老农民廖明发，竟然上了美国的邮票。就是说，当地的邮政总局专门用廖明发的头像印刷了邮票，在邮局销售。在代顿美国空军国家博物馆的纪念仪式上，他看到几十架飞机从天空飞过，美国将军们来到主席台上，和中国的老人握手。当然，他还记得他带来了珍藏七十年前美国飞行员送给他父亲的一分钱的钱币。许多美国记者，包括电视记者为他照相。这一切的一切，都和他七十年前还是一个七岁的小男孩、一个小学一年级的学生所经历的故事有关。几年来，在国内以至今天到达美国，众多的美国记者都愿意听他讲述七十年前的童年故事。

七十年前，他的父亲廖诗元是当地的一位保长，家里的房子很大，父亲每天下地种田，有事情也要去乡政府走一走。大概就是一个四月份吧，廖明发放学回来是下午的时候，突然发现家里床上躺着一个怪人：黄头发、蓝眼睛、高鼻子，还有大胡子。后来别人都叫他“洋人”。原来这个洋人是父亲和邻居从山上背回来的。洋人受伤很严重，腿上、背上都有伤口，流着血。廖明发很奇怪，父亲虽然是保长，但是家里生活和大家差不多。山地不种稻子，只种红米，主要是玉米和山芋，记得只有逢年过节才能吃一些红米，平时主要是吃玉米和山芋。为什么这个洋人要住在自己家里？他也不明白，好像父亲说，洋人是从飞机上摔下来的，不能动弹，是父亲和邻居从山上背下来的。父亲几乎整天地守着这个洋人，除了他上山去采药，采药回来后也是为了给洋人治伤。洋人身上的衣服大概是飞行员的制服，父亲让他脱下来，换上了农民的衣服。洋人个子很大，也没有办法。母亲把洋人的衣服洗干净、晒好，家里是老屋，很高，很少有太阳，父亲就用竹躺椅把洋人抬到院子里，让他晒太阳，洋人很高兴。

就这样几天过去，洋人腿上的伤好了一些。晚上又把躺椅搬进房内，这是父母住的房子。父母搬到另外的房子里住。廖明发每天放学回来，在院子里的小板凳上写功课，洋人在躺椅上晒太阳，有时还与他打招呼，但是说话听不懂。几天之后，消息传到乡里，乡里学校还派来了一个老师，来家里和洋人说话。这时全家人才明白，这个洋人叫奥祖克，从美国开飞机来，轰炸了日本，后来飞到中国，没有找到飞机场，在江山县的大山头上掉下来了，其他的飞行员不知哪里去了。就这样，全家人更加同情这个洋人，妈妈把自己床上的花布床单洗干净盖在洋人身上。后来几天中，洋人从自己飞行服的口袋里掏出一个指南针，当时父亲也不懂这个指南针是干什么的。洋人还给父亲送了一枚美国的一分钱的钱币。父亲看到上面有美国人的头像，比中国的铜钱要小一些，但是大家也猜到这是美国人用来买东西的钱。

一周之后，洋人的伤口长得很好，但是走路有困难。镇上已经得到通知：迅速把洋人送到镇上去。父亲廖诗元和另外一个保长商量，到镇上还要转到区里，要走一天路程，又是山路，上坡下坡，怎么办？父亲和另外一个保长商量，凑钱请来四个轿夫、一顶轿子，因为山路很陡，两个轿夫抬一天吃不消，路上要换人才行。就这样，父亲那天早晨跟着轿夫上路了，因为他不放心，这个美国飞行员太可怜了，年纪很轻，听说只有二十三岁。他们为什么跑这么远？为了打日本人才开飞机这么远来的，又受了这么重的伤，还不可怜吗？

听了父亲的话，母亲用心地照顾洋人，这一切都给廖明发的童年留下了深刻的印象。后来父亲跟着轿夫把洋人送到了镇上。镇上的学校校长又掏钱雇了一辆人力车，到区上的路要平坦一些，又派邻县的刘芳桥一路护送洋人。听说到了区上，还有其他的两位飞行员，又经过三四天的路程，坐了轿子又坐人力车，最后还坐了船，才把三号机的三位飞行员送到衢州飞机场。几十年过去了，直到新中国成立，又到了中国改革开放，上级政府来人，也来过记者，了解以前美国飞行员降落的事情，特别是一位衢州来的年轻人，名字叫郑伟勇，他和报社的记者，还有江山县档案馆的工作人员来到家里详细了解当年美国飞行员被救的故事。这时，父亲廖诗元早已去世，上级来的人很仔细地了解了村里人所介绍的情况。廖明发同村的小朋友廖赖发也拿出一枚一分钱的美金，因为飞机降落以后，乡下人参加救助的前前后后，许多老人都知道这件事情。廖赖发也有一枚老一代人留下的一分钱钱币。原来他们还以为是什么纪念章，后来才知道这是美国的钱币。上级来人把了解的材料汇集起来，又把廖明发家里、院子、房间的照片寄到美国，据说美国飞行员们专门来信，要寻找救助过他们的中国农民。廖明发家里的照片和一分钱的照片，以及廖明发父亲当年的照片全部寄到美国。一号机的奥祖克认定了照片上的房屋是他养伤时住的老屋子，认定了廖诗元就是救助过他的中国农民。就这样，浙江省对外友好协会决定，虽然廖诗元已经去世，他儿子廖明发应当代表他父亲接受美国方面的邀请。

廖明发今天在老屋里向电视台记者回忆七十三年前的故事(资料图片)

新中国成立以后，廖明发已经从儿童变成了青年，他心里永远记得父亲救助洋人的事情，但是由于新中国成立之后，与美国不打交道，所以他家从来不敢提起这件事情。廖明发2012年从美国回来后，接受过很多记者的采访。2013年6月，作者专程来到江山县访问廖明发，此时廖明发已经从山上的老屋搬到大山外三十几公里的新屋里居住。新屋是一片新农村的景色，他的妻子还有儿子都在新屋里居住。作者问到廖明发山上老屋的情况，他说他忘不了老屋，每年都要上山，在老屋里住几个月。山坡上还种了一点庄稼。他很愿意陪作者去山上看一看，但是天气不好，不停地下雨。衢州市外事办公室的朋友说，山路不好走，下雨天汽车也难通行。但是从照片上可以看清楚陈旧的老屋。历史的故事总叫人不能忘记。如果有一天，我能够跟随廖明发去老屋看一看，那是我最大的心愿。因为我还想看一看，当年的山里人如何背着高大的飞行员爬山、穿沟。记得在一位飞行员的回忆中说到：中国的农民真厉害，光着脚踩在石头上，大脚趾把石头扣得紧紧的。我想，这是我们先辈、农民老祖宗伟大之所在。

2015年8月，我终于和制片人陈光女士，还有廖明发老人来到大山深处的老屋前。我仿佛又置身于七十年前的故事之中……

海拔千米的山山相连，主峰九十度的峭壁吓人。山谷之间的弯曲沟底宽不过百十米。廖明发家的老屋就在沟边。天然雨水，林木茂盛，可种杂粮。廖家的先辈就繁衍生息在这里。那时只有羊肠小道和外面相通，也算世外人家。中华大地到了二十世纪八十年代，大山里才修公路。老人说：全是石头呀，修了二十多年，才通到县城。廖家老屋用黏土和石头木料筑成，百年不倒。七十多年前，三号机飞行员坠落在百里无人烟的大山中得救。真乃奇迹。受伤的奥祖克被抬到廖家老屋，伤口流血不止，求神仙也无办法……保长廖诗元扛上大板锄，系上绳索，爬上八九十度的峭壁，终于挖到止血草。廖诗元夫妇日夜护理，救了一条人命。故事传到国外，都说：中国农夫了不起。廖明发也粘了父亲的光。他到了美国，受到英雄般的接待。相片还上了邮票。一位中国农民，一生也没有这样风光过。

此时，我在廖明发老屋天井里。摄影机响后，廖明发一一讲道哪一大间屋是奥祖克住的。4月天气还冷，父亲把躺椅放在天井，让奥祖克晒晒太阳。我有时也在天井看书，奥祖克举起大拇指说我好。这一段老屋历史故事的再现，足足拍了两个小时，大家很满意。下午四点钟太阳就落山了。我们的越野车翻过大山，去寻找刘芳桥的故事。

我在廖明发的新居门前，他又拿出了那一枚钱币，放在手心上给我看，另外一只手上放着一枚新的一分钱的美金钱币。廖明发告诉我，这枚新的一分美金，是他从美国带回来的，是纪念活动中，美国主人又赠送给他的纪念品。作者举起了照相机，把两枚钱币拍下来。

我在江山县档案馆看到的一块三号机的残片，比较大，还有美国方面赠送给中国老百姓的飞机模型。这些历史的纪念品，我都拍了照片。作者到了北京以后，北京《新京报》记者采访作者时，把这几样历史文物的照片登在了《新京报》上。历史的故事又重新在中国传扬，这一串串中国老百姓所做的平凡小事，它在今天连接成一串串历史的珍珠，让今天的千万个中国人和美国人怀念它、纪念它，让中美友谊的历史灿烂发光。

浙江篇

抗日志士救美军

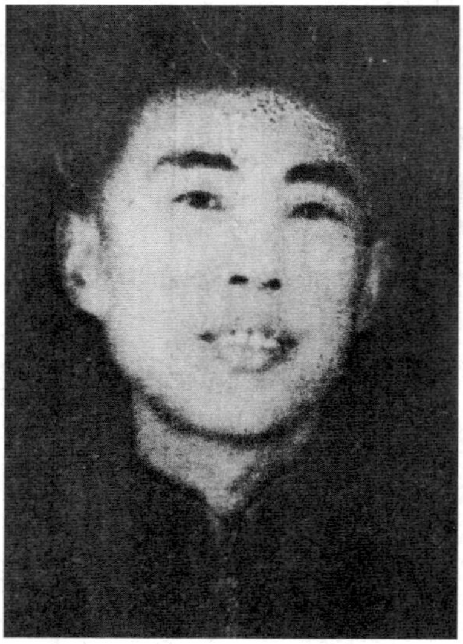

拯救盟军飞行员的朱绣芳

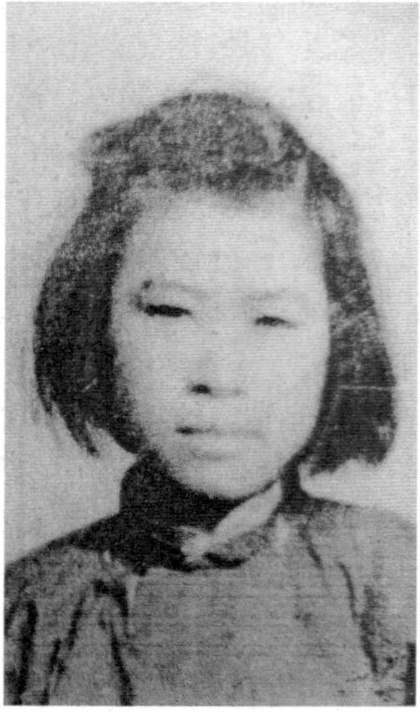

当时十四岁的龙英尔见证了盟军飞行员的获救经过

龙英儿老人今年八十六岁。作者在采访她之前，早闻其名。她是当地百姓称赞的一位德高望重的女法官，这和她的继父——宁波市鄞县咸详镇抗日时期的镇长朱绣芳有密切的关系。2013 年 7 月，我们采访团一行四人，其中有美籍摄影大师杨一信、美国《新闻周刊》驻北京首席记者刘美远女士。事先，我们和龙英儿老人电话联系，她满腔热情地答应，接受我们的采访。2013 年 7 月 17 日，我们来到宁波市中心一个居民小区，一位胖乎乎的老人笑眯眯地向我们走来。哇！我们非常吃惊，她就是八十六岁的老人龙英儿女士。老人非常健康、非常热情，把我们引到二楼家中。她的老伴已经在客厅里为我们准备了西瓜、苹果、香蕉。寒暄之后，摄影大师杨先生做好了摄像的准备，龙英儿老人在沙发上首先拿出了一支钢笔，笑眯眯地对我们说："这就是七十一年前美国轰炸东京的 B—25 轰炸机二号机组机长胡佛送给我继父朱绣芳的钢笔。"

我们看着这支宝贵的历史纪念品，由衷地感动。就这样，龙英儿老人开始讲述她父亲的故事。老人轻轻地说着，回忆起她终生难忘的继父朱绣芳。

民国初年朱绣芳生于宁波市书香门第，但是家境比较贫困。先读私塾，后上师范，

我们谈着这些宝贵的历史纪念品，由衷地感动。就这样，龙英儿老人开始讲述她父亲的故事。老人轻轻地说着，回忆了她终生难忘的继父朱绣芳

毕业之后以教书为业。先后在县、乡、镇三所学校任教。年纪轻轻就被乡里人称作“绣芳先生”。1936 年与同校的女教师金翊群结婚，也就是英儿老人的生母。英儿的生父是革命先烈，年轻的朱绣芳十分同情、关怀先烈的家属，慷慨相助。他们不久结为夫妻。“七七”事变，抗战爆发，朱绣芳一面教书，一面参加“抗日救亡宣传队”。1938 年 7 月 7 日，上海、南京已经沦陷了，中国军民付出了巨大的牺牲。朱绣芳在咸详镇朱家祠堂召开了“七七”抗战一周年阵亡将士纪念大会，他在会上号召民众：“国家兴亡，匹夫有责。工农兵学商，一起来救亡。有钱出钱，有力出力，大刀向鬼子们的头上砍去。”

1940 年，朱绣芳被推举为咸详镇镇长、国民党区分部书记。这时国共合作，团结抗日。咸详镇据抗日前线，地理位置非常重要。此时，宁波已经沦陷，日寇常常来扫荡，国军虽然撤退，老百姓仍然和日本抵抗，朱绣芳身兼学校校长，隐蔽了镇长身份。伪军、日本人经常来找他，朱绣芳人气很高，办事公平，为人随和，助人为乐，平易近人，深得乡亲们的爱戴。英儿六岁跟随继父，用她的话说，像亲爸爸一样。万恶的日本军队不停地轰炸城镇、乡村，最早在浙江撒下了细菌弹，镇上爆发了天花和霍乱，两三个月之内就死了七八十人。朱绣芳组织了救护队，动员民众募捐、安葬死者，为民众消毒。此时，他的两个儿子也染上了天花，他也顾不上。日伪到处找他，企图建立伪政权，也没有找到他。就在此时，4 月 18 日傍晚，美国轰炸东京的杜立特 B—25 轰炸机飞临浙江上空找不到降落的机场，其中二号机于傍晚时刻降落在咸详镇乡村的一块棉花地里。胡佛驾驶员和领航员威尔德半夜找不着人，以为这里是日本占领区，第二天清早他们将飞机烧毁，二人逃到山中躲避。第二天在一座国军的旧的碉堡里躲了一夜，天

明之后继续寻找他们的同伴。时逢镇上赶集，他们混入人群，在街上行走，被农民徐阿贵发现，怀疑他们是日本人，徐阿贵急忙来到朱绣芳的家中报告。

此时朱绣芳已知道一架美国飞机坠毁在本镇的一片棉花地里烧毁了，却没有见到飞行员。

接到徐阿贵的报告，朱绣芳断定他们是美国飞行员。他连早饭也没有吃，立马带着一名乡丁跑到街上寻找美军飞行员，最后他们在郊外的黄牛岭龙王堂大庙里找到了飞行员胡佛和领航员威尔德。朱绣芳非常吃惊，也十分担心他们的安全，他用简单的英语告诉美军飞行员："赶快走，赶快走，立马化装一下，我送你们到中国游击队那里去。"

随即，朱绣芳帮助飞行员收拾了一下，化装成老百姓的模样。此时，家中的十四岁的女儿龙英儿，外婆告诉她："你爸还没有吃早饭，你赶快带上饭，到街上去找你爸。"聪明的龙英儿提上饭篮子满大街地找，最后跑进了庙堂，才看见父亲和两个洋人在说话。朱绣芳看到女儿送来了饭，急忙打点飞行员吃饭。朱绣芳匆匆忙忙和乡丁护送着两位飞行员往外走了。路上赶集的人来人往，倒也不引人注意。就这样一直走到下午，来到沙村。这里离日军驻地不远，是游击队活动地区。所幸没有被日军发现。

这支地方游击队归国军俞济民指挥。他们到达安全地区，飞行员非常感激。胡佛立即脱下身上的飞行服送给了朱绣芳，又掏出口袋里的钢笔和指南针送给朱绣芳。领航员威尔德把佩带的卡宾枪送给了乡丁。在场的游击队员们非常惊奇，美国朋友这么大方，这样的枪我们都没有见过呀！

今天，说话间，我们看到这支保存了七十年的红色笔杆、黑色笔套的派克金笔，真是感慨万分。

后来，两名美国飞行员由游击队送到新昌会，见到指挥官俞济民。他们在一起照了相。随后，和其他三位飞行员一同被送到衢州机场第十三航空站。

朱绣芳回到咸详镇上，立马组织乡里几十位乡亲，把摔成几大截的二号机残骸抬到镇上小学附近的一个大池塘，扔进塘中，什么也就看不见了。

不久，日军和伪军知道了有美军飞机降落，一窝蜂地来到棉花地里，一看什么都没了。奇怪，奇怪，太奇怪，问老百姓，老百姓都说不知道。不幸，有汉奸密告了日本人。于是，日军、伪军一大帮子来到镇上，挨家挨户地搜查，寻找美军飞行员和老百姓藏起来的飞机残骸和武器，翻箱倒柜。搜不着，就开枪打死人，放火烧了房子。有四家老小被绑，在太阳下审问，没有结果，不准回家，不准吃饭，喝水。就这样四天四夜，又晒死了四个人，还是没有抓到朱绣芳。

后来龙英儿才知道，继父把飞机残骸扔进池塘之后的第二天，日本人就来了。一群勇敢的年轻人把朱绣芳藏在庄稼地里。半夜，他们又把朱镇长秘密送走了。第三天，又有几户人被日军打死，其中一家人因为日军在他家门口看到一个小孩拿着一根皮带，日军端着枪冲进来，让主人交代飞行员藏身的地方。主人说，你搜吧，没有飞行员。

日军带着伪军拷打这家人：没有飞行员，这根皮带哪来的？

主人说：是我在街上捡到的。

日军不由分说，一枪把主人打死了。

几天中，龙英儿和她的弟弟白天躲在一家棉花店里，晚上回家睡觉。

2014 年八十老翁在烈日下向作者讲述当年美军飞行员，就藏在这座碉堡中

日本人两天没有抓到朱绣芳，第三天又带着伪军来点火，烧了朱家的房子。这时，邻居街坊急忙从后门进去，把楼上的十四岁的龙英儿和她的弟弟救出来，连夜送到外乡去了。后来邻居大妈告诉龙英儿，你父亲好危险啊！日本人、伪军狗腿子到处捉拿你父亲，乡亲们领着你父亲跳进咸详河游到对岸，躲在大礁面。半夜里，他托人捎回了信，让家人赶快逃走。据说，连续三天，朱绣芳躲在族人朱绣帮家里，因为他家院子大，房子多，有三个出口。全家人到齐了，又往外跑，隐藏在朱荣柏家里。家人也不敢走远，因为外县没有亲人和朋友。日军下了决心，抓不住朱绣芳决不罢休。日本人从奸细的口中知道，是朱绣芳带人，把飞机的残骸扔进了池塘里。日本人组织人马，把飞机残骸从池塘里打捞了上来，送到上海公开展览，说是皇军的高射炮打下来的美国飞机。

就这样，日本人的暴行也没有停止。他们不但发动了浙赣战役，还撒下了细菌弹。从浙江到江西三十万人感染上了传染病，仅浙江就死了五万人。到了这年的阴历六月二十七，日伪军一百多人又来咸详扫荡。伪军师长谢文达、营长马峰、连长周国华亲自

八十二岁朱秀鸿当年十岁，二号机就坠毁在这里

带路，撒开了天罗地网，要捉拿朱绣芳等抗日战士。抓了一群老百姓，太阳下拷打、审问，就这样又死了一大群中国老百姓。

朱绣芳的家被一场大火夷为平地，还把他的亲戚六家人十二间房子也烧毁。从此以后，朱绣芳改名换姓，躲在穷乡僻壤的山里一个小学教书，一直待到抗战胜利。家中一无所有，全家又流浪到上海，住在十六铺的棚户区。没有地方教书了，他只好开了一个柴火店，从老家用小船运来柴火，到上海出卖。那时的上海，穷人连煤球都烧不起，只能烧乡下运来的柴火。直到 1949 年新中国成立后，贫病交加的朱绣芳全家回到宁波，他继续教书，1952 年在宁波第二中学因为患上了肺结核，在贫病交迫中去世，享年五十岁。龙英儿和弟弟上了学，还读了高中。她做到公务员、进入法院工作。由于从小受到继父的教育、培养，龙英儿刻苦读书，努力做人。直到改革开放的年代，宁波市档案馆编辑《宁波抗战八年》大型画册，其中披露了 1942 年咸详镇镇长朱绣芳和民众救助美国飞行员的故事，引起国务院新闻办公室的注意。国务院新闻办专门派人来到宁波，找到已经年过八十的龙英儿老人，调查了解。此后不断有浙江以及外地的记者、作家来采访她，龙英儿详细地回忆了自己童年的故事。老人成为社会舆论、新闻人员报道的热点人物。

我们采访快要结束时，龙英儿说："我们全家东逃西散。当初美国飞行员送给我父亲的飞行服，由于历史的原因在解放以后，也不敢穿了，也没敢保存下来。那个指南针在我弟弟那里，这支钢笔一直由我保存，总算留下一件纪念品吧。"

作者说："它不是一般的纪念品，它是中美友谊的伟大见证，它永远留下了一个历史的故事。希望老人家永远保存，不忘历史，这也是所有中美人民的期望。在美国许许多多的人还不知道这个像珍珠一样灿烂的故事，我们的责任就是要把这个故事带到美国。当然，所有当年被救护的美国飞行员，每年他们都要在 4 月 18 日这一天聚会，都在怀念和无限感激中国人。你的继父和全家在这个历史的事件中付出了最大的牺牲，我们会永远记住。感谢你！朱绣芳先生的女儿！"

作者在中国的采访中，认定龙英儿的继父朱绣芳，是一颗灿烂的历史珍珠。

最后，龙英儿老人拿出了她珍藏多年的照片：美国飞机残骸、朱绣芳组织民众把飞机残骸扔进了小学池塘里，如今这个池塘已经填掉了，小学也不在了，这一片平房就是当初的池塘地；还有一张龙英儿十三四岁的照片。

作者在浙江宁波市档案馆找出一张汪精卫伪政府1941年12月的《时事公报》，登载伪政府向英美宣战的公告，真乃历史的悲剧也！

新媳妇巧救山姆叔

1942年4月18日，浙江省象山县石浦镇。距离海岸不远的檀头山岛大王宫村，这是岛上的一个渔村。刚过门的新媳妇赵小宝，傍晚时分，她正在家里休息，怎么天上传来了隆隆的飞机声？她走出门来一看，一架大飞机从头顶上飞过，把她吓了一跳。为什么飞机飞得这么低？不会是日本飞机吧？突然，从海面上传来一声爆炸，又没有烟雾、火光，像一声闷雷。她回到屋里约摸一个时辰，听到门外嘈嘈的人声和狗叫，黑夜里还有手电筒的亮光。村里人以为是土匪来了，就往外跑。丈夫船老大麻良水，还有老父亲拉着她往山上跑。跑的时候屋里的灯也没有灭。在山上躲了好一阵子，没有发现任何动静。

新媳妇赵小宝的父亲先下山回村打听，过了一会儿，父亲回来说，没有什么事儿，回家吧。在路上有人说，看到几个高个子的陌生人，很像外国人。赵小宝的父亲是撑船的，早些年撑船运虾皮到上海见过外国人，都是高鼻子。赵小宝推门进屋，她有点奇怪:家里好像来过人,房门怎么被推开过?

赵小宝和老公麻良水来到柴房,怎么看到柴火堆在动弹,好像里面藏着有人。丈夫麻良水说:“我们扒开看看,里面好像有东西。”

这一扒不要紧,把新媳妇吓了一跳:扒出一个人,又扒出了一个人,一直扒出了四个人,都是大高个、高鼻子,把小夫妻吓了一跳。他们穿着一身满是水和泥的衣服,一看便知道是从海里爬出来的人。他们惊慌地呆呆看着他俩。新媳妇看着他们实在可怜,看着也不像坏人。这究竟是怎么回事?两口子也搞不清楚,反正是受难了,要帮帮他们。他们做了好多手势,让他们脱下带水的衣服。这时老父亲也进来,一看马上就说:他们是外国人,他们是外国人!怎么从海里冲到岸上了?

就这样,连说带比画地让这四个洋人脱下了外套,全家忙里忙外,把船老大、老爷子穿过的衣服拿出让洋人换上。新媳妇赵小宝忙里忙外,烧水做饭给他们吃。四个大洋人这才放心,把他们当作了好人。老爷子又升起了火盆为洋人们烤衣服。这时丈夫麻良水才想起了一个办法,他出门兜了一圈儿,请来了村里的私塾老师俞茂金老先生。老先生进来一看笑了:外国人的话我也不会说,怎么办?

过了一会儿,老先生想了一个办法:在桌子上铺了一张纸,先画了一面日本国旗。飞行员很聪明,嘴里咕里咕噜地说:“NO,NO!”挥起拳头打在国旗上。老先生又画了一面中国国旗,洋人笑了。这下明白了。

洋人其中的大个子很聪明,拿起一根柴火在地上画了一幅美国国旗,在左边画了中国国旗,又指着左边,抬起两只胳膊摇晃着,又用手在空中画了一条线,从东到西,又指着地上的中国国旗,嘴里咕噜着什么话。这下麻良水和老师看明白了,他们是从东面往西飞的飞行员!而且外面的人都乱哄哄地喊着:有飞机掉到海里了。大家议论纷纷,这四个洋人大概是从飞机里逃出来的吧!

新媳妇腾出了自己的大床,让洋人们休息。四个大洋人吃饱了、喝足了,就倒在赵小宝夫妇的床上睡着了。一天一夜,他们没有休息了。新媳妇赵小宝当时什么也没有想,只是觉得别人有难就要帮助。

第二天天刚亮,飞行员急急忙忙地做手势,对船老大麻良水表示:他们五个人少了一个,还没有找到。

麻良水终于明白了,他出门跟着飞行员往海边上走,去寻找他们的伙伴。果然,在大门头一个山洞里找到了另外一个飞行员。只见他冻了一夜,手上受了伤,还在淌血。五位飞行员见面后又是抱又是跳,麻良水和新媳妇看到后很是高兴,帮助那位手受伤的飞行员,用洗干净的布给他包扎伤口,又烧水、做饭、煮鸡蛋给他吃。随后,报告了甲长。

来到甲长家里,村里的人都知道了,他们是美国飞行员。离岛不远的岸上就有日本兵,要赶紧帮助他们逃走。在甲长家里,美国飞行员拿出了地图,终于找到了大后方的重庆,又找到三门县和附近的渔山岛,那里是中国游击队和县政府的驻地,要想办法送他们走。尽管四周都有日本兵,新媳妇全家商定好,要把美国飞行员送走。因为几天前赵小宝的舅舅就在渔船上被日本兵用铁丝穿过了肩胛骨拉到船上,在海上被日本兵用机枪扫射而死的。吃了中午饭，赵小宝让飞行员穿上已经烤干的衣服，外面再罩上渔家的衣服。船老大麻良水和邻居林阿方借来一张大的渔网，装着要出海打鱼的样子。为了躲避日军的搜捕，因为头一天飞机掉在海里，日本人肯定发现了，他们会到处寻找美国飞行员的。到了下午，麻良水准备了一把斧头，看来是打算到不得已的时候，在船上会和日本人干一场。细心的新媳妇赵小宝，这年才十九岁。她拿出一块肥皂交给丈夫，让他带上，以防夜里行船摇桨而发出声音惊动了日本人。在橹上抹上肥皂，橹就不会有声音。傍晚时间，他们上了船。路上把美国人还藏在了大王宫的“天打洞”的山洞里，躲开了日军的搜查。

四个美国飞行员藏在了船舱的下面，终于摇过了第一道封锁线。为了躲避日本炮艇，找了一另外一只船来帮忙，那只船走在前面，发现日本炮艇，急忙拐弯往前冲。日本炮艇以为那只船要躲避他，便加速冲过来。追了有三四百米，麻良水的船才乘机躲了过去。这就是声东击西，转过了敌人封锁线。飞行员非常感激。就在船舱里，几个飞行员掏出他们身上的两只指南针、一只手表和一支钢笔，送给赵小宝夫妇。感谢他们的救命之恩。

第二天天明，他们到达南田韭菜湾，那里有三门县的游击队，把他们接过去。麻良水和赵小宝以及林阿方才放心地和他们告别，划船回到大王宫的岛上。在这之前，他们还帮助军医怀特回到海中飞机降落的地方，寻找到一部分药品。怀特靠这些药品后来还救助了七号机的劳逊机长。劳逊伤势严重，左腿肌肉拉开，连骨头都能看得见。在护送的途中经历了很多危险，到达临海县恩泽医局时，伤口感染，非常严重。十五号机的军医怀特及时赶到，和中国医生陈慎言一同帮助劳逊截肢，才挽救了劳逊的生命。五位飞行员回到美国以后，几十年间，逢人便讲他们被中国新媳妇一家救助的故事。后来的浙江五位老人访问美国，赵小宝是唯一的一名妇女代表。他们在危险的环境中救助了美国人，他们的事情传遍了美国各地。就这样，赵小宝还参加了中国新闻代表团，于 2005 年第二次到美国参观访问。

三号机飞行员全部在遂昌县北洋刘家村大山中获救(资料图片)

直到新世纪的2005年，浙江象山县石浦镇一座展览馆里专门展出了赵小宝救助美国飞行员以及两次赴美国所受到的美国人民的欢迎照片，还有赵小宝从美国带回来的许多纪念品。千万个参观者都被赵小宝的英雄行为所感动，说她是中美友谊皇冠上的最灿烂的一颗明珠。

老人回忆儿时事

1942年8月18日，农历三月初四，朱绣鸿老人那年还不到十岁，才读小学四年级。傍晚，刚吃过晚饭，听到天上飞机隆隆响，附近的人都出来看热闹，只见一架飞机在村庄上空低空飞过，这是怎么回事？这是从来没有过的，以前只见日本飞机来扫射过，这架空中怪物既没有投弹也没有打机关枪。突然听到轰隆隆一声巨响，小孩吓得叫起来，大人吓得躲在桌子底下，以为日本人又在附近投炸弹了。过了一会儿，什么动静也没有，大家又跑出来看，只见离朱绣鸿的家不到一华里的南星塘方向火光冲天，还冒着浓烟。胆大的人赶忙跑去看热闹，朱绣鸿还是个孩子，没敢去看。直到第二天一早，村里村外人声鼎沸，说是一架飞机落在了南星塘的棉花地里。朱绣鸿跟着一群小孩去看热闹，果然是一架大飞机，棉花地被飞机的轮子冲出了三十多米长的泥沟，飞机的身子落在了一条排水沟里，围了许多村民，人人都想捡点什么。不一会儿，朱绣鸿就回家了。

后来听大人说，这架美国飞机是轰炸东京，飞到中国来降落，没有找到飞机场，才落在了村里的棉花地里，也没有见到飞行员。后来有人说，飞机的驾驶员和领航员摔在了棉花地里，也没有受伤，他们把一些东西装在皮包里，担心飞机被日本人发现，于是打开油箱放出汽油，点火将飞机烧毁。不知为什么，火又熄灭了。开飞机的人不知落在什么地方，他们要去找中国军队。这一晚上他们躲进了一座原来国军的碉堡过了一夜，没有发现什么人，也没有发现日本兵。他们走出来，寻找其他的飞行员。

第二天早晨，他们随着一群赶集的农民来到镇上，混在赶集的人群中东张西望，被一个名字叫徐阿贵的乡民发现。徐阿贵很聪明，他认为这两个外国人会不会是和昨天烧毁的飞机有关系？他把飞行员带到一个庙里躲起来，又急忙跑到镇公所，向镇长朱绣芳报告了。这时，咸详镇国军撤走了，日本人来到。朱绣芳听到徐阿桂的报告，警觉到，如果这两个人确实是美国飞行员，那是多么的危险！于是，他连早饭也没有吃，带了一个乡丁去关帝庙找到两位飞行员。飞行员也明白了中国人的好意。此时，朱绣芳的女儿龙英儿那年刚十四岁，她从家里赶来，是外婆让她给爸爸送来早饭。朱绣芳急忙将早餐给两个美国飞行员吃了，要尽快送他们走。两位美国飞行员非常听话，吃了一点东西，就由镇长和乡丁带他们去寻找游击队。一路上人来人往，他们没有被人发现，两个小时的赶路，来到游击队管辖的地区。朱绣芳和飞行员们告别，两位飞行员感激得不知如何报答他们。胡佛脱下了身上穿的飞行服送给朱绣芳，连带一支钢笔和一只指南针也送给朱绣芳，领航员瓦德拉中尉将自己的手枪送给了乡丁。

告别朱绣芳，两位飞行员到达了唐溪乡沙村和被东钱湖村民救护的三名飞行员会面了，最后他们安全穿过象山港，转到临海游击区，再由他们护送到新昌，最后到达衢州机场。

朱绣鸿老人今年八十一岁，还在象山县老干局发挥余热，编写地方志。听说作者来采访杜丽特飞行员的故事，特地赶到咸详镇文化馆来为我们介绍。又和我们来到几十里外的当年二号机降落到地点，现场为我们讲当年的故事。老人精神可嘉，记忆力惊人。

哥哥说了“How do you do?”

浙江省临安县村民张荣根老人（中）回忆当年救助扭伤了脚的一号机领航员亨利·波特的情景

杜立特行动，已经过去了七十多年，在中国，由于历史的原因，绝大多数民众都不知道这段中美友谊故事。一直等到中国和美国建交、太平洋上的东西两个大国有了接触，冰冻逐渐融化，民间才有了往来。首先是美国组织访问团来中国寻找当年的救命恩人。在这之前，尼克松、里根、卡特三位总统来中国在公开的演说中，都谈到杜立特轰炸东京之后，在中国得到民众的救助的事件。美国社会团体派人来中国，然后又邀请中国老人访问美国，而后中美之间的互相访问，都和这个历史事件有关。在美国，半个世纪以来，无论是历史学家还是飞行员本人，以及许多的媒体，都报道过这件历史故事。但在中国，相比之下是微乎其微的。当然，由于历史的原因，凡是救助过美国飞行员的这些中国平民，也不敢谈论这些事情。他们的后代明明知道他们的先辈付出了生命的巨大代价，也不愿意或者是不敢叙说这些历史。

浙江林业大学教授王国林，他是临安市人。他在研究本地历史的资料中，发现了天目山发生的杜立特轰炸东京故事，他决心要写一本书。经过五年的努力，终于写成《轰炸东京》的报告文学，于2002年出版。但没有公开发行，只是把它作为临安文史资料丛书中的一册内部发行，印量又很少。

作者是在2013年，在浙江省对外人民友好协会陈爱珍副会长的办公室看到这本书的，陈会长送给了作者。这时，作者已经决定要搜集这个伟大的历史故事的资料，未料到它竟是作者一生之中碰到最大困难的一部著作：第一，已经过去七十多年，故事发生在中美两个国家，故事的主人翁绝大部分已经过世。它不是一部小说。它是一部历史的、写实的报告文学。故事、人物、情节、语言、地点都要真实，不可编造。这是作者以往任何著作都没有遇到的困难。作者在浙江、安徽、江西、福建采访的三年过程中，除美国四位飞行员之外，在中国大陆，没有一位活着的当事人，这里是指主要的人。当然，他们的后代以及当年的旁观者，还有一些的。下面就是我采访到的两位主要旁观者的回忆：

朱学伟老人，2005年，那年他已七十九岁，回忆他和哥哥在1942年4月19日的清晨，如何救助过杜立特一号机组领航员波特的：

那年，哥哥朱学三在当地小学做老师，4月19日是个星期天，一清早，哥哥忙于修自家的猪圈，等着一个木匠来帮忙。说好一早就来的，怎么等了一个多钟点那木匠才来呢？木匠说，出了大事了！碧琮村怎么来了两个外国人？被乡里民兵抓住了，还绑了一个，搞不清是什么人。

哥哥朱学三是师范毕业的，还能说两句英文。听说后马上丢下工具，就跟着木匠去找那个外国人。果然是两个人高马大、穿着飞行服的洋人，黄头发，蓝眼睛。

朱学三大胆地上前问道："How do you do?"

洋人一听到这个中国人讲的英文，马上就回答了，这一问下，朱学三向乡亲们说：他们是美国飞行员哪！轰炸东京回来，飞机昨晚上掉下来了。

一场喜剧从此开始。美国飞行员跳伞下来，第一个和中国老百姓打交道的呀！随后，几个飞行员都见到面，朱学三带着他们到达了潘庄，也就是浙江行署专员贺扬灵办公的地方，受到了的热情的招待。朱学三陪伴他们好几天，特别是和波特领航员结上生死之交。1992年，朱学三参加了"五老代表团"，到美国会见了当年的飞行员英雄们。

朱学三从美国访问回来，不久就去世了。

2005年，朱学三的两位弟弟，朱学忠和朱学伟，为采访者再叙当时的情景：

1942年4月18日一早，朱学三会说："How do you do?"把三位美国飞行员接到家中，为他们泡了新茶。朱学忠那年才十四岁，嫂嫂和哥哥结婚不久，在新房里为飞行员们煮了一锅鸡蛋。美国飞行员饿了二十三个小时，别的东西他们不敢吃，只有吃起鸡蛋才放心。当时洋人来到村里，轰动了附近的许多乡民，大家跑来看热闹。直到哥哥带着他们去了浙江行署，一路上还是跟了很多乡民，又喊又叫，没完没了的。后来，几十年之后，1992 年，朱学三访问美国回来，临安县政协、文史委员会编辑资料，有朱学三写的《五老访美记》。在此之前，1990 年，美国方面提出要寻找救助飞行员的中国老人。朱学伟跟随上级派来的人，是政协和县外事办公室的人，专门到了一号飞机坠落的地方西天目山的昊天关现场。美方调查团 1990 年由穆恩・布莱恩率领，来到临安，也见到朱学忠老人；1992 年，哥哥朱学三从美国回来之后，县里政协又举办了“欢迎朱学三访美回来”的活动，朱学忠作为亲人代表也参加了活动。

一号机领航员波特前后三次见到朱学三，他们之间通信许多。朱学三从美国回来，带了许多纪念品，有勋章、有纪念牌。钢笔和指南针是当年救助波特时，波特送给哥哥的。朱学三还专门做了一只皮箱，里面全部装着纪念品和波特写给朱学三的信函。这只宝贵的皮箱和纪念品，一直由朱学三的夫人保存。以后的十几年中，朱学三全家搬到了上海，这只皮箱也一直带在身边。

作者于 2013 年，经过多次的联系，打听到，吴爱华老人已经九十三岁，和她的子女住在上海。作者到了上海之后，由作者的助理范先生电话联系到吴家，接电话的是女儿朱某。不知为什么，对方表示不愿意接待，因为她母亲已经年老、耳朵听不见等等。作者感觉到很失望，怎么办？

我们还是要去一趟，就算是老人不能交谈，照一张相片也是有价值的。这一天，我们乘车来到上海郊区一个住宅区，来到一座老楼房二楼，但是敲门没有人答应。我们在一位好心的邻居的帮助下，她才打开了门。老人家住的房子非常狭小，女儿不在家。我们向她表示慰问，还带了一些礼品。老人家并没有如她女儿电话中所说的不能谈话。在好心邻居的指点下，老人和我们开始了简单的交谈。最可贵的是，老人拿出了一本大的相册，一页一页地翻给我们看。这是她的先生朱学三在世时，所有参与与美国飞行员活动的照片。老人很有兴趣，回忆她所记得的事情，不停说这张照片是哪里照的、那张照片是什么人什么人……还说起在临安乡村的事，也就是他们结婚的第二年，在天目山新盖的房子里见到了美国飞行员。当作者问到她：朱学三从美国带回的纪念品在哪里呀？她又一页一页地翻过照片指给我们看：这是什么、这是什么。作者问道老人家：纪念品现在在哪里呀？

老人家头脑并不糊涂，她说：有一只箱子装的全是纪念品，箱子上面还有三个大字：朱学三。这是朱学三从美国带回来的箱子。后来我们和浙江临安市的文史委员会人说：这些纪念品都是重要的文物，请吴爱华老人把它捐给国家，放在我们临安市的博物馆里。老人十分同意，后来，老人就把一只箱子和全部纪念品送给了临安市文史馆。老人还从画册里拿出一张纸，这张纸是临安市文史馆收到老人的纪念品之后写的一张收条，一共有十六件东西写在纸上，最后还有文史馆盖的图章。

随后，我们看了看老人的房间，问了问她的生活情况。老人有三个女儿，老大在上个世纪六十年代支援新疆建设，那里的生活很艰苦，也回来过。我问她：“支援新疆的支边青年不是也回到上海了吗?”

老人也说不清楚,只是摇了摇头。和她在一起的有一个女儿,还在上班。另外一个女儿在外地工作,老人似乎很孤独,倒是邻居热心地照顾她。邻居告诉作者:上海的报社记者也来访问过她,不知为什么,女儿很不高兴。可能是生活上还有不少困难而无法解决。随后,我们的访问组又来到临安市,赶到市中心文化馆的办公楼,终于在他们的办公室里看到这只古老的皮箱。工作人员热情地打开皮箱,把一件件东西给我们看。特别是看到一号机领航员波特将近七十年前,也就是1946年给朱学三写的一封信,由于国际邮政不通,波特把这封信珍藏了四十四年,终于在1990年的时候,波特来到上海,见到朱学三时,才交给了他。两个老人拥抱,热泪盈眶。它激动着我们这一代人,是多么的遥远,仿佛又在面前,两个老人见面的伟大时刻。

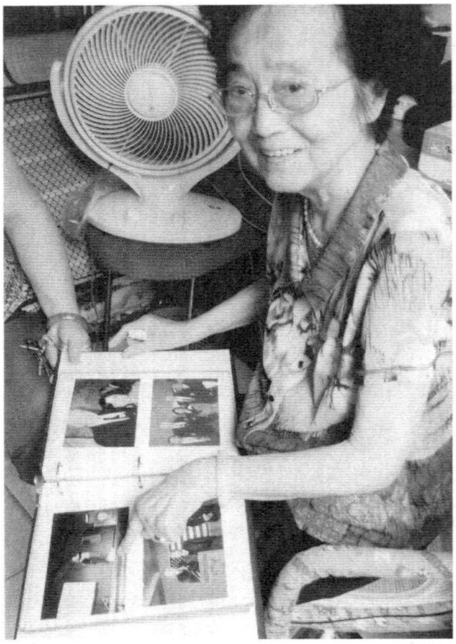

九十四岁的朱学三夫人吴爱华向作者讲述当年救助美军飞行员的故事

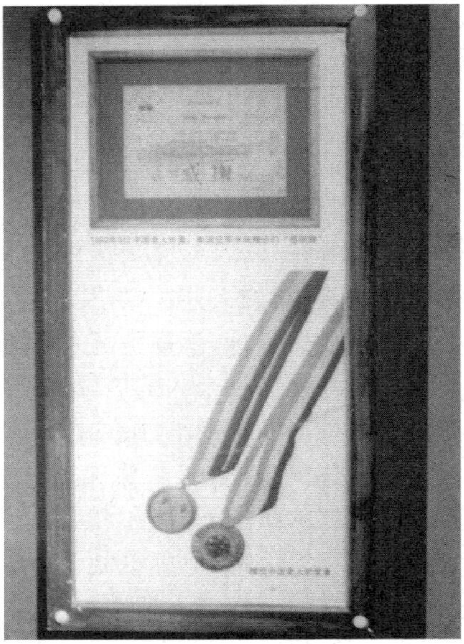

波特送给朱学三的勋章和纪念牌

此时,在场的有大陆第一位写杜立特轰炸东京的作者——浙江林学院的王国林教授,还有美籍华人、摄影师杨一信先生,美国《新闻周刊》驻北京首席记者刘美远女士,每个人都打开了自己的照相机、摄像机,拍下了这最珍贵的历史见证物。

第二年,也就是2014年,是我采访杜立特故事的第三年,新疆兵团电视台来了一组人马采访我,一定要拍摄我见到吴爱华老人的镜头。以前的见面十分遗憾,只有照片。他们就专程从新疆来到浙江,又和我一同来到上海。据电话联系,还是老人的女儿接的电话,再三拒绝采访。我们没有办法,只好冒险试试看。拍摄人马到达老人的住宅时,等了半个小时,门不开,没有任何回音。附近的邻居告诉我们:老人身体不如以前,她的女儿根本不愿意接见记者采访。我们只好作罢。所幸,头一年采访时,我们

朱学三从美国带回来的礼品箱，如今在临安市文化馆展览

拍了照片，这张照片已经在电视上和网上传播，那是一张很成功的历史记忆：吴爱华老人指着画册上面的照片，向作者介绍。

少将司令陈又超

陈又超，浙江青田人氏，幼从父读经书，十五岁毕业于县立小学，后考入丽水师范。1928 年，时年二十岁，考入黄埔军校第六期步兵科第一总队。1932 年入杭州笕桥空军军官学校飞行科第一期，1934 年毕业，任中华民国空军轰炸机第二大队飞行员，先驻杭州，后驻南昌。1935 年空军中尉，1936 年 4 月任空军第七大队第六中队副中队长，进驻西安。12 月，正值西安事变，陈友超多次受命驾机负责接送中共代表团团长、中共中央军事委员会副主席周恩来，多次来往于西安和延安之间。周恩来协调西安事变后的东北军和国民政府之间的紧张局势，达到联合抗日目的。

抗日战争爆发以后，陈又超参加了“八一四”的笕桥对日空战、“八一五”的杭州对日空战。以后任队长、科长、浙江衢州空军第十三总站站长。

1942 年 4 月 18 日，美国空军十六架 B—25 轰炸机在杜立特中校的率领下轰炸日本东京，按计划，美机返航时在衢州机场降落、加油，当时驻衢州的第十三航空总站站长陈又超接到的重庆方面最高当局的命令：美国 B—25 轰炸机 19 号清晨才能到达，但是，由于杜立特机群的航母在离东京六百海里时，是 4 月 18 日上午八点被日本发现，不得不提前轰炸东京，提前到达浙江上空，加上气候条件恶劣，衢州机场没有得到新的命令，没有开放，致使十五架飞机寻找不到降落的地点，全部飞行员弃机跳伞。大部分的飞机在浙江境内降落，所幸六十四名飞行员被浙江军民救护，其中大部分先后辗转到达衢州机场，受到陈又超少将以及全体官兵的热情接待。总计有三十四名飞行员在4月底前后安全送往衡阳、桂林机场，飞回到重庆。

据陈又超的回忆：4月18日晚间七八点钟，机场上空乌云密布、风雨交加，机场人员确实听到过飞机的声音，又不像日本飞机的声音，但是由于没有上级的命令，他们不敢打开灯光，不敢做任何的地面引导。直到19日清晨，陈又超按原计划做好布置，准备迎接美机的到来，空军指挥、消防、警卫各就各位。六点多钟，云层中传过来隆隆的发动机的声音，出现的却是三架没有国徽的战斗机，猛烈地低空扫射，随后又来了几架日本轰炸机，对着机场跑道狂轰滥炸，然后全部消失在机场上空。大家感觉到非常意外、惊奇、失望，这究竟是怎么一回事？直到19号的中午过后，陈又超接到浙西行署专员贺扬灵的电话，才知道美国飞机全部坠毁，飞行员降落、失踪。他接到命令，全力搜索、救助美国飞行员。从此时到5月中旬，陈又超和总站全体官兵救助各地送来的美国先后四十三名飞行员，其中有一半以上的飞行员在跳伞的过程中或飞机迫降的过程中受了伤，他们居住在十三航空总站。陈又超亲自布置，组织医务人员治疗、救助全体美国飞行员。此时，日本人已经从六号机组被俘的飞行员口中得知，杜立特机组轰炸东京以后，在衢州机场降落。于是集中了日军在中国战场上的飞机，轮番地轰炸衢州机场。陈又超指挥全体官兵，将飞行员安置在附近的设备完美的防空洞里，还从地方调来做西餐的厨师，为飞行员们做西餐。因为没有冰箱，航空总站在山上挖了山洞，以储存美军飞行员要吃的西餐原料。在日本飞机的狂轰滥炸之中，十三总站的官兵想方设法护理好美国飞行员，加上当地老百姓的热情帮助，在航空总站办公室的外面还用花朵布置成了一块草坪，用花布置了英文的和中文的图案，标明“欢迎美国空军英雄”几个大字。全体美国飞行员第一次受到中国军民舍生忘死的救助和细心的照顾。他们在防空洞前拍了许多照片，还有两位飞行员在洞口的石头上刻下了自己的英文名字。这些照片后来带回美国，作为他们在中国永远而美好的回忆，那两位飞行员刻在山洞石头上的名字现在还留在石头上，直到半个世纪以后，许许多多的中国人以及后来去采访的美国记者当时的美国飞行员的后代也都看到这两个飞行员的名字。直到今天，这两位飞行员已经过世，可他们的名字却永远留在了衢州机场红色的石头洞上。

陈又超的部下，一名军官名叫钱南欣，当时在机场是一位军需，他工作非常热情，和许多美国飞行员成了好朋友。就这样，他用一块绸布，请四十三名美国飞行员在绸布上签了名，其中也有陈又超的英文签名。钱南欣把这块绸布带在身边，后来钱南欣随国民党军队去到台湾。五十年之后，大陆改革开放，海峡两岸有了往来，钱南欣从报纸上看到美国被中国军民救助的老飞行员在1990年专程从美国来浙江寻找中国的恩人，钱老先生从台湾寄来了他珍藏了五十年的美国飞行员签名的绸布所拍的相片，还向浙江的报纸和朋友们详细叙述了当年他在衢州机场工作时的一些往事。

抗日战争后期的1944年，陈又超调往重庆，在国民政府航空委员会担任处长、空军军官学校担任教官。1949年，陈又超在台湾空军总司令部任少将处长，因为在抗日战争期间得了风湿病，在台湾不久就提前退休，努力于培养子女，六十年代移民美国，五个子女在美国成长为高科技人才。陈家书香门第，代代有才，四个儿子通通都是博士，在美国华人中列为著名的科学家。长子陈惠青现任俄亥俄州州立大学电机系主任、教授；次子陈惠开也是俄亥俄州立大学研究部主任、特座教授委员会主任，获得“杰出教授奖”“全美电子、电机工程学会奖”，列入多项名人录，他们多次到中国大陆讲学，被八所中国大学聘为特座教授；三子陈惠发获得过硕士、博士学位，现任夏威夷大学工学院院长，是国际工程材料、模型、塑性力学和结构稳定学领域的权威学者，有二十多部工程学的专著，他的许多著作在中国大陆广泛发行，现在是美国国家工程院院士、台湾“中央研究院”院士；四子陈惠森是美国乔治亚大学统计学博士，曾经担任肯他芝大学、芝加哥大学等三所大学教授，现在美国政府工作。

当作者在美国采访期间，陈又超的三子陈惠发热情相助，将其父亲的许多资料提供给作者；在浙江省《青田县志》是这样描写陈又超的：“陈又超先生身材魁梧，头脑敏捷，口才伶俐，文笔优美，有儒将之风。并具有宽以待人、严以律己的气概，深为长官器重、部下崇敬。在衢州工作期间，第三战区司令长官顾祝同、浙江省主席黄绍竑赞扬他‘难得的将领人才’。”

历史秘密透真相

1942年，杜立特机组轰炸东京之后，太平洋战区有了重要的战略变化。其中，有一个秘密计划：美军准备在适当时机，在太平洋西部的中国浙江沿海登陆，向日军占领区发动全面的反攻。

作者在采访杜立特轰炸东京的有关材料时，从浙江宁波市档案馆得到一份资料，这是当时中国政府浙江宁奉游击区指挥部情报科科长王兴藻存写的一份档案。这是一份重要军事资料，内容如下：

1942年中国抗日战争中期，国民党政府的浙江宁奉游击区指挥部设在宁海龙宫大庵，王兴藻任指挥部情报科的科长。这时候，杜立特机组轰炸东京之后在浙江降落，其中二号机组降落在鄞县东南方向的咸详镇，机身坠毁，五位飞行员由当地镇长秘密送到我方游击区，因而得救。游击队派人护送，偷越象山港，到达宁海。国军指挥官俞济民亲自接见、安排，派情报科长王兴藻护送美国飞行员，到达新昌大后方办事处，再转送到国民党九军军部，最后安全到达重庆。

隔了一月之后，大约在5月下旬、6月初，驻远东盟军总部军事顾问团派出三人以及翻译、卫士，专程来到龙宫大庵，会见指挥官俞济民。双方秘密进行会谈，情报科长王兴藻和作战科长朱叔页奉命参加会谈。美军顾问团的其中一人重点讲话，通过翻译告诉中方人士：我代表盟军总部，首先对贵国敌后游击队智勇的救护我们飞行员归来，并蒙沿途热情的招待表示感谢。当前，世界的战局，盟军苏联军队抗击德国希特勒的进攻已有转机，那是第一战场。同盟国的军队正在欧洲准备开辟第二战场，将来两面合击希特勒，前途是光明的；在东方，也就是太平洋战区，计划开辟第三战场，主要靠中美双方共同合作。你们出人力，我们出财力、物力。预定计划以贵方象山港作为盟方海军基地，拟在浙江宁波港、金山卫二处，你们的游击队配合美军登陆，北路占领上海和南京，南路直取杭州，再与北路会合，从而巩固京沪杭阵地。因此，为了军用物资补给、需要，从宁波到杭州、到南京的铁路线必须修通。预计要动员百万工日，按照原来已被日军破坏的线路，分段抢修路基。铁路桥梁和车辆都由美方准时运到，全部都是现成的，随铺随通。我们顾问团这次来的目的是：一、请贵方思想上有所准备，怎样发动民众修复路基；二、我们来实地考察象山港周围的地理形势，作为将来的军港规划的依据。

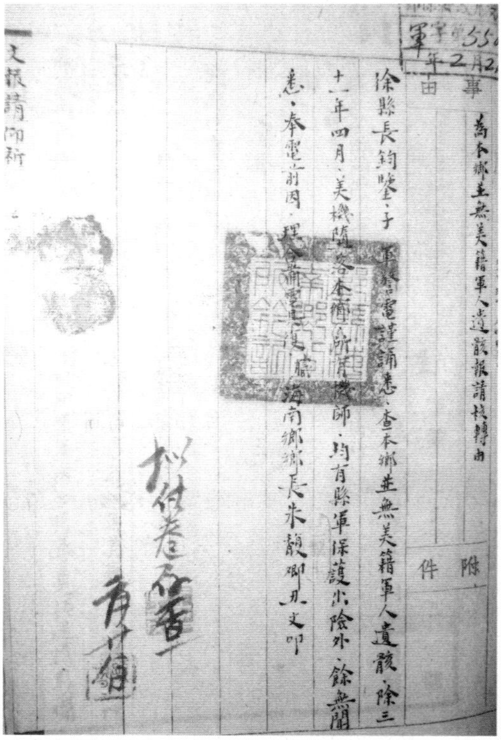

宁波市保存的档案，当年的区长、乡长救助美军飞行员时，向上级政府呈送的报告原件

中方人员听完美军顾问团的讲话非常兴奋，但也有一些怀疑。指挥官俞济民和作战科长朱叔页都没有说什么。美军顾问通过翻译再三转告中方人员：你们有什么看法可以谈一谈？

这时情报科长王兴藻认真地提出了自己的建议，他再三申明：这是我个人的意见。刚才首席顾问的发言开拓了我的视野，给我们共同打败日本帝国主义带来了希望，内心感到兴奋。不过我本人考虑了两个问题：一、象山港内水位很浅，即使涨潮，军舰也开不进来，不能靠岸；二、铁路通过曹娥江大桥有问题，按目前的情况，半年内能修好也算不错了，你们要求几天之内通车是不可能的。

翻译将情报科长的话翻译过去以后，另一位顾问回答，他说：亲爱的参谋，你所提出的两个问题，我们也曾考虑过，提得很好。下面将我们的见解完全告诉你吧：象山港的水文资料，中国是找不到的。我们在这次计划之前已经掌握了象山港的水文资料。你们可能不知道，我们派了一位牧师，在几个月之前，就在象山港一带旅行、钓鱼，他走遍了象山港，测量水位，从浅处到深处，记载很详细。

潮汐有规律，有大有小，何时大潮、何时小潮，都有记录。正因为大家都认为象山港内水浅，不能作军港，也被敌人所忽视。我们掌握了第一手资料，才选定它作为军港。象山港外有屏障，可以躲避大的狂风恶浪；内靠大陆富饶地区，物资补给方便，我们断定，乘大潮时期，军舰驶到港内深水地区靠岸是没有问题的，你们放心；二、关于曹娥江大桥的问题，我们已经按照原设计图纸，制造一架全钢结构桥，用吊车一放，就可通车。这只是一座小桥，就是钱塘江大桥，一旦被敌人破坏，我们也作好应急修复准备。美军顾问团的回答让中方人员大大放心。

指挥官俞济民最后谈到动员劳工的问题，他表示：曹娥江以东路基由他和九军军长冯圣法将军共同负责，何时进行，请先通知，没有问题。

双方在愉快的会谈中结束。最后，顾问团特别提出：我们的会谈属于军事秘密，不可外传。不久，他们果然又去象山港秘密考察了一番。

后来由于太平洋战场日军连吃败仗，在浙江开辟美军登陆的第三战场计划也就没有必要执行了。

（上节摘自宁波市档案馆）

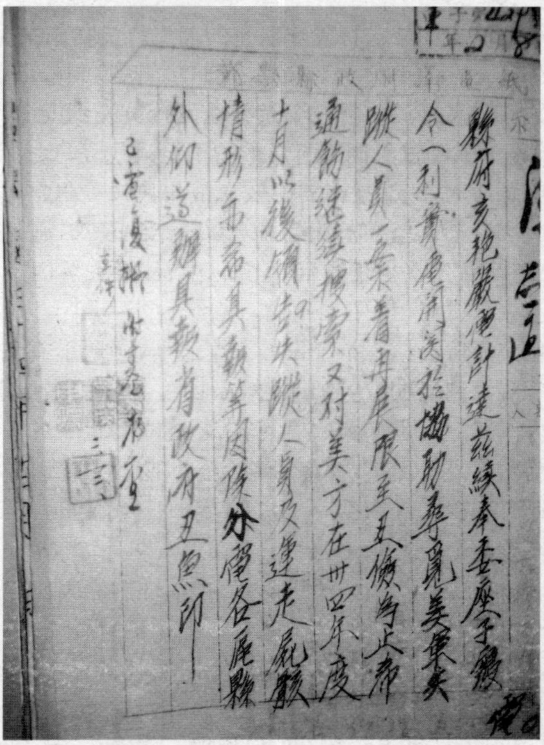

宁波市保存的档案，当年的区长、乡长救助美军飞行员时，向上级政府呈送的报告原件

历史不忘浙江人

2005 年 8 月，上海——北京。

历史的珍珠一串串。2005 年，应中国人民对外友好协会的邀请，二战美国援华老兵访华团来到中国，参加中国举办的中国人民抗日战争暨世界反法西斯战争胜利六十周年活动。

9 月 14 日，二战美国援华老兵访华团到达上海。一伙中国的抗战老战士和曾经救助过美国飞行员的老百姓赶到美国老兵下榻的宾馆，探望这些国际老战友，他们共同回忆战斗的岁月，他们深情地拥抱，回忆当年的友谊和眼前的激动达到了高潮。

9 月 14 日的下午，曾经救助过美国飞行员的浙江象山老人赵小宝来到上海，客人下榻的银河宾馆。

二战美国援华老兵访问团的成员有当年的飞虎队员，还有杜立特轰炸东京的飞行员。

八十多岁的赵小宝老人和杜立特轰炸东京的老飞行员科尔又见面了。

1942 年 4 月 18 日，赵小宝和丈夫麻良水在日本军队控制的岛上，冒着生命的危险救助了十五号机组的五位飞行员。听说今天有老飞行员来到上海，赵小宝老人太想念他们了。1992 年，她作为救助过美国飞行员的中国老人代表，到过美国，参加了一次她有生以来最隆重的纪念活动，那就是在美国俄亥俄州代顿美国空军国家博物馆举办的纪念轰炸东京五十周年活动。就在不久之前，2005 年的夏季，她作为中国代表团成员之一，由中国国务院新闻办公室主任蔡武率领的代表团，去美国又一次参加了纪念二战胜利六十周年活动。

上海市对外文化交流协会给赵小宝发的一本画册，画册上有美国二战老飞行员的姓名和照片。今天就要见到老朋友，画册上第十四位签字的二战老兵，其中有杜立特一号机组的副驾驶科尔。今天也来到的美国客人，杜立特机组的另外一位老飞行员格里芬。中国主人和美国客人见面了，拥抱了，交流了，赵小宝流着感激的眼泪问道：“美国老飞行员们今天还有多少人健在？”

科尔告诉她：“还有十七位，还有十七位。”

赵小宝说：“感谢，再感谢，代我向他们问好，祝福他们健康长寿！”

赵小宝指着画册上的酒杯说：“对，对，还有十七个酒杯没有翻过去。”她知道，有不少的老飞行员年高体衰，不能再次来到中国，他们委托科尔和格里芬慰问中国的恩人们。

格里芬说：我们老飞行员每年都在 4 月份相聚一次，每年都有人去到天国，我们希望坚持到最后，就是到了天堂，也不会忘记中国人的恩情。这时浙江的朋友带来了几张最珍贵的历史照片，那就是杜立特机组飞行员获救以后，受到浙江老百姓的热烈欢迎和周到的护理。由当地的档案馆里查到了这些照片，现在复制出来送给美国老朋友，让他们带回美国，留作永久的纪念。

更值得庆祝的是，陈文宽这位美籍华人飞虎队老英雄，在今年世界人民反法西斯战争七十周年之际，还健在。他已经一百零二岁，住在旧金山。作者有幸与他通过电话，在这个重要的日子里，祝贺老英雄健康长寿。

中国老将军李宣化说：如果没有中美两国军民在反法西斯战争中的浴血奋战，就不会有世界反法西斯战争的胜利，更不会有今天的相逢。

飞虎队的英雄事迹，是世界航空史上跨越时间最长，空运条件最差、最艰苦，航线在海拔四千五百米到七千米的高度，山峰起伏相连，似相连的驼峰队故而得名“驼峰航线”。从 1942 年 5 月到 1945 年年底，光荣牺牲的飞行员一千五百名。飞虎队的英雄们输送了中国战场急需用的物资八十万吨，粉碎了日军的封锁，为中国战场转败为胜提供了大量的军用物资。杜立特轰炸东京，粉碎了日本天皇及法西斯的侵略美梦，扭转了太平洋战争初期被动的局面。中国军民救助美国飞行员的伟大事迹，也载入中美人民抗击法西斯战争胜利的光荣史册。

就在这一天，中国对外友协副会长李小林（李先念之女）终于有机会和抗日战争期间，父亲指挥的八路军救助过的美国飞虎队的上尉飞行员格林·本尼达相会，场面十分激动人心。

李小林用英语对全体美国老兵代表说：中国人民从来没有忘记曾经援助中国作战的美国将军和士兵，你们是中国人民最忠实的朋友，我们将这一切告诉我们的孩子，让他们将中美人民间的友谊一代一代地传下去。

就在这一年，杜立特一号机组的副驾驶科尔老英雄在北京等待着消息，他准备再次去浙江旧地重游，探望那些救助过美国飞行员的中国老百姓。等了又等，浙江海岸正值台风季节，强台风不断来袭，科尔老英雄最后没有能够去浙江，他非常地遗憾。在后来的岁月中，他在美国见到中国朋友时都说：2005 年，因为台风，我没有亲自去探望中国恩人，非常遗憾。

当作者 2014 年在美国东部探望九十九岁高龄的科尔老英雄时，他也是这样说的。作者在这一次的采访中，带去了一幅锦旗，上面用中、英文绣上了“中美友谊，万古长青”赠送给科尔老英雄，作为永久的纪念。

作者跋山涉水，终于在浙江安徽交界的山区小镇文管所找到杜立特一号机组的发动机

王维影片再回忆

浙江电视台纪录片编导王维先生是一位很热心又能干的电视人。他两次陪同我们在浙江各地采访。他人熟地熟，对我们帮助很大。2012年4月，他参加浙江代表团去美国，全程拍摄了代顿市纪念杜丽特轰炸东京七十周年活动。他采访了许多老飞行员和大黄蜂号航母老兵回忆七十年前轰炸东京以及中国军民救助的故事。回国以后他又采访了许多当年救助美国飞行员的中国老百姓。他编导一部纪录片《救助杜立特中队》，很不错。但可惜，没有在海外放映。

我有幸看了。也算是一粒明珠吧。我把他的精彩内容摘录如下：

2012年4月18日，在美国俄亥俄州代顿市，美国空军国家博物馆草坪上，彩旗飘扬，一群特殊的人在这里相会。来自中国的七十六岁的贺绍英女士手上打开一本书，对九十七岁的杜立特机组一号机的副驾驶理查德·科尔老英雄说："这是我父亲1946年写的书《杜丽特降落天目记》。你看，这是在潘庄的照片，这是天目山，这是我妈妈给你们煮咖啡，给你们做晚餐，这个小女孩就是我。"

科尔和贺绍英(视频截图)

老英雄科尔点着头笑着说："记得，我记得这所房子。"

贺绍英说："是杜立特，是你，是你们一号机第一个轰炸东京，第一个飞到中国，第一个被中国军民救护。"

在草坪上，当年大黄蜂号航空母舰上的水兵埃尔默·沃贾恩(九十三岁)笑眯眯地说："我还记得十六架飞机的飞行员个个都是英雄。我看到杜立特中校，我猜想他们要有大的行动。"

第二天上午八点，大黄蜂号航空母舰甲板上，密密麻麻地排列着B—25轰炸机，由哈尔基少将指挥的。我记得是一个浓雾的早晨，悄悄地穿过旧金山大桥，向西驶去。不久，和第十六特混舰队会合，大黄蜂号秘密地向西驶去。

科尔老英雄说:“1942 年 4 月 18 日上午,关岛时间十一点十八分,在离日本东京 650 海里的洋面上,我们发现了日本侦察渔船日东丸 23 号。我们还听到日东丸正在向东京大本营发电报,非常危险。”此时,沃贾恩水兵说,我们还侦察到日本侦察船,非常危险。日本人会组织空军和海军向我们进攻。这是大黄蜂号非常危险的时刻,如果舰队返航,就失掉了突袭东京的战机;如果立即起飞,比原计划时间提前了,航程加大了,尤其是在光天化日下,袭击是非常危险的。在日军掌握制空权的东京上空,我们飞行员生还的机会十分渺茫。就这样,哈希尔少将当机立断:提前起飞!目标东京!

千分之一的机会也决不能放过,舰长米切尔广播里命令:飞行员们!立即出击!甲板上拉响了战斗的警报。

科尔老英雄又说:下令起飞是很危险的。但是,我们飞行员没有一个畏惧、退缩,抓住时间抢机会突击,突击,还是突击!一个小时之内,十六架飞机按序起飞,真是绝妙的奇迹。现在回忆起来很可笑,因为我的飞机是第一架起飞,我们没有时间去商店买三明治和糖果。后来才知道其他的飞行员都没有去买食品。第十六架飞机起飞之后,大黄蜂号立即掉头秘密返航,避免了日军的报复,真是上帝保佑。三十分钟以后,日本飞机飞临这片海域,压根就没有发现美国军舰,他们认定美国军舰吓跑了。由于我们的飞机全部以超低空,几乎贴着海面飞向东京,根本没有被日军发现。当我们飞临东京湾,上升准备轰炸时刻,东京的市民们正在演习防空,还以为我们是日本飞机呢!因为我们的机身上也有一个红圆圈的标记,很像日本的太阳旗。日本战斗机很近飞过我们旁边,才发现我们是美国轰炸机,此时一切都来不及了。我们三十秒钟之内就扔完了炸弹,飞离了东京上空,真是上帝保佑。十六架飞机接连地在大阪、神户、长崎投下了几十枚巨型炸弹。

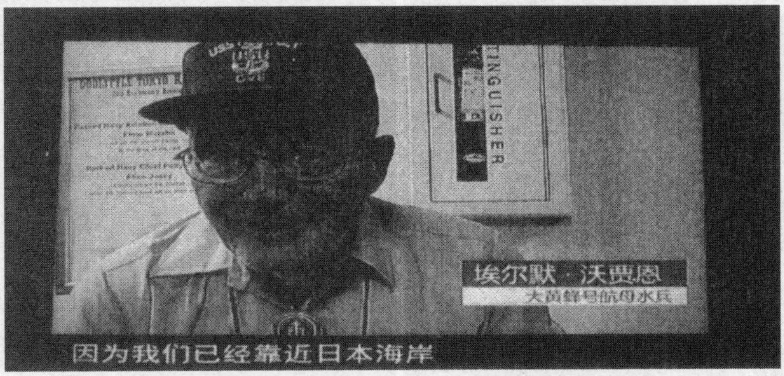

大黄蜂号上沃贾恩老水兵讲故事(视频截图)

当年的水兵沃贾恩说:“我们在大黄蜂号上正在收听日本的无线电广播,播音员说:日本本土是安全的。突然,广播中断了,什么声音也没有了。我们都猜想,这是杜立特机群已经到了东京上空轰炸了,把他们吓坏了,才中断了广播。”

从这一天开始,在神灵的保佑下,时来运转,美军节节得胜,日军节节败退,日本人再没有打过胜仗。奇怪的是，杜立特机群在海面上以超低空的战术，一架都没有被日本人发现，个个完成任务。几乎每架飞机竟然完好地飞向中国。现在回忆起来，从古到今，都没有这样的奇迹发生。当然，最后的奇迹应该是在中国，飞机迫降和坠毁中，我们飞行员又一次地九死一生回到美国，才有我们的今天。不要忘记中国人民的伟大，才有七十年以后的今天的聚会，谢谢伟大的中国恩人，许许多多的美国飞行员的后人更不会忘记，没有中国人，就没有今天在场的美国飞行员的后代。

回忆讲不完的七十年的故事。

老英雄科尔虽然九十七岁高龄，记忆力好得惊人。他说："原来计划轰炸东京后飞到中国降落，如果一切顺利，陈纳德将军就会接受我们这十六架 B—25 轰炸机。我们唯一的生路，就是安全地在浙江衢州机场降落。上帝保佑，除了一架八号飞机由于油箱严重漏油，只好选择西北方向苏联海参崴机场降落。其余的十五架飞机飞行了十三个小时，跨越了三个时差区：夏威夷时差，关岛时差和中国时差。没有想到，一路天气很糟糕，又是乌云又是暴雨，好在强烈的东风护送我们，飞行速度加快了，让我们安全到达浙江上空。但是，飞行员们无法找到地面上的浙赣铁路和机场的标记，更不知道哪里是中国军队占领区、哪里是日本军队占领区。架架飞机油料耗尽，黑夜中盲目降落。飞行员大部分是跳伞，命运只有上天知道。

九号机的领航员汤姆·格里芬（九十三岁）说：天空一片黑暗，飞机被狂风暴雨包围，汽油烧完了，也接不到地面机场的任何信号，悲剧必然发生……

衢州机场就是中国空军第十三航空总站所在地，站长陈又超后来回忆说："当天晚上因为日本飞机经常来轰炸，我们实行灯火管制，晚上听到天上有飞机响声，认为是日本飞机来轰炸，灭了所有的灯光，没有上级的命令，我们不能打开机场。否则是要杀头的。直到第二天，就是 19 日的清晨，才按照原来的计划打开机场的各项标记。谁也没料到，十六架美国飞机在头天晚上已经坠毁或降落，七十五名飞行员下落不明。"

老英雄科尔接着说："18 日晚上七点钟，浙江西部山区云雾很浓，我们一号机在西天目山上空盘旋了两圈，找不到降落点。杜立特下命令跳伞，他关了油门，让飞机自然坠落。"

浙江当时的《民族日报》记者（今年一百零三岁）说："当时我也听到飞机在空中绕，绝没有想到是美国飞机。因为三天两头有日本飞机来轰炸。"

科尔说："中国老百姓听到我们飞机响，以为又是日本飞机，立刻把家里的灯也都灭了。因为一号机的领航员错误判断，下面是天目山的南面，离衢州机场不远，汽油已尽，只有跳伞。杜立特是最后一位，他把油箱门关了，才跳下的。所以一号机虽然是坠毁，也没有燃烧。"

在潘庄的浙西专员公署，贺扬灵将军也说："4 月 18 日晚上，我还在行署办公室，听到轰隆隆的飞机声，立刻打电话，防空哨所附近的部队、庙宇和保甲长们要他们立即实行灯火管制和必要的警戒,防止日本飞机的轰炸。”

西天目山的村民余大福(八十三岁)回忆说:“当天黄昏,我看到一架飞机飞得很低,从西向东飞,从西沟飞过,突然听到‘轰’的一声,大概是飞机掉下来了。”后来我们才知道,在昊天关的山顶,就是今天的安徽和浙江交界处宁国市,云梯畲族自治乡矛坦村,机身四分五裂,散落了一大片,机头也看不见了。”

矛坦村民余海武说:“我们这里是两省三县交界处,据老人说,飞机摔碎了,散落一大片。到了1958年,山洪暴发,就在这条河里(大唐坞)发现了一个飞机的发动机,叶爱国找了十几个人,把发动机抬上河边,一直送到十几里外的乡政府。后来,又把这个大铁疙瘩放进文化站,保存到今天。”

《民族日报》记者陈元善(现一百零三岁)说:“一号机组五个人全部跳伞降落,机长杜立特降落在西天目山的茅坦村的稻田里,稻田里刚施过肥,在黑暗中他辨别不了东西南北,好不容易拖着降落伞爬出了稻田,浑身湿透了,臭烘烘的,拖着降落伞看到远处有灯光。他走到跟前,灯光是从一扇窗户中射出来的,灯光很弱,他心中才有了希望。”

七十九岁的邱林老人介绍:大概是晚上七八点钟,杜立特摸到窗前敲着木头窗户,用广东话说:“我是一个美国人。”屋里面的小孩就是我。我吓坏了没有开门,因为我听不懂,就到隔壁的房中告诉父母,有人敲窗户。父母说:“是坏人,不能开门。”杜立特等了好一会儿,里面的灯灭了,他只好往前走。来到了一座水磨房前,他钻进房里,外面下雨又冷。睡到第二天早晨出来,在路上碰到一个农民,他在纸上画出一条铁路和火车,老农心里明白,这个外国人要找火车,可能是个坏家伙。他就点着头,带他往前走,把他带到浙西行署青联营。这是抗日军队训练士兵的军营,把他交给了青联营。青联营里的军官会说英语,知道他是美国飞行员,大概上午九点钟才把杜立特带到潘庄,交给专员贺扬灵。

理查德·科尔介绍:“我是副驾驶,跳伞时我没有受伤,我很幸运,降落伞挂在了山坡的树上,我没落在地上,因为看不清,所以在树上蹲了一夜。天亮了我才下来,在路上碰到一个放牛的小孩。他喊着往回跑,出来了一个农夫,把我带到保长张健家里。保长会说一两句英语,知道我是跳伞的美国飞行员,才把我送到青联营,又到了贺扬灵家里见到了杜立特中校。”

第三位飞行员是领航员波特中尉,他也是降落山顶,在山上蹲了一夜,第二天清早走下山来,进了碧琮村。

作家王国林教授介绍:“波特刚进村就被杀猪匠俞交生发现,他的兄弟俞根生是民兵排长,兄弟两人把波特绑起来,以为他是日本人,要送他去吴家祠堂。”

贺绍英说:“我妈妈给飞行员们煮了咖啡和茶,杜立特还抱过我。”

科尔说:“我们吃了西餐又吃了中餐,有米饭、鸡蛋、虾,喝了酒,这是我们降落在中国的第一顿美餐,我一辈子都记得。”

当天晚上，杜立特请贺扬灵向重庆发出第一封电报，由宋子文转交给美军指挥官魏德迈，再转发给美国总统罗斯福、白宫、国防部，说明其他飞机尚未找到。

4 月 22 日，天目山社会各界群众在朱陀岭召开群众大会，杜立特发表了演讲，他说：我们轰炸了东京，给美国人民送去一个好消息。

《民族日报》记者参加了欢迎大会（现在一百零一岁的陈元善）。

欢迎杜立特中队轰炸东京回到中国，会场上群众的情绪非常热烈，多少次举手高呼："欢迎！""欢迎！""美国英雄！"

科尔说：我们在潘庄住了四天，贺扬灵派出很多车辆，人力车、轿子，还有士兵，由行署秘书陪同，把我们送到于潜，24 日下午五点到达浙江桐庐分水镇，连夜坐上一条小船，在分水江顺流而下，到桐君山后向富春江逆流航行，为的是躲开日本军队搜捕。我们五个人在这条小船上，还有秘书和几个士兵，船夫和他妻子抱着怀中的小宝宝。我记得很清楚，船夫把我们五个人藏在船舱的后面，用竹帘子把我们挡住。晚上我们透过帘子看到江面上有日本船只的灯光，很危险。日本船靠近我们时询问船夫，船夫想方设法躲开了。日本船只靠近，非常危险，我们非常感激，小船航行了一天一夜，终于到达建德市严东关休息一会，继续往上航行。为了救我们，船夫非常辛苦，和几位士兵不停地划船，终于在 26 日到达金华。一路上赵秘书和船夫对我们照顾得非常好，让我们吃米糕，喝热茶，一路上老百姓还送来很多吃的东西。我记得晚餐也很丰富。

一路上许多村民叫着：抓住了昨晚空投的日本人。他们还以为我们是日本人呢。

第四个飞行员伦纳德也是降落在山上，他下山时间晚一点，又碰见杀猪匠俞交生和哥哥民兵连长，活捉了他。因为他没有带枪，也就没有绑他，把他带走在路上，他们碰见当地的小学教师朱学三。这天恰好是星期天，二十岁的青年朱学三这天没有上课，他出来找人帮他盖猪圈，路上碰到一群村民绑着两个外国人，说他们是日本人。朱学三上前一看，蓝眼睛黄头发，大高个，根本不是日本人。他用英文说："How are you?"美国飞行员喜笑颜开，朱学三高兴地叫起来："他们是美国飞行员！轰炸东京以后，他们降落在这里。立刻松绑！"一大群人把三个飞行员送到朱学三家里热情招待一番，三个飞行员才知道中国老百姓把他们当作日本人，所以才绑了他们的。三个飞行员哈哈大笑。

科尔的女儿——辛迪介绍：那时中国人很穷，村民拿出他们最好的东西，鸡蛋和过年才吃的肉来招待他们。村民把美军飞行员当作自己的亲人一样，离开大黄蜂号的美国飞行员二十多个小时没有吃饭没有喝水，终于在朱学三的家里吃上了一顿热饭。他们非常感激，不知怎样报答。下午才离开朱学三家，在路上他们东张西望，发现树林里有一座坟，朱学三告诉他们："那是我的父母爷爷的坟。"三位飞行员急忙上前去按中国的礼节，恭恭敬敬鞠了三个躬，他们继续往前走。又听到前面一群人吵吵闹闹，有人喊着："山上有日本人！"村民拿了棍棒，敲锣打鼓喊着"抓日本人！抓日本人！"他们要捉的正是一号机的机枪手伦纳德。

朱学三急忙上前喊着："那是美国飞行员，不是日本人。"

伦纳德也看见了他们，他们拥抱在一起，流下了眼泪。热情的村民们抬来了轿子，把三位美国人请上了轿子。村民们抬着轿子跑了十几里路，把三个飞行员送到了潘庄。

贺扬灵的太太给他们准备了中餐西餐，还有绍兴黄酒，科尔说：我记得他们的女儿才六七岁，很可爱。

科尔说，我们乘船去衢州，船夫的太太给我们煮鸡蛋和鸡肉。中国老百姓的热情和善良，我一辈子都没有忘记。26 日下午，我们在金华坐上了第十三航空总站派出的美国吉普车，到达衢州机场。在那里，我们看见了其他机组的十六名飞行员。在金华的时候，我们遇到中国著名大学者周有光，他在那里等待车辆要去大后方。我们邀请他和我们同车，于是赵秘书回天目山，周有光做了我们的翻译。

周有光说：我们的汽车走的是小路，因为路面不好，经常停车。大路上有日本飞机轰炸，我们不敢走。

我和杜立特交谈得非常好，他的个子比我还矮，大概四十多岁吧，比我大一点。他在我面前还运动了几下，表示他身体很健康。我们一路都坐在一起，路上风很大，我有点咳嗽，杜立特把他的衣服脱下来给我穿。

周有光后来到美国，去拜访过杜丽特将军，共同回忆这段友谊。

二十一世纪的今天，大学者周有光已一百零七岁高龄。王维导演去北京拜访过他。周老也是中美友谊的见证人。

……

科尔说：我们离开天目山，路上走了八天。因为衢州有日本飞机轰炸，不能乘飞机，我们第八天才赶到衡阳。一直到 4 月 29 日下午，在衡阳机场坐上 C—47 运输机，把一部分飞行员送到重庆。5 月 1 日，宋美龄女士接见我们全体飞行员（有照片），给我们每位飞行员发了勋章（有照片）。宋美龄讲话，表彰美国飞行员首次轰炸东京的非凡勇气、英雄行为。

5 月 9 日杜立特奉命回美国，他先飞到昆明，有十四航空队的飞行员专机送他到加尔各答，最后回美国。罗斯福总统亲自接见杜立特，越级提拔他为空军准将，颁发勋章。杜立特后来又到非洲、欧洲参加消灭希特勒的战争。

科尔和波特后来继续在中日战场服役，在中印驼峰运送美国支援中国的作战物资。一年零两个月以后，才奉调回美国。伦纳德不幸牺牲在北非战场。

采访村民的见证：

一号机确实的降落地点，就是今天的浙江省临安市西天目山和安徽省宁国市云梯畲族乡茅坦村交界的山顶，机身四分五裂，散落在一大片山顶上，机头滚落在半山腰。

飞行员的后人见证：

二号机投弹手米勒的侄女苏珊娜·查理说："大风把我叔叔的飞机吹到了中国的海岸。"

此时，驻扎在大嵩古城的鬼子兵正闻风而来，已经知道有美国飞机降落。他们倾巢出动，要捉美国飞行员（照片），日本鬼子兵距离二号机降落的地方只有四公里。

刘同声（2006 年介绍）：当时，他是清华大学学生，路过此地，当过二号机组的翻译。

一号飞机的发动机(视频截图)

他说:“二号机组飞行员在路上躲进树林里面看到日本兵,日本兵到处搜查,他们知道这里是日本军的占领区。”

朱华亭(朱绣芳的侄子,现年八十三岁):那几天日本鬼子到处捉拿美国飞行员,有一帮鬼子捉了四十多个村民。那时我才十岁,亲眼看到鬼子兵抓走许多老百姓,把老百姓关在我们球山小学,那里也是乡政府的所在地。在一间房子里,日本人拷打老百姓用老虎凳,灌辣椒水,打死打伤许多老百姓。因为老百姓没告诉日本鬼子有关美国飞行员的消息。

龙英儿说:伪军和日本人又来我家捉我父亲,没有捉到,他们烧掉了我家的房子。隔壁的老阿公把我和弟弟从火海中救出,藏在他们家里。我还记得老阿公拉着我和弟弟从楼梯上跳下来的,因为楼梯已经着火了。二号机的五名飞行员被八名国民党的游击队员护送,老百姓抬着轿子,用了三天时间把飞行员送到了国民党统治区。

刘同声当时要回大后方,路过浙江,住在一家旅馆里,旅馆老板问他会不会英文,刘说:“我是清华大学的,怎么不会英文呢?”

老板说:“这里来了几个外国人,请你去翻译,帮帮忙。”就带着刘同声到了饭店大厅,饭桌上坐了许多人,镇长把五个飞行员介绍给刘同声。刘同声非常高兴,和五个飞行员交谈,刘才知道美国飞行员要去衢州机场,离这里有好几天的路程,还要经过日本占领区,非常危险。刘下决心要帮他们,经过和镇长的研究,还有当地的县长。一定要飞行员化装成中国老百姓。

苏珊娜·查理回忆叔叔五十年前的遭遇说:“叔叔八十岁时告诉我,‘我是一个大块头,穿上中国老百姓的衣服,坐上老百姓抬的轿子。老百姓一路上抬得很吃力,两个人抬我,头上淌着汗。大概当地政府花了不少钱,他们不让我下地走路,因为我受了伤。’”

二号机机枪手雷德尼夫人五十年后告诉记者:我的丈夫雷德尼早已去世,生前他几次告诉我:当地老百姓在日军统治之下帮助美国飞行员,一旦被日军抓住就会被处死,他们是冒着生命危险的。我丈夫一辈子没有忘记他们,一辈子感恩中国老百姓。

2006年，在美国，九十岁的刘同声说：当时日本人派了骑兵四面八方搜寻美国飞行员，骑兵在我们后面，大概有一天的路程，五六十里吧，抬美国飞行员的轿子队东躲西藏，不能走大路，翻山越岭走小路。途经宁波的奉化、宁海、新昌、东阳、城关五个县，到达抗日政府控制的浙赣线点义乌，从东到西三四百里路，一直远离铁路和公路。义乌是浙赣铁路上的一座小城。

苏珊娜·查理说：我叔叔的日记中写道，他在义乌县城认识一位很漂亮的中国姑娘，大概是一位护士，照顾他们非常的好，不会讲英语。他们只好打手势，叔叔举出大拇指表示感谢。当时那里发生了流行病。因为日本人在铁路沿线撒了细菌，死了很多老百姓。日本人用这种方法来阻挡老百姓和中国军队使用铁路。我叔叔在日记中还写道：我们到达义乌以后，当地政府冒着危险还是开了一趟火车来运送我们去衢州，还派军队护送我们，快速地把我们转移到衢州。

后来在衢州机场防空洞洞口石壁上有两个飞行员的签名，他们是副驾驶菲兹休和雷德尼两人的名字，直到今天清晰可见。

中国的知名大学者周有光和世界著名的科学家爱因斯坦见过面。就在美国飞行员二号机飞行员获救的路上，他们遇到了周有光。周是后来中国文字改革、汉语拼音的创造者。1942年4月下旬，在逃往大后方的路上，那时他才四十岁，在金华等车，晚上关了灯后听到有飞机的声音，第二天在广播中听到美国飞机轰炸了东京，这些飞行员在中国降落后来来到了金华。周有光当时也坐上了这趟火车，在车上和飞行员们交谈。杜立特岁数比周有光大，因为火车上风很大，杜立特还把自己的皮飞行服给周有光穿。后来周有光也到了美国，见到杜立特说起当年穿他飞行服的事，杜立特哈哈大笑说自己早已忘记了。

三号机由北向南，燃油耗尽，还没有找到着落点。在大山上空，最后坠毁在浙江省遂昌县北洋村柘岱口乡山顶上，飞行员全部跳伞。法克特跳伞时伞未打开，摔在山顶的石头上以身殉职当年二十一岁。

浙江江山市档案馆馆长徐青介绍：飞行员奥祖克第二个跳伞，降落在岩石崖下，挂在树上受了重伤，第二天早晨被上山砍柴的农民发现，报告保长之后把他背到保长廖诗元的家里。

现年七十七岁的廖明发（保长之子），当时七岁，他回忆说：当时父亲派人把飞行员背到我家时，肩背负伤，流了很多血。我父亲用草药为他包扎，飞行员不停地喘气，非常可怜。我母亲煮鸡蛋给他吃，他不会用筷子，给他用勺子，他也不敢用。我父亲吃给他看，他才吃一点点。我父母亲用热水将他全身擦干净，把他衣服全部洗净，让他穿上我们家的衣服。他的伤势很重，好几天我父亲上山采草药，采回来磨碎在炉子上熬。背上腿上都有伤，妈妈熬红米稀饭给他吃。我们家也很穷，吃的是玉米粥。四月份天气很冷，到中午时候就把他抬到外面晒太阳。我们也不知道他说了什么，我只见他拉着父亲的手，眼角上淌下了泪水。经过四五天治疗，他的伤势好了很多。有时他坐不起来，妈妈就喂他红米粥。半夜我爸爸还起来拿夜壶给他尿尿。大约五天以后，我父亲叫来一顶轿子，送奥祖克下山经过十几个小时山路，天黑才把他送到长台镇。当时镇上有一个中学校长会讲英文，他慷慨付了轿夫的钱。镇长还专门开了一张收据，后来把收据报到县里，呈到县里档案馆。五十年以后记者从衢州江山县档案馆找出了那张收据，人力车夫朱招根打的收条，轿夫陈明商打了一张收条。5 月份中学校长周仁贵收到镇长还给他垫付的钱。

勇考证，此人正是3号机查尔斯·奥扎克，退役后，奥扎克曾在摩托罗拉公司工作，他至今仍与郑伟勇保持联系。

当年的奥扎克就在廖诗原家中的这间房间里休养一周

在张村乡龙头殿村小南坑口自然村，今年83岁的廖万富告诉记者，当时美国飞行员伤得很重，脚都露出骨头了。是当时保长廖诗原及廖诗清、廖诗荣等人将他用竹椅抬送到家中，并敷上草药休养了约一周时间的。今年75岁的廖诗原儿子廖明发说，我母亲周兰花当时给美国飞行员洗扎伤口时，一桶水都洗红了。现在廖明发家里还保存着奥扎克留给廖诗原的唯一一枚纪念币。在村里调养几日后，保长廖诗原雇人将他抬到长台镇公所。大见坑到长台镇有30多公里，崇山峻岭，道路险要，轿夫陈明高、周柏日足足抬了8个小时才到，肩膀被磨得血迹斑斑。

改革开放后，廖诗原曾想联系奥扎克，可写了信仍没联系上。他儿子廖明发保存着这些资料。

五

在长台镇贺陈村，徐遐林、夏世英夫妇曾说："那年4月19日，一大早打开门，看到有个大鼻子、高个子、穿红衣服、带着枪的'怪人'倚在墙边，我们都以为他是日本人。但他笑嘻嘻的，一点也不让人害怕，我们就给他吃的。吃过早饭，村里派人把他送到长台镇公所。"据《长台镇志》载：1942年，贺陈村的农民徐德茂去菜园，首先发现了两位怪人，约20余岁，腰间皮带上挂着一支短枪，手背上流着一丝丝受伤的鲜血。徐德茂后用稀饭、面条招待他俩，他们不吃，唯对煮熟的鸡蛋大口大口吞下。长台的村民曾捡到有军用地图、打火机及降落伞等。后经小学教员娄文铭用英语作友好通话后，两位美国人将帽子脱了，抖动向众人致意。在长台镇公所，镇长以为他是日本人。当时迁住长台的县立初中校长周仁贵懂英语，亲自接见后，知道他们是美国飞行员后，雇人力车将二名美国飞行员专程送至江山县政府。

在江山档案馆至今仍保存着清湖、长台民众护送美国飞行员的轿资、人力车费收据等。

六

衢州人民的救助行动，是整个"杜立特行动"的一个组成部分。降落在江山的飞行员不久均被送至江山县城。县府与衢州专署取得联系后，集中在位于衢州的空军航空第十三总站，再从这儿转移到重庆、桂林后回国。在拯救过美国大兵的那些村、那些路，缀满了中国乡民的炽热情感。如果没有营救，历史上的轰炸东京能算得上完全成功么？

（下接第八版）

1942年制的《飞行员降落地村庄示意图》

1942年，衣裳褴褛的奥扎克翻遍全身，只有一枚背面有林肯像的纪念币给了廖诗原作纪念。这枚纪念币保存在廖家68年了。

1942年营救美国飞行员的垫付收据

右侧是救助美军飞行员上定区中学校长周仁贵出钱请的轿夫抬了轿子，把受伤的飞行员送到县政府；中间一分美金的钱币是奥祖克获救之后在廖诗元的家中住了五天，分别时把全身掏了一个光，只有一分钱币，赠送给廖诗元。七十年后，他的儿子廖明发拿着这枚钱币来到美国，它就是历史的证书，记载着被淹埋了的故事

后来人力车夫朱招根把奥祖克送到江山县政府，然后刘芳桥乘船把奥祖克送到衢州第十三航空总站。

五号机坠毁江西，这两架飞机的飞行员都落在国民党政府控制区的，被当地居民救获。

六号机于 18 日晚上六点多钟坠毁在象山县爵溪镇牛轭礁附近海岸。投弹手威廉·迪特尔中士、机枪手非兹莫里斯下士不幸牺牲，其他三位飞行员落在海里被海浪冲上海滩。

张利民（浙江象山县地方志研究者）介绍：六号机的三位飞行员在海浪中游到了岸边，互相搀扶着躲进岸边山洞。第二天一清早他们出来，就被当地的伪军巡逻兵发现，秘密报告日本人。

亚克·霍尔马克（六号机长的堂弟）介绍：我的堂哥讲过，他们三人走出山洞时先被抗日游击队发现了。游击队急忙找来了许多人护送他们走了好几天，路途中躲避了日军的追捕。伪军也报告了日本人，因此日军全面追捕飞行员。抗日游击队把他们三

人交给了镇长杨世森，镇长亲自把他们藏在乡公所里，给他们吃好休息好，第二天又组织人员把他们送走(今天，杨镇长的孙女杨振荣老人告诉记者的)。

张利民接着说：后来发生了不幸的悲剧，游击队和乡丁护送美国飞行员的路上，不幸遇到了日军和伪军，包围了他们。飞行员被日军俘虏，游击队员和乡丁全部被日军杀害。乡长杨世森被伪军告密，日本鬼子把他抓到茅洋据点毒打致死。被捕三位飞行员被送到上海后又转送到东京审讯，审讯完后又送回上海关在提篮桥监狱里。一年后机长霍尔马克和十六号机的两位飞行员被判处死刑，副机长病死在牢房里，其他的人到日本投降后才回国。霍尔马克的孩子后来说：是中国人先救了我的父亲。汉奸告密日本人杀害了我的父亲。

七号机，迈克鲁，劳逊，克莱弗，达文波特，撒切尔。

机枪手撒切尔的儿子说：没有中国援助我父亲就不能生还，也没有今天的我。

七号机降落在象山县鹤浦镇的大沙村海滩上，飞机在海水的冲击下翻了一个个儿。五位飞行员中有四位受伤严重，只有撒切尔受轻伤。他帮助其他的飞行员爬出了机舱，在海浪中游上了岸。机长劳逊一只腿摔重伤。

九十三岁的撒切尔说：我终于帮助其他四人爬上了岸边，只有我一人还可以走。

象山县地方志张利民说：当时，这里是日本占领区。保长许昌冲发现他们后报告了村长。村长找了四个小组的人去抢救美国飞行员，每一个组负责救助一位飞行员，把飞行员接到家里。大沙村归三门县南田岛管理，南田岛是敌我交界处，岛上经常有日伪军的部队巡逻。保长许昌冲联系上了岛上的抗日游击队，队长是郑才富，决定尽快将飞行员转移出去。当天晚上游击队把他们送到了红庙(红庙的照片)，红庙前面有个渡口，可以乘船离开这里。飞行员们终于在游击队的护送下离开南田岛，在海上他们碰到日本的炮艇，游击队员升起了一面太阳旗，也准备了武器以防万一。他们终于躲过日本的检查，到了三门县的临海。来到县卫生院，只有一名院长任超民和他的太太十九岁的护士洪漪，门上面写着难民救济所。卫生院被日军抢劫过，只有红药水和一支葡萄糖，急忙给劳逊注射。没有其他药品怎么办？

今天，九十三岁的洪漪在上海接受采访说：我们没有别的办法，急忙把劳逊的创口包好，让他少流血。劳逊看着我，他从口袋中掏出一张照片给我看。我明白这是他的未婚妻。游击队长和当地官员决定赶快转移，不能耽误。我从老乡那里买来鸡蛋煮好给飞行员吃。记得有两个飞行员要吃面包，可是哪里有面包呀？我买了馒头给他们吃。

当天晚上，台州县一所教会医院——恩泽医局院长陈省日和陈慎言父子，儿子是刚毕业的外科医生，他们星夜来到把飞行员护送到百里以外的恩泽医局。

大卫·撒切尔说：一路上中国老百姓看到我们伤势很重，对我们照顾非常细致。除了劳逊睡的是门板，七八个小伙子轮流抬着他，其他四个飞行员都是坐的轿子。一路拼命跑呀跑，中国老百姓为了赶路，汗流浃背，轮流换人，为了救劳逊的命，争分夺秒，不敢休息。终于到达恩泽医局。他们结下了生死之交。

2006年陈慎言的妻妹沈雪雯在恩泽医局的院子里回忆说：我去看我姐夫的时候，

在恩泽医局病房里姐夫对劳逊说：腿要不锯掉就会有生命危险。劳逊流着眼泪没有说话。因为他刚结婚，他的妻子在美国等他回去。后来十五号机飞行员兼军医怀特，赶到恩泽医局，也认为根据伤情，劳逊必须要锯掉腿才能保住生命。

2012 年在美国代顿市，美国空军学院教授戴维·巴赫勒说：几十年以后劳逊告诉我，中国老百姓救了他们，特别是他被轿子抬着，一夜赶了四十英里，真是了不起，中国人这样的伟大，我一生不会忘记。

洪漪的长女任盈盈（2013 年在上海）说：我爸爸妈妈送走飞行员后，第二天日本飞机就来轰炸，县医院也被炸了，镇上许多老百姓的房子也被炸坏了。那时我爸妈刚结婚，就出来逃难，妈妈还怀孕了，在逃难的路上流产了。这是妈妈一生中最不愿意回忆的事，那是她最伤心的事。

贝琪·撒切尔·麦丁格（撒切尔的长女）2014 年回忆：如果不是中国老百姓舍命救助我父亲，也就不会有我们弟兄姐妹。所以对我们子女来说是一辈子感恩的事。

赵小宝的儿子麻才兴 2014 年回忆：我妈妈告诉我，4 月 18 日黄昏，从西往东到我们海边的檀头山岛的上空就看不到了。后来听见"轰"的一声，不知发生了什么事，以为是日本飞机来了，大家出门躲避。后来才知道，一架飞机落在附近海中。

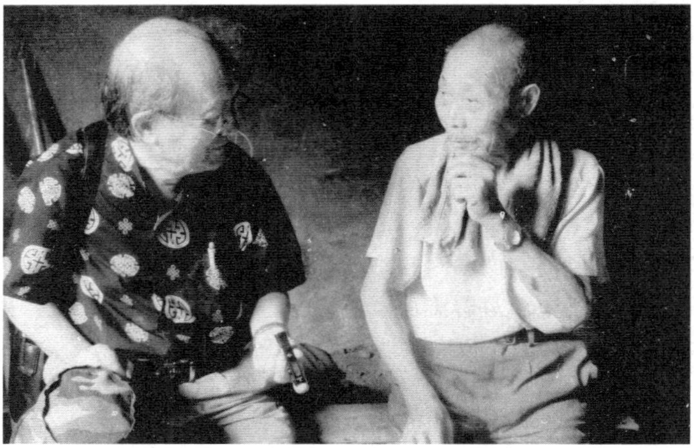

江西广丰县八十五岁的老人官献富向作者介绍，当年十四号机堕落情况。那年他九岁，亲眼看见父亲救助十四号机组的飞行员

机长唐纳德爬到岸上，很快找到三位飞行员，但发现军医怀特失踪了。黑夜中，看到岸上不远处有灯光。他们摸到了跟前推门进去没见人，他们躲在我家的柴房里，此时我爸妈还有外公都躲到山上去了。我爸妈刚结婚，惊慌中连门都没锁，半夜里外公先下山没发现什么，我爸妈才回家，在柴房里发现了四位美国飞行员，救了他们，让他们脱下满身泥水的衣服，找来干净的衣服给他们换上，我妈还做饭给他们吃。

十五号机机枪手爱德华·塞勒（2012 年 92 岁）回忆：我们在地上画了中国国旗、日本旗，我们一脚踩在日本国旗上，还做出飞机的样子，他们才知道我们是美国飞行员。

2006年赵小宝在她家的海边告诉记者：我们烧饭给飞行员吃，换上老人穿的棉袄。

麻才兴说：我妈结婚的那件大床就让给他们睡了，四个人挤在大床上。他们都是大个子，脚都伸在外面。我妈说他们都睡得很死很熟，他们二十多个小时没有休息呀，太可怜了。

第二天一大早，在海边的山洞里终于找到军医怀特。他游上岸以后药箱没拿，又到海里找药箱，又冻又饿，黑夜只好在山洞里躲了一夜。回到我家听外面人说：不远的地方一架美国飞机，飞行员的腿都摔断了，血流在海滩上，真可怜哪！

中国恩人代表贺绍英、陈爱珍2012年来到代顿市参加美国飞行员轰炸东京七十周年。（视频截图）

军医怀特真了不起，他不顾自己又疲劳又饿，吃了东西马上去寻找另外一架七号飞机受伤的飞行员劳逊。

不远的岛是日本人的占领区，为了躲避日本人的追捕，麻良水和赵小宝把四位飞行员藏在大王宫村的南面石洞里，每顿饭给他们送去。麻良水想出一个办法，要把飞行员用渔船送到南田岛韭菜湾，那里有国民党的游击队。队长是我们的亲戚。可是海上很危险，经常有日本炮艇巡逻，这怎么办？路上很危险，要经过南田湾，划船要一个多小时，水面有日军的封锁线。第二天我爸爸找了小渔船，准备把飞行员偷渡过去。为了防止划船的橹发出声音，我爸爸带了肥皂、一把斧头，万一碰上日本人就要拼命。

赵小宝说：当时非常危险，为了救美国飞行员，我们什么都不顾了。因为前几天我的舅舅在渔船上被日本鬼子的机枪打死了，我们拼命也要救出美国飞行员。我们和他们同命运了，死了也值。韭莱湾的游击队长叫李审，是宁海人，是我爸爸的表兄弟，把飞行员交给他们就放心了。

十五号机的机枪手爱德华（2012年九十二岁）对记者说：中国渔民用渔船把我们从岛上偷送到三门县政府所在地，沿途非常危险。躲过了日本人的封锁线，远处又发现日本炮艇。把我们又藏在小岛的山洞里。他们让另外一只渔船走在前面，引开了日本的炮艇，我们才偷偷地穿过封锁线，平安抵达三门县政府。后来，又和其他机组的飞行员见面了。真是九死一生，伟大的中国人救了我们。我们在三门县所在地受到许多人的欢迎，台下的密密麻麻的抗日军民，台上坐着美国飞行员和中国军政官员。

故事刻在岩石上

2010年夏天，江山县文联的毛洪章回到老家双溪口乡东吉尾村找到许多老一辈人回忆他大伯毛继富救助美国飞行员的故事：

那是在1942年4月18日的晚上，邻县遂昌大山那边传来一声巨大的响，像一声闷雷，这是从来没有听过的一种雷声。第二天有人说，遂昌代口乡北洋村山顶上落了一架飞机，离这里大概有七八里路。许多人去看热闹，还捡回来一些飞机残片。第二天，村里的猎户刘猪毛，一清早在本村的北大坑乌鹰岩底下发现一个怪人，黄头发、蓝眼睛，穿了一身黄衣服的高个子，他吓得掉头就跑，回来报告保长。保长曾高阳叫上年轻力壮的毛继富几个人拿上砍刀，上山去捉怪人。

保长带着毛继富等人终于在路边发现这个怪人，他们仔细看到这个怪人，脚受了伤，十分可怜，拐着腿，走一段路就要坐下来休息。毛继富个子不高，胆子很大，上前去要背他。这怪人发现来人都拿着砍刀，他摇着头，摆摆手，表示不要动刀。好一阵，怪人才知道他们不会伤害自己，最后终于让毛继富背着他到了村里。

村民们很热情，不知道他是干什么的。认为他受伤了，很可怜，就做了米饭给他吃，他不敢吃。煮鸡蛋给他，他也不吃。看到别人吃了，才喝了一点汤。他从口袋里掏出一包红色的食品吃起来，还拿出来给大家吃。胆大的人接过来尝了一口，摇摇头说不知道是什么，还有一股子药味。大个子怪人讲了几个字英文，谁也听不懂。他又拿起笔写字，别人也看不懂；他又掏出身上的指南针，指着西北方向说了两个字，后来才知道他说的是“重庆”。这一夜他没敢睡觉，靠在床坐边了一夜。好心的农民还把他的降落伞洗干净，晒在院子外边的坟上。

第二天，毛继富和毛继达兄弟俩，还有村里的几个小伙子把大个子怪人背到北洋村，又转送到区上县里，终于和其他的飞行员见了面。大个子名字叫曼奇，后来平安地回到了美国，讲起他在中国时小个子农民背他的故事。曼奇还说，他在毛家的屋子里，一个小伙子拿起木棍子，在地上画了一面日本太阳旗，用棍子指着太阳旗，然后看着他。当时曼奇当搞不清楚农民问他什么？曼奇想了半天，也许他是在问我是不是日本人？他指着自己的大鼻子，然后擦掉地上的日本太阳旗。农民们大笑起来，知道他不是日本人。年轻人又从指着报纸上的一张照片，这是一架英国飞机？大个子曼奇摇了摇头；年轻人又拿出一张旧报纸，上面有罗斯福总统的照片，曼奇看了咧开大嘴，先指了指罗斯福，又指了指自己。这时农民才明白，他是美国人。全屋子的人大笑起来，大家才和大个子曼奇握了手。

毛继达老人又说，就在大个子美国人来我家的第二天有人说：遂昌县北洋村山上掉了一架飞机，大家都跑去看热闹。有一个飞行员摔死了，满山都是飞机的残片，我也捡了几块。那一年，毛继达才十岁，它把捡回来的飞机残片一直保存着，没有丢掉。一直到了1990年，市政府来人动员大家把美国飞机的残片捐出来。他这才全部交上去。后来，这些残片收藏在江山市档案馆，听说还拿去外国办过展览。

大个子曼奇回国后，继续参加太平洋战争，直到胜利回家，还在空军里服务。有一次飞行训练，飞机发生故障，飞临一所小学上空。为了保护学校，他没有跳伞。后来飞机坠毁在地，曼奇也牺牲了。这所小学为了纪念他，取名为“曼奇小学”。

中国改革开放以后的九十年代，已经退役的杜立特轰炸机组的飞行员约翰·伍尔德·里奇携揩夫人访问浙江，寻找救助美国飞行员的老百姓。1998年12月，约翰夫妇又专程来到江山县双溪口乡东吉尾村。毛继富已经去世，他的侄子毛洪章拿出了一块0.5平方的飞机残片送给约翰夫妇，约翰万分高兴。到了上海，约翰马上给美国政府写了一份报告，同时将此事告诉了三位美国朋友，他们都是美国科学家。其中一位朋友陈绍蟾将这个故事写了一篇文章，叫做《一块飞机残骸背后的故事》，发表在美国的《国家地理》杂志上。

2002年10月18日，中国国务院新闻办公室主办大型展览《历史的记忆》，在华盛顿开幕；2004年6月25日，在俄亥俄州代顿市美国空军国家博物馆展览才结束。这次展览有七百多张图片、五十多件珍贵纪念品，其中《中国人民营救杜立特轰炸机组飞行员》是三个主题之一。江山市档案馆为这次展览提供了七张珍贵的图片和一件实物。展览会上，杜立特轰炸机中队飞行员、八十七岁的格里芬老人说：“我们永远珍惜中国人民对我们的帮助。”

岁月匆匆，中美人民的友谊是一串串极其珍贵的明珠，万古长明，永恒闪光……

回忆1990年，美国朋友约翰来到江山县找到毛继富。毛继富拿出一件保存了五十年的驾驶员机舱中的椅背，和美国朋友在一起照了相。

身高二米零六的三号机副驾驶员曼奇的遭遇更是惊险万状。后来他是如何回忆的？

黑暗之中，他倒数第二个跳出机舱，拉开了降落伞环不久，由于刮风，降落伞撞在了山崖的石壁上，左脚碰了，降落伞摇摆着，好像在云雾中间。他没有敢动弹，不知道下面是什么。迷蒙之中，伞挂在了一棵树上。他竟然睡着了。醒来睁眼一看，太阳刚出来。他慢慢地解开伞环，爬下树来，落在地上，才知道左脚受了伤，走路很痛。他努力地挣扎着，走了一段路，坐在路旁的石头上休息一会儿，再走。未料到，大清早下地里干活的农民发现了他，吓坏了，赶紧去报告保长。保长带了人马，砍刀来抓坏人。当曼奇又坐下休息时，两个农民上了来，要背他走。曼奇一看，这位农民个子很小，大概还不到他的肩膀。他摇了摇头，小个子农民叫毛继富，身体很结实，再三表示要背他走，还指着他的脚上的伤口摇了摇头。前面的路是上坡，怎么行呢？曼奇实在不好意思，拿出自己的烟请他们抽，中国人笑了笑，摇了摇头。就这样，农民还是要背他，曼奇只好答应让他们试试看。毛继富利索地背起了曼奇，曼奇因为个子大，腿长，如果不抬起脚，便拖在地上了。小个子毛继富背了巨人曼奇，跑起路来竟然很快。曼奇心里想，中国人真厉害。一口气跑几百米，才休息一会儿。曼奇表示不要他背了，可是年经农民还是要背他，就这样毛继富又背上了曼奇走进了村里。

从此，曼奇记了毛继富一辈子。

穆恩篇

不是英雄赛英雄

2014 年作者在佛罗里达州布莱恩·穆恩家中采访

作者在采访杜立特整个故事的过程中,有一位人物。他的名字叫布莱恩·穆恩。我先在网上看到他的许多事迹。他是一名出色的和平大使。上个世纪的九十年代初,中美民间友好来往起航。杜立特将军突然收到中国上海朱学三、曾健培的信之后,布莱恩受杜立特将军以及杜立特轰炸东京协会的委托,去中国寻找五十年前救助美国飞行员恩人的。布莱恩先生当时是美国寻找二战失踪军人协会的会长。他青年时代是英国皇家空军的一名飞行员,后来移民到美国,先在夏威夷,后在加州,担任过西北航空公司副总裁,事业非常成功,直到退休后。这个协会由著名国会议员和将军组成。穆恩又是该协会的主要赞助人。从上世纪八十年代开始,穆恩和他的同伴在欧洲、在非洲、在亚洲、在大洋洲寻找二战时期美国空军牺牲、失踪的飞行员。二十多年间,他跑遍全世界一百多个美国空军作战过的地方。他们找到一百多位美国牺牲的飞行英雄,把他们一一送回美国家乡安葬。他们在大洋洲的菲律宾群岛,找到了日军当年的一个刑场。调查到的资料证明,就在这所刑场上,日本法西斯枪杀了七千多名美国战俘。这些活动全部由穆恩提供费用,没有向政府要过一分钱。所以,他的事迹传遍了全美国。他是杜立特将军的挚友。他去中国寻找救助美国杜立特飞行员的恩人，得到浙江省政府大力支持。

曾健培上个世纪八十年代看到美国总统里根为杜立特授勋，他想念杜立特将军，就提笔给将军写了一封信，美国邮政总局将这封信交到杜立特手中，引出一段动人的故事

1990年夏季，穆恩率领的访华代表团，由六人组成。两位是当年获救的飞行员，他们是一号机组的领航员波特，还有布雷默，其他的三位一位是飞行员的后代，另两位是学者母女两人。他们首先到达上海，波特首先见到了分别四十七年的当年救助人朱学三和曾健培老人，然后来到浙江。前后将近一个月，他们来到当年美国飞机飞机降落的许多乡村，见到当年救助美国飞行员的农民、渔民等。特别是见到十五号机的恩人赵小宝，三号机的恩人刘芳桥，七号机的恩人陈慎言。穆恩等人受到当地政府官员和群众的热烈欢迎。他们还找到一些当年飞机残骸、物品带回美国。那时穆恩已经六十多岁，他在浙江的遂昌县登上海拔一千多米的山顶，那里是三号机的降落点。那天，爬山很吃力，太阳也厉害，乡民们替他打伞遮太阳，有的背着椅子跟着他，随时让他休息。下山以后，穆恩将他带来的两幅油画作品，一幅是美国的风景画，一幅是动物画，送给遂昌县人民政府和农民朋友。这件事情在当地传为佳话。

穆恩一行圆满完成任务回到美国，称赞中国人民深情的友谊以及中国政府官员的礼貌、周到，他们在中国竟然能够吃到美国的西餐，十分满意。随后，1992年，美国杜立特轰炸机协会举办“杜立特轰炸东京五十周年”活动，特别邀请了五位中国老人飞越太平洋，参加美国的纪念活动。五位代表除了曾健培是邮电技术人员，陈慎言是医生、朱学三是教师之外，其他两位一位是赵小宝是渔民，又是一位唯一的女性，刘芳桥是地道的农民，那年已经八十三岁。他们五人代表中国十亿农民飞越太平洋访问美国，还来到白宫，国防部长切尼代表美国总统布什祝贺他们。中国老人所到之处受到美国人民的热烈欢迎，称他们是英雄，是美国人民最珍贵的朋友。这一系列活动，都是由穆恩先生策划、主办，接待的。中国老人来到美国各地，穆恩夫妇准备了很多的礼品送给五位老人。穆恩向广大的美国人民一一介绍中国老人的救助事迹，感动了千万美国群众。在热闹的会场上，穆恩特别介绍赵小宝，当年是一位十九岁的新媳妇，冒着生命危险，与丈夫麻良水一起救助了五位美国飞行员脱离危险，到达安全地方。会场上，穆恩先生和夫人将一瓶珍贵的白兰地送给赵小宝，请她带回中国与家人品尝。他说，这瓶酒代表美国人民，希望中美友谊像这瓶白兰地一样，长久飘香，客人和主人的掌声和欢呼声长久不息。另外，在介绍救助十一号机组的曾健培时，穆恩搬来了两大箱子五十瓶美国啤酒，欢迎中国老人的来访。台下的观众非常奇怪，两大箱子、五十瓶啤酒是什么意思呀？

当场穆恩讲了这个动人的故事。在中国，十一号机组降落的飞行员被当地农民救护，作为当时的军邮站的站长，曾健培以他熟练的英语为美国飞行员做了大量的工作，飞行员们得到热情的护理。有一次，曾健培问飞行员鲍尔：你现在感觉怎么样？你想什么呀？

鲍尔说，感谢你们的服务，我现在想喝啤酒。

本是一句玩笑的话，可曾健培却记在心上。两天以后，他竟然从上海带来了一瓶上海啤酒，给飞行员们开胃。此事在很长的时间里，飞行员们传为佳话。

今天，穆恩笑眯眯地说：五十年前的一瓶啤酒，今天我们回赠给中国老人五十瓶啤酒，难道不是很有意义的吗？

全场欢声雷动，群众起立鼓掌。像这样的喜剧似的活动，中国老人带着无比美好、欢声笑语，幸福无比，友谊长青的结果回到中国。

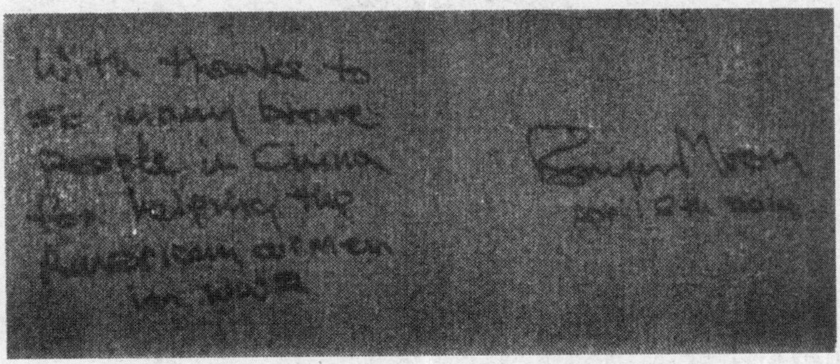

穆恩题词：感谢在二战期间帮助过美国飞行员的千千万万个勇敢的中国人！
——布莱恩·穆恩 2014 年 4 月 8 日

四年之后 1996 年，穆恩又率领考察团，其中有工程师、海军技术人员、水下工作人员，一共十多个人第三次来到中国，来到当年十五号机降落的象山县大王村，寻找海水下的第十五号飞机。十五号是唯一的一架最安全的降落在靠近海滩的海水中的。穆恩还请来了北京来的水下勘测技术人员帮忙。他们在象山海岛水下中勘测了一周之久。他们从当地渔民那里得到线索。渔民说，这里水下经常有气泡上泛。勘察发现水下不是一个小东西，再用仪器测定，海底泥沙下面有很大的物理反应。说明就是当年的十五号机的机身。由于当时中美的关系的原因，穆恩保持了秘密，只能向中国官方表示：非常遗憾，没有找到飞机。就这样，他们寻找的资料已经到手了，半月之后回国了。

作者后来在象山采访时，当年救助过飞行员的赵小宝的儿子麻才兴还拿出美方人员在海边以及船上作业的照片，都说没有找到飞机。所有报纸也报道：没有找到飞机。到了2014年，作者来到佛罗里达州SalaTola拜访穆恩先生。此时他已八十六岁高龄，他的屋外是一座花园，室内像一座油画陈列馆，屋中陈列的几十幅油画，全是他的动物写生画，有狗、猫、狐狸、雄鹰，个个千姿百态，活泼可爱。穆恩笑着对作者说，他的一幅画最好的卖到了一万多美金。当我们谈到他十八年前去中国寻找十五号飞机时，问他为什么没有找到飞机？

作者与布莱恩·穆恩(2014年)

他笑着回答：不是没有找到，而是找到了。这架飞机安全地藏在海底五英尺泥沙的下面。作者惊讶地问他：那为什么说没有找到呢？

他回答：这是一个秘密。因为当时两国的关系，我们不能回答说找到了。因为飞机是在中国的海底，如果中国政府知道了，我们要把它打捞上来，中国政府不同意那可怎么办？我们只好回答没有找到。

我反问他：难道让它永远藏在海底吗？

他摇头说：不，不，今天美国政府已经完全放弃它了，如果中国政府今天愿意打捞它，我们可以协助。如果能够打捞出来，我们可以送给中国政府。

作者立刻拍手叫好：那太好，我会向浙江政府转达你的意思，动员他们打捞出来，就放在当地陈列展览，作为中美友谊的伟大历史纪念物，那不是非常好吗？

随后，穆恩带我参观了他的陈列馆。大房间里全部是他保存了二十年的有关杜立特轰炸东京的历史文件、纪念品和照片，真是一个琳琅满目的个人博物馆。他详细地向我介绍了登载中国五老位人来美国全部活动的报纸，以及许多的照片。还有一大部分是他三次去中国拍的照片，包括他在中国象山县大王村海边寻找十五号飞机的照片；第三部分是他珍藏的美国飞行员和他在中国老百姓赠送的纪念品，送给飞行员穿的土布衬衫，布鞋、袜子，还有中国老百姓捡来的飞机残片，以及飞机上的物品。最后一部分令作者大为惊奇的是，他和协会成员跑遍全世界各地，寻找二战时期失踪的美国军人。留下许多画册、照片以及纪念品，他是一位伟大的探险家，为了和平，为了人类的爱，不忘记先辈的历史。我仿佛看到穆恩在非洲的丛林中、太平洋的岛屿上、欧洲的山谷里找到坠毁的美国飞机，找到当地土人埋葬美国飞行员的坟墓等等——令我万分感动。它是历史的记载，又是对战争的控诉，这完完全全就是穆恩本人对人类博大的爱的追求，我拍了一些照片作为纪念，我激动地向他提出，等我完成这本杜立特的书之后，一定再来听你叙说你寻找美国战争中失踪军人的故事，我已想出了这本书的名字，叫做《寻找永远回不来的人》，这个寻找的主人就是你。穆恩紧握着我的手说，我希望你这样做。

我说，要让全世界的人，首先是十三亿中国人知道你的故事。

随后，我给穆恩赠送了一面锦旗，上面写着“中美友谊，万古长青”，这锦旗是红色的绒布为底，金色的丝线镶边，再用金色的丝线绣字。我说：这面锦旗是中国新疆石河子的朋友赠送给你的，它是中美友谊永恒的祝福。

第二天，作者在当地的中餐馆请穆恩夫妇共进午餐。作者给他的夫人赠送了和田玉石的手镯，夫人非常感激这来自中国的礼品，她还表示：廖先生下次来，就住在我们家里比较方便。作者向他们夫妇表示：他们的家庭和他们所热爱的事业都是非常伟大的、非常幸福的。

我们约定：2015 年再见。

穆恩是我在美国最钦佩的朋友，他永远是一位和平的大使，热爱人类的伟人。

大洋来信寻故人

1990 年 4 月初，浙江于潜银行收到一封来自美国“杜立特轰炸机协会”老飞行员的一封信。来信指出，五十年前驾驶一号机的机长杜立特落地以后，和其他机组人员得到过浙江于潜银行人员的救助，姓名记不清楚了，请代为打听。于潜工商银行负责人非常高兴，将这封信交到浙江省政府外事办公室。银行的老人们还记得五十年前是有过救助美国飞行员的事。省外事办公室对外交流服务中心主任黄恩博办理这件事。为此，还呈报了北京外交部。外交部也从我国驻美的使馆得到这个信息，要浙江省办好这一关系到中美友谊的事件。7 月份，浙江省外事办公室给美国方面回了信，表达愿意提供一切方便。不久，穆恩寄来一幅六架飞机坠落的位置图。根据资料，省外事办公室下达文件给各县，又向穆恩发出正式邀请函。美国各大媒体登载了这一事件，引起美国社会的关注。

9 月初，由穆恩先生率领的六人考察团来到中国浙江。由陈文林主任陪同，开始了友好访问。

两年之后，1992 年，杜立特轰炸东京五十周年纪念日，美国方面正式邀请了五位救助过美国飞行员的老人，跨越辽阔的太平洋，去见当年的美国飞行员。他们是共患难的朋友。率领代表团的是浙江省外事办公室黄恩博。历史上还没有过中国的普通的农民、渔民乘上波音大客机，飞越太平洋，像贵宾一样的去见美国朋友呢。

这一年，被救护的美国飞行员还有四十二人健在，杜立特将军已经九十五岁了，他给全体中国老人写了热情洋溢的感谢信，其他的飞行员都来到雷德温市，参加了有历史意义的会见。会场非常热烈、壮观，来自全美各地的社会人士五百多人。雷德温市热情的市民要和浙江的衢州市结成姐妹友好城市。这是因为当年美国飞行员的大部分集中在衢州市的中国空军的十三航空总站，也就是衢州飞机场，在那里，飞行员们受到中国军民的救助，留下了他们终生难忘的印象。而后，到了 1994 年，穆恩又率领代表团，由老飞行员、潜水员以及打捞人员等一共十九人，再次来到浙江，又一次寻访恩人。此后，一些美国飞行员的后代，也分批的来到浙江衢州市，进行友好的交流。从那时开始，中国以浙江为主的媒体，包括报纸、杂志、刊物、电视台开始大量的宣传中美友谊这一伟大的历史篇章。当然，在此之前，美国早已经有一大批作家、记者写了这一伟大历史，不下十几本著作。还有电影、电视，包括《珍珠港》《东京上空三十秒》已流传半个世纪了。

在中国，特别在浙江也有一批后人为先辈写书、拍电视，他们是：浙江农林大学教授王国林先生。他写了纪实报告文学《杜立特轰炸东京》。为写此书，王国林教授花了五年时间，走访各地采访当年的救助老人，又从美国的有关著作里寻找资料，完成著作。2002 年由新华出版社出版。其次，年轻的儿童文学作家毛卢卢写了儿童文学作品《救助折断翅膀的飞鸟》，于 2012 年出版。更加可贵的是，当地的一位七十岁的老中医张玉恢悬壶救世绘丹青，经十年的时间，边行医边作画，画出了十二幅大幅油画，命名为《大营救》，用中、英文写故事，配合十二幅油画出版发行。张玉恢老先生辞世之前，委托作者将油画一幅赠送给杜立特孙女珍娜，一幅赠送给美国国家空军博物馆。

历史寻找布莱恩

2014年4月8日，作者向布莱恩·穆恩赠送一面新疆石河子人赠送的锦旗。中英文字——中美友谊　万古长青

穆恩：我去过一个地方，叫衢州，在那里认识了一个人，已经二十年。我现在还想跟他联系，要去见他们。

廖：这些材料我都有了。这册画书是大陆的一个医生，他又是个画家，他写的杜立特的故事，画了十二幅油画。这本书，送给你。有英文，中文书名《大营救》。

穆恩：很好。

廖：穆恩先生年纪大了，这是中国安徽的一个朋友，也很崇拜你，给我带来的茶叶，保养你的身体。

穆恩：谢谢！

廖：这是我们的一位圣徒，送给你的太太的，“长命富贵”。玉石手镯。

穆恩：谢谢！

廖：这是一个纪念册，因为今年是杜立特轰炸东京七十二周年，我们设计了一个纪念册，准备放在展览馆里，请你签个名题字。

穆恩：好。

廖：最好写两句话，然后再签名。

崔：他要用自己的笔。

廖：写上日期，时间。

穆恩：(念签名内容)谢谢你们很多勇敢的中国人，帮助美国的飞行员在比斯特(好像是一个地名)。

廖：太好了。这是中国和美国的中文报纸，关于我写这本书，做了很多的报道。我把这些报纸的复印件送给你一份。

崔：(读给对方听)。

穆恩：谢谢！你是八十二岁，我是八十六岁。

廖：你是我的哥哥，老大哥。

穆恩：谢谢。

廖：这是记者访问我，写这本书遇到很多的困难是怎么克服的。

穆恩：谢谢。

廖：北京电视台约我做DVD片，你看过吗？

穆恩：对不起，没有。

廖：(送上DVD)这是北京电视台拍摄的一个小时的专题片。这里面我只讲了三个小故事。那么多的故事，十六架飞机，我只讲了三个小故事。这个片子播放以后，三十万人次观看了。许多人掉眼泪。

穆恩:(拿着一本书)这本书你有的吗?

廖:这个没有。谢谢!

穆恩:这本书是杜丽特轰炸东京的。

廖:好。我们准备了一个采访提纲,我们是不是可以把这个提纲先给你看,慢慢地谈。你做了这么多的事,十三亿中国人不知道。今天访问的重点是你,要谈你这二十多年来做了哪些事情?

穆恩:我有些东西要给你看。

廖:好。我们谈到一点钟,我要请你到外面吃饭。

穆恩:带茶过去,我要给你看东西。

穆恩:这个是十五号轰炸机,我知道这个飞机现在藏在海底,我知道在哪里。

廖:现在还在吗?

穆恩:是。这是寻找最后一架轰炸机,但有一个问题。

廖:我就知道你有一个伟大的秘密,什么人都不知道,就是刚才你讲的这寻找最后一架轰炸机。

穆恩:这架轰炸机在海底下面,是一架完整的轰炸机。我曾经带了一些人去寻找这架轰炸机,是中国人帮我们找的。我们曾经用一个新的雷达,来测验这架飞机,也有一些渔夫帮助我们做这个事。我问这些渔夫知道不知道这个飞机在哪里?这些渔夫说知道。我说你怎么知道?这些渔夫说:打鱼的时候有很多的气泡冒出来,他们知道在这里的。有一个问题:潜水的人进去,说这些地方的水是蓝色的,但是那些地方不是蓝色的,有很多的水草盖住它,有很多的泥胶,飞机在泥胶的下面。有一种雷达可以看到泥土的下面的东西,如果有的话就可以看到飞机在那个地方。飞机在泥土下面十四英尺,十四英尺等于三米一四米左右。

那时,十五号轰炸机的飞行员落水游泳爬过去上了岸,见到一个房子,他住到猪棚里面。这个渔夫已经过世了,他太太还在,我和他的太太见过面,十五号飞行员在他们家猪棚里。

廖:这位渔夫的太太已去世。十五号机,我们前三个月去那里,见了这个渔夫的儿子。

穆恩:(学着拐腿的样子)就这样,她儿子腿有毛病。

廖:对,有毛病。她的儿子叫麻才兴告诉我,你们去找飞机。但是他讲了,飞机没有找到。所以,穆恩,你很聪敏,这个秘密不能说的。这次来,我有这样一个想法,请你出面,我们跟浙江政府商量,把这个飞机打捞出来,建立一个纪念馆。

穆恩:很同意,我们可以做这个事。

廖:现在浙江地方政府很热心。你说,我们把这个飞机打捞出来,修一修补一补,就放在杜立特获救的地方。

穆恩:好的。

廖:杜立特获救的地方叫天目山,是浙江风景最好的地方。

穆恩:我还有一个有趣的建议告诉你。

廖:再建立一个纪念碑,把七十年前的照片,文物全部展览出来。

穆恩:好。我再告诉你一个有趣的故事。

廖:我希望你把采访提纲看完,根据提纲给我讲材料。

穆恩:这个衬衫是当地的人送飞行员的。

廖:这衣服是谁穿过的?

穆恩:第七号机的飞行员穿的。

廖:是劳逊吗?

穆恩:是七号机的,他的名字叫大温·波尔。他在医院里,中国人给他的。

廖:这件衣服是飞行员穿的?

穆恩:对,中国人送给他的,第七号飞机。

廖:你是哪一年去中国他们送给你的?

穆恩:1994年我去中国的时候老百姓给的。这是第三号飞机,写给杜立特将军的一封信。

廖:是三号机?

穆恩:是。这些是飞行员的所用的东西(一些盆子、工具等照片),那是杜立特将军在飞机里照的相片。这个照片是我画的,做了六十六份,是有活着的六十六名飞行员签名的,这个照片没有多没有少,做了六十六份,有六十六个飞行员签名在下面的。

廖:是哪一年的事情?

穆恩:2002年,是六十周年时做的,十二年前做的。

廖:如果有影片公司来拍,不要给他们拍,他们是来赚钱的。

穆恩:他们已经来过这里了,一周前已经来过了。

廖:他们是哪里的?

穆恩:不知道。

廖:谁带他们来的?

穆恩:我不说谁带他们来的。

廖:几个人来?

穆恩:五个人来。

廖:是北京来的吗?

穆恩:不知道。

我们花了两个小时看他珍藏的照片和文物……

穆恩:这个是三十秒钟在东京上空,这个是七号机的,这个是大温·波尔,这个是科尔,这个是大吉尔,这个大吉尔还活着。他们的签名。他写话剧的本子,就是东京上面三十秒钟,他曾经跟这些人一同做电影。这些飞行员是在温迷尼索得这个地方,也是一部电影。这个是三号机,这个是在航母上面照的照片。这个是杜立特将军给我的一封信。还有两封信,也是杜立特将军给我的信。这是六十年前我们结婚时的相片,我的太太泰森前年去世了。

我二十五岁的时候结婚,六十年了。今年1月份才又再结婚。今天来的是第二位太太，我们今年1月份在一个船里面结婚的这些照片，这个是新的飞机埃菲尔，这个是恩克，这个是杜立特将军，这个是白·穆恩的，这个是当时怎么样飞的。这个是那个灯。

廖：还有驾驶员的那个座椅？

穆恩：1996年，我们去中国浙江海边找十五号机。这些是船里面的人，我带他们来的。这个是老师，当时是英文老师。这个是地图，这个是那个船，这个是沉到海底下面的那架轰炸机，这个是当时潜水的人，这个是一个房子，住在那个楼上面的。这些照片给你。这是五个中国人，这个是赵小宝，这个是医生陈，只剩下一个人了，不能给你。这个是一样的，剩下一个不能给你。这个是东京三十秒钟上面的一个电影，那个节目是在这个地方，飞行员都在那个地方。（一幅图片）这个是我做的，这三个是飞行员，这个是劳逊，这个飞行员已经过世了，这个是他的太太。这三个飞行员还在的。这些复印给你。

廖：谢谢你！

穆恩：这个复印给你。这些是给你的，这是我画的画，这些是我收藏报纸材料类的东西，这个是赵小宝，这个是杜立特将军。这些我画的东西。

廖：可不可以复印？

穆恩：可以复印，照片不能拿去。我还有很多照片找不到了。下次给你看吧。

我拍了穆恩保存的许多资料。

穆恩：这些照片都是第一次、第二次去中国的，第三次我自己去带了中国人来这里。

廖：我想知道你第一次、第二次去大陆的详细的经过。

穆恩：我是不是要你看照片？

廖：今天，我要你讲故事。我想知道：二十多年前，你为什么要做这件事情？又费力，又花钱，又劳累，为什么要做这件事？

穆恩：我一辈子做航空方面的事，一辈子都是飞行员。所以退休后，我要去中国做这件事，去寻找失踪的美军人员。去后发现很多中国的渔夫、农民欢迎我，所以我就愿意做这个事情，请他们来美国访问。

廖：你和杜立特以前是好朋友吗？

穆恩：是好朋友。我见过他许多次，他是一位盖世英雄。他去世之前，告诉我，他一生都感谢中国人。

廖：你第一次和第二次去中国，后来五个老人来美国，杜立特当时为什么没有去？

穆恩：当时杜立特将军已经九十四岁了，所以不能跟我一同去，委托我去的。他十分支持我的工作，多次写信给我。

廖：你三次去中国，花的钱是谁出的？

穆恩：是我自己出的。

廖：你第一次去时，去了五个人，其他人的机票是谁出钱的？

穆恩:大部分人是我出钱的。

廖:别人的机票钱也是你出的?

穆恩:那五位中国老人来美国,是我出钱包的飞机。

廖:后来五个中国老百姓1992年来美国,跑了很多地方,花的那么多钱是谁出的?

穆恩:是我和朋友出钱办的,那是1992年。

廖:这些活动,杜立特轰炸机协会出钱了没有?

穆恩:五位老人来,是我请他们来的,是1992年。

廖:这五个渔夫来,你大概花了多少钱?

穆恩:我记不得了。

廖:现在是这样说:是美国西北航空公司包了一架飞机,专门请他们这五人来,是不是这么回事?

穆恩:我是这个公司的副总裁,也是美国寻找失踪美军协会的总裁,我二十五年来做这些事,都是用自己的钱来做这件事的,没有要别人出钱。因为我想要做这件事。

廖:以前中国和美国多年没有来往,你去以后找这些渔民、农民,遇到过哪些困难?

穆恩:第一个困难,是要准许去,就是政府要准许去才可以去。

廖:后来中国政府终于批准了?

穆恩:一年以后才准许去。

廖:你们去以后找这些渔民还有什么困难?政府对你们招待怎么样?

穆恩:我很喜欢这些渔民,这些渔民也喜欢我,中国也很支持我们。我很喜欢用这个机会来做这件事情。

廖:你们去中国以前,有两个老人写信给杜立特,一个是朱学三,一个曾健培,你知不知道这件事?这个朱学三当时是个小学教员,懂一点英文,他救了波特的。

穆恩:我知道的,1990年,我去中国找过他们,我曾经请他来这里的。

廖:朱学三写给杜丽特的一封信,我们没有看到?

穆恩:我也不知道。

廖:另外一个,曾健培也写过一封信。就是救助十一号机飞行员的,当时有一个飞行员想喝啤酒,他就专门去上海买了一瓶啤酒。你知不知道这件事?

穆恩:知道的,关于啤酒的事,还有一个故事告诉你。

廖:后来,这个老人来美国,这个飞行员买了一箱子啤酒给曾健培。有这回事吗?

穆恩:是我做的。

廖:有没有照片?

穆恩:七十年前没有照片,后来到美国再见面有照片。我曾经问曾健培到美国想吃什么?他说喜欢啤酒,所以我就拿五十瓶啤酒出来。我说,五十年前曾健培给美国飞行员一瓶啤酒。现在,我拿两大箱五十瓶啤酒给他,在戏院里。

廖:有照片吗?

穆恩:有,在台上,很多人看到的,因为五十年了,你欠他五十瓶啤酒。在后台有人,推四大箱啤酒,一箱是十二瓶,变四十八瓶。我说,你还欠他两瓶啤酒,五十瓶嘛!

这个飞行员身后面有两瓶啤酒，就拿了出来。这是在台上公开的。

廖：这个事情后来在美国的报纸上报道过。

穆恩：不知道。我跟中国农夫，渔夫有很多有趣的故事。

廖：你第二次去是不是找飞机？

穆恩：第二次去的目的是要找飞机的。

廖：北京当地政府也派人参加了吗？

穆恩：是，参加了。这是北京海军的人，所以政府批准的。当地有中国的海军在那里，我们得到政府的准许才可以潜水去找，有海军在那里。

廖：中国政府参加找飞机的人后来知不知道飞机在水下？

穆恩：不知道。

廖：现在七十年过去了，中国政府说，现在中美的关系很好。

穆恩：是。

廖：当地政府有钱，现在时间到了，由你出面，去和当地政府谈拿出飞机，搞一个纪念馆。

穆恩：这个可以做，但是需要很多钱，很贵，不是简单的事。

廖：今年3月份，中国政府召开人民代表大会，国务院总理作了报告，号召海外华人向总理提问题，我就谈了这个事，要发展中美友谊，在浙江搞一个纪念碑。

穆恩：这个有趣的故事。

我们再看看，这是一个降落伞的扣，是六号机的，这是飞行员。在他们的飞机撞的时候落下来的，有两个举起来。这个是飞机落下来的一个铁扣。这个中国女人拿了这个降落伞的东西，我去看过。

廖：这个老太太是谁？

穆恩：她带去总统的奖状给了农夫。我不知道她的名字。

廖：这个照片是什么时候照的？

穆恩：是1993年，我第三次去中国的时候照的。我要告诉你。她给这个东西给我看，是飞机上的。我告诉她我有一百美金。我给她五百块钱人民币，她把东西给我。很多人都笑了，我不知道他们在笑什么。我说，我讲什么了，让人笑了？我说，我给一百美金买你这个东西。这个女人说，我要人民币，把美金退还给你。

廖：这个降落伞的扣子是这个妇女保存的吗？

穆恩：是。

廖：她的名字叫什么？

穆恩：我不知道。她说，你给我一百块美金，我应该给你鸦片。大家都笑了。

廖：这个降落伞的扣子，你记不记得是在什么地方，这个地方的名字有没有？

穆恩：是第三次去的时候拿的，在书里讲的，是第六号飞机降落的地方，可以从书里找到。在六号飞机撞的地方有一个纪念碑在那里。

廖：那个碑是谁做的？

穆恩：是本地人做的，用中文写出来的。

廖:有一架飞机,可能是三号飞机,飞行员摔死了,这个飞行员是不是叫法克特?

穆恩:有四个飞机在海边栽下来,死了一个(?)。飞行员死了二个。

廖:死了的飞行员是不是叫法克特?他死了以后,当地的老百姓买了棺材把他埋起来。后来日本投降以后,是不是美国去人把法克特的尸体运回了美国?

穆恩:这是美军做的事,他们派人取回了他的尸体,是六号机。这个飞行员叫霍马克。

廖:他们五个中国渔民来到美国,是你从头到尾陪同的?你的太太也在里面?

穆恩:是,我的太太也在陪同。

廖:你的太太见到赵小宝的是吗?这五个中国人中有一个女的赵小宝。

穆恩:是。

廖:你的太太和他们一同照的相有没有?

穆恩:照过,但我没有保存好,现在找不到了。

廖:这五个渔民在美国,你们全程陪同,那些照片现在很少,只有访问白宫之类的。而你们在一起的照片却很少。

穆恩:我问我太太有没有了。

穆恩:(喝水)这个是我吃的药。身体没有大问题。

廖:我希望在明年反法西斯战争胜利七十周年时把这本书写出来。这本书要在美国、中国台湾和中国大陆发行。第二件事:就是那架飞机,你表态,你八十六岁了,为了中美友谊,二十多年做了很多事情。出了力又出了钱,很伟大。杜立特行动轰炸东京,中国人民最伟大。最后日本人"三光",残杀了中国老百姓二十五万人。这个伟大的事情,我们要让子孙后代都记住。所以我们想在浙江立个纪念碑,一架飞机。如果那个飞机要挖出来,很费力气,要花很多钱。如果做不成,可不可以做个飞机模型?与原来的飞机一样的模型,放在杜立特获救的地方,再立一个纪念碑,然后纪念馆,展览图片、展览文字介绍,很多相片,还可以放很多纪念品展览。如果万一飞机打捞不成,你们可不可以做个飞机模型?

穆恩:我去找飞机,那个村长、村民二百五十人出来欢迎我们。有一次我需要用钱,就打电话给我太太,我太太问我:你要钱做什么?我说,我要买一个船。我太太说:你买船做什么呀?我说,如果你不寄钱给我,我就不回家了。我太太就寄给我钱,我就把钱付出去了。这个钱的数目我从不告诉人,这是我的秘密。

廖:如果飞机挖不出来,你们可不可以做一个模型?

穆恩:可以的。但我希望能把这个真的飞机拿出来,这不容易,需要政府帮忙。

廖:既然你点头了,我回去就要告诉浙江政府,穆恩先生八十六岁了,他做过很多的事情,现在他愿意同中国政府一块把这个飞机挖出来,建一个展览馆。

穆恩:做的模型不好,不像,还是要真的飞机。

廖:万一挖不出来,那怎么办?已经七十二年了。

穆恩:虽然困难,也是可以做到的。

廖:大概在海底多少公尺深?

穆恩:水深是四十五英尺,等于十五米深的水,下面还有一层泥土,这个泥土不知道多厚。

廖:将来飞机打捞是要整体打捞,还是一部分一部分地做?

穆恩:因为已经七十一年了,现在还不能确定是整体还是一部分一部分地做。这些泥土是保护飞机的。

廖:2012 年,杜立特轰炸东京七十周年,浙江来了一个代表团,团长是陈爱珍女士,她是浙江省对外人民友好协会的会长。

穆恩:她是在哪里的?

廖:他们来这里参加赖顿空军博物馆的活动,来了五个人。

穆恩:我知道的。

廖:团长是陈爱珍,是浙江对外人民友好协会的会长。他们来参加“杜立特轰炸机协会”组织的“纪念杜立特轰炸东京七十周年”活动的。

穆恩:我也被邀请去了这个会议,但是另外还有其他的事务,又离开了,没有参与这个活动。

廖:你是不是去了旧金山阿拉米达参加了另外一个活动?

穆恩:没有去。

廖:阿拉米达有这样一个活动,也是这一天,杜立特的女儿参加了这个活动。

穆恩:我知道,但我没有时间去。我去做别的事情了。

廖:我在浙江采访了四个月,去找了当地的老百姓,就是陈会长接待我的。在那里最大的收获就是找到了杜立特轰炸机的发动机。

穆恩:我知道的。

廖:这个是不是发动机?

穆恩:这是另外一个飞机的,我不知道是哪个飞机的,但这不是杜立特的飞机,十五号飞机在泥土下面。也可能是杜立特的飞机上的,我不能肯定,但不是海底那个飞机的。

廖:还有一个发动机,就是四十年以后,在杜立特飞机掉的那个山上发现的。

穆恩:这需要你来完成这个调查。

廖:当地老百姓,关于这个发动机讲得很详细。

穆恩:希望你能快点完成这些调查。

廖:这个要研究一下,把它肯定下来。

穆恩:这个不是十五号飞机的,是山上找到的,是一号飞机吗?

廖:是一号机。

穆恩:那个山我曾经去过。

廖:我也去过那个山。

穆恩太太:非常非常地欢迎你们。很高兴地看见你们。你送我的(礼物)非常漂亮,谢谢!

廖:中国的老人很喜欢戴这个东西。戴上它长命富贵。

穆恩太太:谢谢!

科尔篇

科尔是位老英雄

2014年4月11日，作者在得克萨斯州圣·安东尼奥市乡村，拜访了九十九岁的一号机组飞行员科尔老人和他的女儿辛迪，他们讲了许多中国恩人救助他们的故事

廖：今天，见到九十九岁的科尔先生是一件很高兴的事。因为你是反法西斯战争中的英雄，现在许多中国人都不知道。我已花了两年的时间，要把你们轰炸东京，被中国老百姓救助的事写出来。这是我要做的最大的事情。我要送你一面锦旗。今年是杜立特轰炸东京七十二周年，我们请你签个名。这是中国最好的茶叶，保健身体。你的女儿是个非常孝顺的女儿，我很感动，送给她一个小礼品。这是太平珍珠，戴着它一生幸福。这个是老年人保护眼睛的，晚上睡觉戴着它。明年是反法西斯战争胜利七十周年，中国大陆、中国台湾社会都很注意这件事。

我要写这本书，中国大陆、中国台湾、美国的报纸都作了很多报道。许多人非常关心这件事情，这是美国的《侨报》。去年夏天，我在大陆跑了四个月，十五架飞机降落的地方我都跑到了。这是杜立特的一号机降落下来以后，农民张荣根救了你。他已经去世了，他的太太九十四岁了，她还给我讲了这些事。当时她二十岁。这是当时你们在天目山照相的大门口，你们五人被救后住的地方。

这是去年访问杜立特·珍娜的相片。

廖:救过一号机的朱学三,小学教员,你知道的。他的太太,我今年到上海找到她了,他救了波特。一号机发动机以前没有找到,后来才找到的。你看这个对不对,是不是一号机的发动机?这是衢州飞机场,第十三航空站,全部飞行员住在这个地方。这有没有你的名字?这张签名照片是台湾的一个人,今年九十多岁了。他把这张照片寄到大陆。当时他在机场请大家在这上面签名。后来他把这个签名带到台湾了。五十年以后,他把这个东西拿出来,带到大陆。

科尔女儿:我父亲曾经在那个山谷里面,有一张纸,签名的,如果你要,可以给你。

廖:科尔先生去大陆在北京,没有去浙江,是不是生病了?你去过大陆几次?

科:去过两次。

廖:可是我们看到的材料,你没有去过浙江。

科尔女儿:七十岁去过一次(这个时间好像与后面的矛盾,而且如果按这个时间,应该是九十年代中期,可能性不大),九十岁时又去过一次。因为台风没有去浙江。他是五十年后再去中国。

廖:新中国以后,你又去过一次吗?

科:第二次是与穆恩一同去的,2005 年。

廖:为什么没有去浙江?

科:2005 年去过上海。因为刮台风浙江没有去。

廖:今年是轰炸东京七十二周年,4 月份了,有没有什么活动?

笔者向科尔老英雄赠送锦旗

科:今年 4 月 18 日有。

廖:他们说,现在还有你还有撒切尔,最后要把那个酒喝完是不是?

科:去年 11 月最后一次了吧。明年 4 月 18 号有没有活动,还不知道。

廖:去年 11 月和今年的,希望你能把照片和材料给我们复制一份。

科:其他的人有照片,我们自己没有。还有一张照片是新闻报道,彩色的,你已经有了。

廖:我希望相关的材料,你们能不能帮我们找一找?

科:由崔先生帮助翻译,我们可以回答。

廖:你以前的材料,家庭、上学以及轰炸机的情况,慢慢地回忆。

科:我的背景已经早就写出来了。

廖:哪些书里有?

科:从 1945 年到 2013 年,我们老飞行员每年都在不同的地方见面,除了两次是越南打仗和另外一次的什么事,其他每年都见面,是 4 月 18 日。2013 年是最后一次见面,我每次都去的。报纸有报道的。

廖:活着的还有三位飞行员吗?

科:四个。

廖:科尔、撒切尔,还有两人是谁?

科:他们在生病。

廖:他们的孩子能不能来?

科:这个人已经痴呆了,他也没有后代。

廖:2012 年?你们在代顿市?

科:是。我们见了面。

廖:这是郑伟勇。廖明发,三号机。他的父亲救的三号机飞行员。这是贺绍英。还记得吗?你们五个飞行员在房子里,贺扬灵跟你们讲话,就是贺绍英的爸爸,她那时才七岁,从外面回来,还记得吗?

科:记得,记得。中国人太伟大了。

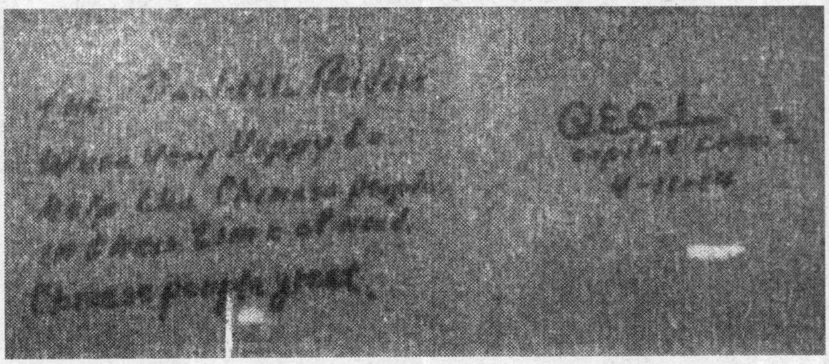

科尔题词:杜立特袭击者非常乐意像需要他们的中国人伸出援助之手!中国人民真伟大!

——科尔/1 号机组副驾驶员/2014 年 4 月 11 日

百岁英雄只有他

杜立特轰炸东京的故事，牵扯着中美人民的心。历史流逝到今天已经七十三年，终于迎来了盛大的节日——世界反法西斯战争胜利七十周年，杜立特的故事还没有说完。最后还得再说一下百岁老英雄科尔。

科尔老英雄今年整整一百岁，他是杜立特将军当年最亲密的伙伴，是一号机副驾驶员。1942 年，杜立特四十六岁，科尔二十六岁，一同接受训练，一同轰炸东京，一同落难于浙江天目山。机组五个人先后跳伞，科尔是安全落地的第一个人。第一个被放牛娃发现的，第一个和中国农民接触的。此后的漫长岁月，他从中国回到前线，继续在中国战场执行飞行任务。二战结束后回到美国，度过了漫长的岁月。在战后几十年的岁月中，他参加过数不清的聚会，也就是每年 4 月 18 日，和昔日的战友们共同怀念轰炸东京的危险经历，共同回忆那些永远也说不完的、中国军民救助美国大兵的故事。直到今天，数他参加聚会次数最多的老飞行员。这些说不完的故事，永远记在他的脑海中。他的健康情况一直比较好，是一个热心，快乐的老人，上帝更加爱他，使他能够保持清醒的头脑，丰富的记忆以及他的谈吐、语言，都给人留下了深刻的印象。还有他的女儿辛迪小姐今年已经七十多岁，她数十年陪伴、照顾父亲，把父亲一生的经历记在心中，到父亲晚年的时候，她每次都陪伴父亲去参加各种社会活动，接受报社记者、电台记者、电视台记者以及电影编导的采访。和父亲一起，有时就由她叙述这些可贵、动人的故事。二战以后，直到今天，在所有的飞行员中间，也只有他接触中国恩人、和中国朋友交谈，也记不清有多少次了。作者了解到，无论是记者采访、电视采访还是作家的采访，科尔惊人的记忆，也不需带笔记本，就能把往事说得头头是道。在许多场合，辛迪小姐代表她父亲说出父亲的肺腑之言。特别令人吃惊的是，他把其他机组的事情也记得十分清楚。他在 1992 年，事隔五十年之后，在美国代顿市美国空军国家博物馆纪念会场上，见到中国五位老人；2005 年，中国政府新闻办公室纪念二次世界大战胜利六十周年，邀请科尔到中国参加纪念活动，当时还有另外一位杜立特机组的飞行员，还有被邀请的美国飞虎队，也就是第十四航空队，当年在中国战场战斗的三位老飞行员，他们在北京、在上海参加了多次纪念活动，深受感动，中国人民把美国军人在二战中，特别在中国的空中作出的贡献以及牺牲的评价很高很高，用他们的话说，中国人把我们所做的事情，就像纪念碑一样，刻在了伟大的中国人民心中。科尔说，他在北京、上海受到的感触很深很深，他在上海见到专程从浙江来的赵小宝，而其他的当年救助美国飞行员的恩人已经去世。当时，科尔已经九十岁，本想去浙江天目山，也就是当年他降落的地方再看一看。他知道，在他之前，领航员波特在 1990 年就来过，也是来到一号机降落的地方——天目山的潘庄，他抱着院子里那棵大树痛哭了一场。可是，在上海等待的科尔因为中国东南沿海一带正值台风季节，一次又一次的台风，持续十多天，最后他们放弃了去天目山的计划。回到美国以后，他对许多人说，我没有再去天目山，就是可恶的台风。一直到了2012年的4月18日，在代顿，科尔见到了来自中国浙江的代表，其中有当年救助美国飞行员的中国浙西行署的主任贺扬灵将军的女儿贺绍英女士。贺女士当年是一个七岁的小姑娘，她放学回家在客厅见到了五位陌生的外国人，就问她父亲：他们是从哪里来的？

贺扬灵回答：他们是从天上掉下来的。

杜立特还把小姑娘抱一抱，在场的副驾驶科尔也高兴地拉了拉小姑娘的手。今天在代顿的会场上，贺绍英拿出飞行员们当初在潘庄照的照片问科尔：你还记得这个地方吗？

科尔笑眯眯地说：记得，记得，这是潘庄的大门口，我们在这里住过。

当场，参加纪念活动的老飞行员只有四人了，他们热情地和中国朋友交谈。随团前来的浙江电视台的编导王维专门采访了科尔老英雄，令王导演惊奇的是，科尔老英雄还能详细地介绍十六架飞机轰炸东京的详细情况，他竟能说出大部分飞行员的名字。后来，王导演编导的一部纪录片，题目是《救助杜立特中队》，片长九十分钟，片中介绍了十六架B—25轰炸机轰炸东京的前前后后故事，而这些故事的主要口述人就是科尔老英雄。这部纪录片长达九十分钟。2014年初公开发行，在中国大陆反响很大，是大陆拍摄杜立特机群在中国获救的故事最成功的一部片子，并且获了奖。这部优秀的纪录影片希望在美国公演。

2013年11月份，按照杜立特轰炸机协会每年举办纪念活动的有关规定，此时当年的八十位轰炸东京的英雄只有三位还活着，其中一位已经不能行动。于是，在代顿举办的最后一次聚会上，只有九十八岁高龄的科尔和撒切尔来到庄严的纪念会场，科尔还能徒步登上主席台，另外一位撒切尔是坐着轮椅上台的。美国轰炸机协会经理，汤姆·凯西打开了那瓶珍藏了一百零七年的白兰地，科尔和撒切尔饮下了最后的陈酒，悼念已经去世的七十七位老飞行员，它又展望未来，伟大的历史故事永远记在中美人民历史的纪念碑上。

2014年，跨越七十三年历史故事终于将要结束，但是，作者仍然和科尔老英雄的女儿辛迪女士联系上了，请求科尔老英雄只要健康允许，作者要专程前往得州与老英雄见上一面。同时作者给老英雄寄去了许多中国大陆报道杜立特故事的各种书籍，报刊，相片，特别是2013年9月5日，北京电视台专程采访作者，在北京电视台的演播大厅里，观众面前，我讲述了杜立特轰炸东京在中国降落后被中国军民救助的故事，这部电视纪录片的名字是《七十一年前的生死大救援》，碟片寄给了科尔老英雄。在他们收到碟片之后，辛迪女士在电话中说："我父亲很愿意和您见面。"

就这样，作者和洛杉矶的老朋友崔教授，他也是我的助理和翻译，在2014年4月8日先来到佛罗里达风景秀丽的海边小城索拉托拉，采访了布莱恩·穆恩之后，于11日到达得州圣安东尼奥，然后转机到得州圣·安东尼奥市考夫小镇。我们开车在预约的时间到达了科尔老英雄的庄院，当天下午一点钟，我们在附近一个乡村酒店。辛迪女士和科尔老英雄与我们见面，我们非常感动，老英雄和辛迪女士也很高兴。在十分安静、优雅的小酒店里，作者向老英雄赠送一面红底、绣上金色大字，有中文也有英文"中

美友谊　万古长青”锦旗。还有作者带去的其他礼品。在作者的装帧十分考究的纪念册上，九十九岁高龄的科尔老英雄用他多年没有写过字的手，激动地写下了英文的两句话：中美人民永远互相帮助，中国人民是伟大的。

整整两个多小时，老英雄和他的女儿辛迪女士，回忆了一件又一件的往事，那就是他在七十二年前，在中国所经历的、终生难忘的故事，正如同中国拍摄的纪录片《救助杜立特中队》里一样，老人叙述得很详细，女儿辛迪也不断地补充，我们全部录影记载下来。在此中间，老人很少休息，只吃了一点点心，喝了一点饮料。

大山篇

保长区长写报告

七十三年前，浙江是中国抗日战争的前沿，它处于日本侵略军的包围之中。浙西行署下面管辖十八个市、县，每个县下面管辖乡、保、甲。杜立特轰炸东京后，只有衢州机场和第十三航空总站，知道并准备在4月19日开放衢州机场接待美国飞行员。这是军事机密，地方政府丝毫不知道。但是，就在4月18日的傍晚，十五架飞机坠落在这一带，大多数飞行员也风雨落地。就在第二天，也就是4月19号的清晨，这里的县、乡、保、甲长从农民那里得到美国飞行员降落的消息之后，请看，他们是如何全力以赴率领乡民救助美国飞行员的呢？

当时的国民政府所管理的最基层的行政组织乡、保、甲长做了大量的救助工作，却少有披露。作者花了将近两年的时间，走访了这些地区。从这些市、县档案馆找到了封存了七十年的档案，看罢我非常吃惊。当时国民政府所领导下的县级、乡级以及保长、甲长做了许许多多救助工作，十分有序，十分规范，十分到位。这里作者只能提供一部分原始档案，其中在浙江省的遂昌县档案馆，我看到了许多保存完好的文件，记录了历史光辉的一页页。作者认为，这是一整套完整的历史真相的记录。作者看后非常感动，我们要重新认识这段历史。下面几封呈报的信件只是其中的一部分，它完全可以概括当时所有救助美国飞行员的县、乡、保、甲的乡民的英雄行为，现附五件复印原件。

美国飞机坠落和飞行员跳伞的准确时间是在4月18日的夜晚，而当地的乡民发现美国飞行员，大多数是在4月19日的清晨。从此刻算起，乡民们的救助从19日清晨就开始了，一直到二十四、五号，这些保长、甲长们，以及乡长，向县政府不断地呈报搜索、救助的现场情况。原件内容摘录：

（一）中华民国三十一年四月二十二日呈报遂昌县政府

降落江山县二十七都乡东迹山上的飞行员俱经本府，另外寻找并派王口村区长柴路镇率同兵警到衢县空军总站，另据报降落在江山县长台镇大尖坑山上的飞行员已经送往衢州机场。至于死难一人已经棺殓暂厝于周公口，待命转送衢县。降落之飞机已另属伪装保护。附送照片一份。以上情形分报第九区行政督察专员公署兼保安司令公署、全省防卫司令部，外，理合俭同照片，报请核复。

遂昌县县长　郑惠　叩俭　印

（二）报告

三十一年四月二十五　于王村口区署

事由：

办理此次美机失事后的经过详情，并先行附送照片三张，以及缴送失事飞机物件

清单一份,祈鉴核由:

窃职此次奉令洞定、拓德两乡督催壮丁,于四月十七日到达上定,十八日夜有美机一架失事于拓德乡第二保,属之北洋山上(此山于江山县二十七都乡仅有数里之隔)以兹事体大,万难做事,乃暂抛开催兵任务,专致力于寻找和保护机师及飞机工作。所有经过情形,曾经先后电告钧上在前,谨将自十九日起至二十四日止经办详情报告于左。

一、查所降之美机,其号数为(02270号),机师共有五人,一人当时殒命于机旁;一降落于磙岱乡之坑西山上,一降落于洋溪乡岩坑山上,一降落于江山县二十七都乡东迹山上。以上三机师均经先后寻获,并经雇工抬送到曹碓岭山脚下,由柴区长二十一日亲自护送乘船去衢州。死者已饬拓德乡李乡长购办上等棺木收殓,并于二十二日饬送之周公口暂厝地上,待命转送。尚有机师一名,据张乡长报告谓:降落在江山县长台镇属大尖坑山上。闻已由该县送往衢州。

二、机身及机上机件和机师日常用品,皆被附近民众抢劫捣毁不堪,殊为遗憾!查十九日清晨起至下午一时止,前往观看者约数百人。期间大多持有刀斧,各地保、甲长和恶势力之不上样的绅士,只知道在要隘路上截阻民众这劫之物件,不知设法在机旁阻人盗窃。刻拓已将失事地之保长周子升予以扣留,缴保负责,限期追回物件,并拘得拓岱口乡盗窃犯秦远相一名,送区政府拘留,俟追缴事告一段落时再行解送法办。

三、机师寻获,生者护送,死者殓厝,本可告慰,奈飞机遭人损坏,物件被窃光,若不严加追缴如数交送,不特有关一乡一县一省的名誉,实大有关于国格上之问题也。兹呈即于二十一日率队查缴,一面为发动大多数人力量起见,乃遍访坑西拓岱口各地父老士绅,迅速劝导居民将窃得物件漏夜交出,借以早日转送。

四、至所缴出物件,职并未直接收受,皆饬交乡公所暂为收管。

五、当众人正在盗窃时,据报还有人携带钱钞在路上以贱价收买赃物,克以派人在侦察中。

六、据查,各保长及有恶势力之士绅与乡公所办事人员在路上截下物件,因物件过好,有人眼红,令利智昏,迄今未将物件交全,其所交出者系零星不堪中用之机件。该地民风强悍。职权轻职微,力量恐有不及,究竟如何处理,敬祈示遵。

七、拓德、磙岱两乡缴到物品之择其重要者,由乡开具清单,先行运到汪村口一部分,普职出具收据,交乡作凭,兹抄送缴到物品清单一份,呈送察核。

八、上列七点,除呈报区署外,理合报请。

钧长鉴核。

县长郑。

计呈送照片三张。

缴到物品清单一份。

落款　汪村口区署指导员　毛钟彪

(三)

今向遂昌县政府领到三十一年北洋地方迫降盟机所遗下风筒一个,指南针一具,存校应用,所领是实,此据。

照领

八月二十七

落款　具领人　遂昌县立初级中学　校长　叶蕚

中华民国三十一年八月二十七日

（四）

复印原件内容：

遂昌县办理友机降落、营救出力人员名单：

姓名	职别	营救事实	备考
刘佐堂	乡长	执行机师，调派民夫，寻找机师和降落伞	
李祖富	拓德乡长	护送机师，收拾文件、机件，收殓殉职机师	
黄富泰	拓德乡第二保保队坿	调派民夫看守飞机	
尹洪信	拓德乡第二保住民	执行办理善后人员，协助拆卸飞机	
何伟	拓德乡乡队坿	催派壮丁，看守飞机，拆运飞机	
王承顺	王口村区属警察	收拾文件、机件，	
吴关廷	同右		
程君甫	王村口镇住民	不辞跋涉，陪同王村口区区长步行前往上定担任翻译	
毛钟彪	王村口区属指导员	指导乡、保长保护友机降落，收集丧失机件、枪弹、文件和保护降落的机师。	

（五）

内容介绍：遂昌县营救迫降友机情形调查表

友机号码(02270)

降落时间及地点：三十一年四月十八日下午十时，王村口区拓德乡第二保属北洋地方。

被救人员姓名、人数：

叁人。

友机受损情形：机身坠落之后，机件拆卸运衢。

拆运经过：

甲：被救机师护送经过：由王村口区长雇轿及船护送至衢县空军第十三总站。殉职机师经棺殓后送至衢县。

乙：降落友机拆运经过：空军总站派机械师姚琳等至降落地点，将机件拆卸后征用民工抬送至拓岱口，雇用木筏运送至衢县。所有拆卸的机件及文件均由姚机械师检取运送衢县空军总站。

（六）

内容介绍：报告

三十一年四月二十日下午三时于王村口区属上定办事处

事由：为报告降落美机一架并营救美机航空员经过情形，祈鉴核由：

一、四月十八日夜，有美机一架降落于拓德乡属职北洋山上，所有经过详情：业于十九日夜在举圩坑分头电告钧座暨衢县航空总站。

二、查此机系从轰炸东京拟折往重庆，驾驶员共有五人：

一在上定、一在洋溪乡公所(已去函促限本日送至上定)、一伤亡在机下，尚有二人不知去向，刻正在详查中。

三、营救出二驾驶员，定明日由上定护送至王村口或者曹碓岭，雇船送至衢州。

职　周将超

(七)报告

四月二十一日下午五时于王村口区属上定办事处

原件内容介绍

事由：为续报降落美机并招待美航空员经过情形，祈鉴核由。

一、落在北洋附件飞机一架，并营救、执行美机航空员一人，详情业于昨日报告在案，兹另有在洋溪乡公所美航空员一人，亦于昨日派人迎接来上定，并请工程队毛主任汪监之招待陪同，今于本日上午雇轿子二辆，由柴区长等陪同至曹碓岭脚，定明日雇船送至衢州。

二、落在北洋飞机据报，机上所有物件已被附近愚民搬移一空，当由毛指导员于本日上午率领队警前往看管，并饬保、甲长负责将搬走物品一一收集、上报，前据毛指导员来信云：已有一部分缴回。

三、顷接毛指导员从北洋来信：此刻又有一美航空员从江山东迹方面于本日上午达北洋，随即雇轿送来上定，刻在途中，约在晚间可抵达，定明日送至曹碓岭脚，一同送往衢州。尚有走失一人，现未知去向，仍在继续详查，容再报告。

四、伤亡一人，现已收殓入棺，雇工抬至黄沙腰，定明日用船运出周公口，然后运往衢州。

五、以上四点，系在报告前时情形，除容续报，仰祈鉴核。　示遵！

右报告

遂昌县县长郑

职　周将超

原件复印

空军第十三航空总站快邮代电

中华民国三十一年四月

事由：为派姚琳等人前来拆运降落贵县境内之盟机，务请尽力协助电：

遂昌县政府公鉴：本总站兹派职员姚琳伴同外员暨翻译前来拆运降落贵县之盟机，相应电请查照，为国予以尽量协助，为荷。

空军第十三总站又姚琳如有经济不敷，可酌借，由本总站照还不误。又及。

(八)

遂昌县礤岱乡转交失事飞机物件清单：

名称	数量	备注
降落伞	1把	交毛指导员
美枪	1把	交毛指导员
防毒面具	1具	交毛指导员
枪弹	7颗	交毛
机关子弹	2颗	交拓德乡公所
破热水瓶	1个	同前
机枪撞针	1只	同前
小铜油瓶	1瓶	同前
机窗	1片	同前
东瓜式矿筒	1个	同前
黑橡皮零件	2件	同前
钢丝网络	1个	同前
油布	1幅	同前
零碎物件	27件	同前

复印件

（九）

乡长紧急报告

民国三十年四月十九日

礤岱乡公所：

第一、本晨七时，据本乡三保保长黄贵德报称：昨晚有飞机降落一人，今早由坑西（第二保）来拓岱口（第三保），身穿皮衣、带有枪只及其他物品。职据报，随赴拓岱口询其来历，语言既不懂，中文文字又不识，职未敢擅自处理，立即率士将警备士将其护送拓德乡公所，转送凭夺。

第二、本日上午九时，又据第二保保长黄贵华报称：今晨本保住民于拓德乡第二保毗连小严地方拾得飞机上降落伞一把。因被雨打湿，分量过重，暂由职妥为保存，仰请转报，核夺等情。

第三、上午十时，又据民众纷纷议论：拓德乡第二保北洋山上昨晚跌落飞机一架，枪弹、物品甚多，并有司机人员毙命其一，所有飞机中的一切枪弹物品要概有拓岱乡乡民暂行检存云云。

第四、以上各点为此备文具报，仰请核报上峰，一面派员前来查验，并予以指令。

又报告，谨呈遂昌县政府。

落款：礤岱乡乡长　张志伦

看了以上历史文件之后，作者深受感动。我们的先人，这些浙江抗日前线的基层官员秉公办事，十分周到、认真，真是楷模。历史昭昭，沉默世纪。回顾历史，我们的先人为民办事如此认真，真是了不起。重现这些文件历史，以昭后人。难道不是这样吗?

诚然,这是一串耀眼的历史珍珠,光照后人,激励当今,不可怠慢。吾人急起直追。

档案馆里珍珠多

1990年初,浙江省对外友好协会文件层层下达到遂昌的拓岱口乡,调查美国飞机坠落情况。三号机坠落的山头就在该乡的北洋村。1990年8月6号,乡人民政府将调查报告上报到县政府。

作者2014年7月在遂昌县档案局看到这份报告,复印了一份。现将内容摘录如下:

遂昌县政府办公室:

今将1942年美国飞机在我乡北洋村坠落,乡民救助情况汇报如下:

一、经调查,当年参加过营救的村民有:

李祖富,是上定乡黄沙村人,于1948年死亡,现有子女在。

黄富泰,是拓岱口乡北洋村人,于解放前病故,现在子女在。

刘祖堂,是西畈乡刘家村人,于民国三十八年病故。

程君甫,王村口镇上人,解放前病亡。当时任过美国飞行员的翻译,妻子许琪,夫妻两人都是大学生,1950年去世。其长子程令现在是遂昌中学教师。

吴关廷,对正乡对正村人,当年是上定派出所警察,现年七十岁,目前健在。

王承顺,上定乡上定村人,1980年病故。其子王松江现任上定乡小学教师。

二、重点营救人员:

刘芳桥,西畈乡刘家村人,现年八十三岁,健在。当时一位美国飞行员降落在山上,刘芳桥把他先背到家中,住在隔壁的刘家祠堂。三天后,他又将该飞行员背到二十里大山之外的上定乡政府。

黄富根,住北洋村,现年七十岁,当时飞机坠落的第二天清晨,他和弟弟上山割草,他们第一个发现飞行员,一位飞行员已经摔死,一位飞行员受伤。死的那一位是他们二人将死者抬到山下,找到一块平地安置妥当。

黄雄忠,住拓岱口乡坑西村,现年八十六岁,健在。美国飞机坠落之后,所有情况他都在场,对情况的了解比较周全。该村民专门写了一份回忆录。

三、现在健在的目击人:

北洋村的七十岁以上的,还有十七人。有的人了送食品、有的人帮忙了做了许多零碎的事情。

四、飞机坠落之后,机头部分在山上,撒落在地面的物品乡民拾了一些。大跃进时候,由遂昌县农机厂来人将机头搬走,下落不明。飞机残片,村民制成各种用具,如炒菜的锅、碗、瓢、勺，村民还有，可以找到。

上述汇报还需要什么？请来电联系。

此致

敬礼！

拓岱口乡人民政府

黄雄忠（八十七岁）老人的亲笔回忆录（复印件）：

内容摘录如下：

1942年农历4月，忽然有一天夜晚，一架飞机在北洋土名大坞尾大岗边经过误撞失事（据查说，是美国人派加拿大的飞机轰炸东京之岛返回程，过杭州苋桥机场，未发现灯光，无法降落，遂赴衢县机场。但是机场也未开电灯，又不可降落，因黑夜了，不知去向，故乱飞、碰撞失事）。

飞机失事的次日早上，我们一班人去割树叶，经过金钩下路上，忽闻香烟气味，非常的香气。再走几步，见陌生人身体高大，我们问他，话音不懂。他用手指在祠堂山下降落源头山，向天指地，手又轻轻落下。原来，头天夜晚飞机失事，夜里九至十点钟，我们听到飞机响，天又下雨。北洋大坞里居住的人尹洪信次日清晨，就到乡政府报告：通知保长周子升，一面上山寻找飞机。此时，保长派保队副黄富泰组织人员设哨检查，不准来往人员，不许拿飞机上的东西。当时有的村民上山寻找有没有降落伞，果然发现一顶降落伞挂在松树上，村民将降落伞交到政府。我和弟弟在路上发现，一位美国飞行员上了河里的木排，想乘上木排逃走，但是他搬不动木排，才回到岸上。走到关帝庙（实际是拓岱口乡学校，学校挂有孙中山、蒋介石的像），飞行员用手在蒋介石和画像上拍了几下，我们才明白他们是自己人，于是把他带到乡政府。后来，我们在飞机的尾部发现一挺机关枪，一位飞行员摔死在飞机坠落的山顶上。那几天，上山看热闹的人很多。我在回来的路上看见黄富泰的哨卡上摆了一些飞机上的用品，我就问道："其他的东西到哪里去了？"

黄富泰还说："凡是归我管的，乡民不许拿走飞机上的任何东西。"

后来，我又听说在江山县二十七都乡东吉尾村也有飞行员降落，第二天他们就把飞行员送到我们北洋村来，在下拓岱口住了一夜，第三天从西畈乡又送来一个飞行员到上定。三位飞行员在区政府找到王口村的一位大学生，名叫程君甫，和他们交流。飞行员们非常高兴，那一位摔死的飞行员有了上好的棺材，护送到县里去了。第四天早上，王村口区长柴路带领几位部下，还有当地的派出所的警长、警察，有千余人去北洋追查散落的飞机上的用品。后来，大部分百姓抢到的东西都交回。

以上所写事情，是全部经过。

具写人：坑西　黄雄忠

1990年7月26日

救助人三代后裔见证。（档案原件复印）

1990年8月6日

浙江省遂昌县西畈乡刘家村村民刘祖盟是四十八年前该乡乡长刘佐堂的孙子。

今天，他见证他的爷爷讲过救助美国飞行员的经过，原文如下：

1942年4月18日，遂昌县拓岱口乡当时叫做洋溪源乡北洋村，山头坠落了一架美国飞机，飞行员全部跳伞，一位被当场摔死，其中一位落在山头，第二天带伤下到山下，因为语言不通，和村民无法交流，他害怕就藏在了一座木板桥下，被路过的村民发现。该村民叫廖石利，他急忙到乡长刘佐堂家中报告：胡岱口木桥下发现一个大高个的人，不知道是什么人？乡长快去看看。刘佐堂急忙随廖石利来到桥下，果然如此。他也从来没有见过这样高大的人，刘乡长说了几句话，洋人听不懂。刘乡长又打手势，没有办法，只好拉着大高个的手，带到刘家祠堂。刘家祠堂就是乡长办公室。

刘乡长拿着纸和笔写了几个中文，大高个子看不懂。他在纸上写了几个英文，刘乡长也看不懂。刘乡长看到大高个身上的衣服都破了、湿了，就把自己干净的衣服脱下来，请他换上干净的衣服。大高个明白，就脱下了飞行服，换上了黑长衫。滑稽的是，长衫也只能盖住大高个的膝盖。刘乡长叫来家里的人，把洋人的皮衣、皮裤刷洗干净晒干，这样刘乡长又让老婆做了几个菜，端上白米饭，一双筷子。洋人睁大眼睛，从来没有见过这样的饭菜，也不敢吃。刘乡长看了半天，突然想起来，让家人拿出几个鸡蛋放在洋人面前，这位洋人才哈哈大笑。这时刘乡长才明白，让家人把生鸡蛋煮熟给洋人吃。

到了晚上，刘乡长又让家人杀了一只鸡，弄得干干净净，将整个一只鸡煮熟，当着洋人的面，将一只鸡撕开，用一只大碗放在洋人的面前，洋人竟然从内衣口袋里拿出一包调味粉撒在鸡肉上，一人将一只鸡吃了大半个。就这样，客人和主人有了友好的沟通。因为洋人腿上有伤，在刘家住了两天。当时的刘乡长在当地算是富有人家，这样招待客人也是很周到的了。两天之后，看到客人健康有所恢复，刘乡长请来了本家人刘芳桥护送洋人去到区上。这时大家都知道，洋人是我们的朋友——美国飞行员。

遂昌县北洋刘家村刘芳桥的后人四世同堂，他们热情接受采访

刘乡长再三吩咐，路上好好照顾美国客人。一天的山路，刘芳桥身体壮实，很有劲，竟然二十里的山路，把客人背到了上定。然后上定又派轿子，把客人送到衢州机场。

三号机除牺牲的法克特以外，其他四名飞行员都被遂昌县的百姓安全地送到衢州机场。据后来刘佐堂的孙子介绍：他的爷爷刘佐堂于1943年病故，留下一个儿子，全家八口人。新中国成立之后，因为刘佐堂担任过伪乡长，又救助过美国飞行员，在那个历史背景下受到歧视，“土改”时期被定为地主、历史反革命，儿子和孙子一代都受到不公正的待遇。大陆改革开放以后，反动地主、历史反革命的后代帽子摘除，但是生活仍然很贫困。直到后来重新调查救助美军飞行员的历史事件，当地乡民才公正地对待他们。九十年代以后，刘佐堂的孙子家庭生活有了一些改善。

遂昌永留大山情

2014年7月，是我采访杜立特行动的第三年。7月份，我来到浙江省西部的遂昌，这里是山连着山，沟连着沟。事先我不知道，半月之前，这里发生了百年不遇的山洪，我们还是乘火车赶到县城。县政治协商会议秘书长热情地接待我们。我们才知道，这里是当年三号机组飞机和飞行员降落的地方。农民刘芳桥，还有当时的保长、乡长，都住在离县城很远大山的深处，交通很不方便。美国代表团穆恩团长带领的五名成员，从杭州来到这里，找到了已经八十二岁高龄的刘芳桥老人。这才引起了各方媒体的重视。第三年，也就是1992年，刘芳桥去了美国，在偏僻的山村里又引起了轰动。我打听到县上档案馆保存着不少历史资料。我们还要去看望刘芳桥老人的后代，遂昌县政协秘书长方建雄派出了专车和专人带领我们出发。大概有两个多小时的山沟公路，曲曲折折，沿着山谷，有的地方可以看到大水冲击以后的河床，勉强还可以通过小车。

我们终于来到刘家村，和我们见面的是刘芳桥的孙子刘光宁。他在街上开了一个饭店，听说我们的到来，他把他的儿子、媳妇以及孙子介绍给我们认识。最宝贵的是，我们看了当初救助美国三号机飞行员的老房子。由于年代太久，刚刚拆掉，准备盖新房。因为美国飞行员的故事，家里人一直没有拆除，周围邻居的房子都已拆除，盖新房了。他的堂弟就在老屋的旁边盖了一座三层的楼房。离老屋不远的河边上有一座桥，桥头还有三个大字：刘家村。四周全是一千米以上陡峭的高山，最高的山峰就像一只老虎头。刘光宁告诉我，爷爷（指刘芳桥）说过，那架美国飞机就是掉在老虎山上的，其他飞行员有的掉在山顶，有的掉在半山腰，有的挂在树上，还有的摔死在石头上。最年轻的投弹手、二十岁的法克特摔死在石山上。也是农民把他抬下来，乡政府派了三个农民在山下守了两天两夜，才买来了新棺材。乡民们都能够把当年的事说得很详细。

我们在刘家饭店的楼上，漂亮的卧室里，刘光宁拿出祖父留下来的照片，还有文件一大包。我十分惊奇，许多媒体报道都忽视了这个包袱里的珍珠。文物包里有三大部分：第一部分是他祖父刘芳桥1992年访问美国时，当时被救助的格雷的儿子、儿媳专门来到会场，合家流着眼泪向刘芳桥致谢，送了刘芳桥一包东西。里面有一本厚厚的英文资料，这是格雷获救之后，在大后方恢复了健康。他又参加了陈纳德的第十四航空队，继续在中国战场上和日军作战的记录。这本材料完全是格雷战斗生活的记录。还有他回到美国后生活的记录，其中有许多珍贵的照片。

第二部分，是刘芳桥在美国活动期间，各方面友好人士及社会团体赠送的纪念品，有奖牌、勋章，还有飞行员家人的照片。引起我注意的是，1990年，穆恩一行人来到刘家村，专门给刘芳桥夫妻二人照的一张大照片。那时刘芳桥已经八十三岁，老太太也八十一岁，两个老人胸前还有一朵大的白花。美国人的习惯是，白花是最圣洁、最美丽的象征。还有刘芳桥在美国时，和许多美国朋友照的照片。

1992年，省对外友好协会通知刘芳桥要他去美国访问，专门派人来给老人定做西装，发给老人四百元人民币，让他买一些需要的用品。当时刘家人代替爷爷打了收据，这个收据条子还保存到今天。还有一部分是刘芳桥从美国回来以后，浙江许多报纸对他的采访、报道。

在村口的刘家饭店里，我们吃了午餐。从餐桌上可见，这个山沟里的农民生活是很不错的。他们拿出了很甜的葡萄招待我们，主人说，现在这里也可以种上葡萄了，有鱼、新鲜的肉、多种多样的本地蔬菜。按照当地人的习惯，大家为中美友谊干杯，喝了啤酒和葡萄酒。主人说，三个月以前一场暴雨、山洪冲毁了公路，县上很快派来了施工队，道路正在修复之中。餐后，我们要给饭店主人付钱，他们拒绝了，说："你们是远方来的客人，中国人的习惯，客人来了要热情招待，怎么能收钱呢？"

就这样，我们和刘家四代人一起照了相。下午，我们过桥，去对岸探望刘光宁的父亲，也就是刘芳桥老人的儿子，已经快八十岁了。老人身体不太好，住的房子也是一座老屋。老人说，年纪大了，记不住了，我们的儿子他们都知道。作者送给老人家四百块人民币，表示一点慰问吧。因为道路不好，大山里太阳下山得比较早，我们在落日之前就乘车回到县城。作者身临其境，感到七十年前杜立特的好几架飞机就坠落在这样的大山深处，真是太危险了。这样危险地方，又在狂风暴雨的深夜，可想而知，当地的老百姓是多么勇敢、可敬，竟然把四位飞行员救护后，翻山越岭送到后方。

第二天，我们来到遂昌县的档案局，使我们惊讶的是，这是一座历史的宝库。我们走过浙江许多的县、市、档案局，就数遂昌县的档案局保存的有关救助美国飞行员以及后来的美国代表团来访的记录的材料，最完全、最详细、最清楚。当然，档案局长兰祥宇、工作人员热心、全力地配合我们查阅材料。比如说，我们看到了当年浙江省政府下达全省范围调查、搜集关于1942年美国飞机坠落浙江的详细历史资料、当地百姓救助的人名、地点、时间、经过，所有参与人的姓名等等；又看到1992年初发的通知：浙江全省范围内接待美国访问团的计划，什么时间到什么地方，由什么人接待、什么样的招待、住什么样的饭店、吃什么样的饭菜、如何报销，还看到美国客人回去之后，外事部门的总结材料，还有刘芳桥老人在美国活动的报道资料也存在县的档案局里。局长亲自帮助作者复印了近百页资料。中午半个小时吃完饭，我们又回到档案局工作到下午五点钟才结束。我对他们表示崇高的谢意。大约一周之后，我就在网上看到遂昌县报纸、电视台对我在遂昌采访的详细报道。可贵的是，告别时，我们和局长暨全体馆员合影留念。局长还说，以后需要什么材料，我们都全力支持。现在中国大陆全面改革开放，走向世界，让世界了解中国，中国更要多多了解世界，促进各国间的民间交流。

伤痛篇

世纪老人伤痛在

罪恶的细菌战。在中国浙江，作者连续三年走遍它的青山绿水。今天的浙江，山川壮丽，风景优美，人丁兴旺，一片人间乐园景象。这就是我们祖辈繁衍生息的地方。我去寻找什么？那是历史在呼唤。在这里，我看到了，我们中华民族、我们先辈一代人的历史伤痛。我倾听到一个又一个伤心的故事，就是半个世纪以前，在这片土地上发生的故事，就是遥远的太平洋东岸，美利坚的英雄向日本法西斯宣战。他们正如中国人所讲的“入虎穴、走龙潭”，轰炸了东京。而后，在中国浙江沿海一带迫降，在九死一生之中，中国老百姓救助了他们。接着爆发了日本法西斯残酷的报复战争，就在这片千年美丽的土地上，日本的刺刀、炸弹、细菌弹残杀了中华民族二十五万人。今天，历史渺渺，时光昭昭，我们能忘记吗？不能，不能，中华民族的伤痛不能被时间淹没。日本投放的细菌，浙江感染了三十万人，死了五万人。而后漫长的历史过程，细菌弹留下的祸害，受害人一批一批的死去。人们未能料到的是，七十多年过去了，细菌战的受害者还在。他们还在呀。开始作者根本不相信，就在衢州市城郊医院的座谈会上，我听到年轻的医务工作者向我叙述，仅在城区附近，还有数以百计的细菌战的受害人还在生命的夕阳中挣扎。与我同行的还有美籍华人、摄影家杨一信先生，他是我的朋友。2013 年的夏季，他正在中国的陕北地区采访中国历史故事。听说我在浙江进行杜立特行动的采访，急忙回到深圳。又从深圳乘高铁赶到浙江，我们一同去采访关于细菌战受害者老人。文字只能表达人们对历史的叙述，而摄影可以看到人物直观形象。我们在城区医院的采访结束，由医院的外科主任带领我们，去三十公里以外的乡村。

这里是一片山清水秀的山沟，村民魏洪福的家就在坡上。杨先生提着摄像机，随行的医护人员带着外科医疗箱，还有当地的电视记者，我们登上了高高的石坡，坡上是一座古色古香的院子。院场椅子上坐着一个老人笑眯眯地望着我们，他的两条腿的下部缠满了绷带，他就是我们要采访的八十六岁的魏洪富老人。我上前紧握着老人的手说：“老人家，我们从美国来看望你呀！”

老人家用本地的语言说着：“好哇，好哇。”

随之，城郊医院的医生和护士为老人换药。据介绍，衢州市城区医院从三年前始，为城区所管辖的农村几十名炭疽病患者免费换药，两周来一次。护士慢慢地揭开老人腿上的纱布，老人慢慢地向我们介绍他得病的经过：

七十一年前，也就是杜立特轰炸东京的那一年，稻田里还没有开始插秧，日本飞机来了，飞得很低，撒下了粮食、种子。那时，抗战时期农民生活很苦，水田里种一点稻子，大部分是坡上种的杂粮。日本飞机怎么扔下了吃的东西？那时，他才十七岁，他也捡了一些食品，大概有麦子、高粱，还有面包吧、花生、豆子。山沟里季节晚一点，5 月份他跟着父亲到地里插秧，腿上突然长了几个水泡，也没有在意，后来发痒，抓破了开始溃烂，一直好不了，从膝盖向下溃烂。就这样，他还是要下田干活。就这样熬了七八年，从膝盖以下两条腿一直烂到脚背，再不能下田了，又臭又脏，山里穷，没有医生，找些草药来敷一敷，始终好不了。到了二十五岁以后，从膝盖以下直到脚面全部溃烂。说到这里，护士已经全部拆掉了纱布，作者一看，几乎惊昏过去。从下肢直到脚背，整个骨头全部暴露出来，烂，烂，烂，这是作者有生以来从没有见过的。当地老百姓把这叫做“烂脚病”，一听说“烂脚病”人人都害怕，一辈子好不了的。山里山外要从几十年前算起，上千人总有吧！从五十年前开始，在这之前，也就是腿上长了水泡。半个世纪以来，当地人习惯把它叫做“烂脚病”。只有经过医生的检查，才确诊为是由于炭疽杆菌侵蚀，全部肌肉烂掉，而且治不了，发臭，丧失劳动力，痛苦一生。老人告诉我，他的同村人就有几十个先后死去，唯独他还活着。老天有眼，他的儿女孝顺，对老人照顾得很好。老人竟然笑眯眯地对我们讲这些故事，他还说，现在政府每年有医保好几百块钱，生活没有问题，儿女都很孝顺。在医生的精心医治下，老人的伤势再没有继续发展。有的其他老人，烂掉一条腿的、锯掉一条腿的不在少数。城区医生告诉我们，日本细菌战在中国浙江地区造成死亡的人数已经无法统计。中国改革开放以来，不少社会人士都来调查过，带走了衢州市许多细菌战受害者的资料，到日本东京打官司。官司也打赢了，但是由于以前中国政府的许诺，日本方面拒不赔偿，倒霉的是中国老百姓啊。

说到此处，作者有生以来没有这样大的悲痛和义愤。历史过去了，难道让后人也忘记吗？不行，不行，绝对不行！要永远控告日本法西斯的罪行，作者也是一位老人了，欲哭也无泪，杨摄影大师也是同感，我们给老人四百块人民币，算是一点小小的心意。后来，城区医生告诉作者，该医院的年轻医生被老人的遭遇感动，他们轮流无偿为一百多名这样的细菌战受害人上门服务，免费换药。

杨一信先生把我们采访老人的全过程拍摄成电视片发到网上，不仅是在中国，还要在美国让全世界的人都知道日本法西斯的罪孽。七十多年过去了，它还在伤害着中国老百姓。

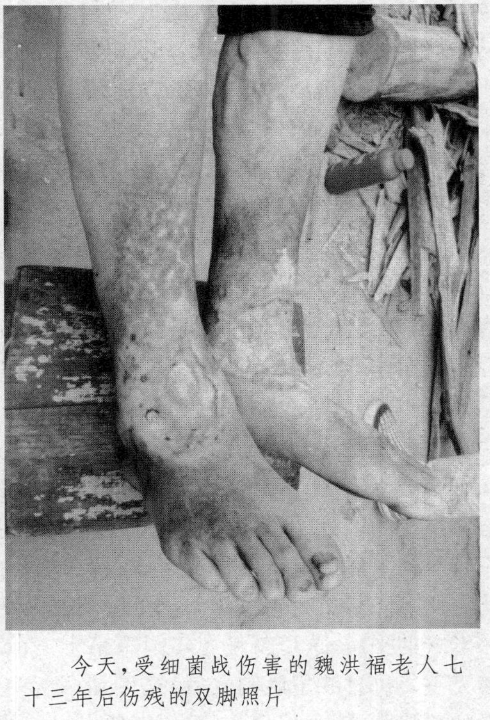

今天，受细菌战伤害的魏洪福老人七十三年后伤残的双脚照片

子孙万代不能忘

三天之后，我们采访了衢州市日本细菌战展览馆。七十多年过去了，衢州市全市有三分之一的家庭是日本细菌战受害者的后代。细菌战展览馆设在该市的一座书院里，该书院是一座清末民初的建筑，木制结构，古色古香，正在翻修。但是，老馆长是一位八十二岁的杨大方老先生，他亲自带我们看了所有的展品，主要是照片和实物。最令我震撼的是，杨老先生的一家就是细菌战的受害人。1941 年，那时他才九岁。日本飞机来了，除了扔炸弹以外，还扔下了许多食品、种子和老鼠，一个月之内，全城三分之一的人得了鼠疫，不到半年，他的父亲就死于鼠疫，还不到四十岁。他拿出照片，我看了忍不住掉下眼泪，一个年轻的学者就这样死了。他的亲戚三分之一死于鼠疫、霍乱，那真是惨绝人寰，伤天害理呀！中国人，我们的先人几千年来勤劳耕作、养儿育女，就在自己的土地上，没有侵犯过别人，也没有惹过别人，日本人凭什么对我们那么大的仇和恨？连畜生都不如的刽子手。杨老先生高中毕业时，大陆已经解放了，他参加过人民解放军，立志要为父辈一代报仇，可是没有机会。过去的年代，他很奇怪，他的出生地方衢州以及整个浙江省，我们的全中国在抗日战争中死了几千万人，他的亲戚、同学、朋友被日本人杀害的又不知有多少。他一直没有报仇的机会，直到年老退休以后，中国改革开放以来，才有机会吐一口气，向世界舆论披露日本法西斯在中国的暴行。从军队转业回家乡工作多年，退休以后不遗余力地向社会控告日本法西斯的罪行。衢州市是日本细菌战的重灾区，以前政府过问很少。他和志同道合的朋友们找资料，去采访，数十年如一日，为了澄清历史，告白天下，控诉，再控诉。他两次参加中国细菌战代表团到日本法院起诉，街头宣传，痛斥日本法西斯的暴行。杨老义愤地说，日本当局很坏，无论是社会舆论还是学校教材，从来不提日本军国主义在中国的暴行。他说，我们在日本街头宣传，展示图片，日本人民很震惊，非常同情我们。终于在第二次东京地方法庭审判时，判定了日本当年罪行。遗憾的是，日本当局丝毫没有像现在的德国政府那样，对当年受害国进行赔偿。更令人气愤的是，二战以后，也对其他国家作了不同程度的赔偿，唯独二战中受害最大、牺牲最大的中国人至今没有得到日本政府的任何赔偿，他非常气愤，也非常悲痛。我们的先人千千万万，死不瞑目呀！

杨老先生八十二岁高龄，走路不大方便，心脏也不大好，他却全程陪同我们参观访问细菌战受害者。第二天，摄影大师杨信一先生要拍一张当年救助美国飞行员的第十三航空站的旧址。在蒙蒙的细雨中，杨老与我们来到江山县汪村的山洞。这里是美国飞行员为了躲避日本飞机的轰炸，就在这个山洞里养伤的。他还指出洞门口的石头上还有两名飞行员七十一年前刻下的英文名字。在山洞附近的一排古老的树林中间，一座老式的平房，这里就是当年国军第十三航空总站陈又超站长的办公地点，保护得比较完整。抗日战争胜利之后，这里是一所中学，名字是“雨农中学”，戴雨农，就是蒋介石的名将戴笠，为纪念戴笠，便把他出生的故乡衢州市的一所中学命名为“雨农中学”。

八十二岁的老人杨大方控诉日寇细菌战的罪恶

说话之间，作者发现，周围怎么是一片别墅建筑？杨老先生告诉我，这一片地已经卖给开发公司，正在把这里改建成为高级别墅区。作者听了有些奇怪，

作者采访八十五岁的老人徐雨生——日寇细菌战的受害人

第三天，杨一信先生为了要把当年的衢州机场拍入电视。来到离机场不远的一座宝塔，杨老先生竟然跟着杨摄影师登上了八层楼高的宝塔顶端，拍了电视。他的精神

深深地感动了作者。

第四天，杨老先生又带我们访问五十里以外的农村。八十六岁高龄徐雨生老人。当我们驱车四十分钟到达，眼前是一片高低不同的新的建筑群。杨老告诉我，这些都是二十年来农民致富以后盖的新房。在一座大铁门开启后，一位老人迎接我们。作者很惊讶，他是谁？杨老先生笑答：就是徐雨生老人。作者急忙下车上前向老人致问候，然后来到老人的客厅。这里一片新气象，房屋的三层楼，一楼正门进去是很大的客厅。但是客厅的摆设并不像城市那样华丽，而是按主人的习惯和爱好布置的，既有新的沙发，也有老的木凳和木桌。老人说，他很高兴见到来自美国的两位客人。他用着本地的语言同我们聊天，我们不能完全听得懂。杨大方老先生主动、耐心地为我们做翻译。从外表看，根本看不出徐雨生老人是一位受细菌战严重伤害的人，猛一看是看不出来的。杨大方让我仔细地看他走路，这才看出，他的左腿有点瘸。我们坐下之后，老人指着桌子上已经摆好的点心和西瓜，还有刚上市的新茶请我们用。看来，他的生活比我们见到的魏洪福要好。很快，我们的交谈进入主题。杨老先生告诉我们：徐老先生的左腿是一只假肢。徐老先生笑着，慢慢向我们讲起，他慢慢地撩起他的上衣，解开腰带，看到他的假肢。他很熟练地、却又是很慢地把假肢解下来，他的假肢从脚越过膝盖到下肢，下肢在膝盖和胯骨之间切断，实在是太可怜了。一个完整的人，没有了一条腿，又不用拐杖，能够做到行走，从外部看去似乎和正常人没有大的区别，实在是了不起呀！

照片上的相片是杨大方老人的父亲，于1942年感染日军洒下的伤寒、鼠疫，四十二岁就死去

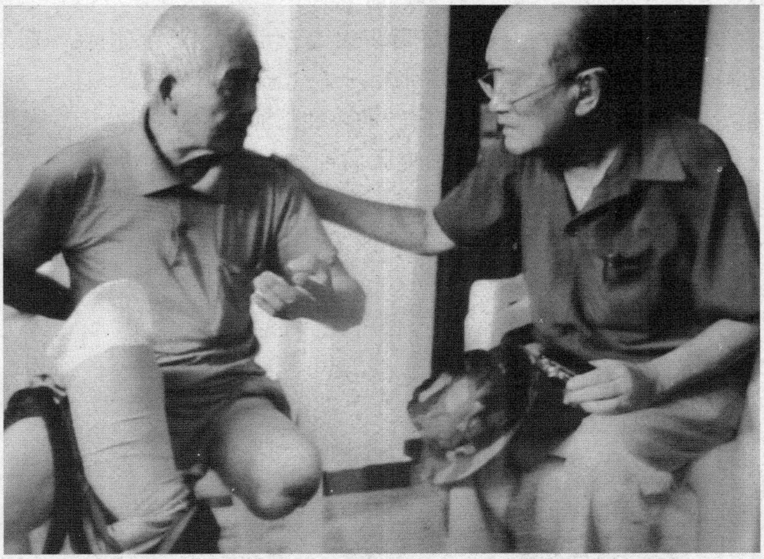

六十年后，深受日军细菌战之痛的徐雨生老人做了截肢手术

徐老告诉我们，他在七十一年前，由于日本人的轰炸，他也是夏天下田干活染上了炭疽病，从小腿开始往下烂，越来越严重，又往上烂，一直烂过膝盖，折磨得他死去活来，不能安生。出门人见了人讨厌，最后不得不把整条腿锯掉。以前只能拄着双拐才能活动，又痛苦了十几年，就拿装假肢来说，又费钱又痛苦，直到十年前才装了，加上自己的努力锻炼，才像这个样子。他的一句话令我非常感动：我们是个中国农民，下田干活从来不去惹别人，更不要说去惹日本人，日本人为什么这样仇视我们中国人？杀害了我们那么多的中国老百姓，究竟为啥？究竟为啥？我所认识的得了烂腿病的乡亲们都死光了，咱们这个村就剩下我一个了。作者告诉他：抗战胜利七十年了，我也是第一次亲眼看到中国人、中国老百姓还这样的痛苦。

老人现在生活不错，孩子都有事情做，对老人很孝顺，他现在可以在家看电视，读读报纸，村里的老人经常来看他，他也经常出去走一走。后来，我们在一起照了相，老人还兴致勃勃地说："给我在我家门口照张相，你带回美国吧？"

我非常高兴，为徐老人单独在新盖房子的大铁门前，笑眯眯地照了一张相。

我们上车远去，他还在门口招着手，向我们告别。

今天的现实，徐老人的故事也是一粒历史的珍珠。他的中国人的特质，勤劳、善良，历经浩劫，又不悲观，我们永远不会忘记他。

历史血债要清算

衢州细菌战死难民众纪念碑

七十年前，也就是 1942 年 4 月 18 日，不忘记历史的人们还记得它的意义。杜立特机群十六架飞机轰炸了东京，在中国浙江、江西一带迫降，六十四名美军飞行员在中国获救，引起日本大本营的惨绝人寰的报复。如今，这片锦绣山河再也找不到这些历史的痕迹。现在，我们再来回顾历史太有必要了。

由于历史的原因，二战以后，中国的社会似乎没有引起大的震动。可是，在美国却有很多书籍披露了这段历史，其中詹姆斯·布拉德所写的一本畅销书《父辈的旗帜》，他的另一本书名叫《飞行员》是这样描写的："日本天皇的勇士们完全遵从天皇的命令，为了报复(杜立特轰炸东京),五十三个营,超过十万人的日本士兵开赴二百多公里浙赣铁路沿线,两个月的时间,将方圆两万平方英里内的中国人全部杀光,还放火烧了他们的村庄。这些日本兵大肆奸淫、抢掠,砍掉无数人头,砍得胳膊发软、发酸,再也砍不动为止,然后再用机枪扫射,又用刺刀将他们挑起来、活活烧死,还将孩子们扔到井里,直到把井填满,房屋、庙宇和店铺统统烧成灰烬。"

1942 年,蒋介石给罗斯福发电报,电报中控诉日本对中国人民犯下的滔天罪行:日本军队在大扫荡中杀光了那里所有的人——我再重复一遍,日本人杀光了这一带所有的老百姓、市民。

一位美国将军后来在他的回忆录中写道:日本人的报复,二十五万中国士兵和老百姓在三个月的扫荡中失去了生命。

法国在为期六年的第二次世界大战中死了十万人,比利时死了十万人,二十五万人比起后来的广岛、长崎的原子弹爆炸中丧生的人数之和还要多。

就这样,日本人还没有善罢甘休,继续在中国浙江、江西、湖南一带展开了生物战,两支臭名昭著的细菌战部队继续地残杀中国老百姓。这在之前,日本人在东北、在华中的细菌试验室秘密展开细菌战的试验和研究。他们把中国老百姓抓来,像对小白鼠一样,给他们注射细菌、病毒,让他们感染上鼠疫、肺炎、伤寒、霍乱等等疾病,把人当做细菌培养器,等六个月以后再从中国老百姓的身上培养出细菌,然后在他们的身上抽血。取血的方式是在他们的下腹、大腿根划一条口子,血不停地流出来,直到他们流出最后一滴血,人还活着。身边的士兵或者细菌室的工作人员就会站到中国老百姓的胸部踩,压他们的肋骨,还要在上面跳跃。这样肋骨踩断了,还听得见声音,就这样榨干了死者的血。

细菌战恐怖到什么程度,举个例子可以说明。在一次作战的前线,日本飞机在空中向中国老百姓撒下了细菌弹。突然,空中风向改变,撒开的细菌向相反的方向也就是日本阵地

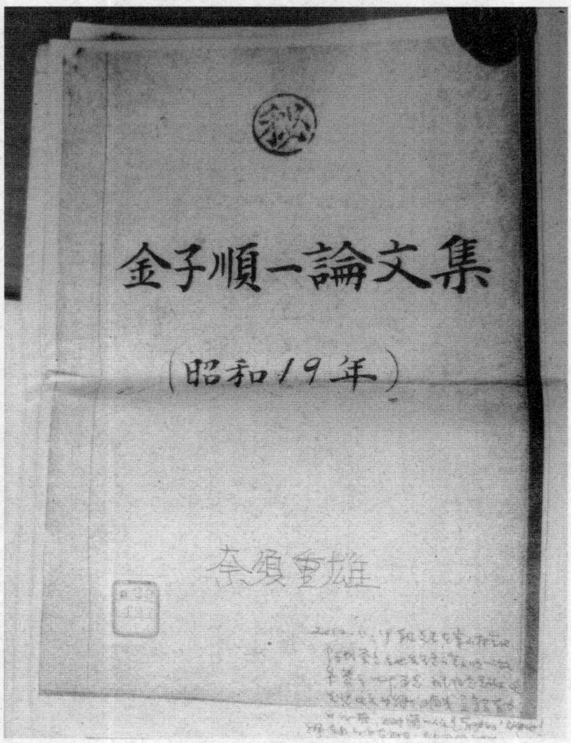

细菌战的参与者——日本军人金子顺写书作证

吹去，导致一千七百名日本士兵死亡，一万多人受感染。就这样，三四年之间，日本人将细菌弹撒到了整个华东地区，所伤亡的中国百姓真是无法统计。

二次世界大战，中国有三千万人丧生。三千万人是什么概念？作者的学生时代那所中学的操场，包括足球场、篮球场，全校学生集合也不过一千五百多人。一个中等城市一百万人口就不得了了。不敢想象，日本法西斯如此残暴地对待中国人，三千万人的生命消失在中华国土上。这是人类历史上没有过的巨大数字，岂能忘记！永远记住，强我中华，才有可能不让历史重演。至今，日本一小撮掌权人不承认历史，拒不认罪，何以能够抚平中华儿女的心？

衢州篇

衢州明珠多灿烂

衢州是浙江一串历史明珠中的一颗耀眼的珠，它是一座古城，有过许多历史上的故事；它也是一座文化名城。以前，作者并不了解。由于衢州人救助杜立特故事的引导，三年来，作者五次访问衢州市，前后共计三个多月。它吸引了我，它在新的世纪里，它闪耀出文化的光芒。

发生在半个多世纪以前，杜立特轰炸东京之后，十六架飞机迫降在浙江沿海一带，其中有几架飞机的飞行员降落在衢州以及附近的县。也许是衢州传统文化的影响，新一代的衢州人人以历史的眼光，关注这一件历史的事件。不论降落的飞机和它们有没有直接关系，他们都来关注这个事件。中国从上个世纪的1990年开始，也就是杜立特将军的好朋友布莱恩·穆恩为首的寻找中国恩人开始的友好之旅。浙江省开门欢迎美国客人，组织周密，为客人排忧解难，寻找恩人，开花结果。数以百计的救美国飞行员的中国百姓和美国代表团见了面，推动了中美友谊像跨越太平洋的海浪，向前涌去。衢州市新闻界、文化界等人士掀起了一波又一波书写以救助杜立特飞行员故事的浪潮。前副市长姜先生率领的衢州市民代表团到美国，和雷德温市结成友好姐妹城市，成为衢州对外交往的名片。市长先生载誉而归，骄傲地说，一个城市不能没有历史。他所指的历史就是中美友好结出硕果。在万里之遥的太平洋东岸，雷德温市民也知道有一个姐妹城，就是中国浙江省的衢州市。其次，原《衢州日报》副总编辑庄月江先生二十年来如一日，研究杜立特行动的故事，四处寻找杜立特行动的资料，近在眼前，衢州市的百姓；远在台湾，原国民党的军政人员，还有美国的知情者，还有散布在中国大陆各方面的知情者，他既是官方又是民间的中美友好的研究学者、传播人，他的文章既发表在海外，也有发表在大陆许多报刊，引起许多知情者的反响。这些知情者纷纷提供历史资料，撰写他们当年见证的故事。

儿童文学作家毛卢卢以杜立特的故事为题材，写了儿童文学作品《救助折断翅膀的飞鸟》，还有著名中医张玉恢老先生自己多年作画、写书，自己掏钱出版了书画作品《大营救》，中英文版发行，更加珍贵。在海外，特别是美国社会反响盛大。

杜立特故事的研究学者郑伟勇，是一个年轻的银行职员，也以过人的精力，采集、研究杜立特故事的第一手资料。近十年来，他走遍江西、安徽、福建的山山水水调查美国飞机坠落的地点，寻访救助的老百姓以及散布在民间的不少的飞机残骸和纪念品，成绩很大很大。多年来，他和远在大洋彼岸的美国飞行员有密切联系。值得提出的是，他帮助十二号机组的飞行员比尔在安徽的婺源县（现属江西省）找到十二机坠落地点的村民，还得到一块村民保存了四十年的飞机残片。更可贵的是，他将这块残片寄到美国飞行员比尔的手中，在美国社会引起巨大的反响，终于得到意料之外的成果。美国杜立特轰炸机协会于2012年4月在美国代顿市举行纪念杜立特行动七十周年，特约郑伟勇先生参加。值得指出的是，2013年11月，美国杜立特轰炸机协会举办最后一次的纪念活动，最后的三名飞行员参加了既是重聚又是告别的活动，这是一次规模很小的却是非常隆重的纪念活动，郑伟勇先生也被邀请之列，参加了最后的告别祝酒活动。

以上等人以及更多的社会人士，都是非常关心和支持，有的是热烈参加这一系列的活动。在民间形成一种风气。在这些一系列活动的背后，有一位重要的年轻人，他就是《衢州日报》《衢州晚报》副刊部的记者也是编辑巫少飞先生，他没有时间参与有关杜立特的一系列研究和采集工作，但是，他通过报纸出色的大量报道一系列人物的活动。作者三次到衢州市采访，感受到巫少飞的远大历史眼光，和他的出色的干劲。作者在采访期间，巫少飞对我，真是有求必应。作者在衢州以外的地方采访时，需要他帮助，他也十分卖力，实在感人。记得是作者在2014年第三次访问浙江时，从遂昌市乘火车经过衢州，急需巫少飞所编辑的《衢州晚报》的一份资料。作者从遂昌电话打到衢州，请他找一份《衢州晚报》。正在上班的他非常忙碌，却一口答应。当作者所乘的火车刚到达衢州火车站时，他已经驾着自己的摩托车，将作者所需要的这份报纸送到车站，交给了作者，非常令人感动。除此而外，作者第三次采访衢州，要见文化界的人士，巫少飞快速地安排，作者当天晚上到达衢州，第二天上午准时会见了各方有关人士。事事令作者感动。他多年来在衢州的日报和晚报上编辑了许多版面，文图并茂，许多资料和图片都是第一次出现在报纸上，很受广大读者的欢迎。例如，救助美国飞行员有不少是发生在临近的县市甚至于跨省的地方，当地的报刊少有登载。而衢州的日报和晚报竟然有引人注目的报道。举例：从台湾回到衢州的原国民政府戴老先生有救助美国飞行员的第一手资料，原十三航空总站军官钱南欣先生保存了美国飞行员签名资料。大陆首先是在巫少飞所编辑的《衢州日报》专版上披露的。这样的例子是很多的。又如，作者2013年首次到达衢州进行采访，《衢州日报》很快登载了方利军记者的报道。仅隔一天，有一位开香烟店的市民盛宝金看到报纸急忙打电话给报社，他的堂叔张朝生1942年就在衢州机场开车，在四月份下旬一天，突然接到陈又超站长的命令，要他开车去兰溪接美国飞行员。这位堂叔的儿子张贤忠目前在杭州觅桥机场附近居住。记者方利军陪同作者急忙赶到大街上找到开香烟店的盛宝金，拿到他堂弟张贤忠在杭州觅桥的地址。作者第二天赶到杭州觅桥，果然找到这位张贤中，他详细讲述了他父亲当年如何开着吉普车去兰溪，把杜立特接到衢州机场的。他说的故事时间、地点以及相关人物和贺扬灵秘书赵福基的回忆录中叙述完全符合。这就是舆论的巨大威力。

在巫少飞编辑的专版中，说出了衢州人的心里话：我们不怕死亡，我们怕被遗忘。下面请看巫少飞主编并采集的专版的一部分精彩内容：

内容之一：提前起飞，非做不可。提前起飞，前程未卜。

请注意杜立特机组计划起飞的时间是4月19日，可是4月18日的清晨七点四十分钟，天气十分恶劣，大黄蜂号发现千米之外有一只日本小船，几分钟之内，美方截获的小船发出的电报：发现敌人的航母。这是严重的情报，日本大本营一旦发现美军的情报，他们有充足的时间来攻击美军。

这是一个生死关头。

离原定起飞海区还有相当的距离，如果提前起飞，只能白天轰炸日本本土，夜里才能到达中国沿海，改变了降落衢州机场的时间，和中国军方又联系不上，飞行员的生还可能性很小。如果不提前起飞，返回或者是等着日本海空年来袭击，更是死路一条。顷刻之间，广播传来命令：准备战斗，起飞！在巨浪滔天的恶劣环境中，杜立特立马第一个起飞，惊险万状，终于起飞成功！就这样，在十六架飞机的高超技术的控制下，全部安全起飞，直指东京。就在这一天的傍晚，他们八十名飞行员顺利轰炸东京完毕，其中的十五架先后降落在中国沿海地带，这是千百年来，没有太平洋东岸的客人光临过的古老土地，奇了，怪了。妄自尊大的日本大本营以及普通的市民还没有缓过神来，十六架美国神鹰的英雄们已经轰炸完毕后飞走了。“今天的敌人打了一个胜仗。”这是后来在一位海军日本军官的日记本里发现的一句话。他们借助太平洋上的顺风竟然奇迹般地到达中国海岸，没有坠入狂涛巨浪的太平洋里。遗憾的是，狂风暴雨，乌云遮盖，他们没有找到降落的目标，只有盲目飞行，所有飞行员离机跳伞，飞机也是盲目坠毁。所幸有六十四位飞行员降落到地上，被中国军民先后救助，其中大部被浙江老百姓军队救助，这是美国空军战史中前所未有的奇迹。这些飞机的一部分的坠毁地点和飞行员降落地点由于历史的原因，其中有各种不同的说法。到后来，也就是在年轻的学者郑伟勇亲自的调查之后，有的得到准确的落实，引起社会人士的关注，也可以说是衢州市民做的一份独特的贡献。

作者听当地的学者郑伟勇在十三航空总站的防空洞的门前，叙述当年的故事

作者和衢州市年轻的儿童文学作家毛鲁鲁，她以杜立特的故事写了一部儿童读物，书名是《救助折断翅膀的飞鹰》

他的名字叫美国

在衢州常山前山坞，有一位叫做徐开亮的老人，到现在还流传着一个外号，叫做“美国”，原来是 1942 年 4 月下旬的一天，徐开亮的父母带着六岁的他去遂安县走亲戚，在路上碰到一个被救助的美国飞行员。飞行员见到他，觉得他天真可爱，于是把他抱起来亲了一下。这事儿后来传开，村民们开玩笑，就给他取了一个外号叫“美国”，后来村里人和他开玩笑就叫他“美国”，信不信由你，当地的老人都是这样说的。

故人犹在听故事

2005 年，记者巫少飞为了纪念世界反法西斯战争胜利六十周年，陪同新华社记者采访的记录：

徐训直老人也是一名救助美国飞行员的见证人，在江山县清湖前村，老人拿出了他保存五十多年的一本日记给记者看，日记中写道：就在 1942 年 4 月 19 日清晨，二伯家的长工徐麻子一大早去湖前村南大溏路上挑黄泥时，发现一个大个子、尖鼻子、穿军装的人，叽里哇啦讲的话听不懂，挥动着大手，意思是带他去找村里的人。徐麻子把他带到徐家祠堂。徐家祠堂是国民党七十九师的仓库。

到进了祠堂，里面的士兵以为这个外国人是日本人，要夺下他的枪，还想把他打死。当场，一位信耶稣的基督徒赶紧跑到刚刚从黄埔军校回家办丧事的徐明哲家里。徐明哲多少懂得一点点英语，闻讯急忙跑到徐家祠堂，一见面就知道他是美国飞行员。于是，告诉大家：美国人是我们的同盟军，是来帮我们打日本鬼子的，千万要保护他。

江山县档案局长徐青拿出三号机的残片与作者留念

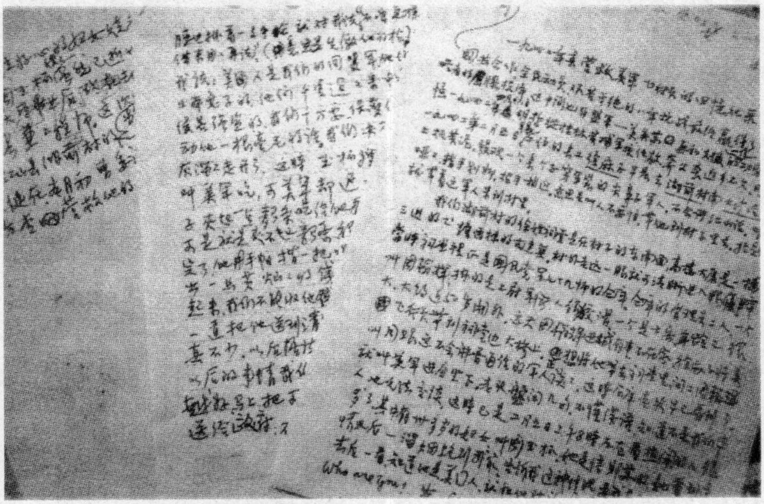

当地的渔民徐明哲写了日记，详细记录了救助美军飞行员的经过

谁要是动他一根毫毛，我饶不了他。

这时，基督徒周玉环端来一碗热气腾腾的鸡蛋面条。可是美国飞行员从来没见过中国的面条，也不敢吃。这时徐明哲立马拿过筷子吃给他看，美国飞行员这才放心地笑了一笑，才拿起筷子，费了好大的劲才把面条吃完，因为他不会用筷子。大家笑成一团。后来徐明哲把美国飞行员送到县上。

踏遍青山老报人

作者在衢州采访期间，得到衢州市老、中、青三代新闻、文化界的朋友支持。由《衢州晚报》副刊编辑巫少飞介绍，我去拜访了退休在家的《衢州日报》副总编辑庄月江，他是衢州研究救助杜立特的行家。多年来，他利用自己职业上的便利，把埋藏在历史烟波中半个多世纪以前当地老百姓救助美国飞行员的一串串珍珠挖掘出来。他走访美国飞机坠落的山乡、海滩、村落、农舍，采访当地老人，得到许多第一手资料，而后见诸报端、杂志。在衢州市孔庙茶室里，庄老娓娓与我谈来，如数珍珠，举例如下：

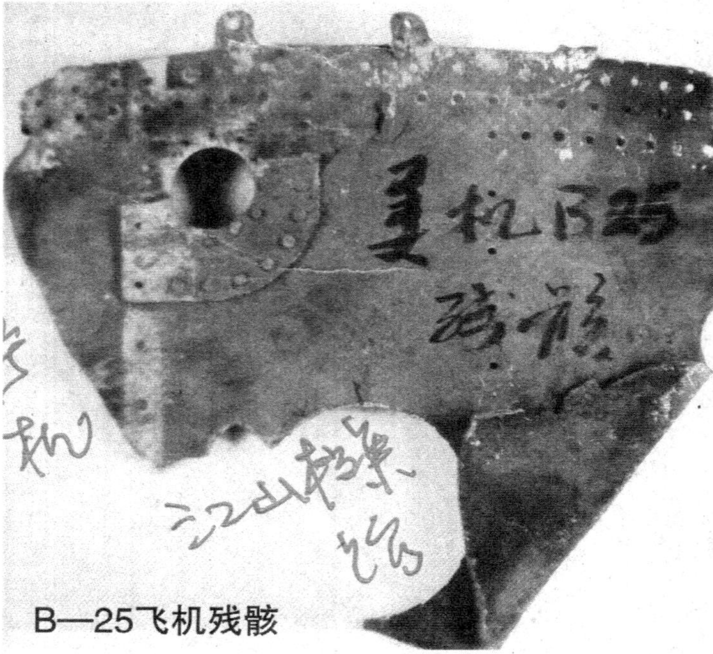

衢州江山档案馆保存的三号机残片，是至今为止最大的一块残片

上个世纪九十年代，他为了研究十六架美国轰炸机准备降落衢州机场的细节，要寻找当事人。皇天不负有心人。1942 年任中国农业银行衢县办事处主任戴允铭先生从台湾回到衢州定居了，庄老就前往拜访。戴老果然知道此事，他说："我知道，1942 年的 4 月 18 日傍晚，确实是一个风雨交加的黄昏。大约七八点钟，全城发出了警报声，不久就听到飞机的响声。但是这种声音和日本飞机的声音不一样，而且日本飞机是不会晚上出来轰炸的。到了第二天才知道，一架美国飞机坠毁了。他们是轰炸东京之后准备在衢州机场降落，但是由于他们提前轰炸了东京，提前十二个小时飞临衢州上空，衢州机场没有得到上级命令，加上风雨交加，没有收到信号。而机场在第二

天白天才开放，命令已经迟到，才造成这样的意外事件。”戴老先生还说，后来他在机场见到被救助的美国飞行员。他说，当年衢州机场是中国空军前线机场，名字叫做“第十三航空总站”，站长名字叫陈又超，戴与他是好朋友，陈又超是国民党军中要人陈诚的侄子。十三航空总站的官兵热情地接待了美国飞行员。还说，当他们事先接到重庆最高当局的接待美国飞行员命令时，航空总站准备得非常周到。为了储藏做西餐的原料，当时没有冰箱，他们还在附近的石头山上挖了洞，作为临时的冰箱；还在附近的石头山洞里准备了许多床铺，安置了许多受了伤的美国飞行员。当时日本飞机不停地轰炸，美国飞行员全部在山洞里躲避，十分安全。美国飞行员都向陈又超讲述了他们轰炸东京以及准备在中国降落之后，如何和中国老百姓交流。有的飞行员在日记本上写着求救的语言，有的这样写的：我是美国飞行员，我要到处州，找处州飞机场，帮我找到飞机，我们要去重庆。你能帮我吗？可以拿到奖赏。如果机场很远，请你带我找到中国军队。还有一位飞行员在日记本上写道：你能看懂英文吗？我是一个美国飞行员，我的飞机坠毁了，我要去重庆，先要找到处州。你们看到其他美国飞行员吗？

戴老先生还津津有味地说，陈又超告诉他：美国飞行员把“衢州”写成了“处州”，有的还写成了“珠州”，他们要去重庆。美国飞行员在衢州机场等待的时间很快乐，航空站的官兵还用花和草在地上铺成“欢迎美国飞行员”的图案。有两位飞行员在防空洞口的石壁上刻下了自己的名字。

庄老多次到江山县以及其他的县调查了解三号机、六号机、七号机、十五号机被当地老百姓救助的详细情况。

三号机坠毁在江山县和遂昌县之间的北洋村，由于山高壁陡，一位飞行员法克特降落伞还没有拉开，便摔死在峭壁下。第二天清早被上山砍柴的老百姓发现，当地百姓抬着法克特的尸体走了十几里的山路，来到山下，等待政府派人来。四个农民看守了一昼夜，以免被野兽吞食。当地村民生活极端贫苦，乡长、保长和甲长动员大家出钱，买了一副上等棺材入殓，又派数十人轮流抬着棺材上路，乘船到达江山县汪村，也就是靠近衢州飞机场的地方下葬。

法克特的棺木运到汪村时，重庆美军当局还寄来了两千块法币，由杜立特交给当地的航空站。杜立特非常满意地方政府和老百姓对法克特的安葬，他们还专门做了一块很考究的石碑，刻上了英文字“美国飞行员法克特之墓”。当年，两位在防空洞里养伤的飞行员在山洞口石壁上刻的名字，由于年代久远，大家都忘记了，而是庄月江发现并拍下照片，请朋友发到美国“杜立特轰炸东京协会”，这些老飞行员非常感激中国人又做的一件好事。

三号机降落之后，两县的当地老百姓都在飞机坠毁的地点捡了许多物品和飞机的残片。军事当局知道以后，和县政府协商，要老百姓交出他们拿走的飞机上的物品，还有武器。当时老百姓都很听话，听说是美国飞行员坠落的东西，纷纷把东西全部上交，集中在第十三航空站，包括一些武器、弹药以及有关军事机密的文件、物品，都由十三航空站集中交到上级。尽管这样，仍然有一些小块的飞机残片散落在老百姓的手里，

三号机组法克特跳伞时摔死在石头山上，农民出钱买了一副上等棺材，二十一岁的法克特安葬在江山县汪村，这是法克特的墓碑

又经后来的地方保、甲长动员，一直到解放以后，人民政府知道此事，又动员老百姓把残片交出。江山县政府做得比较好，他们的档案馆中珍藏着一块较大的残片，这块残片的照片还登在了许多的报纸上。

法克特的墓地的村名叫做汪村，1946年，抗日战争胜利之后的第二年，美国终于派人来到中国，找到浙江衢州市江山县汪村，找到了法克特的墓地，于是法克特终于魂归故乡。

庄月江又一次来到三号飞机坠落的遂昌北洋村的虎头山上，此山很高，坡陡，领航员跳伞摔在石头上，腿部受了重伤，所幸降落伞把他挂在树上，没有摔到山底。第二天被上山砍柴的农民刘芳桥救护。刘芳桥个子不高，三十五六岁，把奥祖克背了十几里路，送到保长廖诗元家中。山民们生活很苦，吃的是玉米和山芋。保长想尽办法买来红米煮成粥给奥祖克吃。奥祖克腿部伤势很重，流血不止，山沟里根本没有医生。廖诗元上山挖来草药给奥祖克敷在伤口，天天换药，家里人腾出自己的床让奥祖克休息。由于山里天气寒冷，保长还把躺椅抬到院子里，让奥祖克晒太阳。五天之后，伤势有所好转，奥祖克能够行动。保长还有当地的学校校长出钱雇来轿子，把奥祖克送到区政府，然后又转送到衢州机场第十三航空总站，得到及时的治疗。

另外，副驾驶曼奇是两米零四的个头，也是受伤，降落时降落伞挂在树上，没有落到崖下。他慢慢地爬着、走着，挣扎到了村里。村民从来没有见过这样高大的人，以为他是怪物。后来几位小伙子才勇敢地把他背回到自己家中，背他的人叫做毛继富，个子比他矮，把他背下山，后面还有人抬起他的腿，以免拖到地上。年轻的村民胆子比较大，在地上画着日本旗，曼奇把旗子涂掉；又画了一面英国国旗，最后一个聪明的学生拿出一张报纸，上面有罗斯福的照片，曼奇才笑起来点着头。就这样，也是许多村民换着抬轿子、推车子把曼奇送到衢州机场第十三航空总站。

因为浙江老百姓对美国飞行员的救助，日本大本营认为浙江、江西的几个飞机场有可能就是美国飞机以此为基地，要对在中国战场上的日本军队甚至于日本本土的轰炸。于是发动了浙赣战役，出动九个师，十万人马，从五月十五日开始扫荡浙江地区，历时三个月，中国军民伤亡惨重。

江山县的村民告诉记者：美国飞行员的伤势很重，膝盖被打碎了

庄老认为，必须要搜集到整个战役的全面资料。他查找了解放以前的当地的报纸和档案资料，果然找到一大批真实的历史记载。庄老在当地的档案馆找出1942年的报纸，果然关于日军在浙赣战役中屠杀中国军民的第一手资料。档案显示，一位叫汪松的先生的日记披露：日军连庙宇也不放过，7月17日记载：一座小的庙宇，五位和尚有四位被杀；日军所到之处，除了杀人放火之外，还拆毁一切电灯线和电话线、电线杆，全部装上汽车运走。衢州机场三分之二被炸毁，城内街上已经没有行人。1942年8月9日的《群力周报》报道：日军撤退之后，满城尸首狼藉，尤其是县法院以及县立中学一带，尸体满街，不下数百。9月2日的《衢州东南日报》报道：县城日军溃退时，城里城外一片大火，城外民房尽成瓦砾，城里民房仅存十分之一，衢州城已成为死城，没有一间商店，只有极少数的摊点。此次

七十年前，三号机组飞行员在这座老屋里住过

日军进犯，造成衢县士兵死亡达万余人，百姓被害达两万多人，失踪的百姓达三万余人，房屋被烧十万余间，耕牛被宰七千余头，老百姓养的猪被宰十一万头，老百姓被抢走的粮食九万七千余担。其他江山县、龙游县、尝山县、开化县被屠杀之人、被抢劫之财富、被烧毁之房屋无法统计，可谓空前绝后，被杀的老百姓有八十多岁的老公公和老婆婆。

后来，飞虎队的将军陈纳德也在他的日记中写明日军的疯狂暴行：浙赣战役在两百平方公里的范围内彻底地烧光、抢光、死光，一场空前绝后的惨剧。庄老先生把这些资料和当地老百姓救助美国飞行员的英雄事迹撰写成文章，在浙江和上海的报纸、杂志大篇幅地刊登，用历史的真相来唤醒现代的中国人：日本法西斯的血债累累，中国人永远不能忘记。庄老做了一件承前启后、教育当代的不朽工作。

庄老在衢州接待过许多来访的美国朋友、记者以及作家。他的文章在上海《新民晚报》发表，在北京的《百年潮》多次发表，唤起了不少有关人员的注意。当年，在救助七号机驾驶员劳逊前后，为劳逊包扎伤口、及时援助，一位县立救护站的医生任超民及其夫人在后来离开浙江，迁居到上海。

任超民的女儿名叫任盈盈，在本世纪初从《新民晚报》上看到庄月江的文章中提到父亲任超民、母亲洪漪救助美国飞行员劳逊的事情，喜悦万分，立马和庄老通了电话。庄老更加高兴，他专程来上海探望了洪漪老人。从此以后，国内外许多采访杜立特在中国的故事的作家、电视制片人以及记者，来上海采访任超民的妻子（任超民早已去世）。任盈盈本人也和浙江方面联系，了解到当时的不少历史资料，她也写了不少文章在上海的报纸上发表，让更多的现代中国人知道这一历史故事。

不断的努力，不断地探索，他挖掘到这段历史的资料，意义重大，不能让历史珍珠永远埋藏。庄老还找到当年飞虎队将军陈纳德回美国之后所写的回忆录。回忆录中提到日军在中国的浙赣战役中的暴行，回忆录指出：在这一次为时三个月的战役中，日军把战争的矛头指向中国东部地区的中心地带，在两百平方英里的范围内实行“三光”政策，彻底摧毁了衢州机场，把所有的中国人、所有援助过杜立特轰炸机有嫌疑的以及有关联的人也统统杀掉。中国人为杜立特轰炸东京付出了惨重的代价。即使这样，中国人并不抱怨，表现在以后的战斗的岁月里，他们从没有停止过对那时许多因战斗而降落在日本占领区的美国飞行员进行伟大的救助（陈纳德这里指飞虎队员在敌占区受到许许多多中国百姓的救助）。庄老一直在关注着中美之间，特别是围绕杜立特在中国被救助的重大历史事件而延续到今天的中美之间、特别是美国和浙江之间的许许多多的交流。

1997年，衢州的友好城市——衢州和美国的雷德温市结为友好城市。雷德温市市政府赠送给衢州市政府一架B—25轰炸机的模型，这架B—25轰炸机的模型珍藏在衢州市档案馆；还有一块1990年9月美国杜立特考查团团长布莱恩·穆恩赠送给衢州市政府的一块铜牌，铜牌上分别用中英文写着“多谢”字样，铜牌上还有当时健在的四十四位获救的美国飞行员的签名。

1998年12月，当年在江山县东吉尾村获救的美国飞行员里奇携夫人专程来到东

在第十三航空总站集中着三十五名飞行员，在一块绸布上签名留念

吉尾村，探望他们的恩人毛继富。里奇意外地收到村民们送给他的一块 B—25 轰炸机的残片，他们说，这是历史的见证，稀世的珍珠。

（“多谢”铜牌的照片）

巫少飞和他的同伴说，多年来，我们先后采访过上百位见证和营救过美国飞行员的老人，老人们说：我们不怕死亡，我们就怕遗忘。

让世界都知道，中国人为营救、掩护、转移美国飞行员做出的贡献，作为他个人来讲，这是一个庞大的工程。为了搜集轰炸东京的十五架美国飞机的坠落地点、六十四名飞行员的降落地点、以及不知其数的营救美国飞行员的中国百姓的名单，庄月江老人多年辛苦，令人钦佩。

美国四十名飞行员签名的“多谢”纪念牌赠送给当地政府和老百姓

年少志大越大洋

现年四十二岁的郑伟勇现在是衢州市中国银行的一名职员，从小在衢州长大，父

亲在衢州市政协工作。一次偶然的机会，他知道了衢州百姓救助美国飞行员的故事。这些故事深深地打动了他，唤起了他无穷的兴趣。他从小有兴趣于军事知识，学生时代就写过文章，发表在杂志上。近十年来，业余时间全部放在探索和研究杜立特轰炸东京以及后来在浙江被中国百姓救助的复杂历史故事。为了准确地掌握这段历史，他首先通过《衢州日报》的副总编辑庄老，获得第一部分宝贵资料。

当地农民向访问者郑伟勇介绍救助美军飞行员的往事

大约十多年前，居住在台湾的钱南欣先生1942年曾经在衢州机场的第十三航空总站工作过。当他知道浙江有关部门在研究这一段历史，他从台湾寄来了一份宝贵的资料。其中一幅美国飞行员签名的原件。原件上也有站长陈又超的英文签名。郑伟勇和钱南欣老先生有了联系。由于郑伟勇的诚恳、热情，钱老先生在信中帮助郑伟勇回答了许多历史问题。钱老先生对他说：没有历史的社会就是没有灵魂。

根据钱老先生提供的线索，郑伟勇在大陆寻找原十三航空总站的老资料、老人员。他驾车跑遍了福建、安徽、江西美国飞机坠落的地点，又从美国的陈又超的后人中得到许多历史的资料，最后还从福建的一位九十多岁的周老人那里了解到，当时衢州机场做了十分完善的准备工作，迎接美国杜立特飞行员们。还有中华民国军事委员会的战地服务团在机场招待所门前，用花草铺成“欢迎美国飞行员”的字样。十三航空总站办公楼有供百余人住宿和餐饮的住房和餐厅，还准备了西餐。作者后来调查到，在杜立特到达衢州机场的头一天，陈又超派专人开着美式吉普车，到前方一站兰溪县接待杜立特飞行员们。

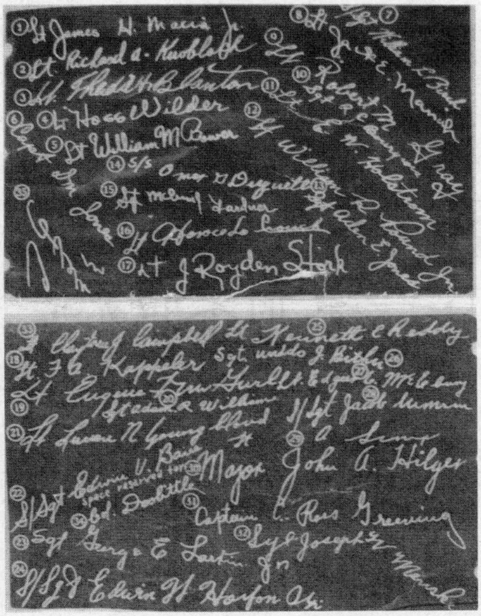

三十五名美军飞行员在绸布上签名。五十年后，台湾老人钱南欣将这件珍贵的纪念品带到大陆浙江衢州，太惊人了

《衢州日报》《衢州晚报》多次以大幅的版面介绍衢州军民救助美军飞行员的画面、照片和文字介绍

老人说，七十年前，美军飞行员就掉在这里

美国友人赠送给郑伟勇的水晶纪念牌，纪念中美人民之间的珍珠友情

郑伟勇，一个普通的银行职员，当时才三十多岁，跑了几千里路。他只有利用休息日，因为平时他必须上班。不知道多少次，他在途中吃方便面，喝水沟里的水。记者巫少飞和郑伟勇于2008年去江西采访，在一个山沟里度过中秋节。郑伟勇很细心，这个山村的八十岁以上的老人，他都要去一一采访。现在不去找他们，再过几年想找也找不到他们了。到那时，还有谁还能告诉我们那些历史的故事呢？他花钱买了不少有关杜立特轰炸东京的书籍，这些书不是什么畅销书，只要打听到它，郑伟勇就去买。他还从许多县、市文史资料中查找。另外他还搜集到一些B—25轰炸机的残片，以及飞行员的纪念品。

几年前，九十岁患病的十二号机长威廉·鲍尔来信说，至今他都不知道十二号机究竟降落在中国的什么地方？郑伟勇根据他的线索，从他跳伞降落地点寻找，终于在百里外江西婺源县乡村的一位老人手里找到了十二号机的残片，寄到美国赠送给鲍尔，鲍尔高兴地手抱残片照了相片寄给郑伟勇，鲍尔又多活了三年。传为奇谈。郑伟勇还和美国研究杜立特的学者庄白道交流了不少信息。

绝密任务有谁知？

1942年4月下旬，美军飞行员获救之后，日本侵略军的铁蹄冲进衢州市，屠杀成千上万的军民

衢州市是浙西的交通枢纽。衢州机场建于1933年，它的修建，历经波折。1941年12月，军事最高当局要求达到起降大型轰炸机的标准。此时，抗日战争进入激战阶段，这里是对日作战的前沿，只能用全民动员、空前绝后来形容它的规模。

12月22日，江山县政府收到浙江省第五区行政督察专员公署代电：令12月底以前修筑衢州机场所用木料，全部到位，不得延误。时任江山县长丁宗接到此令后，当天命令所属各乡镇按分配数额，按时采办，并严格要求：木料不得短小，不合格者拒收。

为征集木料，全县范围内的所有部门，合乎规格的木料立即查封，作为国防工事急需所用。并张贴布告：任何地方，未经县政府批准，不得私自砍伐。凡违犯者严惩不贷。同时，全县竹木行业所有的材料封存，作为国防工事所用。

到了12月29日，江山县四个乡采办到743根直径四十公分的木料。2月11日，又增到合乎规格的毛竹一万根，3月全县征得四千三百九十四根，3月底，江山县共征得木料、毛竹共计七万二千七百四十七根。因衢州机场工期紧急，浙江省主席黄绍竑批准，将该县另一处国防工程的木料二万五千根移交给衢州机场使用。工期空前缩短，全省上下齐动，一切工程为它让路。命令全省为衢州机场提供材料，二月十日之前送达三分之一，十五日之前再送三分之一，本月二十五日之前全部送完。事关国家军事，各县不得延误和减少。

衢州机场扩建工程所需的材料以铁路运输为主，水路运输为辅，大部分木料都由铁路运到衢州。因材料数量巨大，铁路不堪负担，故而一部分需用水路运输到衢县。水路运输以毛竹为主，水路其他运输暂停，为运毛竹让路。二月初，可以说是全省动员，支援衢州机场工程。另一重要的材料乃石头，机场石头工程所需石工很多，命令到达江山县，各乡镇所有石工全部征用。五天之内，陆续征得石工一百名，造据花名册年长者已五十多岁，最小的才十六岁，可谓老少齐上阵。

1942年3月16日，江山县政府又收到上级的命令：紧急征用木工，五天之内全县征集木工七十多人，连夜送往衢州机场。木工、石工夜夜连轴转，两班轮作，不得另外休息。连除夕之夜也不停工，这样强度的劳动，每日每人只有两元工资、两斤大米维持生计。

仅仅江山县，全县的石工、木工、民工、竹筏夫全部被征用，白天还有日本飞机的轰炸，晚上点起火把也要加班连夜干。据后来的统计，衢州机场的修建，用了三百六十万根木料，毛竹九十万根，上万名军队士兵和民工没有任何机械工具，全凭手工工具，真是空前绝后的大工程，空前绝后的抗日民众伟大行动。

这就是珍珠港事变之后，美国轰炸机轰炸东京改变了太平洋战争的局面，改变了中国战场被动的局面。衢州机场的修建，是为这一战略措施的前奏。中国当局为盟国美国军事当局的策划而诚服下令：两月之内完工。浙江军民惊天动地的却又是高度保密的千军万马、全民出动，完成修建能够起落重型轰炸机的大型机场。虽然由于后来的日军发动的浙赣战役而被日本法西斯所破坏，在此之前，驻扎在该机场的以十三航空总站站长陈又超少将为首的空军将士们，历史性地完成了接待和运送美国六十四名飞行员的光荣任务。它不愧是一串浙江军民宝贵的历史珍

日本侵略军的空军司令在衢州机场指挥对当地军民的大屠杀

珠，永放光芒。

虽然由于历史的原因，一度被历史的烟尘埋没，今天我们仍然有责任让它重放光辉。时光昭昭，新中国成立以后，它于 1953 年大规模的扩建为解放军空军所用。到 1993 年，经国务院中央军委批准，衢州机场改为军民两用机场。至今七十多年过去，当时第十三航空总站站长办公用的房屋四周，古木参天，环境优雅，旁边的红色山洞仍然屹立。虽然不被人注意，当年两位美军飞行员刻在山洞石壁上的名字仍清晰可辨。知情者看到它，仍然会想起逝去的岁月、中美英雄儿女在这块土地上留下的动人的故事。

悬壶老人绘丹青

老中医张玉恢悬壶救世绘青史，他用油画作了十二幅各自两米见方的作品，表现了当地老百姓救助美国飞行员的现场故事，十分感人

浙江省衢州市新桥街一个普通的门面，是张玉恢诊所。在作者采访衢州市的前后两年的时间中，根本就没有发现和听人介绍过关于这位退休老中医的事情。2013 年 8

月份回到苏州住所，突然收到一封信，信中竟然夹了一张本人的速写像。作者一生从未有人画过像，使我非常吃惊。原来，是衢州市一位七十二岁的老中医寄给我的，我更加惊喜。素昧平生，这位老中医为什么给我画了一张神采飞扬的人像画呢？

读完他的来信，我不禁流出感激的眼泪。张玉恢老先生是一位悬壶救世四十年、退休以后自己开了一个诊所，继续为病人服务。他是在当地的报纸以及北京电视台看到关于我采访二战美国飞行员杜立特轰炸东京的详细报道。张老医生的家庭也是当年日本侵华细菌战的受害家庭之一。他得知作者八十高龄，不辞劳苦、风尘仆仆，从太平洋彼岸来到浙江衢州作采访，深为感动，立马从电视的镜头中拍下了我的照片，绘制了一张作者的肖像寄给我。张老医生在信中告诉我：1942 年 5 月份，日本飞机狂轰滥炸衢州之后，又扔下了细菌炸弹。张老医生的全家受感染，他的大姐得了伤寒，发高烧不退，头发也脱光。那时大姐才是一个十几岁的小姑娘。街坊邻居死伤很多，所幸祖父是中医，才把大姐从死亡中抢救过来。那时鼠疫全市流行，全家老小逃走他乡，幸免于难。一年之后回家，街坊邻居有三分之一死于伤寒、鼠疫，一条街全毁了，自己的家园被烧光了。张老医生的老师周明霞全家染上鼠疫死了三口人，其中还有一位三四岁的小孩。历史的创伤永远刻在张玉恢的心中。

后来，在行医的数十年之中，他跟著名画家学画，直到退休以后习画不止。中国改革开放以来，当地报纸报道了抗日战争期间衢州市的老百姓舍死忘生地救助了美国杜立特飞行中队的故事。他非常感动，就想用自己的画笔来表现伟大的历史故事。从此，他便注意寻找有关中国军民如何救助美国飞行员的资料。自己开始构思如何用油画来表现它。

大约十年前，他在书店买到到一本《历史的记忆》大画册。这是国务院新闻办公室为纪念世界反法西斯战争胜利六十周年而出版的，书中有一组杜立特轰炸东京以及被中国军民救助的照片，他开始构思油画。因为他的工作非常忙，只能抽休息时间作画。同时，他又买了一本《历史的记忆》画册，送给《衢州日报》的总编辑庄月江老先生。庄老是一位新闻界的老前辈，近年来也在撰写衢州老百姓救助美国飞行员的故事。于是，他们成了好朋友。

张医生只能利用清晨锻炼身体的时间，拿起画笔作画。画布每幅大致有一米到一米八宽，一米四到一米六高。十年来作画，反复修改，一共画了十二幅。朋友们看了十分赞赏，希望他出版。于是，2013 年，他用自己微薄收入来付出版费。全书用中、英文出版的。

作者于 2014 年第三次去衢州采访时，专门拜访了张玉恢老医师。在他小小的中医诊所挂满了他创作的油画。诊所的墙上也挂满了锦旗，都是他的病人赠送给他的。

张老医师在他退休后的十几年中，专攻针灸疗法，硕果累累。几年前，他接待了一位来自俄罗斯的老妇人，瘫痪十多年，无法行走。张玉恢医师为他针灸一月多，竟然可以行走自如。这则消息刊登在《人民日报》海外版；另外一件奇迹，他的针灸使一位失明多年的老人重见光明。张老医师的女儿张钟文继承了父业，是他的得力助手，她和父亲一样，技术娴熟，名传遐迩。张老医生将他的《大营救》中、英文画册十五本送给

科尔老英雄第一次接受《人民日报》记者的采访，记者大吃一惊：老英雄讲的故事太感动人了

我，请我带到美国，赠送给美国朋友。

2014年，作者在美国采访了杜立特将军一号飞机副驾驶员科尔老英雄，时年九十九岁；又采访了杜立特将军的孙女珍娜·杜立特，又采访了美国空军国家博物馆；还采访了美国“寻找美国二战失踪军人协会”的会长布莱恩·穆恩先生。我都把张玉恢医师的油画作品《大营救》一一赠送给他们。他们非常感激，这本书，作为中美友好的历史见证，永远值得纪念。今年，又是世界反法西斯战争、二战胜利七十周年，洛杉矶“中美二战联合纪念委员会”将在洛杉矶举办“中美军民情洒太平洋、二战胜利七十周年展览”，作者把这条消息告诉了张玉恢老医师，他兴奋地表示，他要将《大营救》油画的原作两幅分别赠送给美国空军国家博物馆和杜立特将军的孙女珍娜·杜立特。

辽阔、美丽的太平洋，两岸中美人民互相支持，互相交流，创造着近世纪以来的人类文明。炎黄子孙和美利坚的儿女共饮太平洋的水，共享太平洋的阳光。

历史是人民创造的，人民永远见证着历史。这是幸福所致，文明所在。

代顿篇

大洋彼岸再回忆

一号机组的飞行员和中国恩人，它留下了跨越世纪的故事

七十多年，一个世纪的三分之二过去了，2012 年 4 月 18 日，这是一个重要的历史时间。七十多年前的 4 月 18 日，杜立特飞行中队轰炸了东京，八十名飞行员迫降在中国浙江，被千百个老百姓救护。他们先后安全地回到了美国，它是中美友谊史上的一座里程碑。每一年的这一天，4 月 18 日，美国从东到西，许多人都要纪念、怀念美国英雄，怀念中国恩人。当然，为了不忘历史，为了不忘中国百姓的救命之恩，美国人民年年怀念。自从 1979 年中美建交以后，太平洋上异常热闹、阳光灿烂、你来我往，最有历史意义的就是 1990 年，杜立特将军的挚友布莱恩·穆恩率领的代表团来到中国，寻找恩人；1992 年，五位中国老百姓飞越太平洋，来到美国会见了五十年前他们救助过的美国飞行员。从此开始，岁月流逝，每年的 4 月 18 日，美国的、中国的媒体、报纸都要报道。中国外交部门也推动着中美友谊的不断发展。到了 2012 年，中国驻美外交官向中国外交部请示并转至浙江省人民政府：杜立特轰炸东京，中国军民救助七十年的纪念日来临，美国民间人士又要举行纪念活动，浙江省政府是否应该派一个代表团来美

国参加纪念活动，续写中美友谊的新篇章?

果然，浙江省人民政府很快组织了一个代表团，由省对外人民友好协会办公室主任陈爱珍率领代表团，准备访问美国。他们在南京找到了当年救助美国飞行员的浙江省浙西行署主任贺扬灵将军的女儿贺绍英教授，还有当年救助过美国飞行员的衢州市江山县农民廖诗元的儿子廖明发，还有浙江省电视台的编导王维先生，组成了七人代表团赴美。同时，美国杜立特轰炸机协会发函到中国浙江，邀请衢州市年轻的研究杜立特行动的学者郑伟勇去美国参加纪念活动。就这样，代表团于四月中旬到达美国俄亥俄州代顿市。纪念活动将在美国空军国家博物馆举行。。

4 月 18 日，来自美国各地的嘉宾数百人，以及中国代表团的全体成员参加了纪念典礼，二十架和当年轰炸东京的 B—25 飞机一样的轰炸机排列在纪念场地的跑道上。上述飞机属于美国各个社团所拥有，他们的飞行表演要付出很高的费用，美国人民为了纪念这一具有历史意义的活动，纷纷捐款，乐此不疲。有的飞机上还涂有当年杜立特轰炸东京飞机的标记。当四位尚健在的杜立特行动的老飞行员走过检阅大道时，这些飞机的年轻的飞行员们立正向老英雄们敬礼。

将近中午，飞机编队从检阅场地上空飞过。参加纪念活动的还有来自全美国的贵宾，其中有一位美国空军上将、数位中将以及已经去世的美国杜立特行动飞行员的家人和后代。在群众的簇拥下，四位老英雄来到场地中央，受到数千名与会者的热烈欢迎。美国空军学院的学生列队抬着花环安放在“杜立特行动纪念碑前”。此时，中国客人激动万分。救助美国飞行员的浙江浙西行署专员贺扬灵将军的女儿七十五岁的贺绍英教授含着眼泪，眼前又浮现一段回忆：

七十年前的今天，那时她才七岁、小名叫“宝宝”。中午时分刚刚放学，她回到家中，看到父亲在客厅里和一群陌生的洋人说话。她就放下书包问父亲：“他们是从哪儿来的?”

父亲轻轻地对她说：“他们是从天上掉下来的。”

小小的贺绍英更加奇怪，这时，杜立特中校过来抱起了她，还吻了她一下。天真活泼的贺绍英又背上书包去厨房，看到妈妈正在给客人们做饭。后来，抗日战争胜利，贺扬灵来到南京工作，1947 年，贺扬灵将这一段往事写了一篇长长的文章，题目是《杜立特降落天目记》，先在南京的报纸上登载，后来又由大学者胡适先生题词《杜立特降落天目记》为书名，出版了单行本。这件往事在幼小的贺绍英心中没有太大的回忆。父亲不久去世，母亲也很少再谈到这一件事情。一直到新中国成立，贺绍英上了大学。几十年岁月匆匆而过，到了 1995 年，贺绍英以访问学者的身份来到美国参加了一项学术讨论会。会后，她来到华盛顿参观，在美国航天博物馆，当她看到“杜立特轰炸东京”的专栏图片时，发现一张照片，那是五十年前父亲贺扬灵和杜立特机组全体飞行员在天目山的潘庄别墅门前照的一张相。贺绍英很吃惊：美国人至今还记得父亲呀！回国以后，她开始寻找这段历史的资料。由于改革开放，中美各种交流许许多多，无论是美国的报纸或者是网上，还有一些著作，都在研究杜立特轰炸东京以及中国军民救助美国飞行员的事迹。她也将自己的调查、研究以及母亲曾经讲过的这些历史回忆整理成资料，和朋友进行交流。这一次，她又应浙江省政府邀请，参加了访美代表团，是她晚年的一件大事情。来美国之前，她将父亲的著作《杜立特降落天目记》翻译成英文本出版带到美国，赠送给美国的朋友。当她会见杜立特机组副驾驶、九十七岁的老英雄科尔时，她将父亲的书送给了科尔老英雄。她还问科尔，指着这张照片："你还记得吗？"

科尔立即答道："记得，记得，我们就住在这里。"他还说："我们永远不会忘记中国百姓的恩情，他们救助了我们。"

贺绍英教授深深感受到美国人民对中国人民伟大的感恩之情。后来，贺教授和浙江电视台的编导王维先生专程来到惠灵顿国家公墓，这里有杜立特将军的墓碑。贺教授将鲜花敬献给杜立特将军，并深深地鞠躬，表示对父亲的老朋友，老英雄的敬佩和怀念。贺绍英这一活动被电视台和报社记者拍下，登在美国的许多报纸上。

美国友人看着廖明发手中的一分钱币，它永远镌刻着中国恩人的故事

再说七十七岁的廖明发，一个普通农民的儿子，一辈子没有出过远门。今天竟然被美国朋友邀请，穿上笔挺的西装，从西到东飞越了太平洋，来到地球的最远的地方美国，他只能讲述自己幼年时代的所见所闻。整整七十年了，也是4月18日，他父亲廖诗元是浙江省江山县镇下的一个保长，廖明发只有六七岁吧。十九号的一清早，有村民来报："山下发现了一个受伤的洋人，很可怜。"

廖明发回忆，洋人的腿上、背上都受了伤，淌着血，哼着，说话谁也听不懂。父亲母亲急忙将洋人安置在床上，脱去了又是泥又是水的飞行员的衣服，换上老百姓的衣服，给他盖上被子。这里是一个穷山沟，离县城很远，根本没有医生，也没有药，怎么办？父亲只好上山挖了一些草药，回来捣碎后敷在洋人的伤口上。洋人常常喊痛。这里老百姓的生活很苦，要救人怎么办？母亲只好拿出只有过年才吃的红米，煮上稀饭，一勺一勺地喂给洋人吃，洋人连筷子也不会用，妈妈用勺子喂他。因为伤痛，洋人不停地喊着。四月天气还很冷，他们的房子又很大，父亲把竹椅抬到院子里，让洋人晒晒太阳。就这样三四天过去了，父亲请北洋村的农民刘芳桥，把洋人送到区上。这个洋人在区上见到了另外两位飞行员。廖明发说，这个洋人离开他们家之前，给父亲送了一枚有人像的美国钱币。后来才知道，这是一个一分钱的钱币。廖明发的父亲在十年前，美国飞行员代表团来到江山县，和他父亲见了面，最后证实，奥祖克所讲：腿部受了重伤，吃的红米饭，涂的草药，在院子里坐在竹椅上晒太阳，古老的大房子等等，就是在他父亲的家发生的事情。奥祖克回忆，他还送了其他的东西给他父亲，可是他父亲说，许多东西丢掉了，只留下了这枚钱币。廖明发是现在唯一的见证人了。所以，美国的电视台和记者对他报道得十分详细。更了不起的是，美国邮政总局用廖明发的相片为图案，发行了一张纪念邮票。因此廖明发像好莱坞明星一样扬名，真是了不起！美国纪念伟人和杰出的总统，以及重大的历史事件的人，才会上纪念邮票的，国外的总统来访也没有上纪念邮票呀，所以，一个中国的普通农民上了美国的纪念邮票，这可是多大的事啊！许多美国名人，包括参加纪念活动的美国空军上将也和廖明发一起照相了。

再说郑伟勇，他是“美国杜立特轰炸机协会”发函特邀的唯一一位来自中国的青年人。郑伟勇当时只有三十六岁，是衢州市人，在学生时代就听到父亲讲杜立特轰炸东京以及被浙江老百姓救助的故事，他听罢非常感动，认为衢州市的人、农民伯伯真伟大。从此以后，他把几乎所有的业余时间都放在了调查、采访、研究所有关于杜立特飞机降落以及中国老百姓救助他们的有关资料。因为这样，他不仅和衢州市的许多了解这有关历史故事的老人以及当事人交了朋友，跋山涉水去寻找这一串串的历史明珠。皇天不负有心人，他采访到许多第一手资料，还包括别人没有发现的历史资料。同时，他和美国的学者、当事者还有台湾的知情者建立了友好往来。最感动人的是，2008 年，美国“杜立特行动”的第十二号飞机驾驶员鲍尔已经九十岁了，他打听到郑伟勇，并给郑伟勇来信，请他帮忙寻找他驾驶的第十二号飞机究竟落在什么地方？因为当时的许多飞行员都是先跳伞，而后飞机坠落，所以往往飞行员跳伞落地和飞机坠毁不在同一地点，有的相隔上百里路。十二机组的飞行员跳伞以后，先后在不同的时间和地点，被中国百姓救助。但是后来，十二号飞机掉在哪里一直没有搞明白。一架飞机就是飞行员的生命的一半，几十年由于历史的原因，十二号机组的飞行员始终没有找到飞机坠落的地点，心中的一块疙瘩始终没有解开。今天中国人四处寻找这些飞机，那么他们能不能帮忙找到他的十二号飞机呢？所以，十二号飞机的鲍尔让他儿子给郑伟勇写了一封信。不到一年奇迹发生了，郑伟勇在今天的江西婺源县奔走了多少次，在十二号机组飞行员跳伞的一百里路以外，寻访了许多老年人，终于有一位老人讲明白了，就在婺源县的一个山沟，那时，他才十几岁，听说有飞机掉下来，四分五裂，老人当时跟村里许多人去山上看，他捡到一些小的残片，也就是飞机的外壳铝，那时山沟十分穷，乡民们把捡到的大小不同的铝片带回家，打造成锅、碗、瓢、勺，大的机器和飞机上的用品都被政府收走了。农民将小的残片藏了起来。这位老农回家拿出了一把用铝片制成的勺子给郑伟看，郑惊喜万分，买了他的勺子，后来寄去了美国。十二号机长鲍尔已九十一岁，看到自己飞机上的留下的这份纪念品惊喜万分，有病的身体竟然康复不少。后来鲍尔的儿子给郑伟勇来信说，他的病重的父亲收到这份礼品后十分高兴，又多活了两年多，九十三岁才去世。这件事情一传十，十传百，因此，美国“杜立特轰炸机协会”特邀郑伟勇来美国参加“杜立特行动”七十周年活动。郑伟勇还带去了他亲自搜集到的资料，还有其他的一些纪念品、当年坠落飞机上的一些零件。

在记者招待会上，杜立特轰炸机组的十号机长理查德·乔伊思的儿子托德·乔伊思还向贺绍英和廖明发赠送了协会纪念章。

4 月 19 日，离代顿不远的“厄巴拿航空俱乐部”邀请四位飞行老英雄和中国客人到他们那儿和他们共进早餐，中国客人和美国四位老英雄前往“厄巴拿航空俱乐部”的路上，受到热烈的欢迎，有警车开道。他们的车辆所到之处，其他车辆一律停驶。路旁的市民和车上的人都扬手鼓掌，热烈欢迎他们。进入市中心，更多的人举着中、美国旗向他们致敬。到达俱乐部门前，警察列队举手敬礼、欢迎。许多青年人拿着书本和笔，请他们签名，更多的人前来和飞行老英雄以及中国客人握手、照相。

邀请客人共进早餐，是美国一种崇高的待客节目。这一次的纪念活动，中国《人民日报》特派记者也到现场采访。这位记者说，他在美国采访多年，这次中国客人的来到，受到美国人民的欢迎，是他在多年的采访生活中最感动的、深受教育的一次采访。许多美国人把自己心爱的小礼品送给中国客人，当然“美国轰炸机协会”和“美国空军国家博物馆”给中国客人赠送的礼品更加珍贵，有纪念牌，有铜牌，有纪念章，还有个人的勋章，还有比书本还大的水晶纪念牌。作为中国老百姓，这是空前绝后、一生当中最受感动的一次和国际友人的交往。

代顿美国国家空军博物馆珍藏着一幅《雄鹰图》。当年，衡阳市民陈瑞龄赠送给美国飞行员的珍贵礼品

4 月 19 日晚上，美国空军国家博物馆举行的盛大的晚宴，有七百名社会名流参加，“感恩和希望”是晚宴的主题。主人向与会者介绍了浙江省友好代表团的全体成员，特

别重点介绍了当年中国救助美国飞行员老百姓的后代，全场以经久不息的热烈掌声向他们的父辈致敬。晚宴上，宣读了中国驻美大使张业遂先生致美国轰炸机协会的致敬信，向健在的美国老英雄们致敬。展望未来，不忘记二战时期，中美两国并肩作战的难忘的历史，不断增进中美之间的友谊，为两国之间的美好未来，为世界的和平和繁荣作出新的努力。

4 月 20 日，是纪念活动的第三天，主题是“中国日”。美国轰炸机协会特别以中餐招待与会者，美国空军国家博物馆馆长特理·艾特肯在餐会上发表了中美友好交流的历史演讲.他回顾了一个世纪多以前，中国华工来到旧金山开矿、修筑美国的太平洋铁路的历史背景，又历数了二战期间，美国对中国的巨大支援，直到珍珠港事变之后，整个二战期间中美同盟、联合作战，抗击日本法西斯，从而取得二战的辉煌胜利。会上，中国研究杜立特行动的青年学者郑伟勇给大家讲了中国军民当年救助美国飞行员的小故事，还有他在采访和研究这一历史故事中的有趣的经历和收获。郑伟勇希望进一步加强和美国学者以及社会人士的交流，把这一段辉煌的历史更多地、更深刻地、更动人地反映出来，包括八十位美国英雄一生的光辉事迹。中国百姓，将中美人民之间的伟大故事永远地流传下去。

当场，主办单位赠送给郑伟勇的一块水晶纪念牌，上面用英文刻着“中国人民永远是我们的朋友”。

美国之鹰的骄傲

二十三年之前，当我第一次来到美国，和大家一样，去走访各地首先参观博物馆。华盛顿特区的太空博物馆是国家最大的博物馆之一。然而，美国五十个州、几百个市、县，甚至于乡村小镇也都有博物馆。因为它是美国人了解世界历史、国家历史、当地历史最好场所。

在我采访杜立特故事的过程中，才知道，杜立特轰炸东京，又被中国军民救助的历史资料、飞机模型、各种纪念品集中在俄亥俄州代顿市名为“美国空军国家博物馆”。再加上七十多年来，美国轰炸东京的飞行员们的每年聚会，有许多次都是在这座空军博物馆里举办的。作者终于在 2014 年 4 月来到代顿。俄亥俄州在美国中部的靠东北地带，从南加州的洛杉矶满地青山绿树，在代顿却是寒风飕飕，一派冬天景象。代顿市的郊外房屋很少，树倒是很多，但是已经没有了绿叶。博物馆在一大片草地上，几十架从百年前的“老爷子飞机”到现在最新的超音速战斗机陈列在馆区周围的草地上。博物馆正门前的广场上，大的灰色的纪念碑上刻着英文的馆名，上空是一架象征飞机的模型。大门前大道的两旁全是几十座大小不一的花岗岩的纪念碑，碑上标明着许多的历史名人，当然是空军历史的名人文字介绍，有的还有名人的像。虽然寒风料峭，游人还是不少，有心人则仔细地读着碑文、举起照相机。当我们走进大厅，那里标明了许多不同的陈列馆。

我们选择了有关二战的陈列馆，它的高大空间令我吃惊，也许它的屋顶有北京的人民大会堂的高度，因为有二战时期最大的 B—29 超级空中堡垒，它的机身就有两层楼那么高，可以说是自从一百多年前发明了第一架引擎发动机的飞机老祖宗算起，展览大厅里就有这样的历史宠儿，一架又一架，千奇百怪。由于时间的关系，我们只能走马观花，拍取照片，寻找与杜立特有关系的陈列品。当我们看到杜立特的飞机 B—25 米切尔发动机时，真是一个英姿勃勃的大家伙。

在许多的自动电视解说中，我们来到杜立特轰炸东京的电视屏幕前正播放着介绍杜立特轰炸东京的历史场面，解说的人就是杜立特本人。我们急忙打开摄像机，全部录下了，大概有十分钟。而后，所有的十六架飞机的每位飞行员的大照片，更多的是，这群时代骄儿大飞机在大黄蜂号上排列、起飞，以及当时的主力舰“企业号”向日本军舰发射炮弹的场面。还有日本军舰起火、爆炸的镜头。七十年前，在军舰驾驶舱里，阿罗海军上将的英姿——一张又一张，一幕又一幕，把我们带到历史中去。杜立特将日本的勋章挂在一枚炸弹上，把它们送还给日本法西斯吧。是我采访杜立特故事的两年多来没有发现的，在中国大陆也没有找到的。

后来我才知道，美军飞行员离开之后，衡阳经历了一次和日本军队的大决战，“衡阳保卫战”，全城房屋摧毁，无数百姓牺牲，万千战士阵亡，万恶的日寇将衡阳夷为一片废墟，当地的文物档案毁灭于战火之中。据说，只有少部分抢运到其他县城。半个世纪以来，这些档案再也没有找到。请看，美国飞行员把这些礼品当做宝贝带回了美国。七十年过去，至今还在代顿空军国家博物馆里保存，它们见证了中美伟大的友谊，多么的珍贵呀！

七十年后，四位老英雄来到代顿博物馆，回顾 B—25 轰炸机和空军英雄们共同立下了战功

1942年,在各地山区、海边降落的飞行员,许多贫苦的农民拿出自己缝制的土布衬衫、鞋子袜子,让美军飞行员穿上、戴上。但是没有留下任何人名,展品中还有中国老百姓送给飞行员的一把土伞。数以百计的相片向我们展示了像珍珠一样灿烂的历史。当然,博物馆里除杜立特轰炸东京之外,还有其他的主题。在欧洲、北非、太平洋,使我最难过的是,美国数以千计的英雄儿女,在菲律宾和太平洋其他的岛屿,被日本军队俘虏后,把他们集体枪杀在荒岛上。这些都是日本投降之后,从日本军队缴获到的照片和杀人武器,彻底暴露了法西斯暴徒们的残酷、灭绝人性的罪行。我们也看到,美国军队、空军在欧洲战场,特别是诺曼底登陆,以美国空军为主要的同盟国战机几千架,可以说是覆盖了整个天空。欧洲战场,盟军牺牲了上万架飞机,当然主要是美国飞机。在欧洲战场,美国牺牲了数以十万计的好儿男。在太平洋战区,全部是美国空军和以美国为主的海军,打败了万恶的日本鬼子;在中国战场,美国空军巨大力量,运送了了中国战场的抗击日本法西斯的武器、物资,美国牺牲在喜马拉雅山谷的飞机五百多架,飞行员一千五百多名。据作者查到的浙江档案馆提供的历史资料表明:杜立特轰炸东京之后,整个太平洋的战局有所改变,美国最高指挥部派了军事人员,秘密和中国军事人员会面,美国准备用海军陆战队在浙江登陆,发动大规模的登陆作战,歼灭侵华的日军。后来,因为日军在太平洋上迅速地溃败,才放弃了这步计划。在博物馆中,我们还看到缴获的日本实行"大东亚共荣圈"的战争罪行的证明,有日本指挥部签署的命令书,有日本武士道军人签名的"效忠天皇"的名单,有日本军官随身佩带的匕首,有发动太平洋战争的大战犯山本被炸死在太平洋岛上的现场照片,有1945年东京湾密苏里战舰上签署投降书的现场影片和照片,有杜立特行动的飞行员在中国降落获救的许许多多珍贵的历史照片,有美国飞虎队在中国战场消灭日本飞机的空战照片,有在中国大陆以及台湾从来没有展示过的、美国飞行员在重庆接受宋美龄颁发奖章的照片,还有杜立特将军获救之后回到美国,给中国方面寄出的多封感谢信的照片。总之,作者受到深刻的教育。整的展览既生动又丰富,展现了美国的空军近百年来发展的历史。

赠送给中国代表的纪念牌。带回中国吧,它镌刻着伟大的历史故事

在将近一天的参观中,还有难忘的两件事情:一、展览馆中三四百名工作人员竟然有三分之一以上都是老年人,有的超过九十岁,他们都很健康、热情,与作者交谈。这是怎么一回事呢?原来,

我所看到的年迈的工作人员都是义工，当然绝大多数是退休的空军军官，他们要出来关心社会，贡献社会，不要任何报酬，有的带着午餐，每天来博物馆工作三四个小时。这是美国的一种社会风气，几乎所有的美国公民在各种年龄阶段和不同的岗位上，都愿意为别人无偿地服务，尤其是在许多服务地点，我在一些美国中小城市的飞机场，见到不少老人做义工，他们很快乐。就在博物馆的服务台，三位全是老人，一位九十多岁，是将军；一位八十多岁，是一位校官；他们仍然喜欢穿着空军的服装，令人羡慕。另一位七十多岁，是一位女军官。

最后，我们会见了博物馆的经理约翰·马克先生，使我吃惊的是，这么大的博物馆，经理的办公室竟然在博物馆的小卖部楼上的一个很不起眼的小房间里，很普通的办公桌椅，很简单的沙发和一只小茶几。我们向主人谈明来意，马克谦虚地说，谢谢你们的光临，我谨代表我们的总裁表示欢迎。我赠送了一套中国出版的杜立特轰炸东京、中国百姓救助美国飞行员、署名为《大营救》的画册。经理非常感激，他说，来自中国的书以前没有过，他们会展出的。

最后，经理先生告诉作者，他们许多的资料可以在博物馆的网站上查寻到。这也是我在美国从西部到东部采访到的灿烂无比的中美友谊的珍珠中的一串。

最后我说，亲爱的美国朋友，太平洋东岸的老朋友，光辉的二战历史，灿烂的中美友谊的珍珠，历史的宝库，再次证明中国人、美国人，过去、现在、将来永远是好朋友、亲兄弟，让我们永远在一起，让这些珍珠永放光芒，让我们共同去创造更加光辉灿烂的人类的明天。

美国科罗拉多州泉水市美国空军学院保存了八十只银制高脚酒杯，六十年代以后转交到代顿美国空军博物馆。因为，后来飞行员们每年的活动大部分都在代顿举办。

最后的祝酒篇

三位英雄敬先辈

上个世纪四十年代，杜立特行动轰炸东京之后，全体飞行员在中国沿海地带被迫降落，飞机坠毁。出乎意外，中国军人和普通百姓奇迹般地救护了他们，动人的篇章流于青史。从1946年开始，在美国这一批轰炸东京的老飞行员每年的4月18日这一天团聚，在美国不止一个地方都有这样的活动。几年之后，也就是1956年，美国亚利桑那州图克孙市图书馆赠送给“杜立特行动协会”八十只高脚酒杯，每只杯子刻有一位轰炸东京的飞行员的名字，另外捐献一瓶1896年酿制的法国“轩尼诗干邑白兰地”，开始了一个庄严的历史程序。

这八十瓶高脚酒杯和一瓶白兰地珍藏在代顿美国空军学院展览室。

八十只酒杯，八十个故事；跨世纪的白兰地，百年的故事，永远流传在历史的长河中

空军英雄们的聚会，每一年，如有去世的飞行员，就将刻有他名字的酒杯倒立过来，年年纪念，年年按照上述程序活动，一直等到某年某月，最后两位飞行员健在时，饮掉最后的瓶中的白兰地。跨世纪的一年一度的聚会，就到此完结。于是，从那时起，年年飞行员们的聚会，飞行员一年比一年少，每年都要悼念去世的同伴们，怀念他们的光辉事迹，记住他们的人生轨迹。记下每年的纪念活动，一年去世的人名、健在的人数、聚会的地点等历史记录。

历史最后的时刻，终于来到。2013年11月，当作者历经一年多，在中国大陆采访了浙江、安徽、江西、福建、湖南和上海、北京等地之后，见到许许多多当事人以及他们的后代，既有中国老百姓，也有美国知情人。在美国首次见到了杜立特将军的孙女珍

四位老英雄在B—25轰炸机前。

娜·杜立特。就在9月份，作者也和杜立特行动协会网站站长托德·乔伊思联络上了，作者向他叙述了本人采访以及准备撰写以杜立特行动为主要内容的纪实性报告文学，书名为《情洒太平洋》，副标题《杜立特行动和中国老百姓》的意愿，得到他热情的支持。他告诉我，不久即将有一项活动，关于杜立特行动的。我向他表示，可不可以容许我来采访你们准备的这一项活动？后来，他遗憾地告诉我：这是一项内部人员的小型活动婉谢了我的请求，非常遗憾。果然，在2013年的年底，我在网上看到11月7日，一部分人确实在代顿办了一次东京突击者的最后祝酒，有三位最后的英雄科尔、塞勒、撒切尔，饮完了1896年珍品白兰地。网上的报道很简单，作者引以为憾，这么一个巨大历史故事画上了句号，就这样不引人注目地结束了，心中有些惋惜和迷惑。

2013年11月7日，最后的祝酒，三位老英雄科尔、撒切尔、塞勒回顾往事，听众感动万分

2014年4月8日，我到佛罗里达州沙拉索塔采访了布莱恩·穆恩。他是上个世纪九十年代率领杜立特飞行员访问团到中国，开始了“破冰之旅”；1992年，他以策划人、主办人、出资人的身份邀请中国五老访问美国，搭起了一座太平洋上的历史的桥梁。为此，他做了许多感人的事情，包括1994年率领另一个代表团去中国浙江象山县海岸，寻找到了沉落在海底的十五号机的残骸，又留下了许多动人的故事。当我问到他，去年11月“杜立特行动”老飞行员最后聚会一事，他竟然毫不知道，还说“轰炸机协会没有通知我”。负责人汤姆·凯西也没有告诉我，尽管他们的许多活动都是我投资的。此事到此，作者没有再问。所幸，2014年7月份，我第三次去衢州采访，再一次见到郑伟勇先生。他高兴地告诉我，他荣幸地在去年11月份被邀请，参加了“杜立特行动者”的最后祝酒活动。他给了我一份材料，介绍了他参加“最后祝酒”活动的经过。他真是一位幸运的使者，两次被邀请去美国参加纪念活动，他是一位佼佼者。对这位年轻人，用我的话说，他是一位好样的青年，是中国年轻一代的楷模。我和这位比我小一代年龄的青年人，也算是有缘分吧。

2012年4月，四位老英雄和来自中国浙江的恩人代表合影留念

2013年，我去浙江采访之前，我从网上看到他研究杜立特行动的消息，便打电话和他取得了联络。5月份，我和助理两人在滂沱大雨中乘火车到达衢州，就是这位素昧平生的青年人开车来到衢州长途汽车站接我的。由他安排，我们住在一个酒店。就在第二天，是周末，刚刚雨停了，他下了班，又开车来带我们去衢州机场以及附近的山洞、汪村进行采访。在我第一次采访衢州的几天之中，他虽然在上班，却利用所有的业余时间，来帮助我。第三天，江山县外事办公室派人派车送我们去访问廖明发的时候，他也来了。原来外事办的人也认识郑伟勇。随后休息天，郑伟勇总是陪我们去各地采访。

衢州是他的家,他也在研究和搜集杜立特行动的资料,可以说是志同道合。他参加了2012年的“杜立特行动七十周年”的活动,一年之后,又被美方邀请参加最后的祝酒活动,他是一位是很有作为的中国人的代表。

下面是他关于最后祝酒活动回忆的摘录:

2013年11月上旬,郑伟勇到达俄亥俄州的代顿市,住进“假日宾馆”。他高兴地又见到了三位老英雄,他们是:一号机组的科尔、七号机组的撒切尔、十五号机组的塞勒。还有一位飞行员海特因久病住院不能出席。这年科尔已经九十八岁,他仍然头脑清醒,谈笑生风。郑伟勇立马拿出他带来的一张照片,是一号机组飞行员和贺扬灵将军以及他的秘书赵福基在潘庄门前的留影;还有两张是第三天,机组人员参观禅源寺以及杜立特在当地群众欢迎大会上演讲的照片。科尔老英雄看着照片咧开嘴笑嘻嘻地说:“这里是天目山,是我们住过的房子,这棵大树我记得,我记得。”

第二天上午,窗外灿烂的阳光照进了“假日宾馆”的大厅,郑伟勇又见到了当年十五号机的轰炸员塞勒,这年已经九十四岁,他又说起当年十五号机迫降在南田岛的海水中。他还说,他们从海水中爬上岸时,他第一个碰到的是一个男孩,约有十四五岁,他用英文说出男孩的名字是“UFAN”。还说,这个男孩很聪明,还会讲几句英文,他带着他们找到了其他的飞行员。还说,他记得这个男孩,印象很深。

郑伟勇告诉他:去过十五号机坠落的南田岛,也找过一些当时的见证人,有一位村民说道六十年前他十几岁,和他妈妈给美国飞行员带过路。郑伟勇还拿出这位老人的相片给塞勒看,塞勒看罢直摇头:不是他,那个男孩说他母亲在上海被日本飞机炸死了,还说那个男孩会讲英文。当时,这个男孩很聪明、勇敢,带他们找到其他飞行员后就分手了。到现在我还记着他,可惜找不到了,找不到了。

当年七号机的机械师大卫·撒切尔是年龄最小的,这年也九十二岁了,他的七号飞机坠落在海滩水中,其他四位飞行员都摔伤,重伤的是驾驶员劳逊,唯有他伤势较轻,还能在水中抢救别人。他帮助其他四位飞行员历经千惊万险,穿过日军占领区,在当地游击队和老百姓的护送下,两天后到达医院,为劳逊及时截肢,挽回了劳逊的生命。后来,劳逊回国以后,将亲身的经历写了一本书,名叫《东京上空三十秒》,后来还拍成了电影。撒切尔是这个故事中的英雄,如今已十分衰老,依靠轮椅才能出门。郑伟勇把带去的七号机坠落海滩的照片给他看时,撒切尔看了很长时间,淌出了眼泪,却已说不出话。他的儿子在一旁说,父亲以前讲得最多的,就是飞机坠落海滩,他是如何救护同伴们,又如何在海滩上被游击队员发现。还说,劳逊当时受伤极重,左腿整个肉都暴露出来,脸部、下巴打歪了、牙齿掉了一半,可是现在他已经记不起来了。但是他明白今天是最后一次活动。

第四位在世的飞行员是十六号机组的副驾驶罗伯特·海特,他的机组五位飞行员全部降落在日本占领区,不幸当了俘虏,在上海,在东京的日本监牢里受尽了折磨,他们的同伴有三位在上海被日军枪杀,最年轻的只有二十一岁。他每当想起这些同伴就哭,现在海特住在医院里已经不能下床,所以没有能参加最后的祝酒。

郑伟勇还说,2012年他来参加七十周年活动时,还见到的一位,是九号机组的机械领航员托马斯·格里芬。别人告诉他，格里芬已于今年二月份去世了。在郑伟勇来美国之前，准备了一些小的礼品，要在这次的告别典礼上，送给在世的最后几位老英雄。他送给撒切尔的，是一瓶撒切尔的七号机组当年坠落的海滩上的沙子；送给塞勒的是当年十五号机组降落在南田岛海水中的贝壳；送给科尔老英雄的是他从当年一号机组坠毁的山头上老百姓捡到的一块一号机的残片。在庆祝大会上，郑伟勇将这些从遥远的太平洋西岸带来的当年美国飞机坠落地点的纪念品时，全场欢声雷动，有人带头用英文喊着："衢州！衢州！衢州！"一点一滴，一粒沙子，一块贝壳，一片残片，激起人们的无限的怀念，难忘的记忆，历史的见证。美国人的激情再次感动郑伟勇，他当场也流下了眼泪。

这次活动的最后庆典在 2013 年 11 月 9 日下午，地点仍然是代顿美国空军博物馆，三位最后的飞行英雄乘坐三辆林肯牌轿车从假日宾馆开往博物馆。空军博物馆外的长长的路上，插满了彩旗，道路两旁挤满了前来庆典的人群。博物馆的前方一块大的草坪上，有一尊杜立特东京行动黑色的花岗岩的纪念碑和一尊 B—25 飞机的灰色的雕塑，纪念碑和雕塑的周围站满了参加庆典的人群，他们身上坠满了许许多多的纪念章、纪念品，郑伟勇和其他的许多客人一样，胸前佩戴着刻有高脚酒杯的徽章，它就是"杜立特轰炸机协会"的会标。

郑伟勇来之前考虑得很周到，他还佩带了一枚一位参加过抗日战争的中国老兵、名字叫阮杰成送给他的、作为中国人民的一分子，今天走到哪里都不能忘记八年抗战中，我们的先人付出的惨重的、伟大的牺牲。

参加最后的祝酒活动的有美国代理空军部长艾里克·范林、美军空军参谋长马克·威尔什和夫人，三位最后的英雄科尔、撒切尔和塞勒在军乐队的引导下来到会场，

2013 年，年轻的学者郑伟勇在 B—25 轰炸机前与美国年轻飞行员留下美好的记忆

在纪念碑前就座。空军部长讲话，再次赞扬的“杜立特行动”的英雄们在二战中的巨大贡献。九十八岁的科尔致了简单的答词，他再次感谢有机会和美国人民见面，为大家服务。随后，美国空军学院学员向纪念碑献花环。此时，蓝天传过来飞机响声，六架与当年轰炸东京的 B—25 轰炸机同类型的新型轰炸机飞越庆典上空，在蓝天向英雄们致敬。

庆典结束，众多的人群还在会场留恋，他们纷纷在纪念碑和博物馆前照相。此时，威尔什空军上将来到郑伟勇面前，他用英文说，想和郑伟勇一同合影。郑伟勇感到一些意外，上将又问：“你是郑伟勇吗？”

这时他才肯定地回答：“我是郑伟勇，我是来自中国，我的家乡在衢州。”

威尔什伸出手来，紧紧地握着郑伟勇的手说：“欢迎你，很高兴你来参加这次纪念活动，非常感谢，我会把我们的合影寄给中国的空军领导人。”

历史永留人世间

2013 年 11 月 9 日的晚上，六百多位嘉宾出席了在空军博物馆大厅举行的祝酒仪式。大厅主席台上放好了八十只银制的高脚杯。

这是 1959 年，美国亚利桑那州图克森市图书馆赠送给杜立特行动协会的八十只银制高脚杯，每只刻有一位当年轰炸东京的飞行员的名字。当一位飞行员去世之后，他的杯子就倒置摆放。这是杜立特行动创始的纪念品。最后的祝酒结束，全部八十只杯子捐赠给空军博物馆收藏，所有的与会者以及全体美国人民，包括千千万万个世界人都知道这个故事。今天，2013 年 11 月 9 日晚上九时整，空军博物馆大厅的灯光灿烂，掌声四起。代理空军部长范林胳膊挽着科尔进场，空军参谋长威尔什上将挽着塞勒进场，空军总军士长詹姆斯·艾罗伊推着轮椅上的撒切尔最后进场，三位老英雄被扶上主席台坐在右侧。杜立特历史学家格兰斯和轰炸机协会经理汤姆·凯西在左侧就座。空军参谋长和代理空军部长先后讲话，他们向三位老英雄赠送飞鹰雕像。格兰斯回顾了这段光辉的历史，又庄严地宣读了八十位英雄的名字。台下一位当年英雄的家人起立向大会行礼致谢，大家报以热烈的掌声。最后，汤姆·凯西从一只红色的盒子里取出那瓶 1896 年出产的法国轩尼诗干邑白兰地，这对在场的观众来说，绝大多数人是第一次见到这瓶传颂着伟大故事的“祭祀之酒”。在这之前，绝大多数人见到的不是替代品就是模型，最后的举杯人是九十八岁的老英雄科尔。在全场人们的热烈掌声中，科尔老英雄用他颤抖的手、七十三年前操纵过 B—25 轰炸机操纵杆的手，艰难地、最后在汤姆经理的帮助下，才打开了这瓶封闭一百多年的瓶塞，此刻，全场响起了经久不息的掌声。空军学院的学生把三只银制高脚杯捧到三位英雄的手中，经理汤姆为科尔、塞勒、撒切尔斟上酒，老英雄科尔站起来说：“我提议：为我们在战斗中牺牲的和已去世的战友们干杯！非常感谢大家！愿他们安息！”

2012 年 4 月，代顿市的市民们扶老携幼，欢迎中国五老代表团

三位老英雄同时喝下了杯中的百年干邑，此时，号手们吹响了军队中的熄灯号，悠扬的号声久久地飘荡在代顿的蓝天，一群历史英雄的故事画上了句号。但是，世界的人们会永远记住他们。

永远还会再见吗？郑伟勇，一个中国老百姓的代表，一位研究杜立特行动的学者，一位中国银行衢州市分行的普通工作人员，得到了如此的荣誉，参加了美国杜立特行动跨越世纪故事的终点。他在代顿市假日宾馆度过的短暂的时间，给他留下了也许是中国众多的人都会记住的故事。他在这里又认识了许多的新朋友，也许由于语言的关系，他不能一一地记住，但是美国人会把他当做中国老百姓的代表而记住他，许多人和他握手、拥抱，还有一个男孩来到他的身边，用中文说了一个字：“你好！”

他的英文名字叫什么，郑伟勇只记住了一个字“博”，这个男孩还送给郑伟勇一本书，他的曾祖父是当年五号机的投弹手，这个男孩在他后来给郑伟勇的电子邮件里还说：他很想去中国看一看他曾祖父的那架飞机降落的地方。当然，郑伟勇也给他送了一本中国出版的关于杜立特轰炸东京的故事的书。

杜立特行动，以及救助他们的中国当事人，在这漫长跨世纪的故事中，终究会一个一个地结束，但是故事会永远流传下去，因为他们有千万个后来人继承他们的故事，讲述他们的故事，永远这样下去。

千秋篇

太平洋再寻珍珠

南岳衡山，千秋岁月哺育了中华儿女，物华天宝芙蓉国代代相传。多少英雄儿女留下了壮丽诗篇。在南岳忠烈寺里我看到抗日战争时期，国军将士和三湘儿女留下了多少惊天地泣鬼神的故事。衡阳是通向大西南的门户，也是抗日的前线。1944 年，万恶的日本侵略军在衡阳屠杀了多少中华壮士和百姓，这段历史至今已经铭刻在三湘儿女的心中，可是历史也有无情的一面。1942 年美国轰炸东京飞行员和中国的军民在这里留下了一段被遗忘的故事，至今鲜为人知。

1942 年 4 月美国飞行员轰炸东京之后，十六架飞机在极端的危险中，在中国抗日前线迫降。六十四名飞行员被中国军民救护。他们历经了千辛万苦，到达衡阳空军基地。有十二架飞机的飞行员从这里乘飞机到达中国大后方重庆，受到蒋介石和宋美龄的接见。当时美国飞虎队也驻扎在衡阳市。它是抗日前线的唯一的美军机场。太平洋战争爆发以后，美国飞虎队从这里去袭击、轰炸日本军队。因此日本飞机也经常来轰炸这座飞机场。我从这些历史资料中发现飞行员在这里空军基地休息、养伤，有的飞行员的回忆录写道，他受到政府、部门、文化团体以及城镇居民的热烈欢迎和招待。他们亲身体会到中国军民的伟大情怀，他们收到衡阳政府、商人、银行以及老百姓赠送的许多礼品。他们永远不忘在中国衡阳度过的美好岁月。当他们回到美国之后，把这些故事告诉家人，告诉美国社会，有的还拍了纪录片。作者看到这些材料十分感动，于是在 2013 年 8 月，我专程来到衡阳市，在《衡阳晚报》的记者朋友们的热情支持下，采访了图书馆和政府档案部门。遗憾的是，在这些资料里都没有记载 1942 年在衡阳美国飞行员的有关活动。我后来才知道，因为 1944 年在衡阳保卫战中，政府已将档案以及有关档案资料，全部都转移走了。我向《衡阳晚报》的朋友们谈到美国飞行员的这一段历史故事。我来衡阳就是要把这一串历史珍珠找到，让它重放光芒。晚报记者告诉我，衡阳保卫战中，这一部分历史档案转移到湘西一个县。据说，改革开放以后，衡阳的有关部门向湘西的某县，请求归还这一部分档案。然而，对方迟迟没有交回这些资料。到此，作者仍然没有死心。在衡阳图书馆的一份记载衡阳历史重大事件的书中提到：1942 年 7 月日本飞机对衡阳市进行了一个星期的狂轰滥炸，死伤上千人。一个月之后，衡阳又爆发了霍乱，到了 9 月份，因霍乱死亡的有 1200 多人。这是日本法西斯为了报复衡阳军民护送了美国飞行员，魔鬼们在衡阳撒下了霍乱病菌，才引发了这场灾难。作者认为，这正说明了美国飞行员确实在衡阳受到中国军民的无私救助。六十四名美国飞行员在中国的抗日前线，受到中国军民的无私的救助，其中衡阳的这一段也是非常宝贵的，但是直到现在，我没有拿到应该找到的证据和历史文物来证实它。这段历史的空白，能让它过去吗？不行，9 月份，我回到美国之后，仍然在寻找衡阳的这一段断了线的珍珠。日前，还活着的美国飞行员只有三位了，他们没有再说到七十多年前，在衡阳受到中国军民的救助的故事。

2014 年的 4 月份，我和翻译来到美国东部俄亥俄州代顿市，这里有一座美国国家空军博物馆。轰炸东京的美国飞行员回国以后，从 1946 年开始，他们每年的 4 月 18 号在这里聚会，回忆当年在中国的故事，怀念和感谢中国军民的无私大爱。这座博物馆是仅仅次于美国华盛顿太空博物馆的一座美国空军历史博物馆。我和翻译崔牧师在这座博物馆里，终于发现了一个展厅，那就是杜立特将军轰炸东京的展览。里面展出了杜立特轰炸东京的全部照片和影视。我终于万分地兴奋，找到当年衡阳军民赠送给美国飞行员的许多纪念品了。其中有两幅湘绣，一幅油画，还有一幅中国山水画，以及老百姓给飞行员送的衣服、手杖，也有美国飞行员缴获的日本军官的佩刀等等。我在这些几乎被遗忘了的历史珍珠面前，看了又看，摄像照相，我不禁热泪盈眶。

看，这一幅山水画是一只老鹰停在树上，画上有赠送人题的字。

美国空军健将扬威三岛纪念：

鹏程万里　衡阳市长朱欸莹　敬赠

第三幅是衡阳中央银行赠送给美国飞行员的一幅湘绣，大概有一米五见方，绣的是三位财神爷，也许是中国老百姓恭喜发财的意思吧，上面也有题字：

大美利坚国，空军健将轰炸敌国本土，丰功伟绩，举世瞻仰，题数字以留纪念。

我武魔扬　中央银行衡阳分行　敬赠

最令我感动的是一幅无名氏的油画，这幅油画确实是历史的珍品，画面上是一位受伤的飞行员坐在轿子上(实际上是一副滑竿)，两位健壮的农民，前后各一位抬着美国的飞行员在山道上赶路，旁边还有一位农民打着伞给飞行员遮风挡雨。可惜的是，这幅画没有作者的署名，但是油画的功底非常深，作者究竟是谁呢？可能是一个历史的秘密。作者为何不署名？他的后代又是准呢？于是我将上述照片的资料，寄到《衡阳晚报》，请他们把这几幅历史的相片登在报上，让当今的衡阳市民以及年轻的一代，知道三湘人民当年是如何舍生忘死的救助美国的飞行员的。最好能找到油画作者的后人。我希望把这些历史的珍珠展现在今天的衡阳的博物馆里。下面就是这几件珍品的照片；

而后，我们会见了，代顿市国家空军博物馆的经理马顿先生，我告诉他，你们的博物馆里面放着这些中美伟大友谊的历史珍珠，说明它的价值非常珍贵，说明美国飞行员以及你们博物馆都没有忘记二战时期，太平洋上的两个大国，两国人民用生命和鲜血留下的这一串珍珠，伟大的历史。我又向马顿经理赠送了一幅绣上了中英文的锦旗，红色的绒段上面绣上了中英文的“中美友谊　万古长青”。马顿经理久久的握着我的手说，我们永远不会忘记中国军民对美国人民的友好历史，我们的子孙后代也不会忘记。

飞行员乘轿子照片

珍珠画卷飞大洋

浙江衢州是东南沿海一带一座历史古城，它在抗日战争中是前沿地带。1942 年 4 月 18 号，杜立特率领的十六架飞机轰炸东京之后，在茫茫的夜空，惊涛骇浪中，全部迫降在浙江、安徽、江西。其中有三架飞机的飞行员，坠落在这一带，也就是直到今天作者搜集到的材料最多的地带，日寇为了报复中国人民救助美国飞行员，发动了浙赣战役。中国军民被杀害的有二十五万人。在惨无人道的细菌战中，衢州城镇居民，农村的农夫，共死了五万人。衢州的一位中医张玉恢，他家多人死亡。那时，张玉恢只是四岁的小孩，但是他记得非常清楚。半个世纪之后，中国改革开放，美国飞行员跨过太平洋来中国寻找当年的救命恩人，张玉恢老医生更为感动，他用十年时间将美国飞行员被衢州人民救助的故事，画了十二幅油画，并且自己出钱将油画出版，配上中英文的说明文字，书的名字叫《大营救》。2013 年，作者在衢州和已经七十二岁的老医生见了面，并且将他出版的中英文的《大营救》书，带到美国，送给美国博物馆和三位高龄的美国飞行员，他们是九十九岁的科尔、九十七岁的撒切尔以及杜立特将军的孙女珍娜·杜立特。他们把这些画册当作珍品保存起来，并且写信给张玉恢老医生，表示感激和感谢。

2015 年作者所在的美国洛杉矶市，许多社会团体为纪念第二次世界大战胜利七十周年，展开了一系列的纪念活动。其中有二战期间中美友谊图片展览；作者撰写的长篇中美纪实作品《情洒太平洋》美国版的签名售书大会。由作者建议、主办单位决定邀请张玉恢老医师带着他的油画著作来洛杉矶参加纪念活动。老医生打算将两幅油画赠送给美国空军博物馆和杜立特将军的博物馆。张老医生接到约请函之后非常高兴，打算和他的女儿张钟文女士于7月份来洛杉机。张老医生一生悬壶救世，也为许多外籍人士治好了顽症，不幸的是自己却患了重症而不知。7月初，作者回到大陆，噩耗传来：张老医生已经去世。他的女儿告诉作者：父亲临终之前，告诉她，一定拜托廖先生将这两幅油画带到美国，赠送给美国空军博物馆和杜立特博物馆。去年7月份作者又来到衢州张老医生的诊所。张钟文已经将两幅油画包装妥当，这是一件高达一米七的圆筒包装。就这样，作者带着张老医生，以及他所代表的中国人民的心愿将油画带到美国。作者将此消息告诉珍娜·杜立特女士，她也非常感动。珍娜·杜立特女士所负责的杜立特博物馆，是杜立特本人以及他的儿子和孙女三代人所珍藏的杜立特将军的文物。里面有许多文物是国家博物馆里所没有的。作者和中美合拍的五集电视纪录片《飞越太平洋》摄制组于2016年3月份从洛杉矶驱车七个小时，来到北加州海湾，在杜立特中心博物馆的大厅里，作者和珍娜·杜立特女士共同打开了这幅油画。油画上是杜立特将军当年在中国一个小镇上，受到中国老百姓热烈欢迎的壮丽场面。珍娜·杜立特女士今年也七十岁了，她流着热泪，凝视着这幅油画，然后紧紧地握着作者的手，并且拥抱表示感谢，她说：我们不能忘记二战的悲壮历史，这幅画，使我们永不会忘记二战时期中美人民的伟大故事，为了消灭战争，为了人类的和平，我们永远不能忘记过去。她说：这幅油画将是我祖父博物馆里最具有历史意义的纪念品。然后珍娜·杜立特向我们介绍了博物馆的筹建经过。我说：中国人民，特别是浙江人民非常希望作为杜立特将军的后人珍娜女士，到中国走一走，把当年浙江军民救助过美国飞行员的路再走一次。其中十六架飞机中的唯一保存下来的就是杜立特将军的一号座机的发动机，还在飞机坠落的地方，一个小镇的文化所里，我将这张照片给她看了，她惊讶的说：直到现在，我们没有发现这个发动机，美国更没有，我会去看的。中国人民真是了不起。珍娜低声的告诉我，她的父亲，也就是杜立特将军的儿子，已经九十二岁，患病在身，我还不能离开，所以一直没有去中国。珍娜·杜立特留下了张老医生女儿的地址和电话，她要亲自打电话和写信向张老医生的孩子表示感谢。随后，她拿出四枚博物馆的纪念章，其中的两枚让作者转送给张钟文女士和保存杜立特一号飞机发动机的中国朋友们。作者回到洛杉矶不久，珍娜·杜立特来信告诉作者：她已经把中国大陆朋友赠送给他们的大小纪念品，其中也有一幅作者赠送给珍娜·杜立特的一面“中美友谊　万古长青”的锦旗，还有一些其他纪念品，放在杜立特博物馆的橱窗里。同时她告诉作者，另外的一幅油画，她已经联系好了俄亥俄州代顿空军博物馆，他们也要把这幅巨幅的油画放在杜立特展馆的显要位置上。这幅油画更加动人心弦，画中表现的是三号机的奥祖克飞行员，夜间降落在一座千尺高的悬崖绝壁的一棵老树上。当地的乡民们天亮的时候发现了他。老百姓爬上悬崖峭壁，救下了奥祖克机长。这两幅油画再现了历史的进程，看过的人无不热泪盈眶，流连忘返。珍娜说：二战不是几个国家之间的战争，而是为人类的和平而战，也正是过去的这段历史，才使得今天的我们，更加珍爱和平。

作者展示油画相片

油画是一座历史的警钟，告诉我们：为了和平的明天，绝不可忘记战争年代的昨天，人类才是有希望的。这两幅油画从西部太平洋的中国飞到了东部太平洋的美利坚，它不仅是一串历史的珍珠，也是跨越太平洋的彩虹，人们不会忘记它，历史应该是这样的。

二位老人谈古今

科尔老人今年一百零一岁，他是八十位轰炸东京飞行员活到今天最健康、最活跃的一位老人，从 2014 年 4 月份作者第一次采访他，直到今年我已经三次采访过他，他的惊人的记忆，谈吐自若的神情，令作者惊讶、敬佩万分。他这半个多世纪以来，在许多的轰炸东京的飞行员的聚会中，他不仅一遍又一遍地回忆作为轰炸东京的一号飞机副驾驶，也就是杜立特将军的助手，他不仅仅能够仔细地、准确地告诉采访者、电视记者、报社采访者、电影编剧，以及所有和他见面的人，详尽而形象地讲上个世纪他亲身经历过的中国的故事，而且他也能把其他十五架飞机的来龙去脉说得一清二楚。他接受过中国《人民日报》记者、中央电视台的电视编导，还有许多美国各大媒体的采访人。作者称他为杜立特行动的活字典。不仅这样，他的女儿辛迪·科尔也完全可以代表父亲讲述许许多多历史的故事。2014 年，他接受中央电视台纪录片编导的采访，他的家在得克萨斯州圣·安东尼奥的一座农庄里，接受作者的第一次采访。

就在三天之后，作者又来到俄亥俄州一个小镇采访大卫·撒切尔，撒切尔是七号机组最年轻的飞行员。当时七号机降落在海滩上，整个飞机翻了一百八十度，机组五人其中四人都受了伤。机长劳逊，左腿都摔断了，在汹涌的海水中，撒切尔把四个同伴，经过三个小时的搏斗带到了岸上，被中国军民救护。他比科尔小六岁，到今天我们去采访时，他却因病不能出门，我们失望而回。直到2015年年底，我的《情洒太平洋》美国版已在全球发行，然而美国飞行员的故事还没有结束。这一年的12月，我们接到科尔女儿辛迪·科尔来的电话，一百零一岁的科尔父亲接受了好莱坞友人的邀请，准备从东部来到洛杉矶，这里是好莱坞名流居住的山区，他要和大卫·撒切尔同时会见朋友们，这真是一件大好的事情。作为我来讲，可以再一次见到科尔老人和撒切尔七号机的飞行员。洛杉矶的中美的友好人士，他们是中美二战纪念碑委员会的人士，他们也要会见科尔和撒切尔，并且要向一位老英雄赠送中美友谊纪念品。2016年元月，我们果然又接到辛迪·科尔女士的电话，告诉我2月24号下午，在毕丽华山庄的一座酒店，他父亲和撒切尔将和洛杉矶的朋友会见。就在第二天的上午九点钟，我们一行七个人，作者、电视片的编导、中美二战纪念碑委员会的二位先生，终于在他们指定时间的一座酒店，见到了一百零一岁的科尔和九十六岁的撒切尔，还有华文报纸《侨报》采访部主任邱晨先生。这几天正是中国的春节期间，我向二位老英雄，赠送了刚出版的《情洒太平洋》，还有我从中国新疆带去的维吾尔族的芭比娃娃，以及其他的小礼品。已经一百零一岁的科尔老人此时非常高兴，语音清楚，意义深刻，他拿着礼品说：目前中美政府之间有不少摩擦，但是我们民间的友情越来越高涨，谢谢你们。作者说，我们中国新疆就像美国的加利福尼亚州一样，是中国最大的一个移民省区，那里的小朋友、中学生也知道二战时期美国飞行员轰炸东京的故事。他们委托我带来维吾尔族的芭比娃娃，赠送给老英雄。此时，洛杉矶二战中美友谊纪念碑委员会的会长薛明华、秘书长丛培欣也给二位老人赠送了中美友谊贡献纪念牌。这时候，大卫·撒切尔老人特别高兴的说：科尔老兄中国改革开放以后去过中国，我因为身体不好，没有机会去，可是去年，也就是2015年纪念二次世界大战胜利七十周年，中国人民对外友好协会邀请美国轰炸东京行动飞行员后代人协会会长杰夫·撒切尔参加北京大阅兵。我儿子杰夫·撒切尔代表我们老飞行员登上天安门的观礼台，后来我儿子又去了浙江，在友好人士的带领下，去到浙江象山当年七号机坠落的地方，找到了中国老百姓救助我们的山洞，又参观了中美友好纪念馆。有两位老人回忆当年他们救助美国飞行员的故事。两位老人还拿出他们珍藏的飞机残件。真是感谢中国政府，还记得我们的事情。我儿子又到了衢州，在当地的一所中学里，回忆往事。最后和学校的老师学生共同种下了一棵红豆树，还在校园的石碑上刻上两句话：

续“杜立特突袭”传奇，写中美友谊新篇章。

二位老英雄接受中国少数民族礼品——维吾尔族芭比娃娃

杰夫·撒切尔讲述父亲当年被救故事

当地老人献出当年坠落飞机的残片

杰夫·撒切尔代表父亲在衢州二中种下一株红豆树，祝愿中美友情代代相传

衢州二中的石碑上又记载下“杜立特突袭传奇”，传播中美永恒的友谊

你们看看，我儿子在那里照的相片。这是中国当地的报纸登载的消息和照片。中国人民永远是伟大的人民，太平洋两岸的两个大国，永远是朋友。为了我们后代人的幸福，我们这一次的会见，第二天洛杉矶的《侨报》就做了大版面的报道。历史的故事非常多，中美两国人民的友谊故事说不完。

我们会见二位老英雄的报道、电视、影片，播传万里。中美人民代代相好，为了两国人民，更是为了人民的未来，我们必须这样，也就是这样，昨天是灿烂的，明天更加灿烂。

中美友谊千秋相传！

悠悠恩泽情难忘

恩泽在中国地图上可能是找不到的一个名字，恩泽医局更让现代人听起来莫名其妙。其实它是一所医院的名字。一百多年以前，英国的一个天主教会来到中国浙江临海恩泽镇，建立了一所医院。它也宣传天主教的教义。后来由陈慎言的父亲接管，西方的教会在中国办过不少医院和大学。而今，多数已经不存在了。只有当地一些老人还记得它们。中国改革开放以来，许多历史和洋人有关的事又出现在人们的笑谈中。1942 年 4 月恩泽医局的故事，它就是杜立特率领十六架飞机轰炸东京之后，全部坠落在浙江沿海一带，其中的七号机长和四名飞行员，摔落在海滩浅水中，四名飞行员受伤，机长劳逊腿都摔断了，撒切尔是五名飞行员中伤势较轻的，他在水中三四个小时，把四位同伴先后救到海滩上，而后才得到中国游击队和渔民的救护。离海滩不远，就有日本军队和伪军。当地的乡长动员了一大批渔民、农民还有游击队，把飞行员们藏起来，然后又把他们送到中国军队占领区。第二天的深夜，腿部受了重伤的劳逊，被游击队和渔民，用门板抬到临海，此时此刻，地方政府已撤退，只有一个临时的卫生院还在。卫生院的院长，也就是医生任超民夫妇，他们想方设法来急救劳逊，可是就在前一天，卫生院的所有药品、器材都让日本人抢走了。要救助没有药品怎么办？老天有眼啊！此时游击队已经把美国飞行员的情况报告了远离临海的县长，县长立即打电话到一百里之外的恩泽医局的陈院长，要他火速派人到县城，急救美国飞行员。那时，陈老院长，他已经是六十多岁的老人了。他的儿子陈慎言刚从上海一所大学毕业，也来到父亲主管的医院工作。就在劳逊等待急救的时刻，医生陈慎言立马带着一群人和担架，三四个小时之内，奔跑到县卫生院，将生命垂危的劳逊抬走。连夜赶路，天明到达了恩泽医局。此时，日本鬼子到处搜查，抓人。七号机组的五位飞行员以及从象山赶来的十五号机组的军医怀特，研究决定，劳逊要截肢才能挽回他的生命。当地的老百姓听说美国飞行员受了重伤住在医院，纷纷送来鞋子、衣服、买帽子和食品，木匠做了拐杖，有的渔民把打鱼戴的帽子也送来。半月之后，日本人终于得到消息，马上就要来医院抓人。三位飞行员化装成渔民，半夜里被游击队送走了。这个故事，劳逊在回忆录里，写的非常仔细。但是，作者没有找到有关的照片见证。2015 年，作者终于和电视摄制组来到恩泽。老天爷，恩泽医局就在临海的一座山坡上，说得准确点，一座石头山上。改革开放以后，当地政府花了大力气，修复了这所医院，在山顶上的一座巨石上，也就是恩泽医局的大门外，写着恩泽医局四个大字，采访了整整一天。博物馆长黄米武和陈慎言的孙女介绍很详细。我们看了许多挂图、照片、实物。七十多年前劳逊开刀的手术室还在，钢丝病床还在，病房里用来烤火的铁炉子还在，病房的英国吊灯还在，七十多年前劳逊坐的凳子还在，一百多年前种的大树还在。它已经有二十多米高，茂密的树枝，浓浓的树叶像一把历史的巨伞，耸立在医院的大院里，而且不止一棵。我们看到病房、手术室。走廊陈列着许多图片和文字介绍。当地的政府和人民如何的珍视恩泽医局的历史。它是一颗半个多世纪前的历史明珠。墙上的图片还有陈慎言医师写的救助美国飞行员的笔记。还有一封信，作者看了以后，热泪盈眶。那是1995年陈慎言收到来自美国的一封信。1992年，救助过美国飞行员的五位老人，去美国参加了杜立特轰炸东京五十周年的纪念活动。轰动了美国国会和媒体。布什总统写信感谢他们，国防部长切尼亲自款待老人。在美国，老人所到之处，受到他们一生中没遇到过的热情招待。此后，劳逊以及其他的飞行员都和五位老人保持通信联络。三年之后，也就是1995年，美国飞行员听说陈慎言患病，他们写信来慰问他。其中一封信里，还附了一封翻译成中文的信。字里行间，亲人的情怀、兄弟的情谊，令人感叹。信中特别写明：我们是代表所有的美国飞行员来关心你，你需不需要美国药物？这封信的中英原稿文已保存七十多年。

恩泽恩泽，恩情永泽

另一张照片是劳逊等三人在医院走廊上，他们一身农民的打扮，戴着斗笠，穿着老百姓送来的布鞋。劳逊手扶一副拐杖，是当地的木匠三天三夜赶做出来的。三位飞行员好像在说：中国农民的打扮，你们看像不像？另一张照片是劳逊截肢以后，在医院的院子里和陈慎言医生合照的。相片上劳逊十分瘦弱，已经没有左下肢了，架着拐杖。这张照片直到劳逊在美国去世之后还保存在妻子和孩子的房间里。岁月已经流失，百年三代人，恩泽医局还在，后代人能够忘记它吗？不能！高大茂密的百年老树，人们能够忘记它吗？不能！亲爱的朋友，恩泽医局，这座百年医院，它的故事不少。你有机会来此看一看，什么话都不要说，就会明白一个真理，那就是人类的大爱，推动着人类历史的发展，我们不忘记，我们才会有更好的明天！

此照片拍摄于1942年5月16日上午，地点：恩泽医局清气院门口东南面。人物：头缠绷带的叫克雷福，中间的这位叫达文波特，眼睛看着远方的叫迈克鲁。因日本追兵逼近，这些美国大兵要准备转移了，他们头戴中国的笠帽，脚穿着临海商会为他们特制的黑色丝质布鞋，拐杖则是恩泽医局后勤的木匠师傅做的

百年古树，它记载了多少故事

劳逊病室当年的用具

病房，恩泽医局当年的吊灯

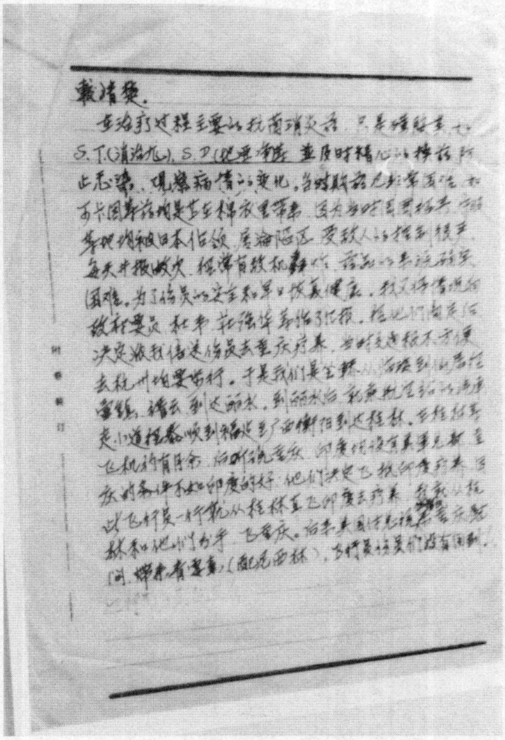

七十四年前，陈慎言抢救劳逊时，写下的医疗笔记

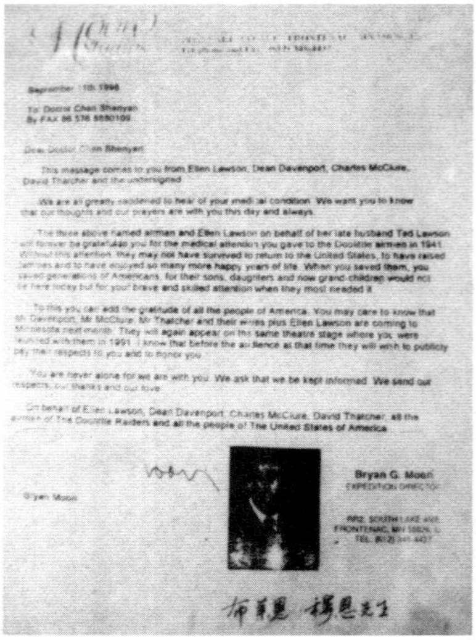

September 11th 1995

To: Doctor Chen Shenyan
By FAX 86 576 8880109

Dear Doctor Chen Shenyan

This message comes to you from Ellen Lawson, Dean Davenport, Charles McClure, David Thatcher and the undersigned.

We are all greatly saddened to hear of your medical condition. We want you to know that our thoughts and our prayers are with you this day and always.

The three above named airmen and Ellen Lawson on behalf of her late husband Ted Lawson will forever be grateful to you for the medical attention you gave to the Doolittle airmen in 1941. Without this attention, they may not have survived to return to the United States, to have raised families and to have enjoyed so many more happy years of life. When you saved them, you saved generations of Americans, for their sons, daughters and now grand children would not be here today but for your brave and skilled attention when they most needed it.

To this you can add the gratitude of all the people of America. You may care to know that Mr Davenport, Mr McClure, Mr Thatcher and their wives plus Ellen Lawson are coming to Minnesota next month. They will again appear on the same theatre stage where you were reunited with them in 1991. I know that before the audience at that time they will wish to publicly pay their respects to you and to honor you.

You are never alone for we are with you. We ask that we be kept informed. We send our respects, our thanks and our love.

On behalf of Ellen Lawson, Dean Davenport, Charles McClure, David Thatcher, all the airmen of The Doolittle Raiders and all the people of The United States of America

Bryan Moon

Bryan G. Moon
EXPEDITION DIRECTOR

布莱恩·穆恩先生

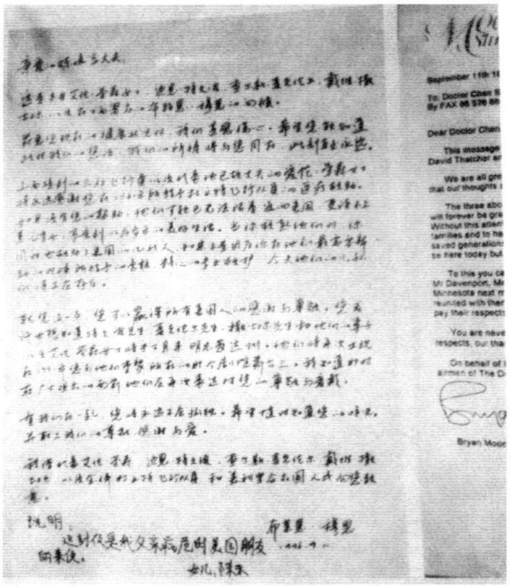

1995 年,陈慎言病重,美国飞行员寄来感人肺腑的中英文信函

后记

北京真情永存

北京，中国的千年古都，人人向往。作者在中国大陆工作数十年，和平民百姓一样，向往着这个历代王朝的地方。新中国成立之后，也因工作多次去过北京。它的悠久历史、灿烂的文化以及大片的古代建筑和文物吸引着我，然而到后来，历史上的许多在事情，包括“文化大革命”，并没有给这座灿烂的古都增加过什么光环。大陆改革开放以后，人口暴增，经济发展，为的是把经济指标搞上去，要创造现代化的大城市，带来的人口暴增、城市膨胀，这一切都是为了建设现代化的大城市。直到现在为止，人口已经达到千万以上。作为平民百姓，以老眼光看，也许并不是什么好事。到北京走一趟，住、吃、交通都是困难重重。当然这里说的不是达官贵人、社会名流、明星演员，老百姓有老百姓的难处。因此，每次回大陆，尽量不去北京。老战友虽然不少，但大多已经老态龙钟，会见也不容易，何况要住、要吃、要交通，永远没有小城市来得方便。所以尽量不去北京，总认为与几十年前的感觉不一样。这几年去北京，尽可能地办完事就马上走人。

2013 年，我又去了北京，是为了去政协文史馆采访重要的历史资料。然而，选择的旅店要便宜一点，交通必然不方便。北京太大，要去拜访一位老朋友，见面一个小时，来往乘车、转车就得要三四个小时。就这样，8 月份到北京，不到半个月就匆匆离开，去了湖南长沙、衡阳，江西南昌、鄱阳、上饶、广丰，小城小市，找人方便，消费也比较便宜。未料，接到一个北京的电话，对方是北京电视台，他诚恳、热情地邀请我作为他们的嘉宾，去拍摄一部关于杜立特故事的采访经过。我非常惊讶，也再三拒绝。我说，我为的是写这一本书，还在继续采访之中。你们为什么要找我？

对方是一个女孩子的声音，她是北京电视台科学教育频道的编导曾珍女士，她说，8 月 8 日，北京《新京报》全版登载你的关于采访杜立特故事时的许多有趣的事，我们决定请你来拍一部专题纪录片，请你讲一讲七十一年前发生的那场生死大救援。

我说，那可不行呀，我的书还没有写出来。

她说，这与书没有什么直接关系。我们先在电视上播出，对您老来说是好事一件。

我又说，月底我才能回上海，9 月 9 日我就要回美国，可能不好办。

她说，没有问题，我们 9 月 3 日之前，请你专程到北京住几天。只要你同意，而且我们也知道一些资料，三五天之内就可以完成拍摄任务。

我说：能行吗？

她说：保证能行，因为我们已经掌握了一些资料。

我说，我年纪大了，与我同来的还有一位助理。

她说，没有问题，我们给你们订好飞机票，包你来回的费用，无论如何，请您老人家支持一下。

既然他们如此热心和诚恳，我只好答应。8月底，作者回到上海，9月1日回到苏州的家中。此时，北京的曾导演又打来电话说：订了来北京的机票两张，行不行？

我只有答应。在电话里，我问她：我还需要做哪些准备？

她说，没有更多的准备，我们所要你谈的，都是你很熟悉的。

就这样，9月3日，我和助理、也是我临时请的北京工商大学硕士研究生、英文翻译小陈。我想，也是一件喜事，老夫竟然受到北京电视台的关怀，那就试一试吧。9月3日，我们来到繁华的、人山人海的北京，终于在小陈的学校、北京工商大学找到一个小的旅馆，一天也得付一百五十元钱。第二天，曾导演亲自来到小旅馆，请我们搬到北京电视台附近的一个酒店，我给了她一部分我们在浙江拍摄的七八个小时的视频，她非常高兴。当天，我们就搬到建国门外大街北京电视台附近的来福酒店。同时到达的还有贺绍英女士，她是从南京来的，她是当初救助过美国飞行员的重要政府官员、浙西行署主任贺扬灵的女儿贺绍英教授。是我请她同来，和我一同接受北京电视台的采访的，因为她知道许多她父亲救助美国飞行员的故事。

第二天，曾导演来到酒店，给了我一份拍摄提纲，要我参照提纲作一些准备。我一看认为不错，她所要我讲的内容，我都很熟悉。酒店环境不错，闹中取静，当然，尽管建国门外大街是一个几十年的老地名，但大街两旁的建筑全部是现代化的高楼大厦，灯光灿烂，大街上的车辆像永不停留的浪潮，来往的人们密密麻麻，完全没有一点北京古老的色彩和气氛。

第二天，在酒店用了早餐以后，进入北京电视台，也是标准的现代化建筑，但是比起中央电视台空前绝后的“大裤衩”要顺眼得多。台内人来人往，十分繁忙，大概文化单位都是这样吧。进入化妆室，简单地化妆一下，其实我认为都没有必要，不是演电视剧，只是现场采访。来到演播厅，灯光灿烂，工作人员很多，来来往往，大概工作人员做了一个多小时的准备。邀请来的几十名观众坐在拍摄现场的正面，也就是电视上出现的观众吧。现场执行导演，也就是年纪不过二十六七岁的女导演曾珍，她的指挥驾轻就熟，后来我才知道，她五年前毕业于中国人民大学新闻系，来到北京电视台实习半年，拍了两部纪录片，就被录取、聘用。小曾本来没有想到留在北京，因为这里太繁华，人太多。她来自偏僻的山区，从未想过要留在北京工作，因为没有实力，没有经济条件，更没有社会背景，目前对她是一个意外的收获。四年来埋头工作，努力探索，取得了好成绩。这次北京电视台又大胆地让她担任这部中美友谊题材电视片的编导。作者以前多次拍过这样的作品，觉得可以担任。主持人孙先生不错，从十一点钟开始，一直拍到下午二点钟，将近三个小时，中间没有停顿，只是偶尔调整机器和灯光。作者基本上按照主持人交流的问题随意地交谈，比较放松，也比较自然，自我感觉临场发挥得还可以。结束下来，一部分工作人员和观众席的观众纷纷前来和我握手祝贺成功。我感谢大家，然后问面带笑容的曾导演：“小曾导演，能及格吗？”

她笑眯眯地回答：“没有问题，至少打八十分以上。”

我仍然如实地说:“有个别的时间和地点没有说对。”

她说,没有关系,我们可以纠正。三个多小时压缩到五十分钟之内,有充分选择的余地。

就在我来北京之前,在8月8日《新京报》登载我的故事之后的当天下午,我就在报摊上看到报纸,一下买了十份。去湖南的途中接到电话,特别是洛杉矶发来的电子邮件,说也是8月8日,因为洛杉矶的时间比北京晚十二个小时,洛杉矶的两家报纸,最大的《世界日报》和《侨报》也都在版面的上方转登了《新京报》所报道,黑体字的大标题十分耀眼,大概是《八十一岁老作家寻找美国大兵的救命恩人》,《美国飞行员七十一年前被救护,故事发生在中国》等等。回到苏州的家中,就接到家人从洛杉矶打来的电话说,邻居朋友们从报纸上看到你的消息,纷纷打电话来报告。一直到了我在北京电视台的演播现场,才察觉到,我这是意料之外、喜从天降。故事虽小,影响很大,说明中美人民十分关心中美两大国家之间人民的友谊,也算是今天国际关系的重要题材吧。

作者是一个小人物,但是广大百姓十分关心这些事情。直到回到洛杉矶之后的半个月,网上就传来了好消息:这部题为《七十一年前的生死大救援》纪录片于北京电视台9月16日播出。令人意外的是,香港凤凰电视台立即购买了播放权,向全世界播放,因为中国大陆的电视台都是官方所办,在全世界的范围来说,也不一定有人愿意看官方电视台的节目。但是凤凰台有眼光,抓住了电视文化的风向,立马向全世界播送。在一个月之后再打开网络,香港凤凰台播出《七十一年前的生死大救援》,网上点击已达到二十六万次。直到10月份,曾导演在北京好不容易找到一个可靠的快递公司,将这部五十分钟的碟片寄到洛杉矶。因为老朋友知道了都来向我要碟片观看,因为年纪大的人并不习惯在网上调看,电脑又很小,于是大家帮忙拿去拷贝,在电视机上播放就比较好看得多了。许多朋友看了碟片以后打来电话、见面祝贺都说非常好、很感动人,有的人还看了两遍到三遍,并热情地推荐给朋友们看。到了11月份,美国的最大的华文报纸《世界日报》和《侨报》又派记者来采访我,再次报道我采访杜立特故事的其他细节,也是刊登在这两家报纸的重要版面上。尤其是《侨报》采访部主任邱晨先生,他还带来了《侨报》的摄影记者和美国中文电视台的记者,到我的家中书房里现场采访,录制了一个多小时的视频。邱主任还说,廖老,你要去东部采访杜立特的老飞行员,我们准备派记者随同你去采访。

美国中文电视台所拍的片子很快就上了网络,全世界播送。还有洛杉矶的《中国日报》洛城文艺主编、八十五岁高龄的陈殿兴老先生约定专题采访我,让我讲述两年来采访杜立特故事的全部的艰难历程,刊登在2014年1月的《中国日报》,全版篇幅,题目是《廖兆暄的访问录》。

中国最西部的新疆兵团电视台以我采访的杜立特故事为背景,也拍了一部纪录片《《远去的记忆》,为了新疆两千五百万各族人民更多的知道这些历史,为了中美友谊,万古长青。谢谢该片的编导梅红和老刘。

目前,中美合拍的《飞越太平洋》纪录片也开机了。感谢女作家制片人陈光。

至今,得到中国社会各界人士以及许多陌生的朋友的关心和网上支持。有来自大陆的电子邮件对我鼓励，因为他们还是我前面所说的，他们最关心中美的历史和未来，一句话，不忘历史，把握现在，展望未来，中美人民永远世世代代友好，为了人类的明天。

最后我要说的是《留在北京的深情》，它不但永远留在中国，更应该永远留在美国。

最后的感谢——我的朋友们。美国有张靖生先生，张丽莎小姐，林雄萍小姐，崔干光教授，丛培欣先生，刘俊民主编，陈殿兴先生，邱晨主任，楊一信先生，陈光女士。中国有陈爱珍会长，曾珍编导，胡西平先生，钟家海夫妇，祝翠婷女士，张玲小姐。三年来，你们的爱心和大力支持，鼓励了我，帮助了我。向你们三鞠躬。

City of Monterey Park

CITY OF MONTEREY PARK
CALIFORNIA

Zhaoxuan Liao

Outstanding Contribution Award

American and Chinese World War II
Memorial Monument Association

The City Council of the City of Monterey Park hereby extends their sincere congratulations as you commemorate the 5th Anniversary of the American and Chinese World War II Memorial Monument. We commend your outstanding contribution to this monument which proudly stands at City Hall as a symbol of friendship, honor and support between the people of China and the United States. The City Council further extends their best wishes to you for continued success in all your future endeavors.

Presented on this 21st day of November 2015

Peter Chan Mayor	Mitchell Ing Mayor Pro Tem	Teresa Real Sebastian Council Member	Stephen Lam Council Member	Hans Liang Council Member

2015 年，世界反法西斯战争辉煌胜利十周年之际，我所居住的美国南加州蒙特利尔市政府和社会授予我为中美友谊突出贡献奖。在 9 月 23 日该市中美二战纪念碑前举办了授奖仪式

2012 年 5 月——2016 年 5 月

于美国洛杉矶金龄新村

参考书目

英文版本——

1.《东京上空三十秒》,作者:劳逊。

2.《德谢泽》,作者:查尔斯·霍尹特·奥特森,神学院院长

3.《令人惊叹的杜立特先生》,作者:昆丁·雷诺斯,1953年出版。

4.《杜立特东京袭击者》,作者,卡洛尔·格林,1964年出版。

5.《四人回国》,作者,卡洛尔·格林,1966年出版,1981年再版,1995年再版(内容是介绍两个机组被俘的经过)。

6.《目标东京》(图片最多的一本书),1983年出版,1992年再版。

7.《彼得堡期间》,作者:詹姆斯·夏卜,介绍八号机的故事。

8. 电视剧《打捞一号》,主演:安迪·格林菲斯,介绍布莱恩·穆恩的故事。

中文版——

王国林:《杜立特轰炸东京》

甘本祓:《航母来了》

贺扬灵:《杜立特降落天目记》